Raftul Denisei

Colecție coordonată de
DENISA COMĂNESCU

IRVIN YALOM

Minciuni pe canapea

Traducere din engleză și note de
CARMEN TOADER

HUMANITAS
fiction

Redactor: Ioana Petridean
Coperta: Angela Rotaru
Tehnoredactor: Manuela Măxineanu
Corector: Cristina Jelescu
DTP: Denisa Becheru, Carmen Petrescu

Tipărit la Paper Print – Brăila

Descrierea CIP a Bibliotecii Naţionale a României
YALOM, IRVIN
Minciuni pe canapea / Irvin Yalom; trad.: Carmen Toader.
– Bucureşti: Humanitas Fiction, 2013
ISBN 978-973-689-549-4
I. Toader, Carmen (trad.)
821.111(73)-31=135.1

EDITURA HUMANITAS FICTION
Piaţa Presei Libere 1, 013701 Bucureşti, România
tel. 021/408 83 50, fax 021/408 83 51
www.humanitas.ro

Comenzi online: www.libhumanitas.ro
Comenzi prin e-mail: vanzari@libhumanitas.ro
Comenzi telefonice: 0372 743 382 / 0723 684 194

Pentru viitorul vostru – Lily, Alana, Leonore, Jason, Desmond.
Fie ca viețile voastre să fie pline de minuni.

Mulțumiri

Mulți sunt cei care m-au ajutat în tranziția dificilă de la psihiatrie la ficțiune: John Beletsis, Martel Bryant, Casey Feutsch, Peggy Gifford, Ruthellen Josselson, Julius Kaplan, Stina Katchadourian, Elizabeth Tallent, Josiah Thompson, Alan Rinzler, David Spiegel, Saul Spiro, Randy Weingarten, tipii cu care joc poker, Benjamin Yalom și Marilyn Yalom (fără de care cartea aceasta ar fi fost scrisă cu mult mai puține chinuri). Tuturor, cea mai adâncă recunoștință.

Prolog

Lui Ernest îi plăcea la nebunie să fie psihoterapeut. Zi de zi, pacienții îl invitau în cele mai intime încăperi ale vieții lor. Zi de zi, el le aducea alinare, își făcea griji din pricina lor, le ușura disperarea. Iar în schimb, primea admirație și prețuire. De asemenea, și bani, deși Ernest deseori se gândea că, dacă n-ar fi avut nevoie de bani, ar fi practicat psihoterapia gratis.

Norocos e cel căruia îi place slujba pe care o face. Într-adevăr, Ernest se considera norocos. Chiar mai mult decât norocos. Fericit. Era un om care își descoperise vocația, un om care putea spune: Sunt exact acolo unde îmi doresc să fiu, în vâltoarea talentelor, intereselor, pasiunilor mele.

Ernest nu era credincios. Dar în fiecare dimineață, când își deschidea agenda și vedea numele celor opt sau nouă oameni dragi cu care urma să-și petreacă ziua, îl copleșea un sentiment pe care nu-l putea descrie decât ca fiind religios. În acele momente îl năpădea dorința profundă să mulțumească unei persoane sau unui lucru pentru că l-a îndrumat spre această profesie.

Existau unele dimineți când privea în sus, prin luminatorul din clădirea în stil victorian de pe Sacramento Street, prin ceața matinală, și își imagina că strămoșii psihoterapiei ar fi suspendați în aurora zorilor.

— Mulțumesc, mulțumesc, incanta el. Le mulțumea tuturor, tuturor tămăduitorilor care îi alinaseră disperarea. Mai întâi, strămoșilor din vechime, cu siluetele lor abia vizibile pe bolta cerească: Isus, Buddha, Socrate. Sub ei, puțin mai bine conturați, măreților înaintași: Nietzsche, Kierkegaard, Freud, Jung. Iar și mai aproape, părinților psihoterapiei: Adler, Horney, Sullivan, Fromm, chipului dulce și zâmbitor al lui Sándor Ferenczi.

Cu câțiva ani în urmă, ei răspunseseră chemărilor lui disperate când, după ce își încheiase rezidențiatul, își însușise idealul tuturor neuropsihiatrilor tineri și ambițioși și se dedicase cercetării în neurochimie – știința viitorului, arena de aur a oportunității personale. Strămoșii au știut atunci că o luase pe un drum greșit. Locul lui nu era într-un laborator științific. Nici într-o clinică de psihofarmacologie, unde să prescrie medicamente.

I-au trimis un mesager, un mesager caraghios al puterii, pentru a-l ajuta să-și împlinească ursita. Nici în ziua de azi, Ernest nu putea să-și explice *cum* s-a hotărât să devină terapeut. Dar își amintea *când.* Își amintea ziua aceea cu o limpezime uluitoare. Și își amintea și mesagerul: Seymour Trotter, un bărbat pe care l-a întâlnit o singură dată și care i-a schimbat complet viața.

Cu șase ani în urmă, directorul departamentului de care aparținea Ernest îi încredințase un mandat temporar în Comitetul de Etică Medicală al Spitalului Stanford, iar prima lui acțiune disciplinară fusese cazul doctorului Trotter. Seymour Trotter avea șaptezeci și unu de ani, fiind un patriarh al comunității psihiatrice și unul dintre foștii președinți ai Asociației Americane de Psihiatrie. Fusese acuzat de comportament sexual inadecvat față de o pacientă de treizeci și doi de ani.

Pe vremea aceea, Ernest era asistentul unui profesor de psihiatrie și își terminase rezidențiatul în urmă cu doar patru ani. Lucrând cu normă întreagă ca cercetător în neurochimie, nu știa absolut nimic despre ce se petrecea în lumea psihoterapeuților și, în naivitatea lui, nu bănuia că acest caz îi fusese încredințat deoarece nimeni altcineva nu voia să se ocupe de el. Toți psihiatrii mai în vârstă din nordul Californiei îl venerau enorm și știau de frica lui Seymour Trotter.

Ernest a ales pentru prima întâlnire un birou auster din partea administrativă a spitalului și a încercat să pară cât mai oficial, stând cu privirea pe ceas în timp ce îl aștepta pe doctorul Trotter, cu dosarul care conținea dovezile acuzatoare în fața lui, pe birou, nedeschis. Pentru a rămâne cât mai imparțial, Ernest luase decizia să-l interogheze pe acuzat fără a se informa în prealabil despre cazul lui, pentru a-i asculta istorisirea fără nici o idee preconcepută. Se gândea să citească după aceea dosarul și să programeze o a doua întâlnire, dacă i se părea necesar.

Imediat a auzit bocănituri răsunând cu ecou pe coridor. Să fi fost oare orb doctorul Trotter? Nimeni nu-i spusese nimic despre așa ceva. Bocănituri în podea, urmate de un zgomot târșâit, se auzeau din ce în ce mai tare. Ernest s-a ridicat în picioare și a ieșit pe coridor.

Nu, nu era orb. Era șchiop. Doctorul Trotter venea împleticindu-se pe coridor, sprijinindu-se, într-un echilibru precar, pe două cârje. Era încovoiat din talie și își ținea cârjele departe de corp, fiecare la aproape un metru distanță. Pomeții și bărbia, puternice și sănătoase, erau încă ferme, dar toate părțile moi îi fuseseră năpădite de riduri și excrescențe specifice senectuții. Falduri largi de piele îi atârnau pe gât, și smocuri de păr alb îi ieșeau din urechi. Și totuși, vârsta nu îl doborâse de tot, ceva tineresc, ba chiar copilăresc, se conservase în el. Ce anume? Poate părul lui, cărunt și des, tuns scurt, sau îmbrăcămintea, o jachetă de denim albastru ce acoperea un tricou alb cu guler rulat pe gât.

Au făcut cunoștință în pragul ușii. Doctorul Trotter a făcut bălăngănindu-se încă doi pași în cameră, apoi și-a ridicat brusc cârjele, s-a răsucit energic și, parcă printr-un noroc chior, s-a așezat cu o piruetă pe scaun.

— Am nimerit-o la fix! Te-am surprins, ei?

Ernest nu l-a lăsat să-i distragă atenția.

— Înțelegeți care este scopul acestui interviu, doctore Trotter? Și înțelegeți de ce îl înregistrez?

— Am auzit că administrația spitalului m-a nominalizat la titltul de Angajatul lunii.

Ernest, care îl privea fără să clipească prin ochelarii lui cu lentile groase și mari, n-a zis nimic.

— Scuze, știu că ai o sarcină de îndeplinit, dar, după ce treci de șaptezeci de ani, zâmbești la o poantă bună ca asta. Mda, am împlinit șaptezeci și unu săptămâna trecută. Dar tu ce vârstă ai, doctore...? Am uitat cum te cheamă. În fiecare minut, a spus el, bătându-se ușurel pe tâmplă, o duzină de neuroni corticali pier zumzăind, ca niște muște muribunde. Ironia e că am publicat patru articole despre boala Alzheimer, evident că am uitat unde, dar în reviste bune. Știai asta?

Ernest a clătinat din cap.

— Deci tu n-ai știut niciodată, iar eu am uitat. Asta ne face să fim chit. Știi care sunt cele două chestii bune la boala Alzheimer? Vechii prieteni îți devin prieteni noi și poți să-ți ascunzi singur ouăle de Paște.

În pofida iritării sale, Ernest nu s-a putut abține să zâmbească.

— Numele, vârsta și la ce școală ți-ai executat sentința?

— Sunt doctorul Ernest Lash, iar restul probabil că nu contează acum, domnule doctor Trotter. Avem multe de discutat astăzi.

— Fiul meu are patruzeci de ani. Nu poți avea mai mult de atât. Știu că ai fost rezident la Stanford. Ți-am auzit prelegerea de anul trecut. Te-ai descurcat bine. Ai avut o prezentare foarte clară. Acum totul e numai psihofarmacologie, nu? Ce formă de calificare în psihoterapie mai faceți acum voi, tinereii? Mai faceți vreuna?

Ernest și-a scos ceasul și l-a pus pe birou.

— Cu altă ocazie aș fi încântat să vă dau o copie a lucrării mele de rezidențiat la Stanford, dar acum, vă rog, haideți să intrăm în subiect, domnule doctor Trotter. Poate că cel mai bine ar fi să îmi spuneți varianta dumneavoastră în ceea ce privește povestea cu doamna Fellini.

— Bine, bine. Vrei să fiu serios. Vrei să-ți spun versiunea mea. Relaxează-te, *băiețică*, și o să-ți spun o poveste. S-o luăm de la început. Era acum vreo patru ani, cel puțin patru ani... Mi-am rătăcit toate însemnările despre pacienta asta... Ce dată era în dosarul tău cu reclamația? Ce? Nu l-ai citit. Ești leneș? Sau încerci să nu te lași influențat în obiectivitatea ta științifică?

— Vă rog, doctore Trotter, continuați.

— Principiul de bază al unui interviu e să te prefaci că asiguri un mediu plin de afecțiune, care să inspire încredere. Acum, că ai reușit chestia asta cu atâta măiestrie, sunt în stare să vorbesc mult mai liber despre o problemă dureroasă și jenantă. Aha, *asta* te impresionează. Tre' să ai grijă cu mine, doctore Lash. Am la activ patruzeci de ani de descifrat fețe. Mă pricep foarte bine la asta. Dar, dacă ai terminat cu întreruperile, o să încep. Ești gata?

— Acum câțiva ani – hai să zicem acum patru ani – o femeie, Belle, intră sau, mai bine zis, se târăște în cabinetul meu – ori se tăbârcește până în cabinetul meu – se tăbârcește, așa-i mai bine. Există verbul *a se tăbârci*? În jur de treizeci și cinci de ani, dintr-o familie înstărită, elvețiano-italiană, deprimată, purta o bluză cu mâneci lungi în toiul verii. Evident, se automutilase, avea cicatrici la încheieturile mâinilor. Dacă vezi mâneci lungi în timpul verii și un pacient care te nedumerește, întotdeauna să te gândești la cicatrici la încheieturile mâinilor sau la injecții cu droguri, domnule doctor Lash. Arătoasă, un ten nemaipomenit, ochi seducători, îmbrăcată elegant. Stilată, dar pe punctul de a ceda nervos.

— De multă vreme își făcea rău singură. Tot ce vrei: droguri, le încercase pe toate, nu ratase nici unul. Când am văzut-o prima oară, revenise la alcool și mai ciugulea din când în când heroină. Deși încă nu devenise cu adevărat dependentă. Pe undeva, nu avea înclinație spre dependență – unii oameni așa sunt –, dar se străduia din răsputeri. De asemenea, și probleme de nutriție. În principal anorexie, dar uneori și accese de vomă bulimică. Deja am menționat tăieturile, numeroase pe toată lungimea brațului și la încheieturi, îi plăceau durerea și sângele. Numai atunci simțea că trăiește. Tot timpul îi auzi pe pacienți că spun asta. Jumătate de duzină de spitalizări scurte. Mereu se externa într-o zi sau două. Personalul se bucura când pleca. Era bună, un adevărat talent la jocul Uproar. Îți amintești de *Games People Play*[1] a lui Eric Berne?

— Nu? Presupun că asta a fost înainte ca tu să te naști. Doamne, ce bătrân mă simt. Bună carte, Berne n-a fost prost deloc. Citește-o, n-ar trebui să fie uitată.

— Căsătorită, fără copii. Refuza să aducă pe lume copii, spunea că lumea e un loc prea oribil ca să-ți obligi copiii să trăiască în ea. Soț cumsecade, relație defectă. El voia cu disperare copii, și se certau o grămadă pe tema asta. Lucra la o bancă, pe post de consultant pentru investiții, ca și tatăl ei, mereu pe drumuri. După câțiva ani de căsnicie, l-a lăsat libidoul sau poate s-a pus pe făcut bani – câștiga binișor, dar n-a reușit să dea lovitura, precum tatăl ei. Ocupat, mereu ocupat, dormea cu computerul. Poate se și futea cu el, mai știi? Însă cert e că nu se futea cu Belle. Din ce mi-a spus ea, o evita de ani de zile, probabil din cauza furiei pricinuite de faptul că ea nu

1 În engl. în orig. *Jocuri pe care le joacă oamenii*, o carte despre psihoterapie tranzacțională de grup. Una dintre ideile principale ale cărții este că oamenii joacă toată viața lor anumite jocuri pe care le-au învățat în relația cu părinții și care de obicei sunt patologice.

voia copii. Greu de spus de ce mai rămâneau căsătoriți. El fusese crescut într-un orfelinat aparținând sectei creștinismului științific[1] și refuza cu îndârjire să facă terapie de cuplu sau vreo altă formă de psihoterapie. Dar ea recunoștea că niciodată nu insistase prea mult. Hai să vedem. Ce să îți mai spun? Întreabă-mă, domnule doctor Lash.

— Ce terapie mai făcuse până atunci? Bine. O întrebare importantă. Eu întotdeauna întreb asta în primele treizeci de minute. Terapie non-stop – sau, mai bine zis, încercări de a face terapie – încă din adolescență. S-a dus pe rând la toți terapeuții din Geneva, și o vreme a făcut naveta până la Zürich, să facă psihanaliză. A venit la universitate în S.U.A., la Pomona, și a tot schimbat terapeuții, deseori nu se ducea decât la prima ședință. A rămas la trei sau patru dintre ei vreme de câteva luni, dar nu s-a dat în vânt după nici unul. Belle era – și mai e încă – foarte pretențioasă. Nici unul nu era destul de bun, cel puțin nu i se potrivea ei. Găsea ceva în neregulă la fiecare: prea formal, prea pompos, prea moralizator, prea protector, prea pus pe afaceri, prea rece, prea preocupat de diagnostice, prea stereotip. Medicamente? Testări psihologice? Protocoale comportamentale? Nici să nu te gândești la așa ceva, oricine i-ar fi sugerat una ca asta ar fi primit imediat papucii. Ce să îți mai spun?

— Cum m-a ales pe mine? Excelentă întrebare, domnule doctor Lash, ne face discuția mai dinamică și mai aplicată. Încă am putea scoate din tine un psihoterapeut. Am simțit asta încă de când am asistat la prelegerile tale. O minte ageră, pătrunzătoare. Se vedea asta când îți prezentai informațiile. Dar ce mi-a plăcut a fost prezentarea studiului de caz, mai ales cum le permiteai pacienților să te influențeze. Mi-am dat seama că ai instincte bune. Carl Rogers[2] obișnuia să spună: „Nu-ți mai pierde vremea calificând terapeuți, mai bine i-ai *selecta*". Întotdeauna mi s-a părut că există mult adevăr în cuvintele astea.

— Hai să vedem, unde rămăsesem? A, cum a ajuns la mine. Ginecologul ei, un om pe care ea îl adora, îmi fusese pacient. I-a zis că sunt un tip obișnuit, de treabă, și că nu mi-e teamă să mă murdăresc pe

1 Cult creștin fondat de Mary Baker Eddy în 1866 și care propovăduiește vindecarea spirituală.

2 Faimos psiholog american (1902-1987), fondatorul psihoterapiei centrate pe persoană.

mâini. Mi-a căutat cărțile la bibliotecă și i-a plăcut un articol pe care îl scrisesem în urmă cu cincisprezece ani despre ideea lui Jung de a inventa câte un nou limbaj terapeutic pentru fiecare pacient. Știi despre ce vorbesc? Nu? În *Jurnalul de ortopsihiatrie*. O să-ți trimit o ediție recentă. Eu am ajuns chiar mai departe decât Jung. Am sugerat să inventăm câte o nouă formă de terapie pentru fiecare pacient și să tratăm cu mare seriozitate faptul că fiecare pacient este unic, concepând o terapie individuală pentru fiecare în parte.

— Cafea? Da, aș vrea și eu. Simplă. Mersi. Deci, așa a ajuns la mine. Și următoarea întrebare pe care ar trebui să mi-o pui, domnule doctor Lash: *De ce atunci*? Întocmai. Asta e. Întotdeauna-i o întrebare productivă în cazul unui pacient nou. Răspunsul e comportament sexual periculos[1]. Până și ea își dădea seama de asta. Mai făcuse așa ceva și în trecut, dar acum devenea din ce în ce mai grav. Închipuie-ți că mergea cu mașina pe autostradă în paralel cu un camion sau o dubiță – șoferul fiind suficient de sus încât să vadă interiorul mașinii ei – apoi își ridica fusta și se masturba la o sută douăzeci de kilometri pe oră. Nebună. Apoi ea o lua pe următoarea ieșire de pe autostradă și, dacă șoferul venea după ea, se oprea, se urca lângă el și i-o sugea. Letală chestie. Și o făcea foarte des. Avea un control atât de mic asupra ei înseși, încât atunci când era plictisită, intra în vreo cârciumă sărăcăcioasă din San Jose, uneori în Chicano, alteori în vreun bar de negri, și agăța pe cineva. Se simțea euforică în situații periculoase, înconjurată de bărbați necunoscuți și posibil violenți. Era în pericol nu numai din cauza bărbaților, ci și din cauza prostituatelor, care o detestau fiindcă le fura clienții. O amenințau că o omoară și era nevoită să schimbe mereu locul în care se ducea. SIDA, herpes, sex protejat, prezervative? Se purta de parcă n-ar fi auzit niciodată de așa ceva.

— Deci, una peste alta, cam așa era Belle când a venit prima oară la mine. Ai priceput cum stătea treaba? Mai ai vreo întrebare sau continui? Ok. Așa că, într-un fel sau altul, în prima ședință am trecut toate testele ei. A venit și la a doua, și la a treia, apoi am început să facem tratament de două ori, uneori de trei ori pe săptămână.

---

1 *Acting out* este o expresie tehnică din engleză, care semnifică tendința unui pacient de a-și manifesta o problemă psihică în viața reală, trecând la acțiune, în loc de a discuta despre ea în cadrul ședințelor de terapie.

Mi-am petrecut o oră întreagă întrebând-o tot felul de amănunte despre ce făcuse cu ceilalți terapeuți. Asta-i întotdeauna o strategie bună când te vezi cu un pacient dificil, domnule doctor Lash. Află cum au tratat-o ceilalți și pe urmă încearcă să le eviți greșelile. Uită de tot rahatul ăla cu pacientul care nu e pregătit de terapie! *Terapia e cea care nu-i pregătită pentru pacient.* Dar trebuie să fii suficient de îndrăzneț și de creativ, să născocești câte o nouă formă de terapie pentru fiecare pacient în parte.

— Belle Felini nu era genul de pacient la care să țină terapia tradițională. Dacă m-aș fi rezumat la rolul meu profesional obișnuit, adică să-i aflu trecutul, să reflectez, să empatizez cu ea și să interpretez, pa, n-o mai vedeam. Crede-mă. *Sayonara. Auf wiedersehen.* Asta făcuse cu toți terapeuții pe care îi cunoscuse până atunci, iar mulți dintre ei se bucurau de un bun renume. Știi vechea poveste: operația a fost un succes, dar pacientul a murit.

— Ce tehnică am folosit? Mi-e teamă că nu m-ai înțeles. *Tehnica mea e să abandonez orice tehnică!* Și nu vreau să fac pe deșteptul, domnule doctor Lash, asta-i prima regulă într-o terapie ca lumea. Și ăsta ar trebui să fie și principiul tău, dacă o să devii și tu psihoterapeut. Am încercat să fiu cât mai uman și cât mai puțin formal. Nu-mi concep un plan sistematic de terapie, nici tu n-o să faci așa ceva după patruzeci de ani de experiență. Mă bizui doar pe intuiția mea. Dar nu-i cinstit pentru tine, ca începător. Presupun, dacă mă gândesc cum era la început, că cel mai frapant aspect al patologiei lui Belle era impulsivitatea. Simțea o dorință, bingo, trebuia să treacă imediat la acțiune. Mi-amintesc că am vrut să-i măresc toleranța la frustrare. Ăsta a fost punctul meu de plecare și primul, probabil, principalul scop al terapiei. Hai să vedem, cum am început? E greu să-mi aduc aminte lucrul ăsta, fără notițele mele.

— Ți-am zis că le-am pierdut. Văd pe fața ta că nu prea mă crezi. Notițele mele au dispărut când mi-am mutat cabinetul, acum vreo doi ani. N-ai ce face, trebuie să mă crezi.

— Cel mai bine îmi amintesc faptul că la început lucrurile au mers mult mai bine decât mi-am imaginat. Nu știu sigur *de ce*, dar Belle s-a atașat imediat de mine. Și nu fiindcă eram atrăgător. Tocmai îmi făcusem o operație de cataractă, și ochiul meu arăta ca dracu'. Iar ataxia nu-mi creștea sex-appealul... O ataxie cerebrală comună, dacă ești curios. În mod clar, galopantă... Mă așteaptă în viitor cadrul, peste vreun an sau doi, și scaunul cu rotile, peste vreo trei sau patru. *C'est la vie.*

— Cred că lui Belle i-a plăcut de mine fiindcă îi respectam toate drepturile. Am făcut exact ce faci și tu acum – și chiar vreau să-ți spun, domnule doctor Lash, că apreciez ceea ce faci. N-am citit nici o fișă de-a ei. Am început să lucrez cu ea fără nici o informație din alte surse, dorindu-mi să nu mă las influențat de nici o idee preconcepută. Belle n-a fost *niciodată* pentru mine un diagnostic, nici borderline, nici tulburare de nutriție, nici tulburare compulsivă sau antisocială. Așa îmi abordez toți pacienții. Și sper să nu devin niciodată un diagnostic pentru tine.

— Ce, crezi că și diagnosticul are rolul lui? Păi, știu că voi, cei care ați absolvit acum, și întreaga industrie psihofarmaceutică puneți mare preț pe diagnostic. Revistele de psihiatrie sunt pline de perorații fără sens despre nuanțele diagnosticelor. Pe viitor, apă de ploaie. Știu că în unele psihoze este important, dar în psihoterapia de zi cu zi nu joacă nici un rol sau, de fapt, au chiar un rol negativ. Te-ai gândit vreodată că e mai ușor să pui un diagnostic atunci când vezi un pacient pentru prima oară și că, pe măsură ce ajungi să-l cunoști, devine din ce în ce mai greu? Întreabă orice terapeut cu experiență, care are cabinet propriu, și o să-ți spună același lucru! Cu alte cuvinte, precizia variază invers proporțional cu informația. Halal știință, nu?

— Ce vreau să-ți spun, doctore Lash, e următorul lucru: nu numai că nu i-am *pus* vreun diagnostic lui Belle, dar nici măcar nu mi-a *trecut prin cap* să-i pun vreunul. Nici acum n-o fac. În pofida celor întâmplate, în pofida tuturor lucrurilor pe care mi le-a făcut ea, nici acum n-o fac. Și cred că ea știa asta. Eram pur și simplu doi oameni care se cunosc unul pe celălalt. Iar mie îmi plăcea Belle. Tot timpul mi-a plăcut. Mi-a plăcut foarte mult! Și asta știa. Poate că *ăsta*-i cel mai important lucru.

— Ei, și Belle nu era un pacient prea grozav în ce privește terapia verbală, chiar din contră. Impulsivă, înclinată spre acțiune, deloc dornică să afle lucruri despre ea însăși, lipsită de capacitate de introspecție, incapabilă de asociere liberă. Întotdeauna o dădea în bară la îndeplinirea sarcinilor tradiționale ale terapiei – autoreflecție, introspecție – și apoi căpăta o părere și mai proastă despre propria-i persoană. *De aceea* terapia eșuase mereu atât de lamentabil.

Și din cauza asta mi-am dat seama că trebuie să-i captez atenția în alte moduri. Din cauza asta a trebuit să inventez o nouă formă de terapie pentru Belle.

— Un exemplu? Păi, hai să-ți dau unul de la începutul terapiei, cam dintr-a treia sau a patra lună. Mă concentram asupra comportamentului ei sexual autodistructiv și o întrebasem ce vrea ea cu adevărat de la bărbați, inclusiv de la primul bărbat din viața ei, taică-său. Dar nu ajungeam nicăieri cu asta. Nu voia deloc să vorbească despre trecut – o făcuse prea mult cu ceilalți terapeuți, zicea ea. De asemenea, mai avea și impresia că a scormoni în cenușa trecutului reprezintă doar o scuză pentru a evita responsabilitatea acțiunilor noastre. Citise cartea mea despre psihoterapie și mă citase pe mine, care spuneam acolo același lucru. Detestam chestia asta. Când pacienții opun rezistență și citează din cărțile tale e ca și cum te-ar strânge de coaie.

— În timpul unei ședințe am întrebat-o despre reveriile ei din trecut și despre fanteziile sexuale și, până la urmă, ca să-mi facă pe plac, mi-a descris o fantezie recurentă, de pe vremea când avea opt sau nouă ani: afară e furtună, intră într-o cameră, înfrigurată și udă fleașcă, iar un bărbat mai în vârstă o așteaptă acolo. O îmbrățișează, îi scoate hainele ude, o șterge cu un prosop mare și cald, îi dă o ciocolată fierbinte. Așa că i-am sugerat un joc: i-am spus să iasă din cabinet și să intre din nou, pretinzând că e udă și înfrigurată. Firește, am sărit peste partea cu dezbrăcatul, am luat un prosop mare din baie și am șters-o energic, păstrându-mi o atitudine non-sexuală, așa cum fac de obicei. Am șters-o pe spate și pe păr, apoi am înfășurat-o în prosop, am pus-o să stea jos și i-am preparat o cană cu ciocolată instant fierbinte.

— Nu mă întreba de ce sau cum de am ales să fac asta atunci. Când ai o experiență atât de bogată ca a mea, înveți să te bizui pe propria-ți intuiție. Iar lucrul acesta a schimbat totul. Belle a rămas fără grai pentru o vreme, lacrimile i s-au adunat în ochi, apoi a plâns ca un bebeluș. Nu plânsese niciodată, absolut niciodată în timpul terapiei. Rezistența, pur și simplu, i-a dispărut.

— Cum adică i-a dispărut? Adică a căpătat încredere în mine, a început să creadă că suntem de aceeași parte a baricadei. Termenul tehnic, domnule doctor Lash, este „alianță terapeutică“. După aceea a devenit un pacient autentic. A erupt într-un șuvoi de mărturisiri. A început să aștepte cu nerăbdare ședințele cu mine. Terapia a devenit punctul central al vieții ei. Tot timpul îmi spunea cât sunt de important pentru ea. Și asta după doar trei luni.

— Dacă eram *prea* important? Nu, domnule doctor Lash, un terapeut nu poate fi prea important la începutul terapiei. Chiar și Freud a folosit strategia de a încerca să înlocuiască o psihonevroză cu o nevroză de transfer – ăsta-i un mod foarte eficient de a prelua controlul asupra simptomelor distructive.

— Pari nedumerit. Păi, în cazul acesta, pacientul devine obsedat de terapeut, întoarce mereu pe toate părțile în minte ce se întâmplă la fiecare ședință, are lungi conversații imaginare cu terapeutul între ședințe. Până la urmă, simptomele se transferă în terapie. Cu alte cuvinte, simptomele, în loc să fie provocate de factorii interni ai nevrozei, încep să fluctueze în funcție de exigențele relației terapeutice.

— Nu, mersi, nu mai vreau cafea, Ernest. Dar tu mai ia-ți. Te superi dacă îți spun Ernest? Bine. Să revin. Am valorificat progresul ăsta. Am făcut tot ce am putut să devin cât mai important pentru Belle. Am răspuns tuturor întrebărilor ei legate de viața mea, i-am susținut toate laturile pozitive. I-am zis că e o femeie atrăgătoare și inteligentă. Detestam ce-și făcea singură și i-am spus-o pe șleau. Nimic din toate astea n-a fost greu pentru mine, n-a trebuit decât să-i spun adevărul.

— Mai devreme m-ai întrebat ce tehnică am folosit. Probabil că cel mai bun răspuns ar fi: *am spus adevărul.* Am început să joc un rol din ce în ce mai însemnat în fanteziile ei. Avea lungi reverii cu noi doi – se făcea că stăm împreună, ne ținem de mână, că mă joc cu ea, că o hrănesc. Odată a adus la cabinet o cutie cu jeleu și o lingură și m-a rugat să o hrănesc – ceea ce am și făcut, spre marea ei încântare.

— Sună nevinovat, nu-i așa? Dar eu am știut chiar de la început că deasupra noastră plana o umbră. O știam atunci, o știam și când îmi vorbea despre cât de tare s-a excitat când o hrăneam. Am știut-o și când îmi spunea că vrea să meargă multă vreme cu o canoe, două sau trei zile pe săptămână, doar ca să fie singură, să plutească pe apă și să se delecteze cu fanteziile legate de mine. Știam că modul în care abordasem problema era riscant, dar credeam că e un risc calculat. Aveam de gând să las să se acumuleze transferul pozitiv, iar apoi să mă folosesc de el pentru a-i combate autodistructivitatea.

— Iar după câteva luni am devenit atât de important pentru ea, încât am început să îi studiez patologia. Mai întâi m-am concentrat pe problemele de viață și de moarte: HIV, povestea cu barurile, partidele caritabile de sex oral de pe autostradă. Și-a făcut un test HIV și a ieșit negativ, slavă Domnului. Mi-amintesc că am așteptat două săptămâni rezultatul. Pot să-ți spun că atunci am transpirat la fel de mult ca și ea.

— Ai lucrat vreodată cu pacienți care așteaptă rezultatul testului HIV? Nu? Ei bine, Ernest, perioada aia îți oferă multe oportunități. Te poți folosi de ea ca să faci treabă bună. Timp de câteva zile, pacienții se confruntă cu propria lor moarte, poate pentru prima oară. Atunci e momentul când îi poți ajuta să-și examineze și să-și redistribuie prioritățile, pentru a-și fundamenta viața și comportamentul pe ceea ce contează cu adevărat pentru ei. *Terapie existențialistă de șoc*, o numesc eu uneori. Dar nu și la Belle. Pe ea n-a tulburat-o. Prea multă negare. Aidoma multor pacienți autodistructivi, Belle se simțea invulnerabilă față de oricine în afara propriei persoane.

— Am instruit-o despre HIV, despre herpes, pe care, printr-o minune, nu îl contactase, și despre procedeele prin care se putea proteja de boli în timpul partidelor de amor. Am îndrumat-o spre locuri mai sigure unde să agațe bărbați când i se părea că nu mai poate rezista fără sex: cluburi de tenis, întâlniri ale PTA[1], lansări de carte în librării. Belle era o figură, o adevărată seducătoare! Reușea să-și stabilească o întâlnire cu un necunoscut frumos în cinci sau șase minute, uneori la distanță de numai trei metri de soția lui, care nu bănuia nimic. Trebuie să recunosc faptul că o invidiam. Cele mai multe femei nici nu se gândesc la ce noroc au în privința asta. Îți poți imagina ca un bărbat – mai ales o epavă jerpelită ca mine – să facă așa ceva când i se năzare?

— O chestie surprinzătoare la Belle, dacă ținem seama de ce ți-am povestit până acum, era sinceritatea ei deplină. În primele două ședințe, pe când ne hotăram dacă să lucrăm sau nu împreună, i-am prezentat condiția de bază, fără de care nu puteam să fac terapie cu ea: *deplina sinceritate*. Trebuia să-și asume obligația de a-mi împărtăși toate evenimentele importante din viața ei: consum de droguri, comportament sexual impulsiv, tăieturi, vomă deliberată, fantezii – totul. Altfel,

1 În engl. în orig. *Parent Teacher Association*, Asociația Părinților și Profesorilor.

i-am spus, își pierdea timpul cu mine. Dar dacă mă ținea la curent cu toate astea, atunci se putea bizui total pe faptul că aveam să fiu alături de ea. Ea a promis și ne-am strâns mâinile cu solemnitate, pecetluind astfel înțelegerea.

— Și, din câte știu, s-a ținut de cuvânt. De fapt, ăsta era un avantaj de care profitam, fiindcă, dacă în timpul săptămânii avea loc un eveniment semnificativ – de exemplu, dacă se zgâria pe încheieturile mâinilor sau se ducea în vreun bar – i-l analizam până nu se mai putea. Insistam să cerceteze pe larg și în profunzime tot ce se petrecuse înainte de episodul acela. „Te rog, Belle", spuneam eu, „trebuie să aflu tot ce s-a întâmplat înainte de asta, tot ce ne-ar putea ajuta să înțelegem mai bine: ce anume s-a petrecut înainte, în ziua aia, gândurile, sentimentele, fanteziile tale". Asta o scotea din sărite pe Belle – avea alte lucruri despre care voia să discute și detesta să-și piardă o grămadă de vreme din ședințele ei de terapie cu așa ceva. Chiar și numai chestia asta a ajutat-o să-și controleze impulsivitatea.

— Introspecția? N-a jucat un rol important în terapia Bellei. O, a ajuns să recunoască faptul că, de cele mai multe ori, înainte de acțiunile ei impulsive avea un sentiment de vid interior, se simțea moartă pe dinăuntru și că riscurile pe care și le asuma, tăieturile, sexul, abuzurile alimentare, toate erau încercări de a umple acest gol și de a se trezi din nou la viață.

— Dar ceea ce nu înțelegea Belle era faptul că aceste acțiuni nu-i foloseau la nimic. Toate dădeau rateuri, fiindcă sfârșeau prin a-i provoca un sentiment și mai adânc de vinovăție și tendințe mai frenetice și autodistructive, în încercarea de a se simți vie. În mod ciudat, Belle refuza întotdeauna cu încăpățânare să înțeleagă că acțiunile ei aveau consecințe.

— Așa că introspecția nu o ajuta. Trebuia să fac altceva, și am încercat să aplic toate metodele convenționale, ba chiar mai mult decât atât, pentru a o ajuta să-și controleze impulsivitatea. Am alcătuit o listă a comportamentelor ei impulsiv-distructive, iar ea a fost de acord să nu apeleze la nici unul dintre ele înainte de a mă suna și de a-mi da șansa să o conving să se răzgândească. Dar rareori mă suna, nu voia să mă deranjeze. În sinea ei era convinsă că îmi respect cu greu angajamentul luat și că în curând o să mă satur de ea și o să-i fac vânt. Nu puteam s-o conving de contrariu. M-a rugat să-i dau un suvenir, să-l poarte la ea. I-ar fi dat mai multă stăpânire de sine. I-am spus să-și aleagă ceva din cabinetul meu. Ea mi-a scos batista din jachetă. I-am dat-o, dar mai întâi am scris pe ea câteva dintre tendințele ei autodistructive:

Mă simt moartă și îmi fac singură rău ca să știu că sunt încă vie.

Mă simt amorțită și trebuie să fac ceva periculos și riscant ca să mă simt vie.

Mă simt goală pe dinăuntru și încerc să mă umplu cu droguri, mâncare, spermă.

Dar astea sunt doar remedii temporare. Sfârșesc prin a mă simți vinovată – chiar mai moartă și mai goală pe dinăuntru.

— I-am dat instrucțiuni Bellei să reflecteze la mesajele scrise pe batistă de fiecare dată când simțea vreun impuls de felul acesta.

— Pari nemulțumit, Ernest. Îmi dezaprobi metoda? De ce? Prea ostentativă? Nu-i așa. Pare ostentativă, de acord, dar găsești remedii disperate în împrejurări disperate. Mi-am dat seama că un obiect care îți aparține, ceva care să-i amintească concret de tine, e foarte util pentru pacienții care nu și-au dezvoltat niciodată sentimentul permanenței obiectului. Unul dintre profesorii mei, Lewis Hill, care era un geniu în tratarea bolnavilor cu schizofrenie severă, avea obiceiul să respire într-o sticlă minusculă și să le-o dea pacienților lui s-o poarte la gât, pe un șnur, când pleca în vacanță.

— Crezi că și asta e ostentativ, Ernest? Dă-mi voie să înlocuiesc acest cuvânt cu unul mai potrivit: *creativ*. Îți amintești ce am spus mai devreme despre forma nouă de terapie pe care o creezi pentru fiecare pacient? Exact la asta mă refeream. În plus, nu mi-ai pus cea mai importantă întrebare.

— Dacă a funcționat? Da, exact asta era. Asta-i întrebarea. *Singura* întrebare posibilă. Uită de reguli. Da, a funcționat! A funcționat în cazul pacienților doctorului Hill și a funcționat și în cazul lui Belle, care purta mereu la ea batista mea și, încetul cu încetul, și-a controlat din ce în ce mai mult impulsivitatea. „Scăpările“ ei au devenit din ce în ce mai rare, și în curând am putut să acordăm atenție altor lucruri în timpul ședințelor de terapie.

— Ce? Doar o vindecare transferențială? Văd că te interesează, până la urmă, o parte din lucrurile astea, Ernest. Asta-i bine – e bine să-ți exprimi îndoielile. Ai talentul de a ochi aspectele importante. Dă-mi voie să-ți zic un lucru, acum nu ești pe drumul cel bun, nu neurochimia e vocația ta. Păi, a trecut aproape un secol de când Freud a desconsiderat „vindecarea transferențială". E ceva adevăr în asta, dar de fapt nu-i așa.

— Crede-mă, dacă poți sparge ciclul de comportamente autodistructive – indiferent *cum* o faci –, atunci ai obținut o chestie importantă. Primul pas trebuie să fie *neapărat* dinamitarea cercului vicios de ură de sine și autodistructivitate, urmate de și mai multă ură de sine, provocată de faptul că ți-e rușine de ceea ce ai făcut. Deși niciodată nu mi-a vorbit despre asta, închipuie-ți cât se disprețuia pe sine însăși și rușinea pe care trebuie s-o fi simțit din pricina purtării ei depravate. Cade în sarcina terapeutului misiunea de a-l ajuta pe pacient să întrerupă procesul ăsta. Karen Horney a zis odată... Ai citit ce a scris Horney, Ernest?

— Păcat, dar asta pare să fie soarta celor mai însemnați teoreticieni din domeniul nostru, învățămintele lor nu supraviețuiesc decât o singură generație. Horney a fost una dintre favoritele mele. În timpul formării mele, am citit tot ce-a scris. Cea mai bună carte a ei, *Nevrozele și evoluția umană*, a fost scrisă acum mai mult de cincizeci de ani și e una dintre cele mai bune cărți despre psihoterapie – nici măcar un singur cuvânt în jargon. O să ți-o trimit pe a mea. Undeva, poate chiar în cartea asta, a făcut o afirmație simplă, dar redutabilă: „Dacă vrei să fii mândru de tine, fă lucruri de care să fii mândru".

— Am deviat de la subiect. Ajută-mă să continui, Ernest. Relația mea cu Belle? Bineînțeles, de asta suntem aici de fapt, nu-i așa? În ceea ce privește relația dintre noi, s-au petrecut multe lucruri interesante. Dar știu că lucrul cel mai important pentru comitetul tău îl reprezintă atingerile corporale. Belle a făcut mare tamtam pe tema asta, încă de la început. Și acum, că tot am ajuns la capitolul ăsta, eu am obiceiul să-mi ating toți pacienții, fie că sunt bărbați, fie că sunt femei, în fiecare ședință, de regulă o strângere de mână la plecare sau poate o bătaie ușoară pe umăr. Ei bine, Bellei nu-i prea plăcea chestia asta: refuza să-mi strângă mâna și făcea tot felul de comentarii ironice de genul „Asta-i o strângere de mână aprobată de APA[1]?"

---

1 În engl. în orig. American Psychiatric Association: Asociația Psihiatrilor din America.

sau „N-ai putea încerca să fii mai puțin protocolar?“ Uneori își termina ședința cu o îmbrățișare, întotdeauna prietenească, fără nici o conotație sexuală. La următoarea ședință mă muștruluia pentru felul cum mă purtam, pentru formalismul meu, pentru faptul că înțepeneam când mă îmbrățișa. Iar „a înțepeni“ se referă la corpul meu, nu la pulă, Ernest, am văzut cum te uitai adineauri la mine. Ai fi un jucător de poker vai de capul lui. Încă n-am ajuns la partea lascivă. O să te anunț eu când ajungem.

— Se plângea de vârsta ei. Dacă ar fi fost bătrână și ramolită, spunea, n-aș fi ezitat să o îmbrățișez. Probabil că avea dreptate. Contactul fizic era extraordinar de important pentru Belle: insista mereu să ne atingem unul pe celălalt. Insista și insista și insista. Non-stop. Dar puteam s-o înțeleg: în copilărie, Bellei îi lipsiseră atingerile corporale. Mama ei a murit când ea era încă în fașă și a fost crescută de un șir de guvernante elvețiene inaccesibile. Iar tatăl ei! Închipuie-ți cum ar fi să crești având un tată cu fobie de microbi, care n-o atingea niciodată și care purta mănuși și în casă, și în afara ei. Îi punea pe servitori să calce toate bancnotele.

— Cu timpul, cam după un an, mă relaxasem destul, ori fusesem înmuiat suficient de insistențele necontenite ale Bellei, încât să mă apuc să închei regulat ședințele cu o îmbrățișare avunculară. Avunculară? Înseamnă „de unchi“. Dar oricât i-aș fi dat, ea îmi cerea întotdeauna mai mult, încerca mereu să mă sărute pe obraz când mă îmbrățișa. Eu insistam mereu să respecte limitele, iar ea ținea morțiș să le încalce. Nici nu mai știu câte cărți și articole despre subiectul ăsta i-am dat să citească.

— Dar ea era ca un copil într-un trup de femeie – întâmplător, un trup de femeie demențial – și își dorea un contact fizic permanent cu mine. N-ar putea să-și mute scaunul mai aproape? N-aș putea să o țin de mână câteva minute? N-am putea să stăm unul lângă altul pe canapea? N-aș vrea cumva să-mi pun mâna în jurul taliei ei și să stăm așa, în tăcere, sau să mergem la plimbare în loc să vorbim?

— Și era persuasivă și ingenioasă. „Seymour“, spunea ea, „tu vorbești o grămadă despre faptul că inventezi câte o terapie pentru fiecare pacient al tău, dar în articolele pe care le scrii nu pomenești nimic despre faptul că lucrul ăsta e valabil «doar dacă e în manualul oficial» sau «atâta vreme cât nu deranjează confortul burghez al terapeutului de vârstă mijlocie»". Mă acuza că mă ascund în spatele indicațiilor APA legate de limitele terapiei. Știa că eu scrisesem regulile alea pe vremea când eram președintele APA și îmi reproșa că sunt prizonierul propriilor mele norme. Îmi reproșa că nu-mi citesc articolele. „Tu sublinezi faptul că trebuie să se respecte unicitatea fiecărui pacient și apoi prezinți un singur set de reguli, care se potrivesc tuturor pacienților, în toate situațiile. Cu toții suntem puși la grămadă", zicea ea, „de parcă toți pacienții ar fi la fel și ar trebui tratați la fel". Iar refrenul ei era mereu același: „Ce-i mai important: Să urmezi regulile? Să rămâi în zona ta de siguranță, adică în fotoliu? Sau să faci ce-i mai bine pentru pacientul tău?"

— Alteori înjura „terapia mea defensivă": „Ți-e atât de groază să nu fii dat în judecată. Voi, toți terapeuții umaniști, vă chirciți de frică în fața avocaților și, în același timp, vă îndemnați pacienții bolnavi mintal să fie liberi. Chiar crezi că te-aș da în judecată? Încă nu mă cunoști, Seymour? Îmi salvezi viața. Și te iubesc!"

— Și, știi, Ernest, avea dreptate. Mă făcuse să bat în retragere. *Chiar* mă chircisem de frică. Îmi apăram regulile până și într-o situație în care știam că erau antiterapeutice. Îmi plasam timiditatea și temerile cu privire la cariera mea derizorie înaintea intereselor ei. Zău așa, dacă privești lucrurile de pe o poziție de imparțialitate, *nu era* nimic rău în a o lăsa să stea lângă mine și să mă țină de mână. De fapt, de fiecare dată când făceam asta, fără excepție, insuflam un nou avânt terapiei: ea devenea mai puțin defensivă, avea mai multă încredere în mine, căpăta mai mult acces la viața ei interioară.

— Ce? Dacă limitele stricte folosesc la ceva într-o terapie? Bineînțeles că da. Ascultă-mă, Ernest. Problema mea era că Belle tuna și fulgera împotriva tuturor limitelor, de parcă ar fi fost un taur cu un steag roșu în fața ochilor. De câte ori – *de câte ori* – impuneam vreo limită, ea încerca încontinuu să o încalce. Căpătase obiceiul de a se îmbrăca sumar sau de a purta bluze transparente, fără sutien. Dacă făceam vreun comentariu, mă ridiculiza spunând că am o atitudine victoriană față de trup. Voiam să-i cunosc în cel mai mic detaliu mintea, zicea ea, însă pielea era tabu. De vreo două ori s-a plâns că are o umflătură la un sân și m-a rugat să o examinez, ceea ce bineînțeles că n-am făcut. Povestea ore întregi despre cum ar vrea să facă amor cu mine și mă implora să fac sex cu ea măcar o dată. Unul dintre argumentele ei era că, dacă ar face o dată sex cu mine, atunci ar scăpa de obsesie. Ar fi aflat că nu e nimic deosebit sau magic în asta, și apoi ar fi fost liberă să se gândească și la alte lucruri.

— Cum m-a făcut să mă simt dorința ei de a face sex cu ea? Bună întrebare, Ernest, dar are vreo legătură cu ancheta asta?

— Nu ești sigur? Important e ce *am făcut* – pentru asta sunt judecat – nu ce am simțit sau am gândit. Nimănui nu-i pasă nici cât negru sub unghie de așa ceva când ești pus la zid în felul ăsta! Dar, dacă oprești un pic înregistrarea, o să-ți spun. Ia-o ca pe o îndrumare. Ai citit *Scrisori către un tânăr poet* de Rilke? Ei bine, consideră asta ca pe o scrisoare a mea către un tânăr terapeut.

— Bine. Și pixul, Ernest. Pune-l jos și ascultă-mă puțin. Vrei să știi în ce fel m-a afectat? O femeie frumoasă, obsedată de mine, care se masturba zilnic gândindu-se la mine și mă implora să o pun cu ea, vorbea întruna despre fanteziile ei cu mine, despre cum s-ar freca pe față cu sperma mea sau cum ar pune-o în fursecuri cu ciocolată – cum *crezi* că mă făcea să mă simt? Uită-te la mine! Două cârje, din ce în ce mai bolnav, urât, cu fața încrețită de riduri, cu corpul fleșcăit, pe ducă.

— Recunosc. Sunt și eu om. A început să mă afecteze. Mă gândeam la ea în timp ce îmi alegeam hainele în zilele când aveam ședință cu ea. Ce cămașă să port? Detesta dungile late, cică mă făceau să arăt prea mulțumit de mine însumi, spunea. Și ce loțiune să folosesc după bărbierit? Îi plăcea Royall Lyme mai mult decât Mennen, iar eu șovăiam de fiecare dată, neștiind pe care s-o aleg. De obicei, mă dădeam cu Royall Lyme. Într-o zi, la clubul ei de tenis, a făcut cunoștință cu un coleg de-al meu – un dobitoc, un adevărat narcisist care s-a simțit mereu în competiție cu mine – și, cum a auzit că ne cunoaștem, l-a tras de limbă în legătură cu mine. Relația dintre mine și el a excitat-o în asemenea măsură, că imediat s-a dus acasă cu el. Închipuie-ți, fraierul ăla s-o pună cu femeia asta superbă, și nici măcar să nu știe că datorită mie. Iar eu să nu-i pot spune. M-am ofticat ca naiba.

— Dar una e să ai sentimente puternice față de un pacient, alta e să ți le și manifești. Iar eu m-am zbătut să mă abțin, mă analizam tot timpul, în paralel m-am consultat cu doi prieteni și am încercat să fac față în timpul ședințelor. Îi spuneam fără întrerupere că nici la Paștele cailor n-o să fac sex cu ea, că niciodată n-aș înceta să mi-o reproșez după aceea. I-am zis că are mai multă nevoie de un terapeut bun și iubitor decât de un amant infirm și vârstnic. Dar mi-am recunoscut atracția față de ea. I-am spus că nu vreau să stea prea aproape de mine, întrucât contactul fizic mă excita și mă făcea să fiu mai puțin competent ca terapeut. Am adoptat o poziție autoritară: am insistat că perspectiva mea asupra efectelor pe termen lung era mai corectă decât a ei, că știam lucruri despre terapie pe care ea nu le știa încă.

— Da, da, poți să înregistrezi din nou. Cred că ți-am răspuns la întrebarea despre sentimentele pe care le aveam. Deci am ținut-o așa mai bine de un an, luptându-ne ca simptomele să dispară. A clacat de multe ori, dar, în mare, ne-am descurcat binișor. Știam că nu se vindecase. Eu doar „o conțineam", oferindu-i un mediu plin de înțelegere și dându-i sentimentul că se află în siguranță chiar și în intervalul dintre ședințe. Dar puteam auzi ceasul cum ticăie: devenea din ce în ce mai agitată și mai epuizată.

— Iar într-o zi, când a venit, arăta complet extenuată. O marfă nouă și foarte concentrată apăruse la vânzare pe stradă, și mi-a mărturisit că era pe punctul de a face rost de niște heroină. „Nu mai pot continua să trăiesc într-o frustrare totală ", a zis ea. „Încerc din răsputeri să fac în așa fel încât relația dintre noi să funcționeze, dar nu prea mai am combustibil. Mă cunosc, știu cum sunt și ce fac. Tu mă ții în viață, și vreau să lucrez cu tine. Cred că pot s-o fac. Dar *am nevoie de un stimulent*! Da, da Seymour. Știu ce te pregătești să spui: îți știu textele pe dinafară. Ai de gând să spui că deja am un stimulent, că stimulentul meu e o viață mai bună, care mă face să mă simt mai bine cu mine însămi și care mă împiedică să mă sinucid, oferindu-mi respect de sine. Dar nu-i suficient! E prea departe. Prea abstract. Am nevoie de ceva palpabil. Am nevoie de ceva palpabil!"

— Am început să ripostez, dar m-a întrerupt. Din disperarea ei, care atinsese cote uriașe, a țâșnit o propunere disperată. „Seymour, cooperează cu mine. Așa cum vreau eu. Te implor. Dacă nu mai fac nimic un an – chiar nimic, știi ce vreau să spun: fără droguri, fără vomitat, fără chestii prin baruri, fără tăieturi, fără *nimic* – atunci *răsplătește-mă*! Dă-mi un stimulent! Promite-mi că mă duci o săptămână în Hawaii. Să mergem acolo ca bărbat și femeie, nu ca psihoterapeut și pacient tâlâmb. Nu zâmbi, Seymour, vorbesc serios, extrem de serios. Am nevoie de asta. Seymour, măcar de data asta, pune nevoile *mele* în fața regulilor. Colaborează cu mine."

— S-o duc o săptămână în Hawaii! Zîmbești, Ernest, așa am făcut și eu. Strigător la cer! Am făcut ce ai fi făcut și tu: nu am luat-o în serios. Am încercat să refuz, așa cum îi refuzasem toate propunerile imorale de până atunci. Dar de data asta nu se lăsa păgubașă. În atitudinea ei exista ceva irezistibil, amenințător. Și o mai încăpățânată perseverență. N-o lăsa baltă. Nu puteam s-o fac să se răzgândească. Când i-am spus că nici nu încape în discuție, Belle a început să negocieze: a mărit perioada de bună-purtare la un an și jumătate, a înlocuit Hawaii cu San Francisco și a micșorat durata de la o săptămână, mai întâi la cinci, apoi la patru zile.

— Între ședințe, împotriva voinței mele, m-am trezit că mă gândesc la propunerea Bellei. Nu mă puteam abține. Cochetam cu ideea. Un an și jumătate – *optsprezece luni* – de bună-purtare? Imposibil. Absurd. N-ar fi putut să reziste, pentru nimic în lume. De ce ne mai pierdem vremea discutând despre asta?

— Dar *dacă* – doar ca un exercițiu mental, mi-am spus în sinea mea – dacă ea chiar reușea să-și schimbe comportamentul vreme de optsprezece luni? Ia încearcă să te gândești la lucrul ăsta, Ernest. Închipuie-ți. Ia în considerare și posibilitatea asta. Nu ești de acord că, dacă o femeie impulsivă, cu tendința de a trece la acțiune, își dezvoltă capacitatea de a se controla și de a adopta un comportament egosintonic vreme de optsprezece luni, renunțând la droguri, la tăieturi și la toate formele de autodistrugere, *ea n-o să mai fie aceeași persoană*?

— Ce? Pacienții borderline joacă tot felul de jocuri? Asta ai zis? Ernest, n-o să fii niciodată un adevărat terapeut dacă gândești așa. Exact despre asta vorbeam mai devreme, când povesteam de pericolele diagnosticelor. Există diverse tipuri de borderline. Etichetele dăunează oamenilor. Nu poți să tratezi o etichetă, trebuie să tratezi persoana care se află sub etichetă. Deci, Ernest, te mai întreb o dată: Nu ești de acord că persoana asta, nu eticheta, ci această Belle, femeia asta în carne și oase, s-ar schimba radical și în profunzime dacă s-ar purta complet diferit vreme de optsprezece luni?

— Nu vrei să-ți dai cu părerea? Nu te condamn, având în vedere calitatea în care te afli azi aici. Mai e și reportofonul. Păi, atunci răspunde-ți doar în sinea ta, nu cu voce tare. Ba nu, dă-mi mie voie să răspund: nu cred că există pe lumea asta vreun terapeut care să nu fie de acord cu faptul că Belle ar fi o persoană extrem de diferită, dacă nu s-ar mai lăsa dominată de tulburarea ei impulsivă. Și-ar crea valori diferite, priorități diferite, o perspectivă diferită. S-ar trezi din amorțeală, ar deschide ochii, ar vedea realitatea, poate și-ar vedea propria-i frumusețe și valoare. Și m-ar vedea și pe mine cu alți ochi, m-ar vedea așa cum mă vezi și tu: un moș șchiop și pe cale de a se dezintegra. Dacă ar vedea realitatea, atunci transferul erotic și necrofilia, pur și simplu, ar dispărea și, odată cu ele, bineînțeles, și orice interes în stimulentul Hawaii.

— Ce zici, Ernest? Aș fi dus dorul transferului erotic? Mă mâhnea gândul ăsta? Bineînțeles! Bineînțeles! Îmi plăcea la nebunie să fiu adorat. Cui nu i-ar plăcea? Ție nu?

— Hai, Ernest. *Ție nu?* Ție nu-ți plac la nebunie aplauzele, când îți termini prelegerea? Nu-ți place la nebunie când oamenii, mai ales femeile, se strâng în jurul tău?

— Bine! Îți apreciez sinceritatea. N-are de ce să-ți fie rușine. Cui nu i-ar plăcea? Așa suntem făcuți. Deci, să continui, mi-ar fi lipsit adorația ei, m-aș fi simțit părăsit, dar nu se putea una fără alta. Era sarcina mea să o aduc în contact cu realitatea, să o ajut să se desprindă de mine. Poate chiar și, Doamne apără-mă, să mă uite.

— Ei bine, pe măsură ce zilele, apoi săptămânile treceau, eu deveneam din ce în ce mai intrigat de pariul Bellei. *Optsprezece luni de bună-purtare*, îmi oferise ea. Și amintește-ți că era doar o ofertă inițială. Sunt un negociator priceput și eram sigur că probabil aș fi putut obține mai mult, pentru a-i crește șansele, pntru a-i da un răgaz și mai mare. Pentru ca schimbarea să-i intre în sânge. M-am mai gândit și la alte condiții asupra cărora să insist: terapie de grup pentru ea, poate, și o încercare mai asiduă de a-l implica pe soțul ei în terapia de cuplu.

— Zi și noapte, mă gândeam la propunerea Bellei. Nu mi-o puteam scoate din cap. Îmi place să pun pariuri, iar șansele mele de câștig păreau fantastic de mari. Dacă Belle pierdea pariul, dacă ceda luând droguri, vomitând, bătând barurile sau tăindu-și venele, atunci *nu pierdeam nimic*. Pur și simplu, ne-am fi întors de unde am plecat. Chiar dacă aș fi obținut doar câteva săptămâni sau luni de abstinență, aș fi putut să mă folosesc de ele. Dar dacă Belle câștiga, atunci s-ar fi schimbat atât de mult, încât nu ar mai fi pretins niciodată premiul. Simplu ca bună ziua. Șanse nule să pierd și șanse bunicele de a o salva pe femeia asta.

— Eu am fost întotdeauna un tip dinamic, îmi plac la nebunie cursele de cai, pariez pe orice, baseball, baschet. După liceu, m-am înrolat în marină și m-am întreținut în facultate din câștigurile de la partidele de poker jucate la bordul vaporului. Când îmi făceam rezidențiatul la Mount Sinai, în New York, mi-am petrecut multe dintre serile libere participând la un joc de poker în secția de obstetrică, împreună cu medicii din Park Avenue, care puteau fi chemați oricând la serviciu. În camera de relaxare a doctorilor, de lângă salonul de nașteri, se juca permanent poker. De câte ori apărea un loc liber la masa de joc, îl puneau pe centralist să îmi trimită mesajul „Dr. Blackwood" pe pager. De câte ori auzeam pe pager „Dr. Blackwood să vină în salonul de nașteri", fugeam acolo cât mă țineau picioarele. Toți erau medici minunați, dar și jucători de poker. Știi, Ernest, pe vremea aia rezidenții erau plătiți extrem de prost, iar la sfârșitul anului, toți aveau datorii uriașe. Eu? Eu m-am dus la noul meu post din Ann Arbor într-o mașină decapotabilă De Soto, prin bunăvoința obstetricienilor din Park Avenue.

— Să revenim la Belle. M-am tot gândit și răzgândit la pariul ei și apoi, într-o zi, am acceptat provocarea. I-am spus lui Belle că îi pot înțelege nevoia de stimulente și am inițiat o negociere serioasă. Am insistat ca termenul să fie de doi ani. A fost atât de recunoscătoare pentru faptul că am luat-o în serios, încât a acceptat toate condițiile mele și imediat am încheiat un contract clar și ferm. Partea pe care o avea ea de respectat din înțelegere era să nu cedeze nici unei tentații vreme de doi ani: fără droguri (inclusiv alcool), fără tăieturi, fără să agațe pe nimeni prin baruri ori pe autostradă sau alte comportamente sexuale periculoase. Aventurile sexuale obișnuite îi erau permise. Și fără nimic ilegal. M-am gândit că asta acoperă totul. A, da, și trebuia să înceapă terapia de grup și să-mi promită că participă împreună cu soțul ei la o terapie de cuplu. Partea pe care o aveam eu de respectat era un weekend în San Francisco: toate detaliile, hotelul, activitățile, urmau să rămână la alegerea ei, avea mână liberă. Eu trebuia doar să mă pun la dispoziția ei.

— Belle a tratat chestia asta cu toată seriozitatea. La finalul negocierilor, a sugerat un legământ protocolar. A adus o Biblie și am jurat amândoi pe ea că o să ne respectăm promisiunile. După aceea ne-am strâns solemn mâinile, să pecetluim contractul.

— Tratamentul a continuat ca și până atunci. Belle și cu mine ne întâlneam, în medie, de două ori pe săptămână, de trei ori ar fi fost mai bine, dar soțul ei începuse să bombăne din cauza costurilor ridicate ale terapiei. Întrucât Belle nu mai ceda impulsurilor ei și nu mai trebuia să ne petrecem timpul analizându-i „scăpările", terapia a mers mai repede și a fost mai profundă. Vise, fantezii, totul părea mai accesibil. Pentru prima oară, a început să dea semne că ar fi curioasă să se cunoască pe sine. S-a înscris la universitate, la un curs de instruire despre psihologia deviantă și s-a apucat să scrie o autobiografie despre copilăria ei. Încetul cu încetul, și-a amintit din ce în ce mai multe amănunte despre primii săi ani de viață și despre cum își căutase o altă mamă printre guvernantele nepăsătoare, dintre care majoritatea plecau după doar câteva luni, din cauza fanatismului cu care tatăl ei insista să păstreze curățenia și ordinea. Fobia lui de microbi îi controla ei toate aspectele vieții. Închipuie-ți: până la paisprezece ani n-a fost lăsată să se ducă la școală și a fost educată acasă, din cauza temerilor lui că ar putea aduce microbi acasă. În consecință, avea foarte puțini prieteni apropiați. Chiar și mesele luate împreună cu prietenii erau rare. I se interzicea să mănânce în altă parte decât acasă, iar ea avea oroare să-și expună prietenii la bizareriile tatălui ei: mănuși, spălat pe mâini între felurile de mâncare, inspectarea mâinilor servitorilor, pentru a verifica dacă sunt curate. Nu i se permitea să împrumute cărți, iar una dintre guvernantele pe care ea le iubise a fost concediată pe loc fiindcă le lăsase pe Belle și pe o prietenă de-a ei să facă schimb de rochii pentru o zi. Copilăria și statutul ei de fiică s-au încheiat brusc la paisprezece ani, când a fost trimisă la o școală cu internat în Grenoble. De atunci, n-a mai avut decât o relație superficială cu tatăl ei, care s-a recăsătorit imediat după aceea. Noua lui soție era o femeie frumoasă, dar înainte fusese prostituată, conform spuselor unei mătuși necăsătorite, care i-a zis că femeia era una dintre multele curve cu care tatăl ei se întâlnise în ultimii paisprezece ani. Poate, s-a gândit Belle – iar asta a fost prima ei tentativă de interpretare din timpul terapiei –, că *el* se simțea murdar, și din cauza asta se spăla tot timpul și refuza ca pielea lui s-o atingă pe a ei.

— În tot acest răstimp, Belle a adus vorba despre pariul nostru doar pentru a-și exprima recunoștința față de mine. Îl numea „cea mai puternică susținere“ de care avusese parte. Știa că pariul era un cadou pentru ea și, spre deosebire de „darurile“ pe care le primise de la alți medici – cuvinte, interpretări, promisiuni, „îngrijiri terapeutice“ –, cadoul ăsta era real și palpabil. Corporal. Era o dovadă tangibilă a faptului că eu mă dedicam întru totul misiunii de a o ajuta. Și îi dovedeam astfel iubirea mea. Niciodată până atunci, a zis ea, nu mai fusese iubită în felul ăsta. Niciodată până atunci nu o mai pusese cineva mai presus de interesele proprii, mai presus de reguli. Cu siguranță, nu tatăl ei, care niciodată n-a dat mâna cu ea fără mănușă și care, până la moartea lui, cu zece ani în urmă, îi trimisese mereu același cadou de ziua ei: un teanc de bancnote de o sută de dolari, câte una pentru fiecare an împlinit, fiecare bancnotă spălată și călcată.

— Iar pariul mai avea și altă semnificație. Era măgulită fiindcă acceptasem să încalc regulile. Cel mai mult îi plăcea la mine, spunea ea, faptul că eram dispus să-mi asum riscuri, că eram în contact cu latura mea întunecată. „Și în tine există ceva misterios și indecent“, îmi zicea ea. „De asta mă înțelegi atât de bine. În anumite privințe, mințile noastre sunt identice.“

— Știi, Ernest, probabil din cauza asta ne-am potrivit atât de bine încă de la început și m-a acceptat imediat ca psihoterapeut – o scânteie de neastâmpăr de pe fața mea, o licărire ironică în ochi. Belle avea dreptate. Mă mirosise. Era o tipă deșteaptă.

— Și știi, mi-am dat imediat seama ce voia să spună – imediat! Și eu o pot vedea la alții. Ernest, oprește doar un minut înregistrarea. Bine. Mersi. Am senzația că o văd și la tine. Tu și cu mine ne aflăm de părți diferite ale baricadei, ale mesei ăsteia de judecată, dar avem ceva în comun. Ți-am spus, mă pricep să citesc fețele oamenilor. Rareori greșesc în chestii din astea.

— Nu? Hai, hai! Știi la ce mă refer! Nu tocmai din motivul ăsta îmi asculți povestirea cu atâta curiozitate? Mai mult decât o simplă curiozitate! Crezi că exagerez dacă o numesc *fascinație*? Ai ochii mari cât niște farfurioare de dulceață. Da, Ernest, tu și cu mine. Și tu ai fi făcut la fel dacă te-ai fi trezit într-o situație ca a mea. Pariul meu faustian ar fi putut fi la fel de bine al tău.

— Clatini din cap. Bineînțeles! Dar eu nu mă adresez minții tale. Eu îi vorbesc direct sufletului tău, și o să vină vremea când o să fii mai receptiv la spusele mele. Mai mult, e posibil să te identifici nu numai cu mine, ci și cu Belle. Noi trei nu suntem chiar atât de diferiți unul de celălalt! OK, asta-i tot, hai să revenim la subiect.

— Așteaptă! Înainte de a porni iarăși înregistrarea, Ernest, mai dă-mi voie să zic ceva. Crezi cumva că nu mi se rupe de comisia asta de etică? Ce ar putea face? Să-mi anuleze privilegiile cu privire la internarea în spital? Am șaptezeci de ani, cariera mea s-a încheiat, știu asta. Așa că de ce îți spun toate lucrurile astea? În speranța că ar putea ieși și ceva bun de aici. În speranța că poate lași să ajungă până la tine vreun grăunte din mine, că poate îmi dai voie să-ți intru în sânge, să te învăț câte ceva. Amintește-ți, Ernest, când îți vorbesc despre faptul că ar trebui să fii în contact cu latura ta întunecată, o spun ca pe un lucru *pozitiv*, adică ai putea avea vederi largi și curajul de a fi un terapeut minunat. Pornește din nou înregistrarea, Ernest. Te rog, nu-i nevoie să-mi răspunzi. Când ai șaptezeci de ani, nu mai ai nevoie de răspunsuri.

— OK, unde rămăseserăm? Păi, în primul an, Belle a fost evident mai bine. Nu a avut nici o „scăpare". S-a abținut pe toată linia. Mi-a cerut mult mai puține lucruri. Din când în când, mă ruga să îi permit să se așeze lângă mine, iar eu să-mi pun brațul în jurul taliei ei și să rămânem așa, unul lângă altul, câteva minute. Asta întotdeauna izbutea s-o relaxeze și să o facă mai cooperantă. Am continuat să o îmbrățișez patern la sfârșitul ședințelor, iar ea mă săruta de obicei cu sfială, filial, pe obraz. Soțul ei a refuzat să facă terapie de cuplu, dar a acceptat să se întâlnească de câteva ori cu un practicant al creștinismului științific. Belle mi-a spus că acum comunicau mai bine între ei și că amândoi păreau mai mulțumiți de relația lor.

— După șaisprezece luni, totul mergea încă bine. Fără heroină – fără nici un drog – fără tăieturi, bulimie, vomă, fără nici un fel de comportament autodistructiv. S-a alăturat mai multor grupuri extremiste conduse de un medium, unui grup de terapie prin valorificarea vieților anterioare, a consultat un nutriționist de alge, excentricități tipice pentru California, inofensive. Ea și soțul ei și-au reluat viața sexuală; a mai făcut sex de câteva ori cu colegul meu – cretinul ăla, dobitocul ăla pe care l-a cunoscut la clubul de tenis. Însă măcar era sex protejat, nici nu se compara cu escapadele ei prin baruri și pe autostradă.

— A fost cea mai remarcabilă schimbare pe care am văzut-o vreodată pe parcursul unei terapii. Belle spunea că e perioada cea mai fericită a vieții ei. Te provoc, Ernest: bag-o în orice studiu despre rezultatele obținute prin terapie. Ar fi pacientul vedetă! Pune în balanță progresele acestea cu orice tratament medicamentos: Risperidone, Prozac, Paxil, Effexor, Wellbutrin – orice-ți dă prin cap – terapia mea ar câștiga fără probleme. Cea mai tare terapie pe care am făcut-o vreodată și, totuși, n-aș putea s-o public. S-o public? Nici măcar n-am putut povesti cuiva despre ea. Până acum! Tu ești primul meu ascultător autentic.

— După vreo optsprezece luni, lucrurile s-au schimbat. La început, destul de subtil. Au apărut din ce în ce mai multe aluzii la weekendul nostru din San Francisco și, în curând, Belle a început să vorbească despre asta la fiecare ședință. În fiecare dimineață, stătea în pat o oră în plus, visând cu ochii deschiși la cum o să fie weekendul nostru: că o să doarmă la mine în brațe, că o să comande micul dejun din pat, că o să mergem cu mașina la Sausalito, unde o să luăm masa de prânz, apoi o să dormim după-amiază. Visa că ne căsătorim și că mă aștepta să vin seara acasă. Insista că ar putea să trăiască fericită tot restul vieții dacă ar ști că mă întorc acasă, la ea. N-avea nevoie să petreacă prea mult timp împreună cu mine. Era de acord să fie a doua soție a mea, să mă aibă doar pentru ea numai o oră sau două pe săptămână – ar fi putut să trăiască așa, sănătoasă și fericită, până la sfârșitul zilelor.

— Păi, îți poți închipui că deja mă simțeam cam neliniștit. Apoi, din ce în ce mai neliniștit. Am început să mă agit. Am făcut tot ce-am putut s-o ajut să înfrunte realitatea. Practic, la fiecare ședință, îi vorbeam despre vârsta mea. Peste trei sau patru ani, o să fiu într-un scaun cu rotile. Peste zece ani, o să am optzeci. Am întrebat-o cât crede ea c-o să trăiesc. Bărbații din familia mea mor tineri. La vârsta mea, tata se afla în coșciug de cincisprezece ani. Ea mi-ar supraviețui cu cel puțin douăzeci și cinci de ani. Ba chiar m-am apucat să-mi exagerez problemele neurologice în fața ei. Odată m-am prefăcut că nu mă mai țin pe picioare și cad, atât de disperat eram. Iar bătrânii n-au prea multă energie, îi repetam eu. La opt și jumătate dorm deja, îi spuneam. De cinci ani nu mai apucasem să văd știrile de la ora zece. Vederea mea din ce în ce mai proastă, inflamarea cartilajelor mele de la umeri, dispepsia, prostata, balonarea, constipația. Chiar mă bătea gândul să-mi iau un aparat auditiv, doar așa, de efect.

— Dar am dat-o în bară cu brio. Am greșit întru totul! N-a făcut decât să-i stimuleze apetitul. Într-un mod pervers, o atrăgea teribil gândul că aș putea deveni infirm sau neputincios. Avea fantezii cu mine făcând o comoție cerebrală, visa că mă părăsește nevasta și ea se mută la mine să mă îngrijească. Una dintre reveriile ei favorite era să aibă grijă de mine ca o soră medicală: să-mi facă ceai, să mă spele, să-mi schimbe așternutul și pijamaua, să mă dea cu pudră de talc, iar apoi să se dezbrace și să se urce lângă de mine, în patul cu cearceafuri răcoroase.

— După douăzeci de luni, progresele Bellei au fost și mai mari. Din proprie inițiativă, s-a înscris într-un grup care făcea terapie antidrog și se ducea acolo de trei ori pe săptămână. Mai făcea și muncă de voluntariat la școlile de la periferie, unde le învăța pe adolescente despre metode anticoncepționale și SIDA. Fusese acceptată la o universitate din localitate.

— Ce anume, Ernest? Cum mi-am dat seama dacă mă mințea sau nu? Ei bine, niciodată nu i-am pus cuvântul la îndoială. Știam că are și ea defectele ei, dar sinceritatea, cel puțin față de mine, părea aproape o compulsie. La începutul terapiei – cred că am mai menționat asta – am încheiat un contract prin care ne obligam să ne spunem reciproc doar purul adevăr. În primele câteva săptămâni, au existat vreo două situații în care s-a abținut să-mi povestească anumite episoade cam indecente, dar, până la urmă, n-a rezistat. A devenit agitată din cauza asta, era convinsă că eu puteam să-i citesc gândurile și că voi refuza să o mai tratez. De fiecare dată, n-a putut să aștepte până la următoarea ședință pentru a mi se destăinui, ci s-a simțit obligată să-mi telefoneze – odată era trecut de miezul nopții – pentru a îndrepta lucrurile.

— Dar întrebarea ta e bună. Depindeau prea multe de asta, ca să mă bizui numai pe ce spunea ea, așa că am făcut ce-ai fi făcut și tu în locul meu: mi-am consultat sursele posibile de informații. În perioada aia, m-am întâlnit de vreo două ori cu soțul ei. Refuzase să facă terapie, dar fusese de acord să vină să ajute la îmbunătățirea stării Bellei, iar el mi-a confirmat tot ce-mi spusese ea. Și nu numai atât, ba chiar mi-a dat permisiunea să iau legătura cu consilierul sectei adepte a creștinismului științific – care, culmea ironiei, își dădea doctoratul în psihologie clinică și îmi citea cărțile –, și ea mi-a confirmat povestea Bellei: se străduia din răsputeri să-și pună pe picioare căsnicia, fără tăieturi, fără droguri, muncă de voluntariat în folosul comunității. Nu, Belle juca cinstit.

— Deci tu ce-ai fi făcut în situația asta, Ernest? Ce? În primul rând, n-ai fi ajuns într-o asemenea situație? Da, da, știu. Un răspuns superficial. Mă dezamăgești. Spune-mi, Ernest, dacă n-ai fi ajuns aici, atunci unde *ai* fi ajuns? În laboratorul tău? Sau la bibliotecă? Ai fi fost în siguranță. La călduricã. Dar unde ar fi fost pacientul? Dispărut demult, la asta s-ar fi ajuns! Exact la fel ca cei douăzeci de terapeuți care au tratat-o pe Belle înaintea mea, și ei au ales calea sigură. Dar eu sunt un altfel de terapeut. Un mântuitor al sufletelor pierdute. Refuz să las baltă un pacient. Îmi rup gâtul, îmi pun curul la bătaie, încerc orice ca să-mi salvez pacientul. Așa au stat lucrurile pe tot parcursul carierei mele. Știi ce reputație am? Întreabă și tu în stânga și-n dreapta. Întreabă-l pe directorul tău. El mă știe. Mi-a trimis zeci de pacienți. Sunt terapeutul la care se apelează în ultimă instanță. Mie îmi sunt trimiși pacienții la care ceilalți medici renunță. Dai din cap? Ai auzit asta despre mine? Bine! Mă bucur că ai aflat că nu sunt doar un fraier senil.

— Așa că îți dai seama în ce poziție mă aflam! Ce dracu' aș fi putut face? Începeam să fiu stresat. Am apelat la toate șmecheriile: am început să interpretez în disperare, frenetic, de parcă viața mi-ar fi depins de asta. Am interpretat tot ce mișca. Și n-am mai avut răbdare cu iluziile ei.

— De exemplu, hai să luăm fantezia nebunească a Bellei că am fi căsătoriți și că și-ar sacrifica temporar viața pentru a mă aștepta încremenită toată săptămâna, ca să petreacă o oră, două cu mine. „Ce viață crezi că e asta și ce fel de relație ar fi?“ am întrebat-o eu. N-ar fi fost o relație, ar fi fost șamanism. Privește lucrurile din perspectiva mea, spuneam eu. Ce satisfacție își închipuia că aș fi avut eu de pe urma unui asemenea aranjament? Să o vindec numai prin prezența mea de o oră era o fantasmagorie. Asta ar fi fost o relație? Nu! Așa ceva nu putea exista, ea mă privea ca pe o icoană. Cât privește obsesia ei de a mi-o suge și de a-mi înghiți sperma, același lucru. O fantasmagorie. Se simțea goală pe dinăuntru și voia s-o umplu eu cu esența mea. Chiar nu putea să-și dea seama ce făcea, nu putea să-și dea seama că greșea când confunda simbolicul cu realitatea concretă? Cât credea ea că o s-o umple cantitatea mea derizorie de spermă? În câteva secunde, acidul ei hidrocloric gastric n-o să-i mai lase decât niște lanțuri de ADN fragmentat.

— Belle încuviința cu gravitate din cap, aprobându-mi interpretările frenetice, iar apoi se întorcea la tricotatul ei. Colega ei de la Narcoticii Anonimi o învățase să tricoteze și, pe parcursul ultimelor săptămâni, lucrase încontinuu la un pulover cu torsade pentru mine, pe care să-l port în weekendul din San Francisco. N-am găsit nici o cale să mișc ceva în ea. Da, era de acord că probabil își fundamenta viața pe o iluzie. Poate că ea căuta arhetipul bărbatului bătrân și înțelept. Și ce era atât de rău în asta? Asista și la un curs de antropologie și citea *Creanga de Aur*[1]. Mi-a amintit că majoritatea oamenilor au trăit conform unor concepte iraționale precum totemuri, reîncarnare, rai și iad, chiar și vindecarea terapeutică transferențială sau divinizarea lui Freud. „Orice ține e bun“, spunea ea, „iar gândul că o să petrecem un weekend împreună ține. Asta a fost cea mai frumoasă perioadă a vieții mele, e ca și cum aș fi măritată cu tine. E ca și cum te-aș aștepta și aș ști că în curând vii acasă, la mine. Mă ține pe linia de plutire, mă menține satisfăcută“. Și rostind vorbele astea, s-a întors la tricotat. Afurisitul ăla de pulover! Îmi venea să i-l smulg din mână.

— După douăzeci și două de luni, am intrat în panică. Mi-am pierdut toată stăpânirea de sine și am început s-o lingușesc, s-o implor, să bag strâmbe. I-am ținut discursuri despre iubire. „Spui că mă iubești, dar iubirea e o relație, iubirea înseamnă să-ți pese de celălalt, să-ți pese de cum e și de ce anume vrea celălalt. Ție îți pasă vreodată de mine? De ce simt *eu*? Te gândești vreodată la sentimentele mele de vinovăție, la teama mea, la ce impact ar avea asupra respectului meu de sine faptul că aș face un lucru imoral? La impactul asupra reputației mele, la riscul pe care mi-l asum – la profesia mea, la căsnicia mea?“

— „De câte ori, îmi răspundea Belle, mi-ai amintit că suntem două persoane într-o relație umană – nici mai mult, nici mai puțin?

---

1 Amplu studiu despre magie și religie al lui sir James George Frazer (1854–1941).

M-ai rugat să am încredere în tine, iar eu am avut încredere în tine, am avut încredere în cineva pentru prima oară în viață. Acum eu te rog pe *tine* să ai încredere în *mine*. Asta o să fie secretul nostru. Îl iau cu mine în mormânt. Indiferent ce s-ar întâmpla. Pentru totdeauna! Iar în ce privește respectul de sine, vinovăția ta și grijile pe care ți le faci din cauza carierei tale, păi, ce-i mai important decât faptul că tu, un vindecător, mă vindeci? O să pui pe primul plan regulile, reputația și etica?" Ai vreun răspuns bun la asta, Ernest? Eu n-am avut.

— Subtil, dar amenințător, ea a făcut aluzie la potențialele consecințe ale nerespectării înțelegerii. Trăise vreme de *doi ani* numai cu gândul la weekendul ăsta. Oare ar mai putea să aibă vreodată încredere în mine? Sau în vreun alt terapeut? Sau în *oricine altcineva*? Pentru *asta*, m-a anunțat ea, ar trebui să mă simt vinovat. Nu trebuia să spună prea multe. Știam ce ar fi însemnat pentru Belle trădarea mea. Nu mai avusese tendințe autodistructive de peste doi ani, dar n-am nici o îndoială că nu-și ieșise din mână. Sincer vorbind, eram convins că, dacă nu mi-aș fi respectat promisiunea, Belle s-ar fi sinucis. Încă mai încercam să scap din capcană, dar bătăile mele de aripi deveneau din ce în ce mai plăpânde.

— Am șaptezeci de ani, tu ai treizeci și patru, i-am zis eu. Ar fi nefiresc să facem sex.

— Chaplin, Kissinger, Picasso, Humbert Humbert și Lolita, a răspuns Belle fără a se mai osteni să-și ridice privirea de pe lucrul ei de mână.

— Ai făcut ca toată chestia asta să ajungă la un nivel de-a dreptul grotesc, i-am spus eu, totul e atât de umflat, de exagerat, atât de departe de realitate. E imposibil ca weekendul ăsta să nu te dezamăgească.

— Cel mai bun lucru care s-ar putea întâmpla ar fi să fiu dezamăgită, a replicat ea. Adică știi – să-mi dispară obsesia pentru tine, „transferul meu erotic" așa cum îți place ție să-l numești. E imposibil ca asta să dăuneze terapiei noastre.

Am continuat să fiu evaziv.

— În plus, la vârsta mea, nu prea mai ești potent.

— Seymour, m-a apostrofat ea, mă surprinzi. Încă n-ai înțeles, nu mă interesează nici potența ta, nici actul sexual. Eu vreau doar să fii cu mine, să mă ții în brațe, ca pe o persoană, ca pe o femeie.

Nu ca pe un pacient. De altfel, Seymour, și aici și-a ascuns fața în spatele puloverului tricotat pe jumătate, s-a uitat sfioasă pe deasupra lui la mine și a spus: O să te fut cum n-ai mai fost futut niciodată!

— Iar apoi timpul a expirat. Trecuseră douăzeci și patru de luni și n-am avut de ales, am fost nevoit să-mi plătesc datoria diavolului. Știam că, dacă m-aș fi eschivat, consecințele ar fi fost catastrofale. Pe de altă parte, dacă mă țineam de cuvânt? Atunci cine știe? Poate că avea dreptate, poate că obsesia *chiar* îi dispărea. Poate că fără transferul erotic, și-ar fi canalizat energia spre îmbunătățirea relației cu soțul ei. Și-ar păstra încrederea în terapie. Eu m-aș pensiona peste câțiva ani, iar ea s-ar duce la alți terapeuți. Poate că un weekend în San Francisco cu Belle reprezenta dovada supremă a iubirii terapeutice altruiste.

— Ce, Ernest? Contratransferul meu? La fel cum ar fi fost și al tău: extrem de fluctuant. Încercam să nu țin cont de el în decizia mea. N-am trecut la acțiune din cauza contratransferului meu, eram convins că n-am altă opțiune rațională. Și încă sunt convins de asta, în pofida celor întâmplate. Dar recunosc cu vinovăție că mă simțeam de-a dreptul fascinat. Eu, un biet bătrân cu viața pe terminate, cu neuronii mierlindu-mi zi de zi, cu vederea din ce în ce mai proastă, cu viața sexuală încheiată – soția mea, care se pricepe să renunțe la lucruri, renunțase la sex cu multă vreme în urmă. Iar atracția mea față de Belle? N-o neg: o adoram. Și când mi-a spus că o să mă fută cum n-am mai fost futut niciodată, am început să aud motoarele gonadelor mele uzate cum se urnesc și se pun din nou în mișcare. Însă dă-mi voie să-ți spun – și înregistrarea, lasă-mă să ți-o spun cu toată tăria – *nu de asta am făcut-o*! Poate că n-o fi important pentru tine sau pentru comisia de etică, dar pentru mine e de o importanță capitală. Nu mi-am încălcat promisiunea față de Belle. Nu mi-am încălcat niciodată vreo promisiune față de un pacient. Nu mi-am pus niciodată nevoile în fața nevoilor lor.

— Presupun că știi restul povestirii. E acolo, în dosarul tău. Belle și cu mine ne-am întâlnit în San Francisco la micul dejun, în North Beach, la Mama's, sâmbătă dimineață, și am stat împreună până duminică după-amiază. Am hotărât să le spunem partenerilor noștri că am programat un weekend maraton de terapie în grup pentru pacienții mei. Organizez asemenea ședințe cu vreo zece, doisprezece pacienți de-ai mei cam de două ori pe an. De fapt, Belle participase la un weekend din ăsta în primul ei an de terapie.

— Ai făcut vreodată așa ceva, Ernest? Nu? Ei bine, dă-mi voie să-ți spun că sunt foarte eficiente... Accelerează la greu procesul terapeutic. Ar fi trebuit să știi despre ele. Când o să ne mai întâlnim – și sunt sigur că o s-o facem în circumstanțe diferite – o să-ți povestesc despre ședințele astea. De treizeci și cinci de ani le organizez.

— Dar să revenim la weekend. Nu-i cinstit să ajung până aici și să nu-ți povestesc punctul culminant. Hai să vedem, ce aș putea să-ți spun? Ce *vreau* să-ți spun? Am încercat să-mi păstrez demnitatea, să rămân în postura mea de terapeut, dar n-a ținut prea multă vreme, Belle a avut grijă de asta. M-a pus la treabă de îndată ce ne-am cazat în Fairmont, și în curând n-am mai fost decât un bărbat și o femeie, iar totul, absolut tot ce prevăzuse Belle s-a adeverit.

— N-o să te mint, Ernest. Mi-a plăcut la nebunie fiecare minut din weekendul nostru, din care cea mai mare parte am petrecut-o în pat. Îmi făcusem griji că îmi cam ruginiseră și mi se cam înfundaseră țevile după atâția ani în care nu le folosisem. Dar Belle a fost un instalator desăvârșit și, după ce-au zdrăngănit și au hârâit un pic, totul a început să funcționeze din nou.

— De trei ani o muștruluisem pe Belle că trăiește din iluzii și îi impusesem realitatea mea. Acum, pentru un weekend, am intrat eu în lumea ei și am descoperit că viața pe tărâmul fermecat nu era chiar atât de rea. Ea a fost fântâna tinereții mele. Pe măsură ce orele treceau, deveneam din ce în ce mai tânăr și mai viguros. Mergeam mai bine, îmi sugeam burta, păream mai înalt. Ernest, îți zic, îmi venea să urlu. Iar Belle a observat lucrul ăsta. „De asta aveai nevoie, Seymour. Și eu doar asta am vrut întotdeauna de la tine, să fiu ținută în brațe, să te țin în brațe, să-ți dau iubirea mea. Înțelegi că a fost prima oară în viața mea când am oferit cuiva iubire? Ce-i atât de îngrozitor în asta?“

— A plâns o grămadă. Ca și celelalte conducte ale mele, și glandele lacrimale mi se desfundaseră, așa că am plâns și eu. Mi-a dat atât de mult în weekendul ăla. Mi-am petrecut întreaga carieră dând de la mine, iar asta era prima oară când primeam ceva înapoi, când eram și eu cu adevărat răsplătit. De parcă ea mi-ar fi dat și pentru toți ceilalți pacienți pe care îi tratasem.

— Și apoi ne-am întors la viața reală. Weekendul s-a terminat. Belle și cu mine am revenit la cele două ședințe săptămânale. Eu nu anticipasem faptul că o să pierd pariul, așa încât nu aveam nici un plan pregătit pentru terapia de după weekend. Am încercat să mă apuc de treabă ca de obicei, dar, după o ședință sau două, mi-am dat seama că am o problemă. O mare problemă. E aproape imposibil pentru cei care au avut o relație intimă să revină la o relație formală. În ciuda eforturilor mele, o nuanță nouă de iubire poznașă a înlocuit munca terapeutică serioasă de până atunci. Uneori Belle insista să stea la mine în poală. Deseori mă îmbrățișa, mă mângâia, mă pipăia. Eu încercam să-i rezist, încercam să mă mențin în limitele eticii profesionale, dar, hai să recunoaștem, asta nu mai era terapie.

— Am cerut un armistițiu și am sugerat pe un ton grav că aveam două alternative: ori încercăm să ne întoarcem la munca serioasă, adică să revenim la o relație tradițională, nu fizică, ori încetăm să mai pretindem că facem terapie și încercăm să stabilim între noi o relație pur socială. Iar „socială" nu însemna sexuală: nu voiam să le amestec. Ți-am mai zis, am participat la conceperea regulilor de conduită care îi condamnau pe terapeuții și pe pacienții ce întrețineau relații sexuale după încheierea terapiei. De asemenea, i-am spus foarte clar că, având în vedere că nu mai făceam terapie, nu mai accept nici un ban de la ea.

— Nici una dintre cele două alternative n-a fost acceptată de Belle. I se părea o ipocrizie să ne întoarcem la o relație terapeutică formală. Oare relația terapeutică nu e cea în care nu te prefaci? Iar în ce privește banii, asta era imposibil. Soțul ei își făcuse cabinetul acasă și își petrecea majoritatea timpului acolo. Cum ar fi putut ea să-i explice unde se ducea regulat de două ori pe săptămână, dacă nu completa cecuri pentru tratament?

— Belle m-a certat că am o viziune prea restrânsă asupra terapiei. „Întâlnirile noastre – intime, jucăușe, emoționante, în timpul cărora facem uneori dragoste, concret, pe canapea – asta *e* terapie. Și chiar o terapie bună. De ce nu poți înțelege asta, Seymour?" întreba ea. „Terapia eficientă nu e o terapie bună? Ți-ai uitat declarațiile cu privire la «aspectul cel mai important într-o terapie»? *Funcționează*? Iar terapia mea nu funcționează? Nu mă comport bine în continuare? N-am cedat niciodată tentațiilor. Nu mai am nici un simptom. Am absolvit și școala. Încep o viață nouă. M-ai schimbat, Seymour, iar acum n-ai altceva de făcut decât să petreci în continuare două ore pe săptămână aproape de mine."

— Belle era șmecheră, nu glumă. Și din ce în ce mai inteligentă. Nu puteam să-i prezint nici un contraargument care să îi demonstreze că aranjamentul ăsta nu era o terapie bună.

— Însă știam că nu putea fi așa. Îmi plăcea prea mult. Încetul cu încetul, prea încet de fapt, mi-am dat seama că intrasem în bucluc până-n gât. Oricine ne-ar fi văzut împreună ar fi tras concluzia că profitam de transferul ei și mă foloseam cum aveam chef de pacientă ca să-mi satisfac nevoile. Sau că eram un gigolo boșorog cu tarife exorbitante!

— Nu știam ce să fac. Evident că nu mă puteam consulta cu nimeni, fiindcă știam ce sfat o să primesc și nu eram pregătit să strâng din dinți și să îndur. Nici nu puteam s-o trimit la alt terapeut – nu s-ar fi dus. Dar sincer să fiu, nici nu am insistat. Îmi făceam griji din pricina asta. Sunt corect față de ea? N-am dormit câteva nopți, gândindu-mă ce i-ar fi povestit altui terapeut despre mine. Știi cum bârfesc între ei medicii despre bizareriile psihoterapeuților care i-au precedat, și le-ar fi plăcut la nebunie câteva bârfe savuroase despre Seymour Trotter. Însă n-o puteam ruga să mă protejeze, căci, dacă ar fi ținut pentru ea un asemenea secret, și-ar fi sabotat terapia.

— Așa că eram întru câtva conștient de problemele care puteau să apară, dar, chiar și așa, am fost complet nepregătit pentru mânia furtunii care s-a declanșat până la urmă. Într-o seară m-am întors acasă și n-am găsit nici o lumină aprinsă, soția mea plecase și am descoperit patru fotografii cu mine și Belle prinse cu pioneze pe ușa de la intrare: una era făcută în timp ce ne cazam la hotelul Fairmont, alta cu noi ținând valizele în mână și intrând împreună în cameră, a treia era un prim-plan al formularului pe care îl completaserăm la recepția hotelului – Belle plătise cu bani gheață și ne trecuse cu numele de dr. și doamna Seymour. A patra ne arăta îmbrățișați pe fundalul vederii panoramice a podului Golden Gate.

— În casă, pe masa din bucătărie, am găsit două scrisori: una de la soțul Bellei pentru soția mea, în care scria că ar interesa-o probabil cele patru fotografii atașate, care zugrăveau ce tip de tratament îi oferea soțul ei nevestei lui. Spunea că a trimis aceeași scrisoare și comitetului de etică medicală, terminând cu o amenințare nasoală care sugera că, dacă mă mai văd vreodată cu Belle, atunci procesul ar fi cel mai puțin important lucru cu care s-ar confrunta familia Trotter. A doua scrisoare era de la soția mea – scurtă și la obiect – în care mă ruga să nu mă mai ostenesc să-i dau explicații. N-aveam decât să discut cu avocatul ei. Mi-a acordat douăzeci și patru de ore să-mi fac bagajele și să mă mut din casă.

— Deci, Ernest, ți-am povestit tot ce s-a întâmplat până acum. Ce să-ți mai spun?

— Cum a obținut fotografiile? Probabil că a angajat un detectiv particular să ne urmărească. Ce ironie că soțul ei s-a decis s-o părăsească tocmai când a început să se simtă mai bine! Dar cine știe? Poate că de mult căuta o portiță de scăpare. Poate că i se acrise de Belle.

— N-am mai văzut-o niciodată de atunci. Tot ce știu am aflat de la un vechi amic de-al meu de la spitalul Pacific Redwood – și n-am auzit lucruri prea bune. Soțul ei a divorțat de ea și, până la urmă, a fugit din țară cu banii familiei. De luni de zile avea suspiciuni în ce-o privește pe Belle, încă de când îi descoperise prezervative în geantă. Asta, firește, e încă o ironie: doar fiindcă terapia îi mai domolise autodistructivitatea, acceptase să folosească prezervative în escapadele ei.

— Când am auzit ultima oară de ea, Belle era într-o stare îngrozitoare, o luase de la capăt. Vechile simptome îi reveniseră: două internări pentru încercări de suicid – o dată și-a tăiat venele, a doua oară a luat o supradoză serioasă. Are de gând să se sinucidă. Știu bine. Se pare că a încercat să se ducă la alți trei terapeuți, i-a concediat pe rând pe toți, acum refuză să mai facă terapie și ia din nou droguri puternice.

— Și știi care-i chestia cea mai rea? Știu că aș putea s-o ajut, chiar și acum. Sunt sigur de asta, dar mi s-a interzis prin ordin judecătoresc s-o mai văd sau să mai vorbesc cu ea, sub amenințarea unei pedepse severe. Am primit mai multe mesaje telefonice de la ea, dar avocatul meu m-a avertizat că sunt în mare pericol și mi-a ordonat să nu-i răspund, dacă vreau să nu ajung la închisoare. A luat legătura cu Belle și a anunțat-o că ordinul judecătoresc nu îmi permite să comunic cu ea. Până la urmă, nu m-a mai sunat.

— Ce am de gând să fac? La Belle te referi? E o decizie nasoală. Mă distruge faptul că nu pot să-i răspund la telefon, dar nu-mi plac închisorile. Știu că aș fi în stare s-o ajut enorm doar discutând zece minute cu ea. Chiar și acum. Neoficial, oprește înregistrarea, Ernest. Nu sunt convins că pot s-o las să decadă. Nu-s sigur că aș putea să trăiesc cu mine însumi după asta.

— Deci, Ernest, asta e. Sfârșitul poveștii mele. *Finis*. Dă-mi voie să-ți spun că nu așa îmi doream să-mi închei cariera. Belle e personajul principal în tragedia asta, dar situația e catastrofală și pentru mine. Avocații ei insistă să-mi ceară despăgubiri, să obțină tot ce se poate. O să se facă luntre și punte să sugă totul – procesul de malpraxis are loc peste două luni.

— Deprimat! Bineînțeles că sunt deprimat. Cine n-ar fi? Eu îi spun depresie adecvată: sunt un bătrân nenorocit și jalnic. Descurajat, singur, plin de îndoieli, îmi sfârșesc viața în dizgrație.

— Nu, Ernest, nu e o depresie care se poate trata cu medicamente. Nu-i genul ăla de depresie. Nu are semne biologice: simptome psihomotorii, insomnii, pierdere în greutate, nimic din toate astea. Mersi de ofertă.

— Nu, nu-i suicidală, deși recunosc că mă simt atras de neființă. Dar sunt un supraviețuitor. Mă târăsc în beci și îmi ling rănile.

— Da, foarte singur. Am trăit alături de soția mea din obișnuință vreme de mulți ani. Dintotdeauna munca a fost viața mea. Căsnicia s-a aflat la periferia vieții mele. Soția mea a spus întotdeauna că îmi satisfac toate nevoile de apropiere afectivă cu pacienții mei. Și avea dreptate. Dar nu de asta m-a părăsit. Ataxia mea progresează rapid, și nu cred că o încânta ideea de a-mi deveni infirmieră cu normă întreagă. Bănuiala mea e că s-a bucurat când a găsit un pretext să se eschiveze de la corvoada asta. Nu pot s-o condamn.

— Nu, n-am nevoie să urmez nici un fel de terapie. Ți-am spus, nu sunt un depresiv clinic. Îți apreciez întrebarea, Ernest, dar aș fi un pacient arțăgos. Deocamdată, după cum spuneam, îmi ling singur rănile și mă pricep binișor la asta.

— Îmi e de ajuns dacă îmi telefonezi ca să vezi ce mai fac. Sunt mișcat de propunerea ta. Dar liniștește-te, Ernest. Sunt un dur dat dracului. O să fiu în regulă.

Și cu asta, Seymour Trotter și-a luat cârjele și a ieșit clătinându-se din încăpere. Ernest, încă așezat pe scaun, a ascultat bocăniturile îndepărtându-se.

Când Ernest i-a telefonat peste vreo două săptămâni, dr. Trotter a refuzat încă o dată să se lase ajutat. În câteva minute a schimbat subiectul conversației, vorbind despre viitorul lui Ernest și și-a exprimat din nou convingerea fermă că, oricare ar fi fost aptitudinile lui pentru psihofarmacologie, își ratase totuși vocația: era un terapeut înnăscut și avea datoria față de el însuși să-și împlinească destinul. L-a invitat pe Ernest să discute mai multe despre asta la masa de prânz, dar tânărul a refuzat.

— Nu-s prea perspicace, a răspuns dr. Trotter fără nici o urmă de ironie în voce. Iartă-mă. Te sfătuiesc să-ți schimbi cariera și, în același timp, îți cer să ți-o pui în pericol, afișându-te în public cu mine.

— Nu, Seymour, pentru prima oară Ernest i-a spus pe numele mic, în mod cert nu ăsta e motivul. Adevărul e, și mi-e rușine să ți-o spun, că deja mi-am asumat obligația de a participa ca martor expert în procesul tău civil de malpraxis.

— Rușinea pe care o simți nu e justificată, Ernest. E de datoria ta să depui mărturie. Și eu aș face la fel, exact la fel, în locul tău. Profesia noastră e vulnerabilă, amenințată din toate părțile. E de datoria ta s-o protejezi și să păstrezi standardele. Chiar dacă n-ai crezut nimic altceva despre mine, te rog să crezi că pun mare preț pe munca asta. Mi-am dedicat întreaga viață ei. De aia ți-am expus faptele cu atâtea detalii, am vrut să știi că nu e o poveste a trădării. Am acționat cu bună-credință. Știu că sună absurd, dar chiar și acum, în clipa asta, cred că am făcut ce trebuia. Uneori destinul ne împinge în situații în care lucrul cuvenit e o greșeală. Nu mi-am trădat niciodată nici profesia, nici vreun pacient. Indiferent ce-ți rezervă viitorul, Ernest, ia în considerare ce-ți spun. Eu cred în ce-am făcut: Niciodată nu mi-aș trăda un pacient.

Ernest a depus mărturie în procesul civil. Avocatul lui Seymour a încercat o metodă de apărare nouă și disperată, menționând vârsta lui avansată, judecata lui diminuată și infirmitatea: a pretins că Seymour, nu Belle, fusese victima. Dar cazul nu avea nici o șansă de câștig, iar Belle a primit două milioane de dolari – suma maximă acoperită de asigurarea de malpraxis a lui Seymour. Avocații ei ar fi cerut mai mult, dar nu prea avea nici un rost s-o facă, pentru că, după divorț și plata impozitelor, Seymour rămăsese cu buzunarele goale.

Astfel s-a încheiat povestea de personaj public a lui Seymour Trotter. La puțină vreme după proces a părăsit orașul în tăcere și nu s-a mai auzit niciodată de el, cu excepția unei scrisori (fără nici o adresă a expeditorului) pe care Ernest a primit-o un an mai târziu.

Ernest avea doar câteva minute până la sosirea primului său pacient. Dar n-a putut rezista să nu cerceteze încă o dată, ultima urmă lăsată de Seymour Trotter.

Dragă Ernest,

Doar tu, în anii aceia diabolici ai vânătorii de vrăjitoare, ți-ai exprimat îngrijorarea pentru soarta mea. Mulțumesc, a fost un lucru care m-a susținut puternic. Sunt bine. Rătăcit, dar nu vreau să fiu găsit. Îți datorez multe, fără îndoială măcar scrisoarea asta și fotografia cu Belle și cu mine. În fundal este casa ei, fiindcă, întâmplător, Belle s-a ales cu o sumă frumușică de bani.

Seymour

Ernest, așa cum făcuse de atât de multe ori până atunci, s-a holbat la fotografia decolorată. Pe o pajiște străjuită de palmieri, Seymour ședea într-un scaun cu rotile. Belle stătea în picioare în spatele lui, prăpădită și sfrijită, cu pumnii încleștați pe mânerele scaunului. Ochii ei priveau în pământ. În spatele său, o casă elegantă, în stil colonial, iar în plan și mai îndepărtat, apa sclipitoare de un verde-lăptos a unei mări tropicale. Seymour zâmbea – un zâmbet larg, tâmp, șmecheresc. Cu o mână se ținea de scaunul cu rotile, cu cealaltă îndrepta cârja triumfător spre cer.

Ca întotdeauna când studia fotografia, Ernest se simțea îngrețoșat. Și-a mijit ochii s-o cerceteze mai îndeaproape, încercând să se strecoare în fotografie, încercând să descopere vreun indiciu, vreo certitudine cu privire la ce se alesese de Seymour și Belle. Soluția problemei, se gândea el, se afla în ochii Bellei. Păreau melancolici, chiar deznădăjduiți. De ce? Obținuse ce își dorise, nu-i așa? S-a apropiat de Belle și a încercat să-i prindă privirea. Dar ea se uita mereu în altă parte.

Unu

De trei ori pe săptămână, în ultimii cinci ani, Justin Astrid își începuse ziua cu o vizită la dr. Ernest Lash. Vizita lui de astăzi a început la fel ca celelalte șapte sute de ședințe de terapie de dinainte: la ora 7:50 dimineața a urcat pe scara casei în stil victorian din Sacramento Street, elegant zugrăvită în mov și acaju, a traversat vestibulul, apoi a urcat la etajul al doilea, în sala de așteptare luminată discret, îmbibată de aroma jilavă și pătrunzătoare a cafelei italienești proaspăt râșnite. Justin a inspirat adânc, apoi și-a turnat cafea într-o cană japoneză împodobită cu un curmal pictat de mână, s-a așezat pe canapeaua rigidă din piele verde și a deschis ziarul la secțiunea sportivă din *San Francisco Chronicle*.

Dar Justin nu putea să citească despre meciul de baseball de ieri. Nu într-o zi ca asta. Se întâmplase ceva spectaculos, ceva demn de sărbătorit. A împăturit ziarul și s-a uitat fix la ușa lui Ernest.

La opt fix, Ernest a pus dosarul lui Seymour Trotter în fișier, a aruncat o scurtă privire fișei lui Justin, și-a făcut ordine pe birou, a pus ziarul într-un sertar, și-a pus ceașca de cafea într-un loc din care să nu se vadă, s-a ridicat în picioare și, înainte de a deschide ușa cabinetului, și-a întors privirea să cerceteze încăperea. Nu exista nici un obiect care să o personalizeze. Bine.

A deschis ușa și, preț de o clipă sau două, cei doi bărbați s-au uitat unul la celălalt. Vindecător și pacient. Justin cu *Chronicle* al lui în mână, în timp ce ziarul lui Ernest era ascuns în străfundurile biroului său. Justin în costumul lui albastru închis și cravată cu dungi din mătase italienească. Ernest într-un sacou bleumarin și o cravată înflorată de la Liberty[1]. Amândoi aveau vreo șapte kilograme în plus, carnea lui Justin revărsându-i-se în bărbia dublă și în gușă, iar burta lui Ernest bombându-se peste curea. Mustața lui Justin se curba în sus, străduindu-se să-i atingă nările. Barba ferchesă a lui Ernest era cea mai îngrijită parte a trupului lui. Chipul lui Justin era mobil, neastâmpărat, ochii plini de draci. Ernest purta ochelari cu lentile mari și groase și putea să stea multă vreme fără să clipească.

— Mi-am părăsit soția, a început Justin, după ce a luat loc în cabinet. Aseară. Pur și simplu am plecat de acasă. Mi-am petrecut noaptea cu Laura. A rostit aceste cuvinte pe un ton calm și lipsit de însuflețire, apoi s-a oprit și s-a uitat iscoditor la Ernest.

— Așa, deodată? a întrebat Ernest cu voce domoală. Fără să clipească.

— Așa, deodată. Justin a zâmbit. Când îmi dau seama ce trebuie să fac, nu mai pierd vremea.

Pe parcursul ultimelor luni, o undă de umor se insinuase în relația lor. De regulă, Ernest îl considera bine-venit. Supervizorul lui, Marshal Streider, îi zisese că apariția unor replici comice în terapie reprezenta deseori un semn de bun augur.

Dar comentariul „Așa, deodată" al lui Ernest nu fusese unul comic și binevoitor. Anunțul lui Justin îl tulburase. Și îl iritase! Îl trata pe Justin de cinci ani – de cinci ani își storsese creierii încercând să-l ajute să-și părăsească soția! Iar astăzi Justin îl anunță cu nonșalanță că și-a părăsit soția.

Ernest s-a gândit la prima lor ședință, la primele cuvinte ale lui Justin: „Am nevoie de ajutor să scap din căsnicia asta!" Luni de zile, Ernest a examinat minuțios situația. În cele din urmă, a tras concluzia: Justin *ar trebui* să-și părăsească soția, fiindcă era una dintre cele mai nasoale căsnicii de care auzise vreodată. Iar în următorii cinci ani, Ernest a folosit toate metodele cunoscute de psihoterapie pentru a-l ajuta pe Justin să o părăsească. Toate dăduseră greș.

Ernest era un terapeut încăpățânat. Nimeni nu îl acuzase vreodată că nu s-a străduit suficient. Majoritatea colegilor lui îl considerau prea activ, prea ambițios ca terapeut. Supervizorul lui îl dojenea tot timpul spunându-i „Ho, cowboy, mai încetișor! Pregătește terenul.

---

1 Faimos magazin de pe Regent Street, Londra, care își produce singur țesăturile.

Nu poți *forța* oamenii să se schimbe". Dar, până la urmă, chiar și Ernest fusese nevoit să renunțe la orice speranță. Deși continuase să-l placă pe Justin și continuase să spere la lucruri mai bune pentru el, devenise din ce în ce mai convins că Justin n-o să-și părăsească niciodată soția, că era de neclintit, prins în rădăcini, și că o să înțepenească toată viața într-o căsnicie chinuitoare.

Atunci, Ernest fixase mai multe scopuri parțiale pentru Justin: să scoată tot ce-i mai bun dintr-o căsnicie nasoală, să capete mai multă autonomie la serviciu, să-și dezvolte aptitudini sociale mai bune. Ernest putea să facă asta la fel de bine ca toți ceilalți terapeuți. Dar era plictisitor. Terapia devenise din ce în ce mai predictibilă: niciodată nu se întâmpla nimic neprevăzut. Ernest și-a înăbușit oftatul și și-a împins ochelarii mai sus pe nas, pentru a se menține treaz. Nu mai discuta despre Justin cu supervizorul lui. Își imagina conversații cu Justin în care să aducă în discuție ideea de a-l trimite la alt terapeut.

Iar azi, aici, Justin intră agale pe ușă și anunță plin de nonșalanță că și-a părăsit nevasta!

Ernest a încercat să-și ascundă sentimentele curățându-și ochelarii cu lentile groase, folosind un șervețel de hârtie smuls din cutie.

— Povestește-mi despre asta, Justin. O tehnică proastă! Imediat și-a dat seama. Și-a pus din nou ochelarii și a notat pe blocnotesul lui: „greșeală – am cerut informații – contratransfer?"

Mai târziu, în supervizare, o să răsfoiască notițele astea împreună cu Marshal. Dar și el știa că era o tâmpenie din partea lui să-i ceară informații. De ce ar trebui ca *el* să-l păcălească pe Justin să continue? N-ar fi trebuit să cedeze și să-și manifeste curiozitatea. *Nechibzuit* – asta spusese despre el Marshal cu vreo două săptămâni în urmă. „Învață să aștepți", i-ar fi zis acesta. „Ar trebui să fie mai important pentru Justin să-ți povestească, decât pentru tine să asculți. Iar dacă el alege să *nu*-ți povestească, atunci ar trebui să te concentrezi asupra motivului pentru care vine la tine, te plătește și totuși îți ascunde anumite informații."

Ernest știa că Marshal avea dreptate. Și totuși nu-i păsa de cât de corectă era tehnica lui – asta nu era o ședință obișnuită. Justin se deșteptase și își părăsise nevasta! Ernest s-a uitat la pacientul lui. Era doar în închipuirea lui sau astăzi Justin părea mai puternic? Nu-și apleca slugarnic capul, nu era gârbovit, nu se foia pe scaun ca să-și aranjeze lenjeria intimă, nu șovăia, nu-și cerea scuze că-și lăsase ziarul să cadă pe podea lângă scaunul lui.

— Păi, mi-aș dori să am mai multe de spus – totul a mers atât de ușor. De parcă aș fi fost pe pilot automat. Pur și simplu am făcut-o. Am ieșit pe ușă! Justin s-a refugiat în tăcere.

Încă o dată, Ernest n-a fost în stare să aștepte.

— Spune-mi mai multe, Justin.

— Are legătură cu Laura, tânăra mea prietenă.

Justin vorbea rareori despre Laura, iar, când o făcea, se referea la ea doar cu sintagma „tânăra mea prietenă". Pe Ernest îl irita asta. Dar nu o arăta și rămânea tăcut.

— Știi că m-am văzut des cu ea în ultima vreme – poate că am minimalizat un pic chestia asta față de tine. Nu știu de ce ți-am ascuns lucrul ăsta. Dar m-am văzut cu ea aproape zilnic, la prânz sau la o plimbare, ori m-am dus în apartamentul ei pentru o tăvăleală în fân. M-am simțit din ce în ce mai aproape de ea, din ce în ce mai confortabil în preajma ei. Iar apoi, ieri, Laura a zis pe un ton foarte normal „Justin, e timpul să te muți la mine".

— Și știi, a continuat Justin, dându-și la o parte firele de mustață care-i gâdilau nările, m-am gândit, are dreptate, chiar *e* timpul s-o fac.

Laura îi spune să-și părăsească nevasta, și el își părăsește nevasta. Preț de o clipă, Ernest s-a gândit la un eseu pe care l-a citit odată despre ritualurile de împerechere ale peștilor de recif. Aparent, biologii marini pot să identifice cu ușurință femela dominantă și peștii masculi: pur și simplu urmăresc felul în care înoată femela și observă cât de vizibil modifică traiectoriile de înot ale peștilor masculi – ale tuturor în afară de cele ale masculilor dominanți. Puterea unei femele frumoase, fie ea pește sau om! Sublim! Laura, abia ieșită de pe băncile liceului, pur și simplu îi spusese lui Justin că era timpul să-și părăsească soția, iar el i se supusese. Pe când el, Ernest Lash, un terapeut talentat, un terapeut extrem de talentat, își irosise cinci ani încercând să-l smulgă pe Justin din ghearele căsniciei.

— Iar apoi, a continuat Justin, aseară, acasă, Carol mi-a ușurat sarcina, fiind, ca de obicei, insuportabilă, certându-mă că nu sunt *prezent*. „Chiar și când ești de față, ești absent", a zis ea. „Trage-ți scaunul mai aproape de masă! De ce stai întotdeauna atât de departe? Vorbește! Uită-te la noi! Când ne-ai adresat ultima oară, din proprie inițiativă, măcar un singur cuvânt mie sau copiilor? Unde ești? Corpul tău e aici, tu nu!“ La sfârșitul cinei, când ea strângea masa, zdrăngănind și pocnind vasele, a adăugat: „Nici măcar nu știu de ce te mai obosești să-ți aduci acasă corpul“. Și atunci, Ernest, brusc mi-a dat prin cap: Carol are dreptate. Are dreptate. *De ce mă mai obosesc?* Încă o dată mi-am zis în sinea mea: *De ce mă mai obosesc?* Iar pe urmă, pur și simplu, am spus cu voce tare „Carol, ai dreptate. În chestia asta, ca și în celelalte, ai dreptate! Nu știu *de ce* mă mai obosesc să vin acasă. Ai perfectă dreptate“. Și așa, fără să mai spun nici un cuvânt, m-am dus sus și mi-am împachetat tot ce am putut să bag în prima valiză pe care am găsit-o la îndemână și am ieșit din casă. Voiam să-mi iau mai multe lucruri, să merg înapoi cu o valiză mai mare. O știi pe Carol, ar sfâșia și ar arde tot ce n-apuc să iau cu mine. Voiam să mă întorc după computer. O să-l sfărâme cu ciocanul. Dar știam că era o chestiune de viață și de moarte. Dacă intri iarăși în casă, mi-am spus în sinea mea, ești pierdut. Mă cunosc. O cunosc și pe Carol. Nu m-am uitat nici în dreapta, nici în stânga. Am continuat să merg și, chiar înainte să închid ușa din față, mi-am băgat capul înăuntru și am zbierat, fără să știu unde erau Carol sau copiii „O să vă sun“. Iar apoi m-am cărat dracu' de acolo!

Justin șezuse aplecat în față pe scaun. A tras adânc aer în piept, s-a lăsat pe spate extenuat și a spus:

— Asta-i tot ce am de spus.

— Și s-a întâmplat aseară?

Justin a încuviințat din cap.

— M-am dus direct la Laura acasă și ne-am ținut în brațe toată noaptea. Doamne, cât de greu mi-a fost să plec din brațele ei azi-dimineață. Cu greu îți pot descrie ceea ce am simțit, a fost îngrozitor.

— Încearcă, a insistat Ernest.

— Ei bine, pe când încercam să mă desprind de Laura, mi-a venit brusc în minte imaginea unei amoebe care se divide în două – ceva la care nu m-am mai gândit încă de la ora de biologie din liceu. Eram asemenea celor două jumătăți ale amoebei care se separă bucățică cu bucățică, până când nu mai rămâne decât un firicel subțire care să ne lege. Iar apoi *poc* – un pocnet dureros – și ne-am separat. M-am dat jos din pat, m-am îmbrăcat, m-am uitat la ceas și m-am gândit „Doar paisprezece ore până când o să fiu iarăși în pat cu Laura, ținându-ne în brațe“. Și pe urmă am venit aici.

— Scena aia de aseară cu Carol – te-a înspăimântat ani de zile. Și totuși, pari optimist.

— După cum spuneam, Laura și cu mine ne potrivim, suntem sortiți să fim împreună. E un înger venit din rai special pentru mine. În după-amiaza asta mergem să căutăm un apartament. Ea are o garsonieră mică pe Russian Hill. Cu o perspectivă minunată asupra Bay Bridge. Dar e prea mică pentru noi.

Venit din rai! Lui Ernest îi venea să facă mișto.

— Dacă Laura ar fi apărut acum mai mulți ani! a continuat Justin. Vorbeam despre ce chirie ne putem permite. Pe drum până aici, m-am apucat să calculez cât am cheltuit pe terapie. De trei ori pe săptămână, vreme de cinci ani, cât face asta? Șaptezeci, optzeci de mii de dolari? N-o lua personal, Ernest, dar nu mă pot împiedica să mă întreb ce s-ar fi întâmplat dacă Laura ar fi apărut acum cinci ani. Poate că aș fi părăsit-o atunci pe Carol. Și aș fi terminat și terapia. Poate că acum aș fi căutat un apartament având optzeci de mii de dolari în buzunar!

Ernest a simțit că roșește. Cuvintele lui Justin îi răsunau în minte. *Optzeci de mii de dolari! N-o lua personal, n-o lua personal!*

Dar Ernest nu a arătat nimic din ce gândea. Nici n-a clipit și nici nu s-a apărat. Nici n-a subliniat faptul că, în urmă cu cinci ani, Laura ar fi avut vreo paisprezece ani, iar Justin nici nu s-ar fi șters la cur fără să-i ceară voie lui Carol, n-ar fi putut să reziste până la prânz fără să-și sune terapeutul, n-ar fi putut să comande ceva dintr-un meniu fără să-i ceară îndrumarea nevesti-sii, nu s-ar fi putut îmbrăca dimineața dacă nu-i pregătea ea hainele. Și, oricum, facturile erau plătite cu banii soției lui, nu ai săi – Carol câștiga de trei ori mai mult decât el. Dacă n-ar fi făcut cinci ani de terapie, ar fi avut acum optzeci de mii de dolari în buzunar! Căcat, cu cinci ani în urmă, Justin n-ar fi știut nici în ce buzunar să-i pună!

Dar Ernest n-a zis nimic din toate astea. Se simțea mândru că reușea să se abțină, un semn clar că se maturiza ca terapeut. În schimb, i-a pus o întrebare inocentă:

— Și ești întru totul optimist?

— Ce vrei să spui?

— Adică, ăsta e un eveniment memorabil. Fără îndoială că ai mai multe trăiri legate de el, nu?

Dar Justin nu i-a dat lui Ernest ce și-ar fi dorit. N-a prea vrut să-i spună mare lucru, părea distant, lipsit de încredere în terapeutul lui. Până la urmă, Ernest și-a dat seama că trebuie să se concentreze nu asupra *conținutului*, ci asupra *procesului*, adică asupra *relației* dintre pacient și psihoterapeut.

Procesul este amuleta fermecată a terapeutului, mereu eficientă în momentele de impas. E unul dintre cele mai puternice secrete profesionale, singurul procedeu care face ca discuțiile cu un terapeut să fie substanțial diferite și mai eficace decât conversațiile cu prietenii apropiați. Să învețe să se concentreze asupra procesului, adică asupra a ceea ce se întâmplă între terapeut și pacient, a fost cel mai valoros lucru pe care și-l însușise din supervizarea lui Marshal și era cea mai prețioasă învățătură pe care și el însuși le-o oferea rezidenților pe care îi superviza la rândul lui. Încetul cu încetul, de-a lungul anilor, ajunsese să înțeleagă că *procesul* nu era doar o amuletă care se utiliza în perioadele de restriște, ci chiar nucleul terapiei. Unul dintre cele mai folositoare exerciții de formare pe care i le dăduse Marshal fusese să se concentreze asupra procesului de cel puțin trei ori în timpul fiecărei ședințe.

— Justin, și-a încercat Ernest norocul, am putea să ne ocupăm un pic de ce se întâmplă astăzi între noi?

— Ce? Cum adică „ce se întâmplă“?

Mai multă rezistență. Justin face pe prostul. Dar, s-a gândit Ernest, poate că împotrivirea, chiar și o împotrivire pasivă, nu era un lucru rău. Și-a amintit de nenumăratele ore în care munciseră la slugărnicia înnebunitoare a lui Justin, de ședințele când vorbiseră despre înclinația lui Justin de a-și cere scuze pentru orice și de a nu cere nimic, de a nu se plânge nici măcar de faptul că lumina soarelui de dimineață îi intra în ochi, neîndrăznind să întrebe dacă se pot lăsa în jos jaluzelele. Având în vedere că de *aici* plecaseră, Ernest știa că ar trebui să-l laude pe Justin, să-l susțină fiindcă a adoptat o poziție contrară. Sarcina lui de azi era să-l ajute să-și convertească rezistența asta încăpățânată într-o exprimare verbală deschisă.

— Adică, ce simți despre faptul că vorbești azi cu mine? Ceva e diferit. Nu crezi?

— *Tu* ce simți? a întrebat Justin.

Hopa, încă un răspuns complet necaracteristic lui Justin. O declarație de independență. *Fii fericit*, s-a gândit Ernest. *Îți amintești cât de bucuros a fost Gepetto când Pinocchio a dansat prima oară fără sfori?*

— Bună întrebare, Justin. Păi, mă simt ținut la distanță, lăsat pe dinafară, de parcă ție ți s-a întâmplat ceva important – nu, nu-i bine așa. Dă-mi voie să o spun altfel: *de parcă tu ai făcut să se întâmple ceva important* și vrei să ții acel ceva departe de mine, ca și cum n-ai vrea să fii aici, ca și cum ai vrea să mă excluzi.

Justin a încuviințat apreciativ din cap.

— Corect, Ernest. *Într-adevăr*, așa e. Da, *chiar* cred asta. *Mă țin* la distanță de tine. Vreau să mă simt bine în continuare. Nu vreau să mă deprimi.

— Și eu te deprim? Încerc să-ți stric starea de spirit?

— Deja ai încercat, a spus Justin, uitându-se fix în ochii lui Ernest, lucru care nu-i stătea în fire.

Ernest și-a ridicat sprâncenele cu o expresie de nedumerire glumeață.

— Păi, nu asta ai făcut când m-ai întrebat dacă sunt întru totul optimist?

Ernest și-a ținut respirația. Uau! O adevărată provocare din partea lui Justin. Poate că, până la urmă, a învățat ceva din terapie! Acum *Ernest* a făcut pe prostul.

— Ce vrei să spui?

— *Bineînțeles* că nu sunt pe deplin împăcat, am o mulțime de sentimente legate de faptul că îmi părăsesc familia și soția pentru totdeauna. Nu știai asta? Cum să n-o știi? Tocmai am lăsat totul în urmă: căminul meu, laptopul meu Toshiba, copiii, hainele, bicicleta, rachetele mele de tenis, cravatele, televizorul meu Mitsubishi, casetele mele video, CD-urile. O știi pe Carol, n-o să-mi dea nimic, o să distrugă tot ce îmi aparține. Auuu... Justin s-a strâmbat, și-a împreunat mâinile și s-a chircit de parcă tocmai ar fi fost pocnit în burtă. Durerea e acolo, pot să o ating, vezi cât de aproape e? Dar astăzi, măcar o zi, vreau să uit, măcar pentru câteva ore. Iar tu nu vrei să mă lași. Nici măcar nu pari vreun pic încântat că, în sfârșit, am părăsit-o pe Carol.

Ernest era descumpănit. Chiar atât de mult lăsase să se vadă? Ce ar face Marshal în locul lui? La dracu', Marshal *n-ar fi* ajuns într-o asemenea situație!

— Ești? a repetat Justin.

— Ce să fiu? Aidoma unui boxer năucit, Ernest s-a încleștat de adversar în timp ce își recăpăta luciditatea.

— Încântat de ce am făcut?

— Crezi, a bătut în retragere din lașitate Ernest, încercând din răsputeri să-și controleze tonul vocii, că nu sunt încântat de progresul tău?

— Încântat? Nu pari, a răspuns Justin.

— Dar *tu*? a bătut iarăși în retragere din lașitate Ernest. *Tu* ești încântat?

De data asta, Justin s-a oprit și a ignorat retragerea lașă a lui Ernest. Se săturase. Avea nevoie de Ernest, așa că a dat înapoi.

— Încântat? Da. Și speriat. Și hotărât. Și șovăitor. Toate amestecate. Acum, principalul lucru pentru mine e să nu mă mai întorc niciodată. M-am smuls de acolo, și acum important e să mă țin departe, să mă țin departe pentru totdeauna.

Tot restul ședinței, Ernest a încercat să îndrepte lucrurile, susținându-și și încurajându-și pacientul: „Nu da înapoi... amintește-ți cât de multă vreme ai tânjit să faci așa ceva... ai procedat în interesul tău... probabil că ăsta e cel mai important lucru pe care l-ai făcut vreodată.

— Să mă duc să discut cu Carol? După nouă ani, oare nu-i datorez asta?

— Hai să dezbatem subiectul, i-a sugerat Ernest. Ce s-ar întâmpla dacă te-ai duce acum la ea să discutați?

— Prăpăd. Știi ce-i capabilă să facă. Mie. Ei înseși.

Lui Ernest nu era nevoie să i se împrospăteze memoria. Își amintea limpede un incident pe care Justin i-l povestise cu un an în urmă. Mai mulți parteneri din firma de avocatură la care lucra Carol urmau să vină la ei într-o duminică la o gustare și, dis-de-dimineață, Justin, Carol și cei doi copii se duseseră la cumpărături. Justin, care gătea la ei în familie, voia să servească pește afumat, colaci și leo (somon afumat, ouă jumări și ceapă). Prea vulgar, a spus Carol. Nici să n-audă, deși, după cum îi amintea Justin, jumătate dintre parteneri erau evrei. Justin a decis să rămână la părerea lui și a pornit-o cu mașina spre magazinul de delicatese. „Nu, nu face asta, ticălosule“, a urlat Carol și a tras cu violență de volan, să întoarcă mașina. Lupta în plin trafic s-a încheiat când ea a intrat cu mașina într-o motocicletă din parcare.

Carol era o pisică sălbatică, un lup devorator, o nebună care tiraniza cu iraționalitatea ei. Ernest și-a amintit altă peripeție auto, pe care Justin i-o povestise cu vreo doi ani în urmă. Pe când conducea mașina într-o seară caniculară de vară, ea și Justin s-au contrazis pe tema filmului la care aveau să se ducă, ea voia *Vrăjitoarele din Eastwick*, el, *Terminator II*. Ea a ridicat tonul vocii, dar Justin, care în săptămâna aia fusese încurajat de Ernest să-și susțină punctul de vedere, a refuzat să cedeze. În final, ea a deschis portiera din mers, iarăși în plin trafic, și a spus: „Puțoi nenorocit ce ești, n-am de gând să mai stau nici o secundă cu tine". Justin a prins-o, dar ea și-a înfipt unghiile în brațul lui și, pe când sărea în mijlocul mașinilor, l-a zgâriat violent, lăsându-i patru urme adânci și roșii pe mână.

După ce a ieșit din mașină, care se deplasa cu vreo douăzeci și cinci de kilometri la oră, Carol s-a împleticit vreo trei sau patru pași smuciți, și apoi s-a lovit și a căzut peste capota unei mașini parcate. Justin a oprit mașina și a fugit la ea, făcându-și loc prin mulțimea care se strânsese deja. Ea zăcea întinsă pe stradă, amețită, dar calmă, cu ciorapii rupți, genunchii însângerați, cu brațele, coatele, obrajii jupuiți și cu încheietura mâinii evident fracturată. Restul serii a fost un coșmar: ambulanța, camera de gardă, interogatoriul umilitor al poliției și al personalului medical.

Justin a fost profund zdruncinat. Și-a dat seama că nici măcar cu ajutorul lui Ernest nu putea să-i facă față lui Carol. Nici o miză nu era prea mare pentru ea. Faptul că se aruncase din mașina în mers fusese evenimentul care îl distrusese definitiv pe Justin. Nici nu putea să i se împotrivească, nici nu putea să o părăsească. Era tiranică, dar el avea nevoie să fie tiranizat. Fiecare noapte petrecută departe de ea îl umplea de anxietate. De câte ori Ernest îl ruga să facă un exercițiu mental, închipuindu-și că renunță la căsnicia cu ea, Justin se simțea copleșit de groază. I se părea de neconceput să rupă legătura cu Carol. Asta până când a apărut Laura – nouăsprezece ani, frumoasă, sinceră, obraznică, fără teamă de tirani.

— Ce crezi? a repetat Justin. Să procedez ca un bărbat și să încerc să discut cu Carol?

Ernest a reflectat la opțiunile lui. Justin avea nevoie de o femeie dominatoare, deci nu cumva o schimba pe una cu alta la fel? Oare noua lui relație n-ar semăna peste câțiva ani cu cea veche? Totuși, lucrurile păruseră atât de bătute-n cuie cu Carol. Poate că, odată scăpat de ea, Justin devenea receptiv, chiar și pentru scurtă vreme, la eforturile terapeutice.

— Acum chiar am nevoie de un sfat.

Ernest, aidoma tuturor terapeuților, detesta să dea sfaturi, era o situație din care nu putea ieși nimic bun: dacă ținea, infantilizai pacientul, dacă dădea greș, păreai de rahat. Dar în situația asta n-avea de ales.

— Justin, nu cred că deocamdată ar fi înțelept să te întâlnești cu ea. Lasă să mai treacă un timp. Dă-i voie să-și vină în fire. Sau, poate, încearcă să te întâlnești cu ea în prezența unui terapeut. O să-mi fac eu timp sau, și mai bine, o să-ți dau numele unui terapeut de cuplu. Nu mă refer la unul dintre cei pe care i-ai cunoscut deja, știu că nu v-ați înțeles. Cineva nou.

Ernest știa că sfatul n-o să-i fie pus în aplicare: Carol sabotase întotdeauna terapia de cuplu. Dar nu *conținutul* – sfatul în sine pe care i-l dăduse – conta. În momentul de față, important era *procesul*: relația din spatele cuvintelor, faptul că-i oferise sprijin lui Justin, faptul că se revanșase pentru că fusese laș și bătuse în retragere, faptul că salvase ședința.

— Iar dacă te simți presat și ai nevoie să vorbești cu cineva până la următoarea ședință, sună-mă, a adăugat Ernest.

Bună tehnică. Justin părea să se fi calmat. Ernest se afla din nou pe poziție. Își îndreptase greșelile. Salvase ședința. Știa că supervizorul lui o să-i aprobe tehnica. Dar el nu era deloc încântat de ea. Se simțea murdar. Corupt. Nu fusese sincer cu Justin. Nu se purtaseră *spontan* unul cu celălalt. Și asta prețuia el la Seymour Trotter. Poți spune ce vrei despre el – și Dumnezeu știe că se ziseseră o mulțime de lucruri –, dar Seymour știa cum să fie *spontan*. Încă își aducea aminte de răspunsul lui Seymour la întrebarea sa despre tehnică: *„Tehnica mea e să abandonez orice tehnică. Tehnica mea e să spun adevărul"*.

Când s-a încheiat ora, s-a petrecut un lucru ieșit din comun. Ernest avea tot timpul grijă să-și atingă fizic toți pacienții, în fiecare ședință. De regulă, el și Justin se despărțeau cu o strângere de mână. Dar nu și astăzi: Ernest a deschis ușa și și-a înclinat solemn capul în fața lui Justin, pe când acesta ieșea din cameră.

Doi

Era miezul nopții, și Justin plecase de aproape patru ore din casa ei, când Carol Astrid s-a apucat să-l elimine complet din viața sa. A început pe podeaua dulapului încastrat în perete, cu șireturile și o foarfecă pentru tivuri, și a terminat patru ore mai târziu, în pod, decupând un mare R roșu din tricoul de tenis al liceului Roosevelt. În acest răstimp a mers din cameră în cameră, distrugându-i metodic hainele, lenjeria din flanel, papucii căptușiți cu blană, colecția lui de gândaci acoperită cu sticlă, diplomele de liceu și facultate, casetele video porno. Fotografii din tabăra de vară unde el și colegul lui supervizor pozau împreună alături de grupul de copii de opt ani, cu echipa lui de tenis din liceu, de la balul de absolvire a liceului și cu fata cu față de cal care îl însoțise – toate făcute bucăți. Apoi s-a apucat de albumul lor cu fotografii de la nuntă. Cu ajutorul unui cutter, pe care fiul lui îl folosea pentru construcția de modele de avion, a șters imediat toate urmele prezenței lui Justin la St. Marks, locul favorit al nunților mondene din Chicago.

Fiindcă tot se ocupa de asta, a decupat și fețele socrilor ei din fotografii. Dacă n-ar fi fost ei și promisiunile lor, promisiunile lor deșarte de bani, mulți bani, probabil că nu s-ar fi măritat niciodată cu Justin. O să-și vadă nepoții la sfântu-așteaptă. Și fratele ei, Jeb. Ce mai căuta fotografia lui acolo? A tăiat-o. N-avea nevoie de el. Și toate pozele cu rudele lui Justin, mese întregi de cretini: grași, rânjind, ridicând paharele pentru a face toasturi idioate, arătându-le copiilor lor bătuți în cap aparatul de fotografiat, târșâindu-și picioarele până la ringul de dans. Să se ducă toți la dracu'! În curând, orice urmă a lui Justin și a familiei lui ardea mocnit în șemineu. Acum și nunta ei, ca și căsnicia, se preschimba în cenușă.

Nu mai rămăseseră în album decât câteva fotografii cu ea, cu mama ei și cu câțiva prieteni, inclusiv asociatele ei din firma de avocatură, Norma și Heather, pe care le va suna dimineață pentru a le cere ajutorul. S-a uitat îndelung la poza mamei sale, tânjind cu disperare după ajutorul ei. Dar mama ei murise, era de cincisprezece ani în pământ. Pierise însă cu mult înainte de asta. În vreme ce cancerul invada lent fiece spațiu al corpului ei, femeia paralizase de groază, și ani de zile Carol fusese mama mamei ei. A rupt paginile cu fotografiile pe care și le dorea, a făcut bucăți albumul și l-a aruncat și pe el în foc. Doar după un minut, s-a gândit mai bine – coperțile albe din plastic ar putea să emane gaze toxice pentru gemenii ei de opt ani. Mai târziu, o să le pună lângă celelalte gunoaie rămase, o să facă un pachet și o să i-l trimită lui Justin.

Apoi, biroul lui Justin. Avea noroc: era sfârșitul lunii, și Justin, care muncea pe post de expert-contabil pentru lanțul de magazine de pantofi al tatălui său, își adusese de lucru acasă. Toate hârtiile lui – facturiere, state de plată – au căzut rapid pradă foarfecii. Chestiile importante, Carol știa asta, erau în computer, sub parolă. Impulsul ei a fost să-l sfărâme cu ciocanul, dar s-a gândit mai bine – nu i-ar strica un computer de cinci mii de dolari. Ștergerea de fișiere era metoda potrivită. A încercat să deschidă documentele, dar Justin le parolase. Ticălos paranoic! O să angajeze pe cineva să o ajute cu asta. Între timp, a încuiat computerul în cufărul ei din lemn de cedru și și-a propus să schimbe toate încuietorile din casă.

Înainte de răsăritul soarelui, s-a trântit în pat, după ce a verificat pentru a treia oară ce fac gemenii. Paturile lor erau pline de păpuși și animale din pluș. Respirație profundă, liniștită. Ce somn inocent, gingaș. Doamne, cât îi invidia. A dormit zvârcolindu-se trei ore, până când s-a trezit din cauza unei fălci care o durea. Scrâșnise din dinți în somn. Cuprinzându-și fața cu mâinile, pe când își închidea și își deschidea gura, putea să audă trosniturile.

S-a uitat în lateral, la locul gol unde ar fi trebuit să fie Justin, și a mormăit „Puțoi ce ești. Nu meriți tu dinții mei!“ Apoi, dârdâind și ținându-și genunchii la piept, s-a ridicat în capul oaselor, întrebându-se unde se afla el. Lacrimile care i se scurgeau pe obraji și pe cămașa de noapte au surprins-o. Le-a șters și și-a fixat privirea pe vârfurile lucioase ale degetelor. Carol era o femeie cu o energie extraordinară, care acționa rapid și hotărât. Nu găsise niciodată alinare privind în interiorul ei și îi considera pe cei care o făceau, ca Justin, niște poltroni.

Dar nu mai putea face nimic: distrusese orice urmă a lui Justin, și acum se simțea cu inima atât de grea, încât abia se mai putea mișca. Dar încă mai putea să respire și, amintindu-și câteva exerciții de la orele de yoga, a inspirat adânc și a dat afară, încet, jumătate din aer.

Apoi a expirat jumătate din aerul rămas, pe urmă altă jumătate, și încă una. Asta a ajutat-o. A mai încercat un exercițiu pe care i-l recomandase instructorul de yoga. S-a gândit că mintea ei este o scenă de teatru și că ea stă în mijlocul publicului, contemplând impasibilă cum i se derulează gândurile. Însă n-a apărut nimic, doar o succesiune de sentimente dureroase și incomplete. Dar cum să le diferențieze și să le înțeleagă? Totul părea că se combină într-un întreg.

O imagine i-a plutit prin fața ochilor, chipul unui bărbat pe care îl ura, un bărbat a cărui trădare îi lăsase cicatrici de neșters: dr. Ralph Cooke, psihiatrul pe care îl cunoscuse la secția de psihologie a facultății pe care o absolvise. Un chip rozaliu, curat, rotund ca o lună, cu smocuri de păr blond în creștet. Se dusese la el în anul doi, din cauza lui Rusty, un băiat cu care fusese împreună de la paisprezece ani. Rusty fusese primul ei iubit și, vreme de patru ani, îi fusese de folos, permițându-i să evite căutarea stânjenitoare a unui partener cu care să se ducă la balul de absolvire sau cu care să iasă în oraș și, mai târziu, cu care să facă sex. Se dusese după Rusty la Brown University, se înscrisese la toate cursurile la care se ducea el, negociase să stea într-o cameră dintr-un cămin aproape de al lui. Dar poate îl ținuse prea strâns: până la urmă, Rusty s-a combinat cu o frumoasă studentă franțuzoaică de origine vietnameză.

Carol nu mai suferise niciodată într-un asemenea hal. Mai întâi, a ținut totul în ea: plângea în fiecare noapte, refuza să mănânce, nu se ducea la cursuri, lua amfetamină. Pe urmă, a cuprins-o furia: i-a distrus camera lui Rusty, i-a tăiat cauciucurile de la bicicletă, a urmărit-o și a hărțuit-o pe noua lui iubită. Odată i-a urmărit până într-un bar și a vărsat pe ei o halbă de bere.

La început, dr. Cooke a ajutat-o. După ce i-a câștigat încrederea, a încurajat-o să țină doliu după pierderea ei. Motivul pentru care suferința ei era atât de intensă, i-a explicat el, era că pierderea lui Rusty redeschisese marea rană a vieții sale: faptul că a fost abandonată de tată. Bărbatul fusese „dat dispărut la Woodstock". Când ea avea opt ani, el se dusese la un concert la Woodstock și nu se mai întorsese. La început, primise câteva vederi mai întâi din Vancouver, Sri Lanka și San Francisco, dar după aceea renunțase chiar și la genul ăsta de comunicare. Își amintea că a văzut-o pe mama ei sfâșiindu-i și arzându-i toate fotografiile și hainele. Pe urmă, mama ei n-a mai vorbit niciodată despre el.

Dr. Cooke a insistat că suferința ei în urma despărțirii de Rusty își trăgea seva din acest abandon. Carol a opus rezistență, susținând că n-are nici o amintire pozitivă despre tatăl ei. Poate că nu amintiri *conștiente*, a răspuns dr. Cooke, dar n-ar putea exista un locșor care să găzduiască experiențele frumoase uitate din copilăria ei? Și cum rămâne cu tatăl visurilor și năzuințelor ei, tatăl protector, ocrotitor și iubitor pe care nu l-a avut niciodată? Și după acest tată ținea ea doliu, iar faptul că Rusty o părăsise îi deschisese și cripta asta a suferinței.

Dr. Cooke a ajutat-o să privească lucrurile și dintr-o altă perspectivă, adică să plaseze despărțirea de Rusty în contextul traiectoriei vieții ei: avea doar nouăsprezece ani, iar amintirile despre Rusty aveau să pălească în timp. Peste vreo câteva luni, rareori o să se mai gândească la el, iar peste câțiva ani, o să rămână doar cu amintirea vagă a unui tip tânăr și de treabă pe nume Rusty. O să apară alți bărbați.

De fapt, deja *apărea* alt bărbat, fiindcă, în timp ce vorbea, dr. Cooke își trăgea cu viclenie scaunul mai aproape de ea. O asigura că era o femeie atrăgătoare, *foarte* atrăgătoare, o ținea de mână când plângea, o îmbrățișa strâns la sfârșitul ședințelor și îi spunea că o femeie atât de atrăgătoare ca ea n-o să aibă nici o dificultate să farmece alți bărbați. De exemplu, chiar pe el, îi zicea, mărturisindu-i că se simțea atras de ea.

Dr. Cooke și-a raționalizat acțiunile prin teorie. „Atingerea e indispensabilă vindecării tale, Carol. Despărțirea de Rusty a ațâțat tăciunii aprinși ai despărțirilor preverbale din pruncie, iar tratamentul trebuie să fie și el nonverbal. Nu poți să te adresezi verbal unor amintiri corporale de genul ăsta, ele trebuie să fie alinate de consolări și dezmierdări fizice."

Consolările fizice s-au transformat în curând în consolări sexuale oferite pe un covor persan ros și mizerabil, care separa cele două scaune. De atunci încolo, ședințele au respectat un ritual prestabilit: câteva minute în care ea vorbea despre ce se întâmplase în cursul săptămânii, țâțâituri empatice din partea doctorului Cooke (nu îi spunea niciodată pe numele mic), apoi o explorare a simptomelor ei – gânduri obsesive legate de Rusty, insomnie, anorexie, probleme de concentrare – și, în final, o repetare a interpretării că reacția ei cataclismică la despărțirea de Rusty își trăgea seva din faptul că tatăl ei își abandonase familia.

Era priceput. Carol se simțea mai calmă, ocrotită și recunoscătoare. Iar după aceea, cam pe la mijlocul fiecărei ședințe, dr. Cooke trecea de la vorbe la fapte. Își plasa atitudinea în contextul fanteziilor sexuale ale lui Carol: îi spunea că este important să transpună în realitate unele dintre aceste fantezii. Sau, ca reacție la furia lui Carol față de bărbați, spunea că sarcina lui este să-i dovedească faptul că nu toți bărbații sunt nemernici. Or, când Carol îi spunea că se simte urâtă și respingătoare în preajma bărbaților, o asigura personal că presupunerea ei era una greșită, că, într-adevăr, i se părea nemaipomenit de atrăgătoare. Uneori, în timp ce Carol plângea, el zicea „Gata, gata, e bine să te descarci, dar ai nevoie să fii ținută în brațe".

Oricum s-ar fi petrecut tranziția, restul ședinței decurgea în același mod. El aluneca de pe scaunul lui pe jos, pe covorul persan zdrențuit, și îi făcea semn cu degetul să i se alăture. După ce o ținea în brațe câteva minute și o mângâia, întindea mâinile spre ea, având câte un prezervativ de culori diferite în fiecare mână, și o punea să aleagă. Poate faptul că alegea îi permitea lui să creadă că ea deținea controlul. Apoi Carol desfăcea prezervativul, i-l strecura pe cocoșelul lui gata de acțiune, având aceeași culoare ca și obrajii lui curați și rozalii. Dr. Cooke adopta întotdeauna o poziție pasivă, stând întins pe spate și lăsând-o pe Carol să și-o înfigă în ea și să controleze ritmul și profunzimea dansului lor sexual. Poate că și asta îi alimenta iluzia că ea deținea puterea.

Oare aceste ședințe o ajutau? Carol așa credea. În fiecare săptămână, vreme de patru luni, a plecat din cabinetul doctorului Cooke simțind că cineva are grijă de ea. Și, exact cum prevăzuse, gândurile la Rusty au început într-adevăr să pălească, o senzație de liniște interioară a cuprins-o din nou și s-a întors la școală. Totul părea în regulă până când, într-o bună zi, după vreo douăzeci de ședințe din astea, dr. Cooke a declarat-o vindecată. Sarcina lui se încheiase, i-a zis el, și venise timpul să pună capăt tratamentului.

Să încheie terapia! Abandonul lui a azvârlit-o înapoi, în punctul din care plecase. Deși nu considera relația cu el ca fiind permanentă, nici măcar o clipă nu anticipase că o să fie izgonită în felul ăsta. Îi telefona zilnic doctorului Cooke. La început, fusese prietenos și blând, apoi, odată cu trecerea timpului, devenise din ce în ce mai tăios și mai agasat, văzând că telefoanele nu încetau. I-a amintit că asigurarea medicală studențească îi plătea doar o terapie de scurtă durată și a descurajat-o să-l mai sune. Carol era convinsă că găsise o altă pacientă pe care s-o trateze prin aceeași metodă. Deci totul fusese o minciună: atențiile lui, grija lui, asigurările că o găsea atrăgătoare. Totul fusese o manipulare, tot ce se întâmplase fusese pentru satisfacerea nevoilor lui, nu în beneficiul ei. Nu mai știa în ce sau în cine să aibă încredere.

Următoarele câteva săptămâni au fost de coșmar. Îl dorea cu disperare pe dr. Cooke și aștepta în fața cabinetului său, sperând ca acesta să se uite puțin la ea, să-i acorde o fărâmă de atenție. Își petrecea seară după seară formându-i numărul de telefon sau chinuindu-se să-l zărească prin gratiile gardului de fier forjat al casei lui imense de pe Prospect Street. Chiar și acum, douăzeci de ani mai târziu, încă mai putea simți senzația lăsată de fierul rece și îndoit pe obrajii ei, în timp ce urmărea siluetele familiei Coolce trecând dintr-o cameră în alta. În curând, durerea ei s-a preschimbat în furie și gânduri de răzbunare. Fusese violată de dr. Cooke – un viol lipsit de violență, însă tot un viol, de fapt. S-a dus să-i ceară ajutorul unei asistente universitare, care a sfătuit-o să o lase baltă. „N-ai nici o dovadă", i-a zis ea, „nimeni n-o să te ia în serios. Și, chiar dacă ar face-o, gândește-te la umilința la care ai fi supusă – să fii nevoită să descrii violul, în special modul în care ai consimțit la el, și motivul pentru care te-ai întors de bunăvoie săptămână de săptămână să fii din nou violată."

Asta se întâmplase în urmă cu cincisprezece ani. Acela a fost momentul în care Carol s-a hotărât să devină avocat.

În ultimul an de facultate, Carol a excelat la științe politice, iar profesorul ei a fost de acord să-i scrie o scrisoare excelentă de recomandare pentru o facultate de drept[1] –, dar i-a sugerat clar că așteaptă, în schimb, favoruri sexuale. Carol abia și-a putut controla furia. Trezindu-se iarăși neajutorată și depresivă, i-a cerut ajutorul doctorului Zweizung, un psiholog care avea un cabinet particular. Dr. Zweizung i-a fost de folos, dar pe parcurs a început să semene periculos de bine cu dr. Cooke, trăgându-și scaunul mai aproape de

1 În SUA, pentru a fi admis la o facultate de medicină sau de drept, este necesară absolvirea unei alte facultăți unde studentul să fi participat și la câteva cursuri legate de domeniul ales.

ea și insistând să vorbească despre faptul că era foarte, foarte atrăgătoare. De data asta Carol a știut ce să facă și imediat a țâșnit pe ușa cabinetului, zbierând din toți bojocii: „Ești un rahat!“ A fost ultima oară când a apelat la ajutorul cuiva.

Și-a scuturat energic capul, ca și cum ar fi vrut să scape de aceste imagini. De ce să se gândească acum la ticăloșii ăia? Mai ales la răhățișul de Ralph Cooke? Pentru că încerca să-și ordoneze sentimentele amestecate. De la Ralph Cooke îi rămăsese un singur lucru bun – mnemotehnica pe baza căreia își putea identifica sentimentele pornind de la cele patru emoții primare: răutate, nebunie, bucurie și tristețe. Asta o ajutase de multe ori.

Și-a pus la spate o pernă pe care să se rezeme și s-a concentrat. „Bucuria“ putea s-o elimine din start. Trecuse multă vreme de când nu mai simțise vreo bucurie. Și-a îndreptat atenția asupra celorlalte trei. „Nebunie“ – asta era ușor. Cunoștea nebunia. În nebunie trăia. Și-a încleștat pumnii și a simțit cum o cuprinde o furie sălbatică și pură. Simplu. Natural. S-a întins, a lovit perna lui Justin și a șuierat „Futu-l în cur, futu-l în cur! Unde pizda mă-tii ți-ai petrecut noaptea?“

Carol mai cunoștea și „tristețea“. Nu prea clară, nu prea conturată, îi era, mai degrabă, un însoțitor obscur, vag. Astăzi îi simțea limpede vechea prezență prin prisma faptului că lipsea cu desăvârșire. De luni de zile detesta diminețile: suspinul cu care se trezea din somn când se gândea la ce program o aștepta în acea zi, enervarea, greața din stomac, înțepeneala din încheieturi. Dacă asta era „tristețea“, atunci astăzi îi dispăruse. Azi se simțea altfel – plină de energie, supărată foc. Și nebună!

„Răutate“? Carol nu știa prea multe despre „răutate“. Justin vorbea deseori despre „răutate“ și arăta cu degetul spre pieptul lui, unde simțea apăsarea opresivă a vinovăției și anxietății. Dar ea avea puțină experiență cu „răutatea“ – și o toleranță scăzută față de cei care, precum Justin, se văicăreau din pricina ei.

Camera era încă întunecată. Îndreptându-se către baie, Carol s-a împiedicat de un morman moale. Apăsând întrerupătorul electric, și-a amintit de masacrul hainelor din seara precedentă. Fâșii din cravate și secțiuni cilindrice din pantalonii lui Justin zăceau împrăștiate pe podeaua dormitorului. Și-a băgat vârful piciorului într-o bucată decupată din pantaloni și a proiectat-o în aer cu un șut. Asta a făcut-o să se simtă mai bine. Dar cravatele – o prostie din partea ei că le-a tăiat. Justin avea cinci cravate la care ținea ca la ochii din cap – colecția lui de opere de artă, le numea el – și care atârnau fiecare separat într-o husă din piele întoarsă cu fermoar, pe care i-o dăruise ea odată de ziua lui de naștere. Purta foarte rar vreo cravată din colecția lui de opere de artă, doar la ocazii speciale, pentru că voia să le conserve. Două dintre cravatele astea le cumpărase chiar dinainte de a se căsători cu ea, cu nouă ani în urmă. Aseară, Carol îi distrusese toate cravatele obișnuite, apoi se apucase de cele din colecție. Dar, după ce făcuse bucăți două dintre ele, se oprise și se uitase cu atenție la preferata lui Justin: avea un model japonez desăvârșit, o inflorescență formată prin acumulare de straturi aurii și de un verde minunat, ca al vegetației de pădure. Fac o tâmpenie, s-a gândit ea. Sigur există un lucru mai grav, cu un efect mai puternic, pe care l-aș putea face cu cravatele astea. A încuiat-o împreună cu celelalte două care rămăseseră și cu computerul în cufărul ei din lemn de cedru.

Le-a sunat pe Norma și pe Heather și le-a rugat să vină în seara aia la ea de urgență. Deși ele trei nu se întâlneau de obicei în afara orelor de program – Carol nu avea nici un prieten apropiat –, se considerau un consiliu permanent de război și se întruneau în momentele de restriște, de regulă în cazul unei discriminări sexuale la firma de avocatură Kaplan, Jarndyce and Tuttle, unde lucraseră toate trei în ultimii opt ani.

Norma și Heather au sosit după cină, și cele trei femei s-au așezat în camera de zi, cu grinzi vizibile și scaune ca din epoca de piatră, făcute din scânduri masive de lemn roșu, noduros și acoperite cu piei groase de animale. Carol, care aprinsese un foc din bușteni de eucalipt și pin, le-a rugat pe Norma și pe Heather să-și ia vin sau bere din frigider. Era atât de agitată, încât s-a stropit cu bere de sus până jos pe mânecă atunci când și-a deschis cutia. Heather, care era însărcinată în șapte luni, a țâșnit de pe scaun, a fugit în bucătărie, s-a întors cu o cârpă umedă și i-a șters brațul. Carol s-a așezat lângă foc, încercând să-și usuce puloverul și a descris detaliile exodului lui Justin.

— Carol, asta e o adevărată binecuvântare. Gândește-te la ea ca la o *mitzvah*, a spus Norma, turnându-și niște vin alb. Norma era micuță, capabilă de emoții puternice, cu un breton negru care-i încadra fața mică și perfect proporționată. Deși înaintașii ei erau cu toții catolici irlandezi – tatăl ei fusese polițist în South Boston –, fostul ei soț o învățase expresii în idiș pentru orice ocazie. De când te cunosc, a fost un bolovan de gâtul tău.

Heather, o suedeză cu fața prelungă și un piept enorm, care se îngrășase vreo douăzeci de kilograme în timpul sarcinii, a fost de acord cu ea:

— Așa e, Carol. A plecat. Ești liberă. Casa e a ta. Nu-i momentul să fii disperată. E timpul să schimbi încuietorile. Ai grijă cu mâneca aia, Carol! Îmi miroase a pârlit.

Carol s-a mutat de lângă foc și s-a trântit cu zgomot pe unul dintre scaunele tapițate cu blană.

Norma a luat o înghițitură zdravănă de vin.

— *Le chaim*, Carol. Pentru libertate. Știu că acum ești zdruncinată, dar adu-ți aminte că *asta îți doreai*. De când te cunosc, nu mi-ai spus nici măcar un singur lucru pozitiv – nici măcar unul – despre Justin sau despre căsnicia ta.

Tăcere dinspre Carol, care își scosese pantofii și ședea îmbrățișându-și genunchii. Era o femeie slabă, cu un gât lung și grațios, cu părul scurt, cârlionțat, brunet și des, cu pomeții și maxilarele bine conturate și ochi ce scăpărau aidoma tăciunilor aprinși. Purta blugi strâmți Levi's și un pulover supradimensionat, cu torsade și o glugă uriașă.

Norma și Heather își căutau cuvintele potrivite. Au început să vorbească poticnit, uitându-se una la alta pentru a cere confirmări.

— Carol, a spus Norma, aplecându-se și masându-i spatele, gândește în felul ăsta: Te-ai vindecat de o boală. Aleluia!

Dar Carol i-a respins atingerea și și-a îmbrățișat și mai strâns genunchii.

— Da, da. Știu. Știu toate astea. Nu mă ajută. Știu cum e Justin. Știu că mi-a irosit nouă ani din viață. Dar n-o să scape așa ușor.

— De *ce anume* să scape? a întrebat-o Heather. Nu uita că ți-ai dorit să plece. Tu nu-l *vrei* înapoi. Ți s-a întâmplat un lucru *bun*.

— Nu asta-i ideea, a zis Carol.

— Tocmai ți-ai stors un furuncul. Vrei să faci iarăși puroi? Treci peste asta, a spus Norma.

— Nici asta nu-i ideea, a zis Carol.

— Atunci care *e* ideea? a întrebat Norma.

— Răzbunarea!

Heather și Norma vorbeau mult, acoperindu-se una pe cealaltă.

— Ce?! Nu merită să-ți pierzi vremea cu el! A plecat, lasă-l să se ducă. Nu-i da voie să-ți conducă viața în continuare.

Chiar atunci, Jimmy, unul dintre gemenii lui Carol, a strigat-o. Ea s-a ridicat, bolborosind:

— Îmi iubesc copiii, dar când mă gândesc că trebuie să le stau la dispoziție douăzeci și patru de ore pe zi încă zece ani... Isuse!

Norma și Heather se simțeau stânjenite în absența lui Carol. Cel mai bine ar fi, se gândea fiecare dintre ele, să evităm orice discuție conspirativă. Norma a mai pus un mic buștean de eucalipt pe foc și amândouă s-au uitat la el cum sfârâie, până când s-a întors Carol. Ea a continuat imediat:

— Bineînțeles că-l las să plece. Încă nu înțelegeți ideea. Mă bucur că a plecat, nu l-aș primi înapoi. Dar vreau să plătească pentru că m-a părăsit în felul ăsta.

Heather o cunoștea pe Carol din facultate și se obișnuise cu firea ei contradictorie.

— Haide să încercăm să ne înțelegem, a spus ea. Vreau să pricep ce e în mintea ta. Ești furioasă că a plecat Justin? Sau ești furioasă pe *ideea* că a plecat?

Fără a aștepta răspunsul, Norma a adăugat:

— Mai degrabă ești furioasă pe tine însăți, pentru că nu l-ai dat afară!

Carol a clătinat din cap.

— Norma, știi răspunsul la asta. De ani de zile încearcă să mă provoace, așteptând ca eu să-l dau afară, pentru că n-avea puterea să plece, n-avea puterea să suporte vinovăția de a-și fi destrămat familia. Dar nu i-aș fi dat satisfacția să-l dau afară.

— Deci, a întrebat Norma, vrei să spui că ai rămas căsătorită cu el doar ca să-l pedepsești?

Carol a clătinat iritată din cap.

— Mi-am jurat acum foarte multă vreme că nici un bărbat n-o să mă mai părăsească vreodată. *Eu* o să-l anunț când poate să plece. Așa am hotărât! Justin n-a plecat, n-are el tupeul ăsta. A fost dus în spate sau împins de cineva. Și vreau să aflu cine e ea. Acum o lună, secretara mi-a zis că l-a văzut la Yank Sing mâncând fericit dim sum[1] împreună cu o femeie foarte tânără, în jur de optsprezece ani. Știi ce m-a ofticat cel mai mult la chestia asta? Dim sumul! Îmi place la nebunie dim sum, dar niciodată nu m-a dus la restaurant să mâncăm așa ceva. Când e cu mine, pe puțoi îl apucă tremuriciul și durerea de cap de la aditivii alimentari de fiecare dată când vede o hartă a Chinei.

— L-ai întrebat cine e femeia? s-a interesat Heather.

— Bineînțeles că l-am întrebat! Ce-ți închipui? Că am de gând să ignor așa ceva? A mințit. A pretins că era o clientă. În următoarea seară, m-am revanșat agățând la întâmplare un tip în barul Sheraton. Uitasem complet despre femeia cu dim sum. Dar o să aflu eu cine e. Pot să ghicesc. Probabil vreo angajată de-a lui. Una săracă. Vreuna suficient de proastă sau de mioapă, încât să-i adore scula aia minusculă! N-ar avea curajul să se ia de o femeie adevărată. O găsesc eu.

— Știi, Carol, a spus Heather, Justin ți-a distrus cariera de avocat – de câte ori nu te-am auzit spunând asta? Că teama lui de a sta singur acasă ți-a sabotat întreaga carieră. Îți amintești oferta pe care ți-a făcut-o Chipman, Bremer and Robey și pe care ai fost nevoită s-o refuzi?

— Dacă îmi amintesc? Bineînțeles că îmi amintesc! *Chiar* mi-a distrus cariera! Voi știți ce oferte de posturi am avut când am absolvit facultatea. Aș fi putut face orice. Postul ăla era ideal, dar *am fost nevoită* să-l refuz. Cine a mai auzit de vreo persoană care să fie specialistă în drept internațional și care să nu poată călători? Ar fi trebuit să angajez o doică pentru el, ce morții mă-sii. Iar apoi au apărut gemenii, și ei au fost cuiele bătute în coșciugul carierei mele. Dacă m-aș fi dus la C, B and R acum zece ani, la ora actuală aș fi fost partener. Uită-te la fraiera aia, Marsha, ea a reușit. Crezi că eu n-aș fi ajuns partener? Ba da, fir-ar a dracu', până acum aș fi putut să ajung.

— Dar, a zis Heather, exact asta vreau să spun! Slăbiciunea lui ți-a controlat viața. Dacă-ți irosești timpul și energia ca să te răzbuni, îi vei permite să te controleze în continuare.

— Așa e, a intervenit Norma. Acum ai o a doua șansă. Treci peste asta!

---

1 Fel de mâncare chinezesc, compus din mai multe porții mici, servite succesiv, printre care și găluști.

— Treci peste asta, s-a răstit Carol. Ușor de zis. Dar nu-i atât de simplu de făcut. Mi-a supt zece ani din viață! Am fost îndeajuns de proastă încât să fiu ademenită de promisiunile lui de viitor. Când ne-am căsătorit, tatăl lui era bolnav, pe punctul de a-i ceda lanțul de magazine de pantofi, care valorează milioane. Acum, după nouă ani, afurisitul ăla de taică-său e mai sănătos ca oricând! Nici măcar n-a ieșit la pensie. Iar Justin încă mai lucrează, cu un salariu derizoriu, pe postul de contabil al lui tăticu'. Ghici cu ce mă aleg eu acum, când crapă tăticu'? După toți anii ăștia în care am așteptat? Ca ex-noră. Nimic! Absolut nimic! „Treci peste asta," spui tu. Nu poți să „treci peste asta" pur și simplu, după ce ți-ai pierdut nouă ani din viață. Carol a aruncat furioasă o pernă pe podea, s-a ridicat în picioare și a început să bată camera cu pasul, în spatele Normei și al lui Heather. I-am dat totul, l-am îmbrăcat – puțoiul neputincios –, niciodată nu putea să-și cumpere singur lenjeria intimă sau șosetele! Poartă șosete negre și trebuia să i le cumpăr eu, pentru că alea pe care le cumpăra el nu erau destul de moi și întotdeauna îi alunecau pe picior. I-am fost mamă, soție, m-am sacrificat pentru el. Și am renunțat la alți bărbați pentru el. Mi se face greață când mă gândesc la ce bărbați aș fi putut să am. Iar acum, o fufă îl strunește din lesă, și el pur și simplu pleacă.

— Dar ești sigură de asta? a întrebat Heather, răsucindu-și scaunul pentru a sta cu fața la Carol. Mă refer la femeie. Ți-a zis el ceva care să-ți sugereze că ar fi vorba de așa ceva?

— Pot să bag mâna-n foc. Îl știu eu pe ticălos. Ar fi putut să se mute undeva singur? Hai să punem pariu: o mie la cinci sute că deja s-a mutat cu altcineva aseară.

Nici un voluntar. Carol câștiga de obicei pariurile. Iar dacă pierdea, nu merita să-i ceri banii, fiindcă făcea prea urât.

— Știi, a zis Norma, răsucindu-și și ea scaunul, când m-a părăsit primul meu soț, m-a cuprins o stare de panică ce a durat șase luni. Și acum aș fi fost la fel dacă n-ar fi fost terapia. M-am dus la un psihiatru, dr. Seth Pande din San Francisco, de fapt, un psihanalist. Pentru mine a fost extraordinar de bun, apoi l-am cunoscut pe Shelly. Ne înțelegeam minunat, mai ales în pat, dar Shelly avea o problemă cu jocurile de noroc, iar eu l-am rugat ca înainte de a ne căsători să discute cu dr. Pande despre obiceiul ăsta al lui. Pande a fost nemaipomenit. L-a schimbat complet pe Shelly. Avea obiceiul să-și parieze întreg salariul pe tot ce mișcă: cai, ogari, fotbal american. Acum se mulțumește cu un banal joc de poker. Shelly are încredere sută la sută în Pande. Hai să-ți dau numărul lui de telefon.

— Nu! Isuse, nu! Un terapeut e ultimul lucru de care am nevoie, a spus Carol, ridicându-se în picioare și plimbându-se de colo-colo prin spatele lor. Știu că încerci să mă ajuți, Norma – amândouă, de fapt –, dar, crede-mă, asta nu e ajutor! Nici terapia nu îmi e de folos. Și oricum, cât de mult v-a ajutat pe tine și pe Shelly? Fii sinceră, de câte ori nu ne-ai zis că Shelly e ca un bolovan atârnat de gâtul tău? Că pariază la jocurile de noroc mai mult decât oricând? Că trebuie să ai un cont bancar separat ca să-l împiedici să dea iama în toți banii? Carol își pierdea răbdarea de fiecare dată când Norma îl lăuda pe Shelly. Știa o mulțime de lucruri despre caracterul lui Shelly și despre îndemânarea lui sexuală: cu *el* își reglase socotelile cu dim sumul. Dar știa să păstreze un secret.

— Recunosc că a fost o vindecare parțială, a spus Norma, dar Pande l-a ajutat. Shelly a stat potolit ani de zile. Doar după ce a fost dat afară de la serviciu și-a recăpătat o parte din vechile obiceiuri. Lucrurile o să fie OK când o să-și găsească de lucru. Dar, Carol, de ce ești atât de intransigentă când vine vorba de terapeuți?

— Într-o zi o să-ți povestesc despre lista mea cu terapeuți de căcat. Am învățat un singur lucru din experiența mea cu ei: nu ține în tine furia. Crede-mă, asta e o greșeală pe care n-o s-o mai fac.

Carol s-a așezat și s-a uitat la Norma.

— Când te-a părăsit Melvin, poate că încă îl mai iubeai, poate că erai confuză sau îți doreai ca el să se întoarcă la tine, ori poate că asta ți-a ciuntit încrederea în tine. Poate că terapeutul te-a ajutat în privința asta. Dar așa ești *tu*. Iar eu nu sunt cum erai tu atunci. Nu sunt confuză. Justin mi-a furat aproape zece ani din viață, cel mai frumos deceniu, când mi se decidea soarta profesională. Și-a depozitat gemenii în mine, m-a lăsat să-l întrețin, s-a văicărit zi și noapte despre slujba lui de nimic în serviciul lui tăticu, a cheltuit o droaie de bani, banii mei, cu terapeutul lui de rahat. Îți vine să crezi? De trei, uneori de patru ori pe săptămână? Iar acum, cum i se năzare, pur și simplu se cară. Spune-mi, exagerez?

— Ei bine, a zis Heather, poate că există și o altă perspectivă as...

— Crede-mă, a întrerupt-o Carol, nu sunt confuză. Sunt ca naiba de sigură că nu-l iubesc. Și nici nu-l vreau înapoi. Nu, nu-i așa. Îl *vreau* înapoi, asta ca să pot să-l dau eu afară în morții mă-sii! Știu exact pe ce poziții stau și ce vreau cu adevărat. Vreau să-l *rănesc* – și pe fufa aia, când o să dau de ea. Vreți să mă ajutați? Spuneți-mi cum să-l rănesc. Să-l rănesc cu adevărat.

Norma a luat de lângă lada cu lemne o veche păpușă de cârpe (Alice și Jimmy, gemenii lui Carol, care acum aveau opt ani, nu prea se mai jucau cu păpuși) și a pus-o pe polița de deasupra șemineului spunând:

— Are careva ace?

— Așa mai merge, a zis Carol.

Ore întregi și-au stors creierii. Mai întâi au vorbit despre bani, clasicul remediu. Fă-l să plătească. Bagă-l în datorii pentru tot restul vieții, scoate-i curul din BMW și din costumele și cravatele alea italienești. Falimentează-l, falsifică-i contabilitatea și apoi acuză-l pe taică-său de evaziune fiscală, anulează-i asigurările medicale și auto.

— Anulează-i asigurarea medicală. Hmm, asta-i o chestie interesantă. Asigurarea îi plătește doar treizeci la sută din onorariul terapeutului, dar și asta e ceva. Ce n-aș da să-i tai din vizitele pe care i le face terapeutului lui. Asta l-ar aduce în pragul disperării. L-ar lovi în coaie! Mereu spune că Lash e cel mai bun prieten al lui; mi-ar plăcea să văd cât de bun prieten îi este dacă Justin nu-i poate plăti onorariul!

Dar ăsta era doar un joc dramatic: erau femei informate și profesioniste. Știau că banii aveau să fie o parte a problemei, nu a răzbunării. Până la urmă, a căzut în sarcina lui Heather, o avocată specializată în divorțuri, să-i amintească lui Carol cu blândețe că ea câștiga mai mult decât Justin și că orice hotărâre de divorț din California ar obliga-o, fără îndoială, pe ea să-i plătească *lui* pensie alimentară. Și, bineînțeles, ea personal nu avea dreptul la nimic din milioanele pe care el o să le moștenească în cele din urmă. Tristul adevăr era că, orice strategie ar fi conceput pentru a-l distruge financiar pe Justin, nu ajungea decât la concluzia că ea, Carol, ar fi trebuit să sară cu și mai mulți bani pentru el.

— Știi, Carol, a spus Norma, nu ești singura care se lovește de problema asta. E posibil ca și eu să mă confrunt în curând cu ea. Hai să fiu sinceră cu tine în ce-l privește pe Shelly. Au trecut șase luni de când și-a pierdut slujba: *simt* cu adevărat că e un bolovan atârnat de gâtul meu. Nu numai că nu se omoară deloc să-și găsească serviciu, dar ai dreptate, iarăși *pariază* la jocuri de noroc – banii dispar. Mă aduce la sapă de lemn și mă omoară cu zile. Și, de fiecare dată când vorbesc cu el despre asta, vine cu aceleași argumente raționale ingenioase. Dumnezeu știe ce lipsește, mi-e teamă să fac un inventar al bunurilor noastre. Mi-aș dori să-i pot da un ultimatum: caută-ți o slujbă și renunță la jocurile de noroc, altfel divorțez. Așa ar trebui. Dar nu pot. Isuse, mi-aș dori să se controleze.

— Poate, a spus Heather, fiindcă îți place individul. Nu-i nici un secret, e haios, arată bine. Spui că-i un amant nemaipomenit. Toată lumea zice că arată ca Sean Connery când era tânăr.

— N-o neg. E extraordinar de bun în pat. Cel mai bun! Dar mă costă o droaie de bani. Iar un divorț m-ar costa și mai mult. Costă o grămadă: mi se pare că ar trebui să-i plătesc o pensie alimentară mai mare decât suma pe care o cheltuiește cu pokerul. Și sunt multe șanse – luna trecută a apărut un precedent la tribunalul districtual din Sonoma – ca faptul că sunt parteneră în firmă – și tu la fel, Carol – să fie considerat un bun comun concret, cu o valoare foarte mare.

— Tu ești într-o situație diferită, Norma. Tu te alegi cu *ceva* din căsnicie. Ție măcar îți place de soțul tău. Eu, eu mai degrabă îmi dau demisia și mă mut în alt stat, decât să-i plătesc pensie alimentară puțoiului ăluia.

— Să renunți la căminul tău, să pleci din San Francisco, să renunți la noi – la mine și la Heather – și apoi să îți faci un cabinet particular în Boise sau Idaho deasupra unei curățătorii? a întrebat Norma. Bună idee! Atunci o să vadă el!

Carol a aruncat furioasă o mână de surcele în foc și a privit flăcările întețindu-se.

— Mă simt și mai rău, a spus ea. Discuția noastră din seara asta mă face să mă simt și mai rău. Voi nu înțelegeți, n-aveți nici cea mai vagă idee cât de serios vorbesc. Mai ales tu, Heather, tu explici calmă toate chițibușurile tehnice ale legii cu privire la divorțuri, iar eu mi-am petrecut toată ziua gândindu-mă la asasini plătiți. Sunt mulți disponibili. Și cât m-ar costa? Douăzeci, douăzeci și cinci de mii? Îi am. Am atâta, depuși în străinătate, nu pot fi depistați! Nu-mi pot imagina un mod mai bun de a-i cheltui. Dacă mi-ar plăcea să fie mort? Poți băga mâna-n foc că da!

Heather și Norma tăceau. Evitau să se uite una la cealaltă sau la Carol, care le cerceta cu atenție fețele.

— V-am șocat?

Prietenele ei au clătinat din cap. Nu o recunoșteau, dar în sinea lor erau îngrijorate. Era prea mult pentru Heather, care s-a ridicat în picioare, s-a întins, s-a dus la bucătărie și s-a întors cu o jumătate de kilogram de înghețată de cireșe cu coniac și cu trei furculițe. Celelalte două i-au respins oferta, iar ea s-a apucat să mănânce înghețată, pescuind metodic cireșele.

Brusc, Carol a înșfăcat o furculiță și s-a înfipt și ea în înghețată.

— Hai, lasă-mă și pe mine să mănânc câteva, până nu e prea târziu. Detest când faci asta, Heather. Cireșele sunt singurul lucru bun din ea.

Norma s-a dus la bucătărie să mai aducă vin, prefăcându-se veselă și ridicându-și paharul.

— Pentru asasinul tău plătit, beau în cinstea lui! Ar fi trebuit să mă gândesc la așa ceva atunci când Williams s-a împotrivit hotărârii ca eu să devin partener.

— Dacă nu o crimă, a continuat Norma, ce zici de o bătaie nasoală? Am un client din Sicilia care are o ofertă specială: o bătaie cu lanțurile antiderapante pentru cinci mii.

— Lanțuri antiderapante pentru cinci mii? Sună bine. Ai încredere în tipul ăsta? a întrebat Carol.

Norma a surprins privirea sumbră a lui Heather.

— Am văzut cum te uitai, a spus Carol. Ce se întâmplă?

— Trebuie să ne păstrăm stăpânirea de sine, a zis Heather. Norma, nu cred că ești de folos dacă îi încurajezi furia lui Carol, chiar și glumind. Asta dacă e o glumă. Carol, gândește-te în ce situație ești acum. Orice lucru dubios – *orice* – care i s-ar putea întâmpla lui Justin în următoarele câteva luni, *obligatoriu* te implică pe tine. Automat. Motivația, firea ta...

— Ce?

— Păi, hai s-o spun altfel, a continuat Heather, tendința ta spre impulsivitate îți...

Carol a zvâcnit din cap și s-a uitat în altă parte.

— Carol, hai să judecăm obiectiv. Ai o siguranță ușor de scurtcircuitat: o știi și tu, o știm și noi, e o chestiune publică. Avocatul lui

Justin n-o să aibă nici o dificultate s-o dovedească în sala de judecată.

Carol n-a răspuns. Heather a continuat.

— Ce vreau să spun e că tu o să ai o poziție vulnerabilă, iar dacă te apuci să-ți faci singură dreptate, riști să fii exclusă din barou.

Iarăși tăcere. Temelia focului a cedat, iar buștenii s-au rostogolit cu zgomot, aranjându-se în alte poziții, în dezordine. Nimeni nu s-a ridicat să-i aranjeze sau să pună lemne pe foc.

Norma le-a arătat în joacă păpușa din cârpe.

— Are cineva ace? Bolduri sau ace de siguranță?

— Știe cineva niște cărți bune despre răzbunare? a întrebat Carol. Vreuna despre cum să o faci, cum să treci la acțiune?

Norma și Heather au clătinat din cap.

— Ei bine, a zis Carol, e cerere de așa ceva pe piață. Poate că ar trebui să scriu eu una, cu indicații deja testate de mine personal.

— În felul ăsta, onorariul asasinului plătit ar putea fi decontat ca o cheltuială de afaceri, a spus Norma.

— Odată am citit o biografie a lui D.H. Lawrence, a zis Heather, și îmi aduc aminte vag de o poveste macabră despre văduva lui, Frieda, care nu i-a respectat ultima lui dorință și l-a incinerat, apoi i-a împrăștiat cenușa într-un bloc de ciment.

Carol a înclinat aprobator din cap.

— Spiritul liber al lui Lawrence încremenit pentru totdeauna în ciment. *Chapeau*, Frieda! *Asta* numesc eu răzbunare! Răzbunare creativă!

Heather s-a uitat la ceasul ei de mână.

— Hai să fim practice, Carol, există și moduri legale și sigure în care îl poți pedepsi pe Justin. Ce-i place lui la nebunie? De ce anume îi pasă? De *aici* ar trebui să pornim.

— Nu prea multe, a spus Carol. Asta-i problema cu el. A, confortul, hainele – îi plac la nebunie hainele. Însă n-am nevoie de ajutorul vostru ca să-i ciopârțesc garderoba. M-am ocupat de asta, dar nu cred c-o să-l afecteze. O să se ducă pur și simplu și o să-și cumpere altele cu banii mei, cu o tipă care o să-i aleagă haine noi, pe gustul ei. Ar fi trebuit să fac altceva cu hainele lui, de pildă să i le trimit celui mai mare dușman al lui. Problema e că-i prea pămpălău ca să aibă dușmani. Sau să i le dau următorului bărbat care o să apară în viața mea. Dacă o să apară vreunul. I-am păstrat cravatele lui favorite. Și dacă ar fi avut vreun șef, m-aș fi culcat cu el și i-aș fi dat lui cravatele.

— Ce-i mai place? Poate BMW-ul. Nu copiii, e incredibil de indiferent față de ei. Dacă i-aș interzice să-i viziteze, i-aș face o favoare, nu l-aș pedepsi. Evident că o să-i întorc împotriva lui, asta-i de la sine înțeles. Dar nu cred că o să remarce. Aș putea să născocesc niște acuzații de abuz sexual, dar copiii sunt prea mari ca să poată fi manipulați. În plus, atunci mi-ar fi imposibil să-i las în grija lui și să mai scap și eu puțin de ei.

— Ce altceva? a întrebat Norma. Sigur mai există și altceva.

— Nu cine știe ce! E un bărbat preocupat la greu de propria-i persoană. O, mai e tenisul, de două, trei ori pe săptămână. M-am gândit să-i tai în două rachetele, dar și le ține la sala de sport. Poate că a cunoscut-o pe femeia asta acolo, probabil e o premiantă la ora de aerobic. Cu tot sportul pe care îl face, tot un porc rămâne. Cred că de la bere i se trage – o, da, îi place la nebunie berea.

— Dar oameni? a întrebat Norma. Sigur există și oameni!

— Cam cincizeci la sută din ce spune se referă la faptul că o lălăie și se văicărește. Care-i termenul în idiș pe care-l folosești tu, Norma?

— *Kvetch*!

— Da, o lălăie și se văicărește din cauza faptului că nu are prieteni. Nu are pe nimeni apropiat, bineînțeles în afară de fata asta cu dim sum. Prin ea ajungem cel mai bine la el.

— Dacă e chiar atât de nasoală cum îți închipui tu, a zis Heather, poate cel mai bine ar fi să nu facem nimic și să-i lăsăm să pice singuri în plasă. Să ajungă într-o *fundătură*, să-și construiască propriul lor iad.

— Încă nu înțelegi, Heather. Nu-mi doresc doar să fie nefericit, asta nu e răzbunare. *Vreau să știe că eu i-am făcut-o.*

— Deci, a spus Norma, am stabilit primul pas: să aflăm cine e femeia.

Carol a încuviințat din cap.

— Bine! Și pe urmă o să găsesc o cale să i-o trag prin ea. Smulge-i capul, și coada o să moară și ea. Heather, tu ai un detectiv particular bun pe care-l folosești în cazurile de divorț?

— Simplu: Bat Thomas. E tare, o să-l urmărească pe Justin și o să afle numele fetei în douăzeci și patru de ore.

— Și Bat mai e și drăguț, a adăugat Norma. Poate c-o să-ți ofere și un pic de consolare sexuală – inclusă în preț.

— Douăzeci și patru de ore? a întrebat Carol. Ar putea să afle cum o cheamă într-o oră, dacă e suficient de tare încât să pună un microfon lângă canapeaua terapeutului lui Justin. Probabil că Justin vorbește tot timpul despre ea.

— Terapeutul lui Justin. Terapeutul lui Justin, a spus Norma. Știi, e ciudat cum de l-am neglijat pe terapeutul lui Justin. De câtă vreme ziceai că se duce la el?

— De cinci ani!

— Cinci ani, de trei ori pe săptămână, a continuat Norma. Hai să vedem... Și vacanțele, asta înseamnă cam o sută patruzeci de ședințe pe an, înmulțit cu cinci, adică aproape șapte sute de ore cu totul.

— *Șapte sute de ore*! a exclamat Heather. Despre ce naiba au discutat șapte sute de ore?

— Eu bănuiesc, a zis Norma, despre ce au discutat în ultima vreme.

În ultimele câteva minute, chinuindu-se să-și ascundă iritarea provocată de Heather și Norma, Carol se retrăsese atât de mult în interiorul glugii puloverului ei, încât i se mai vedeau doar ochii. Ca și în multe alte împrejurări, se simțea mai singură decât oricând. Asta nu era o surpriză pentru ea, de multe ori prietenii îi fuseseră doar parțial alături, de multe ori îi făgăduiseră loialitatea lor, și totuși, până la urmă, întotdeauna sfârșeau prin a o înțelege greșit.

Dar faptul că se pomenise de terapeutul lui Justin îi atrăsese atenția. Acum, aidoma unei broaște țestoase care iese din carapace, și-a întins încetișor capul.

— Cum adică? Despre ce *au* discutat?

— Despre marele exod, bineînțeles. Ce credeai? a întrebat Norma. Pari surprinsă, Carol.

— Nu! Adică da. Știu *sigur* că Justin a discutat despre mine cu terapeutul lui. Ciudat cum de am putut să uit asta. Poate că aveam nevoie să uit. Îți dă fiori pe șira spinării dacă te gândești că te urmărește mereu cineva, că Justin i-a povestit terapeutului lui tot ce discuta cu mine. Dar bineînțeles! Bineînțeles! Cei doi au plănuit împreună fiecare mișcare. V-am zis eu! V-am zis că Justin n-ar fi fost niciodată în stare să mă părăsească de unul singur.

— Ți-a povestit vreodată despre ce vorbeau? a întrebat Norma.

— Niciodată! Lash l-a sfătuit să nu-mi spună nimic, zicea că sunt prea dominatoare și că el are nevoie de un sanctuar privat, doar al lui, unde să nu mi se permită să intru. Am încetat să-l mai întreb cu multă vreme în urmă. Dar să știți că a fost o vreme, acum doi sau trei ani, când era nemulțumit de terapeutul lui și l-a înjurat vreo două săptămâni. A zis că Lash o luase razna atât de mult, încât insista să se despartă de mine. La momentul respectiv, nu știu de ce, poate deoarece se vede de la o poștă că Justin e atât de jalnic, am crezut că Lash e de partea mea, că probabil încearcă să-i arate lui Justin că, dacă ar fi departe de mine, și-ar da seama cât de multe îi ofer. Dar acum văd diferit lucrurile. Rahat, am avut un spion în casă ani de zile!

— Cinci ani, a spus Heather. Multă vreme. Nu cunosc pe nimeni care să fi făcut terapie atât de mult timp. De ce cinci ani?

— Nu știi prea multe despre lumea terapeuților, a replicat Carol. Unii te cheamă la nesfârșit. Și, a, da, nu v-am zis că e vorba de cinci ani la terapeutul *ăsta*. Au mai fost și alții înaintea lui. Justin a avut întotdeauna probleme: indecis, obsesiv, are nevoie să verifice totul de douăzeci de ori. Plecăm de acasă, și el se întoarce de nu știu câte ori la ușă să vadă dacă a încuiat-o. Când ajunge înapoi la mașină, deja a uitat dacă a verificat sau nu și se duce iarăși să vadă. Căcănar tâmpit! Îți poți imagina un contabil ca el? Râd și curcile. Era dependent de pastile, nu putea să adoarmă fără ele, să zboare, nu putea să se întâlnească cu nici un evaluator fără ele.

— Încă mai e așa? a întrebat Heather.

— Dintr-un dependent de pastile a devenit dependent de terapie. Lash e sfârcul lui. Niciodată nu se satură de el. Chiar și cu trei ședințe pe săptămână, nu se descurcă fără să-l sune pe Lash măcar o dată între întâlniri. Dacă cineva îl critică la serviciu, cinci minute mai târziu i se miorlăie la telefon terapeutului lui. Ți se face greață.

— Îți vine să vomiți și când te gândești la modul în care exploatează medicii genul ăsta de dependență, a spus Heather. E minunat pentru contul bancar al terapeutului. Ce motivație mai are el să-l ajute pe pacient să funcționeze independent? Există vreo clauză de malpraxis?

— Heather, nu mă asculți. Ți-am spus că în lumea lor, cinci ani sunt considerați ceva normal. Unele tratamente se întind pe câte opt sau nouă ani, cu patru sau cinci ședințe pe săptămână. Și ai încercat vreodată să îl faci pe vreunul dintre ei să depună mărturie împotriva altuia? N-ai nici o șansă.

— Știi, a zis Norma, cred că facem progrese. A ridicat de jos o altă păpușă, a pus-o lângă cealaltă pe polița de deasupra șemineului și le-a înfășurat pe amândouă cu un șnur. Sunt gemene siameze. Dacă i-o tragem uneia, i-o tragem și celeilalte. Dacă îl rănim pe doctor, îl rănim și pe Justin.

— Nu chiar, a spus Carol, cu gâtul ei lung acum complet ieșit din glugă și vocea metalică, rece și nerăbdătoare. Dacă îl rănim numai pe Lash, nu facem nimic. Asta i-ar putea apropia și mai mult unul de celălalt. Nu, adevărata țintă e relația dintre ei: dacă distrug *asta*, atunci i-o trag lui Justin.

— Măcar l-ai întâlnit pe Lash, Carol? a întrebat Heather.

— Nu. De mai multe ori, Justin mi-a spus că vrea să mă duc la o ședință de terapie de cuplu, dar mie mi s-a luat de terapeuți. Totuși, odată, acum aproape un an, m-a răzbit curiozitatea și m-am dus la una dintre conferințele lui. Un grăsan arogant. Mi-aduc aminte că mă gândeam cum ar fi să-i pun o bombă sub canapea sau să-l izbesc cu pumnul fix în mutra aia ipocrită a lui. Atunci mi-aș fi reglat puțin conturile. Și pe-alea vechi, și pe-alea noi.

Pe când Heather și Norma își storceau creierii cum să i-o tragă terapeutului, Carol a rămas tăcută. Cu privirea ațintită asupra focului, se gândea la dr. Ernest Lash, cu obrajii dogorind și reflectând licăririle tăciunilor de eucalipt. Și apoi a găsit soluția. O ușă i s-a deschis în minte, și o idee, o idee nemaipomenită s-a întrezărit la orizont. Carol știa exact ce are de făcut! S-a ridicat în picioare, a luat păpușile de pe polița de deasupra șemineului și le-a azvârlit în foc. Șnurul gingaș care le lega una de cealaltă a pâlpâit scurt, apoi a devenit incandescent, înainte de a se preschimba în cenușă. Păpușile au scos fum, s-au înnegrit de la căldură și imediat au fost cuprinse de flăcări. Carol a scormonit în jar și pe urmă a anunțat:

— Vă mulțumesc, dragele mele prietene. Acum știu pe ce drum să o iau. Hai să vedem ce-o să facă Justin când terapeutul lui o să rămână fără slujbă. Conferința s-a încheiat, doamnelor.

Heather și Norma nu s-au urnit din loc.

— Credeți-mă, a spus Carol, închizând ecranul șemineului. Mai bine să nu știți prea multe. Dacă nu știți nimic, atunci nici n-o să fiți nevoite vreodată să depuneți mărturie falsă.

Trei

Ernest a intrat în librăria Printers Inc. din Palo Alto și a aruncat o privire afișului de pe ușă.

DR. ERNEST LASH
Prof. Asoc. Clin. de psihiatrie, U. Cal. San Francisco
Vorbește despre noua lui carte:

DOLIU: FAPTE, MOFTURI, PREJUDECĂȚI
19 feb. 20:00 – 21:00 – urmat de o sesiune de autografe

Ernest a aruncat o privire listei invitaților de săptămâna trecută. Impresionantă! N-avea de ce să-i fie rușine cu ei: Alice Walker[1] Amy Tan[2] James Hillman[3] *David Lodge*[4] – din Anglia? Cum de puseseră mâna la *el*?

Intrând în librărie, Ernest se întreba dacă oamenii care se învârteau prin magazin își dădeau seama că el este cel care le va ține o prelegere în acea seară. S-a prezentat lui Susan, proprietara, și a acceptat să bea o ceașcă de cafea la cafeneaua librăriei. Îndreptându-se către sala de lectură, Ernest a trecut în revistă cărțile nou apărute ale autorilor lui preferați. Majoritatea librăriilor le permiteau celor care țineau prelegeri să-și aleagă o carte, pe care o primeau cadou. A, o carte nouă de Paul Auster!

În câteva minute, l-a cuprins melancolia, așa cum i se întâmpla de obicei în librării. Cărți peste tot, țipând după atenție de pe mesele mari de prezentare, exhibându-și cu nerușinare copertile purpurii sau de un verde irizat, îngrămădite pe podea și așteptând răbdătoare să fie puse în raft, revărsându-se de pe mese, presărate pe podea. Lângă peretele din spate al magazinului, mormane uriașe de cărți ratate așteptau cu un aer ursuz să se întoarcă la făurarul lor. Lângă ele stăteau cutii de carton încă nedeschise, pline cu

1 Scriitoare americană n. 1944, care a câștigat premiul Pulitzer pentru literatură în 1983 cu *Color Purple.*

2 Scriitoare americană de origine chineză, n. 1952.

3 Psiholog jungian american, n. 1926.

4 Reputat romancier, teoretician și critic literar britanic, n. 1935.

volume tinere și strălucite care ardeau de nerăbdare să-și trăiască momentul de glorie.

Inima lui Ernest a tresăltat în clipa în care s-a gândit la noul lui bebeluș. Ce șansă avea, în marea asta de cărți, un suflet pișpiriu și firav să înoate și să se țină la suprafață?

S-a răsucit spre camera de lectură, unde fuseseră aranjate cincisprezece rânduri de scaune pliante de metal. Cartea lui, *Doliu: fapte, mofturi, prejudecăți*, fusese așezată peste tot la vedere. Câteva stive, probabil vreo șaizeci de cărți în total, așteptau lângă podium să fie semnate și cumpărate. Bine. Bine. Dar ce viitor urma să aibă cartea lui? Ce se va întâmpla cu ea peste două sau trei luni? Poate că unul sau două exemplare vor umple discret spațiul de la litera L în raionul de psihologie sau de self-help. Dar peste șase luni? Dispărute! „Disponibile numai prin comandă specială. Le veți primi peste trei sau patru săptămâni."

Ernest înțelegea că nici un magazin nu are loc suficient pentru a expune toate cărțile, nici măcar pe cele de vârf. Adică, putea să înțeleagă acest lucru când venea vorba de cărțile altor autori. Dar cu siguranță că nu i se părea deloc rezonabil ca tocmai cartea *lui* să moară, cartea la care muncise vreme de trei ani, propozițiile lui desăvârșit cizelate și modul rafinat în care își luase cititorii de mână și îi îndrumase cu blândețe prin unele dintre cele mai întunecate tărâmuri ale vieții. Peste un an, peste zece ani vor exista văduvi și văduve din belșug, care vor avea nevoie de cartea asta. Adevărurile despre care scrisese vor fi la fel de profunde și de recente ca și acum.

— Nu confunda valoarea cu permanența, asta duce la nihilism, a murmurat Ernest, încercând să se dezbare de melancolia lui. A invocat familiarele catehisme: „Totul piere," și-a reamintit el. „Asta e soarta oricărei experiențe. Nimic nu persistă. Permanența e o iluzie și, într-o zi, întregul sistem solar va fi distrus." A, da, acum era mai bine! Și mai bine s-a simțit când l-a invocat pe Sisif: o carte piere? Bine, atunci, scrie o carte nouă! Și apoi alta, și încă una.

Deși mai erau încă cincisprezece minute, locurile începeau să se ocupe. Ernest s-a așezat pe ultimul rând, pentru a-și cerceta notițele și pentru a verifica dacă le pusese în ordine după discursul lui din Berkeley, de săptămâna trecută. O femeie care ținea în mână o ceașcă de cafea s-a așezat la două scaune depărtare de el. O forță de nestăpânit l-a făcut pe Ernest să-și ridice privirea și să observe că se uita la el.

A studiat-o din cap până-n picioare și i-a plăcut ce vedea: o femeie arătoasă, cu ochii mari, de vreo patruzeci de ani, cu părul lung și blond, cercei din argint grei, care îi balansau sub urechi, un colier de argint de forma unui șarpe, ciorapi din plasă cu portjartier și un pulover cărămiziu din lână de angora, care încerca zadarnic să-i acopere sânii dominatori. Sânii ăia! Pulsul i s-a accelerat. A fost nevoit să-și smulgă privirea de pe ei.

Ea se uita fix la el. Ernest se gândea rareori la Ruth, soția lui care murise cu șase ani în urmă într-un accident auto, dar și-a amintit, plin de recunoștință, de un cadou pe care i-l dăduse. Odată, la începutul relației lor, înainte de a înceta să se mai mângâie și să se mai iubească unul pe celălalt, Ruth i-a dezvăluit secretul cel mai de nepătruns al unei femei: cum se cucerește un bărbat. „E o chestie atât de simplă", spusese ea. „Nu trebuie decât să te uiți în ochii unui bărbat și să-i susții privirea vreo câteva secunde. Asta-i tot!" Secretul lui Ruth s-a adeverit. Mereu le identifica pe femeile care încercau să-l agațe. Femeia asta trecuse testul. El și-a ridicat din nou privirea. Ea încă se uita fix la el. Nu exista absolut nici un dubiu, femeia asta îi făcea ochi dulci! Și chiar la momentul oportun: actuala lui relație se destrăma rapid, și Ernest își dorea cu disperare să facă sex. Foarte pe fază, și-a supt burta și a privit-o cu îndrăzneală.

— Doctor Lash? S-a aplecat spre el și i-a întins mâna. El i-a strâns-o. Numele meu este Nan Swensen. Femeia i-a ținut mâna cu două sau trei secunde mai mult decât se aștepta el.

— Ernest Lash. Ernest a încercat să-și mlădieze vocea. Inima îi bubuia. Îi plăcea la nebunie să cucerească o femeie, dar detesta faza de început: ritualul, riscul. Cât îi invidia postura lui Nan Swensen: controlul ei absolut asupra situației, încrederea deplină în sine. Ce norocoase sunt femeile de genul ăsta, s-a gândit el. Nu simt nevoia să vorbească, nu bâjbâie după texte drăguțe de conversație, fără invitații stânjenitoare la o băutură, la dans sau la discuții. Nu fac decât să-și lase frumusețea să grăiască pentru ele.

— Eu știu cine ești *tu*, a zis ea. Întrebarea e, tu știi cine sunt *eu*?

— Ar trebui să știu?

— Aș fi distrusă dacă n-ai ști.

Ernest a rămas perplex. A măsurat-o din cap până-n picioare cu privirea, încercând să nu zăbovească asupra pieptului ei.

— Cred că am nevoie să mă uit mai mult și mai temeinic la tine – mai târziu. A zâmbit și s-a uitat spre auditoriul care se înmulțea și care în curând avea să-l răpească de lângă ea.

— Poate că numele Nan *Carlin* te ajută cu ceva.

— Nan Carlin! Nan Carlin! Bineînțeles! Ernest a strâns-o entuziasmat de umăr, mișcându-i mâna, și ea și-a vărsat cafeaua peste poșetă și peste fustă. El a țâșnit de pe scaun, a făcut stânjenit înconjurul camerei în căutarea unui șervețel și, în cele din urmă, s-a întors cu mai multe prosoape de hârtie mototolite.

În timp ce ea își ștergea cafeaua de pe fustă, lui Ernest i s-au derulat cu repeziciune în minte amintirile despre Nan Carlin. Fusese una dintre primele lui paciente, cu zece ani în urmă, la începutul rezidențiatului. Responsabilul cu formarea profesională, dr. Molay, un fanatic al terapiei de grup, a insistat ca toți rezidenții să înceapă o terapie de grup în primul an. Nan Carlin fusese membră a acelui grup. Deși totul se întâmplase cu mulți ani în urmă, își amintea limpede totul. Pe atunci Nan era obeză, de aceea n-o recunoscuse. De asemenea, își amintea că era timidă și se subestima, ceea ce nu se putea spune despre femeia sigură pe sine care îl țintuise cu privirea. Dacă-și amintea bine, în perioada aceea, lui Nan i se ducea de râpă căsnicia – da, asta era. Soțul ei chiar îi spusese că o părăsește pentru că se îngrășase prea mult. O acuza că nu respectase legământul marital, pretinzând că făcea asta în mod intenționat, nerespectându-l și devenind respingătoare.

— Dacă îmi amintesc? i-a răspuns Ernest. Îmi amintesc cât de timidă erai, cât de multă vreme ți-a luat să spui ceva în fața celorlalți. Și apoi îmi aduc aminte cum te-ai schimbat, cât de furioasă ai fost pe unul dintre bărbați, pe Saul, cred. L-ai acuzat, pe bună dreptate, că se ascundea în spatele bărbii lui și că arunca cu grenade în grup.

Ernest făcea pe grozavul. Avea o memorie uimitoare, reținând aproape totul, chiar după mulți ani, din ședințele de terapie individuală sau de grup.

Nan a zâmbit și a încuviințat energic din cap.

— Și eu îmi amintesc de grupul ăla: Jay, Mort, Bea, Germana, Irinia, Claudia. Eu n-am participat la el decât vreo două sau trei luni înainte de a mă transfera pe coasta de est, dar cred că mi-a salvat viața. Căsnicia aia mă distrugea.

— Ce plăcere să aflu că o duci mai bine. Și că grupul ăla a avut și el o contribuție la asta. Nan, arăți minunat. Chiar au trecut zece ani? Sincer, sincer, și asta nu-i vrăjeală de terapeut – parcă *vrăjeală* era unul dintre cuvintele tale preferate –, spuse făcând-o iar pe grozavul. Pari mult mai sigură pe tine, mai tânără, mai atrăgătoare. Te și simți așa?

Ea a încuviințat din cap și l-a atins pe mână în timp ce-i vorbea.

— O duc foarte bine. Nu am nici o relație stabilă, sunt sănătoasă, suplă.

— Îmi aduc aminte că te chinuiai să slăbești!

— Bătălia aia a fost câștigată. Sunt cu adevărat o altă femeie.

— Cum ai reușit? Poate că ar trebui să aplic și eu metoda ta. Ernest s-a apucat de burtă și a strâns-o între degete.

— Tu n-ai nevoie. Bărbații sunt norocoși. Le vin bine kilogramele în plus, sunt răsplătiți cu termeni precum *puternic* și *voinic*. Dar metoda mea? Dacă vrei să știi, am apelat la ajutorul unui medic bun!

Asta era o veste descurajatoare pentru Ernest.

— De atunci faci terapie?

— Nu, ți-am rămas credincioasă, primul și singurul meu terapeut! L-a bătut ușurel, jucăuș pe mână. Vorbesc despre un doctor doctor, un chirurg plastician care mi-a sculptat noul nas și și-a fluturat bagheta magică cu liposucție pe deasupra burții mele.

Sala se umpluse, iar Ernest a ascultat cum este prezentat publicului, auzind în final familiarul „așa încât, vă rog să-l întâmpinați cu aplauze, alături de mine, pe dr. Ernest Lash".

Înainte de a se ridica, Ernest s-a aplecat, a strâns-o pe Nan de umăr și a șoptit:

— Îmi pare bine că te văd, zău. Hai să vorbim mai târziu.

S-a îndreptat spre podium cu creierul vâjâindu-i. Nan era frumoasă. Absolut superbă. Și putea să fie a lui. Nici o femeie nu i se oferise mai fățiș. Nu trebuia decât să găsească cel mai apropiat pat sau canapea.

Canapea. Da, exact! Și în asta constă problema, și-a zis Ernest în sinea lui: chiar dacă au trecut zece ani, ea încă îi mai e pacientă și, de aceea, nu se poate atinge de ea. Un teritoriu interzis! Nu, nu *e*, ci *i-a fost* pacientă, s-a gândit el, unul dintre cei opt membri ai grupului de terapie, timp de câteva săptămâni. *În afară de ședința de evaluare organizată înainte de formarea grupului, nu cred că am făcut vreo ședință individuală cu ea.*

Și ce dacă? Tot pacientă mi-a fost.

Și o să rămână pentru totdeauna? Și după zece ani? Mai devreme sau mai târziu, pacienții se maturizează complet, bucurându-se de privilegiile aferente.

Ernest s-a smuls din monologul lui interior și și-a îndreptat atenția spre public.

— De ce? Doamnelor și domnilor, de ce am scris tocmai o carte despre doliu? Uitați-vă la secțiunea despre doliu și despărțire din librăria asta. Rafturile sunt doldora de volume. De ce încă o carte?

Chiar și în timp ce vorbea, își continua dezbaterea interioară. *Spune că niciodată n-a dus-o mai bine. Nu e un pacient cu probleme psihice. N-a mai făcut terapie de nouă ani! E perfect. De ce nu, ce mama mă-sii? Doi adulți care își dau acordul!*

— Printre afecțiunile psihice, doliul ocupă un loc unic. În primul rând, e universal. Nici o persoană de vârsta noastră...

Ernest a zâmbit și s-a uitat în ochii multor membri ai audienței. Se pricepea la asta. A observat că Nan, în ultimul rând, zâmbea și încuviința din cap. Chiar lângă Nan ședea o femeie atrăgătoare, autoritară, cu părul brunet, tuns scurt, care părea că-l cercetează atent cu privirea. Oare era altă femeie care se dădea la el? Preț de o clipă, i-a surprins privirea. Ea s-a retras imediat.

— Nici o persoană de vârsta noastră, a continuat Ernest, nu scapă de doliu. Este unica afecțiune psihiatrică universală.

Nu, tocmai asta-i problema, și-a zis Ernest în sinea lui, *Nan și cu mine nu suntem doi adulți care își dau acordul. Știu prea multe despre ea. Pentru că mi-a făcut atâtea confidențe, se simte deosebit de atrasă de mine. Îmi aduc aminte că tatăl ei a murit pe când ea era adolescentă, iar eu i-am luat locul. Aș trăda-o dacă aș avea o relație sexuală cu ea.*

— Multă lume a observat că e mai ușor să le vorbești studenților la Medicină despre doliu decât despre alte tulburări psihiatrice. Studenții la Medicină îl înțeleg. Dintre toate maladiile psihiatrice, seamănă cel mai bine cu alte afecțiuni medicale, ca de exemplu bolile infecțioase sau traumele organice. Nici o altă afecțiune psihiatrică nu are un debut atât de precis, o cauză specifică atât de ușor de identificat, o evoluție atât de predictiblă, un tratament atât de eficient și de bine delimitat în timp și un sfârșit specific atât de bine definit.

Nu, raționa Ernest în sinea lui, *după zece ani, nimic nu mai e valabil. Poate că odată m-a văzut ca pe un părinte. Și? Asta era atunci, acum e altceva. Acum mă consideră un bărbat inteligent și sensibil. Uită-te la ea: îmi soarbe cuvintele de pe buze. E incredibil de atrasă de mine. Recunoaște. Sunt sensibil. Sunt profund. Cât de des cunoaște o femeie singură, de vârsta ei sau de orice vârstă, un bărbat ca mine?*

— Dar, doamnelor și domnilor, faptul că studenții la Medicină, medicii sau psihoterapeuții tânjesc după un diagnostic simplu și ușor de pus sau după un tratament al doliului nu rezolvă problema. Dacă încerci să înțelegi doliul folosind un model medical al bolii, atunci omiți exact ce este mai uman în noi. Pierderea nu e o invazie bacteriană, nu seamănă cu o traumă organică. Durerea psihică nu este echivalentă cu o disfuncție somatică. Mintea nu e trup. Cantitatea și tipul suferinței pe care o trăim nu este determinată de (sau nu *numai* de) natura traumei, ci de *semnificația* traumei. Iar *semnificația* reprezină tocmai diferența între somă și psihic.

Ernest își intrase în mână. A studiat chipurile celor din public pentru a se convinge că-i acordau atenție.

Îți amintești, Ernest sporovăia cu el însuși, *cum se temea de divorț din cauza experiențelor cu bărbați care s-au folosit de ea pentru a-și satisface nevoile sexuale și apoi și-au văzut pur și simplu de drumul lor? Îți amintești cât de goală se simțea pe dinăuntru? Dacă mă duc acasă cu ea în seara asta, și eu i-aș face același lucru, n-aș fi decât unul dintr-un lung șir de bărbați care au exploatat-o!*

— Haideți să vă dau un exemplu, din cercetările mele, de cât de importantă e „semnificația“. Luați în considerare următoarea problemă: două văduve, încă în doliu, fiecare dinte ele fiind căsătorită vreme de patruzeci de ani. Una dintre văduve a suferit îngrozitor, dar încetul cu încetul și-a reluat viața și a trecut prin câteva perioade de liniște și, din când în când, printr-unele chiar foarte plăcute. Cealaltă s-a simțit mult mai rău: un an mai târziu încă mai era într-o depresie profundă, uneori suicidală, și avea nevoie de asistență psihiatrică neîntreruptă. Cum ne explicăm diferențele dintre ele? Chiar *este* o problemă. Și acum, dați-mi voie să vă dau un indiciu. Deși cele două femei seamănă din multe puncte de vedere, ele diferă într-un aspect foarte important: natura căsniciei lor. Una dintre ele avusese o relație maritală conflictuală și zbuciumată, iar cealaltă o relație evolutivă, plină de iubire, bazată pe respect reciproc. Iar acum, întrebarea mea pentru voi este: care-i una și care-i cealaltă?

În vreme ce Ernest aștepta un răspuns din partea publicului, i-a surprins din nou privirea lui Nan și s-a gândit: *De unde știu eu că s-ar simți goală pe dinăuntru? Sau exploatată? De ce nu recunoscătoare? Poate că relația noastră ar duce undeva. Poate că și pe ea o mănâncă-n cur la fel de mult ca și pe mine să facă sex! Nu mai termin niciodată cu serviciul? Chiar trebuie să fiu terapeut douăzeci și patru de ore pe zi? Dacă trebuie să-mi bat capul cu nuanțele oricărei acțiuni ale mele, oricărei relații, n-o s-o mai pun niciodată cu nimeni!*

Femei, țâțe mari, a ți-o pune... ești dezgustător, și-a spus în sinea lui. *N-ai altceva mai bun de făcut? Altceva mai elevat la care să te gândești?*

— Da, exact! i-a spus Ernest unei femei din rândul al treilea, care a îndrăznit să-i dea un răspuns. Ai dreptate: femeia cu relația conflictuală o sfârșește mai rău. Foarte bine. Pun pariu că deja mi-ai citit cartea, sau poate că n-ai nevoie s-o faci. Zâmbete adoratoare din partea publicului. Ernest le-a sorbit cu nesaț și a continuat. Dar ăsta nu pare a fi un lucru împotriva intuiției? Ai crede că văduva care a avut o relație plină de satisfacții, de iubire, vreme de patruzeci de ani, ar putea-o duce mai prost. În fond, a suferit o pierdere mai grea, nu? Da, după cum sugerezi și tu, de obicei e valabil celălalt caz. Există mai multe explicații. Cred că „regretul" este conceptul-cheie. Gândiți-vă la suferința văduvei care simte în sufletul ei că și-a petrecut patruzeci de ani căsătorită cu un bărbat nepotrivit pentru ea. Deci suferința ei nu este – sau nu *numai* – pentru soțul său. Ține doliu și după viața ei.

Ernest, s-a apostrofat el singur, *sunt milioane, miliarde de femei pe lumea asta. Probabil că în seara asta, în public există o duzină cărora le-ar plăcea la nebunie să și-o tragă cu tine, dacă ai avea suficient sânge-n tine să te iei de ele. Însă ferește-te de pacienți! Ferește-te de pacienți!*

Dar ea nu e o pacientă. E o femeie liberă.

Te-a văzut și încă te mai vede într-un mod nerealist. Ai ajutat-o. A avut încredere în tine. Transferul a fost puternic. Iar tu încerci să profiți de el!

Zece ani! Transferul e nemuritor? Unde scrie așa ceva?

Uită-te la ea! E superbă. Te adoră. Când ai mai văzut tu o femeie ca asta să te aleagă dintr-o mulțime și să se ia așa de tine? Uită-te cum arăți. Uită-te la burtoiul tău. Dacă mai pui câteva kilograme pe tine, nici n-o să-ți mai poți vedea șlițul. Vrei o dovadă? Na dovada!

Atenția lui Ernest era atât de clivată, încât a început să amețească. Clivajul ăsta îi era familiar. Pe de o parte, preocuparea autentică pentru pacienți, studenți, public. Și, de asemenea, preocuparea autentică pentru problemele existențiale: progres, regret, viață, moarte, sens. Pe de altă parte, umbra lui: egoism și carnalitate. A, era expert în a-și ajuta pacienții să-și recupereze umbra, să-și tragă puterea din ea: vigoarea, energia vitală, creativitatea. Știa toate cuvintele. Îi plăcea la nebunie declarația lui Nietzsche că cei mai mari copaci trebuie să-și înfigă adânc rădăcinile în întuneric, în rău.

Însă acele cuvinte minunate nu prea aveau nici o semnificație pentru el. Ernest își detesta latura întunecată, ura faptul că îl domina. Detesta să-i fie subjugat, să se lase condus de instincte animalice, ura să devină sclavul unei programări timpurii. Iar astăzi era un exemplu perfect: adulmecând și scoțând țipete de triumf aidoma unui animal de curte, măcinat de pofta lui primitivă pentru seducție și cuceriri – ce altceva puteau fi, decât fosile provenite direct din zorii istoriei? Și pasiunea lui pentru sâni, să-i frământe, să-i sugă. Jalnic! O relicvă a perioadei de sugar!

Ernest și-a încleștat pumnii și și-a înfipt unghiile în palme, cu forță! *Fii atent! Ai în fața ta o sută de oameni! Oferă-le tot ce ești în stare!*

— Și încă un lucru despre relația maritală conflictuală: moartea o încremenește în timp. Pentru totdeauna va rămâne conflictuală, pentru totdeauna neterminată, nesatisfăcătoare. Gândiți-vă la vinovăție! Gândiți-vă de câte ori văduva sau văduvul îndoliat spune *„Dacă aș mai fi avut măcar...“* Cred că ăsta e un motiv pentru care doliul după o moarte bruscă, de exemplu un accident de mașină, e atât de dificil. În aceste cazuri, soțul și soția n-au avut timp să-și ia rămas-bun, n-au avut timp să se pregătească – prea multe lucruri rămase neterminate, prea multe conflicte nerezolvate.

Ernest își luase avânt acum, și audiența era atentă și tăcută. Iar el nu se mai uita la Nan.

— Dați-mi voie să închei cu o ultimă idee, înainte de a vă răspunde la întrebări. Gândiți-vă o clipă la cum evaluează cei care lucrează în domeniul psihologiei procesul de doliu după un partener. Perioada de doliu s-a încheiat cu succes? Când? După un an? Doi ani? Bunul-simț susține că procesul de doliu ia sfârșit când persoana îndoliată s-a detașat suficient de partenerul mort pentru a-și relua o viață funcțională. Dar e mai complicat decât atât! Mult mai complicat! Una dintre cele mai interesante descoperiri ale cercetărilor mele este că un procent substanțial din partenerii îndoliați – poate douăzeci și cinci la sută – nu doar că-și reiau viața sau se întorc la nivelul precedent de funcționare, ci, în schimb, fac progrese personale însemnate.

Ernest iubea partea asta. Publicului i se părea întotdeauna plină de semnificații.

— *Progres personal* nu este termenul cel mai bun. Nu știu cum să-l numesc, poate ar fi mai bine *lărgire a conștiinței existențiale*. Știu doar că un anumit procent al văduvelor și uneori al văduvilor învață să-și abordeze viața în alt mod. Își dezvoltă o nouă capacitate de a aprecia lucrurile prețioase din viață. Și un nou set de priorități. Cum s-o descriu? Ai putea spune că învață să trivializeze trivialitățile. Învață să spună nu când nu vor să facă ceva, să se dedice acelor aspecte ale vieții care îi dau un sens: iubirea pentru prieteni apropiați și pentru familie. De asemenea, învață să soarbă din propriile lor izvoare creatoare, să aprecieze schimbarea anotimpurilor și frumusețea naturii care-i înconjoară. Poate cel mai important lucru: devin conștienți de faptul că și ei o să moară și, în consecință, învață să trăiască în prezentul imediat, în loc să amâne să trăiască la un moment ulterior: weekendul, vacanța de vară, pensionarea. Pe toate acestea le descriu în detaliu în cartea mea și fac speculații și pe marginea motivelor și antecedentelor acestei conștiințe existențiale. Acum, câteva întrebări.

Lui Ernest îi plăcea să răspundă spontan la întrebări: „Cât timp ați lucrat la cartea asta?“ „Cazurile sunt reale și, dacă sunt reale, cum rămâne cu confidențialitatea?“ „Următoarea dumneavoastră carte?“ „Cât de utilă este terapia în perioada de doliu?“ Întrebările despre terapie îi erau întotdeauna adresate de cineva care făcea doliu în acel moment, și Ernest avea deosebită grijă să trateze asemenea întrebări cu cea mai mare delicatețe. Astfel, a subliniat că doliul e autodeterminat, că persoanele care fac doliu se vor simți mai bine fie că fac terapie, fie că nu, și că nu există nici o dovadă că, după un an, o persoană obișnuită, care este în doliu și care face terapie, o duce mai bine decât una care nu face terapie. Dar, ca nu cumva să pară că trivializează terapia, Ernest s-a grăbit să adauge că există dovezi cum că terapia face ca primul an de doliu să fie mai puțin dureros și că e indiscutabil faptul că terapia este eficientă pentru oamenii care fac doliu și simt multă vinovăție sau furie.

Acestea erau întrebări de rutină și blânde – nu se aștepta la altceva de la publicul din Palo Alto –, nu ca întrebările arțăgoase și iritante venite din partea auditoriului din Berkeley. Ernest s-a uitat la ceas și i-a făcut semn gazdei sale că terminase, și-a închis mapa cu notițe și s-a așezat. După o declarație formală de recunoștință făcută de proprietara librăriei, publicul a izbucnit în aplauze furtunoase. O mare masă de oameni care-i cumpăraseră cartea l-a înconjurat pe Ernest. El a zâmbit cu eleganță și a semnat fiecare carte în parte. Poate că era doar o închipuire de-a lui, dar i se părea că mai multe femei atrăgătoare îl priveau cu interes și i-au susținut privirea preț de câteva secunde. Nu a reacționat: Nan Carlin îl aștepta.

Încetul cu încetul, mulțimea s-a risipit. În sfârșit, era liber să i se alăture. Ce să facă cu ea? Să-i ofere un cappuccino în cafeneaua librăriei? Într-un loc mai puțin aglomerat? Sau poate câteva minute de conversație în librărie și să renunțe la toată povestea? Ce să facă? Inima lui Ernest a început iarăși să-i bată mai tare. S-a uitat de jur-împrejur în cameră. Unde era?

Ernest și-a închis servieta și s-a grăbit s-o caute prin librărie. Nici urmă de Nan. Și-a vârât iarăși capul în sala de lectură, să mai arunce o ultimă privire. Era pustie, cu excepția unei femei care ședea liniștită pe scaunul ocupat înainte de Nan – femeia autoritară, zveltă, cu părul brunet și creț, tuns scurt. Avea o căutătură furioasă și pătrunzătoare. Chiar și așa, Ernest a încercat încă o dată să-i surprindă privirea. Încă o dată, ea s-a uitat în altă parte.

Patru

Contramandarea în ultima clipă a unei ședințe cu un pacient i-a lăsat doctorului Marshal Streider o oră liberă înainte de ședința săptămânală de supervizare cu Ernest Lash. Avea sentimente amestecate cu privire la această contramandare. Se simțea tulburat de profunzimea rezistenței pacientului: nici măcar o clipă n-a crezut scuza firavă a unei călătorii de afaceri și totuși timpul liber era binevenit. Oricum, banii erau aceiași, pentru că, firește, o să-l taxeze pe pacient pentru ședință, indiferent ce scuză ar fi avut.

După ce i-a sunat pe toți cei care îl căutaseră mai devreme și a răspuns la scrisorile primite, Marshal a ieșit pe mica lui terasă pentru a-și uda cei patru bonsai așezați pe o poliță de lemn, sub fereastră: o serrisa cu rădăcini delicate, miraculos crescute deasupra pământului (un grădinar meticulos îl plantase astfel încât să crească peste o piatră și apoi, patru ani mai târziu, îndepărtase cu mare grijă piatra), un pin alb, cu cinci ace, noduros, de cel puțin șaizeci de ani, un pâlc de nouă arțari și un ienupăr. Shirley, soția lui, își petrecuse duminica trecută ajutându-l să dea o formă ienupărului, și acum arăta schimbat, cam ca un copil de patru ani după prima lui tunsoare adevărată. Îi tăiaseră toate mlădițele de sub cele două ramuri principale, amputaseră o creangă rebelă care crescuse orizontal și decupaseră din crengile copacului până îl aduseseră la o formă elegantă de triunghi scalen.

Apoi Marshal s-a delectat cu una dintre cele mai mari plăceri ale lui: s-a uitat peste tabelele cu acțiuni la bursă din *Wall Street Journal* și și-a scos din portofel cele două piese de dimensiunea unor cărți de credit, care îi permiteau să-și calculeze profitul: o lupă cu care să citească minusculele caractere ale prețurilor de piață și un calculator cu baterie solară. O bursă cu volum redus ieri. Nimic nu se clintise, în afară de stocul lui cel mai mare de acțiuni, Silicon Valley Bank, cumpărate în urma pontului discret oferit de un fost pacient, care crescuse cu unu virgulă doisprezece. La o mie cinci sute de acțiuni, asta însemna aproape o mie șapte sute de dolari. Și-a ridicat privirea de pe tabelele cu acțiuni și a zâmbit. Viața era frumoasă.

Luând cel mai recent număr din *The American Journal of Psychoanalysis*, Marshal a aruncat o privire peste cuprins, dar l-a închis repede. O mie șapte sute de dolari! Doamne, de ce nu cumpărase mai multe? S-a lăsat pe speteaza scaunului său rotitor din piele și a contemplat imaginea oferită de cabinetul lui: gravurile de Hundertwasser și Chagall, colecția de pahare de vin din secolul al optsprezecelea, cu picioare delicat răsucite și împodobite cu panglici, expuse într-o vitrină din lemn de trandafir extrem de bine lustruită. Cel mai mult îi plăceau cele trei sculpturi splendide din sticlă ale lui Musler. S-a ridicat în picioare pentru a le șterge de praf cu un vechi ștergător cu pene, pe care tatăl lui îl folosise pe vremuri pentru a îndepărta praful de pe rafturile minusculei sale băcănii de la intersecția străzilor Fifth și R, din Washington.

Deși expunea prin rotație tablourile și gravurile din cuprinzătoarea sa colecție, delicatele pahare de sherry și sculpturile fragile de Musler îi împodobeau permanent cabinetul. După ce a verificat suporturile anticutremur ale sculpturilor de sticlă, și-a mângâiat iubitor favorita: *Muchia aurită a timpului*, un vas portocaliu uriaș, lucios, dintr-o peliculă foarte subțire, cu margini care semănau cu profilul pe cer al unei metropole futuriste. De când o cumpărase, cu doisprezece ani în urmă, nu trecuse aproape nici o zi fără să o mângâie. Conturul perfect și răceala ei extraordinară erau nemaipomenit de liniștitoare. Nu de puține ori fusese tentat, doar tentat, bineînțeles, să-și îndemne vreun pacient înnebunit să o mângâie și să se lase pătruns de misterul ei răcoros și alinător.

Slavă Domnului că nesocotise dorințele soției lui și cumpărase cele trei sculpturi, fuseseră cele mai valoroase obiecte achiziționate de el. Și probabil ultimele. Prețurile lui Musler crescuseră atât de mult, încât altă sculptură l-ar fi costat salariul pe șase luni. Dar dacă mai prindea încă o creștere a pieței cu acțiunile lui pe indexul Standard and Poor[1] așa ca anul trecut, poate atunci –, dar bineînțeles că cea mai bună sursă de informații a lui fusese destul de lipsită de considerație încât să pună capăt terapiei. Sau poate când cei doi copii ai lui o să termine facultatea și o să-și ia diploma de licență, dar asta se va întâmpla peste cel puțin cinci ani.

Unsprezece și trei minute. Ernest întârzia, ca de obicei. Marshal îl superviza pe de doi ani și, deși Ernest plătea cu zece la sută mai puțin decât un pacient, Marshal aștepta aproape totdeauna cu nerăbdare ședința săptămânală cu el. Tânărul medic reprezenta o pauză revigorantă în mijlocul zilei lui pline de cazuri clinice, un elev perfect: mereu în căutarea adevărului, cu o minte strălucită, receptivă la idei

1 Index global al pieței americane, calculat de o companie americană, care acordă companiilor listate calificative privind siguranța investiției, ținând seama de datoriile lor prezente și trecute.

noi. Un învățăcel care poseda o curiozitate imensă și o ignoranță pe măsură cu privire la psihoterapie.

Deși Ernest era cam bătrân – avea treizeci și opt de ani – pentru a mai fi încă supervizat, Marshal considera acest lucru un atu, nu o slăbiciune. În timpul rezidențiatului în psihiatrie, care se încheiase cu mai mult de zece ani în urmă, refuzase cu îndârjire să învețe câte ceva despre psihoterapie. În schimb, dând atenție chemării sirenei psihiatriei biologice, se concentrase asupra tratării farmacologice a bolilor psihice și, după rezidențiat, alesese să petreacă mai mulți ani într-un laborator de cercetare, specializându-se în biologie moleculară.

Ernest nu era singurul care făcuse asta. Majoritatea colegilor lui procedaseră la fel. Cu zece ani în urmă, psihiatria părea la un pas de a face descoperiri majore în biologie, în privința cauzelor biochimice ale bolilor psihice, în psihofarmacologie, punând în practică noi metode vizuale de studiu ale anatomiei și funcționării creierului, în psihogenetică și identificarea iminentă a locației cromozomilor genelor specifice fiecăreia dintre tulburările mintale majore.

Dar Marshal nu s-a lăsat influențat de aceste noi descoperiri. La șaizeci și trei de ani, era de multă vreme psihiatru și trăise multe asemenea perioade entuziaste. Își amintea cum veniseră, val după val de optimism extatic (și de dezamăgiri ulterioare) când apăruseră Thorazine, psihochirurgia, Miltown, Reserpine, Pacatal, LSD, Tofranil, litiul, Ecstasy, beta-blocantele, Xanax și Prozac – și n-a fost surprins să vadă o parte din avântul biologiei moleculare începând să se diminueze, când multe ipoteze extravagante ale cercetărilor nu s-au adeverit și când oamenii de știință au început să-și dea seama că poate, până la urmă, încă n-au localizat cromozomul defect care se află în spatele fiecărui gând corupt. Săptămâna trecută, Marshal participase la un seminar sponsorizat de universitate, în care cei mai de vază oameni de știință și-au prezentat în fața lui Dalai Lama ultimele descoperiri importante. Deși nu era adeptul unei viziuni non-materialiste despre lume, s-a amuzat de reacția acestuia la noile fotografii ale atomului prezentate de cercetători și la siguranța lor că nu exista nimic în afară de materie. „Dar cum rămâne cu timpul?" a întrebat Dalai Lama pe un ton blajin. „Ați reușit să vedeți moleculele lui? Și, vă rog, arătați-mi fotografiile cu imaginea sinelui, simțul trainic al imaginii de sine."

După ce a lucrat ani de zile ca cercetător în psihogenetică, Ernest s-a scuturat de vraja cercetării și a politicii academice și și-a făcut un cabinet particular. Doi ani a lucrat doar ca psihofarmacolog, primind pacienți la consultații de câte douăzeci de minute și prescriindu-le tuturor medicamente. Încetul cu încetul, și aici Seymour Trotter a jucat un rol important, Ernest și-a dat seama de limitările, ba chiar de vulgaritatea tratamentului medicamentos aplicat tuturor pacienților și, sacrificându-și patruzeci la sută din venituri, s-a îndreptat din ce în ce mai mult către practica psihoterapeutică.

Așa încât era un punct în plus pentru Ernest faptul că acum apela la supervizarea unui expert în psihoterapie și plănuia să se înscrie la institutul de psihanaliză. Marshal s-a cutremurat gândindu-se la toți psihiatrii și, de asemenea, la toți psihologii, asistenții sociali și consilierii care practicau terapie fără o formare psihanalitică propriu-zisă.

Ca întotdeauna, Ernest a dat buzna în cabinet, întârziind exact cinci minute, și-a turnat o ceașcă de cafea, s-a prăbușit în scaunul italienesc de piele albă al lui Marshal și a scotocit în servietă după însemnările lui clinice.

Marshal încetase să se mai intereseze de cauzele întârzierilor lui Ernest. Luni întregi, fără nici un succes, îl chestionase în legătură cu ele. Odată Marshal chiar a ieșit din clădire și a cronometrat cât îi ia să parcurgă pe jos distanța de un cvartal dintre cabinetul său și cel al lui Ernest. Patru minute! Întrucât ședința lui Ernest începea la 11.00 și se termina la 11.50, ar fi avut suficient timp, chiar cu o pauză pentru a se duce la toaletă, să ajungă la oră fixă. Dar întotdeauna intervenea câte ceva, pretindea Ernest: un pacient pleca mai târziu sau avea de dat un telefon sau își uita însemnările și era nevoit să fugă înapoi la cabinet. Mereu apărea câte ceva.

Și acel ceva era, evident, o formă de rezistență. Să plătești o grămadă de bani pentru cincizeci de minute și să irosești sistematic zece la sută din acei bani și din timp, se gândea Marshal, e evident o dovadă standard de ambivalență.

În mod normal, Marshal ar fi fost de neclintit în insistențele lui de a explora în profunzime întârzierea. Dar Ernest nu îi era pacient. Nu chiar. Supervizarea se situează pe terenul neutru dintre terapie și educație. Există situații când un bun supervizor trebuie să ajungă sub materialul clinic și să sondeze în străfunduri, căutând motivațiile și conflictele inconștiente ale elevului. Dar, fără un contract specific, existau anumite limite pe care un supervizor nu putea să le depășească.

Așa încât Marshal a renunțat la acest subiect, deși îi transmitea mesajul în continuare, terminând invariabil ședințele de supervizare de cincizeci de minute exact la ora stabilită, aproape la secundă.

— Am multe de discutat, a început Ernest. Nu știu sigur de unde să încep. Astăzi vreau să vorbesc despre altceva. Nu s-a mai întâmplat nimic important cu cei doi pacienți despre care discutăm de obicei. Tocmai am avut ședințele zilnice cu Jonathan și Wendy. Se descurcă bine.

— Vreau să descriu o ședință cu Justin, în care a apărut o mulțime de material contratransferențial. Și, de asemenea, o întâlnire cu o fostă pacientă, aseară, într-o librărie, la o prelegere despre o carte.

— Cartea încă se vinde bine?

— Librăriile încă o expun. Toți prietenii mei o citesc. Și am avut câteva recenzii bune, una a apărut săptămâna trecută în raportul de specialitate AMA[1].

— Minunat! E o carte importantă. Am de gând să-i trimit un exemplar surorii mele mai mari, care și-a pierdut soțul vara trecută.

Ernest s-a gândit să spună că i-ar face plăcere să-i dea un autograf pe carte și o mică dedicație personală. Dar cuvintele i-au înghețat în gât. I se părea o obrăznicie să-i zică așa ceva lui Marshal.

— Bun, hai să trecem la treabă... Justin... Justin... Marshal și-a răsfoit însemnările. Justin? Amintește-mi. Nu era obsesiv-compulsivul ăla care vine de multă vreme la tine? Cel cu multe probleme în căsnicie?

— Mda. N-am mai vorbit despre el de multă vreme. Dar îți amintești că am discutat în detaliu mai multe luni de zile despre tratamentul lui.

— Nu știam că te mai vezi cu el. Am uitat – care a fost motivul pentru care nu am mai supervizat cazul?

— Păi, ca să fiu sincer, adevăratul motiv este că mi-am pierdut eu interesul pentru el. Mi-a devenit clar că nu putea să progreseze mai mult. N-am făcut cu el terapie în adevăratul sens al cuvântului... Mai mult l-am susținut. Și totuși vine în continuare, de trei ori pe săptămână.

---

1 American Medical Association.

— L-ai susținut – trei ședințe pe săptămână? Asta-i o grămadă de susținere.

Marshal s-a lăsat pe spătarul scaunului și s-a uitat lung în tavan, așa cum făcea întotdeauna când asculta cu mare atenție.

— Păi, îmi fac griji din cauza asta. Dar nu ăsta e motivul pentru care vreau să vorbesc astăzi despre el, deși putem foarte bine să ne ocupăm și de asta. Pare că nu reușesc să-i reduc din timpul acordat – adică trei ședințe pe săptămână, plus un telefon sau două!

— Ernest, ai vreo listă cu pacienți în așteptare?

— Una scurtă. De fapt, un singur pacient. De ce? Dar Ernest știa exact unde voia să ajungă Marshal și admira modul în care îi punea întrebări grele cu o perfectă încredere în sine. Era dur, al naibii!

— Păi, ideea mea este că mulți terapeuți sunt atât de speriați să nu rămână cu o oră liberă, încât, inconștient, își fac pacienții dependenți de ei.

— Sunt stăpân pe situație. Și discut regulat cu Justin despre faptul că ar trebui să mai reducem din numărul de ore. Dacă aș ține un pacient în terapie doar de dragul portofelului meu, n-aș dormi prea bine noaptea.

Marshal și-a înclinat ușor capul, sugerând că deocamdată era mulțumit de răspunsul lui Ernest.

— Acum vreo două minute ai zis că *nu credeai* că ar putea să progreseze mai mult. La timpul trecut. S-a întâmplat ceva care te-a făcut să te răzgândești în privința asta?

Marshal era un ascultător excelent, reținea absolut totul. Ernest s-a uitat cu admirație la el: părul blond-ruginiu, ochii vioi, închiși la culoare, tenul fără imperfecțiuni, corpul ca al unui bărbat cu douăzeci de ani mai tânăr. Fizicul lui Marshal era ca și sufletul lui: fără grăsime, fără zbârcituri, numai mușchi. Pe vremuri jucase ca fundaș în apărarea echipei Universității Rochester. Bicepșii lui groși și bine conturați și brațele sale pistruiate îi umpleau complet mânecile jachetei – era tare ca piatra! Tare ca piatra și din punct de vedere profesional: nici o zbârcitură, nici o îndoială, mereu sigur pe el, mereu sigur de cum e cel mai bine să facă. Câțiva dintre ceilalți analiști în formare aveau și ei un aer de siguranță – o siguranță dată de ortodoxie și convingeri clare – dar nimeni nu era ca Marshal, nimeni nu mai vorbea cu o asemenea autoritate flexibilă și avizată.

Siguranța lui izvora dintr-o altă sursă, o tărie instinctivă a corpului și a minții, care spulbera orice îndoială și care, invariabil, îl ajuta să conștientizeze instantaneu și cu finețe aspectele de ansamblu. Încă de la prima lor întâlnire, cu zece ani în urmă, când Ernest a auzit o prelegere de-a lui Marshal despre psihoterapia psihanalitică, l-a considerat pe Marshal un model demn de urmat.

— Ai dreptate. Ca să te aduc la zi, trebuie să mai povestesc puțin și din urmă, a zis Ernest. Poate îți amintești că, încă de la început, Justin mi-a cerut explicit să-l ajut să-și părăsească soția. Tu ai fost de părere că m-am implicat prea mult, că divorțul lui Justin a devenit misiunea mea și că am luat legea în propriile-mi mâini. Asta a fost când ai spus despre mine că sunt „nechibzuit ca terapeut", îți amintești?

Marshal își amintea, firește. A încuviințat din cap zâmbind.

— Ei bine, aveai dreptate. Eforturile mele erau canalizate într-o direcție greșită. Tot ce făceam pentru a-l ajuta pe Justin să-și părăsească soția sfârșea prost. De câte ori era la un pas să plece, de câte ori soția lui îi sugera că poate ar trebui să se gândească la o despărțire, el intra în panică. De mai multe ori, am fost la un pas să-l internez în spital.

— Și nevasta lui? Marshal a luat o foaie albă de hârtie și s-a apucat să-și ia notițe. Îmi pare rău, Ernest, n-am la mine însemnările mai vechi.

— Ce-i cu nevasta lui? a întrebat Ernest.

— Te-ai întâlnit și cu amândoi deodată? Ea cum e? Face și ea terapie?

— N-am cunoscut-o! Nici măcar nu știu cum arată, dar cred că e diabolică. N-a vrut să vină la mine, a spus că e problema lui Justin, nu a ei. Nici prin cap nu i-a trecut să facă terapie individuală, probabil din același motiv. Nu, a mai fost și altceva... Justin mi-a spus că detesta psihoterapeuții – în tinerețe se dusese la doi sau poate chiar trei, și toți au sfârșit prin a i-o trage sau prin a încerca să i-o tragă. După cum știi, am avut mai mulți pacienți de care s-a abuzat în trecut și nimeni nu simte mai multă indignare decât mine față de o asemenea trădare lipsită de scrupule. Totuși, dacă i s-a întâmplat așa ceva aceleiași femei de două sau trei ori... Nu știu, poate că ar trebui să ne întrebăm ce motivații inconștiente are *ea*.

— Ernest, a zis Marshal, clătinând energic din cap, asta e singura dată când o să mă auzi spunând așa ceva, dar, în cazuri de genul ăsta, motivațiile inconștiente sunt irelevante! Când pacientul și terapeutul fac sex, trebuie să lăsăm în plata Domnului dinamica și să luăm în considerare doar comportamentul. Terapeuții care își transpun în acțiuni dorințele sexuale față de pacienții lor sunt invariabil iresponasibili și distructivi. Nu au nici o scuză, ar trebui să li se interzică să mai profeseze! Poate că unii pacienți au conflicte sexuale, poate că își doresc să seducă bărbați – sau femei – cu statut de autoritate, poate că au compulsii sexuale, dar tocmai din cauza asta vin la terapie. Iar dacă un terapeut nu poate înțelege lucrul ăsta și nu poate face față problemei, atunci trebuie să-și schimbe profesia.

Ți-am spus, a continuat Marshal, fac parte din comisia de etică medicală. Ei bine, mi-am petrecut seara trecută citind cazurile pentru întrunirea lunară de săptămâna viitoare, din Sacramento. Întâmplător, aveam de gând să-ți vorbesc despre asta. Vreau să-ți propun să activezi în comisie o perioadă limitată de timp. Mandatul meu de trei ani se încheie luna viitoare, și cred că ai face o treabă minunată. Îmi amintesc ce poziție ai avut în cazul lui Seymour Trotter, acum mai mulți ani. Ai dovedit curaj și integritate. Toți ceilalți au fost atât de intimidați de boșorogul ăla ticălos și dezgustător, încât nu au vrut să depună mărturie împotriva lui. Ne-ai făcut tuturor celor din breaslă un mare serviciu. Dar ce aveam de gând să spun, a continuat Marshal, era că abuzul sexual în relația terapeut-pacient a devenit o adevărată epidemie. Aproape în fiecare zi apare câte un nou scandal în presă. Un prieten mi-a trimis prin poșta electronică un articol din *Boston Globe* despre șaisprezece psihiatri care, în ultimii câțiva ani, au fost acuzați de abuz sexual, inclusiv câteva nume faimoase: fostul rector al Universității Tufts și unul dintre cei mai vechi analiști formatori de la Boston Institute. Și, bineînțeles, mai e și cazul lui Jules Masserman, care, ca și Trotter, a fost președinte al Asociației Psihiatrilor Americani. Poți să crezi ce a făcut? Le-a dat pacienților pentotal de sodiu[1] și apoi a făcut sex cu ei în timp ce erau inconștienți. E inimaginabil!

— Asta a fost chestia care m-a șocat și pe mine cel mai tare, a spus Ernest. Colegii mei bursieri făceau deseori mișto de mine, că mi-am petrecut anul ăla înmuindu-mi picioarele în apă – am unghii care-mi

1 „Serul adevărului", iar în doze mai mari anestezic.

cresc mereu în carne – și citindu-l pe Masserman: *Principii de psihiatrie dinamică* a fost cel mai bun manual pe care l-am citit vreodată!

— Știu, știu, a zis Marshal, toți idolii decăzuți. Și e din ce în ce mai rău! Nu înțeleg ce se întâmplă. Aseară am citit acuzațiile aduse împotriva a opt terapeuți – lucruri șocante, dezgustătoare. Poți să crezi că un terapeut s-a culcat – și i-a luat și banii – cu o pacientă în fiecare ședință, de două ori pe săptămână, vreme de *opt* ani! Sau un psihiatru de copii care a fost prins la un motel cu o pacientă de cincisprezece ani? Era uns din cap până-n picioare cu sos de ciocolată, iar pacienta o lingea de pe el! Dezgustător! Mai era și o acuzație de voyeurism, un terapeut care trata cazuri de personalitate multiplă, își hipnotiza pacienții și încuraja personalitățile mai primitive să preia controlul și să se masturbeze în fața lui. Apărarea terapeutului a fost că el niciodată nu și-a atins pacienții și că ăsta era tratamentul adecvat, mai întâi să le dea voie acestor personalități să se exprime liber într-un mediu sigur, pentru ca apoi să încurajeze treptat testarea realității și integrarea.

— Și toate astea în vreme ce el se excita văzându-i cum se masturbează, a adăugat Ernest, aruncând o privire furișată spre ceasul lui de mână.

— Te-ai uitat la ceas, Ernest. Poți să spui de ce?

— Păi, timpul trece. Voiam să discut despre Justin.

— Cu alte cuvinte, deși discuția e interesantă, nu pentru asta ai venit. De fapt, mai bine nu-ți pierzi timpul de supervizare și banii cu ea, nu?

Ernest a ridicat din umeri.

— Sunt pe aproape?

Ernest a încuviințat din cap.

— Și atunci, de ce nu spui? E timpul tău. Plătești pentru el!

— Bine, Marshal, e vechea poveste că vreau să-ți fac pe plac. Pentru că încă te venerez.

— Mai puțină venerație și mai multă sinceritate o să-ți prindă bine în supervizare.

Ca o stâncă, se gândea Ernest. Ca un munte. Aceste mici dialoguri, în general complet diferite de discuțiile formale despre pacienți, conțineau deseori cele mai valoroase învățăminte date de Marshal. Ernest spera ca mai devreme sau mai târziu să internalizeze tăria mentală a lui Marshal. Mai remarcase, de asemenea, și atitudinea draconică în privința relațiilor sexuale dintre terapeut și pacient. Intenționase să vorbească despre dilema lui cu privire la Nan Carlin, de la prelegerea din librărie. Acum nu mai era atât de sigur pe el.

Ernest a revenit la Justin.

— Ei bine, cu cât lucram mai mult cu Justin, cu atât mă convingeam mai tare că orice progres realizat în timpul ședințelor era imediat distrus acasă, în relația cu soția lui, Carol, o adevărată gorgonă.

— Acum îmi amintesc. Nu-i ea tipa aia borderline, care s-a aruncat din mașină pentru a-l împiedica să cumpere covrigi și somon afumat?

Ernest a încuviințat din cap.

— Într-adevăr, asta e Carol! Cea mai dură și mai răutăcioasă doamnă pe care am cunoscut-o, chiar și indirect, și sper să n-o întâlnesc niciodată în carne și oase. În ce-l privește pe Justin, vreo doi sau trei ani am făcut o terapie clasică bună cu el: o puternică alianță terapeutică, interpretări clare ale dinamicii, detașarea profesională adecvată. Și totuși, n-am putut să-l urnesc pe tipul ăsta. Am încercat totul, i-am pus toate întrebările posibile: De ce a ales să se însoare cu Carol? Ce câștiga rămânând în relație cu ea? De ce a ales să aibă copii? Dar nimic din ce vorbeam nu se transpunea în fapte. Mi-a devenit clar că metodele noastre uzuale – interpretarea și introspecția prin care se ajunge, până la urmă, la schimbări perceptibile din afară – nu erau soluția. Am interpretat ani întregi, dar Justin avea, mi se părea mie, o voință complet paralizată. Poate-ți amintești că o consecință a eforturilor mele în privința lui Justin a fost faptul că am devenit fascinat de noțiunea de voință și m-am apucat să citesc tot ce îmi pica în mână despre asta: William James, Rollo May, Hannah Arendt, Allen Wheelis, Leslie Farber, Silvano Arieti. Parcă acum vreo doi ani, am ținut o prelegere despre paralizia voinței.

— Da, îmi amintesc prelegerea aia, te-ai descurcat bine, Ernest. Încă mai cred că ar trebui să o pui în scris și să o publici.

— Mersi. Am și eu nițică paralizie a voinței când vine vorba să termin de scris lucrarea aia. Acum am înghesuit-o între alte două proiecte. Dacă-ți amintești ajungeam la concluzia că, în cazul în care introspecția nu pune în mișcare voința, atunci terapeuții trebuie să găsească altă metodă s-o mobilizeze. Am încercat să-i țin predici:

într-un fel sau altul, m-am apucat să-i șoptesc la ureche: *Știi, trebuie să încerci.* Am priceput, asta dacă am înțeles bine comentariul lui Allen Wheelis cum că unii pacienți trebuie să-și desprindă spinările de canapea și să pună umărul la treabă.

Am încercat proiecții vizuale, a continuat Ernest, l-am îndemnat pe Justin să se imagineze în viitor – peste zece, douăzeci de ani – și să-și închipuie că încă mai e captiv în căsnicia asta letală, să-și imagineze remușcările și regretul pentru ce făcuse cu viața lui. N-a folosit la nimic. Am devenit ca un antrenor în colțul unui ring de box, dându-i sfaturi, îndrumându-l, ajutându-l să repete declarații de eliberare din căsnicie. Dar eu îl antrenam la categoria pană, iar soția lui era un buldozer de categorie grea. Nimic n-a ținut. Presupun că ultima picătură a fost excursia la munte. Ți-am povestit despre asta?

— Continuă. Te opresc dacă am auzit-o.

— Păi, acum vreo patru ani, Justin a hotărât că ar fi foarte mișto pentru familia lui să plece într-o excursie cu cortul – are gemeni, un băiat și o fată de opt sau nouă ani. L-am încurajat. Mă încânta orice lucru care dovedea măcar o fărâmă de inițiativă. Întotdeauna se simțise vinovat că nu petrecea destul timp cu copiii lui. I-am sugerat să se gândească la o modalitate de a schimba această stare de fapt, iar el a decis că o excursie cu cortul ar fi un bun exercițiu parental. Am fost încântat și i-am zis-o. Dar Carol n-a fost încântată! A refuzat să se ducă – fără nici un motiv concret, doar din pură perversitate – și le-a interzis copiilor să meargă cu Justin. Nu voia ca ei să doarmă în pădure, are fobii la orice-ți trece prin cap: insecte, iederă otrăvitoare, șerpi, scorpioni. Mai mult decât atât, îi e frică să stea singură acasă, o chestie ciudată, fiindcă nu are nici o problemă să plece singură în călătorii de afaceri – e avocat, un avocat pledant dur. Nici Justin nu poate sta singur acasă. O *folie à deux*.

Justin, la stăruințele mele vehemente, a insistat să plece în excursie fără permisiunea ei. De data asta punea piciorul în prag! *Bravo, bravo*, îi șopteam eu. *Acum ne urnim din loc.* A tunat și a fulgerat, l-a lingușit, a negociat, i-a promis că dacă anul ăla se duc cu toții la Yosemite și stau la Ahwahnee Hotel, anul următor o să meargă și ea cu cortul. *Nu ceda*, îl sfătuiam eu, *ține-te tare.*

— Deci ce s-a întâmplat?

— Justin și-a impus punctul de vedere. Soția lui a cedat și a invitat-o pe sora ei să stea cu ea în perioada în care Justin și copiii erau pe munte. Dar apoi... ca într-o zonă crepusculară... au început să se întâmple lucruri ciudate. Justin, orbit de triumful lui, a început să-și facă griji că nu e într-o formă fizică suficient de bună pentru o asemenea aventură. Ar fi fost necesar ca mai întâi să slăbească – a stabilit că zece kilograme – și apoi să-și tonifice spatele. Așa încât s-a apucat să facă sport, în principal urcând și coborând pe scări cele patruzeci de etaje până la biroul lui. În timpul unui exercițiu a avut probleme cu respirația și și-a făcut analize medicale complete.

— Care, bineînțeles, au ieșit proaste, a spus Marshal. Nu-mi amintesc să-mi fi povestit asta, dar cred că pot ghici ce s-a întâmplat în continuare. Pacientul tău a început să aibă gânduri morbide referitoare la excursie, n-a putut să slăbească, a căpătat convingerea că spatele lui n-o să reziste și că n-o să fie în stare să aibă grijă de copii. În final, a început să sufere de atacuri puternice de panică și a uitat complet de excursie. Familia s-a dus la Ahwahnee Hotel, și toată lumea s-a întrebat cum de idiotul de terapeut a venit cu o propunere atât de prostească.

— La Disneyland Hotel.

— Ernest, asta-i o poveste veche. O greșeală clasică! Poți fi sigur că o să se întâmple așa ori de câte ori terapeutul confundă simptomele familiei ca sistem cu simptomele individului. Deci atunci ai renunțat?

Ernest a încuviințat din cap.

— Atunci am trecut la susținere. Am presupus că era complet blocat în terapie, în căsnicie, în viață. De atunci n-am mai discutat despre el în timpul ședințelor de supervizare.

— Dar acum a apărut un progres major?

— Da. Ieri a intrat în cabinet și, aproape cu nonșalanță, mi-a spus că a părăsit-o pe Carol și că s-a mutat cu o femeie mult mai tânără – cineva despre care nici nu mi-a povestit mare lucru. Mă văd cu el de trei ori pe săptămână, și *uită* să-mi vorbească despre ea.

— Aha, ăsta-i un lucru interesant! Și?

— Păi, a fost o ședință nasoală. N-am fost pe aceeași lungime de undă. M-am simțit vag iritat cea mai mare parte a orei.

— Povestește-mi pe scurt cum a decurs întâlnirea, Ernest.

Ernest a povestit ce se întâmplase, iar Marshal a trecut direct la contratransfer – reacția emoțională a terapeutului față de pacient.

— Ernest, hai să ne ocupăm mai întâi de iritarea ta față de Justin. Încearcă să retrăiești ședința. Când pacientul tău ți-a spus că și-a părăsit nevasta, ce ai simțit? Asociază liber câteva minute. Nu încerca să fii rațional, dă-ți frâu liber!

Ernest a acceptat provocarea.

— Păi, a fost ca și cum ar fi tratat cu ușurință, ba chiar și-ar fi bătut joc de anii în care am lucrat bine împreună. M-am spetit ani de zile cu tipul ăsta, mi-am rupt curul cu el. Ani întregi mi-a fost ca un bolovan de gât... sunt emoții brute, Marshal.

— Continuă. Așa și *trebuie*, să fie emoții brute.

Ernest și-a trecut în revistă sentimentele. Multe din care să aleagă, dar să îndrăznească să i le dezvăluie lui Marshal? Nu făcea terapie cu el. Și își dorea respectul profesional al lui Marshal, recomandarea și susținerea pentru Institutul de Psihanaliză. Dar, de asemenea, voia ca supervizarea să fie făcută ca la carte.

— Păi, m-am șucărit, m-am șucărit pentru că mi-a scos ochii cu optzeci de mii de dolari, m-am șucărit că a tulit-o cu nonșalanță din căsnicie fără să discute cu mine despre asta. Știa cât de mult am investit în asta. Nici măcar nu m-a sunat! Și, dă-mi voie să-ți spun, tipul ăsta mă suna din motive incredibil de minore. De asemenea, a ascuns-o pe cealaltă femeie de mine, și m-a șucărit și asta. Și m-am mai șucărit și din cauza capacității ei, capacității oricărei femei să schițeze pur și simplu un semn cu degetul sau să zvâcnească din pizda ei mică, pentru ca el să facă ceea ce eu n-am reușit să-l conving vreme de patru ani.

— Și ce sentimente ai față de faptul că și-a părăsit în cele din urmă soția?

— Păi, a reușit! Și asta-i bine. Indiferent *cum* a reușit, tot e bine. Dar n-a făcut-o cum ar fi trebuit. De ce naiba n-a putut s-o facă așa cum trebuie? Marshal, mă simt aiurea, astea sunt chestii primitive, practic procese primare. Nu mă simt bine când verbalizez asta.

Marshal s-a aplecat spre Ernest și și-a pus mâna pe brațul lui, un gest complet atipic pentru el.

— Ai încredere în mine, Ernest. Nu-i un lucru ușor. Te descurci de minune. Încearcă să continui.

Ernest s-a simțit încurajat. Era interesant pentru el să trăiască acel bizar paradox al terapiei și supervizării: cu cât dezvălui mai multe chestii ilicite, rușinoase, primitive și urâte despre tine, cu atât mai mult ești răsplătit! Dar asocierile lui libere se împuținaseră.

— Hai să vedem, trebuie să mai sap. Detest faptul că Justin s-a lăsat condus de sculă. Speram la lucruri mai bune pentru el, speram că va părăsi dragonul ăla cum trebuie. Nevasta aia a lui, Carol... mă scoate din minți.

— Asociază liber pe subiectul ăsta, doar unul sau două minute, i-a cerut Marshal. Liniștitorul „doar unul sau două minute" era una dintre cele câteva concesii pe care Marshal le făcea în supervizare, nu și în terapie. Un interval scurt și clar delimitat în timp impunea o mărginire a dezvăluirilor despre sine și îi dădea o mai mare siguranță lui Ernest.

— Carol?... chestii nasoale... cap de gorgonă... egocentrică, borderline... femeie diabolică... dinți ascuțiți... ochi îngustați... încarnarea răului... cea mai urâcioasă femeie pe care am cunoscut-o...

— Deci *ai* cunoscut-o?

— Am vrut să spun cea mai urâcioasă femeie pe care *n-am* cunoscut-o. O știu numai din ceea ce mi-a povestit Justin. Dar după mai multe sute de ședințe, o cunosc destul de bine.

— Ce-ai vrut să spui cu faptul că n-a făcut-o cum *trebuie*. Cum ar fi trebuit s-o facă?

Ernest se simțea jenat. S-a uitat pe fereastră, evitând privirea lui Marshal.

— Păi, îți pot spune cum *nu* trebuie. Nu trebuie să te duci din patul unei femei în patul altei femei. Hai să vedem... Dacă mi-aș pune o dorință pentru Justin, care ar fi ea? Ca, o dată, măcar o singură dată, să fie un *mensch*! Și să o părăsească pe Carol ca un *mensch*! Să ajungă la concluzia că a fost o alegere proastă, că nu-i un mod bun de a-și petrece viața, unica lui viață, și să se mute pur și simplu din casă, să se confrunte cu propria-i singurătate, să se accepte așa cum e, ca om, ca adult, ca o ființă umană separată. Ce a făcut e jalnic: să se dezbare de orice responsabilitate, să pice în transă, să se îndrăgostească nebunește de o tinerică drăgălașă, „un înger venit din rai", după cum a zis el. Chiar dacă o să-i meargă o vreme, n-o să progreseze deloc, n-o să învețe nimic din asta! Ei bine, asta e, Marshal! Nu-i prea frumos! Și nu sunt mândru de asta! Dar dacă vrei chestii primitive, astea sunt. O grămadă, și accesibile, pe deasupra. Și pot să-mi dau seama singur ce înseamnă ele, în cea mai mare parte! Ernest a oftat și s-a lăsat pe spătarul scaunului, epuizat, așteptând răspunsul lui Marshal.

— Știi, se spune că scopul terapiei e să devii propria-ți mamă și propriu-ți tată. Cred că putem zice cam același lucru și despre supervizare. Scopul e să devii propriu-ți supervizor. Deci… hai să vedem ce crezi tu despre tine însuți.

Înainte de a căuta înăuntrul lui, Ernest i-a aruncat o privire lui Marshal și s-a gândit: *Să fiu propria-mi mamă și propriu-mi tată, să fiu propriu-mi supervizor* – la dracu', e tare.

— Păi, cel mai evident lucru e că sentimentele mele sunt intense. Am suprainvestit, asta-i sigur. Iar indignarea asta atât de deplasată, posesivitatea – *cum de îndrăznește* să ia o decizie fără să mă consulte mai întâi.

— Așa e! a încuviințat energic din cap Marshal. Acum suprapune indignarea peste scopul tău să-i diminuezi dependența de tine și să-i reduci numărul de ore.

— Știu, știu. Contradicția sare în ochi. Vreau ca el să scape de atașamentul față de mine, și totuși mă înfurii când acționează independent. E o dovadă de sănătate când insistă să aibă o lume privată, chiar și ascunzând-o de mine pe femeia aia.

— Nu-i numai o dovadă de sănătate, a zis Marshal, dar și un semn că ai făcut o terapie bună. Extraordinar de bună! Când lucrezi cu un pacient dependent, recompensa ta e rebeliunea, nu supunerea. Fii încântat de ea.

Ernest era impresionat. Ședea în tăcere, reținându-și lacrimile, digerând cu recunoștință ceea ce-i oferise Marshal. Îngrijindu-i pe alții de atâția ani, nu era obișnuit să fie el, la rândul lui, îngrijit de cineva.

— Ce vezi, a continuat Marshal, în comentariile tale referitoare la felul cum ar fi trebuit să-și părăsească Justin soția?

— Aroganța mea! Nu-i bine *decât* cum spun eu! Dar e ceva foarte intens, o simt chiar și acum. Sunt dezamăgit de Justin. Voiam ceva mai bun pentru el. Sună de parcă aș fi un părinte care cere prea mult, știu!

— Ai o opinie dură, atât de dură, încât nici ție nu-ți vine să crezi. De ce-i atât de dură? De unde vine asta? Cum e cu cât îți ceri tu ție însuți?

— Dar *chiar* cred asta! A trecut dintr-o poziție de dependență într-alta, de la soție-diavol-mamă la înger-mamă. Și chestia asta cu îndrăgostitul nebunește și „îngerul venit din cer“ – e într-o fuziune extatică, asemenea unei amoebe incomplet divizate, ... orice ca să evite confruntarea cu propria-i singurătate. Și frica de singurătate l-a reținut în căsnicia asta letală atâția ani. Trebuie să-l ajut să înțeleagă asta.

— Bine, dar ești atât de dur, Ernest. Ai atâtea pretenții! Teoretic, cred că ai dreptate, dar ce pacient care divorțează se ridică vreodată la standardul ăsta? Tu vrei să fie un erou existențial. Minunat în romane, dar, când mă gândesc la anii mei de practică, nu-mi aduc aminte nici măcar de un singur pacient care să-și fi părăsit partenerul în felul ăsta. Așa că dă-mi voie să te întreb din nou, de unde vine impulsul ăsta? Oare există vreo problemă similară în viața ta? Știu că soția ta a murit într-un accident de circulație cu mulți ani în urmă. Dar nu știu prea multe despre relațiile tale cu alte femei. Te-ai recăsătorit? Ai trecut printr-un divorț?

Ernest a clătinat din cap, iar Marshal a continuat:

— Spune-mi, te rog, dacă devin prea intruziv, dacă depășim pragul dintre terapie și supervizare.

— Nu, ești pe drumul cel bun. Nu m-am recăsătorit. Soția mea, Ruth, e moartă de șase ani. Dar adevărul e că, de fapt, căsătoria noastră se sfârșise de multă vreme. Aveam vieți separate în aceeași casă, locuiam împreună din comoditate. Nu am putut să o părăsesc pe Ruth, chiar dacă mi-am dat seama foarte repede – amândoi ne-am dat seama – că nu ne potriveam.

— Deeeci, a insistat Marshal, să revenim la Justin și la contratransferul tău...

— Evident, am de asimilat anumite emoții și nu trebuie să-l mai pun pe Justin să o facă în locul meu. Ernest și-a ridicat privirea spre ceasul ornamentat și placat cu aur Louis XIV de pe polița de deasupra șemineului, dar și-a amintit că era doar decorativ. S-a uitat la ceasul lui de mână:

— Mai sunt cinci minute. Hai să discutăm despre altceva.

— Ai pomenit ceva despre o prelegere dintr-o librărie și o întâlnire cu un fost pacient.

— Păi, mai întâi, altă chestie. Ar fi trebuit sau nu să-mi recunosc deschis iritarea față de Justin când mi-a reproșat-o? Când m-a acuzat că încerc să-i distrug euforia de îndrăgostit, avea absolută dreptate, interpreta corect realitatea. Cred că, fiindcă *nu-i confirmam percepția corectă*, făceam antiterapie.

Marshal a clătinat din cap sever.

— Gândește-te, Ernest. Ce-ai fi putut spune?

— Păi, o posibilitate ar fi fost ca pur și simplu să-i spun lui Justin adevărul, cam ce ți-am zis ție azi. Asta ar fi făcut Seymour Trotter. Dar bineînțeles că Ernest n-a menționat acest ultim gând.

— Adică? La ce te referi?

— La faptul că am devenit extrem de posesiv. Că poate i-am creat o stare de confuzie când i-am descurajat independența față de terapie. Și, de asemenea, că am permis ca unele probleme personale să-mi încețoșeze perspectiva.

Marshal își ațintise privirea în tavan, dar acum s-a uitat brusc la Ernest, așteptându-se să vadă un zâmbet pe chipul lui. Însă nu era nici un zâmbet.

— Vorbești serios, Ernest?

— De ce nu?

— Nu-ți dai seama că ești prea implicat și așa? Cine a spus vreodată că e o regulă a terapiei să fii întru totul sincer? *Regula, singura regulă de bază e să acționezi întotdeauna pentru binele pacientului.* Dacă terapeuții renunță la regulile fundamentale și iau hotărârea ca, în loc de asta, să facă după cum îi taie capul, să improvizeze aiurea, să fie tot timpul sinceri, păi, închipuie-ți – terapia ar deveni complet haotică. Imaginează-ți un general tras la față, care se plimbă printre soldați frângându-și mâinile în ajunul bătăliei. Imaginează-ți că i-ai spune unei paciente borderline grav bolnave că, indiferent cât de mult se străduiește ea, o mai așteaptă încă douăzeci de ani de terapie, încă cincisprezece internări în spital, încă o duzină de tăieturi ale venelor sau supradoze. Imaginează-ți că i-ai spune pacientului tău că ești obosit, plictisit, balonat, flămând, sătul până-n gât să mai asculți sau că abia aștepți să joci baschet. Eu, de trei ori pe săptămână, joc baschet la prânz, și o oră sau două înainte de asta sunt asaltat de fantezii despre sărituri cu detentă și aruncări din răsucire la coș. Să-i spun pacientului meu toate astea?

Bineînțeles că nu! și-a răspuns singur Marshal la întrebare. Îmi țin pentru mine reveriile. Iar dacă îmi perturbă munca, atunci îmi analizez propriu-mi contratransfer sau fac exact ce faci și tu acum – și bine faci, aș putea adăuga –, discut despre el cu un supervizor.

Marshal s-a uitat la ceasul lui.

— Scuză-mă că am vorbit atât de mult. Ni se termină timpul, și asta e și din vina mea, pentru că am discutat despre comisia de etică. Săptămâna viitoare o să-ți dau toate detaliile cu privire la mandatul tău în comisie. Dar, acum, Ernest, te rog, povestește-mi două minute despre întâlnirea din librărie cu fostul tău pacient. Știu că îți propuseseși să discuți despre asta.

Ernest s-a apucat să-și pună însemnările în servietă.

— O, nimic dramatic, dar a fost o situație interesantă, genul de chestie care ar genera o dezbatere frumoasă într-un grup de studiu al unui institut. La începutul serii, o femeie foarte atrăgătoare s-a dat la mine fățiș și, preț de o clipă sau două, i-am răspuns și am flirtat și eu cu ea. Apoi mi-a spus că a fost pacienta mea pentru scurtă vreme, foarte puțin timp, într-un grup, acum vreo zece ani, în primul meu an de rezidențiat, că terapia a avut succes și că o duce foarte bine.

— Și? a întrebat Marshal.

— Apoi mi-a propus să ne întâlnim după prelegere, să bem o cafea în cafeneaua librăriei.

— Și ce-ai făcut?

— M-am eschivat, bineînțeles. I-am zis că sunt ocupat tot restul serii.

— Hmm... da, înțeleg ce vrei să spui. Chiar *este* o situație interesantă. Unii terapeuți, până și unii psihanaliști, s-ar fi întâlnit cu ea la o cafea. Unii ar putea să spună, având în vedere că n-ai făcut decât o scurtă terapie de grup cu ea, că ai fost prea rigid. Dar, și Marshal s-a ridicat în picioare pentru a semnaliza sfârșitul ședinței, eu sunt de acord cu tine, Ernest. Ai făcut ceea ce trebuie. Și eu aș fi procedat exact la fel.

Cinci

Având patruzeci și cinci de minute libere până la următoarea ședință, Ernest a pornit într-o plimbare lungă pe Fillmore, îndreptându-se spre Japantown. Se simțea tulburat din mai multe motive de ședința de supervizare, dar mai ales de invitația lui Marshal, sau mai degrabă de edictul lui în privința lucrului în Comisia de etică medicală a statului.

De fapt și de drept, Marshal îi poruncise să se înscrie în rândul forțelor de poliție profesională. Iar dacă voia să devină psihanalist, nu putea să-l supere pe Marshal. Dar de ce insista supervizorul său atât de mult asupra acestui lucru? Ar fi trebuit să știe că nu era un rol care să i se potrivească lui Ernest. Cu cât se gândea mai mult la asta, cu atât devenea mai neliniștit. Nu era o sugestie nevinovată. Fără îndoială că Marshal îi trimisese un soi de mesaj criptic și ascuns. Poate ceva de genul „Vezi și tu ce îi așteaptă pe psihoterapeuții nechibzuiți".

Calmează-te, nu face din țânțar armăsar, și-a spus Ernest în sinea lui. Poate că Marshal avea numai intenții bune, probabil că mandatul în comisia asta i-ar facilita admiterea în Institutul de Psihanaliză. Chiar și așa, lui Ernest nu-i surâdea ideea. Îi stătea în fire mai degrabă să înțeleagă pe cineva după criterii umaniste, nu să condamne. Mai făcuse poliție doar o singură dată până atunci, cu Seymour Trotter, și, deși în situația respectivă, după părerea celor mai mulți, se comportase impecabil, luase hotărârea să nu mai accepte să judece niciodată pe nimeni.

Ernest s-a uitat la ceas: doar optsprezece minute până la primul dintre cei patru pacienți ai lui din după-amiaza aceea. Și-a cumpărat două mere fuji crocante de la o băcănie din Divisadero și le-a înfulecat în timp ce se întorcea grăbit la cabinet. Mesele frugale de prânz, ce constau în morcovi sau mere, erau ultima dintr-o lungă serie de strategii pentru slăbit, toate complet lipsite de succes. Ernest era atât de hămesit seara, încât se ghiftuia la cină cu echivalentul mai multor mese de prânz.

Adevărul e cât se poate de simplu: Ernest era un mâncău. Consuma mult prea multă mâncare și n-ar fi putut niciodată să slăbească doar micșorându-și cantitatea de hrană înghițită în timpul zilei. Teoria lui Marshal (pe care Ernest o considera în secret o aiureală psihanalitică) era că oferea prea multe îngrijiri pacienților, permițându-le să îl sece, și atunci se îmbuiba pentru a-și umple vidul interior. În timpul supervizării, Marshal îl îndemna insistent să dea mai puțin, să vorbească mai puțin și să se mărginească la trei sau patru interpretări pe ședință.

Uitându-se în jurul lui – lui Ernest i-ar fi repugnat să fie văzut mâncând de către un pacient –, a continuat să mediteze la ședința de supervizare. „Generalul care-și frânge mâinile în ajunul bătăliei!" Suna bine. Tot ce spunea Marshal cu accentul lui de Boston, care sugera siguranță de sine, suna bine. Aproape la fel de bine ca discursul celor doi psihanaliști din Oxford, de la Departamentul de psihiatrie. Ernest se minuna de felul în care el și toți cei de față le sorbiseră cuvintele de pe buze, chiar dacă încă nu-i auziseră pe nici unul dintre ei exprimând vreo idee originală.

Tot așa, și vorbele lui Marshal sunau bine. Dar ce spusese el de fapt? Că Ernest ar trebui să se prefacă, să-și mascheze orice îndoială sau incertitudine. Iar în ce privește generalul care-și frânge mâinile – ce fel de analogie mai era și asta? Ce mama dracu' avea asta de-a face cu el și cu Justin? Se ducea oare vreun război aici? Era el oare un general? Și Justin un soldat? Pur sofism!

Astea erau gânduri periculoase. Niciodată până acum nu-și mai permisese să-l critice atât de dur pe Marshal. A ajuns la cabinet și s-a apucat să-și treacă în revistă însemnările, pregătindu-se pentru următoarea ședință. Ernest nu-și dădea voie să piardă vremea cu reverii personale înainte de venirea unui pacient. Gândurile eretice legate de Marshal mai aveau de așteptat. Una dintre principalele reguli de terapie ale lui Ernest era să-i acorde fiecărui pacient întreaga lui atenție.

Deseori cita regula asta când pacienții se plângeau că ei se gândesc la el mult mai mult decât se gândește el la ei, că nu este altceva decât un prieten închiriat cu ora. În general, le răspundea că atunci când se afla alături de ei, în timpul ședinței de terapie, le era întru totul și complet dedicat. Da, bineînțeles că ei se gândeau mai mult la el decât el la ei. Cum ar fi putut fi altfel? El avea mulți pacienți, ei aveau un singur terapeut. Exista vreo diferență între el și un profesor cu mulți elevi sau un părinte cu mulți copii? Pe Ernest îl tenta mereu să le spună pacienților săi că atunci când făcuse la rândul său terapie, nutrise și el aceleași sentimente pentru terapeutul *lui*, dar ăsta era exact genul de destăinuire care atrăgea cele mai severe critici din partea lui Marshal.

— Pentru numele lui Dumnezeu, Ernest, spunea el. Mai păstrează ceva și pentru prietenii tăi. Pacienții tăi sunt clienți, nu *prieteni*. Dar, în ultima vreme, Ernest începuse să se îndoiască din ce în ce mai tare că ar exista diferențe între eul lui autentic și cel profesional.

E chiar imposibil pentru terapeuți să fie spontani, sinceri în toate împrejurările? Ernest se gândea la o înregistrare pe care o auzise de curând, în care Dalai Lama vorbea în fața unui public format din profesori budiști. Un membru al audienței îl întrebase ce părere are despre munca până la epuizare a unui profesor și dacă e recomandabil să facă în așa fel încât să beneficieze și de timp liber. Dalai Lama a chicotit și a zis: „Buda are *timp liber*? Isus are *timp liber*?

În aceeași seară, mai târziu, în timp ce lua cina cu un vechi prieten, Paul, gândurile astea i-au revenit în minte. Paul și Ernest se cunoșteau din clasa a șasea, iar prietenia lor se cimentase în timpul facultății și al rezidențiatului de la John Hopkins, când locuiseră împreună într-o căsuță cu trepte albe din Mount Vernon Place, în Baltimore.

În ultimii câțiva ani, prietenia lor se derulase mai mult prin intermediul telefonului, fiindcă Paul, singuratic din fire, locuia pe un teren împădurit de zece hectare, la poalele Sierrei, la trei ore de mers cu mașina de San Francisco. Promiseseră să petreacă împreună o seară în fiecare lună. Uneori se întâlneau la jumătatea drumului, alteori se vizitau alternativ unul pe altul. Luna asta îi venise rândul lui Paul să vină în oraș, și s-au întâlnit devreme, la cină. Paul nu mai rămânea niciodată peste noapte. Dintotdeauna mizantrop, însușirea i se accentua pe măsură ce înainta în vârstă, și de curând începuse să-i displacă profund să doarmă în altă parte decât în propriu-i pat. Nu-l afectau deloc interpretările lui Ernest legate de panica homosexualității sau remarcile lui batjocoritoare despre faptul că și-ar lua cu el în mașină mult iubita lui pătură și salteaua.

Faptul că Paul se mulțumea din ce în ce mai mult cu expedițiile lui interioare era o sursă de iritare pentru Ernest, căruia îi lipsea tovarășul de călătorie din trecut. Deși Paul se pricepea la psihoterapie – petrecuse odată un an pe post de candidat audient la Institutul Jung din Zürich –, preferința lui pentru viața rurală îi limita numărul de pacienți dispuși dă urmeze tratament psihoterapeutic pe termen lung. Se întreținea lucrând mai ales ca psihofarmacolog la o clinică de psihiatrie din regiune. Dar adevărata lui pasiune era sculptura. Lucra în metal și sticlă, dând formă grafică celor mai profunde îndoieli psihologice și existențiale ale sale. Opera favorită a lui Ernest îi era dedicată: un vas voluminos din lut, care conținea o mică figurină din bronz ce se ținea de o stâncă mare și se uita iscoditor peste buza recipientului. Paul îi pusese numele *Sisif admirând priveliștea.*

Luau cina la Grazie, un mic restaurant din North Beach. Ernest venise direct de la cabinet, îmbrăcat elegant, cu un costum cenușiu-deschis și o vestă din stofă ecosez negru cu verde. Hainele lui Paul, cizme de cowboy, cămașă în carouri, ca într-un western, și o cravată din șnur prinsă cu o piatră mare, turcoaz, contrastau cu barba lui ascuțită de profesor și cu ochelarii cu lentile groase și rame subțiri din metal. Părea un hibrid între Spinoza și Roy Rogers[1].

Ernest și-a comandat enorm de multă mâncare, în timp ce Paul, fiind vegetarian, l-a supărat pe ospătar refuzând toate antreurile propuse de el și comandând doar o salată și dovlecei marinați la grătar. Ernest n-a pierdut vremea și i-a povestit imediat lui Paul toate evenimentele săptămânii. Înmuind focaccia în ulei de măsline, el i-a descris întâlnirea din librărie cu Nan Carlin și s-a apucat să se plângă că n-a reușit să dea lovitura cu trei femei la care se dăduse săptămâna aia.

— Ești înnebunit ca dracu' după sex, a spus Paul, privindu-l atent prin lentilele groase și ciugulind din salata de cicoare, și auzi ce-mi spui: o femeie frumoasă se ia de tine și, din cauza unui pretext de rahat, că ai văzut-o acum douăzeci de ani...

— Nu „am văzut-o", Paul, am fost terapeutul ei. Și asta a fost acum zece ani.

— Bine, zece ani. Pentru că a fost membră într-un grup, câteva ședințe, acum zece ani – o afurisită de generație în urmă –, tu nu poți să ai o altfel de relație cu ea. Probabil că e lacomă de sex și cel mai bun lucru pe care i l-ai fi putut oferi ar fi fost scula ta.

— Haide, Paul, fii serios... Ospătar! Mai multă focaccia, ulei de măsline și Chianti, te rog.

— *Sunt* serios, a continuat Paul. Știi din ce cauză nu ajungi niciodată să te fuți? Ambivalența. Un ocean, un mare ocean de ambivalență. De fiecare dată apare alt motiv. Cu Myrna, ți-a fost teamă că o să se îndrăgostească de tine și o să sufere. Cu nu-știu-cum-o-cheamă, luna trecută, ți-a fost teamă că o să se prindă că ești interesat doar de țâțele ei mari și o să se simtă folosită. Cu Marcie, te-ai temut că o tăvăleală cu tine o să-i distrugă căsnicia. Versurile sunt diferite, dar muzica e mereu aceeași: doamna te admiră, tu faci un lucru nobil,

1 Actor și cântăreț de muzică country (1911-1998).

nu te fuți, doamna te respectă și mai mult, apoi se duce acasă la ea și se urcă în pat cu vibratorul.

— Nu pot să fiu ba una, ba alta. Nu pot să fiu model perfect al responsabilității în timpul zilei și să fac sex în grup noaptea.

— Sex în grup? Tu îți dai seama ce spui? Nu poți să crezi că sunt o grămadă de femei la fel de interesate să facă sex fără obligații ca și noi. Eu zic doar că ai izbutit să ajungi în colțul apetitului sexual pios. Îți asumi atâta responsabilitate „terapeutică" pentru fiecare femeie, încât nu le dai ce-și doresc ele cu adevărat.

Argumentul lui Paul îl nimerise la fix. În mod ciudat, aducea pe undeva cu tot ce-i spunea Marshal de ani de zile: Nu uzurpa responsabilitatea celorlalți. Nu aspira să fii sânul universal. Dacă vrei ca oamenii să progreseze, ajută-i să învețe să-și devină propriile mame și propriii tați. În pofida excentricității mizantrope a lui Paul, introspecția lui era invariabil incisivă și creativă.

— Paul, nu prea te văd pe tine îngrijindu-te de nevoile femeilor-pelerin private de sex.

— Dar nici nu mă vezi plângându-mă. Nu eu sunt cel care se lasă condus de sculă. Nu mai sunt așa și nu regret asta. Nu-i chiar atât de nasol să îmbătrânești. Tocmai am terminat de scris o odă închinată „liniștii gonadale".

— Câh! „Liniște gonadală"! Pot să văd cuvintele astea gravate pe timpanul mausoleului tău.

— *Timpan*? Mișto cuvânt, Ernest. Paul și l-a notat pe un șervețel pe care l-a băgat în buzunarul cămășii lui din flanel, în carouri. Se apucase să scrie poezii pentru fiecare sculptură a lui și aduna cuvinte frapante. Dar nu sunt mort, doar liniștit. Pașnic. Și, în plus, nu sunt eu cel care fuge de ce-i pică-n poală. Pe aia din librărie care vrea puțin sex cu un terapeut... Trimite-mi-o mie. Îți garantez că n-o să scormonesc după un motiv să nu mă culc cu ea. Spune-i că se poate bizui pe un bărbat care e și luminat, și înfometat.

— Vorbeam serios când ți-am zis că vreau să i te prezint Irenei, femeia aia frumușică pe care am cunoscut-o printr-un anunț matrimonial. Chiar ești interesat?

— Câtă vreme se mulțumește cu ce-i ofer, nu-și bagă nasul în viața mea și se duce la ea acasă în aceeași seară. Poate să mă stoarcă de ce vrea, atâta vreme cât nu-i vorba de sucul de portocale de dimineață.

Ernest și-a ridicat privirea din farfuria cu minestrone, pentru a întâlni zâmbetul lui Paul. Dar nu era nici un zâmbet pe buzele lui. Doar o pereche de ochi holbați, care îl priveau atent prin lentilele groase ale ochelarilor.

— Paul, trebuie să ne ocupăm de asta – dai într-o mizantropie terminală. Peste un an o să te muți într-o grotă din munți, cu un portret de-al Sfântului Ieronim pe perete.

— Adică al Sfântului Anton. Sfântul Ieronim a trăit în deșert și s-a împrietenit cu cerșetorii. Eu detest cerșetorii. Și ce ai împotriva grotelor?

— Mai nimic, doar insectele, frigul, umezeala, întunericul, faptul că-i sub pământ – of, la dracu' ăsta-i un proiect prea mare pentru seara asta, mai ales că n-am parte de cooperarea suferindului.

Ospătarul a venit spre ei, aplecat sub povara antreurilor lui Ernest.

— Da-ți-mi voie să ghicesc ale cui sunt. Osso buco, fagiolini și garnitură de gnocchi cu pesto trebuie să fie pentru dumneavoastră, nu? a întrebat el, punându-le în glumă în fața lui Paul. Iar dumneavoastră, s-a răsucit el spre Ernest, o să vă placă la nebunie legumele astea reci.

Ernest a râs.

— Prea mulți dovlecei, nu-i pot mânca pe toți! A schimbat farfuriile între ele și s-a înfipt într-a lui. Hai să vorbim serios despre pacientul meu, Justin, a spus el printre înghițituri, și despre indicațiile pe care le primesc de la Marshal. Asta chiar mă frământă, Paul. Pe de o parte, Marshal pare că știe ce face, adică, în fond, există un corpus de informații corecte în profesia asta. Știința psihoterapiei are aproape o sută de ani...

— Știință? Glumești, nu? Căcat, e la fel de științifică precum alchimia. Poate chiar mai puțin!

— Ok. Arta terapiei... Ernest a observat că Paul se încrunta și a încercat să se corecteze. Ah, știi la ce mă refer – domeniul, strădaniile –, ce vreau să spun e că într-un secol au existat o mulțime de oameni străluciți în domeniul ăsta. Freud n-a fost deloc stângaci din punct de vedere intelectual, nu-s prea mulți care să se ridice la nivelul lui. Și toți psihanaliștii ăștia care și-au petrecut decenii întregi, mii, zeci de mii de ore ascultându-și pacienții. Ăsta e punctul de vedere al lui Marshal: că ar fi culmea aroganței să ignori tot ce ne-au învățat ei, să o pornești pur și simplu de la început, să improvizezi pe măsură ce avansezi.

Paul a clătinat din cap.

— Nu accepta tot rahatul ăsta cum că ascultatul zămislește invariabil cunoaștere. Mai există și chestii ca ascultatul nedisciplinat, concretizarea erorilor, neatenție selectivă, profeții care se împlinesc singure, faptul că-l poți îndemna inconștient pe pacient să-ți dea materialul pe care îți dorești să-l auzi. Vrei să faci un lucru interesant? Du-te la rafturile din bibliotecă și ia un text din secolul al nouăsprezecelea despre hidroterapie – nu un rezumat istoric, ci textul original. Am văzut texte de mii de pagini cu cele mai precise instrucțiuni – știi tu, temperatura apei, durata imersiunii, forța jetului, succesiunea corectă de fierbinte și rece, toate destinate fiecărui diagnostic în parte. Foarte impresionant, foarte cuantificat, foarte științific, dar n-are nici un pic de-a face cu realitatea. Așa că pe mine nu mă impresionează „tradiția", și nici pe tine n-ar trebui. Deunăzi, un expert oarecare în nonagrame a răspuns la o provocare, susținând că nonagrama își are originile în textele antice sacre sufite. De parcă asta ar fi însemnat că trebuie să fie luate în serios. Probabil nu înseamnă, și nu l-a încântat deloc că i-am spus asta, decât că la o șezătoare, acum foarte multă vreme, câțiva conducători de cămile, în timp ce ședeau pe un morman de balegă uscată, și-au împuns animalele să meargă prin nisip și să traseze diagrame.

— Ciudat, mă întreb de ce nu l-o fi încântat asta, a zis Ernest, ștergând ultimele urme de sos pesto cu o bucată mare de focaccia.

Paul a continuat.

— Știu la ce te gândești, mizantropie terminală, mai ales când vine vorba de experți. Ți-am spus ce mi-am propus de Revelion? Să scot din pepeni un expert în fiecare zi! Opiniile astea ale experților, totul nu-i decât praf în ochi. Adevărul e că deseori nu știm ce pizda mă-sii facem. De ce să nu fii sincer, de ce să nu recunoști adevărul, de ce să nu te porți ca o ființă umană cu pacientul tău?

— Ți-am povestit vreodată, a continuat Paul, despre analiza mea din Zürich? M-am dus la dr. Feifer, un veteran care i-a fost apropiat lui Jung. Apropo de dezvăluirile despre sine ale terapeutului! Tipul ăsta îmi povestea visele *lui*, mai ales dacă apăream și eu în vis sau dacă avea tangență, chiar și indirect, cu vreun subiect relevant pentru terapia mea. Ai citit *Amintiri, vise, reflecții* de Jung?

Ernest a încuviințat din cap.

— Da, ciudată carte. Și nesinceră, pe deasupra.

— Nesinceră? De ce nesinceră? Treceți-o pe agendă pentru luna viitoare. Dar, până atunci, îți amintești comentariile lui despre tămăduitorul rănit?

— Că doar un tămăduitor rănit poate să vindece?

— Moșneagul a mers și mai departe. A spus că situația terapeutică ideală apare când pacientul vine cu panaceul perfect pentru rana terapeutului.

— *Pacientul* oblojește rana terapeutului? a întrebat Ernest.

— Exact! Închipuie-ți ce implicații are chestia asta! Te sparge la creieri! Și indiferent ce crezi despre Jung, Dumnezeu știe că n-a fost un tâmpit. Nu e la nivelul lui Freud, dar pe acolo. Ei bine, la început, mulți din cercul lui Jung au interpretat în sens literal ideea și și-au analizat propriile probleme, atunci când apăreau pe parcursul terapiei. Deci nu numai că analistul meu îmi povestea visele sale, dar îmi prezenta și un material cât se poate de personal în timpul interpretării viselor, manifestându-și, la un moment dat, dorințele homosexuale pe care i le stârneam. Atunci am fost cât pe-aci să o tulesc din cabinetul lui. Mai târziu am aflat că nu era de fapt interesat de curul meu păros, fiind prea preocupat să se fută cu două paciente de-ale lui.

— Pe asta a învățat-o de la predecesorii lui, sunt sigur, a zis Ernest.

— Fără îndoială. Bătrânul Jung n-avea nici o mustrare de conștiință să se dea la pacientele lui. Analiștii de pe atunci erau adevărați prădători, aproape toți. Otto Rank se futea cu Anaïs Nin, Jung o futea pe Sabina Spielrein, iar Toni Wolff și Ernest Jones le futeau pe toate, au fost nevoiți să părăsească cel puțin două orașe din cauza scandalurilor sexuale. Și, bineînțeles, Ferenczi nu se prea putea abține să-și pipăie pacienții. Cam singurul care n-a făcut-o a fost Freud însuși.

— Probabil pentru că era prea ocupat să i-o bage Minnei, cumnata lui.

— Nu, nu cred, a replicat Paul. Nu există nici o dovadă palpabilă. Cred că Freud a ajuns prematur la liniștea gonadală.

— Evident că și tu ești la fel de pornit împotriva relațiilor sexuale cu pacienții ca și mine. Și atunci, cum de te-ai luat de mine, acum câteva minute, când ți-am povestit despre fosta mea pacientă, cu care m-am întâlnit în librărie?

— Știi de ce mi-a amintit scena aia? De unchiul meu ortodox, Morris, care ținea cu atâta strictețe să mănânce cușer, încât refuza un sendviș cu brânză într-un magazin de sendvișuri non-cușer: îi era teamă ca nu cumva să fi fost tăiat cu un cuțit cu care se tăiase înainte șuncă. Una e responsabilitatea și alta e fanatismul despre care se pretinde că e responsabilitate. La naiba, îmi amintesc de partidele noastre de la Hopkins cu infirmierele încă eleve: de fiecare dată, tu fugeai imediat de acolo și te întorceai grăbit la romanul tău, să nu mai spun că te luai de tipa cea mai simpluță. Ți-amintești de Mathilda Shore, îi spuneam Mathilda Shorething[1]. Pe asta o alegeai! Iar pe aia superbă, care se ținea toată ziua după tine, o evitai de parcă ar fi fost ciumată. Cum o chema?

— Betsy. Părea fragilă ca dracu', ba mai mult, prietenul ei era detectiv în poliție.

— Vezi, la asta mă refeream! Fragilă, prieten – Ernest, astea sunt problemele *ei*, nu ale tale. Cine ți-a zis să fii terapeutul premiant al lumii? Dar lasă-mă să termin de povestit despre acest dr. Feifer. De mai multe ori a făcut schimb de locuri cu mine.

— A făcut schimb de locuri?

— Chiar așa. Uneori, chiar în mijlocul ședinței, se ridica și îmi sugera să mă așez pe scaunul lui, iar el se așeza pe al meu. Începea să vorbească despre dificultățile lui personale față de problema pe care o discutam. Sau îmi dezvăluia un contratransfer intens și îl analiza atunci, de față cu mine.

— Asta face parte din regulile jungiene?

— Da, într-un fel. Am auzit că Jung a experimentat genul ăsta de colaborare cu un tip ciudat, pe nume Otto Gross.

— S-a scris ceva pe tema asta?

— Nu sunt sigur. Știu că Ferenczi și Jung au discutat despre schimbul de locuri și chiar au făcut experimente în sensul ăsta. Nici măcar nu sunt sigur de la care dintre ei a pornit ideea.

— Și ce îți destăinuia analistul? Dă-mi un exemplu.

— Cel mai bine îmi amintesc ceva legat de faptul că sunt evreu. Deși nu era antisemit, tatăl lui fusese un elvețian susținător al naziștilor,

---

1 Joc de cuvinte în lb. engleză, *shore* (mal) se pronunță asemănător cu *sure* (sigur).

și el se simțea foarte vinovat pentru asta. Mi-a spus că a fost principalul motiv pentru care s-a însurat cu o evreică.

— Și cum te-a afectat asta?

— Păi, uită-te la mine! M-ai văzut vreodată mai integrat?

— Așa e. Dacă mai făceai vreo doi ani cu el, acum ți-ai fi zidit și intrarea în grotă! Serios, Paul, cum te-a influențat asta?

— Știi cât de greu e să apreciezi așa ceva, dar cred, mai degrabă, că destăinuirea lui nu a dăunat procesului. În general, m-a ajutat. M-a eliberat, m-a făcut să am încredere în el. Amintește-ți că în Baltimore m-am dus la trei sau patru psihanaliști reci ca gheața și nu m-am întors pentru a doua ședință.

— Eu am fost mult mai supus decât tine. Olivia Smithers a fost primul psihoterapeut la care m-am dus, și am rămas la ea vreo șase sute de ore. Era formatoare, așa încât mi-am închipuit că sigur știe ce face și că, dacă eu nu înțelegeam, asta era problema mea. Mare greșeală. Mi-aș dori să-mi primesc cele șase sute de ore înapoi. Nu mi-a dezvăluit nimic despre ea. N-a existat niciodată vreun moment de sinceritate între noi.

— Păi, nu vreau să-ți faci o idee greșită despre relația mea cu Feifer. A te dezvălui *à la suisse* nu înseamnă neapărat că ești autentic. În cea mai mare parte a timpului, nu era în relație cu *mine*. Dezvăluirile lui erau punctuale. Nu mă privea, stătea la trei metri depărtare, iar la un moment dat țâșnea ca un maimuțoi cu arc dintr-o cutie și-mi spunea cât de mult își dorește să-l decapiteze pe tatăl lui sau să-și fută sora. Apoi, în minutul următor, revenea instantaneu la atitudinea lui țeapănă și arogantă.

— Pe mine mă interesează mai mult cum evoluează relația, a spus Ernest. Gândește-te la ședința aia cu Justin, despre care ți-am povestit. În mod *sigur* și-a dat seama că mă simțeam jignit în orgoliul propriu, că sunt meschin. Uite în ce situație paradoxală l-am pus: mai întâi îi spun că scopul terapiei e să-i îmbunătățesc relațiile cu ceilalți. Apoi încerc să clădesc o relație autentică cu el. Iar după aia, apare un moment în care el simte, destul de corect, un aspect problematic al relației dintre noi. Acum te întreb pe tine următorul lucru: dacă îi neg acuzația, poți spune că am făcut altceva decât antiterapie?

— Doamne, Ernest, nu crezi că exagerezi, dând o importanță deosebită unui eveniment minuscul din istoria omenirii? Știi câți pacienți am văzut astăzi? Douăzeci și doi! Și asta pentru că am terminat mai devreme, ca să vin aici. Dă-i tipului ăstuia puțin Prozac și întâlnește-te cu el cincisprezece minute, din două în două săptămâni. Chiar crezi că o s-o ducă mai rău?

— La naiba, las-o baltă, Paul, am mai avut discuția asta. Măcar de data asta nu devia de la subiect.

— Păi, atunci, pur și simplu fă-o. Fă experimentul. Schimbă scaunele în timpul ședinței și spune-i tot timpul adevărul. Începe de mâine. Spui că te vezi cu el de trei ori pe săptămână. Vrei să-l înțarci, să nu mai fie dependent de tine, să nu te mai idealizeze, să-i arăți limitele tale. Ce riști cu asta?

— Probabil că sunt puține riscuri în ce-l privește pe Justin, deși, după atâția ani, o să fie bulversat de schimbarea radicală de tehnică. Idealizarea e greu de combătut. Lucrurile se pot întoarce împotriva mea, din câte îl cunosc pe Justin, probabil o să mă admire și mai mult pentru că sunt sincer.

— Și? Atunci o să vorbești cu el despre *asta*.

— Ai dreptate, Paul. Adevărul e că riscul real nu e al pacientului, ci al *meu*. De vreme ce sunt supervizat de Marshal, cum aș putea să fac ceva cu care nu e deloc de acord? Și cu siguranță că nu pot să-mi mint supervizorul. Închipuie-ți cum ar fi să plătești o sută șaizeci de dolari pe oră ca să minți.

— Poate că ai evoluat profesional. Poate că a venit vremea să nu te mai vezi cu Marshal. Poate c-o să fie și el de acord. Ți-ai terminat ucenicia.

— Ha! În lumea psihanalizei se consideră că nici măcar n-am început. Am nevoie de o analiză completă de formare, poate patru sau cinci ani, ani întregi de cursuri, ani întregi de supervizare intensivă a cazurilor mele.

— Păi, atunci te-ai aranjat pentru tot restul vieții, i-a răspuns Paul. Ăsta-i *modus operandi* în ortodoxie. Sufocă un creier tânăr, periculos și în plină floare cu balega doctrinei vreme de câțiva ani, până se face praf și pulbere. Atunci când ultimul puf de păpădie al creativității s-a dus pe apa sâmbetei, îl lasă pe inițiat să-și încheie stagiul, și apoi se bizuie pe el ca, în senilitatea lui, să propovăduiască în continuare cartea sfântă. Așa se întâmplă, nu? Orice împotrivire a unui psihanalist în formare e interpretată ca fiind rezistență, nu-i așa?

— Ceva de genul ăsta. În mod sigur, Marshal ar interpreta orice experiment de-al meu ca o transpunere în act sau, așa cum se exprimă el, un semn al nechibzuinței mele terapeutice.

Paul i-a făcut semn ospătarului și a comandat un espresso.

— Există o întreagă istorie a terapeuților care au încercat să se autodezvăluie. Tocmai m-am apucat să citesc noul jurnal clinic al lui Ferenczi. Fascinant. Doar Ferenczi, din cercul tuturor apropiaților lui Freud, a avut curajul să conceapă un tratament mai eficient. Bătrânul însuși era prea preocupat de teorie și de grija pentru perpetuarea mișcării, pentru a da prea multă atenție rezultatelor lui. În plus, cred că era prea cinic, prea convins de inexorabilitatea disperării umane, ca să aștepte vreo schimbare reală în urma oricărui tip de tratament psihologic. Așa că Freud l-a tolerat pe Ferenczi, într-un fel l-a iubit, în măsura în care putea el să iubească pe cineva – avea obiceiul să-l ia pe Ferenczi cu el în vacanțe și să-l analizeze în timp ce se plimbau împreună. Dar de câte ori Ferenczi mergea prea departe cu experimentele lui, de câte ori procedeele sale riscau să strice reputația psihanalizei, Freud devenea dur, extrem de dur. Există o scrisoare a lui Freud în care îl critică aspru pe Ferenczi, spunând despre el că a intrat într-a treia pubertate.

— Dar oare Ferenczi n-o merita? Nu se culca cu pacientele lui?

— Nu sunt prea sigur de asta. E posibil, dar cred că avea același scop ca și tine: să umanizeze într-un fel procedeul terapeutic. Citește cartea. Conține câteva chestii interesante despre ceea ce el numește analiză „dublă“ sau „mutuală“: îl analizează pe pacient o oră, iar în ora următoare, pacientul îl analizează pe el. O să-ți împrumut cartea, după ce mi le dai înapoi pe celelalte paisprezece. Și îmi plătești toate amenzile pentru întârziere.

— Mersi, Paul. Însă o am deja. E pe noptieră, așteptându-și rândul. Dar să te oferi să mi-o împrumuți... Sunt impresionat, ca să nu spun copleșit de asta.

De douăzeci de ani, Paul și Ernest și-au recomandat reciproc cărți, mai mult romane, dar nu numai literatură. Specialitatea lui Paul erau romanele contemporane, mai ales cele omise sau respinse de publicațiile newyorkeze, în timp ce pe Ernest îl încânta să-l surprindă pe Paul cu scriitori morți, în general uitați, precum Joseph Roth, Stefan Zweig sau Bruno Shulz. Nici nu se punea problema să împrumute cărți. Lui Paul nu-i plăcea să-și împartă bunurile cu alții – nici măcar mâncarea, frustrându-l întotdeauna pe Ernest, care își dorea să mănânce împreună antreurile. Pereții casei lui Paul erau plini de cărți, și deseori trecea cu privirea peste ele, retrăind plăcerea vechii prietenii cu fiecare. Nici lui Ernest nu-i plăcea să împrumute cărți. Citea chiar și thrilleruri efemere cu creionul în mână, subliniind fragmentele care îl emoționaseră sau care-l puseseră pe gânduri, poate pentru a le folosi în propriile-i cărți. Paul căuta imagini și cuvinte lirice interesante, iar Ernest idei.

Când s-a întors acasă în seara aia, Ernest și-a petrecut o oră răsfoind jurnalul lui Ferenczi. De asemenea, a început să se gândească la comentariile lui Seymour Trotter legate de sinceritate în terapie. Seymour zisese că trebuie să le arătăm pacienților că mâncăm ce am gătit, că, pe măsură ce *noi* devenim mai deschiși și mai spontani, tot mai mulți ne vor urma. În ciuda faptului că la sfârșitul carierei căzuse în dizgrație, Ernest simțea că avea în el ceva de magician.

Ce ar fi dacă ar pune în practică sugestia lui Trotter? Să se dezvăluie total unui pacient? Înainte de a se duce la culcare, Ernest a luat o decizie curajoasă: o să experimenteze o terapie egalitară radicală. O să se dezvăluie total, având un singur obiectiv: să stabilească o relație autentică cu acel pacient și să presupună că relația, *de la sine*, o să vindece. Fără reconstrucția amintirilor, fără interpretări ale trecutului, fără explorări ale dezvoltării psihosexuale. O să se concentreze doar pe ceea ce se întâmplă între el și pacient. Și o să-și înceapă imediat experimentul.

Dar pe care pacient să experimenteze? Nu pe unul dintre cei vechi: tranziția de la vechea metodă la cea nouă ar fi stânjenitoare. Mai bine, mult mai bine ar fi să înceapă cu un pacient nou.

Și-a luat agenda cu programări și s-a uitat la orarul de a doua zi. La ora zece dimineața avea o ședință cu o pacientă nouă: Carolyn Leftman. Nu știa nimic despre ea, în afară de faptul că venea din proprie inițiativă, după ce i-a auzit prelegerea de la librăria Printer's Inc. din Palo Alto. „Ei bine, oricine ai fi, Carolyn Leftman, te așteaptă o experiență terapeutică unică“, a spus el și a stins lumina.

Șase

La 9:45, Carol a ajuns la cabinetul lui Ernest și, respectând instrucțiunile pe care le primise când își programase ședința la telefon, a intrat în sala de așteptare. Aidoma celor mai mulți psihiatri, Ernest nu avea recepționeră. Carol venise intenționat mai devreme pentru a-și acorda un răgaz de câteva minute să se liniștească, să-și repete istoria clinică pe care o inventase și să-și intre mai bine în rol. S-a așezat pe aceeași canapea din piele verde, unde stătea și Justin de obicei. Cu doar două ore mai devreme, Justin urcase sprințar treptele și boțise exact perna pe care stătea acum Carol.

Și-a turnat niște cafea și a sorbit încet din ea, apoi a inspirat adânc de câteva ori, privind cu atenție anticamera lui Ernest. *Deci asta e*, s-a gândit ea, rotindu-și privirea prin încăpere. *Asta e camera în care bărbatul ăsta odios și soțul meu au complotat împotriva mea atâta amar de timp.*

A studiat mobila. Hidoasă! Tapiseria țipătoare de pe perete – o achiziție dintr-un talcioc de pe Haight Street din anii șaizeci – fotoliile învechite, fotografiile cu San Francisco făcute de amatori, inclusiv poza obligatorie cu casele în stil victorian din Alamo Square. Să mă ferească Dumnezeu de alte fotografii dintr-o casă de psihiatru, s-a gândit Carol. A tremurat amintindu-și de biroul Providence al doctorului Cooke, de cum stătea întinsă pe covorul ăla persan uzat, cu privirea ațintită pe fotografiile de pe perete cu răsărituri de soare încețoșate din Truro, în timp ce doctorul îi strângea fesele în mâinile lui înghețate și, cu gemete sugrumate și lipsite de veselie, o umplea de afirmarea sexuală de care insista că ea avea nevoie.

Își petrecuse mai mult de o oră îmbrăcându-se. Vrând să pară senzuală, dar în același timp și ahtiată după atenția cuiva și vulnerabilă, trecuse de la pantaloni largi din mătase, la fustă lungă cu imprimeu, de la o bluză transparentă din satin, la un pulover din cașmir purpuriu. Până la urmă, a rămas la o fustă scurtă neagră, un tricou cu corsaj, tot negru, și un lănțișor simplu, răsucit din aur. Sub asta, un sutien nou-nouț din dantelă, cu mult burete, care îi ridica binișor sânii, cumpărat special pentru această întâlnire. Nu de pomană îi studiase comportamentul față de Nan din librărie. Doar unui orb fraier i-ar fi scăpat interesul lui pueril față de sâni. Perversul ăla libidinos – cu buzele alea tremurânde, printre care-i curgeau balele. Se aplecase practic deasupra lor și începuse să sugă. Ba chiar mai rău, fusese atât de pompos, atât de plin de el, încât probabil nici nu-i trecuse prin cap că femeile pot remarca asemenea priviri pofticioase. Întrucât Ernest nu era înalt, ci cam de înălțimea lui Justin, se încălțase cu pantofi fără tocuri. Se gândise să-și pună ciorapi negri cu model și portjartier, dar renunțase la idee. Nu încă.

Ernest a intrat în sala de așteptare și i-a întins mâna.

— Carolyn Leftman? Sunt Ernest Lash.

— Îmi pare bine, domnule doctor, a spus Carol, strângându-i mâna.

— Te rog, intră, Carolyn, a spus Ernest, făcându-i semn să se așeze pe fotoliul din fața lui. Fiindcă suntem în California, mă tutuiesc cu pacienții mei. E OK să ne spunem „Carolyn" și „Ernest"?

— O să încerc să mă obișnuiesc cu asta, domnule doctor. S-ar putea să-mi ia ceva vreme. L-a urmat în cabinet și a aruncat o privire rapidă prin cameră. Două fotolii ieftine din piele așezate la nouăzeci de grade, așa încât și doctorul și pacientul erau nevoiți să se răsucească puțin pentru a se uita unul la celălalt. Pe podea era un covor roș, imitație de carpetă arăbească. Iar lipită de un perete era și nelipsita canapea – foarte bine! – deasupra căreia atârnau câteva diplome înrămate. Coșul de gunoi pentru hârtii era plin, la vedere aflându-se câteva șervețele de hârtie mototolite și pătate cu ulei – probabil direct de la Burger King. Un paravan mexican jalnic, de culoarea pișatului, făcut din placaj și sfoară deșirată stătea în fața biroului lui Ernest, plin cu mormane de cărți și ziare, deasupra cărora trona un monitor uriaș de computer. Nici un semn de sensibilitate estetică. Nici cea mai mică urmă de influență feminină. Foarte bine!

Fotoliul i se părea rigid și incomod. Mai întâi s-a abținut să-și lase pe el întreaga greutate, susținându-se în mâini. Fotoliul lui Justin. Oare câte ore – ore pe care ea le plătise – șezuse Justin pe scaunul ăsta și o violase? Se cutremura când și-i imagina pe el și pe căcănarul ăsta stând în cabinetul ăsta, punându-și capetele seci la contribuție pentru a complota împotriva ei.

Cu o voce cât mai plină de recunoștință, ea a spus:

— Mulțumesc pentru că m-ați primit atât de repede. Simțeam că am ajuns la capătul puterilor.

— Păreai tensionată la telefon. Hai s-o luăm de la început, a zis Ernest, scoțându-și carnetul de însemnări. Spune-mi tot ce-ar trebui să știu. Din scurta noastră conversație, știu doar că soțul tău are cancer și că m-ai sunat după ce mi-ai auzit prelegerea din librărie.

— Da. Și apoi ți-am citit cartea. Am fost foarte impresionată. De multe lucruri: compasiunea, sensibilitatea, inteligența ta. N-am avut niciodată prea mult respect pentru terapie sau pentru terapeuții pe care i-am cunoscut. Cu o singură excepție. Dar când te-am auzit vorbind, am avut puternica senzație că tu și numai tu ai putea să mă ajuți.

Of, Doamne, se gândea Ernest, uite pacientul pe care l-am desemnat pentru o terapie a sincerității, pentru o relație onestă, fără concesii, și iată că din primul minut o pornim cu stângul, cel mai fals debut cu putință. Își amintea prea bine lupta cu umbra lui, din seara aia, în librărie. Dar ce-ar fi putut să-i spună lui Carolyn? Cu siguranță, nu adevărul! Că a ezitat tot timpul între creier și pulă, între dorința pentru Nan și preocuparea lui pentru subiect și pentru public? Nu! Disciplină! Disciplină! Acolo, pe loc, Ernest s-a apucat să conceapă o serie de recomandări de principiu pentru terapia sincerității. Primul principiu: *Destăinuiește-te numai în măsura în care îți ajuți pacientul.*

În consecință, Ernest i-a dat un răspuns onest, dar reținut:

— Am mai multe răspunsuri diferite la comentariul tău, Carolyn. Normal că mă flatează complimentele tale. Dar, în același timp, sentimentul tău că *doar* eu te pot ajuta îmi creează o stare de nervozitate. Pentru că sunt și scriitor și persoană publică, oamenii au tendința să-mi atribuie mai multă înțelepciune și competență terapeutică decât am eu de fapt.

Carolyn, a continuat el, îți spun asta deoarece, dacă ne dăm seama că nu putem colabora dintr-un motiv sau altul, vreau să știi că există o mulțime de terapeuți în orașul ăsta, la fel de competenți ca și mine. Deși, dă-mi voie să adaug, o să fac tot ce-mi stă în putință să mă ridic la nivelul așteptărilor tale.

Ernest a simțit că degajă căldură. Mândru de el. Nu-i rău. Nu-i rău deloc.

Carol i-a adresat un zâmbet aprobator. Nimic nu-i mai rău, se gândea ea, decât o falsă umilință îndatoritoare. Ce nemernic pompos! Iar dacă mai continuă să spună „Carolyn" la fiecare propoziție, o să și borăsc.

— Deci, Carolyn, hai s-o luăm de la început. Mai întâi, câteva lucruri de bază despre tine: vârstă, familie, mod de viață, serviciu.

Carol se hotărâse să urmeze o cale de mijloc între adevăr și minciună. Pentru a evita să se îngroape în minciuni, voia să rămână cât mai aproape de viața ei adevărată și să distorsioneze faptele numai atât cât era necesar pentru a-l împiedica pe Ernest să-și dea seama că era soția lui Justin. La început plănuise să folosească numele Caroline, dar părea prea impersonal, așa că îl alesese pe cel de Carolyn, sperând că e destul de diferit de Carol. Îi venea ușor să mintă. A aruncat o privire rapidă spre canapea. N-o să-i ia mult, s-a gândit ea, poate doar două sau trei ședințe.

I-a servit povestea ei îndelung repetată credulului Ernest. Se pregătise cu grijă. Își instalase o nouă linie telefonică acasă, ca nu cumva Ernest să observe că avea același număr cu Justin. Plătise cu bani gheață, pentru a evita corvoada de a-și deschide un nou cont pe numele ei de fată, Leftman. Și își pregătise o istorie a vieții cât mai apropiată de adevăr cu putință, ca să nu-i trezească suspiciuni lui Ernest. Avea treizeci și cinci de ani, i-a zis ea lui Ernest, avocat, o fiică de opt ani, nefericită într-o căsnicie care dura de nouă ani, cu un bărbat care, cu mai multe luni în urmă, suferise o intervenție chirurgicală majoră pentru cancer de prostată. Boala a recidivat și a fost supus unei orhidectomii, tratamentelor cu hormoni și chimioterapiei. De asemenea, mai plănuise să spună că hormonii și îndepărtarea chirurgicală a testiculelor îl lăsaseră impotent, ceea ce îi producea frustrări de natură sexuală. Dar acum i se părea prea mult dintr-odată. N-avea de ce să se grăbească. Toate la vremea lor.

În schimb, se decisese să sublinieze la prima vizită senzația ei disperată că e prinsă într-o cușcă. Mariajul, i-a zis ea lui Ernest, n-o mulțumise niciodată și se gândise serios la despărțire în momentul în care el fusese diagnosticat cu cancer. După ce a aflat diagnosticul, soțul ei a căzut pradă disperării. Era îngrozit de gândul că ar putea muri singur, iar ea nu-și putea face curaj să ridice problema divorțului. Și pe urmă, peste doar câteva luni, cancerul a recidivat. Prognoza era sumbră. Soțul ei a implorat-o să nu-l lase să moară singur. Ea a acceptat, iar acum, atâta timp cât el va fi în viață, ea era prinsă-n capcană. El insistase să se mute din vest în San Francisco, pentru a fi aproape de centrul universitar de tratament oncologic. Astfel, cu vreo două luni în urmă, ea își lăsase toți prietenii în Chicago, își abandonase cariera de avocat și se mutase la San Francisco.

Ernest a ascultat-o cu atenție. Era frapat de asemănarea dintre povestea ei și cea a unei văduve pe care o tratase cu câțiva ani în urmă, o profesoară ce fusese pe punctul de a-i cere divorțul soțului ei când acesta a fost, și el, diagnosticat cu cancer de prostată. Îi promisese că n-o să-l lase să moară singur. Dar oroarea a fost că i-a luat nouă ani să moară! Nouă ani în care îl îngrijise, în vreme ce cancerul i se răspândea în corp. Oribil! Iar după moartea lui, a fost devastată de furie și de regrete. Își azvârlise pe apa sâmbetei cei mai frumoși ani ai vieții pentru un bărbat care nu-i plăcea. Oare același lucru o pândea și pe Carolyn? Ernest era de partea ei.

A încercat să empatizeze cu ea, să se închipuie în aceeași situație. Și-a remarcat ezitarea. Era ca și cum ar fi plonjat într-o piscină cu apă rece. Ce cușcă înfiorătoare!

— Acum spune-mi în ce fel te afectează asta.

Carol și-a zugrăvit simptomele: insomnie, anxietate, singurătate, crize de plâns, sentimentul că viața ei nu are sens. Nu avea cu cine să vorbească. Sigur nu cu soțul ei, nu discutaseră niciodată unul cu celălalt în trecut, iar acum, mai mult decât oricând, îi despărțea o prăpastie adâncă. Un singur lucru o ajuta – marijuana – și, de când se mutase în San Francisco, fuma două sau trei jointuri pe zi. A oftat adânc și a tăcut.

Ernest s-a uitat cu atenție la Carolyn. O femeie atrăgătoare și tristă, cu buze subțiri, strâmbate la colțuri într-o grimasă amară, ochi mari, căprui, bovini și înlăcrimați, păr brunet, scurt și creț, gâtul lung, grațios care se înălța dintr-un tricou strâmt cu corsaj, ce adăpostea sâni fermi și frumușei și care se mula pe sfârcurile îndrăznețe, o fustă strâmtă, o fulgerare a chiloților negri ca smoala, vizibili când își încrucișa alene picioarele zvelte. Într-un cadru social, Ernest ar fi studiat-o cu sârguință pe femeia asta, dar astăzi era impasibil la sexualitatea ei. Pe vremea când era student la medicină, căpătase abilitatea să acționeze un comutator și să-și elimine orice excitație sexuală, ba chiar orice interes sexual când lucra cu pacienți. Toată după-amiaza făcea controale ginecologice la clinică, fără nici un gând necurat, iar apoi, mai târziu, seara, se făcea de râsul curcilor încercând să vrăjească o infirmieră să se lase pipăită de el.

Cum putea el să o ajute pe Carolyn? s-a întrebat. Avea ea o problemă psihiatrică? Poate că nu era decât o victimă inocentă, care se aflase din întâmplare într-un loc nepotrivit, la un moment nepotrivit. Fără îndoială că pe vremuri și-ar fi consultat preotul, pentru a primi consolările lui.

Poate că și el ar fi trebuit să-i ofere tocmai o consolare de preot. Cu siguranță că terapeuții aveau ceva de învățat din tradiția celor două mii de ani de existență a bisericii. Ernest se întrebase mereu ce calificare au preoții. Cât de bine se pricep ei să ofere consolare? Unde învață ce tehnică să aplice? Urmează cursuri de consolare? Cursuri de consiliere la spovedanie? Curiozitatea lui Ernest îl făcuse odată să caute cărți despre consiliere în spovedania catolică. Nu găsise nimic. Altădată întrebase la un seminar local și aflase că programa nu conținea nici un curs explicit de psihologie. Odată, pe când vizita o catedrală pustie din Shanghai, Ernest se furișase în cabina de spovedanie și, timp de treizeci de minute, șezuse pe scaunul preotului, inhalând aerul catolic și murmurând din când în când: „Ești iertat. Fiul meu, ești iertat!" A ieșit din cabină plin de invidie. Ce arme ale lui Jupiter, puternice împotriva disperării, mânuiau preoții. Prin contrast, arsenalul lui laic de interpretări și consolări umane părea cam slăbuț, într-adevăr.

O văduvă pe care o ajutase în timpul doliului și care încă mai venea uneori la el pentru câte o ședință de suport spusese odată despre el că are rol de observator plin de compasiune. Poate, s-a gândit Ernest, observarea plină de compasiune e tot ce-i pot oferi lui Carolyn Leftman.

Sau poate că nu! Poate că sunt șanse să facem o terapie serioasă.

Ernest și-a conceput în tăcere o listă cu subiecte de dezbătut. Mai întâi, de ce avusese o relație atât de proastă cu soțul ei înainte de apariția cancerului? De ce să stai zece ani cu un bărbat pe care nu-l iubești? Ernest a meditat la propria-i căsnicie lipsită de iubire. Dacă Ruth n-ar fi fost ucisă în accidentul acela de mașină, ar fi fost el oare în stare să se despartă de ea? Poate că nu. Totuși, dacă această căsnicie a lui Carolyn era atât de nasoală, de ce nu au încercat o terapie de cuplu? Iar evaluarea făcută de ea mariajului putea oare fi considerată corectă? Poate că încă mai exista o șansă să salveze relația. De ce să se mute la San Francisco? Mulți pacienți vin la centrul de oncologie pentru tratament, rămân o scurtă perioadă de timp, apoi se întorc acasă. De ce s-a supus și a renunțat la carieră și la prieteni?

— Te simțeai ca într-o cușcă de multă vreme, Carolyn, mai întâi în căsnicie, acum și în căsnicie *și* din punct de vedere moral, a îndrăznit Ernest să zică. Sau, mai bine zis, în căsnicie *versus* din punct de vedere moral.

Carol a încercat să încuviințeze aprobator și entuziast din cap. *O, ce chestie genială*, se gândea ea. *Să-i fac temenele?*

— Știi, aș vrea să mă pui la curent, să-mi povestești totul despre tine, tot ce crezi că ar trebui să știu ca să înțelegem situația grea în care te afli.

Noi, se gândea Carol, *hmm, interesant. Sunt atât de șmecheri. Își înfig cârligul cu atâta dexteritate. Au trecut doar cincisprezece minute din ședință și deja a trecut la „noi", la „povestește-mi totul". Deja „noi" se pare că am căzut de acord că salvarea mea constă în a înțelege „situația mea grea". Iar el trebuie să afle totul, absolut totul. Nu-i nici o grabă. De ce să ne grăbim, la o sută cincizeci de dolari pe oră? O sută cincizeci de dolari profit net, fără cincizeci la sută cheltuieli de afaceri, fără asistenți, fără sală de conferințe, fără bibliotecă cu cărți de referință, fără juriști, fără o secretară măcar.*

Îndreptându-și din nou atenția asupra lui Ernest, Carol a început să-și treacă în revistă istoria personală. Adevărul era cel mai sigur. În anumite limite. Fără îndoială, argumenta ea, Justin era prea egocentric ca să fi vorbit prea mult despre detalii legate de viața soției lui. Cu cât spunea mai puține minciuni, cu atât era mai convingătoare. De aceea, în afară de faptul că se transferase de la Brown and Stanford Law School la Radcliffe și Chicago Law, în mare i-a povestit lui Ernest adevărul despre copilăria ei, despre mama ei frustrată și plină de amărăciune, care fusese învățătoare și care nu-și revenise niciodată după ce o părăsise soțul.

Amintiri despre tatăl său? A plecat când ea avea opt ani. Conform spuselor mamei ei, o luase razna la vârsta de treizeci și cinci de ani, se îndrăgostise de o hipioată jegoasă, abandonase totul, călătorise cu Grateful Dead[1] vreme de câțiva ani, stătuse mai mult drogat într-o comunitate de hippy din San Francisco următorii cincisprezece ani, apoi... nimic. Până la înmormântarea mamei ei. Atunci a apărut brusc, îmbrăcat de parcă ar fi trăit într-o altă epocă, cu o uniformă jerpelită Haight-Ashbury San[2], adică sandale rupte, blugi decolorați și cârpiți, o cămașă vopsită în degrade, pretinzând că doar prezența

---

1 Formație muzicală înființată în 1965, care cânta în stil eclectic: rock, jazz, country, folk, blues, psihedelic.

2 Zonă din San Francisco unde se întâlneau hippy susținători ai consumului de droguri.

soției lui l-a împiedicat toți anii ăștia să-și îndeplinească rolul patern. Carol avea nevoie și își dorea cu disperare un tată, dar a început să suspecteze că nu era întreg la cap când i-a șoptit în timpul slujbei de la cimitir că n-ar trebui să mai amâne și să-și verse toată furia față de mama ei.

Orice iluzie cu privire la întoarcerea tatălui ei s-a evaporat a doua zi, când, bâlbâindu-se, scărpinându-se în părul plin de păduchi și umplând camera cu duhoarea țigărilor lui rulate manual, i-a prezentat o propunere de afacere: ea ar fi trebuit să-i cedeze mica moștenire, pentru ca el să investească într-un magazin cu accesorii pentru droguri din Haight Street. Când l-a refuzat, el a ripostat insistând că locuința mamei ei îi aparținea „de fapt“ lui – printr-o „lege nescrisă“ sau chiar „scrisă“ – pentru că plătise avansul, cu douăzeci și cinci de ani în urmă. Firește că ea îi sugerase să plece (cuvintele ei, pe care nu i le reprodusese lui Ernest, fuseseră „Cară-te de aici, târâtură“). Din fericire, nu mai auzise niciodată de el de atunci.

— Deci ți-ai pierdut și mama și tatăl deodată?

Carol a încuviințat vitejește din cap.

— Rude?

— Un frate cu trei ani mai mare.

— Numele lui?

— Jeb.

— Unde este acum?

— În New York sau în New Jersey, nu sunt sigură. Undeva pe Coasta de Est.

— Nu te sună?

— Și bine face!

Răspunsul lui Carol a fost atât de răstit și de amar, încât Ernest a tresărit involuntar.

— De ce „bine face“? a întrebat el.

— Jeb s-a căsătorit la nouăsprezece ani și s-a înrolat în marină la douăzeci și unu. La treizeci și unu de ani a abuzat sexual de cele două fiice ale lui. M-am dus la proces: a primit doar o condamnare la trei ani de închisoare și o concediere dezonorantă din armată. Are restricție judecătorească să locuiască la mai puțin de o mie cinci sute de kilometri de Chicago, unde stau fetele lui.

— Hai să vedem. Ernest și-a consultat însemnările și a calculat. E cu trei ani mai mare... Tu probabil că aveai douăzeci și opt de ani... Deci toate astea s-au petrecut acum zece ani. Nu l-ai mai văzut de când a fost condamnat la închisoare?

— O sentință de trei ani e scurtă. De la mine a primit o sentință mai lungă.

— Cât de lungă?

— Pe viață!

Pe Ernest l-a străbătut un fior.

— E o sentință lungă.

— Pentru o acuzație care merită pedeapsa capitală?

— Dar *înainte* de a fi acuzat? Și atunci erai tot atât de furioasă pe el?

— Fiicele lui aveau opt, respectiv zece ani când a abuzat de ele.

— Nu, nu, mă refer la cât de furioasă erai pe el *înainte* de a fi acuzat.

— Fiicele lui aveau opt, respectiv zece ani când a abuzat de ele, a repetat Carol scrâșnind din dinți.

Uau! Ernest călcase pe o mină. Știa că face o ședință „sălbatică", una pe care nu i-ar fi putut-o descrie niciodată lui Marshal. Putea să anticipeze criticile: „Ce naiba vrei să faci, insistând să vorbești despre fratele ei înainte să obții măcar o descriere sistematică decentă a trecutului ei? Nici măcar nu i-ai cercetat căsnicia, motivul manifest pentru care a venit la tine". Da, putea să audă cuvintele lui Marshal: „Sigur, aici e ceva. Dar, pentru numele lui Dumnezeu, nu mai poți aștepta? Păstrează-o pentru mai târziu, revino la momentul oportun. Iar ești nechibzuit".

Dar Ernest știa că trebuie să și-l scoată pe Marshal din minte. Hotărârea lui de a fi complet deschis și sincer cu Carolyn îl obliga să fie spontan, să-i împărtășească *ce* simțea *când* simțea. Fără tactici, fără a-și păstra ideile pentru mai târziu! Obiectivul zilei de azi era „Fii tu însuți. Dăruiește-te".

Pe lângă asta, Ernest era fascinat de cât de brutală fusese furia lui Carolyn, atât de instantanee, atât de reală. Mai devreme, avusese probleme să ajungă la ea: părea atât de realistă și lipsită de haz. Acum avea zvâc, se înviorase, chipul îi era în consonanță cu vorbele. Pentru a ajunge la femeia asta trebuia s-o țină vie. S-a decis să aibă încredere în propria-i intuiție și să se lase dus de valul emoțiilor.

— Ești furioasă, Carolyn, și nu numai pe Jeb, ci și pe mine.

În sfârșit, ticălosule, ai nimerit-o și tu cu ceva, se gândea Carol. *Isuse, ești mai prost decât mi-am imaginat. Nu-i de mirare că nu te-ai gândit deloc la ce îmi făceați tu și Justin. Nici măcar nu tresari la gândul că o fată de opt ani a fost violată de tatăl ei!*

— Îmi pare rău, Carolyn, că te-am lovit atât de tare într-o zonă foarte sensibilă. Poate că a fost prematur. Dar dă-mi voie să fiu sincer cu tine. Voiam să spun că: dacă Jeb a fost capabil să fie atât de violent încât să le facă așa ceva propriilor fiice, ce-ar fi putut să-i facă surorii lui mai mici?

— Ce vrei să spui...? Carol și-a pus capul jos. Brusc simțea că leșină.

— Te simți bine...? Vrei apă?

Carol a clătinat din cap și și-a recăpătat imediat stăpânirea de sine.

— Scuze, brusc m-am simțit amețită. Nu știu de ce.

— Tu de ce crezi?

— Nu știu.

— Nu-ți reprima emoțiile, Carolyn. Mai lasă-le puțin. S-a întâmplat când am întrebat despre Jeb și tine. Mă gândeam la tine pe când aveai zece ani și la viața ta alături de un frate ca ăsta.

— Am fost avocat la câteva procese cu copii abuzați sexual. Sunt cele mai brutale procese la care am asistat până acum. Nu numai amintirile îngrozitoare recuperate, dar și comportamentul violent din familie, plus toată controversa despre amintirile induse – e dur pentru toată lumea. Presupun că am clacat la gândul că aș putea să trec eu însămi prin toată chestia asta. Nu sunt sigură dacă acolo voiai să mă aduci. Dacă asta intenționai, trebuie să-ți spun că în momentul de față nu-mi aduc aminte de nici o traumă care să-l implice pe Jeb. Îmi amintesc doar de șicanele obișnuite dintre frate și soră. Dar e la fel de adevărat că îmi amintesc foarte puține lucruri despre copilăria mea.

— Nu, nu, îmi cer scuze, Carolyn, nu m-am exprimat prea clar. Nu mă gândeam la vreo traumă majoră din copilărie și la stresul posttraumatic corespunzător. Absolut deloc, deși sunt de acord cu tine că e foarte la modă acum să gândești așa. Mă refeream la ceva mai puțin dramatic, mai insidios, mai actual. Ceva de genul ăsta: Cum te-ai simțit tu crescând sau fiind nevoită să-ți petreci un timp considerabil zi de zi cu un frate lipsit de considerație față de ceilalți sau chiar violent?

— Da, da, înțeleg diferența.

Ernest s-a uitat la ceas. Fir-ar a dracu', se gândea el, au mai rămas doar șapte minute. Mai sunt atât de multe de făcut! *Trebuie* să mă apuc să-i analizez căsnicia.

Deși Ernest se uitase pe furiș la ceas, Carol l-a văzut. Prima ei reacție a fost inexplicabilă. S-a simțit jignită. Dar i-a trecut repede și s-a gândit: *Uită-te la el, nemernicul lacom și laș, socotește câte minute mai sunt până să mă dea afară și să pornească iar cronometrul, pentru următorii o sută cincizeci de dolari.*

Ceasul lui Ernest era vârât printre cărțile de pe un raft, în afara razei vizuale a pacientului. Spre deosebire de el, Marshal își punea ceasul la vedere, pe măsuța dintre el și pacient. „Sunt sincer", spunea Marshal. „Toată lumea știe că pacientul plătește pentru cincizeci de minute din timpul meu, așa că de ce să-mi țin ceasul ascuns? Dacă ascunzi ceasul, îl încurajezi să se amăgească cu gândul că are cu tine o relație personală, nu profesională." Tipic pentru Marshal: solid, irefutabil. Și totuși Ernest își ținea ceasul ascuns.

Ernest a încercat să-i dedice ultimele câteva minute soțului lui Carolyn:

— Am impresia că toți bărbații de care ai pomenit, bărbații care au jucat un rol esențial în viața ta, te-au dezamăgit teribil, și știu că „dezamăgire" e un cuvânt prea blând: tatăl tău, fratele tău și, bineînțeles, soțul tău. Dar de fapt încă nu am aflat prea multe despre soțul tău.

Carol a ignorat invitația lui Ernest. Avea propria-i ordine de zi.

— Că veni vorba de bărbații din viața mea care m-au dezamăgit, ar trebui să menționez o excepție importantă. Pe vremea studenției la Radcliffe, eram cam instabilă psihic. Niciodată nu m-am simțit mai rău: o părere proastă despre mine, deprimată, neadaptată, mă consideram urâtă. Iar apoi, ultima picătură: am fost părăsită de Rusty, prietenul meu din liceu. Chiar ajunsesem foarte rău, beam, mă drogam, mă gândeam să renunț la facultate, chiar și să mă sinucid. Apoi am fost la un terapeut, la dr. Ralph Cooke, care mi-a salvat viața. A fost extraordinar de bun, de tandru și m-a susținut.

— Câtă vreme te-ai dus la el?

— Cam un an și jumătate de terapie.

— Mai e ceva, Carolyn?

— Am rezerve să povestesc despre asta. Îl prețuiesc cu adevărat pe omul ăsta și nu vreau să mă înțelegi greșit. Carol s-a întins după un șervețel de hârtie și și-a șters o lacrimă.

— Poți continua?

— Păi... nu mă simt deloc în largul meu când vorbesc despre asta... Mi-e teamă că o să-l judeci. N-ar fi trebuit să spun cum îl cheamă. Știu că terapia e confidențială. Dar... dar...

— Vrei să mă întrebi ceva, Carolyn? Ernest voia să-i spună cât mai repede că era un terapeut căruia putea să-i adreseze întrebări, pentru că îi va răspunde la ele.

Fir-ar a dracu', se gândea Carol, fremătând de iritare pe scaunul ei. *„Carolyn, Carolyn, Carolyn." În fiecare afurisită de propoziție trebuie să spună „Carolyn"*!

Ea a continuat.

— Să te întreb... păi, da. Mai multe. Mai întâi, totul e confidențial, nu? Nu mai povestești nimănui? Și, în al doilea rând, o să-l judeci după șabloane?

— Confidențial? Sigur. Bizuie-te pe mine.

Să mă bizui pe tine? se gândea Carol. *Mda, așa cum m-am bizuit și pe Ralph Cooke.*

— Cât privește problema dacă-l judec sau nu, sarcina mea e să înțeleg, nu să judec. O să fac tot ce pot și îți promit să fiu sincer cu tine. O să-ți răspund la toate întrebările, a zis Ernest, bătându-și în cuie hotărârea să spună doar adevărul încă din prima ședință.

— Păi, atunci o s-o spun direct. Dr. Cooke și cu mine am devenit iubiți. După primele câteva ședințe, a început să mă îmbrățișeze din când în când ca să mă consoleze, iar apoi pur și simplu s-a întâmplat – acolo, pe covorul ăla persan superb din cabinetul lui. A fost cel mai bun lucru care mi s-a întâmplat vreodată. Nu știu ce să mai spun despre asta în afară de faptul că mi-a salvat viața. Mă vedeam cu el în fiecare săptămână, și în fiecare săptămână făceam dragoste, iar toată suferința și nenorocirea mea s-au evaporat. În cele din urmă, a hotărât că nu mai am nevoie de terapie, dar am continuat să fim iubiți încă un an. Cu ajutorul lui am absolvit colegiul și m-am dus la Facultatea de Drept. La cea mai bună: Universitatea de Drept din Chicago.

— Relația voastră a luat sfârșit când tu te-ai dus la Facultatea de Drept?

— Da. Dar de câteva ori, când am avut nevoie de el, am zburat cu avionul până la Cambridge și, de fiecare dată când m-am dus acolo, mi-a oferit consolarea de care aveam nevoie.

— Încă mai ții legătura cu el?

— E mort. A murit tânăr, la vreo trei ani după ce am absolvit facultatea. Cred că tot timpul am căutat pe cineva ca el. L-am cunoscut pe soțul meu, Wayne, puțin după aceea și am hotărât să mă mărit cu el. Poate că-l doream atât de mult pe Ralph, încât mi-am închipuit că-l găsesc în soțul meu.

Carol a luat mai multe șervețele, golindu-i cutia lui Ernest. Acum nu mai trebuia să se forțeze să plângă, lacrimile îi curgeau de la sine. Ernest a scotocit în sertar după o altă cutie de șervețele, a sfâșiat folia de plastic și a inițiat fluxul de hârtie scoțând primul șervețel, pe care i l-a dat lui Carol. Era uluită de propriile-i lacrimi: o imagine tragică și romantică a vieții ei a copleșit-o în vreme ce născocirile deveneau realitate. Cât de minunat a fost să fie iubită atât de mult de bărbatul ăla altruist și magnific. Și cât de îngrozitor, de insuportabil – aici Carol a plâns și mai tare – să nu-l mai vadă niciodată, să-l piardă pentru totdeauna! Când hohotele de plâns au încetat, ea a pus deoparte șervețelele și s-a uitat iscoditor la Ernest.

— Acum ți-am povestit tot. Mă judeci? Ai zis că-mi spui adevărul.

Ernest era într-un impas. Adevărul este că nu putea fi prea indulgent față de decedatul dr. Cooke. Și-a evaluat rapid opțiunile. Adu-ți aminte, și-a zis în sinea lui, spui doar adevărul despre tine. Dar ar fi vrut să se sustragă de la asta. Să spună adevărul despre el în cazul de față n-ar fi fost spre binele pacientului.

Interviul cu Seymour Trotter fusese prima lui tangență cu abuzul sexual al unui terapeut. În următorii opt ani lucrase cu mai mulți pacienți care avuseseră legături sexuale cu terapeuții dinaintea lui, iar în toate cazurile, efectele fuseseră catastrofale pentru pacient. Și, în ciuda fotografiei lui Seymour, în ciuda brațului său ridicat triumfător spre cer, cine putea să știe ce câștigase Belle din toate astea? Firește, mai erau și banii pe care îi primise în urma procesului, dar ce altceva? Deteriorarea cerebrală a lui Seymour era progresivă. Probabil că după numai un an sau doi fusese nevoită să se transforme într-o asistentă cu normă întreagă, slujbă la care nu va putea renunța niciodată. Nu, în nici un caz nu putea să spună nimeni că efectele fuseseră benefice, pe termen lung, pentru Belle. Și nici pentru vreun alt pacient, din câte știa el. Și totuși astăzi, aici, Carolyn spunea că ea și terapeutul ei avuseseră o relație sexuală și că asta îi salvase viața. Ernest era consternat.

Primul lui impuls a fost să conteste afirmația lui Carolyn: poate că transferul pentru acest dr. Cooke era atât de intens, încât ascundea adevărul față de ea însăși. În fond, era clar că, totuși, Carolyn nu se desprinsese de el. Acum, cincisprezece ani mai târziu, încă mai plânge după el. Mai mult, ca o consecință a relației ei cu dr. Cooke, avea și o căsnicie nasoală, care o chinuia de atunci încoace.

Ai grijă, s-a avertizat Ernest în sinea lui, nu te crampona de idei preconcepute. Dacă adopți o atitudine moralizatoare și indignată, o să-ți pierzi pacienta. Fii cu mintea deschisă, încearcă să intri în lumea subiectivă a lui Carolyn. Și, mai presus de toate, nu-l înjura acum pe dr. Cooke. Marshal îl învățase asta. Majoritatea pacienților se simt profund legați de terapeuții care i-au agresat și au nevoie de timp pentru a digera rămășițele iubirii lor. Nu-i ceva neobișnuit pentru un pacient abuzat sexual să consulte mai mulți terapeuți, înainte de a reuși să găsească unul cu care să poată lucra.

— Deci tatăl, fratele și soțul tău au sfârșit prin a te abandona, prin a te trăda sau prin a te ține în cușcă. Iar singurul bărbat la care ai ținut a murit. Uneori moartea e resimțită și ea ca un abandon. Ernest era scârbit de el, de stereotipul ăsta terapeutic, dar în asemenea circumstanțe era cel mai bun lucru pe care-l putea face.

— Nu cred că dr. Cooke s-a bucurat prea mult că a murit.

Carol și-a regretat imediat cuvintele. *Nu fi proastă!* s-a criticat ea aspru. *Vrei să-l seduci pe tipul ăsta, să-l devorezi, ce mama dracu' faci când te bășici așa și îi iei apărarea acestui minunat dr. Cooke, care-i doar o plăsmuire a imaginației tale?*

— Îmi cer scuze, domnule doctor Lash... adică, Ernest. Știu că nu asta ai vrut să spui. Presupun că acum mi-e tare dor de Ralph. Mă simt destul de singură.

— Știu, Carolyn. De aceea e atât de important ca noi doi să fim apropiați.

Ernest a observat cum i s-au mărit ochii lui Carolyn. *Ai grijă*, s-a avertizat în sinea lui, *ea ar putea interpreta afirmația ta ca pe o tentativă de seducție.* Pe un ton mai formal, a continuat:

— Și, tocmai de aceea, terapeutul și pacientul trebuie să cerceteze toate lucrurile care stau în calea relației dintre ei, ca, de exemplu, iritarea față de mine, pe care ai simțit-o acum câteva minute. *Bine, bine, așa e mult mai bine*, s-a gândit el.

— Ai zis că o să-mi spui ce gândești. Presupun că mă întrebam dacă *chiar* ne judecai pe mine sau pe el.

— Ai ceva să mă întrebi, Carolyn? Ernest trăgea de timp.

Doamne sfinte! Chiar trebuie să-i dau totul mură-n gură? se gândea Carol.

— Ai făcut judecăți de valoare? Ce părere *ai* tu despre asta?

— Despre Ralph? tot o tragere de timp.

Carol a încuviințat din cap, suspinând în sinea ei.

Ernest a dat naibii orice prudență și i-a spus adevărul. În cea mai mare parte.

— Recunosc că m-a cam dat pe spate ce mi-ai spus. Și presupun că îl condamn. Dar o să mă mai gândesc la asta, nu vreau să fiu obtuz. Vreau să-ți înțeleg pe deplin experiența. Dă-mi voie să-ți spun de ce m-a cam dat pe spate, a continuat Ernest. Tu îmi zici că te-a ajutat enorm, iar eu te cred. De ce să vii aici, să-mi dai o grămadă de bani și să nu-mi spui adevărul? Așa că nu-ți pun la îndoială cuvintele. Și totuși, ce-aș putea să fac, având în vedere experiența mea – și să nu mai vorbim de o mulțime de texte de specialitate sau de consensul strict al clinicienilor în privința asta –, care mă face să trag alte concluzii. Adică, faptul că întotdeauna contactul sexual dintre pacient și terapeut e distructiv pentru pacient și, până la urmă, și pentru terapeut.

Carol se pregătise bine pentru argumentul ăsta.

— Știți, domnule doctor Lash... scuze, Ernest, în curând o să mă obișnuiesc. Îmi vine greu să mă gândesc la un psihoterapeut ca la o persoană reală, cu nume de botez. De obicei se ascund în spatele titlurilor. De obicei nu își arată adevărata fire, așa ca tine. Ce ziceam... a, da, mi-am luat libertatea, când încă nu luasem decizia definitivă de a veni la tine, să arunc o privire pe bibliografia ta la bibliotecă – un vechi obicei profesional, să verific calificarea doctorilor care depun mărturie în sala de judecată în calitate de experți.

— Și?

— Și am descoperit că ai studii în biologie și că ai publicat numeroase articole despre cercetările tale în psihofarmacologie.

— Și?

— Păi, n-ar fi posibil ca în cazul ăsta să neglijezi criteriile științifice? Hai să luăm informațiile pe care le folosești ca să tragi concluzii despre Ralph. Uită-te la datele pe care le ai – un eșantion complet necontrolat. Fii sincer: are vreo relevanță științifică? *Bineînțeles* că eșantionul tău de pacienți care au avut relații sexuale cu terapeuții lor este constituit din oameni traumatizați sau nemulțumiți, *dar asta numai pentru că doar ei vin să ceară ajutor*. Însă ceilalți – clienții satisfăcuți ca mine – nu vin la tine, și n-ai idee cât de numeroasă poate fi populația asta. Cu alte cuvinte, tu nu știi decât un procent, format din cei care vin la terapie. Nu știi nimic despre populație în întregul ei, numărul de pacienți și terapeuți care au contact sexual sau numărul celor pe care asta i-a ajutat sau numărul celor pentru care experiența a fost insignifiantă.

Impresionant, se gândea Ernest. *E interesant să-i văd latura profesională: nu mi-ar plăcea să-i fiu adversar în sala de judecată.*

— Înțelegi ce spun, Ernest? E posibil să am dreptate? Fii sincer cu mine. Ai mai dat peste cineva până la mine, pe care să nu-l fi afectat negativ o relație de genul ăsta?

Gândurile i-au zburat iarăși la Belle, pacienta lui Seymour Trotter. *Oare Belle s-ar încadra în categoria celor pe care i-a ajutat?* Încă o dată i-a venit în minte fotografia decolorată cu Seymour și Belle. *Ochii ăia triști. Dar poate că îi era bine. Cine știe, poate că amândurora le-a fost bine până la urmă. Sau le-a fost bine o vreme. Nu, cine poate fi sigur de ceva în cazul ăsta și, cu atât mai puțin, de cum le-a fost împreună?* De ani de zile, Ernest se întreba când luaseră decizia să se retragă împreună pe o insulă. Oare Seymour se hotărâse într-un final să o salveze? Sau își concepuseră planul amândoi, mult mai devreme? Poate chiar de la început?

Nu, asta nu putea să-i spună. Ernest și i-a scos din minte pe Seymour și pe Belle și a clătinat ușor din cap drept răspuns la întrebarea lui Carolyn.

— Nu, n-am mai cunoscut pe nimeni. N-am văzut niciodată vreun pacient care să nu fi fost traumatizat de o asemenea experiență. Cu toate astea, am reținut argumentul tău despre obiectivitate. O să mă ajute să nu am idei preconcepute. Ernest a aruncat o privire lungă la ceasul lui de mână. Deja am depășit timpul, dar mai trebuie să-ți pun câteva întrebări.

— Sigur, s-a luminat Carol la față.

Încă un semn promițător. *Mai întâi m-a rugat să-i pun întrebări. Nici un terapeut respectabil nu face așa ceva. Ba chiar se subînțelege că o să-mi răspundă și la întrebări despre viața lui personală – am de gând să testez asta data viitoare. Iar acum încalcă regulile, depășind cu mult cele cincizeci de minute.*

Citise recomandările APA pentru psihiatri despre cum să evite acuzațiile de abuz sexual: să mențină cu strictețe limitele, să evite alunecarea pe un teren nesigur, să nu le spună pacienților pe numele mic, să înceapă și să termine toate ședințele la ora fixată. Absolut toate cazurile de abuz în cadrul terapiei la care participase în calitate de avocat începeau cu faptul că terapeutul depășea cele cincizeci de minute. *Aha*, se gândea ea, *o mică scăpare aici, o alta acolo, cine știe unde o să ajungem după vreo două ședințe*?

— În primul rând, vreau să aflu dacă ședința de azi te-a tulburat în vreun fel. Poate sentimentele puternice de mai devreme, când am discutat despre Jed?

— Nu Jed, *Jeb*.

— Scuze. Jeb. Ai amețit un pic în timp ce vorbeam despre el.

— Încă sunt cam slăbită, dar nu m-a afectat prea tare. Cred că ai atins un punct sensibil.

— OK. În al doilea rând, vreau să aflu ceva despre spațiul dintre noi. Astăzi te-ai străduit din greu, ți-ai asumat niște riscuri mari, ți-ai dezvăluit niște laturi cu adevărat importante. Mi-ai arătat o mare încredere, iar eu apreciez asta. Crezi că putem lucra împreună? Ce crezi despre mine? Cum ți se pare faptul că mi-ai destăinuit atât de multe lucruri despre tine?

— Îmi place să lucrăm împreună. Chiar foarte mult, Ernest. Ești un tip plăcut și flexibil. Mi-e ușor să vorbesc cu tine și ai un talent impresionant de a te concentra asupra punctelor sensibile, asupra celor pe care nu mi le cunosc. Simt că sunt în brațe bune. Și uite onorariul tău. I-a dat trei bancnote de cincizeci de dolari. Tocmai îmi fac transferul de la o bancă din Chicago la una din San Francisco și e mai convenabil pentru mine să plătesc totul cu bani gheață.

În brațe bune, a meditat Ernest în timp ce o conducea spre ușă. *Expresia nu este „pe mâini bune"?*

În fața ușii, Carol s-a răsucit înspre el. Cu ochii umezi, a zis:

— Mulțumesc. Ești un dar de la Dumnezeu!

Apoi s-a aplecat spre el și l-a surprins cu o îmbrățișare ușoară de două sau trei secunde, după care a ieșit din cameră.

În vreme ce cobora pe scară, a năpădit-o un val de tristețe. Imagini nedorite, de demult, i se derulau prin minte: ea și Jeb bătându-se cu perne, sărind și țipând în patul părinților, tatăl ei cărându-i cărțile în timp ce o conducea spre școală, coșciugul mamei ei cufundându-se în pământ, chipul de copil al lui Rusty rânjind la ea când îi aducea cărțile din dulăpiorul de la liceu, reapariția dezastruoasă a tatălui ei, covorul ros și murdar din cabinetul doctorului Cooke. A strâns din ochi să le alunge pe toate. Apoi s-a gândit la Justin, care poate chiar în clipa asta se plimba ținându-se de mână cu noua lui femeie, pe undeva prin oraș. Poate chiar pe aici, pe aproape. A ajuns la ușa din față a clădirii victoriene și s-a uitat în dreapta și-n stânga pe Sacramento Street. Nici urmă de Justin. Dar un bărbat tânăr și chipeș, cu părul lung și blond, îmbrăcat cu pantaloni de trening, o cămașă roz și o bluză de trening de culoarea fildeșului, care făcea jogging, a trecut pe lângă ea și a urcat în fugă scara, sărind câte două trepte deodată. *Probabil următorul fraier al lui Lash*, s-a gândit ea. A făcut câțiva pași, apoi s-a răsucit pentru a arunca o privire spre fereastra cabinetului lui Ernest. *Fir-ar să fie*, s-a gândit ea, *împuțitul ăla chiar încearcă să mă ajute*!

La etaj, Ernest ședea pe scaunul lui, luându-și notițe despre ședință. Mireasma pătrunzătoare de citrice a parfumului lui Carolyn a persistat multă vreme în încăpere.

Șapte

După ședința de supervizare a lui Ernest, Marshal Streider s-a lăsat pe spătarul scaunului său, gândindu-se la trabucurile victoriei. Cu douăzeci de ani în urmă îl auzise pe dr. Roy Grinker, un psihanalist eminent din Chicago, povestind despre anul petrecut pe canapeaua lui Freud. Asta se întâmpla în anii '20, pe vremea când, pentru a fi un psihanalist respectabil, trebuia să faci un pelerinaj pe canapeaua maestrului, uneori de două săptămâni, alteori, dacă visai să schimbi sau să zgudui cu ceva lumea psihanalitică, chiar și de un an. Conform spuselor lui Grinker, Freud nu-și ascundea niciodată bucuria când făcea o interpretare incisivă. Iar dacă el credea că a făcut o interpretare monumentală, atunci își deschidea cutia cu trabucuri ieftine, îi oferea unul pacientului său și îi sugera să fumeze împreună trabucul „victoriei". Marshal zâmbea gândindu-se la modul drăguț și naiv în care Freud manipula transferul. Dacă ar mai fi fumat, ar fi celebrat și el cu un trabuc ultima ședință a lui Ernest.

Tânărul supervizat de el se descurcase binișor în ultimele câteva luni, dar astăzi avusese loc o ședință hotărâtoare. Să-l trimită pe Ernest în comisia de etică medicală fusese un lucru inspirat. Marshal se gândea deseori că eul lui Ernest era ciuruit de lacune: era grandoman și impulsiv. Bucățele indisciplinate de sexualitate inconștientă se proiectau în afară în poziții ciudate. Dar cel mai rău dintre toate era terciul lui iconoclastic juvenil: Ernest avea mult prea puțin respect pentru disciplină, pentru autoritatea legitimă, pentru cunoștințele obținute vreme de decenii întregi de către analiștii silitori, cu minți mult mai pătrunzătoare decât a lui.

Și ce metodă mai bună, se gândea Marshal, *de a-l ajuta să-și rezolve iconoclasmul, decât să-l pun pe Ernest în ipostaza de judecător? Genial!* În împrejurări de genul ăsta, Marshal tânjea să aibă audiență, un public capabil să aprecieze opera de artă pe care o crease. Toată lumea accepta motivele tradiționale pentru care pihanalistul trebuia să-și facă o analiză completă. Dar Marshal intenționa ca mai devreme sau mai târziu (lista de articole pe care voia să le scrie tot creștea) să scrie un articol despre aspectele ignorate ale maturității: capacitatea de a fi creativ an de an, deceniu după deceniu, în absența unui public extern. În fond, ce alți artiști – cine mai ia încă în serios afirmația lui Freud că psihanaliza este o știință? – își pot dedica viața unei arte care nu e niciodată văzută de ceilalți? Închipuiește-l pe Cellini modelând un potir de argint de o frumusețe orbitoare și apoi încuindu-l într-un beci. Sau pe Musler, răsucind sticla într-o capodoperă a grației și apoi, în intimitatea atelierului său, făcând-o țăndări. Oribil!

Nu-i oare publicul, se gândea Marshal, *unul dintre cei mai importanți nutrienți, dar despre care nu se vorbește, pe care supervizarea îi furnizează terapeuților încă imaturi? Ai nevoie de decenii întregi de maturizare pentru a fi în stare să creezi fără spectatori.*

Și în viață se aplică la fel de bine, reflecta Marshal. *Nimic nu-i mai rău decât să treci neobservat prin viață.* Mereu, în munca lui de analist, el remarca setea extraordinară a pacienților pentru atenția lui – într-adevăr, nevoia de audiență este un factor major deloc lăudat în terapiile prelungite la nesfârșit. În timpul lucrului cu pacienții în doliu (iar în chestia asta era de acord cu observațiile făcute de Ernest în carte), văzuse deseori cum aceștia cad în disperare pentru că își pierd audiența: viețile lor nu mai sunt observate de nimeni (asta dacă nu sunt destul de norocoși să creadă într-o divinitate care are o mulțime de timp la dispoziție să le examineze fiecare acțiune).

Stai! se gândea Marshal. Chiar e adevărat că artiștii psihanaliști nu au public? Oare pacienții nu sunt spectatorii lor? Nu, în privința asta nu pot fi luați în considerare. Pacienții nu sunt niciodată suficient de dezinteresați. Chiar și cele mai elegante și creative propoziții psihanalitice le scapă! Și sunt lacomi! Uită-te cum sug seva unei interpretări, fără să arunce măcar o privire plină de admirație la măreția celui care o face. Dar studenții sau supervizații? Pot fi ei considerați public? Doar rareori se întâmplă ca un terapeut în formare să fie îndeajuns de perspicace încât să priceapă măiestria artistică a unui analist. De obicei, interpretarea îi depășește. Mai târziu, în munca lor clinică, poate peste luni sau ani, ceva le declanșează amintirile și, pe neașteptate, înțeleg și tânjesc la măreția și subtilitatea artei profesorului lor.

Cu siguranță asta se va întâmpla cu Ernest. Va veni vremea când și el o să înțeleagă și o să-mi fie recunoscător. Forțându-l acum să se identifice cu agresorul, l-am salvat de cel puțin un an de analiză de formare.

Nu că s-ar fi grăbit să termine cu Ernest. Marshal îl voia prin preajmă încă multă vreme de acum încolo.

Mai târziu, în aceeași seară, după ce s-a văzut cu cei cinci pacienți pe care îi trata, Marshal s-a grăbit să plece acasă, dar acolo n-a găsit pe nimeni, doar un bilețel de la soția lui, Shirley, în care scria că cina era în frigider și că o să se întoarcă de la expoziția de aranjamente florale în jur de ora șapte. Ca de obicei, îi lăsase un aranjament ikebana făcut special pentru el: un vas lung, cilindric, din ceramică, ce conținea un cuib făcut din crengi de salbă moale, cenușii, ascuțite, fără frunze, puse cu vârful în jos. Dintr-un capăt al cuibului ieșeau doi crini mari albi, cu tulpina lungă, puși spate în spate.

Fir-ar a dracu', se gândea el împingând aranjamentul spre marginea mesei, cât pe-aci să-l răstoarne, *astăzi am avut opt ședințe de terapie și o oră de supervizare – o mie patru sute de dolari –, iar ea nu-mi poate servi cina pentru că e prea ocupată cu aranjamentele astea florale, ce pula mea!* Furia lui Marshal s-a risipit de îndată ce a deschis recipientele din plastic din frigider: gazpacho cu o aromă demențială, o salată niçoise în culori vesele, făcută cu ton la grătar presărat cu piper și o salată de fructe din mango, struguri verzi și papaya în sos de fructul pasiunii. Shirley lipise un bilețel pe vasul cu gazpacho: „Evrika! În sfârșit o rețetă cu calorii negative: cu cât mănânci mai mult din ea, cu atât slăbești mai tare. Doar două farfurii, asta ca să nu dispari de tot". Marshal a zâmbit. Dar numai preț de o clipă. Și-a amintit vag de o altă glumă cu „dispărutul", pe care Shirley o făcuse cu doar câteva zile în urmă.

În timp ce mânca, Marshal a deschis ediția de după-amiază a ziarului *Examiner* la secțiunea financiară. Dow crescuse cu douăzeci de puncte. Bineînțeles că *Examiner* avea doar cotele de la 1 p.m., și în ultima vreme bursa variase mult la sfârșitul zilei. Dar nu conta: îi plăcea să verifice cotele de două ori pe zi și să vadă la ce valoare ajunseseră la închiderea bursei, a doua zi dimineață, în *Chronicle*. Și-a ținut respirația în timp ce se grăbea să introducă în calculator cu cât îi crescuseră acțiunile și să calculeze profitul din acea zi. O mie o sută de dolari, și ar fi putut fi și mai mult până la închiderea bursei. Un val fierbinte de satisfacție l-a străbătut și a luat prima lingură cu gazpacho gros, de un roșu-aprins, presărat cu cubulețe lucioase alb-verzui de ceapă, castraveți și dovlecei. O mie patru sute de dolari din facturile clinice și o mie o sută din profiturile de la bursă. Fusese o zi bună.

După pagina de sport și o scurtă privire aruncată știrilor internaționale, Marshal și-a schimbat în grabă cămașa și a țâșnit afară, în noapte. Pasiunea lui pentru sport era aproape la fel de mare ca și iubirea pentru câștigul material. Juca baschet la YMCA în fiecare zi de luni, miercuri și vineri, în timpul pauzelor de prânz. La sfârșit de săptămână mergea cu bicicleta și juca tenis sau racquetball. Marțea și joia era nevoit să-și înghesuie cumva joggingul în program – la ora opt avea loc o întrunire la Institutul Psihanalitic Golden Gate, iar Marshal pleca suficient de devreme încât să meargă pe jos jumătate de oră până acolo.

Cu fiecare pas lung și energic pe care îl făcea, nerăbdarea lui Marshal sporea, gândindu-se la întrunirea din acea seară. Urma să aibă loc o ședință extraordinară. Nu avea nici o îndoială: urma să fie foarte dramatică. Avea să curgă sânge. A, sângele, da, asta era partea excitantă. Niciodată până atunci nu înțelesese mai bine cât de tare fascinează groaza. Atmosfera de carnaval de la execuțiile publice de pe vremuri, negustorii ambulanți vânzând eșafoade de jucărie, zumzetul surescitării în timp ce tobele răsunau și condamnatul își târa picioarele pe eșafod. Spânzurătoarea, decapitarea, arderile pe rug, tragerea pe roată și dezmembrarea – închipuie-ți că cele patru membre ale unui om se leagă de un echipaj de cai care sunt biciuiți, îmboldiți și ovaționați de spectatori, până când trupul e rupt în patru părți, iar toate arterele împroașcă deodată cu sânge. Groază, da. Dar groaza altcuiva, a unui om care în acel moment oferea, în același timp, imaginea unei ființe și a unei neființe, căci chiar în acea clipă, trupul și sufletul sunt smulse unul de lângă celălalt.

Cu cât e mai măreață viața pe care o iei, cu atât mai mare e fascinația. Surescitarea probabil că fusese imensă pe vremea terorii iacobine, când capetele nobililor se rostogoleau și sângele purpuriu țâșnea din trunchiurile familiei regale. Surescitare și din cauza ultimelor cuvinte sacre. Pe măsură ce acel moment între ființă și neființă se apropie, chiar și liber-cugetătorii vorbesc în șoaptă, ascultă, chinuindu-se să audă ultimele silabe ale persoanei care moare – de parcă exact în acel moment, când viața îi e răpită, iar corpul își începe transformarea în carne, o să apară o revelație, un indiciu al marilor mistere. Asta îi amintea lui Marshal de interesul fără margini pentru experiențele trăite în apropierea morții. Toată lumea știe că e o pură șarlatanie, dar nebunia a durat douăzeci de ani și s-au vândut milioane de cărți pe tema asta. Doamne! se gândea Marshal, câți bani s-au făcut cu rahatul ăsta!

Nu că în seara aceea ar fi existat un regicid pe ordinea de zi a institutului. Dar pe aproape: excomunicare și surghiun. Seth Pande, unul dintre membrii fondatori ai institutului și un analist formator cu multă experiență, avea să fie judecat și, cu siguranță, dat afară pentru diferite activități antianalitice. De la excomunicarea lui Seymour Trotter, cu mai mulți ani în urmă, pentru că se futuse cu o pacientă, nu mai avusese loc un asemenea eveniment.

Marshal știa că poziția lui era șubredă și că în seara aceea trebuia să acționeze cu mare prudență. Era o informație publică faptul că Seth Pande îi fusese analist formator cu cincisprezece ani în urmă și îl ajutase enorm pe Marshal atât în viața personală, cât și în plan profesional.

Și totuși, steaua lui Seth pălea: avea peste șaptezeci de ani, iar cu trei ani în urmă suferise o operație complicată de cancer la plămâni. Mereu plin de el, Seth considerase că e privilegiul lui să nesocotească toate regulile de tehnică și moralitate. Iar acum boala și faptul că se confrunta cu moartea îl eliberaseră de orice constrângere. Colegii lui psihanaliști deveniseră din ce în ce mai stânjeniți și mai iritați de opiniile lui extreme antianalitice despre psihoterapie și de felul scandalos de a se comporta în viața personală. Dar încă era un nume: atât de carismatic, încât presa și televiziunea îl vânau și îi solicitau declarații despre aproape orice știre importantă – impactul violenței de la televizor asupra copiilor, nepăsarea primăriei față de oamenii fără locuință, atitudinea față de cerșetori, controlul asupra armelor de foc, scandalurile sexuale în care erau implicați politicieni. Pe marginea acestora, Seth făcea deseori comentarii scandaloase, lipsite de respect, dar senzaționale. Pe parcursul ultimelor luni, lucrurile ajunseseră prea departe, iar actualul președinte, John Weldon, și vechiul contingent de analiști porniți împotriva lui Pande își luaseră în sfârșit inima-n dinți să-l înfrunte.

Marshal medita la strategia lui: în ultima vreme, Seth se depășise pe el însuși, exploatându-și pacienții sexual și financiar atât de fățiș, încât acum ar fi fost o sinucidere să-l susțină. Marshal știa că trebuie să-și susțină explicit punctul de vedere. John Weldon se bizuia pe sprijinul lui. N-o să fie ușor. Deși Seth era pe moarte, încă mai avea aliați. O să fie prezenți mulți dintre actualii și foștii lui analizanți. De patruzeci de ani juca rolul de intelectual de frunte în institut. Alături de Seymour Trotter, Seth era membru fondator al institutului, asta dacă s-ar presupune că Seymour încă mai trăia. Nu se mai auzise nimic despre el, nimeni nu-l mai văzuse în ultimii ani – slavă Domnului! Cât de mult rău făcuse omul ăla reputației profesiunii!

Seth, pe de altă parte, era o amenințare vie și avusese atâtea mandate de trei ani ca președinte, încât trebuia scos cu forța de la putere.

Marshal se întreba dacă Seth putea să existe și în afara institutului, fiindcă acesta era atât de profund gravat în identitatea lui. Să-l dea afară pe Seth echivala cu a emite o sentință de condamnare la moarte. Așa-i trebuie! Seth ar fi trebuit să se gândească la asta înainte de a mânji bunul renume al psihanalizei. Nu exista altă soluție: Marshal trebuia să voteze împotriva lui. Și totuși, Seth fusese analistul lui. Cum ar putea evita să pară neîndurător sau paricid? Complicat. Foarte complicat.

Perspectivele lui Marshal în cadrul institutului erau excelente. Atât de sigur era că o să treacă până la urmă la conducerea lui, încât singura lui grijă era cum să facă astfel, încât lucrul acesta să se întâmple cât mai curând cu putință. Era unul dintre cei câțiva membri situați într-o poziție cheie, care intraseră în institut în anii șaptezeci, când steaua psihanalizei părea că pălește, iar numărul candidaților scăzuse simțitor. În anii optzeci și nouăzeci, balanța se echilibrase din nou și mulți au fost cei care au cerut să urmeze programul de șapte sau opt ani. De aceea, institutul avea o distribuție bimodală de vârstă: erau veteranii, învățații vârstnici conduși de John Weldon, care se uniseră pentru a-l înfrunta pe Seth, și un număr de novici, unii dintre ei analizanți de-ai lui Marshal, admiși ca membri deplini doar de doi sau trei ani.

În segmentul lui de vârstă, Marshal avea puțină concurență: doi dintre cei mai promițători membri ai grupului muriseră prematur de boli cardiovasculare. Într-adevăr, moartea lor îl ambiționase pe Marshal să facă sport cu atâta ardoare, în încercarea de a-și curăța arterele de depuneri, o consecință a profesiei sedentare de psihanalist. Singura competiție reală a lui Marshal erau Bert Kantrell, Ted Rollins și Dalton Saltz.

Bert, un tip dulce, dar fără simț politic, se compromisese implicându-se mult în proiecte din afara sferei psihanalitice, mai ales în programul de susținere a pacienților cu SIDA. Ted era complet ineficient: analiza lui de formare durase unsprezece ani și toată lumea știa că, până la urmă, absolvise doar din mila și ca urmare a plictiselii supervizorului său. Dalton se implicase de curând atât de tare în probleme de mediu, încât nici un analist nu-l mai lua în serios.

Când Dalton își scrisese articolul ăla cretin, în care psihanaliza fantezii arhaice distructive față de mediu – că o violăm pe Mama Terra și ne pișăm pe pereții căminului nostru planetar –, primul comentariu al lui John Weldon a fost „Vorbești serios sau faci mișto de noi?" Dalton n-a renunțat la punctul lui de vedere și, până la urmă, după ce a fost respins de toate revistele de psihanaliză, și-a publicat articolul într-o revistă jungiană. Marshal știa că n-are altceva de făcut decât să aștepte și să nu facă greșeli. Toți clovnii ăștia trei își futeau șansele fără ca el să miște un deget.

Dar ambiția lui Marshal mergea dincolo de președinția Institutului de Psihanaliză Golden Gate. Postul de aici avea să-i servească drept trambulină pentru postul la nivel național, ba poate chiar pentru cel de președinte al Asociației Internaționale de Psihanaliză. Momentul era propice: nu existase niciodată vreun președinte IPA care să fi absolvit un institut din vestul Statelor Unite.

Însă exista un impediment: Marshal trebuie să publice. Nu ducea lipsă de idei. Unul dintre cazurile pe care le trata în prezent, un pacient borderline cu un geamăn identic bolnav de schizofrenie, fără nici o trăsătură borderline, avea implicații enorme pentru teoria oglinzii și urla să fie scris pe hârtie. Ideile lui despre natura scenei originare și audiența la execuții ar fi avut ca efect o revizuire majoră a teoriei de bază. Da, Marshal știa că avea idei din belșug. Problema era cu scrisul: cuvintele și propozițiile stângace șchiopătau mult în urma ideilor lui.

Aici intervenea Ernest. În ultima vreme, devenise enervant – imaturitatea lui, impulsivitatea, insistența lui de începător ca terapeutul să fie sincer și să se dezvăluie pe sine ar pune la grea încercare răbdarea oricărui supervizor. Dar Marshal avea un motiv întemeiat să aibă răbdare cu el: Ernest avea un talent literar nemaipomenit. Propozițiile elegante îi zburau de pe tastatură. Ideile lui Marshal și propozițiile lui Ernest vor forma o combinație imbatabilă. Nu avea nevoie decât să-l strunească suficient pe Ernest încât să fie acceptat în institut. N-o să aibă nici o problemă în a-l convinge pe tânăr să colaboreze cu el la articole pentru reviste, ba chiar și la cărți. Marshal plantase deja sămânța, exagerând sistematic dificultățile cu care s-ar confrunta la admiterea în institut și importanța recomandării lui. Ernest îi va fi recunoscător mulți ani. Pe lângă asta, era atât de ambițios, credea Marshal, încât o să se repeadă să profite de ocazia de a semna alături de el.

Apropiindu-se de clădire, Marshal a inhalat adânc de câteva ori aerul rece, pentru a-și limpezi gândurile. Avea nevoie de o minte brici, fiindcă o luptă pentru control avea să izbucnească în această seară, cu siguranță.

John Weldon, un bărbat înalt și impunător de vreo șaizeci și cinci de ani, rumen la față, cu părul alb rar și un gât lung și ridat în spatele unui colosal măr al lui Adam, stătea deja pe podiumul din camera tapetată cu cărți, care avea o dublă întrebuințare: bibliotecă și sală de ședințe. Marshal a aruncat o privire în jur largului auditoriu și nu a detectat nici o absență. Cu excepția lui Seth Pande, firește, care fusese îndelung intervievat de către o subcomisie și care fusese rugat special să nu participe la întrunirea aceasta.

Pe lângă membri, mai erau prezenți trei candidați în formare, analizanți de-ai lui Seth, care făcuseră cerere să fie de față. Acesta era un lucru fără precedent. Iar miza lor era mare: dacă Seth era dat afară sau dacă i se interzicea dreptul la practică, dacă își pierdea doar statutul de analist formator, ei și-ar fi pierdut tot creditul obținut pentru munca psihanalitică efectuată împreună cu el și ar fi fost obligați să o ia de la început cu un alt analist formator. Toți trei afirmaseră că probabil ar refuza să-și schimbe analistul, chiar dacă asta ar fi însemnat să renunțe la statutul de candidat. Chiar se vorbea despre faptul că ar forma un institut separat. Având în vedere aceste considerații, comitetul de conducere, în speranța că cei trei vor descoperi că i-au acordat loialitatea cui nu trebuia, adică lui Seth, au luat hotărârea extraordinară și teribil de discutabilă de a le permite să participe ca membri fără drept de vot.

În clipa în care Marshal s-a așezat pe rândul al doilea, John Weldon, de parcă ar fi așteptat ca el să-și facă apariția, a lovit cu ciocănelul lui lăcuit și a declarat ședința deschisă.

— Toată lumea, a început el, a fost informată de scopul acestei întruniri extraordinare. Sarcina dureroasă cu care ne confruntăm astă-seară este să analizăm acuzațiile grave, foarte grave aduse împotriva unuia dintre cei mai respectați membri ai noștri, Seth Pande, și să hotărâm ce poziție va lua institutul, dacă e cazul, în această privință. După cum toți ați fost informați prin intermediul scrisorii, subcomisia ad-hoc a investigat fiecare dintre aceste acuzații cu mare atenție și cred că cel mai indicat ar fi să trecem direct la prezentarea concluziilor ei.

— Doctore Weldon, mai întâi, o problemă de procedură! Era Terry Fuller, un tânăr analist obraznic, admis doar cu un an în urmă. Fusese psihanalizat de Seth.

— I se acordă cuvântul doctorului Fuller. Weldon i s-a adresat lui Perry Wheeler, un analist de șaptezeci de ani parțial surd, care ocupa postul de secretar al institutului și care acum scria furios procesul-verbal.

— Oare se cuvine să analizăm aceste „acuzații" în absența lui Seth Pande? Un proces judecat în absența acuzatului nu numai că este dezgustător din punct de vedere moral, dar încalcă regulile interne ale instituției.

— Am vorbit cu dr. Pande și am fost amândoi de acord că cel mai bine pentru toți cei implicați ar fi să nu participe la întrunirea din seara asta.

— Rectificare! *Tu*, nu noi, ai crezut că ar fi mai bine, John, a bubuit vocea puternică a lui Seth Pande. Stătea în pragul ușii, cercetând cu privirea audiența, apoi și-a luat un scaun din spate și l-a adus în primul rând. Pe drum, l-a bătut afectuos pe umăr pe Terry Fuller și a continuat. Am spus că o să mă gândesc la asta și o să te anunț ce decizie am luat. Iar decizia mea, după cum vezi, este să fiu aici, în mijlocul iubitorilor mei frați de cruce și al distinșilor mei colegi.

Silueta de un metru nouăzeci a lui Seth era devorată de cancer, dar încă era un bărbat impozant, cu părul de un alb strălucitor, tenul bronzat, un nas acvilin delicat și o bărbie de rege. Se trăgea dintr-o dinastie regală și fusese crescut la curtea din Kipoche, o provincie din nordul Indiei. Când tatăl său fusese numit reprezentant al Indiei la Națiunile Unite, Seth se mutase în Statele Unite și își continuase educația la Exeter și Harvard.

Morții mă-sii, se gândea Marshal. *Dă-te la o parte și lasă-i pe câinii mai mari să mănânce*. Și-a vârât capul în guler cât de mult a putut.

Chipul lui John Weldon căpătase o culoare stacojie, dar vocea îi rămăsese calmă.

— Regret decizia ta, Seth, și sincer cred că și tu o să ai motive s-o regreți. Eu doar am încercat să te protejez de tine însuți. O să fie umilitor să asculți o dezbatere publică despre conduita ta profesională și privată.

— N-am nimic de ascuns. Întotdeauna am fost mândru de munca mea. Seth a privit pe deasupra auditoriului și a continuat: dacă ai nevoie de dovezi, John, îți sugerez să te uiți în jurul tău. Prezența în această cameră a cel puțin șase foști analizanți de-ai mei și a încă trei actuali, fiecare dintre ei bine integrat și creativ, străluciți în profesiile pe care și le-au ales, și aici a făcut o plecăciune adâncă și grațioasă spre Karen Jaye, una dintre psihanaliste, demonstrează trăinicia muncii mele.

Marshal s-a cutremurat. *Seth avea de gând să facă lucrurile cât mai dificile cu putință. Of, Doamne!* Pe când survola camera cu privirea, Seth s-a uitat o clipă în ochii lui. Marshal s-a uitat în altă direcție, dar i-a surprins privirea lui Weldon, care îl aștepta. A închis ochii și s-a chircit și mai mult.

Seth a continuat.

— Ce m-ar umili cu adevărat, John, și aici cred că ne deosebim unul de celălalt, ar fi să mi se aducă acuzații false, sau poate chiar să fiu ponegrit și să nu pot face nimic pentru a mă apăra. Hai să trecem la treabă. Care sunt acuzațiile? Cine sunt cei care mi le aduc? Hai să-i auzim, pe rând.

— În scrisoarea pe care ați primit-o cu toții, inclusiv tu, Seth, de la Comisia de formare, a răspuns John Weldon, sunt trecute în revistă plângerile. Hai să începem cu trocul: să faci ședințe de terapie în schimbul unor servicii personale.

— Am dreptul să știu, a cerut Seth, cine mi-a adus fiecare acuzație.

Marshal a tresărit. *Mi-a sunat ceasul*, s-a gândit el. El fusese cel care îi atrăsese atenția lui Weldon asupra obiceiului lui Seth de a face troc. Nu avea de ales și trebuia să se ridice în picioare și să vorbească, folosindu-se de toată sinceritatea și fermitatea de care era în stare.

— Îmi asum responsabilitatea pentru plângerea privind trocul. Acum câteva luni a venit la mine un nou pacient, un consultant financiar profesionist, și, discutând despre onorarii, mi-a sugerat un schimb de servicii. Întrucât onorariile noastre pe oră erau similare, el a spus: „De ce să nu facem pur și simplu schimb de servicii, fără să mai schimbăm între noi sume de bani pentru care ar trebui să plătim impozit?“ Am refuzat, firește, și i-am explicat de ce o asemenea înțelegere ar sabota terapia pe mai multe planuri. El m-a acuzat că sunt obtuz și rigid și a numit doi oameni, unul dintre asociații lui și un client, un tânăr arhitect, care avea un astfel de aranjament cu Seth Pande, fostul președinte al Institutului de Psihanaliză.

— O să mă pronunț în legătură cu această plângere la momentul potrivit, Marshal, dar firește că nu pot să nu mă întreb de ce un coleg, prieten, ba mai mult, un fost analizant, nu a venit mai întâi să discute problema direct cu mine!

— Unde scrie, a replicat Marshal, că un fost analizant care a fost psihanalizat cum trebuie, este nevoit să-l trateze pe fostul lui analist cu iubire filială pe vecie? De la tine am învățat că scopul tratamentului și al analizei transferului este de a-l ajuta pe analizant să se desprindă de părinți, să-și dezvolte autonomia și integritatea.

Seth i-a adresat un zâmbet larg, aidoma unui părinte în clipa în care copilul său îl face pentru prima oară șah mat.

— Bravo, Marshal. *Touché*. Ți-ai învățat bine lecția și sunt mândru de performanța ta. Și totuși, mă întreb dacă nu cumva, în pofida strădaniilor noastre, a celor cinci ani de polizări și lustruiri psihanalitice, încă mai ai niscaiva urme de sofistică.

— Sofistică? Marshal s-a înfipt cu încăpățânare în el. Pe când era fundaș în echipa de fotbal a facultății, picioarele lui puternice și iuți împingeau neîndurător în spate bărbați de două ori cât el. Dacă se punea cu un adversar, nu ceda niciodată. Nu văd nici o sofistică. Oare se așteaptă cineva de la mine ca, de dragul unui tată psihanalitic, să-mi pun în paranteză convingerea – o convingere pe care sunt sigur că toți cei de aici o împărtășesc – că a face troc cu ședințele de psihanaliză în schimbul unor servicii personale e un lucru greșit? E greșit în toate privințele. E greșit și din punct de vedere legal, și din punct de vedere moral: este explicit interzis de legile fiscale ale țării noastre. E greșit și din punct de vedere tehnic: face praf și pulbere transferul și contratransferul. Iar răul pe care îl face este amplificat când serviciile de care se bucură analistul sunt de natură personală: de pildă, consultanța financiară, când pacientul trebuie să cunoască cele mai intime detalii ale stării tale materiale. Ori, după cum am înțeles că se întâmplă în cazul pacientului arhitect, să proiecteze o casă nouă, pacientul trebuind să fie pus la curent, în cele mai mici amănunte, cu preferințele și obiceiurile tale casnice. Îți ascunzi propriile greșeli sub paravanul unor acuzații aduse caracterului meu.

Și cu aceasta, Marshal a luat loc, mulțumit de sine însuși. S-a abținut să se uite în jurul lui. Nu era necesar. Aproape că putea să audă icnetele de admirație. Știa că își clădise o reputație de om cu care e greu să te pui. Îl mai știa și îndeajuns de bine pe Seth ca să prevadă ce urma să se întâmple. De câte ori era atacat, Seth riposta, invariabil, printr-un atac care-l acuza și mai mult. Nu era nevoie să explice în profunzime natura distructivă a comportamentului lui Seth, căci acesta avea să se distrugă singur.

— Destul, a spus John Weldon, lovind cu ciocănelul în masă. Această problemă este prea importantă pentru noi ca să ne pierdem într-o ceartă personală furtunoasă. Haideți să ne rezumăm la esențial: o revizuire sistematică a acuzațiilor și o discuție bine fundamentată pe argumente despre fiecare dintre ele.

— Troc, a zis Seth, ignorând complet comentariul lui Weldon, este un termen urât, care insinuează că o acțiune analitică originală ar reprezenta altceva, ceva plin de venin.

— Cum poți să susții ideea de troc, Seth? a întrebat Olive Smith, o analistă în vârstă, a cărei singură pretenție la faimă era descendența ei regală psihanalitică: cu patruzeci și cinci de ani în urmă fusese analizată de Frieda Fromm-Reichman care, la rândul ei, fusese analizată de însuși Freud. Mai mult, pe vremuri fusese prietenă și corespondase pentru puțin timp cu Anna Freud și îi cunoștea pe câțiva dintre nepoții lui Freud. Evident, un cadru cât mai liber de orice influențe, mai ales în ce privește onorariul, este indispensabil procesului psihanalitic.

— Vorbești despre originalitate psihanalitică pentru a justifica trocul, Seth. Sigur nu vorbești serios, a zis Harvey Green, un analist bondoc și îngâmfat, care rareori izbutea să nu facă vreun comentariu enervant. Dacă pacientul tău ar fi o prostituată? Atunci cum ar funcționa sistemul tău de troc?

— Un comentariu original și venal, Harvey, i-a replicat Seth. Venalitatea, ei bine, nu-i surprinzătoare la tine, bineînțeles. Dar originalitatea, agerimea intervenției tale sunt într-adevăr neașteptate. Însă întrebarea ta n-are nici o valoare. Văd că sofistica e în floare în Institutul Golden Gate. Seth și-a răsucit capul spre Marshal, pe urmă s-a uitat sfidător din nou la Harvey. Spune-ne, Harvey, câte prostituate ai analizat tu recent? Sau altcineva dintre voi? Ochii întunecați ai lui Seth au măturat încăperea. Câte prostituate pot să arunce o privire în străfundurile lor și să rămână în continuare prostituate?

— Maturizează-te, Harvey! a continuat Seth, evident savurând confruntarea. Confirmi o chestie pe care am scris-o în *Jurnalul internațional*, și anume că veteranii psihanalizei – care-i termenul oficial pe care-l folosiți voi, jidanii? *Fârtații*? – ar trebui să facă periodic tranșe de analiză pentru a se menține în stare de funcționare, să zicem, cam din zece în zece ani. De fapt, am putea fi cazuri de control pentru candidați. Asta ar fi o modalitate de a împiedica fosilizarea. Cu siguranță că organizația asta are nevoie de așa ceva.

— Liniște, a spus Weldon, lovind cu ciocănelul. Haideți să ne întoarcem la subiectul dezbaterii. Ca președinte, insist...

— Troc! a continuat Seth, care se întorsese cu spatele la podium și acum stătea cu fața către auditoriu. Barter! Ce crimă! O faptă care atrage sentința cu moartea! Un tânăr arhitect foarte bolnav, un bărbat anorexic pe care l-am tratat vreme de trei ani și l-am adus la un pas de o schimbare majoră de personalitate, și-a pierdut pe neașteptate slujba când firma lui a fost înghițită de o altă companie. O să-i ia un an sau doi pentru a-și face propria lui firmă. Între timp, practic nu are nici un venit. Care-i cea mai bună acțiune analitică? Să-l abandonez? Să-l las să acumuleze o datorie de mai multe mii de dolari, o opțiune profund inacceptabilă pentru el? Între timp, din motive personale de sănătate, eu îmi făceam planuri să construiesc o nouă aripă la casa veche, inclusiv un birou și o sală de așteptare. Căutam un arhitect. El căuta un client.

Soluția – soluția cuvenită, morală, după mintea mea, și nu trebuie să mă justific în privința asta nici în fața auditoriului de aici, nici în fața altuia – a fost evidentă. Pacientul a proiectat pentru mine noua construcție. Problema onorariului s-a rezolvat parțial, iar el a fost afectat pozitiv de încrederea pe care i-am acordat-o. Am de gând să scriu despre cazul ăsta: faptul că mi-a proiectat casa – vizuina internă a figurii paterne – l-a făcut să ajungă până la cele mai profunde straturi ale amintirilor arhaice și ale fanteziilor despre tatăl lui, straturi inaccesibile tehnicii tradiționale. Am eu, am avut eu vreodată nevoie de permisiunea voastră pentru a fi original în practica terapeutică?

Aici Seth a survolat teatral încă o dată auditoriul, lăsându-și privirea să stăruie preț de câteva clipe asupra lui Marshal.

Doar John Weldon a îndrăznit să-i răspundă.

— Limite! Limite! Seth, tu ai renunțat cu totul la tehnica predecesorilor? Să-ți pui pacientul să-ți cerceteze și să-ți proiecteze casa? Poate că ție ăsta ți se pare un lucru creativ. Dar îți spun, și știu că în această privință mă susține toată lumea, *asta nu e terapie.*

— „Tehnica predecesorilor. Asta nu e terapie", l-a maimuțărit Seth pe John Weldon, repetându-i cuvintele cu o voce pițigăiată și lălăită. Smiorcăielile unor minți înguste. Crezi că tehnica e scrisă pe tablele lui Moise? Tehnica e concepută de analiști vizionari: Ferenczi, Rank, Reich, Sullivan, Searles. Da, și Seth Pande!

— Statutul de vizionar autoproclamat, s-a băgat în discuție și Morris Fender, un bărbat pitic, chel, cu ochii bulbucați și ochelari uriași, dar fără gât, este un mod viclean și diabolic de a masca și de a raționaliza o mulțime de păcate. Pe mine mă îngrijorează profund felul cum te porți, Seth. Sabotezi bunul renume al psihanalizei în ochii publicului și, sincer să fiu, mă cutremur când mă gândesc că tu formezi tineri analiști. Gândește-te la ce scrii – ca de exemplu declarațiile tale din *London Literary Review.*

Morris a scos din buzunar câteva foi de ziar și le-a despăturit cu mâini tremurânde.

— Ăsta, a spus, fluturând foile în fața lui, e un extras din recenzia ta despre corespondența dintre Freud și Ferenczi. Aici declari public că le spui pacienților tăi că îi iubești, că îi ții în brațe și că discuți cu ei despre amănunte intime ale vieții tale personale: divorțul tău iminent, cancerul. Le spui că sunt prietenii tăi cei mai buni. Îi inviți la tine acasă la ceai, vorbești cu ei despre preferințele tale sexuale. Păi, preferințele tale sexuale nu te privesc decât pe tine – și nu discutăm aici despre ele –, dar de ce să afle toți cititorii sau analizanții tăi că ești bisexual? Nu poți să negi asta. Încă o dată, Morris a fluturat ziarul în fața lui. Chiar astea sunt cuvintele tale.

— Bineînțeles că astea sunt cuvintele mele. Pe agenda de lucru există și acuzația de plagiat? Seth a luat scrisoarea de la comisia ad-hoc și s-a prefăcut, în bătaie de joc, că se concentrează asupra ei: Plagiat, plagiat – of, atât de multe infracțiuni majore, atât de multe tipuri de ticăloșii majore, dar nici un plagiat. Măcar de asta am fost scutit. Da, firește, sunt cuvintele mele. Și mi le asum. Oare există vreo legătură mai intimă decât cea dintre analist și analizant?

Marshal asculta răbdător. *Ești tare, Morris,* se gândea el. *La fix îl întărâți. Primul lucru inteligent pe care l-am văzut la tine!* Seth scotea fum din rezervoare: era pe punctul să se lanseze pe o orbită autodistructivă.

— Da, a continuat Seth, cu unicul lui plămân muncind din greu și vocea acum răgușită. Îmi asum afirmația că pacienții îmi sunt cei mai buni prieteni. Și asta-i adevărat pentru toți cei de aici. Și pentru tine, Morris. Pacienții mei și cu mine ne petrecem împreună câte patru ore pe săptămână, purtând cele mai intime discuții cu putință. Spune-mi, care dintre voi își petrece atâta timp împărtășind confidențe cu un prieten? Vă dau eu răspunsul: *nici unul* – și sigur nu tu, Morris. Știm cu toții cum sunt prieteniile între bărbații americani. Poate unii, câțiva dintre voi, iau o dată pe săptămână prânzul cu vreun prieten și, după ce dau comanda și înainte de a mânca, își petrec treizeci de minute purtând discuții intime. Neagă cineva – vocea lui Seth a umplut încăperea – faptul că ședința de terapie este destinată să fie un templu al sincerității? Dacă relațiile cu pacienții voștri sunt cele mai intime pe care le aveți, *atunci aveți curajul să renunțați la ipocrizie și să le spuneți asta*! Și ce contează dacă află amănunte din viața voastră personală? Faptul că am dezvăluit un anumit lucru despre mine nu a deteriorat niciodată procesul analitic. Dimpotrivă, l-a accelerat. Poate din cauza cancerului, viteza a devenit importantă pentru mine. Singurul meu regret este că am așteptat atâta vreme ca să descopăr asta. Noii mei analizanți, care sunt aici în cameră, pot să confirme cu ce viteză lucrăm. Întrebați-i! Acum sunt convins că nici o analiză de formare nu are nevoie de mai mult de trei ani. Haideți, lăsați-i să vorbească!

Marshal s-a ridicat în picioare.

— Obiecție! Nu se cuvine, și ar fi o nechibzuință – iarăși cuvântul ăsta, cuvântul lui favorit – să-ți implici analizanții în vreun fel în dezbaterea asta deplorabilă. E o dovadă a lipsei tale de rațiune până și numai faptul că te gândești la asta. Punctul lor de vedere este influențat de transfer și de interese personale. Tu îi întrebi despre viteză, despre o analiză rapidă și murdară, iar ei *bineînțeles* că o să fie de acord cu tine. Bineînțeles că o să fie încântați de ideea unei analize scurte, de trei ani. Care candidat n-ar fi? Dar oare nu evităm adevărata problemă? Boala ta și impactul pe care-l are asupra opiniilor și muncii tale. După cum o sugerezi și tu, Seth, boala ți-a insuflat dorința arzătoare de a termina repede cu pacienții tăi. Toată lumea de aici te înțelege și te compătimește. Boala îți schimbă perspectiva în multe privințe, în mod perfect justificabil, având în vedere situația în care te afli. Dar asta nu înseamnă, a continuat Marshal, cu o încredere din ce în ce mai mare în sine, că noua ta perspectivă, izvorâtă dintr-o stare de nerăbdare personală, trebuie să le fie prezentată studenților pe post de doctrină psihanalitică. Îmi pare rău, Seth, dar trebuie să fiu de acord cu Comisia de formare că, pe bună dreptate, a venit momentul să se discute problema statutului tău de analist formator și a capacității de a-ți îndeplini obligațiile impuse de acest statut. O organizație psihanalitică nu-și poate permite să neglijeze aspectul succesiunii. Dacă nici analiștii n-o pot face, cum ne putem aștepta ca alte organizații care ne cer ajutorul – corporații, guverne – să se preocupe de transferul de responsabilități și de putere de la cei în vârstă către generația următoare?

— Nici, a tunat Seth, nu ne putem permite să ignorăm setea nestăvilită de putere a celor prea mediocri pentru a fi demni de ea!

— Liniște! a bătut John Weldon cu ciocănelul lui. Haideți să revenim la esența lucrurilor. Comisia ad-hoc ne-a atras atenția asupra comportamentului și a comentariilor tale publice, prin care ataci și respingi în bătaie de joc câteva dintre conceptele fundamentale ale teoriei psihanalitice. De exemplu, în recentul tău interviu din *Vanity Fair*, ridiculizezi complexul oedipal și îl respingi, spunând despre el că este o „eroare evreiască", iar apoi zici că reprezintă unul dintre multele canoane fundamentale ale psihanalizei...

— Bineînțeles, a ripostat Seth, renunțând complet la orice încercare de a negocia sau de a glumi, *bineînțeles că e o eroare evreiască*. Greșeala de a ridica mica familie triunghiulară de evrei din Viena la rangul de familie universală, în încercarea de a rezolva pentru toată lumea ceea ce evreii mânați de vinovăție nu pot rezolva pentru ei înșiși!

Acum zumzăia deja întreaga sală și mai mulți medici încercau să vorbească deodată. „Antisemit", spunea unul dintre ei. Se auzeau diverse comentarii: „își masează pacienții", „sex cu pacienții" „grandoman" „nu-i terapie, să-l lăsăm să facă ce naiba o vrea, dar asta nu se poate numi analiză".

Seth i-a acoperit.

— Bineînțeles, John, că am spus și am scris lucrurile astea. Și îmi susțin comentariile. Voi toți, în sinea voastră, știți că am dreptate.

Mica familie de evrei din ghetou a lui Freud reprezintă doar o minoritate insignifiantă în raport cu lumea. De exemplu, să luăm cultura mea. Fiecărei familii de evrei care a mai rămas pe planetă îi corespund mii de familii de musulmani. Analiza nu știe nimic despre aceste familii și despre acest tip de pacienți. Nu știe nimic despre rolul diferit, plin de aroganță al tatălui, despre dorința profundă, inconștientă pentru tată, pentru întoarcerea la confortul și siguranța oferite de tată, pentru fuziunea cu tatăl.

— Da, a zis Morris și a deschis un ziar, iată aici o scrisoare către editorul *Psihanalizei contemporane*. Tu vorbești despre interpretarea dată de tine comportamentului unui tânăr bisexual, prin prisma dorinței lui, și citez, „care este o dorință universală de a ne întoarce în sinecura primordială a lumii – pântecul-rect al tatălui". Spui despre asta, cu obișnuita ta modestie, iar aici Morris a citit mai departe, că este „o interpretare seminală mutativă, care a fost pusă complet în umbră de prejudecățile rasiale ale psihanalizei".

— Exact! Dar articolul ăsta, publicat acum doi ani, a fost scris în urmă cu șase ani. Nu ajunge în profunzime. E o interpretare universală. Acum îi acord o importanță centrală în munca mea cu *toți* pacienții. Psihanaliza nu este monopolul unor evrei provinciali. Trebuie să recunoască și să accepte și adevărurile Orientului, nu numai pe cele ale Occidentului. Fiecare dintre voi mai are multe de învățat, și am mari dubii în ceea ce privește dorința și capacitatea voastră de a asimila idei noi.

Louise Saint Claire, o psihanalistă blajină, cu părul cărunt și o neștirbită integritate, a fost cea care a făcut primul pas decisiv. I s-a adresat direct președintelui.

— Cred că am auzit suficient, domnule președinte, pentru a mă convinge că dr. Pande s-a îndepărtat prea mult de corpusul învățămintelor psihanalitice pentru a mai fi responsabil de formarea tinerilor analiști. Propun să i se retragă statutul de analist formator!

Marshal a ridicat mâna:

— Susțin această propunere.

Seth s-a ridicat amenințător în picioare și le-a aruncat o privire furioasă tututor membrilor.

— *Voi* mă dați afară pe *mine*? Nici nu mă așteptam la altceva din partea mafiei psihanalitice evreiești.

— Mafie evreiască? l-a întrebat Louise Saint Claire. Preotul din parohia mea ar fi foarte surprins să audă așa ceva.

— Evreu, creștin, tot aia, o mafie iudeo-creștină. Și voi credeți că mă puteți da afară pe *mine*. Păi, o să vă dau eu afară pe *voi*. Eu am făcut institutul ăsta. Eu *sunt* institutul ăsta. Iar când o să plec – și credeți-mă, o să plec – *unde o să mă duc* eu o să fie și institutul. Cu aceste cuvinte, Seth și-a împins deoparte scaunul, și-a luat pălăria și paltonul și a părăsit zgomotos camera.

Rick Chapton a rupt tăcerea după plecarea lui Seth Pande. Evident, Rick, fiind unul dintre foștii analizanți ai lui Seth, avea să sufere din plin consecințele expulzării lui. Chiar dacă își încheiase stagiul de formare și era membru plin al institutului, Rick, aidoma celor mai mulți, continua să se simtă mândru de statutul analistului său formator.

— Iau cuvântul în apărarea lui Seth, a zis Rick. Am serioase îndoieli în ce privește oportunitatea și temeiurile dezbaterii din această seară. Și nici nu cred că ultimele declarații ale lui Seth sunt relevante. Nu dovedesc nimic. Este un om bonav, dar mândru, și știm cu toții că atunci când este provocat, și s-ar putea presupune că a fost intenționat provocat în seara asta, are faima de a reacționa într-o manieră defensivă și arogantă.

Preț de o clipă, Rick s-a oprit pentru a consulta un cartonaș de șapte pe zece centimetri, apoi a continuat:

— Mi-ar plăcea să vă ofer o interpretare a modului în care au decurs dezbaterile din această seară. Observ că mulți dintre voi vă ambalați într-o frenezie a indignării, pe care o credeți îndreptățită, față de poziția teoretică a lui Seth. Dar mă întreb dacă în realitate e vorba de *conținutul* interpretărilor doctorului Pande și nu cumva de stilul sau popularitatea lui! Oare n-ar fi posibil ca mulți dintre voi să se simtă amenințați de inteligența lui sclipitoare, de contribuțiile lui la domeniul nostru profesional, de talentul lui literar și, mai presus de toate, de ambiția sa? Oare membrii acestui institut nu sunt invidioși pe faptul că Seth apare frecvent în reviste, ziare și la televiziune? Oare putem să tolerăm nonconformismul? Putem să tolerăm noi pe cineva care contestă ortodoxia cam în același fel în care Sandor Ferenczi a contestat doctrina analitică acum șaptezeci și cinci de ani? Eu sugerez faptul că disputa din seara asta nu se referă la *conținutul* interpretărilor psihanalitice ale lui Seth Pande. Discuția despre teoria centrată pe tată este praf în ochi, un clasic exemplu de deplasare[1]. Nu, asta e o vendetă, un atac la persoană, ba chiar unul josnic, aș putea spune. Eu susțin că motivele reale care se află la baza lui sunt invidia, apărarea ortodoxiei, teama de tată și teama de schimbare.

Marshal i-a răspuns. Îl cunoștea bine pe Rick, întrucât îi supervizase vreme de trei ani unul dintre cazuri.

— Rick, îți respect curajul, loialitatea și îndrăzneala de a spune ce ai pe suflet, dar mă simt nevoit să nu fiu de acord cu tine. Conținutul interpretativ al lui Seth Pande mă preocupă *pe mine* în cazul ăsta. S-a îndepărtat atât de mult de la teoria analitică, încât este de datoria noastră să ne delimităm de el. Studiază conținutul interpretărilor lui: pulsiunea de a fuziona cu tatăl, de a ne întoarce în pântecul-rect al tatălui! Zău așa!

— Marshal, a replicat Rick, tu scoți o interpretare din context. Câți dintre voi n-au făcut niciodată vreo intepretare idiosincratică, ce, scoasă din context, nu pare prostească sau lipsită de temei?

— Poate că-i așa. Dar nu la fel stau lucrurile și cu Seth. A ținut deseori prelegeri și a scris pentru cercurile psihanalitice sau pentru publicul larg că el consideră această idee centrală un concept-cheie al dinamicii în analiza oricărui bărbat. În seara asta a spus foarte clar că nu a folosit interpretarea doar cu o singură ocazie. A numit-o „interpretare universală". S-a lăudat că a aplicat aceeași interpretare periculoasă tuturor pacienților săi bărbați!

— Bravo, bravo! Marshal a fost susținut de un cor de voci.

— „Periculoasă", Marshal? l-a mustrat Rick. Nu exagerezi?

— Ba chiar o subestimez. Vocea lui Marshal a devenit mai puternică. Acum preluase în mod vădit postul de influent purtător de cuvânt al institutului. Pui la îndoială rolul suprem al interpretării? Ai idee cât de mult rău a făcut această interpretare? Orice bărbat adult care tânjește puțin să rămână o vreme în regresie, să se întoarcă temporar într-un loc gingaș, în care să fie îngrijit, primește interpretarea că își dorește să se târască prin anusul tatălui înapoi în pântecul-rect. Gândiți-vă la vinovăția indusă și la anxietatea față de o regresie homosexuală.

---

1 Proces psihic inconștient care, prin intermediul unei asocieri, transformă elementele latente ale visului în detalii secundare ale conținutului manifest.

— Sunt total de acord cu tine, a adăugat John Weldon. Comisia de formare a recomandat în unanimitate ca lui Seth Pande să i se retragă statutul de analist formator. Doar boala gravă și contribuțiile lui anterioare la dezvoltarea acestui institut au împiedicat-o să-i retragă și calitatea de membru. Membrii plini trebuie să voteze dacă acceptă sau nu recomandarea Comisiei de formare.

— Eu votez moțiunea, a spus Olive Smith.

Marshal a susținut-o și el, iar votul ar fi fost unanim, dacă Rick Chapton n-ar fi votat împotrivă. Mian Khan, un analist pakistanez, care colaborase deseori cu Seth, și patru dintre foștii analizanți ai lui Seth s-au abținut.

Cei trei medici a căror analiză cu Seth se afla în curs de desfășurare au vorbit în șoaptă între ei, iar unul a zis că au nevoie de timp pentru a decide ce vor face în continuare, dar că sunt cu toții foarte îngroziți de ceea ce se întâmplase în ședință. Apoi au ieșit din cameră.

— Eu sunt mai mult decât îngrozit, a spus Rick, care și-a strâns zgomotos lucrurile și a luat-o spre ieșire. E scandalos, pură ipocrizie. Când a ajuns la ușă, a adăugat: Cred, ca și Nietzsche, că singurul adevăr autentic este adevărul trăit!

— Ce înseamnă asta în contextul de față? a întrebat John Weldon, lovind cu ciocănelul să se facă liniște.

— Organizația asta chiar crede, ca și Marshal Streider, că Seth Pande a făcut mult rău pacienților lui bărbați cu modul său de a interpreta fuziunea cu tatăl?

— Cred că pot vorbi în numele institutului, a replicat John Weldon, când spun că nici un analist responsabil nu ar respinge opinia că Seth le-a făcut un rău cumplit unora dintre pacienții lui.

Rick, din pragul ușii, a zis:

— Atunci, pentru voi, semnificația ideii lui Nietzsche e foarte clară. Dacă această organizație crede sincer că pacienților lui Seth li s-a făcut un rău îngrozitor și dacă acestei organizații i-a mai rămas vreo urmă de integritate, atunci nu mai există pentru voi decât o singură soluție – asta, dacă aveți dorința de a acționa într-o manieră plină de responsabilitate din punct de vedere moral și legal.

— Cum anume? a întrebat Weldon.

— Rechemare pentru reparații gratuite!

— Rechemare pentru reparații gratuite? Ce-i aia?

— Dacă, a răspuns Rick, General Motors și Toyota au integritatea și coaiele – scuzați-mă, doamnelor, nu există alt termen echivalent – să recheme pentru reparații gratuite vehicule prost construite, vehicule cu vreo hibă, care, la un moment dat, le-ar putea face un rău proprietarilor, atunci fără îndoială că e clar ce aveți *voi* de făcut.

— Adică...?

— Știți bine la ce mă refer. Rick a ieșit pășind apăsat și n-a ezitat să trântească ușa după el.

Trei foști analizanți de-ai lui Seth și Mian Khan au plecat imediat după Rick. La ușă, Terry Fuller i-a avertizat:

— Tratați chestiunea aceasta cu toată seriozitatea, domnilor. Există pericolul real al unei schisme ireversibile.

Lui John Weldon nu era nevoie să i se aducă aminte să ia în serios posibilitatea unui exod. Ultimul lucru pe care și-l dorea în timpul mandatului *său* era o schismă și formarea unui institut psihanalitic separat. Asta se întâmplase în multe alte orașe: New Yorkul avea trei institute, după ce se despărțiseră din cauza discipolilor lui Karen Horney, și apoi din cauza lui Sullivan. Se întâmplase în Chicago, Los Angeles, în școala Washington-Baltimore. Probabil că ar fi trebuit să se întâmple și la Londra, unde, de zeci de ani, trei găști, discipolii Melaniei Klein, cei ai Annei Freud și ai școlii „de mijloc" – discipolii școlii relațiilor de obiect ai lui Fairbairn și Winnicott – duceau o bătălie neîntreruptă.

Institutul de Psihanaliză Golden Gate trăise în pace vreme de cincizeci de ani, poate și pentru că energia lui agresivă se îndreptase în mod eficient spre adversarii din exterior: un institut jungian solid și o serie de școli de terapie alternativă – transpersonală, reichiană, vieți trecute, respirație holotropică, homeopatie, Rolfing – care se înălțaseră energic și miraculos din izvoarele clocotitoare și băile fierbinți ale lui Marin County. Mai mult, John știa că se va găsi cu siguranță vreun ziarist incapabil să reziste tentației de a scrie despre ruptura din interiorul Institutului de Psihanaliză. Spectacolul analiștilor temeinic analizați, care nu sunt în stare să conviețuiască laolaltă, dându-se în spectacol, luptându-se pentru putere, ciorovăindu-se pe marginea unor trivialități și, în cele din urmă, divorțând furioși, se preta la minunate bufonerii literare. John nu voia să rămână în istorie ca președintele sub mandatul căruia s-a produs fragmentarea institutului.

— Rechemare pentru reparații gratuite! a exclamat Morris. Nu s-a mai pomenit niciodată așa ceva.

— Măsuri disperate în situații disperate, a murmurat Olive Smith.

Marshal a cercetat cu atenție chipul lui John Weldon. Sesizând o mică înclinare a capului acestuia ca reacție la spusele lui Olive, a luat cuvântul, interpretând gestul ca pe un îndemn.

— Dacă nu acceptăm provocarea lui Rick – despre care sunt sigur că va deveni în curând o chestiune de domeniul public –, atunci șansa noastră să reparăm ruptura e foarte mică.

— Dar tocmai *rechemare pentru reparații gratuite*, a spus Morris Fender, din cauza unei simple interpretări greșite?

— Nu minimaliza o problemă importantă, Morris, a zis Marshal. Există oare vreun instrument analitic mai puternic decât interpretarea? Și oare nu suntem cu toții de acord că formularea lui Seth este, în același timp, și greșită, și periculoasă?

— Este periculoasă *pentru că* e greșită, a îndrăznit Morris să-și exprime părerea.

— Nu, a spus Marshal, poate să fie greșită, dar inofensivă – greșită pentru că nu ajută pacientul să progreseze. Dar este greșită *și* periculoasă. Imaginați-vă! Fiecare pacient bărbat care tânjește după o alinare cât de mică, după un contact uman cât de slab, e făcut să creadă că simte o nevoie primitivă să se târască prin anusul tatălui până în spațiul confortabil din intestinul-pântec. Nu s-a mai auzit de așa ceva, dar cred că ar fi corect să luăm măsuri pentru a-i proteja pacienții.

O scurtă privire aruncată lui John l-a convins pe Marshal că acesta nu numai că îl susținea, dar că îi și admira atitudinea curajoasă.

— Pântecul-rect! De unde o veni chestia asta așa de... *rahatul ăsta*, erezia asta? a întrebat Jacob, un analist cu o înfățișare fioroasă, cu fălci care-i atârnau, plus perciuni și sprâncene cărunte uriașe.

— Din propria-i analiză, chiar el mi-a spus, cu Allen Janeway, a zis Morris.

— Iar Allen a murit acum trei ani. Știi că niciodată n-am avut încredere în el. N-am avut nici o dovadă împotriva lui, dar misoginismul, scliviseala lui, papioanele alea, prietenii lui homosexuali, faptul că și-a cumpărat un apartament în Castro, că toată viața lui s-a învârtit în jurul operei...

— Hai să nu ne abatem de la subiect, Jacob, l-a întrerupt John Weldon. În momentul de față, problema noastră nu o reprezintă preferințele sexuale ale lui Allen Janeway. Nici cele ale lui Seth. Trebuie să fim foarte circumspecți. În zilele noastre ar fi un dezastru din punctul de vedere al imaginii publice dacă am fi percepuți ca marginalizând sau intimidând un membru pe motiv că e homosexual.

— Sau lesbiană, a spus Olive.

John a încuviințat nerăbdător din cap și a continuat.

— Și, că veni vorba, nici presupusul comportament sexual dubios al lui Seth față de pacienții lui nu e adevărata noastră problemă – de care nici n-am discutat astă-seară. Am primit rapoarte de la doi terapeuți care le-au tratat pe două dintre fostele paciente ale lui Seth, dar, deocamdată, nici una dintre ele nu a fost de acord să depună plângere. Una nu este convinsă că i s-a făcut vreun rău pe termen lung. Cealaltă declară că i-a fost introdusă o ambivalență perfidă și distructivă în căsnicie, dar amândouă, probabil din cauza unei loialități transferențiale perverse față de Seth sau poate pentru că detestă să înfrunte expunerea publică, au refuzat să depună reclamație. Sunt de acord cu Marshal: corect ar fi să ne rezumăm la un singur aspect – că, în conformitate cu recomandările psihanalitice, el a făcut interpretări incorecte, neanalitice și periculoase.

— Dar gândește-te la problemele care apar, a spus Bert Kantrell, unul dintre colegii lui Marshal din grupul de dezbateri pe teme psihanalitice, gândește-te la aspectul confidențialității. Seth ne poate da în judecată pentru calomnie. Și cum rămâne cu malpraxisul? Dacă Seth ar fi dat în judecată pentru malpraxis de către unul dintre foștii lui pacienți, ce i-ar putea împiedica pe alții să stoarcă de bani institutul nostru sau chiar institutul național? În fond, ei pot să spună bine-mersi că noi l-am sponsorizat pe Seth, că l-am numit într-o funcție importantă ca aceea de formator. Aici e un cuib de viespi. Mai bine nu ne-am băga în el.

Lui Marshal îi plăcea la nebunie să-și vadă rivalii slabi și indeciși. Pentru a sublinia contrastul, a vorbit cu toată siguranța de sine.

— *Au contraire*, Bert. Suntem mult *mai* vulnerabili dacă *nu* acționăm. Chiar argumentul tău adus *împotriva* luării unei atitudini este motivul pentru care *trebuie* să acționăm, și încă rapid, ca să ne disociem de Seth și să facem tot ce putem pentru a repara pagubele. Mi-l pot închipui deja pe Rick Chapton, naiba să-l ia, dându-ne în judecată sau, în cel mai bun caz, asmuțind asupra noastră un reporter de la *Times*, dacă îi dăm un vot de blam lui Seth, și după aia nu facem nimic pentru a-i proteja pacienții.

— Marshal are dreptate, a spus Olive, care deseori servea drept conștiință morală a institutului. De vreme ce credem, așa cum se și întâmplă, că tratamentul nostru este eficient și că punerea greșită în practică a psihanalizei – analiza sălbatică – este extrem de dăunătoare, atunci nu avem de ales și trebuie să ne ținem de cuvânt. Trebuie să le oferim foștilor pacienți ai lui Seth o psihoterapie corectivă.

— Ușor de zis, greu de făcut, i-a avertizat Jacob. Nici o forță din lume nu l-ar putea convinge pe Seth să ne dea numele foștilor săi pacienți.

— Nici nu va fi nevoie, a spus Marshal. Mie mi se pare că cel mai bine ar fi să facem un apel public în mass-media către toți pacienții lui din ultimii ani, măcar către bărbați. Cu un zâmbet, Marshal a adăugat: haideți să presupunem că s-a purtat altfel cu femeile.

Zâmbetele au străbătut auditoriul la aluzia cu dublu sens a lui Marshal. Deși zvonurile despre conduita sexuală indecentă a lui Seth față de pacientele lui circulau de mulți ani printre membri, era o mare ușurare că acum, în sfârșit, se exprimau deschis în plen.

— Atunci, suntem de acord, a zis John Weldon lovind cu ciocănelul, asupra faptului că vom încerca să le oferim o terapie corectivă pacienților lui Seth?

— Eu votez pentru, a spus Harvey.

După un vot unanim, Weldon i s-a adresat lui Marshal:

— Ai vrea să-ți asumi responsabilitatea pentru această acțiune? Prezintă-i comisiei de organizare planurile tale concrete.

— Da, bineînțeles, John, a spus Marshal, abia izbutind să-și ascundă bucuria și uimirea că își consolidase atât de mult poziția într-o singură seară. De asemenea, o să comunic hotărârea noastră Asociației Internaționale de Psihanaliză – trebuie să discut și o altă problemă cu secretarul ei, Ray Wellington.

Opt

Patru și jumătate dimineața. Tiburon era cufundat în beznă, mai puțin o casă puternic luminată, care se înălța sus, pe un promontoriu ce se ridica deasupra Golfului San Francisco. Luminile maiestuoasei Golden Gate erau estompate de ceața lăptoasă, dar sclipirile delicate ale orașului licăreau în depărtare, profilându-se pe cer. Opt oameni osteniți stăteau aplecați asupra unei mese și nu acordau nici o atenție podului. N-aveau ochi decât pentru cărțile care le fuseseră împărțite.

Len, un tip voinic, cu fața roșie, care purta bretele late galbene, decorate cu zaruri și cărți de joc, a anunțat:

— Ultima mână.

Cel care împărțea cărțile trebuia să aleagă stilul de joc, iar Len a propus șapte-cărți-mare-mică: primele două cărți cu fața în jos, patru cu fața în sus și ultima cu fața în jos. Potul se împărțea între cei doi câștigători, cea mai mare și cea mai mică mână.

Shelly, a cărui soție, Norma, era una dintre asociatele lui Carol în firma de avocați, era cel care pierduse cel mai mult în noaptea aceea (și în toate nopțile din ultimele cinci luni cel puțin), dar și-a ridicat cărțile cu nerăbdare. Era un bărbat chipeș, puternic, cu ochi melancolici, un optimism de nestăpânit și probleme cu spatele. Înainte de a se uita la primele două cărți, Shelly s-a ridicat și și-a potrivit punga cu gheață pe care și-o prinsese în jurul taliei. În tinerețe participase la turnee de tenis profesionist și chiar și acum, în ciuda protestelor sub forma unor junghiuri ascuțite ale unor discuri intervertebrale cu protuberanțe, încă mai juca aproape în fiecare zi.

Și-a ridicat cele două cărți, una peste cealaltă. Asul de caro! Nu-i rău. Încet-încet, a filat și a doua carte, până a văzut ce e. Doi de caro. Asul și doiul de caro! Două cărți perfecte, care nu sunt văzute și de ceilalți! Era oare posibil, după ce atâta vreme îi picaseră doar cărți mizerabile? Le-a pus jos, dar n-a rezistat tentației, și peste câteva secunde s-a uitat încă o dată la ele. Shelly n-a remarcat că ceilalți jucători îi observau mișcările – acea a doua privire adoratoare era unul dintre indiciile care îl dădeau de gol, un mic gest neglijent caracteristic lui, care îi trăda cărțile din mână.

Următoarele două cărți au fost la fel de bune: un cinci și un patru de caro. Doamne sfinte! O mână de un milion de dolari. Shelly aproape că a izbucnit într-un cântec de „Tralala-tralali, tralala-tralali, mama mia, ce frumoasă zi!" Unu, doi, patru și cinci de caro – o mână să înnebunești, nu altceva! În sfârșit i se schimbase norocul. Știuse că o să i se întâmple așa ceva dacă rezistă destul de mult. Și Dumnezeu știe că rezistase o grămadă de vreme.

Încă trei cărți, și pentru culoare la as avea nevoie doar de încă un caro sau pentru chintă roială, de un trei de caro – asta o să-i dea jumătatea superioară din pot. Orice carte mică – un trei, un șase sau chiar un șapte – o să-i dea jumătatea inferioară a potului. Dacă primea și un caro *și* o carte mică, atunci ar fi câștigat și jumătatea superioară *și* cea inferioară – tot potul. Mâna l-ar mai întrema puțin, dar nu de tot. Pierduse douăsprezece mii de dolari.

De obicei, în rarele ocazii când avea o mână decentă, majoritatea tipilor se aruncau devreme. Ghinion! Sau nu? Îl dădeau de gol „semnele" lui – jucătorii se aruncau la grămadă când îi observau surescitarea, evaluarea tăcută a potului, faptul că își ferea cărțile cu mai mare grijă, că licita mai prompt ca de obicei, că nu se uita la cel care miza împotriva lui pentru a-l încuraja să mizeze mai mulți bani, încercările lui patetice de a pretinde că cercetează o mână mare, când el de fapt miza pe o mână mică.

Dar nimeni nu se arunca acum! Toți păreau ori fascinați de mâna lor (ăsta nu era un lucru neobișnuit pentru ultima mână – băieților le plăcea să joace atât de tare, încât de regulă voiau să se aleagă cu cât mai mult din ultimul joc). O să fie un pot super!

Pentru a construi un pot cât mai mare, Shelly s-a apucat să mizeze pe a treia carte. Pe a patra carte a mizat o sută (limita de miză era douăzeci și cinci de dolari la primul tur de masă, o sută la următoarele tururi și două sute la ultimele două) și a fost uluit când Len a plusat. Len nu părea să aibă mare lucru, dacă te luai după cărțile de pe masă: două de pică, un doi și un popă. Len putea să aibă maximum o culoare de pică la popă (asul de pică era în fața lui Harry).

Continuă să plusezi, Len, se ruga Shelly. *Te rog, continuă să plusezi. Să-ți dea Dumnezeu o culoare la popă! O să se lipească de fundul culorii mele de caro la as ca un copil de țâța mamei.* A plusat și el, și toți jucătorii au mers. Toți șapte – uimitor! Inima lui Shelly bătea mai repede. Avea să câștige o adevărată avere. Doamne, ce bine e să trăiești! Doamne, cât de mult îi plăcea să joace poker!

A cincea carte a lui Shelly a fost o dezamăgire, un valet inutil de cupă. Totuși, mai avea două cărți de primit. Venise vremea să-și evalueze mâna. A aruncat o privire rapidă în jurul mesei și a încercat să-și calculeze șansele. Patru carouri în mâna lui și încă trei pe masă. Asta însemna șapte carouri din treisprezece. Șase carouri rămase. Mari șanse să obțină culoarea. Și mai era și cea mai mică mână. Foarte puține cărți mici pe masă – multe, foarte multe încă în pachet, iar el mai trebuia să primească două cărți.

Capul lui Shelly vâjâia – prea complicat să-și calculeze șansele cu exactitate, dar erau fabuloase. Lucrurile mergeau în favoarea lui. La naiba cu calculul probabilităților, o să mizeze totul pe mâna asta, indiferent ce se va întâmpla. Cu șapte jucători rămași în joc, o să ia înapoi trei dolari și jumătate pentru fiecare dolar investit. Și avea mari șanse să câștige întregul pot – un profit de șapte sute la sută.

Următoarea carte a fost asul de cupă. Shelly a tresărit. Nu-i prea folosea la nimic o pereche de ași. A început să se îngrijoreze. Totul depindea de ultima carte. Și totuși, doar un singur caro și două cărți mici apăruseră la ultima împărțire. Șansele lui încă erau fabuloase. A mizat maximum: două sute. Len și Bill au plusat amândoi. Exista o limită, nu puteai să plusezi decât de trei ori, iar Shelly a plătit și el pentru a treia oară. Șase jucători au plătit sec. Shelly a studiat cărțile de pe masă. Nu se putea deduce mare lucru din ele. Doar două perechi mici. Pe ce dracu' mizau cu toții? Oare aveau să apară niscaiva mici surprize nasoale? Shelly tot încerca să numere pe furiș potul. Uriaș! Probabil mai mult de șapte mii și mai era o rundă de mizat.

A șaptea carte și ultima se împărțea cu fața în jos. Shelly și-a ridicat cele trei cărți, le-a amestecat bine și apoi le-a filat în mână. Îl văzuse de o mie de ori pe tatăl lui făcând asta. Un as de treflă! Rahat! Cea mai nasoală carte pe care ar fi putut-o obține. Să înceapă cu patru carouri și să termine cu trei ași. Erau inutili – chiar mai rău decât atât, pentru că probabil nu putea să câștige, dar erau prea buni ca să renunțe. Mâna asta era un blestem, în pizda mă-sii! Era prins în capcană, trebuia să rămână în joc! A examinat situația. Len, Arnie și Willy au mizat, au plusat, au plusat din nou și apoi au ridicat iarăși miza. Ted și Harry au renunțat. Opt sute de dolari pentru el. Oare să-i plătească? Cinci jucători rămași în joc. Nici o șansă să câștige. De neînchipuit că nici unul dintre ei nu avea o mână mai mare decât cei trei ași ai lui.

Și totuși... și totuși... nu se vedea nici o mână mare. Poate, totuși, se gândea Shelly, toți ceilalți patru jucători mergeau la mâna mică! Len avea în față o pereche de trei. Poate că încerca să meargă cu două perechi sau trei cărți de trei. Era faimos pentru asta. Nu! Trezește-te din visare! Economisește opt sute. N-ai nici o șansă să câștigi cu trei ași, sigur există vreo culoare sau vreo chintă ascunsă. *Mai mult* ca sigur. Pe ce mama dracu' or miza ăștia? Cât de mare era potul? Cel puțin douăsprezece mii, poate mai mult. Putea să se ducă victorios acasă la Norma.

Și să se retragă acum, iar după aceea să afle că ar fi câștigat cu cei trei ași ai lui, Isuse, nu și-ar fi iertat niciodată o asemenea lipsă de curaj. Nu și-ar mai fi revenit niciodată. Fir-ar a dracu'! Fir-ar a dracu'! N-avea de ales, în morții mă-sii. Contribuise cu prea mulți bani la potul ăsta ca să mai dea înapoi. Shelly a scos și el opt sute.

Deznodământul a fost rapid și blând. Len a întors o culoare la popă, și cei trei ași ai lui Shelly și-au pierdut orice valoare. Și nici măcar culoarea lui Len n-a câștigat: Arnie avea un ful complet neașteptat – asta însemna că îl trăsese la ultima carte. Rahat! Shelly și-a dat seama că, și dacă i-ar fi venit culoarea de caro, tot ar fi pierdut. Și chiar dacă ar fi primit un trei sau un patru, tot ar fi pierdut și la mâna mică – Bill a întors o mână mică perfectă: cinci, patru, trei, doi, as. Preț de o clipă, lui Shelly i-a venit să plângă, dar în loc de asta a afișat un zâmbet larg și a spus:

— Nimeni nu poate spune că toată distracția asta n-a meritat două mii de dolari!

Toată lumea și-a numărat jetoanele și le-a încasat de la Len. Jocul se ținea, pe rând, acasă la fiecare dintre ei, din două în două săptămâni. Gazda juca rolul de bancher și își regla conturile cu toți la sfârșitul serii. Shelly pierduse paisprezece mii trei sute. A scris un cec și și-a cerut scuze, explicând că îl postdatase. Scoțând un teanc imens de bancnote mototolite de o sută de dolari, Len a zis:

— Lasă, Shelly, mă ocup eu de asta. Adu cecul data viitoare. Așa decurgea jocul. Încrederea era atât de profundă, încât băieții deseori ziceau că, în cazul unei inundații sau al unui cutremur, ar fi jucat poker prin telefon.

— Noo, nici o problemă, a replicat Shelly cu nonșalanță. Am la mine un alt carnet de cecuri și trebuie doar să transfer fondurile în contul ăsta.

Dar Shelly chiar avea o problemă. O problemă foarte mare. Avea patru mii de dolari în contul din bancă și datora paisprezece mii. Iar dacă Norma ar fi aflat cât pierduse, căsnicia lui s-ar fi încheiat. Poate că ăsta fusese ultimul lui joc de poker. În drum spre ieșire a aruncat o privire nostalgică de jur împrejur, în casa lui Len. Poate că asta era ultima privire aruncată casei lui Len sau casei oricăruia dintre tipi. Ochii i s-au umplut de lacrimi pe când se uita la caii vechi, de carusel de pe palier și la luciul imensei mese de sufragerie din lemn de acacia, la placa de șaisprezece centimetri pătrați de gresie, presărată din belșug cu amprente de pești preistorici, gravate pentru eternitate.

Cu șapte ore în urmă, seara debutase la acea masă cu un ospăț cu sendvișuri calde cu carne sărată de vită, limbă și pastramă, pe care Len le pregătise, le așezase într-un morman înalt înconjurat de castraveciori murați tăiați pe jumătate, salată de crudități și salată de cartofi cu smântână, toate comandate special și trimise cu avionul în aceeași zi de la Carnegie Deli din New York. Len mânca pe săturate și își distra din plin oaspeții. Iar apoi își scotea pârleala făcând exerciții mai ales pe aparatul de urcat trepte sau pe banda de alergat din sala lui de fitness bine dotată.

Shelly a intrat în salon și li s-a alăturat celorlalți, care admirau un tablou vechi, cumpărat de curând de Len la o licitație din Londra. Nerecunoscând pictorul și temându-se să-și arate ignoranța, Shelly a rămas tăcut. Arta era doar unul dintre subiectele care-l făceau să se simtă exclus. Mai erau și altele: vinul (mulți dintre partenerii de poker ai lui Shelly aveau pivnițe de mărimea unui restaurant și călătoreau deseori împreună pentru a participa la licitații de vinuri), opera, baletul, vasele de croazieră, restaurantele pariziene de trei stele, limitele de pariuri la cazinouri. Toate erau prea luxoase pentru el.

A aruncat o privire lungă fiecărui jucător, de parcă ar fi vrut ca imaginea lor să i se impregneze pentru totdeauna în memorie. Știa că astea erau zilele lui bune și că, la un moment dat, în viitor – poate după un atac cerebral, șezând pe pajiștea vreunui azil într-o zi de toamnă, cu frunzele uscate zvârcolindu-se în suflarea vântului și o pătură decolorată pe picioare – va vrea să-și poată reaminti fiecare față zâmbitoare în parte.

Unul era Jim, Ducele de Fier sau Stânca Gibraltarului, după cum i se spunea deseori. Jim avea mâini uriașe și un maxilar impunător. Doamne, ce dur era. Nimeni nu-l păcălea niciodată pe Jim la poker.

Și Vince: enorm. Sau, mai bine zis, *uneori* enorm. Uneori nu era. Vince avea o relație de tip du-te-vino cu centrele de sănătate și slăbit Pritikin[1]: ori tocmai era pe punctul să se ducă la unul dintre ele (de

1 Cură de slăbire poreclită „meniul originar al omenirii“ deoarece constă mai ales în fructe, legume, fructe de mare și carbohidrați aproape deloc procesați.

vreo două ori își pusese alarma ceasului să sune în timpul jocului de poker, dar o lăsase baltă), ori tocmai venise de la vreunul, zvelt și mlădios. Își aducea mereu sucuri acidulate din piersici, fără zahăr, mere proaspete și fursecuri fără grăsimi. Când jocul se ținea la el acasă, de cele mai multe ori le oferea un bufet cu mâncare din belșug – soția lui gătea feluri minunate de mâncare italienească –, dar în primele două luni după ce venea de la un centru Pritikin, băieții detestau mâncarea pe care le-o servea: cartofi tortilla *copți*, morcovi cruzi și ciuperci. Salată chinezească de pui fără ulei de susan. Cei mai mulți dintre ei mâncau înainte de a ajunge acolo. Le plăcea hrana sățioasă – cu cât era mai consistentă, cu atât mai bine.

Apoi Shelly s-a gândit la Dave, un psihoterapeut bărbos, cu început de calviție, care avea vederea proastă și se înfuria cumplit dacă gazda nu le punea la dispoziție cărți de poker cu cifre și litere foarte mari. Ieșea fugind din casă și demara cu zgomot în mașina lui roșu-aprins, o Honda Civic lovită, spre cel mai apropiat magazin universal, o ispravă deloc ușoară, căci unele locuințe se aflau la periferia cartierelor rezidențiale. Insistența lüi Dave de a juca doar cu anumite cărți era o sursă de mare veselie. Era un jucător atât de prost, dându-se deseori de gol prin tot felul de „indicii", încât cei mai mulți dintre ei se gândeau că s-ar descurca mai bine dacă n-ar vedea ce cărți are. Și cel mai comic lucru era că Dave chiar avea impresia că este un jucător bun! Chestia ciudată era că termina de obicei printre primii. Asta era cel mai mare mister al jocului de marți: *de ce naiba nu-și pierdea Dave și curu' la poker?*

Faptul că un psihoterapeut se cunoștea mai puțin pe sine decât toți ceilalți jucători era o sursă permanentă de amuzament. Sau, mai bine zis, *se cunoscuse* mai puțin. Dave se schimba. Adio rahaturi intelectuale arogante gen sunt-mai-bun-decât-voi. Adio cuvinte cu mai mult de zece silabe. Care erau? „Antepenultima mână" sau „strategie duplicitară". Sau în loc de „comoție" spunea „accident cerebrovascular". Și mâncarea pe care o servea: sushi, kebab de pepene, supă rece de fructe, dovlecei murați. Mai nasoală decât a lui Vince. Nimeni nu se atingea de ea și totuși i-a luat mai mult de un an să înțeleagă de ce, iar asta doar după ce a început să primească faxuri anonime cu rețete pentru piept de pui, negrese și prăjitură cu brânză.

Acum e mult mai bine, se gândea Shelly, se poartă ca o persoană normală. Ar fi trebuit să-i cerem bani pentru serviciile noastre. Mai mulți dintre băieți s-au ocupat de el. Arnie i-a vândut cinci la sută din acțiunile lui pentru un cal de curse, l-a dus pe terenul de antrenament și la competiții, l-a învățat cum să citească formularul de pariuri și cum să aprecieze performanța cailor, privindu-i în timp ce se antrenează. Harry l-a introdus pe Dave în lumea baschetului profesionist. La început, când s-au cunoscut, Dave nu știa nici diferența dintre coordonator, apărător în zonă și pivot. Unde naiba își trăise primii patruzeci de ani din viață? Acum Dave are o mașină Alfa de culoarea coniacului, are, împreună cu Ted, abonament la baschet, pentru tot sezonul și la hochei cu Len, pariază împreună cu ceilalți la agentul de pariuri din Vegas al lui Arnie și a fost cât pe-aci să cedeze și să scoată o mie de parai ca să se ducă la concertul lui Streisand din Vegas, împreună cu Vince și cu Harry.

Shelly l-a urmărit cu privirea pe Arnie, care ieșea pe ușă cu șapca lui tâmpită, ca a lui Sherlock Holmes. Întotdeauna purta o șapcă la masa de joc și, dacă se întâmpla să câștige, nu o mai dădea jos până când îi dispărea norocul. Apoi se ducea în oraș și-și cumpăra una nouă. Porcăria aia de șapcă stil Sherlock Holmes îi adusese vreo patruzeci de miare. Arnie parcurgea cu un Porsche făcut la comandă un drum de două ore și jumătate ca să joace poker cu ei. Cu doi ani în urmă se mutase la L.A. pentru un an, ca să-și conducă firma de telefonie mobilă, dar venea regulat cu avionul pentru a se duce la dentist și a juca poker. Ca un gest de curtoazie, tipii scoteau prețul biletului de avion din primele două poturi. Uneori și dentistul lui, Jack, juca împreună cu ei, asta până când a pierdut prea mult. Jack era un jucător groaznic de prost, dar se îmbrăca nemaipomenit de bine. Odată, lui Len i-a plăcut la nebunie cămașa gen western, cusută cu fir metalizat a lui Jack și a pariat separat pe ea: două sute de dolari contra cămășii. Jack a pierdut: ful de dame în fața chintei roiale a lui Len. Len l-a lăsat să-și poarte cămașa până acasă, dar s-a dus să și-o ia a doua zi dimineață. Acesta a fost ultimul joc al lui Jack. Iar la fiecare partidă, vreme de un an după aceea, Len a venit îmbrăcat cu cămașa lui Jack.

Chiar și în cele mai bune momente ale lui, Shelly avea de departe mult mai puțini bani decât ceilalți membri ai grupului. Cam de zece ori mai puțini. Sau chiar mai puțini. Și acum, cu criza din Silicon Valley, nu trecea printr-o perioadă prea bună; își pierduse slujba de când Digilog Microsystems dăduse ortul popii, în urmă cu cinci luni. La început îi urmărise cu înverșunare pe headhunteri și se uitase zilnic pe anunțurile din ziar. Norma câștiga două sute cincizeci pe oră pentru consultanță juridică. Asta era minunat pentru venitul familiei, dar îl făcea pe Shelly să-i fie rușine să accepte o slujbă remunerată cu douăzeci sau douăzeci și cinci de dolari pe oră. Pretențiile lui erau atât de mari, încât, până la urmă, headhunterii au renunțat la el și, treptat-treptat, se obișnuise cu ideea de a fi întreținut de soția lui.

Nu, Shelly nu se pricepea să câștige bani. Era o chestie moștenită din familie. Tatăl lui muncise și se chinuise ani întregi să pună pe roate două afaceri pe vremea când Shelly era mic. Le-a făcut praf pe amândouă. A falimentat-o pe prima, un restaurant japonez din Washington, D.C., care se deschisese cu două săptămâni înainte de episodul Pearl Harbor. A doua, zece ani mai târziu, când a cumpărat o licență pentru Edsel[1].

Shelly ducea mai departe tradiția familiei. Jucase tenis în facultate, dar în trei ani câștigase doar trei partide la un turneu profesionist. Arăta bine, juca minunat, mulțimea îl adora, întotdeauna fusese primul la serviciu, dar pur și simplu nu reușea să-și învingă adversarul. Poate că era un tip prea de treabă. Poate că avea nevoie de forță ca să încheie un meci. Când se retrăsese din circuitul profesionist, își investise modesta moștenire într-un club de tenis de lângă Santa Cruz, cu o lună înainte ca marele cutremur din '89 să înghită întreaga vale. A primit o mică despăgubire de la compania de asigurări și a investit cea mai mare parte a ei în acțiuni Pan Am Airlines, exact înainte ca firma să dea faliment. O parte s-a dus pe acțiuni derizorii la firma de brokeraj a lui Michael Milken, iar restul l-a investit în echipa San Jose Nets, din Liga americană de volei.

Poate că asta îl atrăgea cel mai mult la jocul de poker. Tipii ăștia știau ce mama dracu' fac. Știau să câștige bani. Poate că talentul lor i se transmitea puțin și lui.

---

1 Ramură a companiei Ford care a produs o mașină experimentală. S-a renunțat la ea după doi sau trei ani, pentru că nu s-au vândut modelele propuse. Nu există o explicație pentru falimentul acestei secții.

Dintre toți, Willy era de departe cel mai bogat. Când și-a vândut compania de software economic, pornită cu banii lui proprii, către Microsoft, s-a ales cu vreo patruzeci de milioane. Shelly aflase asta din ziare, nici unul dintre ei nu discuta vreodată deschis despre asemenea lucruri. Lui îi plăcea la Willy modul în care se bucura de banii săi. Nu făcea un secret din asta: misiunea lui pe lume era să se distreze. Fără vinovăție. Fără rușine. Will știa grecește – ai lui erau emigranți de origine greacă. Îi plăcea în mod deosebit scriitorul grec Kazantzakis și încerca să-l imite pe Zorba, unul dintre personajele acestuia, al cărui scop era să stoarcă din viață și ultimul strop, astfel ca moartea să-i fie „doar un castel ars din temelii".

Lui Willy îi plăcea să parieze. De fiecare dată când se retrăgea, fugea în cealaltă cameră să arunce o privire la televizor la vreun meci – baschet, fotbal, baseball – pe care pariase o grămadă. Odată a închiriat pentru o zi întreagă, în Santa Cruz, o fermă cu jocuri de strategie militară, genul de loc unde grupurile se joacă de-a capturarea steagului, folosind puști cu gloanțe de vopsea. Shelly a zâmbit, amintindu-și cum s-a dus cu mașina până acolo și i-a văzut pe băieți stând și privind un duel. Willy, care purta ochelari de protecție și o cască de pilot de vânătoare din Primul Război Mondial, și Vince, amândoi cu puștile în mână, făceau câte zece pași în direcții opuse. Len, arbitrul, purta cămașa lui Jack și ținea în mână un pumn de bancnote adunate din pariuri. Băieții erau duși cu pluta, pariau pe orice.

Shelly l-a urmat pe Willy afară, unde motoarele Porsche-urilor, Bentley-urilor și Jaguarelor se ambalau, așteptându-l pe Len să deschidă poarta masivă de fier. Willy s-a răsucit și și-a pus brațul în jurul umerilor lui Shelly. Băieții se atingeau mereu unul pe celălalt.

— Ce mai faci, Shelly? Cum mai e cu slujba?

— *Comme çi, comme ça.*

— Fii tare, a zis Willy. Lucrurile încep să meargă. Am sentimentul că Silicon Valley o să se deschidă din nou în curând. Hai să luăm prânzul împreună.

De-a lungul anilor, ei doi deveniseră prieteni apropiați. Lui Willy îi plăcea la nebunie să joace tenis, iar Shelly îi dădea deseori sfaturi, și mulți ani îi antrenase neoficial pe copiii lui Willy, unul dintre ei jucând acum în echipa Stanford.

— Minunat! Săptămâna viitoare?

— Nu, mai încolo. O să fiu plecat mai tot timpul în următoarele două săptămâni, dar sunt complet liber la sfârșitul lunii. Nu am agenda la mine. O să te sun mâine. Vreau să vorbesc ceva cu tine. Ne vedem la următorul joc de poker.

Nici un comentariu din partea lui Shelly.

— Bine?

Shelly a încuviințat din cap.

— Bine, Willy.

„La revedere, Shelly, la revedere, Shelly." „La revedere, Shelly." „La revedere, Shelly." Saluturile răsunau pe măsură ce mașinile mari se îndepărtau. Shelly suferea privindu-le cum dispar în noapte. Of, cât de dor o să-i fie de ei. Doamne, cât îi iubea pe băieți!

Shelly a condus până acasă profund îndurerat. *Să piardă paisprezece miare. Fir-ar a dracu', îți trebuie talent să pierzi paisprezece mii.* Dar nu era vorba de bani aici. Lui Shelly nu-i păsa de cele paisprezece miare. Lui îi păsa doar de băieți și de jocul în sine. Însă nu avea nici o șansă de a mai juca. Absolut nici una! Aritmetica era simplă: Nu mai avea bani. *Trebuie să-mi găsesc o slujbă. Dacă nu ca agent de vânzări de software, atunci în alt domeniu – poate să reîncep să vând iahturi în Monterey. Căh. Oare aș putea să fac asta? Să stau de pomană săptămâni întregi și să aștept să vând un singur iaht pe lună sau la două luni; asta ar fi suficient să mă trimită din nou la cursele de cai.* Shelly avea nevoie de acțiune.

În ultimele șase luni pierduse o grămadă de bani la poker. Vreo patruzeci, cincizeci de mii de dolari – îi fusese frică să țină exact socoteala. Și nu mai avea de unde să scoată alții. Norma își depunea salariul într-un cont bancar separat. El se împrumutase garantând cu tot ce se putuse. De la oricine. Bineînțeles, nu de la băieți. Ar fi fost un gest de prost gust. Mai avea un singur lucru pe care să-l vândă, o mie de acțiuni la Imperial Valley Bank, care valorau în jur de cincisprezece mii. Problema lui era cum să încaseze banii fără să afle Norma. Mai devreme sau mai târziu tot o să se prindă. Apelase la toate scuzele posibile. Iar ea își pierdea răbdarea. Era doar o chestiune de timp.

Paisprezece miare? Acea ultimă mână împuțită. O tot rejuca în minte. Era sigur că procedase bine: când ai șanse, trebuie să mergi înainte… dacă-ți pierzi curajul, ești mâncat. De vină erau cărțile. Știa că norocul lui o să se schimbe în curând. Așa mergeau lucrurile.

El gândea pe termen lung. Știa ce face. Pariase la greu încă din adolescență și făcuse pe agentul de pariuri tot liceul. În plus, fusese și al naibii de profitabil.

La paisprezece ani citise, nu mai știa unde, că, în orice zi, șansele de a alege trei sportivi care să marcheze în total șase puncte erau de aproximativ douăzeci la unu. Așa încât el oferea nouă sau zece la unu și avea o mulțime de clienți. În fiecare zi, fraierii credeau că trei sportivi selectați dintre de-alde Mantle, Musial, Berra, Pesky, Bench, Carew, Banks, McQuinn, Rose și Kaline *sigur* aveau să marcheze în total șase puncte. Fraierii! Niciodată nu se învățau minte.

Poate că acum *el* era cel care nu se învăța minte. Poate că *el* era fraierul și n-ar fi trebuit să mai joace poker. Nu avea destui bani, nu avea destul curaj, nu era un jucător îndeajuns de bun. Dar lui Shelly nu îi venea să creadă că era un jucător chiar atât de prost. Brusc, după ce vreme de cincisprezece ani își jucase bine cartea la poker, acum devenise un jucător prost? Nu era posibil. Dar poate că existau unele lucruri minore, pe care acum le făcea diferit. Poate faptul că de mai multă vreme îi picau doar cărți proaste îi afecta stilul de joc.

Cea mai nasoală greșeală, știa asta, pe care o făcea de când începuse să aibă ghinion la cărți, era că devenea prea nerăbdător și încerca să câștige cu cărți mediocre. Da, fără îndoială. Din cauza cărților. Și fără îndoială că norocul o să i se schimbe. Era doar o chestiune de timp. Se putea întâmpla oricând – poate chiar la jocul următor –, și atunci o să se lanseze într-un fantastic șir de câștiguri. Juca poker de cincisprezece ani și mai devreme sau mai târziu lucrurile se echilibrau. Doar o chestiune de timp. Dar acum Shelly nu-și mai putea permite să aștepte.

Începuse să burnițeze. Parbrizul i s-a aburit. Shelly a pornit ștergătoarele și aparatul de dezghețat geamurile, s-a oprit să plătească trei dolari la ghereta de la Golden Gate și a luat-o spre strada Lombard. Nu se pricepea prea bine să-și planifice acțiunile pe termen lung, dar acum, cu cât se gândea mai mult la asta, cu atât mai bine își dădea seama ce mare era miza: participarea lui la joc, mândria lui, încrederea în faptul că era un bun jucător. Ca să nu mai vorbim de căsnicie – până și asta risca să piardă!

Norma știa de patima lui pentru jocurile de noroc. Înainte de a se căsători cu el, acum opt ani, ea avusese o discuție lungă cu prima lui soție, care îl părăsise cu șase ani în urmă, când, într-un joc maraton ținut pe un vas de croazieră din Bahamas, patru valeți îl lăsaseră fără nici un ban în bancă.

Shelly o iubea cu adevărat pe Norma și vorbise sincer când îi promisese anumite lucruri: să renunțe la orice joc de noroc, să se ducă la întâlnirile Jucătorilor de noroc anonimi, să-i dea cecurile de salariu și s-o lase pe ea să se ocupe de finanțele familiei. Atunci, pentru a-și dovedi bunele intenții, Shelly chiar îi propusese să-și analizeze problema cu un terapeut ales de ea. Norma a optat pentru un psihiatru la care se dusese cu vreo doi ani în urmă. A mers la terapeutul ăsta – cam jigodie individul – vreo câteva luni. O totală pierdere de vreme – nu-și amintea nimic din ce discutaseră. Dar o investiție bună – a pecetluit înțelegerea dintre ei, dovedindu-i Normei că se ținea de cuvânt.

Și, în mare, Shelly își respectase promisiunile făcute. Renunțase la orice joc de noroc, mai puțin la poker. Nu mai paria la fotbal sau la baschet, își luase adio de la Sonny și Lenny, vechii lui agenți de pariuri. Adio Vegas sau Reno. Își anulase abonamentele la *The Sporting Life* și *Card Player*. Singurul eveniment sportiv la care paria era U.S. Open, știa cum să evalueze în ce formă sportivă erau tenismenii. (Dar pierduse o grămadă pariind pe McEnroe împotriva lui Sampras.)

Și până când Digilog o dăduse în bară, cu șase luni în urmă, îi dăduse Normei toate cecurile de salariu. Firește, ea știa de jocul de poker și îi acorda o dispensă specială pentru el. Credea că mizele se ridicau la numai cinci sau zece dolari de joc, și uneori îi dădea de bunăvoie vreo două sute de dolari – Normei chiar îi surâdea ideea ca soțul ei să socializeze cu câțiva dintre cei mai bogați și mai influenți oameni de afaceri din nordul Californiei. Mai mult, vreo doi dintre băieți apelaseră la ea pentru consiliere juridică.

Dar erau două lucruri pe care Norma nu le știa. Unu, miza. Băieții erau foarte discreți în privința asta – nu puneau bani pe masă, doar jetoanele, cărora întotdeauna le spuneau „sferturi“ (douăzeci și cinci de dolari), „jumătăți de dolar“ (cincizeci de dolari) și „dolar“ (o sută de dolari). Din când în când, câte unul dintre copiii vreunuia urmărea jocul câteva mâini și n-avea nici cea mai mică idee care era miza. Uneori, când Norma se întâlnea în public cu vreunul dintre jucători sau cu soțiile lor – la nunți, majorate sau bar mitzvah –, Shelly strângea din dinți, rugându-se ca ea să nu afle cât pierduse sau era pe cale să piardă. Dar băieții, Dumnezeu să-i binecuvânteze, știau să-și țină gura: nimeni nu scăpase o vorbuliță. Asta era una dintre regulile despre care nu se pomenea niciodată, dar pe care toată lumea o respecta.

Celălalt lucru de care Norma nu avea habar era contul lui pentru poker. Între cele două căsnicii, Shelly își crescuse capitalul la șaizeci de mii de dolari. Era un super agent de vânzări de software... asta când se decidea să muncească. Douăzeci de mii de dolari i-a pus într-un depozit comun cu soția lui când se căsătoriseră, dar patruzeci de mii fuseseră fondul lui pentru poker și îl ținuse ascuns de Norma într-un cont bancar secret, la Wells Fargo. Se gândise că patruzeci de mii de dolari aveau să îi ajungă o veșnicie și că ar fi putut rezista cu ei oricâtor pierderi succesive. Așa se și întâmplase. Cincisprezece ani. Până acum – al dracu' ghinion să piardă atâta!

Miza crescuse treptat. El se împotrivise subtil acestei creșteri, dar îi era rușine să facă prea mult tamtam în privința asta. Toți au nevoie de mize mari la poker să se simtă atrași de joc. Pierderile trebuie să deranjeze un pic. Problema era că ceilalți tipi aveau prea mulți bani: o miză mare pentru el era un mărunțiș pentru ei. Ce putea să facă? Să îndure umilința spunând: „Îmi pare rău, băieți, nu am destui bani să joc cărți cu voi. Sunt prea sărac și prea bleg, un ratat prea mare ca să țin pasul cu voi"? În nici un caz n-ar fi zis vreodată așa ceva.

Dar acum fondul destinat jocului de poker se epuizase, îi mai rămăseseră doar patru mii. Slavă Domnului că Norma nu aflase niciodată de cele patruzeci de miare. Altfel l-ar fi părăsit de mult. Norma detesta jocurile de noroc pentru că tatăl ei pierduse casa familiei la bursa de acțiuni: nu juca poker (era diacon în biserică, integru, un băț de mătură înfipt în cur), dar bursă de acțiuni, poker – același lucru! Bursa, dintotdeauna crezuse Shelly, era pentru fătălăi care n-aveau tupeu să joace poker!

Shelly încerca să se concentreze. Avea nevoie rapid de zece miare, fiindcă semnase un cec care trebuia eliberat peste doar patru zile. Trebuia să ia banii dintr-un loc în care Norma nu s-ar gândi să caute în următoarele două săptămâni. Shelly *știa*, era absolut *sigur*, așa cum fusese sigur și de alte lucruri în viața lui, că, dacă putea să facă rost de bani și să participe la următorul joc, norocul lui o să se schimbe, o să câștige o mină de aur, și totul o să revină la normal.

Când a ajuns acasă la cinci și jumătate, Shelly deja hotărâse ce avea să facă. Cea mai bună soluție, *unica* soluție, era să vândă o parte din acțiunile lui de la Imperial Bank. Cu vreo trei ani în urmă, Willy cumpărase Imperial Bank și îi vânduse pontul că era o investiție sigură. Willy crezuse că o să-și dubleze, pe puțin, investiția în doi ani, când se va lista la bursă. Așa încât Shelly a cumpărat o mie de acțiuni cu fondul de siguranță de douăzeci de mii de dolari pe care îi depusese în depozitul comun când se căsătorise, lăudându-se în fața Normei cu pontul pe care-l primise și cu câți bani aveau să câștige el și Willy.

Recordul lui Shelly de a fi la locul nepotrivit în momentul nepotrivit rămăsese neegalat: de data asta au fost scandalurile cu depozitele și împrumuturile. Banca lui Willy o încasase la greu: acțiunile au scăzut de la douăzeci la unsprezece dolari bucata. Acum crescuseră la cincisprezece. Shelly a suportat cu stoicism pierderea, știind că și Willy pierduse o grămadă. Încă se mai mira de ce, deși se învârtea în cercurile sus-puse, nu câștigase nici măcar o dată, o singură dată, ceva. Tot ce atingea se preschimba în rahat.

A rămas treaz până la șase, ca să-și sune brokerul, pe Earl, pentru a-i da instrucțiuni să vândă la prețul pieței. Mai întâi, plănuise să vândă doar șase sute cincizeci de acțiuni – asta i-ar fi adus cei zece mii de dolari de care avea nevoie. Dar în timp ce vorbea la telefon, s-a hotărât să vândă toate acțiunile, pentru a putea să plătească cele zece mii și să mai rămână cu cinci mii în plus, pentru un ultim joc.

— Vrei să te sun să-ți confirm vânzarea, Shelly? a întrebat Earl cu vocea aia pițigăiată a lui.

— Da, frate, o să fiu toată ziua acasă. Să-mi spui și mie suma exactă. Și, a, da, păstrează-mi cecul, nu vărsa banii în cont. E important – nu-l trimite prin poștă. Ține-l tu și o să trec eu să-l iau.

Așa o să se aranjeze totul, se gândea Shelly. Peste două săptămâni, după următorul joc, cu banii câștigați o să cumpere din nou acțiunile, iar Norma n-o să se prindă de nimic. Buna dispoziție i-a revenit. A fluierat ușor câteva acorduri „Tralali tralala“, apoi s-a dus la culcare. Norma, care se trezea ușor, dormea în camera de oaspeți, așa cum făcea de obicei, în nopțile când el juca poker. A citit puțin din revista *Tenis Pro* pentru a se relaxa, și-a închis soneria telefonului, și-a pus dopurile în urechi, să n-o audă pe Norma cum se pregătește să plece la serviciu, și a stins lumina. Cu puțin noroc avea să doarmă până la prânz.

Era aproape unu după-amiază când s-a împleticit până în bucătărie și și-a turnat o ceașcă de cafea. De îndată ce și-a deschis soneria telefonului, acesta a și început să sune. Era Carol, prietena Normei, avocat la aceeași firmă.

— Bună, Carol, o cauți pe Norma? A plecat demult. Nu-i la birou? Ascultă, Carol, mă bucur că te-am prins la telefon. Am auzit că te-a părăsit Justin. Norma spunea că asta te-a zguduit. Ce idiot a fost să plece de lângă o tipă atât de stilată cum ești tu. Nu ți-a ajuns niciodată nici până la degetul mic. Scuză-mă că nu te-am sunat să vorbim. Dar o fac acum cu dragă inimă. Luăm prânzul împreună? Bem ceva? Te strâng puțin în brațe? Încă din după-amiaza când Carol l-a agățat ca să se răzbune, trăgându-și-o cu el, Shelly avea fantezii pasionale, fiind nerăbdător să repete performanța.

— Mersi, Shelly, a spus Carol pe cel mai sec ton cu putință, dar trebuie să las pe altă dată conversația mondenă. Te-am sunat în calitate de avocat.

— Cum adică? Ți-am spus, Norma nu-i aici.

— Shelly, pe tine te-am sunat, nu pe Norma. Norma m-a angajat s-o reprezint ca avocat. E o situație jenantă, bineînțeles, având în vedere mica noastră întâlnire, dar Norma m-a rugat și n-am avut cum s-o refuz. Ca să trec la subiect, a continuat Carol cu vocea ei tăioasă, profesională, clienta mea m-a rugat să completez actele de divorț și, în consecință, vă anunț că trebuie să vă mutați din casă, să luați tot ce vă aparține, până la ora șapte, în seara aceasta. Nu mai dorește să aibă nici un contact direct cu dumneavoastră. Nu trebuie să încercați să vorbiți cu ea, domnule Merriman. I-am recomandat ca toate eventualele tranzacții dintre voi să fie executate prin mine, avocatul soției dumneavoastră.

— Termină cu tot rahatul ăsta juridic, Carol. După ce o pun cu o gagică, n-am de gând să mă las intimidat de vocabularul ei prețios! Vorbește în engleză. Ce morții mă-sii s-a întâmplat?

— Domnule Merriman, clienta mea mi-a transmis să vă atrag atenția asupra faxului. Răspunsul la toate întrebările dumneavoastră va deveni clar. Chiar și pentru dumneavoastră. Amintiți-vă, avem ordin judecătoresc, șapte p.m., diseară.

A, da, și încă ceva, domnule Merriman. Dacă îmi permiteți, ca avocat, să fac un scurt comentariu personal: Ești un rahat. Maturizează-te! Și, cu aceste cuvinte, Carol a trântit receptorul în furcă.

Preț de o clipă, lui Shelly i-au țiuit urechile. A fugit la fax. Acolo, spre groaza lui, era o copie a tranzacției făcute de dimineață la bursă, cu un bilet în care scria că Shelly își poate ridica cecul a doua zi. Iar sub asta, ceva și mai nasol: o copie xerox a extrasului de cont pentru fondul secret de poker al lui Shelly de la Wells Fargo. Și, atașat la el, un bilețel galben, succint de la Norma: „Nu voiai ca eu să-l văd? Învață cum să-ți ascunzi urmele! Ne despărțim!"

Shelly și-a sunat brokerul.

— Hei, Earl, ce pizda mă-sii se întâmplă? Te-am rugat să mă suni *pe mine* pentru confirmare. Halal prieten!

— Termină, ticălosule, a zis Earl. Ai cerut un telefon de confirmare acasă. Noi le-am vândut la șapte și cincisprezece. Secretara mea a sunat la șapte treizeci. Soția ta a răspuns, și secretara mea i-a transmis mesajul. Ea ne-a rugat să-i trimitem un fax la birou. Cum ar fi putut secretara mea să știe că n-ar trebui să-i spună nimic soției tale? Adu-ți aminte, acțiunile erau într-un cont comun. Să ascundem de ea tranzacția? Mi-aș fi putut pierde autorizația pentru contul tău păduchios de cincisprezece mii!

Shelly a închis telefonul. Capul îi vâjâia. Încerca să înțeleagă ce se întâmplase. N-ar fi trebuit să ceară un telefon de confirmare. Și afurisitele alea de dopuri din urechi. Când Norma aflase despre vânzarea acțiunilor, probabil că se apucase să cotrobăie prin actele lui și îi găsise contul de la Wells Fargo. Iar acum aflase totul. Totul se terminase.

Shelly a mai citit o dată faxul Normei, apoi a țipat „Futu-i în gură, futu-i pe toți în gură!" și l-a făcut franjuri. S-a întors în bucătărie, și-a încălzit cafeaua și a deschis ediția de dimineață a ziarului *Chronicle*. Pagina de anunțuri. Numai că acum nu avea nevoie doar de o slujbă, ci și de un apartament mobilat. Însă un titlu ciudat de pe prima pagină a secțiunii Metropolitan i-a atras privirea.

DAȚI-VĂ LA O PARTE, FORD, TOYOTA, CHEVROLET!
ACUM ȘI PSIHIATRII CHEAMĂ PENTRU REPARAȚII GRATUITE!

Shelly a citit în continuare.

Urmând exemplul marilor producători de mașini, Institutul de Psihanaliză Golden Gate a publicat un anunț prin care își recheamă pacienții pentru reparații gratuite (vezi pagina D2). Într-o adunare excepțională din 24 octombrie, Institutul i-a dat vot de blam și l-a suspendat din funcție pe dr. Seth Pande, una dintre mințile sale luminate, „pentru conduită care dăunează psihanalizei".

Seth Pande! Seth Pande! Hei, s-a gândit Shelly, nu era ăsta terapeutul la care m-a rugat Norma să mă duc înainte de a ne căsători? Seth Pande, da, sunt sigur: câți *Pande* ar putea să fie? Shelly a citit în continuare:

Dr. Marshal Streider, purtătorul de cuvânt al institutului, n-a menționat decât că membrii iau în considerare posibilitatea ca pacienții doctorului Pande să nu fi primit cel mai bun tratament pe care îl poate oferi psihanaliza și ca terapia împreună cu dr. Pande să îi fi afectat în mod negativ. Pacienților doctorului Pande li se oferă o „revizie psihanalitică" gratuită. Oare să fi fost pompa de benzină? a întrebat reporterul. Transmisia? Bujiile? Țeava de eșapament? Dr. Streider n-a vrut să comenteze.

Dr. Streider spune că această acțiune este o dovadă a faptului că Institutul de Psihanaliză se obligă să le ofere pacienților săi îngrijiri la cel mai înalt standard, responsabilitate profesională și integritate.

Poate că așa este. Dar acest eveniment nu ridică și mai multe întrebări referitoare la aroganța întregului demers psihiatric? Câtă vreme de acum încolo mai pot psihiatrii să pretindă că oferă îndrumări indivizilor, grupurilor și organizațiilor, când, încă o dată – amintiți-vă de revoltătorul caz al lui Seymour Trotter, de acum câțiva ani –, au apărut dovezi clare ale faptului că sunt incapabili să se țină în frâu?

Dr. Pande a fost contactat. Comentariul lui (surpriză!): „Vorbiți cu avocatul meu".

Shelly a dat la pagina D2 pentru a citi anunțul oficial.

REPARAȚII PSIHIATRICE GRATUITE

Institutul de Psihanaliză Golden Gate îi îndeamnă pe toți pacienții care au urmat tratament psihiatric sub observația dr. Seth

Pande după anul 1984 să sune la 415-555-2441 pentru o evaluare psihologică și, dacă este necesar, o serie de ședințe de recuperare. Este posibil ca tehnica doctorului Seth Pande să fi deviat semnificativ de la regulile psihanalitice, ceea ce se poate să fi avut efecte dăunătoare. Toate serviciile oferite vor fi gratuite.

Peste câteva secunde, Shelly vorbea la telefon cu secretarul Institutului de Psihanaliză.

— Da, domnule Merriman, aveți dreptul, de fapt, chiar vă încurajăm să urmați o serie de ședințe terapeutice gratuite cu unul dintre medicii noștri. Aceștia își oferă serviciile prin rotație. Sunteți prima persoană care a sunat. V-aș putea oferi o programare la dr. Marshal Streider, unul dintre analiștii noștri cei mai experimentați? Vineri, la 9 a.m., pe California Street, numărul 2313.

— Mi-ați putea spune mai exact despre ce este vorba? Sunt tulburat. Nu vreau să am un atac de panică în timp ce aștept.

— Nu vă pot spune prea multe. Dr. Streider vă va da toate detaliile, dar Institutul este de părere că se poate ca unele interpretări ale doctorului Pande să nu le fi fost de folos unor pacienți.

— Deci, dacă eu aveam un simptom – să zicem o dependență – spuneți că se poate ca medicul ăsta să mă fi futut și mai tare.

— Păi... cam așa ceva. Nu afirmăm că dr. Pande v-a făcut *intenționat* rău. Institutul pur și simplu a declarat oficial că nu este deloc de acord cu metodele sale.

— OK, 9 a.m. Vineri îmi convine. Dar știți, fac mereu atacuri de panică. Toate astea mă tulbură foarte tare și nu vreau să ajung în sala de așteptare de la urgențe. M-ar liniști foarte mult – mi-ar salva viața – să primesc în scris de la dumneavoastră ce mi-ați spus adineauri, inclusiv ora programării și locul. Cum îl cheamă? Înțelegeți ce vreau să spun? Deja îmi pierd controlul. Cred că am nevoie imediată de terapie. Ați putea să-mi trimiteți chiar acum un fax?

— Cu mare plăcere, domnule Merriman.

Shelly s-a dus la fax și a așteptat. În sfârșit, *ceva* a mers cum trebuie. A mâzgălit în grabă un bilet:

Norma,

Citește asta! S-a rezolvat misterul! Îți aduci aminte de terapeutul tău, dr. Pande? Și cum am ajuns eu la el? Și cât de tare am fost împotriva terapiei? Și cum m-am lăsat pe mâinile lui la rugămințile tale? Asta ne-a provocat și mie, și ție o mulțime de necazuri. Am încercat să fac ce trebuia. Nu-i de mirare că terapia nu m-a ajutat! Acum știm de ce. Încerc din nou să fac ceea ce trebuie, mă duc să-mi fac reparații capitale. Și chiar o s-o fac! Orice ar fi. Și oricât de mult ar dura. Fii alături de mine. Te rog!

Unicul tău soț

Apoi Shelly a expediat biletul prin fax, împreună cu articolul din ziar și cu scrisoarea de la secretara Institutului de Psihanaliză. Jumătate de oră mai târziu, faxul a zdrăngănit iar, și un mesaj de la Norma a alunecat afară.

Shelly,

Vreau să discutăm. Ne vedem la șase.

Norma

Shelly s-a întors la cafeaua lui, a pus deoparte pagina cu anunțuri și a căutat secțiunea sportivă.

— Tralali tralala.

Nouă

Marshal și-a consultat agenda. Următorul pacient al lui, Peter Macondo, un om de afaceri mexican rezident în Elveția, venea pentru cea de-a opta și ultima lui ședință. Domnul Macondo, aflat într-o vizită de o lună la San Francisco, sunase să ceară consiliere pentru o criză de familie. Până în urmă cu doi sau trei ani, Marshal acceptase doar cazuri ce necesitau terapie pe termen lung, dar vremurile erau în schimbare. Acum, la fel ca și ceilalți terapeuți din oraș, avea ferestre în program și acceptase cu bucurie să se întâlnească cu domnul Macondo de două ori pe săptămână, timp de o lună de zile.

Fusese o plăcere să lucreze cu domnul Macondo, pe care terapia îl ajutase mult. Chiar nemaipomenit de mult. În plus, plătise cu bani gheață, din fonduri proprii. La sfârșitul primei ședințe i-a înmânat lui Marshal două bancnote de câte o sută de dolari și a zis: „Prefer să-mi simplific viața plătind cu bani gheață. Apropo, poate ați vrea să știți că nu plătesc impozite în S.U.A. și nu pretind bani de la companiile de asigurări medicale din Elveția."

Cu aceste cuvinte, s-a îndreptat spre ușă.

Marshal știa exact ce are de făcut. Ar fi fost o greșeală uriașă să înceapă terapia sub umbra unei înțelegeri secrete în privința unui lucru necinstit, chiar și a unuia atât de răspândit precum nedeclararea venitului. Deși Marshal își dorea să fie ferm, a vorbit pe un ton blând – Peter Macondo era un bărbat distins, cu un aer de noblețe inocentă.

— Domnule Macondo, trebuie să vă zic două lucruri. În primul rând, dați-mi voie să vă spun că eu îmi declar întotdeauna toate veniturile. Așa se cuvine. Vă dau o chitanță la sfârșitul fiecărei luni. În al doilea rând, mi-ați dat prea mulți bani. Onorariul meu este o sută șaptezeci și cinci. Haideți să vedem dacă am rest. S-a uitat în birou.

Domnul Macondo, cu o mână pe clanța ușii, s-a răsucit și și-a ridicat cealaltă mână cu palma îndreptată spre Marshal.

— Vă rog, domnule doctor Streider, în Zürich onorariul este de două sute de dolari. Iar terapeuții elvețieni sunt mai puțin calificați decât dumneavoastră. Mult mai puțin. Vă implor, faceți-mi onoarea de a accepta același tarif. Așa o să mă simt în largul meu și îmi va fi mai ușor să lucrez cu dumneavoastră. Pe joi.

Marshal, cu mâna încă în buzunar, a rămas cu gura căscată, uitându-se la silueta care se îndepărta. Mulți pacienți îi considerau onorariul prea mare, dar niciodată până atunci nu mai cunoscuse pe cineva care să insiste că e prea mic. *A, păi,* se gândise el, *e european. Și nu sunt implicații de transfer pe termen lung. E doar o terapie scurtă.*

Nu numai că Marshal nu avea nici un respect pentru terapia de scurtă durată. Dar chiar o disprețuia. Centrată pe simptom... modelul bazat pe satisfacerea clientului... la dracu' cu toate astea! Pentru Marshal, ca și pentru majoritatea analiștilor, conta *profunzimea* schimbării. Profunzimea este totul. Psihanaliștii din întreaga lume știu un lucru: cu cât se explorează mai în profunzime, cu atât mai eficientă este terapia. „Du-te în profunzime" – Marshal putea să audă vocea lui Bob McCallum, supervizorul său – „du-te în profunzime, până în cele mai străvechi tărâmuri ale conștiinței, până la sentimentele primitive și fanteziile arhaice. Întoarce-te până la cele mai timpurii straturi ale memoriei, atunci și doar atunci o să fii în stare să smulgi din rădăcini nevroza și să desăvârșești terapia analitică."

Dar terapia profundă pierdea bătălia: hoardele barbare ale iuțelii erau pretutindeni. Marșând către noile stindarde rigide ale tratamentelor plătite de asigurări, batalioanele terapiilor scurte întunecau peisajul și băteau la porțile institutelor de psihanaliză, ultimele enclave înarmate ale înțelepciunii, adevărului și rațiunii în psihoterapie. Inamicul era îndeajuns de aproape de Marshal pentru ca el să îi poată zări numeroasele fațete: biofeedback și relaxare musculară pentru tulburările anxiogene, metoda imploziei sau desensibilizare pentru fobii, medicamente pentru distimie și tulburări obsesiv-compulsive, terapie cognitivă de grup pentru tulburările de alimentație, antrenamente de creștere a siguranței de sine pentru timizi, respirație din diafragmă în grup pentru pacienții cu atacuri de panică, dezvoltarea abilităților sociale pentru cei cu fobie socială, intervenții prin hipnoză într-o singură ședință pentru renunțare la fumat și porcăriile alea de terapie de grup în doisprezece pași pentru orice altceva!

Forța economică teribilă a curelor plătite de asigurări copleșea cabinetele medicale în multe regiuni ale țării. Terapeuții din statele subjugate erau forțați, dacă doreau să-și mai practice meseria, să îngenuncheze în fața învingătorului, care le plătea doar o parte din onorariul lor obișnuit și le trimitea pacienți pe care să-i trateze în cinci sau poate șase ședințe, când, de fapt, ar fi avut nevoie de cincizeci sau șaizeci.

Când terapeuții își epuizau rația derizorie alocată, șarada devenea grosolană și erau forțați să se roage de agenții care se ocupau de caz să le acorde ședințe suplimentare, pentru a continua tratamentul. Și, bineînțeles, trebuiau să-și documenteze cererea cu munți de hârțoage false și devoratoare de timp, în care erau nevoiți să mintă, exagerând riscul de suicid al pacientului, abuzul de substanțe interzise sau înclinația către violență. Acestea erau singurele cuvinte magice care atrăgeau atenția companiilor de asigurări medicale – nu fiindcă agenților le-ar fi păsat vreun pic de pacient, ci pentru că îi intimida pericolul unui eventual proces.

De aceea, nu numai că terapeuților li se ordona să-și trateze pacienții în perioade de timp imposibil de scurte, dar mai erau supuși și corvoadei umilitoare de a se contrazice sau a cădea de acord cu agentul care se ocupa de caz – deseori funcționari tineri și obraznici, care aveau doar cele mai rudimentare cunoștințe în domeniu. Deunăzi, Victor Young, un coleg respectabil, primise un mesaj de la un agent de douăzeci și șapte de ani, care îi aproba încă patru ședințe de terapie în cazul unui pacient cu tendințe schizoide pronunțate. Pe margine era mâzgălită o instrucțiune idioată și criptică a acestuia: „Sparge-i negarea[1]!"

Și nu doar demnitatea psihiatrilor era atacată, ci și buzunarele lor. Unul dintre colegii lui Marshal, care lucrase în aceeași clădire cu el, părăsise psihiatria și, la patruzeci și trei de ani, se apucase de un rezidențiat în radiologie. Alții, care făcuseră investiții bănoase, se gândeau să se pensioneze mai devreme. Marshal nu mai avea listă de așteptare și accepta cu recunoștință să trateze pacienți pe care altădată i-ar fi trimis în altă parte. Deseori își făcea griji în privința viitorului – al viitorului lui și al profesiunii sale.

Marshal credea că, de regulă, tot ce se putea obține printr-o terapie scurtă era o ușoară ameliorare a simptomelor, care, cu noroc, l-ar fi putut ține pe pacient pe linia de plutire până la următorul an fiscal, când agenții care se ocupau de caz i-ar mai fi putut aproba încă vreo câteva ședințe. Dar Peter Macondo fusese o excepție remarcabilă. Cu numai patru săptămâni în urmă, avusese o mulțime de simptome: măcinat de vinovăție, anxietate severă, insomnie și disconfort gastric. Iar acum nu mai avea practic nici un simptom. Marshal nu mai avusese nici un pacient pe care să-l fi ajutat atât de mult într-o perioadă atât de scurtă de timp.

Oare asta schimba cu ceva opinia lui Marshal despre eficiența terapiilor de scurtă durată? În nici un caz! Explicația pentru succesul remarcabil al lui Peter Macondo era simplă și clară: domnul Macondo nu avea probleme nevrotice sau caracteriale însemnate. Era un individ neobișnuit de bine integrat și de plin de resurse, ale cărui simptome proveneau dintr-un stres indus, în cea mai mare parte, de situația în care se afla.

Domnul Macondo era un om de afaceri plin de succes, care, după părerea lui Marshal, se confrunta cu problemele tipice ale celor extrem de bogați. Divorțat de câțiva ani, acum se gândea să se căsătorească

1 Mecanism de apărare ce constă în respingerea unui gând sau a unui afect nedorit.

cu Adriana, o femeie frumoasă, mai tânără decât el. Deși o iubea foarte mult, era copleșit de ezitări – auzise de prea multe divorțuri de coșmar în care erau implicați oameni de afaceri bogați și neveste-trofeu. Credea că unica lui alternativă – una jenantă și meschină – era să insiste asupra încheierii unui contract prenupțial. Dar cum să i-l prezinte fără să mercantilizeze și să contamineze iubirea lor? Se învârtea în jurul cozii, amâna, devenise obsedat de găsirea unei soluții. Asta era problema importantă care îl adusese la terapie.

Cei doi copii ai lui Peter reprezentau o altă problemă. Foarte tare influențați de Evelyn, fosta lui soție furioasă, copiii se opuneau cu fermitate căsătoriei și refuzau până și să se întâlnească cu Adriana. Peter și Evelyn fuseseră nedespărțiți în facultate și se căsătoriseră a doua zi după absolvire. Dar căsnicia și-a pierdut repede strălucirea și, în câțiva ani, Evelyn se cufundase într-un alcoolism sever. Peter își menținuse eroic familia intactă, asigurându-se că cei doi copii au parte de o bună educație catolică, iar mai târziu, după ce și-au terminat liceul, a depus actele de divorț. Dar anii pe care îi trăiseră în mijlocul unui conflict plin de amărăciune au făcut ravagii asupra copiilor. Privind retrospectiv lucrurile, Peter știa că ar fi făcut mai bine să divorțeze mai repede și să lupte pentru custodia copiilor.

Copiii, abia trecuți de douăzeci de ani, o acuzau fățiș pe Adriana că plănuiește să pună mâna pe averea familiei. Nu se sfiau să-și exprime resentimentele față de tatăl lor. Deși Peter depusese aproape trei milioane pentru fiecare, într-un fond administrat în numele lor, ei insistau că îi nedreptățise. Pentru a-și susține punctul de vedere, i-au arătat un articol recent din *Financial Times* din Londra, în care era descrisă o afacere de-a lui, de două sute de milioane de lire, foarte profitabilă.

Se simțea paralizat de sentimente conflictuale. Fiind un om generos din fire, nu voia altceva decât să-și împartă bogăția cu copiii lui – ei erau motivul pentru care acumulase atâta avere. Și totuși, banii se preschimbaseră într-un blestem. Ambii copii renunțaseră la facultate, dezertaseră din sânul bisericii și se zbăteau să se mențină pe linia de plutire, fără nici o dorință de a-și clădi o carieră, fără ambiții, fără nici o perspectivă de viitor și fără nici un set de valori morale care să-i ghideze. Și, ca să pună capac la toate, fiul lui abuza serios de droguri.

Peter Macondo se prăbușea în nihilism. Pentru ce muncise el în ultimii douăzeci de ani? Credința lui în Dumnezeu se diminuase, copiii nu mai reprezentau o proiecție spre viitor și chiar și faptele caritabile începuseră să-și piardă semnificația. Donase bani mai multor universități din Mexico City, orașul său natal, dar se simțea copleșit de sărăcie, de corupția politică, de explozia de populație care migra spre acest oraș, de dezastrul ecologic. Ultima oară când vizitase Mexico City fusese nevoit să poarte o mască textilă, pentru că nu putea să respire aerul. Ce mai puteau să facă cele câteva milioane ale lui?

Marshal nu avea nici o îndoială că era terapeutul perfect pentru Peter Macondo. Era obișnuit să lucreze cu pacienți superbogați sau cu copiii lor și le înțelegea problemele. Ținuse prelegeri publice despre acest subiect la invitația mai multor organizații filantropice sau cu capital pentru investiții și visa ca într-o zi să scrie o carte pe această temă. Dar cartea asta – pentru care alesese și titlul, *Avuția: blestemul clasei conducătoare* –, aidoma celorlalte idei bune ale lui Marshal, rămânea doar un vis. Să smulgă timp dintr-un orar încărcat de ședințe cu pacienții pentru a scrie o carte i se părea un lucru imposibil. Cum reușiseră marii teoreticieni – Freud, Jung, Rank, Fromm, May, Horney – să o facă?

Marshal a folosit un număr de tehnici pentru terapiile de scurtă durată, concentrate pe simptom și, spre marea lui încântare, toate funcționau perfect. A micșorat dilema pacientului și i-a ușurat vinovăția, informându-l că problema lui era deseori întâlnită la cei foarte bogați. A detensionat relația lui Peter cu fiii săi, ajutându-l să devină conștient de lumea experiențială a copiilor, în particular de faptul că erau prinși în lupta care se desfășura între mama și tatăl lor. I-a sugerat că cel mai bun mod prin care își putea îmbunătăți relația cu copiii săi era să-și îmbunătățească relația cu fosta lui soție. Treptat-treptat a restabilit o relație bazată pe respect cu ea și, după cea de-a patra ședință de terapie, domnul Macondo a invitat-o pe Evelyn la masa de prânz, unde cei doi au purtat, pentru prima oară, după ani de zile, o discuție care nu fusese în contradictoriu.

Tot la sugestia lui Marshal, Peter și-a îndemnat fosta soție să conștientizeze și ea că, deși ei nu mai puteau să trăiască împreună, se iubiseră unul pe celălalt mulți ani și că realitatea fostei lor iubiri încă exista: era important să o prețuiască, nu să o terfelească în noroi. Peter s-a oferit, la sugestia lui Marshal, să plătească douăzeci de mii de dolari pentru ca ea să petreacă o lună în Centrul de recuperare pentru alcoolici Betty Ford. Deși Evelyn primise o sumă extrem de generoasă în urma divorțului și putea să-și finanțeze fără probleme sejurul acolo, se opusese întotdeauna tratamentului. Dar grija lui Peter o impresionase foarte mult și, spre mirarea lui, i-a acceptat oferta.

De îndată ce Peter și fosta lui soție au început să comunice mai bine, relația dintre el și copiii lui s-a îmbunătățit. Cu ajutorul lui Marshal, a conceput un plan pentru a depune într-un cont administrat sub tutelă, pe numele copiilor lui, încă cinci milioane de dolari pentru fiecare dintre ei, bani care să le parvină pe parcursul următorilor zece ani, când se atingeau anumite obiective: absolvirea facultății, căsătorie, doi ani de carieră profesională meritorie stabilă și participarea în comitetele unor proiecte comunitare. Aceste conturi generoase, dar strict monitorizate, au făcut minuni în privința copiilor, și, în scurtă vreme, atitudinea lor față de tată s-a schimbat dramatic.

Marshal a dedicat două ședințe tendinței domnului Macondo de a se învinovăți. Detesta să dezamăgească pe cineva și, deși avea obiceiul să minimalizeze nenumăratele decizii de investiții strălucite pe care le luase pentru investitorii lui – un grup loial de bancheri elvețieni și scoțieni –, își amintea limpede fiecare decizie proastă, și s-a întristat în cabinetul lui Marshal, aducându-și aminte chipurile celor câțiva investitori dezamăgiți.

Marshal și domnul Macondo și-au petrecut cea mai mare parte a celei de-a cincea ședințe discutând despre un singur caz de investiție. Cu vreun an în urmă, tatăl său, distins profesor de economie la Universitatea din Mexico, a zburat la Boston, tocmai din Mexic, pentru a-și face o operație de bypass coronarian triplu.

După operație, chirurgul, dr. Black, căruia domnul Macondo îi era teribil de recunoscător, l-a rugat să facă o donație pentru un proiect de cercetare a afecțiunilor cardiovasculare de la Harvard. Nu numai că domnul Macondo a acceptat imediat, dar și-a mai exprimat și dorința de a-i face un cadou personal doctorului Black. Acesta a refuzat, afirmând că onorariul lui de chirurg, de zece mii de dolari, îl recompensa suficient. Totuși, în timpul unei conversații, domnul Macondo a spus într-o doară că se aștepta să scoată un profit considerabil dintr-un număr mare de contracte la termen în pesosul mexican, pe care le cumpărase cu o zi în urmă. Dr. Black a făcut și el imediat aceeași investiție, doar că a pierdut șaptezeci la sută din ea săptămâna următoare, când Luis Colosio, candidatul la președinție, a fost asasinat.

Domnul Macondo era măcinat de vinovăție față de dr. Black. Marshal s-a străduit din răsputeri să îl confrunte cu realitatea, amintindu-i pacientului său că el fusese de bună-credință, că și el suferise pierderi mari, că dr. Black luase singur decizia să investească. Dar domnul Macondo a continuat să rumineze despre modul în care ar putea îndrepta lucrurile. După ședință, în ciuda protestelor lui Marshal, dintr-un impuls, i-a trimis doctorului Black un cec de treizeci de mii de dolari, suma de bani pe care o pierduse făcând acea investiție.

Dar dr. Black, spre cinstea lui, i-a trimis înapoi cecul cu mulțumiri și un bilet laconic, în care scria că este adult și știe să se descurce cu revirimentele. În plus, a adăugat el, putea să se folosească de pierderea aceasta pentru a-și micșora impozitul pe câștigurile din contractele la termen pe prețul zahărului. Până la urmă, domnul Macondo și-a liniștit conștiința cu încă o donație de treizeci de mii de dolari pentru proiectul de cercetare a afecțiunilor cardiovasculare de la Harvard.

Marshal se simțea surescitat de munca lui cu domnul Macondo. Nici unul dintre pacienții săi de până atunci nu avusese un nivel financiar atât de ridicat. I se părea incitant să poată afla informații la prima mână direct de la un om foarte bogat și să discute cu el despre decizia de a mai da câte un milion într-o parte sau alta. Nu se putea abține să nu saliveze auzind cum povestea Peter despre generozitatea lui față de doctorul tatălui său. Visa din ce în ce mai mult cu ochii deschiși la pacientul acela recunoscător care să-i ofere și lui bani. Dar, de fiecare dată, Marshal își alunga în grabă fanteziile. Amintirea excomunicării lui Seth Pande pentru conduită profesională nepotrivită era prea vie în memoria lui. Era o formă de malpraxis să accepți cadouri prea valoroase de la *orice* pacient pe care îl tratai, și mai ales de la un pacient care era de o generozitate și o scrupulozitate patologice. Orice comisie de etică, cu siguranță orice comisie de etică în care *el* ar fi fost membru, ar fi condamnat cu asprime un terapeut care ar fi profitat de un asemenea pacient.

Cea mai dificilă provocare oferită de terapia cu domnul Macondo era teama lui irațională de a discuta despre înțelegerea prenupțială cu logodnica sa. Marshal a adoptat o strategie sistematică și disciplinată.

Mai întâi l-a ajutat să fixeze termenii contractului prenupțial: o sumă de un milion de dolari care creștea proporțional cu numărul anilor de căsnicie și care ajungea, după zece ani, la o treime din întreaga lui avere. Apoi a discutat de mai multe ori despre asta cu pacientul său. Dar chiar și așa, domnul Macondo avea îndoieli că ar putea-o înfrunta pe Adriana. În cele din urmă, Marshal s-a oferit să medieze discuția și l-a rugat să o aducă și pe femeie, pentru o ședință în trei.

Peste câteva zile, când au sosit cei doi, Marshal s-a temut că făcuse o greșeală: niciodată nu-l mai văzuse pe domnul Macondo atât de agitat – mai că nu putea să stea pe scaun. Însă Adriana era întruchiparea grației și calmului. Când domnul Macondo a deschis ședința cu o afirmație stângace despre conflictele dintre dorințele sale matrimoniale și pretențiile familiei față de averea lui, ea l-a întrerupt imediat și a declarat că un contract marital prenupțial nu numai că ar fi necesar, dar și de dorit.

Ea a spus că înțelege îngrijorarea lui Peter. De fapt, și ea i-o împărtășea în mare parte. Chiar deunăzi, tatăl ei, care era destul de bolnav, îi vorbise despre faptul că ar fi înțelept să-și țină banii separat și să nu-i pună laolaltă cu cei ai soțului ei. Deși proprietățile ei erau, din punct de vedere valoric, mult sub nivelul celor ale lui Peter, ea avea să moștenească la un moment dat o avere mult mai mare – tatăl ei era acționar principal la un mare lanț de cinematografe din California.

Chestiunea s-a rezolvat pe loc. Peter și-a prezentat șovăind condițiile, iar Adriana a fost încântată să le accepte, cu mențiunea suplimentară că resursele ei personale vor rămâne pe numele ei. Marshal a observat cu neplăcere că pacientul lui dublase sumele pe care le discutaseră inițial, probabil din recunoștință față de Adriana că a ușurat lucrurile. *Generozitate incurabilă*, s-a gândit Marshal. *Dar sunt și boli mai rele, presupun.* Înainte de a pleca, Peter s-a întors, i-a strâns mâna lui Marshal și a zis:

— N-o să uit niciodată ce ați făcut azi pentru mine.

Marshal a deschis ușa și l-a invitat înăuntru pe domnul Macondo. Peter purta o jachetă scumpă din cașmir moale de culoare ruginie, care se asorta cu părul lui castaniu și mătăsos ale cărui șuvițe îi alunecau cu eleganță peste ochi și trebuiau mereu puse la locul lor.

Marshal a dedicat ultima ședință rezumării și consolidării progreselor făcute. Domnul Macondo regreta că munca lor ajunsese la final, subliniind cât de profund îndatorat se simțea față de Marshal.

— Doctore Streider, toată viața am plătit sume considerabile consultanților pentru ceea ce de obicei s-a dovedit fie lipsit de valoare, fie cu o valoare insignifiantă. Cu dumneavoastră am avut o experiență complet diferită: dumneavoastră mi-ați dat ceva de o valoare inestimabilă, iar eu, în schimb, nu v-am dat practic nimic. În aceste câteva ședințe, mi-ați schimbat viața. Și cu ce v-am răsplătit eu? O mie șase sute de dolari? Dacă aș accepta să îndur corvoada, aș putea să câștig banii ăștia în cincisprezece minute, investind în contracte financiare pe termen limitat.

A continuat pe un ton grăbit:

— Mă cunoașteți bine, domnule doctor Streider, îndeajuns de bine încât să vă dați seama că această inechitate nu mi se potrivește. Mă irită, îmi stă-n gât. N-o putem ignora, pentru că – cine știe? – ar putea chiar să distrugă unele progrese pe care le-am făcut ca rezultat al muncii noastre. Vreau, *insist*, să mă revanșez.

— Acum știți, a continuat el, că nu mă pricep la comunicare interpersonală directă. Și nu mă descurc prea bine nici în rolul de tată. Nici nu mă pricep să înfrunt femeile. Dar există un lucru în care sunt expert, să câștig bani. Mi-ați face o mare onoare dacă mi-ați permite să vă fac cadou o parte dintr-o investiție nouă de-a mea.

Marshal s-a înroșit. Se simțea slăbit, copleșit de un conflict între lăcomie și corectitudine. Dar a strâns din dinți și a făcut ce se cuvenea, a respins oportunitatea vieții lui.

— Domnule Macondo, sunt impresionat, dar nici nu se pune problema. Teamă mi-e că în meseria mea este considerat lipsit de etică să accepți bani cadou, de fapt orice cadou, de la pacienți. Un aspect despre care n-am discutat niciodată în timpul ședințelor noastre este disconfortul dumneavoastră când sunteți pus în situația de a primi ajutor. Poate că, dacă o să mai lucrăm împreună în viitor, asta ar trebui să se afle pe agenda noastră. Deocamdată nu pot decât să vă amintesc faptul că eu am fixat, iar dumneavoastră ați plătit un onorariu corect pentru serviciile mele. Am aceeași poziție ca și chirurgul tatălui dumneavoastră și vă asigur că nu aveți nici o datorie față de mine.

— Dr. Black? Ce comparație! Dr. Black a încasat zece mii de dolari pentru câteva ore de muncă. Iar la numai treizeci de minute după operație, mi-a cerut un milion pentru a-i asigura un loc la catedra de chirurgie cardiovasculară de la Harvard.

Marshal a clătinat empatic din cap.

— Domnule Macondo, vă admir generozitatea, e minunată. Și mi-ar plăcea la nebunie să accept. La fel ca pe toată lumea, și pe mine mă încântă ideea unei securități financiare – chiar mai mult decât pe majoritatea, fiindcă îmi doresc enorm să am timp liber să scriu. Am câteva idei de teorie psihanalitică ce se zbat să iasă la lumină. Dar nu pot accepta. Ar viola codul etic al profesiei mele.

— Încă o sugestie, a ripostat imediat domnul Macondo, nu un cadou bănesc. Vă rog, permiteți-mi să deschid un cont de contracte la termen pe numele dumneavoastră și să fac tranzacții în el vreme de o lună. O să vorbim în fiecare zi și eu o să vă învăț cum se câștigă bani făcând tranzacții zilnice cu contracte la termen în valută. Apoi îmi iau înapoi investiția inițială și vă dau profitul.

Ei bine, sugestia asta, posibilitatea de a învăța tehnica de la un expert în tranzacții îi surâdea teribil lui Marshal. Era atât de dureros să-l refuze, încât ochii i s-au umplut de lacrimi. Dar și-a susținut hotărârea și a clătinat din cap și mai energic.

— Domnule Macondo, dacă am fi fost în altă... ăăă... situație... aș fi acceptat bucuros. Sunt impresionat de ofertă și mi-ar plăcea să învăț câteva tehnici de tranzacționare de la dumneavoastră. Dar nu. Nu. Nu-i posibil. De asemenea, mai e ceva ce am uitat să vă spun. Am primit și altceva de la dumneavoastră, pe lângă onorariu. Mai e ceva, adică plăcerea de a vă vedea progresele. Îmi dă mari satisfacții.

Domnul Macondo s-a prăbușit disperat în scaun, cu ochii plini de admirație pentru profesionalismul și integritatea lui Marshal. Și-a întins mâinile spre el cu palmele în sus, de parcă i-ar fi zis: „Cedez. Am încercat totul". Ședința se terminase. Cei doi bărbați și-au strâns mâinile pentru ultima oară. Pe drum spre ușă, domnul Macondo părea dus pe gânduri. Brusc, s-a oprit și s-a răsucit.

— O ultimă rugăminte. Pe asta n-o puteți refuza. Vă rog, fiți oaspetele meu mâine, la prânz. Sau vineri. Plec spre Zürich duminică.

Marshal a ezitat.

Domnul Macondo s-a grăbit să adauge:

— Știu că sunt reguli care vă interzic să socializați cu pacienții, dar, după ce am dat noroc pentru ultima oară acum un minut, nu mai suntem doctor și pacient. Mulțumită serviciilor dumneavoastră excelente, eu mi-am depășit boala, și acum suntem iarăși doi simpli semeni.

Marshal căzuse pe gânduri. Îi plăceau domnul Macondo și istorisirile lui despre cum se face avere. Ce era rău în asta? Aici nu exista nici o violare a eticii.

Văzând ezitarea lui Marshal, domnul Macondo a adăugat:

— Deși o să revin pentru scurt timp în San Francisco din când în când, pentru afaceri – sigur de două ori pe an pentru ședințe de consiliu –, să-mi văd copiii și să-l văd pe tatăl Adrianei și pe surorile ei, vom locui pe continente diferite. Doar n-o exista vreo regulă care să interzică un prânz post-terapeutic.

Marshal s-a întins după agenda lui.

— Vineri la unu?

— Minunat. La Clubul Union Pacific. Îl știți?

— Am *auzit* de el. N-am fost niciodată acolo.

— Pe California, Nob Hill. Lângă Fairmont. Parcarea e în spate. Întrebați de mine. Pe curând.

Vineri dimineață, Marshal a primit o copie a unui fax de la Universitatea din Mexico, adresat domnului Mocondo.

Dragă domnule Macondo,

Suntem încântați de darul generos pe care ni l-ați făcut sponsorizând seria de prelegeri anuale Marshal Streider: ***Sănătatea mentală în mileniul al treilea****. Firește, conform sugestiei dumneavoastră, îl vom invita pe dr. Streider să facă parte din comitetul de trei membri, care hotărăște cine ține prelegerea anuală. Președintele universității, Raoul Mendez, îl va contacta în curând. Președintele Mendez m-a rugat să vă transmit salutări. Întâmplător, a luat prânzul cu tatăl dumneavoastră în această săptămână.*

Vă suntem îndatorați pentru darul acesta, ca și pentru toate celelalte, care sprijină cercetarea și învățământul mexican. Este dureros să ne imaginăm în ce stare ar fi fost această universitate fără susținerea dumneavoastră și a unui mic grup de sponsori vizionari care gândesc la fel cu dumneavoastră.

Cu sinceritate,
Raoul Gomez
Rector, Universitatea din Mexico.

Biletul lui Peter Macondo, care însoțea faxul:

Niciodată nu mă las păgubaș. Acesta e un cadou pe care nu-l puteți refuza! Ne vedem mâine.

Marshal a citit de două ori faxul, încet, ordonându-și sentimentele. Seria de prelegeri anuale Marshal Streider – un memorial care se va perpetua veșnic. Cui nu i-ar plăcea? Strategia perfectă de a-ți asigura încrederea în sine. Peste mulți ani, de câte ori avea să se simtă desconsiderat, se putea gândi la această serie de prelegeri. Sau să meargă cu avionul în Mexico City pentru o prelegere și să se ridice șovăind în picioare, cu mâinile în aer, să se răsucească încet și plin de modestie pentru a primi aplauzele publicului recunoscător.

Dar era un cadou dulce-amărui, o slabă consolare pentru faptul că lăsase să-i scape printre degete o oportunitate financiară unică în viață. Când o să mai aibă el un pacient superbogat, care să nu vrea altceva decât să-l îmbogățească și pe el? Propunerea domnului Macondo de a-i face cadou „o parte dintr-o investiție de-a lui" – Marshal se întreba la ce sumă s-ar fi ridicat. Cincizeci de mii? O sută de mii? Doamne cât i-ar fi schimbat viața! Și i-ar fi înmulțit repede. Chiar și strategia lui de investiții – folosea un program de computer pentru a pronostica evoluția bursei și pentru a vinde și a cumpăra unități de fond Fidelity – îi adusese un câștig de șaisprezece la sută în ultimii doi ani. Acceptând oferta domnului Macondo de a tranzacționa pe piețele de valută străine, probabil că și-ar fi dublat sau triplat profitul. Marshal știa că era un broker amator amărât – orice mică informație care ajungea până la el era invariabil perimată. Acum, pentru prima oară în viață, i se oferise șansa să afle informații direct de la sursă.

Da, dacă ar fi avut asemenea informații, atunci s-ar fi putut aranja pe viață. N-avea nevoie de prea mult. Nu voia decât să-și aerisească programul și să-și dedice trei sau patru după-amiezi pe lună cercetării și scrisului. Și banilor!

Și totuși, a fost nevoit să refuze. La naiba! La naiba! La naiba! Dar ce altceva ar fi putut să facă? Să pățească și el ca Seth Pande? Sau ca Seymour Trotter? Știa că făcuse ceea ce se cuvenea.

Vineri, pe când se apropia de ușa masivă din marmură a clubului Pacific Union, Marshal era emoționat, aproape copleșit de venerație. De ani de zile se simțise exclus din asemenea locuri fabuloase precum clubul P.U., clubul Burlingame și Bohemian Grove. Acum ușile i se deschideau. S-a oprit în pragul ușii, a tras aer în piept și a pășit în cel mai ascuns bârlog al inițiaților.

Era capătul unei călătorii, se gândea Marshal, o călătorie care începuse în 1924 într-o cabină urât mirositoare și aglomerată de pe un vas transatlantic care îi aducea pe părinții lui, copii pe atunci, din Southampton în Ellis Island. Nu, nu, începuse mai înainte, în Prussina, un ștetel[1] de la granița dintre Polonia și Rusia, format din case de lemn dărăpănate, cu podele de pământ. Într-una dintre aceste case, tatăl lui dormise în copilărie, într-un mic ungher călduros, deasupra unui cuptor uriaș din cărămidă de lut, care ocupa cea mai mare parte a camerei.

Cum ajunseseră din Prussina în Southampton? se întreba Marshal. Pe pământ? Cu barca? Nu-i întrebase niciodată asta. Și acum era prea târziu. Mama și tatăl lui se aflau de multă vreme în pământ, unul lângă altul, sub iarba înaltă dintr-un cimitir din Anacostia, nu departe de Washington, D.C. Mai exista un singur supraviețuitor al acelei lungi călătorii care ar putea ști, fratele mamei lui, Label, care își petrecea ultimii ani din viață în Miami, legănându-se pe veranda lungă din lemn a unui azil de bătrâni ce duhnea a urină, cu pereții acoperiți de stuc roz. Venise vremea să-i telefoneze lui Label.

Rotonda centrală, un octogon elegant, era mărginită de canapele impunătoare din piele de culoarea mahonului și acoperită, la treizeci de metri înălțime, de un tavan magnific din sticlă translucidă, băițuit cu un model floral delicat. Majordomul, înveștmântat în smoching și pantofi de lac, l-a întâmpinat pe Marshal cu o considerație deosebită și, auzindu-i numele, a încuviințat din cap și l-a condus în salon. Acolo, în partea opusă intrării, în fața unui șemineu enorm, ședea Peter Macondo.

---

1 Nume dat orășelelor evreiești din Europa Centrală și de Est.

Salonul era uriaș – jumătate din Prussina ar fi încăput probabil sub tavanul supraînălțat care se sprijinea pe pereți din stejar lucios, alternând cu lambriuri din satin stacojiu cu model de *fleur-de-lis*. Și piele peste tot – Marshal a numărat dintr-o privire douăsprezece canapele lungi și treizeci de scaune masive. Pe unele dintre scaune ședeau bărbați ofiliți, cărunți, în costume cu dungi subțiri, cu ziare în mână. Marshal a fost nevoit să-i studieze cu atenție, pentru a-și da seama dacă mai respiră. Douăsprezece candelabre pe fiecare perete – asta însemna patruzeci și opt în toată camera, fiecare dintre ele cu trei rânduri de becuri, cel din interior cu cinci, următorul cu șapte și cel din exterior cu nouă, în total douăzeci și unu de becuri... Marshal s-a oprit din calculat, observând pe unul dintre șeminee două opritoare de cărți din metal, înalte de un metru, copii ale sclavilor înlănțuiți ai lui Michelangelo. În centrul camerei se găsea o masă impunătoare acoperită de un teanc imens de ziare, mai ales cu profil financiar, de pe tot cuprinsul globului. Lângă un perete, era o vitrină ce conținea un vas enorm din porțelan, de la sfârșitul secolului al optsprezecelea, cu o plăcuță pe care scria că fusese donat de un membru și că era ceramică Ching-te Cheng. Scenele pictate zugrăveau episoade din romanul *Visul camerei roșii*.

Într-adevăr, impresionant. Da, lux veritabil, se gândea Marshal, apropiindu-se de Peter, care stătea pe o canapea, sporovăind cordial cu un alt membru – un bărbat înalt și impozant, care purta o jachetă roșie cadrilată, o cămașă roz și o cravată lată și țipătoare, cu model floral. Marshal nu mai văzuse niciodată un om îmbrăcat așa – nu mai văzuse niciodată un om care să se *poată* îmbrăca cu haine în culori discordante atât de șocante, și totuși să pară atât de elegant și de plin de demnitate.

— Ah, Marshal, a spus Peter, ce bine îmi pare că te văd. Dă-mi voie să ți-l prezint pe Roscoe Richardson. Tatăl lui Roscoe a fost cel mai bun primar pe care l-a avut vreodată orașul San Francisco. Roscoe, dr. Marshal Streider, acel doctor Streider căruia i s-a făcut onoarea de a se iniția o serie de prelegeri universitare ce îi poartă numele.

După un scurt schimb de politețuri, Peter l-a condus pe Marshal spre sufragerie, apoi s-a răsucit pentru un ultim comentariu.

— Roscoe, *nu* cred că mai e loc pe piață pentru un alt sistem principal, dar nu sunt nici total sceptic. Dacă Cisco se decide să investească, și eu aș putea fi interesat. Convinge-mă pe mine, și eu o să-mi conving investitorii. Te rog, trimite planul de afaceri la Zürich, și o să mă uit pe el luni, când mă întorc la birou.

— Un tip mișto, a zis Peter în timp ce se îndepărtau. Tații noștri se cunoșteau. Este un jucător de golf nemaipomenit. Locuiește chiar pe terenul de golf Cypress Point. E o posibilitate interesantă de investiție, dar nu ți-o recomand: firmele astea care pleacă de la zero au risc mare. Foarte scump să intri în joc – șansa de a da lovitura cu o firmă care pleacă de la zero este una la douăzeci. Bineînțeles, când dai lovitura, câștigi mai mult, mult mai mult decât douăzeci la unu. Și, pentru că tot veni vorba, sper că nu dau dovadă de obrăznicie dacă îți spun Marshal.

— Nu, bineînțeles că nu. Pe numele mic. Nu mai avem nici o relație profesională.

— Spui că n-ai mai fost niciodată la club?

— Nu, a zis Marshal. Doar am trecut pe lângă el. L-am admirat. Nu face parte din aria frecventată de comunitatea medicală. Nu știu aproape nimic despre club. Cam ce fel de membri are? Mai mult oameni de afaceri?

— Mai mult bătrâni bogați din San Francisco. Conservatori. Majoritatea decupează cupoane din reviste, chinuindu-se să-și păstreze averea moștenită. Roscoe e o excepție – de asta îmi place de el. La șaptezeci și unu de ani, încă își asumă multe riscuri la bursă. Hai să vedem... Ce ar mai fi de zis despre ei? Toți bărbați, mai mult WASP[1], puțin rasiști – eu prima oară am ridicat obiecții acum zece ani, dar lucrurile se mișcă încet pe aici, mai ales după masa de prânz. Înțelegi ce spun? Peter a făcut un gest subtil către scaunele în care sforăiau doi octogenari îmbrăcați în costume de tweed, încă ținând strâns în mână câte un ziar londonez *Financial Times*.

Când au ajuns în sala de mese, Peter i s-a adresat majordomului:

— Emil, suntem gata. E vreo șansă să mâncăm azi somon en croute? *Il est toujours delicieux.*

— Cred că îl pot convinge pe bucătar să-l pregătească special pentru dumneavoastră, domnule Macondo.

— Emil, îmi aduc aminte cât de bun a fost la Cercle Union Interalliée, la Paris. Apoi a adăugat în șoaptă: Nu spune secretul nimănui din Franța, dar eu îl prefer după rețeta de aici.

---

1 White Anglo-Saxon Protestant, protestant alb anglo-saxon.

Peter a continuat să pălăvrăgească plin de însuflețire cu Emil. Marshal nu a auzit conversația, pentru că era amețit de splendoarea sălii de mese, în care se afla un vas gigantic din porțelan, ce conținea cel mai tare aranjament floral japonez – superbe orhidee cymbidium care se scurgeau în cascadă pe o creangă de arțar cu frunze purpurii. Dacă soția mea ar vedea asta, s-a gândit Marshal. Au plătit la greu pentru aranjamentul ăsta – ar putea fi o modalitate ca ea să facă din micul ei hobby ceva util.

— Peter, a spus Marshal, după ce Emil i-a condus la masă, tu vii atât de rar în San Francisco. Ești membru activ și aici, și în Zürich, și la Paris?

— Nu, nu, nu, a zis Peter, amuzat de naivitatea lui Marshal. Dacă ar fi așa, un sendviș la prânz aici ar costa în jur de cinci mii. Toate cluburile astea – Circolo dell'Unione din Milano, Atheneum din Londra, Cosmos Club din Washington, Cercle Union Interalliée din Paris, Pacific Union din San Francisco, Baur au Lac din Zürich– toate formează o rețea: faptul că ești membru într-un club îți oferă avantaje în toate. De fapt, așa l-am cunoscut pe Emil: înainte lucra la Cercle Union Interalliée din Paris. Peter și-a luat meniul. Deci, Marshal, începem cu o băutură?

— Doar niște apă Calistoga. Mai am încă patru pacienți.

Peter și-a comandat un Dubbonnet cu sifon și, când le-au sosit băuturile, și-a ridicat paharul.

— Pentru tine și pentru seria de prelegeri anuale Marshal Streider.

Marshal s-a înroșit. Fusese atât de copleșit de grandoarea clubului, încât uitase să-i mulțumească lui Peter.

— Peter, prelegerile – ce onoare. Am vrut să-ți mulțumesc chiar de la început, dar am fost preocupat de ultimul meu pacient.

— Ultimul tău pacient? Asta mă surprinde. Într-un fel, am senzația că atunci când pacienții ies pe ușă, nu mai revin în mintea terapeutului până la următoarea ședință.

— Așa ar fi cel mai bine. Dar – și ăsta e un secret profesional – chiar și cei mai disciplinați analiști se gândesc uneori la pacienți între ședințe și chiar poartă conversații mute cu unii dintre ei.

— Fără să ia nici un ban în plus!

— A, vai, nu. Doar avocații cer bani pentru timpul în care se gândesc la cazuri.

— Interesant, interesant! Poate că vorbești despre toți terapeuții, Marshal, dar eu am o bănuială că de fapt te referi la tine. Mereu m-am întrebat de ce m-am ales cu atât de puțin de la ceilalți terapeuți. Poate pentru că tu ești mai pasionat – sau poate că pacienții sunt mai importanți pentru tine.

Somonul en croute a sosit, dar Peter l-a ignorat, apucându-se să povestească despre faptul că și Adriana fusese profund dezamăgită de ceilalți terapeuți ai ei.

— De fapt, Marshal, a continuat el, ăsta e unul dintre cele două lucruri pe care voiam să le discutăm azi. Adrianei i-ar plăcea tare mult să facă vreo câteva ședințe cu tine: trebuie să-și regleze niște lucruri în relația cu tatăl ei, mai ales acum, când probabil că el nu mai are mult de trăit.

Marshal, un observator atent al diferențelor dintre clasele sociale, știa de multă vreme că cei din înalta societate întârziau voit să ia prima înghițitură din mâncare. De fapt, cu cât mai veche le era obârșia averii, cu atât mai mult timp trecea până să-și ducă la gură prima furculiță cu mâncare. Marshal s-a străduit să țină pasul cu Peter și să se abțină. Și el a ignorat somonul, a sorbit din Calistoga lui, a ascultat cu atenție, a încuviințat din cap și l-a asigurat pe Peter că ar fi încântat să facă o terapie de scurtă durată cu Adriana.

Până la urmă, Marshal n-a mai putut rezista. S-a înfipt în mâncare. S-a bucurat că urmase sfatul lui Peter și-și luase somon. *Era* delicios. Crusta fină unsă cu unt a trosnit și i s-a topit în gură. Mâncarea nu avea nevoie să fie mestecată, la cea mai mică apăsare a limbii pe cerul gurii, fulgii dantelați, asezonați cu rozmarin s-au separat și, pe un pat de unt fierbinte și cremos, au alunecat ușurel pe gâtul lui. La dracu' cu colesterolul, s-a gândit Marshal, simțindu-se de parcă ar fi făcut o năzbâtie.

Peter s-a uitat pentru prima oară la mâncarea lui, aproape uimit s-o vadă acolo. A luat o înghițitură zdravănă, apoi a pus jos furculița și a reînceput să vorbească.

— Bine. Adriana are nevoie de tine. Mi-ai luat o piatră de pe inimă. O să-ți telefoneze în după-amiaza asta. Uite cartea ei de vizită. Dacă nu o va face, ți-ar fi recunoscătoare să o suni și să îi spui ziua și ora când v-ați putea vedea săptămâna viitoare. Oricând poți tu: o să-și aranjeze ea programul în funcție de tine. De asemenea,

Marshal – și am discutat asta și cu Adriana – mi-ar plăcea să-i plătesc eu ședințele. Asta acoperă plata a cinci ședințe. I-a dat lui Marshal un plic ce conținea zece bancnote de o sută de dolari. Nu pot să-ți spun cât de recunoscător îți sunt că o vezi pe Adriana. Și bineînțeles că asta dă avânt dorinței de a-mi plăti datoriile față de tine.

Această ultimă frază i-a stârnit interesul lui Marshal. Presupusese că seria de prelegeri sugera faptul că șansele lui de a profita de vreo altă ocazie deveniseră nule. Se părea însă că destinul se decisese să-l mai ispitească o dată. Dar știa că profesionalismul lui o să câștige.

— Mai devreme ai vorbit despre două probleme pe care dorești să le discuți cu mine. Una a fost că vrei să fac terapie cu Adriana. Nu cumva impresia ta că îmi ești dator în continuare este a doua problemă?

Domnul Macondo a încuviințat din cap.

— Peter, trebuie să o lași baltă cu asta. Altfel – și asta e o amenințare serioasă – o să-ți sugerez să-ți amâni călătoria cu trei sau patru ani, ca s-o rezolvăm printr-o terapie de lungă durată. Dă-mi voie să repet: *nu există nici o datorie neachitată*. Noi doi am încheiat un contract, pe baza căruia tu ai plătit pentru serviciile mele. Eu ți-am cerut un onorariu adecvat. Tu ai plătit acel onorariu. Ba chiar ai plătit mai mult decât onorariul propus. Îți amintești? Iar apoi ai fost atât de finuț și de generos, încât să sponsorizezi o serie de prelegeri care să îmi poarte numele. *Niciodată* nu ți-a rămas vreo datorie neachitată. Și, chiar dacă s-ar fi întâmplat așa, darul tău, în mod sigur, ar anula-o. Ba chiar mai mult decât atât: *eu* mă simt dator față de *tine*!

— Marshal, tu m-ai învățat să fiu sincer față de mine și să-mi exprim deschis sentimentele. Așa că asta am de gând să fac. Ascultă-mă câteva minute. Ai răbdare. Cinci minute. OK?

— Cinci minute. Apoi nu mai vorbim niciodată despre asta. De acord?

Peter a încuviințat din cap. Cu un zâmbet, Marshal și-a scos ceasul de mână și l-a pus între ei.

Peter a luat ceasul lui Marshal, l-a studiat cu atenție preț de o clipă, apoi l-a pus înapoi pe masă și a început.

— În primul rând, dă-mi voie să te lămuresc asupra unui lucru. M-aș simți ca un escroc dacă te-aș lăsa să crezi că fondurile transferate în conturile universității au fost un dar pentru tine. Adevărul e că eu fac o donație modestă către universitate aproape în fiecare an. Acum patru ani am sponsorizat chiar postul de profesor de economie pe care îl ocupă tatăl meu. Așa că, oricum le-aș fi făcut un cadou. În plus, n-am făcut decât să te recomand pentru seria de prelegeri. În al doilea rând, înțeleg pe deplin ce simți în ceea ce privește cadourile și îți respect opinia. Însă am o sugestie care ți s-ar putea părea acceptabilă. Cât timp mai am?

— Deja s-au scurs trei minute, a rânjit Marshal.

— Nu ți-am povestit prea multe despre afacerile mele, dar mă ocup mai ales cu vânzarea și cumpărarea de companii. Sunt expert în evaluarea lor – am lucrat mai întâi la Citicorp vreme de mai mulți ani, înainte să o pornesc pe cont propriu. Presupun că de-a lungul timpului am fost implicat în cumpărarea a peste două sute de companii.

— De curând, am găsit o companie olandeză uimitor de subevaluată, cu un potențial atât de mare, încât am cumpărat-o pentru mine – poate că sunt egoist, dar noul meu fond de investiții nu s-a închis încă. Adunăm două sute cincizeci de milioane. Oferta de cumpărare e limitată în timp și, sincer să fiu, prea bună ca să mai spun și altcuiva despre ea.

Împotriva voinței sale, Marshal era intrigat.

— Și?

— Așteaptă, lasă-mă să termin. Compania asta, Rucksen, e al doilea producător din lume de căști de bicicletă și deține paisprezece la sută din piața de profil. Vânzările au fost bune anul trecut – douăzeci și trei de milioane – și sunt sigur că le pot crește de patru ori în doi ani. Uite și de ce. Cea mai mare parte a pieței – douăzeci și șase la sută – e deținută de Solvag, o companie finlandeză și, întâmplător, consorțiul meu are pachetul de control din Solvag! Iar eu dețin pachetul de control din consorțiu. Ei bine, principalul produs al lui Solvag sunt căștile de motocicletă, iar departamentul ăsta este mult mai profitabil decât cel al căștilor de bicicletă. Planul meu este să eficientizez Solvag, concepând un plan de fuziune cu o companie austriacă de căști de motocicletă pentru care licitez acum. Când o să se întâmple asta, o să sistez producția de căști de bicicletă, înlocuind-o cu cea de căști de motocicletă. Între timp, o să măresc producția la Rucksen, în așa fel încât să umple golul lăsat de Solvag. Remarci frumusețea chestiei ăsteia, Marshal?

Marshal a încuviințat din cap. Înțelegea cât se poate de bine. Și își mai dădea seama și de inutilitatea încercărilor lui patetice de a-și calcula acțiunile la bursă sau de a cumpăra un stoc folosindu-se de informațiile nefolositoare care ajungeau până la amatori.

— Uite ce propunere am. Peter a aruncat o scurtă privire spre ceas. Încă două minute. Ascultă-mă până la capăt. Dar Marshal uitase complet de limita de cinci minute. Am negociat cumpărarea lui Rucksen și nu trebuie să pun decât nouă milioane bani gheață. Probabil că va trebui să fac o ofertă publică peste aproximativ douăzeci și două de luni și am motive serioase să mă aștept la un profit de cinci sute la sută. Ieșirea de pe piață a lui Solvag o să-i lase fără nici un competitor puternic – lucru pe care, bineînțeles, nu-l știe nimeni în afară de mine, așa că și tu trebuie să-l ții secret. De asemenea, am informații – nici măcar ție nu-ți pot dezvălui sursa lor – că va apărea o lege care face obligatorie casca de bicicletă pentru minori și care va fi introdusă foarte curând în trei țări din Europa. Îți propun să preiei o parte din investiție, să zicem unu la sută – nu, stai puțin, Marshal, înainte de a refuza: asta nu e un *cadou*, și eu nu-ți mai sunt pacient. E o investiție *bona fide*. Tu îmi dai un cec și devii proprietar minoritar. Însă cu o condiție – și aici te rog să-ți calci pe inimă: *nu* vreau să mă trezesc în aceeași situație ca atunci, cu dr. Black. Îți amintești câtă suferință mi-a produs asta?

— Deci, a continuat Peter, simțind interesul crescând al lui Marshal și vorbind acum mai sigur pe el, iată soluția mea. De dragul sănătății *mele* psihice, vreau ca *tu* să nu fii supus nici unui risc. În orice moment, dacă nu ești mulțumit de investiție, eu o să cumpăr partea ta de acțiuni la prețul de achiziție. Îți propun să-ți aplic o clauză cu condițiile negociate de mine – suma complet acoperită și plătită la cerere cu sută la sută din investiția ta, plus zece la sută dobândă pe an. Dar tu trebuie să-mi promiți *mie* că o să-ți exerciți dreptul de a apela la clauza asta în cazul vreunui eveniment nefericit – cine știe ce-ar putea interveni? … asasinarea președintelui, moartea mea neprevăzută sau orice altceva consideri tu că reprezintă un risc pentru tine. Cu alte cuvinte, ești obligat să-ți exerciți dreptul de a te folosi de clauza asta.

Peter s-a lăsat pe spătarul scaunului, a luat ceasul de mână al lui Marshal și i l-a dat înapoi.

— Șapte minute și jumătate. Acum am terminat.

Toate rotițele din creierul lui Marshal se învârteau deodată. Iar acum, în sfârșit, rotițele n-au mai scârțâit. *Nouăzeci de mii de dolari*, se gândea el. *Eu câștig, să zicem, șapte sute la sută – adică peste șase sute de mii de dolari profit. În douăzeci și două de luni. Cum aș putea eu, cum ar putea oricine să refuze așa ceva? Dacă investesc suma asta cu douăsprezece la sută profit, am șaptezeci și două de mii de dolari pe an pentru tot restul vieții. Peter are dreptate. Nu-mi mai e pacient. Ăsta nu e un cadou de transfer – eu dau banii. E o investiție. Și ce dacă e lipsită de risc? Asta e o clauză privată. Nu încalc nici o regulă de etică profesională. E o acțiune curată. Curată ca lacrima.*

Marshal n-a mai stat pe gânduri. Venise momentul să treacă la acțiune.

— Peter, am văzut numai o latură a ta în timpul ședințelor de terapie. Acum te cunosc mai bine. Acum știu de ce ai avut atâta succes. Îți fixezi un scop și apoi îl urmezi – îl urmezi cu o tenacitate și o inteligență pe care rareori mi-a fost dat să le văd... și cu eleganță. Marshal i-a întins mâna. Îți accept oferta. Cu recunoștință.

Restul tranzacției a decurs rapid. Peter s-a oferit să-l ia pe Marshal ca partener și să-i vândă cel mult unu la sută din acțiunile companiei. Marshal s-a decis, dacă tot mersese atât de departe, să ia taurul de coarne și să investească suma maximă: nouăzeci de mii de dolari. Avea să obțină banii din vânzarea electronică a stocului de acțiuni Fidelity și Wells Fargo și să vireze banii în cinci zile către banca din Zürich a lui Peter. Acesta urma să finalizeze tranzacționarea lui Rucksen în opt zile, iar legea olandeză îl obliga să declare toate părțile implicate. Între timp, Peter avea să-i pregătească scrisoarea de garanție și s-o lase la cabinetul lui înainte de a pleca la Zürich.

Mai târziu în acea după-amiază, după ce Marshal a terminat ședința cu ultimul pacient din acea zi, a auzit o bătaie în ușă. Un mesager pe bicicletă, un adolescent cu coșuri, îmbrăcat cu o jachetă de blugi, banderole fosforescente purpurii și șapca de baseball obligatorie cu San Francisco Giants, purtată cu cozorocul în spate, i-a înmânat un plic de hârtie groasă, ce conținea o scrisoare legalizată în care se specificau toate aspectele tranzacției. Un al doilea mesaj, care trebuia semnat de Marshal, specifica faptul că era obligat să ceară o returnare completă a sumei investite în eventualitatea în care valoarea acțiunilor lui Rucksen ar fi coborât sub prețul de cumpărare. De asemenea, mai exista și un bilet scris de Peter:

Pentru liniștea ta, o scrisoare de garanție de la avocatul meu va ajunge la tine până miercuri. Bucură-te de darul pe care ți-l ofer în cinstea semnării contractului de asociere.

Marshal a băgat mâna în plic și a scos de acolo o cutie cu sigla magazinului de bijuterii Shreve's. A deschis-o, a icnit și, plin de bucurie, și-a pus primul său ceas de mână Rolex împodobit cu pietre prețioase.

Zece

Exact înainte de ora șase, într-o după-amiază de marți, Ernest a primit un telefon de la sora Evei Galsworth, una dintre pacientele sale.

— Eva mi-a zis să vă sun și să vă spun doar „Acum e momentul".

Ernest a scris un mesaj în care își cerea scuze față de pacientul său de la 6:10, l-a lipit pe ușa cabinetului și a pornit-o grăbit spre locuința Evei, o femeie de cincizeci și unu de ani, cu cancer ovarian în fază avansată. Eva era profesoară de creație literară, o femeie elegantă, plină de demnitate. Ernest își imagina deseori cu plăcere că ar fi trăit alături de Eva, dacă ar fi fost mai tânără și dacă s-ar fi cunoscut în circumstanțe diferite. El o considera frumoasă, o admira profund și se minuna de dorința ei de a trăi. În ultimul an și jumătate se dedicase întru totul misiunii de a-i ușura durerea în fața morții iminente.

Cu mulți dintre pacienții săi, Ernest explorase conceptul de regret. Își ruga pacienții să-și examineze regretele față de ce făcuseră în trecut și îi încuraja să evite viitoare regrete. „Scopul," le spunea el, „este să trăiești în așa fel, încât să nu te trezești peste cinci ani plin de regrete".

Ocazional, strategia „regretului anticipativ" a lui Ernest dădea greș. În general, se dovedea eficientă. Dar nici un pacient nu o luase mai în serios decât Eva, care își dedica întreaga ființă, cum zicea ea, încercării „de a suge măduva din oasele vieții". Eva aglomerase o mulțime de lucruri în cei doi ani de după aflarea diagnosticului: părăsise o căsnicie lipsită de bucurii, avusese două aventuri pasionale cu doi bărbați pe care îi dorise în trecut, plecase într-un safari în Kenya, scrisese două povestiri și călătorise prin țară, vizitându-și cei trei copii și câțiva dintre foștii elevi favoriți.

Pe tot parcursul acestor schimbări, Ernest și ea lucraseră bine și minuțios împreună. Eva considera cabinetul lui Ernest un paradis al siguranței, un loc unde venea cu toate temerile ei legate de moarte, toate sentimentele macabre pe care nu îndrăznea să le exprime față de prietenii ei. Ernest promisese să înfrunte totul fățiș cu ea, să nu se dea în lături de la nimic, să o trateze nu ca pe un pacient, ci ca pe un tovarăș de călătorie și de suferință.

Și se ținuse de cuvânt. Căpătase obiceiul de a o programa pe Eva pentru ultima ședință din zi, fiindcă deseori, la final, se simțea inundat de o anxietate provocată de conștiința morții Evei și, de asemenea, a lui. Îi amintea mereu și mereu că nu e complet singură în fața morții, că și el, și ea se confruntau cu teroarea sfârșitului, că o să fie alături de ea cât îi va fi omenește cu putință. Când Eva l-a rugat să-i promită că o să fie lângă ea în ultima clipă, Ernest și-a dat cuvântul. Se simțise prea rău în ultimele două luni ca să vină la cabinetul lui, dar Ernest păstrase legătura cu ea prin telefon și îi mai făcuse din când în când câte o vizită acasă, pentru care nu ceruse nici un ban.

Ernest a fost întâmpinat de sora Evei și condus în dormitorul ei. Eva, cu un icter intens, fiindcă tumoarea îi invadase ficatul, respira greoi și transpira atât de abundent, încât părul i se lipise ca o pastă de cap. A încuviințat din cap și, șoptind printre gâfâieli, i-a spus surorii ei să plece.

— Vreau o ultimă ședință privată cu doctorul meu.

Ernest s-a așezat lângă ea.

— Poți să vorbești?

— Prea târziu. Fără cuvinte acum. Doar ține-mă în brațe.

Ernest a luat mâna Evei, dar ea a clătinat din cap.

— Nu, te rog, ține-mă în brațe, a șoptit ea.

Ernest s-a așezat pe pat și s-a aplecat s-o ia în brațe, dar nu a reușit să găsească nici o poziție convenabilă. Nu putea decât să se întindă pe pat lângă ea și să-și treacă brațele în jurul ei. Și-a lăsat pe el sacoul și pantofii și a aruncat o privire agitată spre ușă, îngrijorat că ar putea intra cineva care să-i interpreteze greșit gestul. La început, s-a simțit stânjenit și era recunoscător că între ei existau câteva straturi de material: cearceaf, cuvertură, pătură, sacou. Eva l-a tras înspre ea. Treptat-treptat, stânjeneala i-a pierit. S-a relaxat, și-a scos sacoul, a dat la o parte cuvertura și a îmbrățișat-o strâns. Ea l-a strâns la rândul ei în brațe. Preț de o clipă, a simțit un freamăt fierbinte supărător înăuntrul lui, prevestind excitarea sexuală, dar, furios pe sine însuși, a izbutit să și-l înăbușe și să se dedice îmbrățișării iubitoare a Evei. După câteva minute, a întrebat:

— E mai bine, Eva?

Nici un răspuns. Respirația Evei devenise chinuită.

Ernest a sărit din pat, s-a aplecat deasupra ei și i-a strigat numele.

Nici un răspuns. Sora femeii, auzindu-i strigătele, a năvălit în cameră. Ernest a luat încheietura Evei, dar n-a putut să-i simtă pulsul. Și-a pus mâna pe pieptul ei, dându-i ușurel deoparte sânii grei și i-a căutat pulsul apical. Descoperind că bătăile inimii ei erau foarte greoaie și neregulate, s-a pronunțat:

— Fibrilație ventriculară. E foarte rău.

Cei doi au stat de veghe vreo două ore, ascultând respirația gâfâită și eratică a Evei. Respirație „Cheyne-Stokes", se gândea Ernest, surprins cum de termenul îi venise din rămășițele profund inconștiente ale anului trei de Medicină. Pleoapele Evei tremurau din când în când, dar ochii nu i s-au mai deschis. O spumă de salivă seacă i se forma continuu pe buze, iar Ernest i-o ștergea o dată la câteva minute cu un șervețel.

— Ăsta-i un semn de edem pulmonar, s-a pronunțat Ernest. Pentru că inima ei se oprește, în plămâni i se acumulează fluide.

Sora Evei a încuviințat din cap și a părut ușurată. Interesant, s-a gândit Ernest, cum de aceste ritualuri științifice – să explici și să numești fenomenul – diminuează teroarea. Să dau un nume respirației ei? Să explic cum de ventriculul stâng, slăbit, face ca fluidul să se ducă înapoi în auriculul stâng și apoi în plămâni? Și ce dacă? N-am câștigat nimic! N-am făcut decât să pun un nume fiarei. Dar eu mă simt mai bine, sora ei se simte mai bine și, dacă sărmana Eva ar fi fost conștientă, probabil și ea s-ar fi simțit mai bine.

Ernest a ținut-o pe Eva de mână în timp ce respirația ei devenea din ce în ce mai superficială și neregulată, pentru ca după vreo oră să se oprească de tot. Ernest nu i-a mai simțit deloc pulsul.

— S-a prăpădit.

El și sora Evei au rămas tăcuți câteva minute, apoi au început să facă planuri. Au conceput o listă cu numere de telefon la care trebuiau să sune – ale copiilor, prietenilor, cel al ziarului local și al agenției de pompe funebre. După o vreme, Ernest s-a ridicat să plece, în timp ce femeia se pregătea să spele trupul Evei. Au discutat puțin despre cum să o îmbrace. O să fie arsă la crematoriu, a spus ea, și se gândea că cei de la pompe funebre o să-i dea un giulgiu. Ernest a fost de acord, deși nu știa absolut nimic despre asta.

Știa foarte puține despre ce se întâmplă în astfel de situații, se gândea Ernest în drum spre casă. În pofida lungii sale experiențe medicale și a orelor de disecție a cadavrelor la Facultatea de Medicină, el, asemenea multor medici, nu asistase niciodată la moartea cuiva. A rămas calm, ca un profesionist. Deși avea să-i fie dor de Eva, moartea ei fusese, din fericire, ușoară. Știa că făcuse tot ce putuse, dar a continuat să simtă apăsarea corpului ei pe piept toată noaptea aceea foarte agitată.

S-a trezit chiar înainte de cinci dimineața, agățându-se de resturile unui vis intens. A făcut exact ce le spunea și pacienților lui să facă după un vis tulburător: a rămas în pat nemișcat și și-a reamintit visul înainte de a deschide ochii. Întinzându-se după un creion și un carnețel de lângă pat, Ernest și-a notat visul.

> *Mă plimbam cu părinții și cu fratele meu printr-un mall și ne-am hotărât să urcăm la etaj. M-am trezit singur într-un lift. A fost un drum lung, foarte lung. Când am coborât, eram pe malul mării. Dar nu-mi puteam găsi familia. M-am tot uitat după ei. Deși era un peisaj minunat... malul mării e un paradis... am început să simt o groază pervazivă. Apoi mi-am pus o cămașă de noapte care avea pe ea chipul drăguț și zâmbitor al ursului Smokey. Chipul ăsta a devenit din ce în ce mai strălucitor, apoi orbitor... în curând a devenit centrul visului – de parcă toată energia visului se transferase în imaginea aceea dulce și rânjită a ursului Smokey.*

Cu cât se gândea mai mult la el, cu atât dădea o importanță mai mare visului. Nereușind să adoarmă din nou, s-a îmbrăcat și s-a dus la cabinet la șase dimineața să lucreze la computer. Era perfect pentru capitolul despre vise din noua carte pe care o scria, *Moarte, anxietate și psihoterapie*. Sau poate *Psihoterapie, moarte și anxietate*. Ernest nu se putea hotărî ce titlu să-i pună.

Nu era nici un mister legat de vis. Evenimentele nopții trecute îi lămureau pe deplin semnificația. Moartea Evei îl aruncase într-o confruntare cu propria-i moarte (reprezentată în vis de groaza pervazivă, de separarea de familie și de lungul drum ascendent cu liftul spre un mal paradiziac al mării). Ce enervant, s-a gândit Ernest, că făurarul lui de vise îl vârâse într-un basm despre o urcare spre paradis! Dar ce putea face? Făurarul lui de vise avea o voință proprie, formată în zorii conștientului și evident modelată mai mult de cultura populară decât de volițiune.

Forța visului rezida în cămașa de noapte cu emblema ursului Smokey. Ernest știa că acest simbol își avea rădăcinile în discuția despre cum s-o îmbrace pe Eva, pregătind-o pentru crematoriu – ursul Smokey reprezenta arderea la crematoriu! Sinistru, dar instructiv.

Cu cât se gândea mai mult la asta, cu atât mai didactic i se părea visul pentru psihoterapeuți. În primul rând, ilustra un punct de vedere al lui Freud – cum că funcția primară a visului era să mențină somnul. În cazul de față, un gând înfricoșător – arderea la crematoriu – e transformat în ceva mai benign și mai plăcut: adorabila și isteața siluetă a ursului Smokey. Dar visul fusese doar un succes parțial: deși îi permisese să-și continue somnul, suficientă anxietate legată de moarte se strecurase afară pentru a-i îmbiba întregul vis de groază.

Ernest a scris două ore, până când Justin a venit la ședință. Îi plăcea la nebunie să scrie dimineața devreme, deși asta însemna că seara avea să fie extenuat.

— Scuze pentru luni, a spus Justin, mergând direct la scaunul lui și evitând să-l privească în ochi pe Ernest. Nu pot să cred că am făcut asta. Pe la vreo zece, când eram pe drum spre cabinet, fluierând și simțindu-mă destul de bine dispus, brusc m-a lovit fulgerător gândul: *Am uitat de ședința cu tine.* Ce pot să spun? N-am nici o scuză. Nici una. Pur și simplu am uitat. Nu s-a mai întâmplat niciodată până acum. O plătesc?

— Ei bine... a ezitat Ernest. Detesta să-i ceară vreunui pacient să plătească o ședință la care a lipsit, chiar și atunci când, la fel ca acum, se întâmplase, evident, din cauza rezistenței. Ei bine, Justin, având în vedere faptul că, de când ne cunoaștem, asta e prima oară când ai lipsit... uf, Justin, hai să spunem că de azi încolo o să-ți cer banii pe ședințele la care lipsești fără să mă anunți cu douăzeci și patru de ore înainte.

Lui Ernest nu-i venea să creadă ce spusese. Chiar zisese una ca asta? Cum ar fi putut să *nu*-i ceară banii lui Justin? Îl îngrozea următoarea ședință de supervizare. Marshal avea să-i facă un scandal monstru pentru asta! El nu accepta nici o scuză – accident auto, boală, grindină, inundație, picior rupt. Le cerea pacienților bani și pe ședințele la care lipsiseră pentru a se duce la înmormântarea mamelor lor.

Auzea deja cuvintele lui Marshal: „Ai vrut să faci pe băiatul de treabă, Ernest? Asta-i chestia? Așa încât pacientul tău să spună la un moment dat cuiva «Ernest Lash e un tip de treabă»? Sau încă te simți vinovat fiindcă te-ai lăsat iritat de faptul că Justin și-a părăsit soția fără să-ți spună ție mai întâi? Ce fel de cadru inconsistent și inconstant menții tu în terapie?"

Păi, acum nu mai avea ce face.

— Hai să vorbim mai mult despre asta, Justin. Nu-i numai că ai pierdut ședința de luni. La ultima întâlnire ai întârziat câteva minute, iar de-a lungul altor câteva ședințe s-au strecurat perioade lungi de tăcere. Ce crezi că se întâmplă?

— Păi, a făcut Justin cu o sinceritate necaracteristică lui, azi n-o să fie nici o tăcere. E ceva important despre care vreau să vorbesc: am decis să fac un raid acasă.

Justin, a observat Ernest, vorbea altfel: era mai direct, și în vocea lui exista mai puțină considerație. Totuși, încă mai evita o discuție despre relația lor. Ernest urma să revină la asta mai târziu, deoarce acum murea de curiozitate să audă ce avea de spus Justin.

— Cum adică, *raid*?

— Păi, Laura crede că ar trebui să iau ce-mi aparține, nici mai mult, nici mai puțin. Acum am doar ce am reușit să înghesui într-o valiză în noaptea în care am plecat. Am un dulap uriaș. Întotdeauna m-am răsfățat în ceea ce privește hainele – Doamne, ce cravate frumoase am acasă, mi se rupe inima. Laura crede că e o prostie să mă duc în oraș și să-mi cumpăr tot felul de haine noi, când am deja atâtea – în plus, avem nevoie de bani pentru o mulțime de alte lucruri, începând cu mâncarea și o locuință. Laura crede că trebuie să intru pur și simplu în propria-mi casă și să iau ce-mi aparține.

— Un pas mare. Ce crezi despre asta?

— Păi, cred că Laura are dreptate. E atât de tânără și de necoruptă – și neanalizată –, încât dă la o parte o mulțime de rahaturi și vede fix miezul problemei. Și Carol? Reacția ei?

— Păi, am sunat-o de două ori – ca să-mi văd copiii și să iau câteva lucruri. Am o parte din statele de plată de luna viitoare pe computerul de acasă – o să mă omoare tata. Nu i-am pomenit de ele – le-ar distruge. Justin a tăcut.

— Și? Lui Ernest îi revenise o parte din iritarea pe care o simțise față de Justin săptămâna trecută. După cinci ani de tratament, n-ar fi trebuit să muncească atât de al naibii de greu să smulgă de la el fiecare informație, cât de mică.

— Păi, Carol e Carol. Înainte să pot spune ceva, m-a întrebat când vin acasă. Când i-am zis că nu mă întorc, m-a făcut găozar de rahat și a închis telefonul.

— Carol e Carol, zici tu.

— Știi, e comic, ea mă ajută fiind la fel de scârboasă ca de obicei. După ce a țipat și mi-a închis telefonul în nas, m-am simțit mai bine. De fiecare dată când o aud cum zbiară la telefon, îmi spun că am avut dreptate să plec. Din ce în ce mai des mă gândesc că am fost un idiot să-mi irosesc nouă ani din viață în căsnicia aia.

— Mda, Justin, îți aud regretele, dar lucrul important e să nu privești în urmă peste zece ani și să fii copleșit de regrete similare. Uită-te mai bine la ce ai început să faci! Ce bine că ai părăsit-o pe femeia aia. Ce bine că ai avut curajul să faci pasul ăsta.

— Da, doctore, tu ai spus tot timpul: „Evită regretele viitoare, evită regretele viitoare". Îmi spuneam asta și-n somn. Dar înainte, cuvintele astea nu ajungeau cu adevărat până la mine.

— Păi, Justin, ia-o așa: N-ai fost pregătit să le auzi. Dar acum ești gata să le auzi *și* să treci la acțiune.

— Ce minunat, a zis Justin, că Laura a apărut tocmai acum. Nici nu pot să-ți spun ce diferență e să fiu cu o femeie care chiar mă *place*, care mă și admiră, care e de partea mea.

Deși Ernest era iritat de faptul că Justin pomenea tot timpul de Laura, se controla bine – ședința de supervizare cu Marshal chiar îl ajutase. Ernest știa că nu are altă opțiune decât să se alieze cu Laura. Totuși, nu voia ca Justin să-i cedeze complet puterea. În fond, abia o recăpătase de la Carol și ar fi fost bine pentru el s-o dețină o vreme.

— *Este* minunat că Laura a intrat în viața ta, Justin, dar nu vreau să te minimalizezi – *tu* ai făcut mișcarea, pe picioarele *tale* ai ieșit din viața lui Carol. Însă mai devreme ai zis ceva despre un „raid"?

— Păi, am urmat sfatul Laurei și ieri m-am dus acasă cu mașina, să-mi iau lucrurile.

Justin a remarcat uimirea lui Ernest și a adăugat:

— Nu te îngrijora, nu mi-am pierdut complet mințile. Am telefonat mai întâi, să fiu sigur că e plecată la serviciu. Ei bine, poți să crezi că m-a lăsat pe afară? Vrăjitoarea a schimbat încuietorile. Toată noaptea, eu și Laura am vorbit despre ce să facem. Ea crede că trebuie să iau o rangă dintr-un magazin de-al tatălui meu și să mă duc înapoi, să deschid ușa cu forța și să iau pur și simplu ce-mi aparține. Cu cât mă gândesc mai mult la asta, cu atât devin mai convins că are dreptate.

— Mulți soți încuiați pe dinafară au făcut lucruri asemănătoare, a zis Ernest, uluit de noua forță a lui Justin. Preț de o clipă și l-a imaginat într-o jachetă din piele neagră și o mască de schi, cu ranga în mână, distrugând noile încuietori ale lui Carol. Delicios! Lui Ernest începea să-i placă tot mai mult de Laura. Totuși, rațiunea guverna încă: știa că era mai bine să se prefacă, pentru că mai târziu trebuia să-i descrie întrevederea asta lui Marshal. Dar consecințele juridice? Te-ai gândit să-ți iei un avocat?

— Laura nu-i de acord cu nici o amânare: până caut un avocat, Carol o să aibă timp să-mi jefuiască și să-mi distrugă lucrurile. Pe lângă asta, răutatea ei din sala de judecată e vestită – cu greu o să găsesc în orașul ăsta pe cineva dispus să o înfrunte. Știi, chestia asta, adică să-mi iau lucrurile înapoi, e obligatorie: Laura și cu mine rămânem fără fonduri. N-am bani să plătesc nimic – și mi-e teamă că asta include și nota ta de plată!

— Cu atât mai mult ar trebui să cauți asistență juridică. Mi-ai zis că soția ta câștigă mult mai mult decât tine – asta înseamnă că, în conformitate cu legile californiene, ai dreptul la alocație.

— Glumești! O vezi tu pe Carol plătindu-mi alocație?

— Și ea e un om ca toți ceilalți, trebuie să se supună legii.

— Carol n-o să-mi plătească niciodată pensie alimentară. O să ajungă până la Curtea Supremă, o să arunce banii la closet, o să meargă mai degrabă la închisoare decât să-mi plătească.

— Bine, Justin, ea se duce la închisoare, iar tu te duci acasă, îți iei lucrurile, copiii și locuința înapoi. Nu îți dai seama că exagerezi? Ascultă ce spui! Ascultă-ți cuvintele: Carol are puteri supranaturale! Carol te îngrozește atât de mult, încât nici un avocat din California n-o să îndrăznească s-o înfrunte! Carol e deasupra legii! Justin, noi vorbim despre soția ta, nu despre Dumnezeu! Nu despre Al Capone!

— N-o cunoști la fel de bine ca mine – nici măcar după toți anii ăștia de terapie n-o cunoști cu adevărat. Iar părinții mei nu sunt nici ei mai răsăriți. Dacă mi-ar fi plătit un salariu decent, acum aș fi fost în regulă. Știu, știu, mă îndemni de ani de zile să cer un salariu mai bun. Ar fi trebuit s-o fac demult. Dar acum nu-i momentul – chiar sunt șucăriți pe mine pentru tot ce se întâmplă.

— Șucăriți? De ce? a întrebat Ernest. Parcă ai spus că o urăsc pe Carol.

— Nimic nu le-ar plăcea mai mult decât să n-o mai vadă niciodată. Dar ea are hățurile în mâini – ține copiii ostatici. De când am plecat, nu le-a dat voie să-și vadă nepoții, nici măcar să le vorbească la telefon. I-a avertizat că dacă se aliază cu mine acum, își pot lua adio de la nepoții lor. Fac pe ei, le e teamă să mă ajute.

Restul ședinței, Justin și Ernest au discutat despre viitorul terapiei lor. Faptul că a pierdut o ședință și că a întârziat la alta, sugera, în mod evident, un interes din ce în ce mai scăzut pentru tratament, a comentat Ernest. Justin a fost de acord și a spus clar că nu-și mai putea permite să continue ședințele. Ernest i-a recomandat să nu întrerupă terapia în toiul unei perioade atât de tumultuoase și s-a oferit să-l lase pe Justin să-și amâne plățile până când își regla finanțele. Dar Justin, profitând de noua lui siguranță de sine, n-a fost de acord, pentru că nu putea să-și închipuie cum i s-ar regla situația financiară ani de zile – până când mureau părinții lui. Iar Laura credea (și el era de acord) că nu este o idee bună să începi o viață nouă cu datorii mari.

Dar nu era vorba doar de bani. Justin i-a spus lui Ernest că nu mai avea nevoie de terapie. Discuțiile cu Laura îi ofereau tot ajutorul de care avea nevoie. Lui Ernest nu i-a plăcut asta, dar s-a liniștit, amintindu-și cuvintele lui Marshal referitoare la faptul că rebeliunea pacientului lui era un semn de progres autentic. A acceptat decizia lui Justin de a-și încheia terapia, dar a susținut cu blândețe că nu era o idee bună să îi pună capăt atât de brusc. Justin s-a opus, dar, până la urmă, a fost de acord să mai vină la încă două ședințe.

Majoritatea terapeuților iau câte zece minute de pauză între ședințe și își programează pacienții din oră în oră. Nu și Ernest – era prea puțin disciplinat pentru așa ceva și deseori începea mai târziu sau depășea cele cincizeci de minute. Încă de la început, își fixase pauze de cincisprezece sau douăzeci de minute între ședințe și își programa pacienții la ore ciudate: 9:10, 11:20, 2:50. Firește, Ernest ținea secret obiceiul ăsta neortodox față de Marshal, care i-ar fi criticat incapacitatea de a menține limitele.

În general, Ernest își folosea timpul din pauze făcând însemnări în fișa pacientului sau notându-și într-un carnet idei pentru noua lui carte, aflată în lucru. Dar nu și-a notat nimic după plecarea lui Justin. A stat pur și simplu nemișcat, reflectând la modul în care se termina terapia lui Justin. Era un sfârșit incomplet. Deși Ernest știa că îl ajutase, nu ajunsese cu el suficient de departe. Și, bineînțeles, îl irita faptul că Justin își atribuia tot progresul Laurei. Dar, pe undeva, asta nu mai conta pentru el. Supervizarea îl ajutase să-și suprime sentimentul ăsta. Trebuia neapărat să-i spună asta lui Marshal. Indivizii cu o încredere atât de mare în sine ca Marshal primesc de obicei puține încurajări – cei mai mulți oameni cred că n-au nevoie de așa ceva. Dar Ernest avea senzația că ar aprecia puțin feedback.

În pofida dorinței sale de a ajunge mai departe cu Justin, Ernest nu era nemulțumit de faptul că terapia lui se încheia. Cinci ani fuseseră îndeajuns. Nu îi plăceau pacienții cronici. Era un aventurier, și când pacienților lui le pierea cheful să mai sape după ceva nou, după vreun teritoriu neexplorat, Ernest își pierdea interesul față de ei. Iar Justin nu fusese niciodată prea introspect. Da, era adevărat că, până la urmă, rupsese lanțurile și se eliberase de oroarea aia de căsnicie. Dar Ernest nu-i acorda prea mult merit pentru mișcarea asta: aici nu fusese vorba de Justin, ci de o nouă entitate – Justin-Laura. Când Laura o să dispară, cum sigur avea să se întâmple, Ernest bănuia că Justin va reveni la vechile lui metehne.

Unsprezece

În după-amiaza următoare, Ernest și-a notat în grabă câteva însemnări clinice, înainte ca noua pacientă, Carolyn Leftman, să vină la cea de-a doua ședință a ei. Fusese o zi lungă, dar nu era obosit: întotdeauna îl înviora o terapie eficientă și, până acum, era mulțumit de ce se întâmplase în ziua aceea.

Cel puțin, era mulțumit de patru dintre cele cinci ședințe. Al cincilea pacient, Brad, și-a folosit timpul, așa cum făcea mereu, prezentându-i un raport detaliat și plictisitor al activităților din săptămâna care trecuse. Mulți dintre pacienții de genul ăsta păreau fizic incapabili de a profita de terapie. După ce orice încercare a lui de a-l îndruma spre un nivel mai profund eșuase, Ernest a început să-i sugereze că altă formă de terapie, poate una comportamentală, i-ar putea oferi lui Brad mai mult ajutor pentru anxietatea lui cronică și pentru tendința paralizantă de a amâna la nesfârșit să facă ceva. Însă, de fiecare dată când începea să vorbească, Brad repeta cu recunoștință faptul că terapia îl ajutase enorm, că scăpase de atacurile de panică și că prețuia foarte mult munca alături de Ernest.

Ernest nu mai era satisfăcut de faptul că analiza anxietatea lui Brad. Își pierduse răbdarea cu el la fel de tare ca și cu Justin. Criteriul după care judeca o terapie eficientă se schimbase: acum era mulțumit doar dacă pacienții lui se dezvăluiau, își asumau riscuri, intrau pe un teren nou și, mai mult decât orice altceva, erau dornici să se concentreze și să exploreze spațiul intermediar: spațiul dintre pacient și terapeut.

La ultima lor ședință de supervizare, Marshal îl muștruluise pentru tupeul de a crede că a te concentra pe spațiul intermediar era un lucru original. În ultimele opt decenii, analiștii se ocupaseră minuțios de transfer[1], de sentimentele iraționale ale pacientului față de terapeut.

Dar Ernest nu se dezumflase și, plin de încăpățânare, continua să ia notițe pentru un articol despre relația terapeutică, intitulat *Spațiul intermediar. Pledoarie pentru autenticitate în terapie*. În ciuda părerii lui Marshal, era convins că vine cu ceva nou în psihoterapie, pentru că se concentra nu asupra transferului – relația ireală, distorsionată –, ci asupra relației *reale, autentice* dintre el și pacient.

Tehnica lui Ernest, care evolua mereu, pretindea ca el să le dezvăluie mai mult din propria-i persoană pacienților, pentru ca el și pacientul să se preocupe de relația reală – de *noi*, cei din cabinet. De multă vreme se gândea că munca terapeutică înseamnă să înțelegi și să înlături toate obstacolele care slăbesc relația. Experimentul

---

1 Motor al terapiei psihanalitice prin care relațiile pacientului cu obiectele sale se repetă cu terapeutul, care ia locul acestora.

radical al lui Ernest de a se dezvălui pe sine cu Carolyn Leftman era pur și simplu următorul pas logic în evoluția unei noi tehnici de terapie.

Nu numai că era satisfăcut de munca din acea zi, dar primise și un premiu special: pacienții îi descriseseră două vise captivante pe care, cu permisiunea lor, le-ar fi putut folosi în cartea lui despre angoasa provocată de moarte. Încă mai avea cinci minute până la sosirea lui Carolyn, așa încât și-a deschis computerul pentru a nota visele.

Primul era doar un fragment:

Am venit la tine la cabinet la ora programată. Nu erai acolo. M-am uitat în jur și ți-am văzut pălăria de paie în cuier – era plină de pânze de păianjen. M-a cuprins un val apăsător de imensă tristețe.

Madeline, cea care-l visase, avea cancer la sân și tocmai aflase că boala ajunsese la măduva spinării. În visul ei, moartea își deplasează ținta: nu *ea* este cea care se confruntă cu moartea și putrefacția, ci terapeutul, care a dispărut și a lăsat în urmă doar pălăria plină de pânze de păianjen. Sau, se gândea Ernest, visul putea să exprime ceea ce simțea ea față de pierderea lumii: de vreme ce conștientul ei este responsabil pentru forma și sensul întregii realități „obiective" – toată lumea ei personală și plină de semnificații –, atunci nimicirea conștientului ei ar duce la dispariția oricărui lucru.

Ernest era obișnuit să lucreze cu pacienți pe moarte. Dar această imagine – mult iubita lui pălărie de pai învăluită de pânze de păianjen – îi dădea fiori pe șira spinării.

Matt, un medic de șaizeci și patru de ani, îi furnizase cel de-al doilea vis:

Mergeam de-a lungul unei stânci înalte de pe coasta Big Sur și am dat peste un râuleț care se vărsa în Pacific. Apropiindu-mă de el, am fost surprins să văd că apa curgea dinspre ocean, în sens invers. Apoi am văzut un moșneag adus de spate, care semăna cu tatăl meu și care stătea singur și necăjit în fața unei peșteri de lângă râu. Nu m-am putut duce mai aproape de el, pentru că nu era nici o cărare până jos, așa încât am continuat să merg de-a lungul râului, pe sus. Puțin mai târziu am dat peste un alt bărbat, și mai adus de spate decât primul, poate bunicul meu. Nici la el n-am găsit vreo cale să ajung și m-am trezit tulburat și frustrat.

Marea spaimă a lui Matt nu era cea de moarte, ci aceea de a muri singur. Tatăl lui, un alcoolic cronic, murise cu câteva luni în urmă și, deși avuseseră o relație dificilă și conflictuală, Matt nu se putea ierta pentru faptul că îl lăsase să moară singur. Îi era teamă că îl aștepta și pe el aceeași soartă, aceea de a muri singur, pe stradă, așa cum se întâmplase cu toți bărbații din familia lui. Deseori, când anxietatea îl copleșea în toiul nopții, Matt se liniștea șezând lângă patul fiului său de opt ani și ascultând cum respiră. Visa că înoată în ocean, departe, în larg, cu cei doi copii ai lui, care îl ajutau, plini de dragoste, să treacă pe sub valuri. Dar, întrucât nu îi ajutase nici pe tatăl, nici pe bunicul lui să moară, se întreba dacă merită asemenea copii.

Un râu care curgea invers! Apa, care purta cu ea conuri de pin și frunze sfărâmicioase de stejar, curgea *în susul dealului*, îndepărtându-se de ocean. Un râu care curgea înapoi, spre epoca de aur a copilăriei și a reunirii familiei primordiale. Ce imagine vizuală extraordinară, ca timpul să se scurgă înapoi, din dorința de a scăpa de inevitabila bătrânețe și șubrezire! Ernest era plin de admirație pentru talentul artistic latent care exista în toți pacienții lui. Deseori voia să-și ridice pălăria în cinstea făuritorului inconștient de vise care, noapte de noapte, an după an, născocea capodopere ale iluziei.

În sala de așteptare, de cealaltă parte a peretelui, și Carol scria: însemnări despre prima ședință de terapie cu Ernest. S-a oprit și a citit ce își notase:

Prima ședință
12 feb., 1995

Dr. Lash – nepotrivit de informal. Intruziv. A insistat, în ciuda protestelor mele, să-i spun Ernest... m-a atins în primele treizeci de secunde – coatele, pe când intram în cameră... foarte blând – m-a atins iarăși pe mână, când mi-a dat un șervețel... m-a întrebat despre problemele mele și despre istoria mea familială... din prima ședință a stăruit asupra amintirilor reprimate despre abuzul sexual! Prea mult, prea repede – m-am simțit copleșită și confuză! Mi-a dezvăluit propriile-i sentimente... mi-a spus că e foarte important să devenim cât mai apropiați... m-a invitat să-i pun întrebări despre el însuși... mi-a promis că o să facă dezvăluiri complete despre sine... și-a exprimat aprobarea în legătură cu aventura mea cu dr. Cooke... m-a ținut zece minute mai mult... a insistat să mă îmbrățișeze la plecare...

Se simțea satisfăcută. *Însemnările astea o să-mi folosească de minune,* se gândea ea. *Nu știu sigur cum. Dar într-o zi, cineva – Justin, avocatul meu pentru malpraxis, comitetul de etică – o să le considere foarte interesante.* Carol și-a închis carnețelul. Trebuia să se concentreze asupra ședinței care urma cu Ernest. După cele ce se întâmplaseră în ultimele douăzeci și patru de ore, nu mai judeca prea limpede.

Venise ieri acasă și găsise un bilețel de la Justin, lipit cu bandă adezivă pe ușa de la intrare: „*Am trecut să-mi iau lucrurile*". Ușa din spate fusese deschisă cu forța, iar el luase tot ce nu distrusese ea: rachetele de tenis, haine, cosmeticale, pantofi, cărți și unele obiecte comune – cărți, aparat de fotografiat, binoclu, CD player portabil, cea mai mare parte a colecției de CD-uri și mai multe oale, cratițe și pahare. Ba chiar deschisese cu forța cufărul ei din lemn de cedru și își luase computerul.

Curpinsă de frenezie, Carol i-a sunat pe părinții lui Justin pentru a le spune că are de gând să-l trimită pe fiul lor în spatele gratiilor și că o să-i pună și pe ei în celula de alături dacă își ajută în vreun fel plodul infractor. Telefoanele date Normei și lui Heather n-au ajutat-o deloc, de fapt, chiar au înrăutățit lucrurile. Norma era preocupată de propria-i criză maritală, iar Heather, în stilul ei enervant de blând, i-a amintit că Justin avea dreptul să-și ia lucrurile. Nu se putea depune nici o plângere pentru intrare prin efracție – era casa lui, și ea nu avea dreptul legal să schimbe încuietorile sau să încerce să-i interzică în vreun fel accesul fără ordin de restricție.

Carol știa că Heather are dreptate. Nu obținuse un ordin de la tribunal care să-i interzică lui Justin accesul în casă, pentru că niciodată – nici în cele mai nebunești visuri ale ei – nu și l-ar fi putut imagina făcând așa ceva.

Și nu se mulțumise doar să-și ia lucrurile. Când se îmbrăcase de dimineață, descoperise că îi tăiase între picioare aproape toți chiloții. Și, ca să nu existe nici o nelămurire despre cine și de ce o făcuse, Justin lăsase în fiecare pereche câte o bucată mică dintr-o cravată pe care ea o tăiase și o azvârlise la loc în dulap.

Carol rămăsese perplex. Asta nu era Justin. Nu Justin pe care-l știa ea. Nu, în nici un caz nu făcuse asta de unul singur. N-ar fi avut tupeul. Sau imaginația. Doar într-un singur caz s-ar fi putut întâmpla una ca asta... Doar o singură persoană ar fi putut orchestra așa ceva: Ernest Lash! Ea și-a ridicat privirea și l-a văzut în carne și oase în fața ei – făcându-i semn din capul lui gras și invitând-o în cabinet! *Oricum ar fi, jigodie împuțită*, Carol era hotărâtă, *oricâtă vreme mi-ar lua, orice ar fi nevoie să fac, o să te las fără slujbă.*

— Deci, a zis Ernest după ce și el și Carol s-au așezat, astăzi ce ți se pare important de discutat?

— Atât de multe lucruri. Am nevoie de o clipă să-mi adun gândurile. Nu știu prea bine de ce mă simt atât de agitată.

— Da, văd pe fața ta că astăzi se petrec multe lucruri în mintea ta.

Ah, minunat, minunat, găozarule, s-a gândit Carol.

— Dar nu prea reușesc să-mi dau seama ce-i cu tine, Carolyn, a continuat Ernest. Probabil te tulbură ceva. Ceva trist.

— Ralph, fostul meu terapeut, acum mort, spunea că există patru sentimente fundamentale...

— Da, a intervenit rapid Ernest, răutate, tristețe, nebunie și bucurie. În ordinea asta, ca să fie ușor de reținut[1].

Ușor de reținut? Pentru meseria asta îți trebuie multă inteligență – e o profesie în care ai de reținut o singură silabă, se gândea Carol. *Voi toți puțoii sunteți la fel!*

— Cred că simt câte puțin din fiecare, Ernest.

— Cum așa, Carolyn?

— Păi, „nebunie" față de rupturile din viața mea – unele lucruri despre care am discutat data trecută: fratele meu, tata, mai ales. Și „răutate" – anxietate – când mă gândesc la capcana în care sunt prinsă acum, așteptând ca soțul meu să moară. Și „tristețe"... presupun... „tristețe" când mă gândesc la anii pe care i-am pierdut într-o căsnicie nasoală.

— Și bucurie?

— Asta-i ușor – „bucurie" când mă gândesc la tine și la cât de norocoasă am fost să te găsesc. Gândul la tine și la întâlnirea noastră de azi m-au ținut în viață toată săptămâna.

1 În engl. în orig. *bad, sad, mad, and glad.*

— Îmi poți spune mai multe despre asta?

Carol și-a luat poșeta din poală, a așezat-o pe jos și și-a pus cu grație unul peste altul picioarele lungi.

— Teamă mi-e că o să mă faci să roșesc. A făcut o pauză, sfioasă, gândindu-se: *Perfect! Dar mai încet, ia-o încet, Carol.* Adevărul e că toată săptămâna am visat la tine cu ochii deschiși. Vise sexy. Dar probabil că ești obișnuit ca femeile să te considere atrăgător.

Pe Ernest îl tulbura gândul că ea visa la el cu ochii deschiși, probabil fiind vorba despre fantezii în timp ce se masturba. S-a gândit la ce să-i răspundă – ce să-i răspundă *sincer.*

— *Nu ești* obișnuit cu asta, Ernest? Spuneai că aș putea să-ți pun întrebări.

— Carolyn, în întrebarea ta există ceva ce mă face să nu mă simt în largul meu și încerc să-mi dau seama de ce. Probabil din cauza premisei că ce se întâmplă aici, între noi, e un lucru standardizat – predictibil.

— Nu sunt sigură că înțeleg.

— Păi, eu te consider unică. Și situația din viața ta, tot unică. Și întâlnirea asta dintre mine și tine este unică. În consecință, o întrebare despre ce se întâmplă *de obicei* pare cam nepotrivită.

Carol și-a mijit ochii strălucitori, privindu-l îndelung.

Ernest și-a savurat propriile-i cuvinte. *Ce răspuns minunat! Trebuie să încerc să mi-l amintesc – merge la fix în articolul meu despre „spațiul intermediar."* Însă Ernest își dădea seama că adusese ședința pe un teritoriu impersonal, abstract și s-a grăbit să corecteze asta.

— Dar, Carolyn, nu ți-am răspuns la întrebare... care e...?

— Care e: Ce crezi despre faptul că te consider atrăgător? a replicat Carol. Mi-am petrecut atât de multă vreme gândindu-mă la tine săptămâna asta... sau la cum ar fi fost dacă, din întâmplare – poate la una dintre prelegerile tale – ne-am fi cunoscut ca femeie și bărbat, în loc de terapeut și pacient. Știu că ar trebui să vorbesc despre asta, dar mi-e greu... e jenant... poate că ție ți se pare – adică *eu* îți par – respingătoare. Eu *mă simt* respingătoare.

Foarte, foarte bine, s-a gândit Carol. *La naiba, mă pricep la asta, nu glumă!*

— Ei bine, Carolyn, ți-am promis că-ți răspund sincer. Și adevărul e că-i foarte plăcut pentru mine să aud că o femeie – o femeie foarte frumoasă, aș putea adăuga – mă consideră atrăgător. La fel ca majoritatea oamenilor, și eu am îndoieli în ce privește înfățișarea mea.

Ernest a făcut o pauză. *Inima îmi bubuie. N-am zis niciodată ceva atât de intim unui pacient. Mi-a plăcut să-i spun că e frumoasă – m-a incitat. Probabil o greșeală. Prea seducătoare. Și totuși, i se pare că e respingătoare. Nu știe că e o femeie care arată bine. De ce să nu-i ofer o încurajare, o frântură de realitate legată de înfățișarea ei?*

Carol era euforică – pentru prima oară după mai multe săptămâni. *„O femeie foarte atrăgătoare." Bingo! Îmi amintesc că Ralph Cooke a rostit aceleași cuvinte. Asta a fost prima lui mișcare. Și exact aceleași cuvinte le-a folosit și scârbosul ăla de dr. Zweizung. Slavă Domnului că am avut suficientă prezență de spirit să-i spun că e un ticălos și să ies din cabinetul lui. Și probabil că amândoi fac același lucru și cu alți pacienți. Dacă aș fi avut prezența de spirit să adun dovezi și să-i dau în gât pe nenorociții ăia. Acum îmi pot lua revanșa. Măcar dacă aș fi adus un reportofon în poșetă. Data viitoare! Pur și simplu n-am crezut c-o să fie atât de lasciv așa curând.*

— Dar, a continuat Ernest, ca să fiu sincer până la capăt, nu-ți iau cuvintele prea în serios. Se poate ca într-o oarecare măsură să fie inspirate de mine, dar, într-o măsură mult mai mare, nu e o reacție la mine, ci la rolul meu.

Carol a fost surprinsă.

— Cum adică?

— Păi, hai să ne întoarcem puțin în urmă. Haide să privim la rece evenimentele recente. Ți s-au întâmplat niște lucruri îngrozitoare. Tu ai ținut totul în tine, n-ai împărtășit nimănui nimic. Ai avut parte numai de relații dezastruoase cu bărbații importanți din viața ta – tatăl tău, fratele tău, soțul tău și... Rusty, nu-i așa? Prietenul tău din liceu. Iar singurul bărbat care ți-a plăcut, fostul tău terapeut, te-a abandonat murind.

Iar apoi vii la mine și, pentru prima oară, riști și îmi destăinui totul. Ținând cont de toate astea, Carolyn, e de mirare că ai sentimente intense pentru mine? Nu cred. La asta mă refeream când spuneam că e vorba de rolul meu, nu de mine. La fel și sentimentele alea intense pentru dr. Cooke. Nu-i de mirare că moștenesc și eu o parte din ele – adică, se transferă asupra mea.

— Sunt de acord cu ultima parte, Ernest. Chiar încep să am pentru tine aceleași sentimente pe care le-am avut față de dr. Cooke.

Un moment de tăcere. Carol s-a uitat lung la Ernest. Marshal ar fi așteptat. Nu și Ernest.

— Am discutat despre „bucurie“, a zis Ernest, și ți-am apreciat sinceritatea. Ne-am putea ocupa și de celelalte trei sentimente? Hai să vedem, ai spus „nebunie“ față de întâmplările din trecutul tău – mai ales față de bărbații din viața ta. „Răutate“ față de capcana în care te afli, apropo de soțul tău, și „tristețe“ pentru că... pentru că... adu-mi aminte, Carolyn.

Carol s-a înroșit. Își uitase propria-i poveste.

— Și eu am uitat ce-am spus. Sunt prea agitată ca să mă concentrez. *Asta nu ține*, s-a gândit ea. *Trebuie să joc rolul propriei mele persoane. Există doar o singură cale să evit scăpările astea – trebuie să fiu sinceră când vorbesc despre mine; bineînțeles, nu și despre Justin.*

— A, îmi amintesc, a spus Ernest: „tristețe“ pentru regretele care s-au acumulat în viața ta – „anii pierduți“ cred că ai zis tu. Știi, Carolyn, regula aia cu „nebunie, tristețe, bucurie și răutate“ e cam simplistă – tu ești, evident, o femeie perspicace și mi-e teamă să nu-ți insult inteligența: cu toate acestea, astăzi a fost *de folos*. Problemele asociate cu fiecare dintre cele patru sentimente sunt centrale – hai să discutăm despre ele.

Carol a încuviințat din cap. Se simțea dezamăgită de faptul că se îndepărtaseră atât de repede de comentariile lui legate de cât este de atrăgătoare. *Răbdare*, și-a spus în sinea ei. *Adu-ți aminte de Ralph Cooke. Asta-i strategia lor. Mai întâi îți câștigă încrederea, apoi te fac complet dependent și îți devin absolut indispensabili. Și abia atunci se dau la tine. N-am cum să evit șarada asta. Acordă-i vreo două săptămâni. Trebuie să ajungem acolo în ritmul lui.*

— Cu ce să începem? a întrebat Ernest.

— Cu tristețea, a zis Carolyn, tristețea care mă cuprinde când mă gândesc la toți anii petrecuți alături de un bărbat pe care nu-l pot suferi.

— Nouă ani, a spus Ernest. O mare parte din viața ta.

— O foarte mare parte. Mi-aș dori să mi-o pot lua înapoi.

— Carolyn, hai să încercăm să vedem de ce i-ai dăruit nouă ani din viață.

— Am tot despicat firul în patru apropo de asta în trecut, cu ceilalți terapeuți. Nu m-a ajutat niciodată. Dar dacă ne ocupăm acum de trecut, nu ne îndepărtăm de la problema mea actuală, de la dilema mea?

— Bună întrebare, Carolyn. Ai încredere în mine, eu nu despic firul în patru. Cu toate astea, trecutul face parte din conștiința ta – el constituie ochelarii prin care tu interpretezi prezentul. Ca să te cunosc pe deplin, trebuie să văd prin ochii tăi. Și mai vreau să aflu cum ai luat decizii în trecut, pentru a te ajuta să iei decizii mai bune în viitor.

Carol a încuviințat din cap.

— Înțeleg.

— Așa că povestește-mi despre căsnicia ta. Cum s-a întâmplat să te căsătorești și să rămâi nouă ani într-un mariaj cu un bărbat pe care îl detești?

Carol și-a respectat planul de a rămâne fidelă adevărului și i-a povestit lui Ernest cum a decurs în realitate căsnicia ei, schimbând numai zonele geografice și orice amănunte factuale care ar fi putut trezi bănuieli.

— L-am cunoscut pe Wayne înainte de a absolvi Facultatea de Drept. Lucram pe post de jurist la o firmă de avocatură din Evanston și primisem sarcina de a reprezenta firma tatălui lui Wayne, un lanț profitabil de magazine de pantofi. Mi-am petrecut multă vreme cu Wayne – arăta bine, era blajin, loial, contemplativ și urma să preia afacerea de cinci milioane de dolari a tatălui său peste un an sau doi. Eu nu aveam nici un sfanț și împrumutasem o sumă enormă pentru a mă întreține în facultate. Am luat repede decizia să mă mărit. A fost o hotărâre foarte tâmpită.

— De ce?

— La câteva luni după ce ne-am căsătorit, am început să văd însușirile lui Wayne într-un mod mai realist. Curând am aflat că „blajin“ nu însemna bun, ci laș. „Contemplativ“ însemna ezitant. „Loial“ s-a transformat în dependent. Iar „bogat“ s-a făcut praf și pulbere când afacerea cu magazine de pantofi a tatălui său a dat faliment trei ani mai târziu.

— Și faptul că arăta bine?

— Un bărbat imbecil, sărac și care arată bine, plus un dolar și cincizeci de cenți, îți cumpără un cappuccino. A fost o decizie proastă din toate punctele de vedere – o decizie care mi-a distrus viața.

— Cum crezi că ai luat decizia asta?

— Păi, știu de ce. Ți-am spus că iubitul meu din liceu, Rusty, mi-a dat papucii fără nici o explicație în al doilea an de facultate. În timp ce făceam dreptul, m-am văzut constant cu Michael. Formam un cuplu de vis. Michael era al doilea din an…

— Cum adică erați un cuplu de vis? a întrerupt-o Ernest. Și tu învățai bine?

— Păi, aveam un viitor strălucit. El era al doilea din an, iar eu prima. Dar Michael mi-a dat papucii până la urmă, pentru a se căsători cu fiica prostuță a unui asociat fondator al celei mai mari firme de consultanță juridică din New York. Iar apoi, în timpul verii, pe când făceam practică la tribunalul districtual, a mai fost și Ed, un asistent influent de acolo, care mă medita pe canapeaua din biroul lui, în pielea goală, aproape în fiecare după-amiază. Dar nu voia să fie văzut în public cu mine și, după ce a trecut vara, nu mi-a mai răspuns la scrisori sau la telefoane. Nu mai avusesem relații cu nici un bărbat, de un an și jumătate, când l-am cunoscut pe Wayne. Presupun că am decis să mă mărit cu el ca o consolare.

— Îmi dau seama că există un lanț întreg de bărbați care te-au trădat sau te-au abandonat: tatăl tău, Jed...

— Jeb. Cu „b". *B, b, b, jigodie*, s-a gândit Carol. S-a forțat să zâmbească. Gândește-te la *b* de la „bărbat" – o regulă din două silabe. Sau de la bou, brută sau bădăran.

— Scuză-mă, Carolyn. *Jeb*, dr. Cooke și Rusty, iar astăzi îi mai adăugăm și pe Michael și pe Ed. E o ditamai lista! Presupun că atunci când a apărut Wayne, ai fost ușurată să găsești pe cineva care ți s-a părut protector și de încredere.

— Nu era nici un pericol ca Wayne să mă abandoneze – se agăța atât de tare de mine, abia voia să se ducă la baie fără să-l însoțesc.

— Poate că „agățatul" ăsta al lui te-a atras atunci. Și lanțul ăsta de bărbați? E neîntrerupt? N-am auzit nimic despre nici o excepție, despre nici un bărbat care să te fi ajutat. Sau care să se fi purtat frumos cu tine.

— Doar Ralph Cooke. Carol s-a grăbit să apeleze la siguranța minciunilor. Cu câteva clipe în urmă, pe când enumera toți bărbații care o trădaseră, Ernest începuse să stârnească în ea sentimente dureroase, la fel ca în ședința precedentă. Ea își dăduse seama că trebuie să fie cu ochii în patru. Nu se gândise niciodată la cât de seducătoare era terapia. Și cât de înșelătoare.

— Și a murit, a spus Ernest.

— Iar acum ești tu. O să te porți frumos cu mine?

Înainte ca Ernest să apuce să-i răspundă, Carol a zâmbit și i-a pus o nouă întrebare:

— Cât de sănătos ești *tu*?

Ernest a zâmbit.

— Foarte sănătos, Carolyn. Plănuiesc să rămân prin preajmă o grămadă de timp.

— Și răspunsul la cealaltă întrebare a mea?

Ernest s-a uitat iscoditor la Carol.

— O să te porți frumos cu mine?

Ernest a ezitat, apoi și-a ales cu grijă cuvintele.

— Da, o să încerc să te ajut cât mai mult. Te poți bizui pe asta. Știi, mă gândesc la ce mi-ai spus, că ai fost prima în facultate. A trebuit să-ți scot cu cleștele cuvintele din gură. Prima din an la Universitatea de Drept din Chicago – ăsta nu-i un fleac, Carolyn. Ești mândră de realizarea ta?

Carol a ridicat din umeri.

— Carolyn, răspunde-mi. Te rog, mai spune-mi o dată: ce performanțe academice ai avut la Universitatea de Drept din Chicago?

— M-am descurcat binișor.

— Cât de bine?

Tăcere și apoi, cu o voce firavă, Carol a zis:

— Am fost prima din an.

— Încă o dată. Cât de bine? Ernest și-a dus mâna la ureche pentru a-i sugera că abia o aude.

— Prima din an, a spus Carol cu voce tare. Și a adăugat: și editorul revistei de drept. Și nimeni, nici măcar Michael, nu s-a putut compara cu mine vreodată. Iar apoi a izbucnit în plâns.

Ernest i-a dat un șervețel, a așteptat până spasmele umerilor i s-au domolit, apoi a întrebat-o cu blândețe:

— Ai putea să-ți pui în cuvinte lacrimile?

— Îți poți face oare idee ce perspective îmi erau deschise pe atunci? Aș fi putut realiza orice – aveam o duzină de oferte bune –, aș fi putut să-mi aleg eu locul de muncă. Ba chiar aș fi putut face drept internațional, fiindcă primisem o ofertă bună de a lucra în biroul directorului general al Agenției Statelor Unite pentru Dezvoltare Internațională. Aș fi putut căpăta multă putere în politica guvernamentală. Sau, dacă m-aș fi dus la o companie de prestigiu de pe Wall Street, acum aș fi câștigat cinci sute de mii de dolari pe an. Și, în loc de asta, uită-te la mine acum: fac drept de familie, testamente, consultanță fiscală de doi lei – și câștig un rahat. Am făcut totul praf.

— Din cauza lui Wayne?

— Din cauza lui Wayne și, de asemenea, a lui Mary, care s-a născut la zece luni după ce ne-am căsătorit. O iubesc enorm, dar și ea a fost o parte din capcană.

— Mai povestește-mi despre capcană.

— Eu de fapt voiam să fac drept internațional, dar cum poți să faci drept internațional când ai un copil mic și un soț atât de imatur, încât nici nu poate să stea acasă și să aibă grijă de copii – un soț care se înspăimântă când e lăsat singur o noapte, care nu se poate decide cu ce să se îmbrace de dimineață fără să mă consulte pe mine? Așa că m-am mulțumit cu mai puțin, am dat cu piciorul tuturor oportunităților și am acceptat o ofertă de la o firmă mai mică din Evanston, pentru ca Wayne să fie aproape de sediul firmei tatălui său.

— După câtă vreme ți-ai dat seama că ai greșit și ai descoperit în ce te-ai băgat?

— Greu de zis. Am avut niște bănuieli în primii doi ani, dar a fost un incident – catastrofala excursie cu cortul – care mi-a îndepărtat orice îndoială. S-a întâmplat acum vreo cinci ani.

— Povestește-mi.

— Păi, Wayne a decis că familia ar trebui să se delecteze cu ocupația preferată a americanilor: o excursie cu cortul. Odată, în adolescență, a fost cât pe-aci să mor de la o înțepătură de albină – șoc anafilactic – și am o reacție malignă la iederă otrăvitoare. Așa că n-aveam cum să mă duc în excursie cu cortul. Am sugerat alte variante: să mergem cu canoea, să facem scufundări, să vâslim până în Alaska, să navigăm în San Juans, în Caraibe sau în Maine – mă pricep la navigație. Dar Wayne a decis că toată bărbăția lui era în joc și că nu vrea decât o excursie cu cortul.

— Dar cum a putut să creadă că tu o să mergi, de vreme ce ai sensibilitatea asta la înțepături de albină? Voia să-ți riști viața?

— Nu se gândea decât că încerc să-i subminez autoritatea. Ne-am certat ca chiorii. I-am spus că nu merg, iar el a insistat să o ia pe Mary și să plece fără mine. Nu mă deranja ca el să se ducă cu cortul și l-am îndemnat să-și ia și câțiva prieteni – dar nu are așa ceva. Nu mi se părea potrivit să o ia pe Mary – avea doar patru ani. E atât de incapabil, atât de laș, încât mi-era teamă pentru ea. Cred că voia s-o ia mai degrabă pentru ca el să se simtă protejat, și nu invers. Dar n-a cedat. Până la urmă, m-a convins și am fost de acord.

— Și abia atunci lucrurile au devenit bizare, a continuat Carol. Mai întâi s-a hotărât să-și intre în formă și să slăbească cinci kilograme – cincisprezece ar fi fost recomandabil. Întâmplător, ăsta-i răspunsul la întrebarea ta despre cât de bine arată: a devenit obez imediat după nuntă. A început să se ducă la sala de sport în fiecare zi, să ridice greutăți și să slăbească, după aia a lăsat-o baltă și s-a îngrășat la loc. Era atât de anxios, deseori hiperventila. Odată, la cina dată în cinstea mea când am devenit asociat plin în firmă, a trebuit să plec și să-l duc la urgență. Și s-a zis cu excursia cu cortul. Atunci mi-am dat seama ce greșeală hidoasă am făcut.

— Uau, ce povestire, Carolyn. Ernest era uimit de asemănările dintre relatarea asta și istorisirea lui Justin despre eșecul lui în ceea ce privește excursia cu cortul împreună cu soția și gemenii săi. Era fascinant să audă două povestiri atât de similare, dar din două perspective foarte diferite.

— Dar spune-mi, când ți-ai dat seama de greșeala ta – hai să vedem, acum cât timp a fost excursia aia cu cortul? Spui că fiica ta avea patru ani?

— Acum vreo cinci ani. La fiecare câteva minute, Carol se oprea brusc: în pofida faptului că-l ura pe Ernest, se trezea incitată de întrebările lui. *Surprinzător*, se gândea ea, *ce fascinant devine procesul terapeutic. Te pot prinde-n mreje într-o oră sau două, după cum au chef – te fac să vii în fiecare zi, îți iau câți bani vor, te fut pe covor și chiar te taxează pentru asta. Poate că-i prea periculos să mă expun cu atâta sinceritate. Dar n-am altă opțiune – dacă aș inventa o nouă persoană, m-aș poticni mereu de propriile-mi minciuni. Tipul ăsta e un căcănar, dar nu-i fraier. Nu, trebuie să mă dezvălui. Dar ai grijă. Ai grijă.*

— Prin urmare, Carolyn, acum cinci ani ți-ai dat seama de greșeala ta – și totuși ai rămas căsătorită cu el! Poate că au fost mai multe părți pozitive în căsnicie, despre care încă nu am discutat.

— Nu, a fost o căsnicie oribilă. Nu l-am iubit pe Wayne. Nici nu l-am respectat. Nici el pe mine. Nu m-am ales cu nimic de la el. Carol s-a șters la ochi. Ce m-a ținut să nu divorțez? Isuse, nu știu! Obișnuința, grija, fiica mea – deși Wayne nu s-a atașat deloc de ea –, nu sunt sigură... cancerul și promisiunea mea față de Wayne... n-aveam unde să mă duc – n-am avut alte oferte.

— Oferte? De la bărbați, vrei să spui?

— Păi, nici o ofertă de la alți bărbați, asta-i sigur, și, te rog, Ernest, hai să vorbim despre asta azi – trebuie să fac ceva cu dorințele mele sexuale – sunt hămesită, disperată în privința asta. Dar nu la asta m-am referit adineauri, ci la oferte profesionale interesante. Nu ca ofertele alea nemaipomenite pe care le-am avut când eram tânără.

— Da, ofertele alea nemaipomenite. Știi, încă mă gândesc la lacrimile tale de acum câteva minute, când am discutat despre faptul că ai fost prima în anul tău și despre perspectiva unei cariere incredibile...

Carol și-a împietrit inima. *Încearcă să mă tragă înapoi*, se gândea ea. *Dacă îți găsesc punctul vulnerabil, vor să ți-l tot zgândărească.*

— Suferi îngrozitor, a continuat Ernest, când te gândești la ce viață ai fi putut avea. Eu mă gândeam la versurile alea superbe ale lui Whittier: „*Dintre toate vorbele triste ale limbii sau penelului/ Cele mai triste sunt acestea: Ar fi putut fi*".

O, nu, se gândea Carol. Scutește-mă. Acum e poet. *Își joacă toate atuurile. În curând o să-și acordeze și chitara.*

— Și, a continuat Ernest, ai renunțat la toate posibilitățile astea pentru o viață alături de Wayne. Un târg nasol – nu-i de mirare că încerci să nu te gândești la asta... vezi ce suferință se iscă când ne imaginăm cum ar fi fost? Cred că din cauza asta nu l-ai părăsit pe Wayne – gestul ăsta ar fi făcut-o mult mai reală. N-ai mai fi putut să negi că ai renunțat la atât de mult, la tot viitorul tău, pentru atât de puțin.

În ciuda voinței sale, Carol s-a cutremurat. Interpretarea lui Ernest părea plauzibilă. *Fir-ar să fie, lasă-mă în pace, bine? Cine te-a rugat să-mi judeci viața?* ·

— Poate că ai dreptate. Dar s-a terminat. Cum ar putea să mă ajute așa ceva acum? Exact la asta mă refeream când vorbeam despre a te gândi obsesiv la trecut. Ce-a fost a fost.

— Zău, Carolyn? Nu cred. Nu cred doar că ai luat o decizie proastă în trecut: cred că încă mai faci alegeri greșite. Chiar acum, astăzi, în viața de zi cu zi.

— Dar ce alternativă am? Să părăsesc un soț pe moarte?

— Pare un șablon, știu. Dar așa se fac întotdeauna alegerile greșite – convingându-te că nu ai altă opțiune. Poate că ăsta ar trebui să fie unul dintre scopurile noastre.

— Cum adică?

— Să te ajut să înțelegi că poate există mai multe opțiuni posibile.

— Nu, Ernest, totul se reduce la același lucru. Există doar două alternative: ori îl părăsesc pe Wayne, ori rămân cu el. Bine?

Carol își venise în fire: Wayne cel născocit era foarte departe de Justin. Totuși, văzându-l pe Ernest cum încearcă s-o ajute să-l părăsească, descoperea ce metode folosise când îi spălase creierul lui Justin, convingându-l s-o părăsească.

— Nu, nicidecum. Faci o mulțime de presupuneri care nu sunt neapărat adevărate. De exemplu, că tu și Wayne v-ați disprețuit dintotdeauna unul pe celălalt. Omiți posibilitatea că oamenii se pot schimba. Confruntarea cu moartea este un mare catalizator al schimbării – pentru el și poate și pentru tine. E posibil ca terapia maritală de cuplu să vă poată ajuta – ai menționat că n-ați încercat asta niciodată. Poate că există puțină iubire ascunsă, pe care el sau tu ați putea-o redescoperi. În fond, ați trăit împreună și ați crescut un copil vreme de nouă ani. Cum te-ai simți dacă l-ai părăsi sau dacă el ar muri și tu ai ști că te-ai fi putut strădui mai mult să îmbunătățești mersul căsniciei voastre? Sunt sigur că ți-ar fi mai bine dacă ai fi convinsă că ai încercat totul. Și un alt mod de a privi lucrurile, a continuat Ernest, este să punem la îndoială presupunerea că a-l însoți până la capătul vieții sale e un lucru bun. Crezi că e neapărat adevărat? Mă întreb.

— E mai bine decât să moară singur.

— Zău? a întrebat Ernest. E un lucru bun ca Wayne să moară în prezența cuiva care îl disprețuiește? Și încă ceva – să ne gândim că divorțul nu e neapărat sinonim cu abandonul. Nu-i posibil să-ți imaginezi un scenariu în care să construiești o viață diferită pentru tine, chiar și alături de un alt bărbat, și totuși să nu-l părăsești pe Wayne? Ba chiar ai putea să fii și mai prezentă în relația cu el dacă nu l-ai respinge atâta pe motiv că face parte din capcană. Vezi, există tot felul de posibilități.

Carol a încuviințat din cap, dorindu-și ca el să se oprească. I se părea că Ernest ar putea continua la nesfârșit. S-a uitat la ceasul ei de mână.

— Te uiți la ceas, Carolyn. Poți să exprimi asta în cuvinte? Ernest a schițat un zâmbet, amintindu-și de ședința de supervizare în care Marshal i-a adresat aceleași cuvinte.

— Păi, ședința aproape s-a terminat, a zis Carol, ștergându-se la ochi, și mai sunt și alte lucruri despre care voiam să vorbesc astăzi.

Ernest s-a întristat la gândul că fusese atât de directiv, încât pacienta lui nu reușise să vorbească despre tot ce-și propusese. A intervenit rapid.

— Acum câteva minute, Carolyn, ai menționat tensiunea sexuală pe care o simți. Asta ar fi unul dintre lucruri?

— E problema principală. Sunt înnebunită de frustrare – sunt sigură că e sursa întregii mele anxietăți. Viața noastră sexuală n-a fost cine știe ce nici înainte, pentru că, de când Wayne și-a făcut operația de prostată, e impotent. Înțeleg că e ceva obișnuit după operație. Carol își făcuse bine temele.

Ernest a încuviințat din cap. Și a așteptat.

— Deci, Ernest... ești sigur că e OK să-ți spun pe nume?

— Dacă eu îți spun Carolyn, și tu trebuie să-mi zici Ernest.

— Bine, atunci, *Ernest*. Deci, Ernest, ce să fac? În mine se acumulează o mulțime de energie sexuală, și n-am cu cine s-o consum.

— Povestește-mi despre tine și Wayne. Deși e impotent, mai există moduri în care puteți fi împreună.

— Dacă prin „a fi împreună" te referi la vreo metodă prin care să mă satisfacă, las-o baltă. Nu există nici o soluție. Viața noastră sexuală s-a încheiat mult înainte de operație. Asta a fost unul dintre motivele pentru care am vrut să-l părăsesc. Acum mi se taie total la orice contact fizic cu el. Și nici el nu-i deloc interesat. Niciodată nu m-a considerat atrăgătoare – spune că sunt prea slabă și osoasă. Acum îmi zice să mă duc și să mi-o trag cu altcineva.

— Și? a întrebat Ernest.

— Ei bine, nu știu ce să fac și cum să fac. Sau unde să mă duc. Trăiesc într-un oraș străin. Nu cunosc pe nimeni. N-am chef să mă duc într-un bar și să mă las agățată de careva. E o adevărată junglă. Periculos. Sunt sigură că ești de acord cu mine când zic că ultimul lucru de care am nevoie e să fiu iarăși abuzată de un bărbat.

— Fără nici o îndoială, Carolyn.

— Ești singur, Ernest? Divorțat? Pe coperta cărții tale nu se pomenește de nici o soție.

Ernest a tras aer în piept. Nu vorbise niciodată despre moartea soției sale cu vreun pacient. Promisiunea lui că va fi sincer și va povesti lucruri despre el însuși avea să fie pusă la încercare acum.

— Soția mea a fost ucisă acum șase ani într-un accident rutier.

— Ah, îmi pare rău. Probabil că ți-a fost tare greu.

Ernest a încuviințat din cap.

— Greu... da.

Minciună. Minciună, s-a gândit el. *Deși e adevărat că Ruth a murit acum șase ani, la fel de adevărat este că, oricum, căsnicia mea n-ar fi rezistat. Dar e oare nevoie să afle asta? Rezumă-te la ce ți-ar ajuta pacientul.*

— Deci acum te zbați în lumea celor fără partener? a întrebat Carolyn.

Ernest se simțea prins în cursă. Femeia asta era imprevizibilă. Nu anticipase o asemenea călătorie zbuciumată pe teritoriul virgin al dezvăluirii totale de sine și era puternic tentat să se îndrepte către apele calme ale neutralității analitice. Știa itinerarul pe dinafară: ar fi fost destul de simplu să spună „Mă întreb de ce îmi pui aceste întrebări" sau „Mă întreb ce fantezii ai despre faptul că fac parte din lumea celor fără partener". Dar o asemenea neutralitate ezitantă, o asemenea lipsă de autenticitate, era exact lucrul de care Ernest își promisese să se ferească.

Ce să facă? Nu s-ar fi mirat dacă, imediat după aceea, ea s-ar fi interesat de strategiile lui de a cuceri femeile. Preț de o clipă, și-a imaginat-o pe Carolyn peste câteva luni sau câțiva ani, povestindu-i altui psihoterapeut despre tehnica doctorului Ernest Lash: „A, da, dr. Lash discuta mereu despre problemele lui personale și despre strategia lui de a agăța femei singure".

Da, cu cât se gândea mai mult la acest lucru, cu atât își dădea mai bine seama că aceasta era o problemă majoră a dezvăluirilor despre sine ale terapeutului. *Pacientul se bucură de confidențialitate, dar terapeutul nu!* Și nici n-ar putea cere așa ceva: dacă pacientul se duce în viitor la un alt terapeut, atunci, în mod clar, trebuie să aibă libertatea de a vorbi despre orice, inclusiv despre excentricitățile foștilor săi terapeuți. Și, deși poți avea încredere că terapeuții vor proteja confidențialitatea pacientului, deseori bârfesc între ei despre metehnele colegilor.

De pildă, cu câteva săptămâni în urmă, Ernest a trimis-o pe soția unui pacient de-al său la alt terapeut, un prieten pe nume Dave. Recent, același pacient i-a cerut să o trimită pe femeie în altă parte: ea pusese capăt terapiei cu Dave din cauza obiceiului lui de *a o mirosi* pentru a-i evalua starea de spirit! În mod normal, Ernest ar fi fost oripilat de un asemenea comportament și nu i-ar mai fi trimis niciodată vreun alt pacient. Dar Dave îi era un prieten atât de bun, încât Ernest l-a întrebat ce s-a întâmplat. Dave a zis că pacienta a renunțat la terapie deoarece se înfuriase pe el fiindcă refuzase să-i prescrie Valium, medicament de care era dependentă de mulți ani. „Și cu mirositul ce-a fost?“ În primul moment, Dave a rămas perplex, dar, câteva minute mai târziu, și-a amintit de o împrejurare când, la începutul ședinței, i-a făcut un mic compliment referitor la un parfum deosebit cu care se dăduse.

Ernest a mai adăugat o regulă la tehnica lui de a se dezvălui pe sine: *Fă dezvăluiri despre tine atâta vreme cât îți ajuți pacientul. Dar dacă vrei să mai profesezi, ai grijă la cum ar suna dezvăluirile tale în urechile altor terapeuți.*

— Deci și tu te zbați acum în lumea celor fără partener, nu? a repetat Carol.

— Sunt singur, dar nu mă zbat, a răspuns Ernest. Cel puțin, nu în momentul ăsta. Ernest s-a străduit să adopte un zâmbet atrăgător, dar nonșalant.

— Mi-ar plăcea să-mi povestești mai multe despre cum te descurci *tu* în lumea celor fără partener din San Francisco.

Ernest a ezitat. Există o diferență între spontaneitate și impulsivitate, și-a zis el. Nu trebuie să-i răspundă la orice întrebare.

— Carolyn, mi-ar plăcea să-mi spui mai multe despre motivul pentru care mi-ai pus întrebarea asta. Ți-am făcut câteva promisiuni: să te ajut cât pot – în primul rând – și, pentru asta, să fiu cât se poate de sincer. Așa că acum, din perspectiva obiectivului meu principal – adică să-ți fiu de ajutor –, haide să încercăm să înțelegem întrebarea ta: spune-mi, ce mă întrebi tu de fapt? Și de ce?

Nu-i rău, s-a gândit Ernest, *nu-i rău deloc.* A fi transparent nu înseamnă că trebuie să fii sclavul tuturor toanelor și acceselor de curiozitate ale pacienților tăi. Ernest și-a notat răspunsul lui. Era prea bun ca să-l uite, putea să-l folosească în articolul pentru revistă.

Dar Carol era pregătită pentru întrebarea lui, fiindcă își repetase în tăcere schimbul de replici.

— M-aș simți mult mai bine înțeleasă de tine dacă aș ști că și tu te lupți cu probleme similare. Mai ales dacă le-ai și rezolvat cu succes. Mi s-ar părea că semeni mai mult cu mine.

— Ceea ce spui tu are noimă, Carolyn. Dar, în mod sigur, întrebarea ta mai are un substrat, întrucât deja ți-am spus că mă descurc – și mă descurc mulțumitor – cu faptul că n-am parteneră.

— Speram că ai putea să-mi dai niște îndrumări mai exacte – să mă pui pe drumul cel bun. Mă simt cu adevărat paralizată – ca să fiu sinceră, sunt excitată și înfricoșată în același timp.

Ernest și-a privit ceasul de la mână.

— Știi, Carolyn, nu mai avem timp. Până la următoarea noastră ședință, dă-mi voie să-ți sugerez să te gândești la o serie de metode de a întâlni bărbați, și apoi o să dezbatem avantajele și dezavantajele fiecăreia. Nu mă simt deloc în largul meu să-ți dau recomandări concrete sau, așa cum spui tu, „să te pun pe drumul cel bun". Crede-mă pe cuvânt, am trecut prin asta de nenumărate ori: genul ăsta de recomandări concrete rareori se dovedește a-i fi de ajutor pacientului. Ce-i bine pentru mine sau pentru altcineva ar putea să nu fie bine pentru tine.

Carol se simțea înfrântă și furioasă. *Ticălos îngâmfat și fățarnic ce ești*, se gândea. *N-am nici un chef să închei ședința asta fără a face un progres clar.*

— Ernest, îmi va fi foarte greu să aștept o săptămână, până la următoarea ședință. N-am putea să fixăm una mai devreme? Am nevoie să te văd mai des. Amintește-ți, sunt o clientă care plătește prompt, cu bani gheață. Și-a deschis poșeta și a numărat o sută cincizeci de dolari.

Ernest a fost tulburat de modul lui Carol de a se referi la chestiunile bănești. *Client* i se părea un cuvânt teribil de urât: îi displăcea să se confrunte cu orice aspect comercial al psihoterapiei.

— O... a... Carolyn, nu-i nevoie... știu că ai plătit cu bani gheață la prima ședință, dar de acum încolo aș prefera să-ți trimit o factură la sfârșitul fiecărei luni. Și, de fapt, prefer un cec, nu bani gheață – e mai ușor pentru mine și bietele mele cunoștințe de contabilitate primară. Știu că un cec e mai puțin convenabil, deoarece nu vrei ca Wayne să afle că te vezi cu mine, dar poate un ordin de plată?

Ernest și-a deschis agenda cu programări. Singura oră disponibilă era cea eliberată mai nou de Justin, la opt dimineața, și pe care Ernest ar fi vrut să și-o dedice scrisului.

— Hai să improvizăm, Carolyn. Acum duc lipsă de timp. Mai așteaptă o zi sau două și, dacă simți că trebuie neapărat să mă vezi înainte de ședința programată pentru săptămâna viitoare, dă-mi un telefon și o să-mi fac timp. Uite cartea mea de vizită. Lasă-mi un mesaj în căsuța vocală, iar eu o să te sun înapoi și o să-ți spun când poți să vii.

— E cam neplăcut să mă suni. Eu încă nu lucrez, iar soțul meu e mereu acasă...

— Bine. Uite, îți scriu numărul meu de acasă pe cartea de vizită. De regulă, mă găsești aici între nouă și unsprezece seara.

Spre deosebire de mulți colegi de-ai săi, Ernest nu șovăia să-și dea numărul de telefon de acasă. De multă vreme învățase un lucru – cu cât le era mai ușor pacienților anxioși să dea de el, cu atât mai puțin probabil era ca ei să-l sune.

Înainte să iasă din cabinet, Carol și-a jucat ultima carte. S-a răsucit spre el și l-a îmbrățișat, puțin mai mult și mai strâns decât ultima oară. Simțindu-i trupul cum se încordează, a spus:

— Mulțumesc, Ernest. Aveam nevoie de îmbrățișarea asta să fac față unei săptămâni întregi. Am o nevoie aproape insuportabilă de a fi atinsă.

În vreme ce cobora scările, Carol se întreba: *Oare mi se năzare mie, sau peștele mușcă din momeală? L-a prins puțin îmbrățișarea mea?* Coborâse jumătate din trepte, când tipul în trening de culoarea fildeșului, care făcea jogging, a năvălit pe scară în sus, aproape dărâmând-o. A ținut-o ferm de braț pentru a o susține, și-a ridicat șapca albă de iahting cu cozoroc și i-a adresat un zâmbet fermecător.

— Hei, ne întâlnim din nou. Scuză-mă că te-am lovit. Eu sunt Jess. Se pare că mergem la același psihoterapeut. Mulțumesc că l-ai ținut mai mult, altfel mi-ar interpreta întârzierea jumătate din ședință. E în toane bune astăzi?

Carol s-a holbat la gura lui. Nu mai văzuse niciodată niște dinți atât de albi, perfecți.

— În toane bune? Mda, e în toane bune. O să vezi. A, eu sunt Carol. S-a răsucit să-l vadă pe Jess în timp ce urca restul treptelor, două câte două. *Ce buci superbe!*

Doisprezece

Joi dimineață, cu câteva minute înainte de ora nouă, Shelly și-a împăturit formularul de pariuri, bătând ușurel din picior de nerăbdare în sala de așteptare a lui Marshal Streider. După ce termina cu dr. Streider, îl aștepta o zi minunată. Mai întâi, tenis cu Willy și copiii lui, care își petreceau acasă vacanța de Paște. Copiii lui Willy jucau acum atât de bine, încât nu prea mai simțea că-i antrenează, ci că mai degrabă se aflau într-o competiție. Apoi prânzul la clubul lui Willy: niște creveți la grătar cu unt și stea de anason sau poate sushi din ăla de crab cu carapace moale. Apoi la Bay Meadows cu Willy, pentru a șasea cursă de cai. Ting-a-ling, calul lui Willy și al lui Arnie, concura în întrecerea din Santa Clara. (Ting-a-ling era numele jocului de poker favorit al lui Shelly: un joc în care prima și ultima carte din cinci se împart cu fața în jos, iar la sfârșit se poate cumpăra a șasea carte contra sumei de două sute cincizeci de dolari).

Shelly nu dădea doi bani pe psihoterapeuți. Dar de Streider îi plăcea destul de mult. Deși încă nu îl cunoscuse, deja îi făcuse un serviciu. Când Norma – care, în pofida tuturor celor întâmplate, îl iubea cu adevărat – venise seara acasă, după ce primise faxurile de la el, era atât de încântată că nu trebuia să renunțe la căsnicie, încât a sărit în brațele lui Shelly și l-a târât în dormitor. Și-au făcut din nou unul altuia promisiuni: Shelly să profite de terapie ca să-și țină în frâu obiceiul de a risca la jocurile de noroc, iar Norma să-i dea din când în când câte o zi pauză de la pretențiile ei sexuale lacome.

Acum, se gândea Shelly, *nu trebuie decât să-i arunc praf în ochi acestui dr. Streider, iar apoi sunt liber să mă duc acasă. Dar poate că mai e ceva. Trebuie să mai fie ceva. Dacă tot sunt obligat să-mi execut sentința, probabil pe parcursul mai multor ședințe, pentru a-i face pe plac Normei –, și pentru a-i face pe plac și psihoterapeutului – poate că mă aleg și cu ceva bun de la tipul ăsta.*

Ușa s-a deschis. Marshal s-a prezentat, i-a strâns mâna și l-a invitat înăuntru. Shelly și-a ascuns formularul de curse între paginile ziarului, a intrat în cabinet și s-a apucat să laude modul în care era amenajat.

— Ce colecție de sticlărie aveți aici, doctore! a arătat Shelly către piesele de Musler. Îmi place chestia aia mare și portocalie. Vă deranjează dacă o ating?

Shelly se ridicase deja în picioare și, îndemnat de gestul aprobator al lui Marshal, a mângâiat *Muchia aurită a timpului.*

— Super. Foarte liniștitor. Pun pariu că aveți pacienți cărora le-ar plăcea să ia asta acasă. Și marginea aia zimțată – știți, arată cumva ca linia de orizont a Manhattanului! Și paharele alea? Vechi, nu?

— Foarte vechi, domnule Merriman. Au vreo două sute cincizeci de ani. Vă plac?

— Păi, îmi place vinul vechi. Nu știu mare lucru despre paharele vechi. Scumpe, nu?

— Greu de zis. Nu prea există o piață înfloritoare a paharelor vechi de sherry. Ei bine, domnule Merriman... Marshal a adoptat tonul serios cu care își începea ședințele, vă rog luați loc și haideți să începem.

Shelly a dezmierdat globul portocaliu pentru ultima oară și s-a așezat pe scaun.

— Nu știu nimic despre dumneavoastră, în afară de faptul că ați fost la un moment dat pacientul doctorului Pande și că i-ați spus secretarului de la institut că trebuie să fiți primit urgent.

— Păi, nu citești în fiecare zi în ziar că terapeutul tău e un cârpaci. Ce acuzații i se aduc? Ce mi-a făcut?

Marshal a preluat mai ferm controlul ședinței:

— Ce-ați spune să începem prin a-mi povesti puțin despre dumneavoastră și despre motivul pentru care v-ați dus la dr. Pande?

— Uau, doctore. Trebuie să mă concentrez. General Motors publică un anunț că e ceva foarte în neregulă cu mașina ta, iar apoi te lasă pe tine să ghicești ce e, nu-i așa? Ei spun că sunt probleme la sistemul de pornire sau la pompa de benzină sau la transmisia automată. Ce-ați spune să începem prin a-mi povesti despre hiba din terapia doctorului Pande?

Consternat preț de o clipă, Marshal și-a recăpătat repede cumpătul. Ăsta nu era un pacient obișnuit, și-a zis el: era un caz-test – primul caz de remediere din istoria psihiatrică. Dacă trebuia să fie flexibil, putea să fie flexibil. Încă de pe vremea când era fundaș, se simțise mândru de capacitatea sa de a descifra opoziția. Respectă nevoia de cunoaștere a domnului Merriman, a hotărât el. Fă-i acest favor... și nimic mai mult.

— Mi se pare corect, domnule Merriman. Institutul de Psihanaliză a constatat că, deseori, dr. Pande formula interpretări idiosincrastice și complet nefondate.

— Poftim?

— Scuze, adică le dădea pacienților explicații nerealiste și de multe ori supărătoare pentru comportamentele lor.

— Încă nu înțeleg. Ce fel de comportamente? Dați-mi un exemplu.

— Păi, de exemplu, că toți bărbații tânjesc după o formă sau alta de uniune homosexuală cu tatăl lor.

— *Ce*?

— Ei bine, că și-ar putea dori să pătrundă în corpul tatălui și să fuzioneze cu el.

— Zău? *Corpul* tatălui? Și mai ce?

— Și că acea dorință ar putea influența prieteniile lor cu alți bărbați și modul în care se simt în prezența acestora. Asta vă spune ceva în legătură cu munca dumneavoastră împreună cu dr. Pande?

— Mda. Mda. Îmi spune. Încep să-mi aduc aminte. A fost acum mulți ani și am uitat o grămadă de chestii. Dar e adevărat că nu uităm de fapt nimic? Totul e depozitat undeva acolo, în bibilică, tot ce ni s-a întâmplat vreodată?

— Exact, a încuviințat Marshal din cap. Noi spunem că se află în *inconștient*. Acum spuneți-mi ce vă amintiți din timpul terapiei dumneavoastră.

— Doar asta – chestia asta că vreau s-o pun cu tatăl meu.

— Și relațiile dumneavoastră cu alți bărbați? Vreo problemă, ceva?

— Mari probleme. Shelly încă bâjbâia, dar încetul cu încetul începea să distingă contururile unei soluții. Probleme mari, foarte mari! De exemplu, mi-am căutat o slujbă încă de când compania mea și-a dat obștescul sfârșit cu câteva luni în urmă și, de fiecare dată când mă duc la un interviu – aproape întotdeauna numai cu bărbați – o dau în bară într-un fel sau altul.

— Ce se întâmplă la interviu?

— Pur și simplu îl ratez. Devin neliniștit. Cred că la mijloc e chestia aia inconștientă cu tatăl meu.

— Cât de neliniștit?

— Extrem de neliniștit. Cum îi spuneți voi? Știți – panică. Respirație rapidă și toate astea.

Shelly îl urmărea cu privirea pe Marshal, care își lua notițe, și se gândea că dăduse lovitura.

— Da, panică – cred că ăsta-i cel mai bun termen. Nu pot să respir. Transpir ca dracu'. Cei care îmi iau interviul se uită la mine de parcă aș fi nebun și probabil că se întreabă: „Cum o să ne vândă tipul ăsta produsele?"

Marshal și-a notat și asta.

— Da, cei care îmi iau interviul îmi arată ușa destul de repede. Sunt atât de nervos, că și ei devin nervoși. Așa că sunt șomer de multă vreme. Și mai e ceva, doctore, am jocul ăsta de poker – de cincisprezece ani joc cu aceiași tipi. Un joc amical, dar mizele sunt mari de dai pe spate... Asta e confidențial, nu-i așa? Adică, și dacă la un moment dat ați cunoaște-o pe soția mea, rămâne confidențial, nu-i așa? Respectați confidențialitatea?

— Bineînțeles. Tot ce spuneți rămâne în camera asta. Notițele sunt doar pentru mine.

— Asta-i bine. N-aș vrea ca soția mea să afle cât am pierdut – căsnicia mea e și așa pe butuci. *Am pierdut* o grămadă, iar acum, că mă gândesc mai bine, am început să pierd cam în aceeași perioadă când mă duceam la dr. Pande. De atunci mi-am pierdut talentul – anxietate în preajma bărbaților, exact ce spuneați înainte. Știți, înainte de terapie, de obicei jucam bine, peste medie – după terapie am început să fiu crispat – încordat – și să-mi trădez cărțile din mână... am pierdut la fiecare joc. Jucați poker, doctore?

Marshal a clătinat din cap.

— Avem multe de discutat. Poate că ar trebui să vorbim puțin despre motivul pentru care v-ați dus la dr. Pande.

— O secundă. Mai întâi lăsați-mă să termin, doctore. Ce vreau să spun e că la poker nu-i o chestie de noroc, ci de nervi. Șaptezeci și cinci la sută din jocul de poker e psihologie – cum îți stăpânești emoțiile, cum blufezi, cum reacționezi la o cacealma, semnalele pe care le dai – neintenționat – când ai mâini bune și mâini rele.

— Da, înțeleg ce spuneți, domnule Merriman. Dacă nu te simți bine în preajma partenerilor de joc, nu poți avea succes la poker.

— Iar în cazul meu, să nu am succes la joc înseamnă să-mi pierd și cămașa de pe mine. O căruță de bani.

— Deci haideți să revenim la motivul pentru care v-ați dus prima oară la dr. Pande. Haideți să vedem... În ce an se întâmpla asta?

— Deci, după mintea mea, dacă mă gândesc la poker și la faptul că nu mă pot angaja, acest dr. Pande și interpretările lui greșite m-au costat până la urmă bani – foarte, foarte mulți bani!

— Da, înțeleg. Dar spuneți-mi, de ce l-ați consultat pe dr. Pande.

Exact când Marshal a început să-și facă griji în privința faptului că ședința se îndrepta într-o direcție greșită, Shelly a lăsat-o dintr-odată mai moale. Aflase ce voia. Nu de pomană era căsătorit de nouă ani cu o avocată de primă mână, specializată în litigii. De acum încolo, se gândea el, nu avea decât de câștigat, și nimic de pierdut, dacă devenea un pacient cooperant. Sințea că ar avea o poziție mult mai solidă într-un proces, dacă ar demonstra că percuta la tehnicile convenționale de terapie. În consecință, s-a apucat să răspundă la toate întrebările lui Marshal cu sinceritate și profunzime – cu excepția, bineînțeles, a întrebărilor despre tratamentul lui cu dr. Pande, despre care Shelly nu-și amintea absolut nimic.

Când Marshal l-a întrebat despre părinții săi, Shelly s-a concentrat asupra trecutului: asupra laudelor mamei sale în ceea ce privește talentele și frumusețea sa, aflate în contrast puternic cu dezamăgirea ei de nelecuit față de uneltirile și eșecurile tatălui lui. În ciuda devoțiunii mamei sale, Shelly era convins că tatăl lui jucase rolul cel mai important în viața sa.

Da, cu cât se gândea mai mult la asta, cu atât se neliniștea mai tare, i-a spus el lui Marshal, iar asta din cauza interpretărilor doctorului Pande legate de tatăl său. În pofida iresponsabilității tatălui său, se simțea profund legat de el. În tinerețe îl idolatrizase. Îi plăcea la nebunie să-l vadă alături de prietenii lui, jucând poker, asistând la curse de cai – la Monmouth, în New Jersey, la Hialeah și Pimlico, atunci când plecau în vacanță, la Miami Beach. Tatăl lui paria la orice sport – ogari, jai alai[1], fotbal, baschet – și participa la orice joc: poker, pinacle, dame, table. Câteva dintre amintirile cele mai frumoase din copilăria lui, a povestit Shelly, erau legate de momentele în care stătea în poala tatălui său și îi lua sau îi aranja cărțile la pinacle. Inițierea lui în lumea adulților a avut loc în clipa când tatăl său i-a permis să joace alături de el. Shelly a tresărit când și-a adus aminte de rugămintea lui plină de îndrăzneală, la vârsta de șaisprezece ani, să se mărească miza.

Da, Shelly a fost de acord cu remarca lui Marshal, cum că identificarea lui cu tatăl fusese foarte profundă și complexă. Moștenise vocea tatălui său și deseori cânta melodiile lui Johnnie Ray, care lui îi plăceau foarte mult. Folosea aceeași spumă de bărbierit și aceeași loțiune după ras ca și tatăl său. De asemenea, se spăla pe dinți cu bicarbonat de sodiu și niciodată nu uita să-și încheie dușul de

1 Sport practicat la curtea regală din Spania.

dimineață cu un jet scurt de apă rece. Îi plăceau cartofii crocanți și, exact la fel ca tatăl lui, la restaurant îl ruga deseori pe ospătar să ducă înapoi cartofii și să-i *ardă*!

Când Marshal l-a întrebat despre moartea tatălui său, lacrimile i-au inundat ochii în timp ce îl descria murind de infarct la cincizeci și opt de ani, înconjurat de amicii lui, la o partidă de pescuit cu barca pe coasta Key West. Ba chiar i-a povestit lui Marshal cât de rușinat se simțise la înmormântare din pricina preocupării lui față de ultimul pește prins de tatăl său. Îl scosese din apă? Cât de mare era? Amicii pariau mereu sume frumușele pe peștele cel mai mare, și poate că tatăl lui – sau moștenitorul – trebuia să primească niște bani. Era posibil să nu-i mai vadă niciodată pe tovarășii de pescuit ai tatălui său, și fusese extrem de tentat să le adreseze întrebarea asta la înmormântare. Doar rușinea îl împiedicase.

De la moartea tatălui său, Shelly, într-un fel sau altul, se gândea la el în fiecare zi. Când se îmbrăca dimineața și se uita în oglindă, își remarca mușchii proeminenți ai gambei, fesele care i se micșorau. La treizeci și nouă de ani, începea să semene din ce în ce mai mult cu tatăl lui.

La sfârșitul ședinței, Marshal și Shelly au căzut de acord că, fiindcă își intraseră în mână, ar trebui să se întâlnească din nou în curând. Marshal dispunea de mai multe ore libere – încă nu avea pe nimeni în locul lui Peter Macondo – și a aranjat în așa fel încât să se vadă cu Shelly de trei ori săptămâna următoare.

Treisprezece

— Deci, analistul ăsta avea doi pacienți care, întâmplător, erau prieteni buni… mă asculți? l-a întrebat Paul pe Ernest, care dezosa concentrat, cu bețigașele, un cod înăbușit, dulce-acrișor. Ernest avea programată o lectură publică în Sacramento, iar Paul se dusese cu mașina până acolo să îl întâlnească. Ședeau la o masă așezată într-un colț, în China Bistro, un restaurant mare, cu rațe și pui copți caramelizați expuși pe o insulă din sticlă și metal în mijlocul încăperii. Ernest era îmbrăcat în uniforma pentru lecturi publice: un sacou albastru cu rever dublu, purtat peste un tricou cu guler pe gât, din cașmir alb.

— Bineînțeles că te ascult. Crezi că nu pot să mănânc și să ascult în același timp? Doi prieteni apropiați fac terapie cu același analist și...

— Și într-o zi, după ce joacă tenis, a continuat Paul, ei își compară notițele despre analistul lor. Exasperați de atitudinea lui senină și atotștiutoare, îi clocesc o farsă: cei doi prieteni cad de acord să-i povestească același vis. Așa că, a doua zi, unul îi povestește analistului visul la opt dimineața, iar la unsprezece dimineața, celălalt îi descrie un vis identic. Analistul, calm ca de obicei, exclamă: „Ce lucru remarcabil! Asta-i a *treia* oară când aud astăzi visul ăsta!"

— Bună poantă, spune Ernest, izbucnind în hohote de râs, fiind cât pe-aci să se înece, dar de unde ți-a venit?

— Păi, nu numai terapeuții sunt reținuți. Mulți pacienți au fost prinși mințind pe canapea. Ți-am povestit despre pacientul pe care l-am avut acum vreo câțiva ani, care mergea la doi terapeuți în paralel, fără să-i spună nici unuia dintre ei despre celălalt?

— Din ce motiv?

— A, un soi de triumf răzbunător. Le compara comentariile și îi ridiculiza în sinea lui pe amândoi pentru faptul că susțineau, foarte siguri pe ei, interpretări complet opuse și la fel de absurde.

— Ce triumf! a exclamat Ernest. Îți amintești ce ar fi spus profesorul Whitehorn despre asta?

— O victorie pyrrhică!

— *Pyrrhică*, a zis Ernest, cuvântul lui preferat. Îl auzeam de fiecare dată când vorbea despre pacienți care opun rezistență la psihoterapie!

— Dar, știi, a continuat Ernest, apropo de pacientul care consulta doi terapeuți – îți amintești când eram la Hopkins și am prezentat același pacient celor doi supervizori diferiți și am glumit pe seama faptului că nu aveau nici o opinie comună? Același lucru. Sunt intrigat de povestea ta. Ernest și-a pus bețigașele pe masă. Mă întreb – oare mi s-ar putea întâmpla și mie așa ceva? Nu cred. Sunt destul de sigur că știu când un pacient e pe aceeași lungime de undă ca mine. Uneori la început, sunt și îndoieli, dar vine un moment când nu mai există nici un dubiu că am construit o relație autentică.

— *O relație autentică* – sună bine, Ernest, dar ce înseamnă? Nu pot să-ți spun de câte ori mi s-a întâmplat să fac terapie cu un pacient vreme de un an sau doi, și apoi să se întâmple ceva sau să aflu vreun lucru care să mă facă să reevaluez tot ce știu despre el. Uneori fac terapie individuală ani de zile cu câte un pacient, iar apoi îl trimit într-un grup și sunt uluit de ce văd. Oare e aceeași persoană? Atât de multe laturi pe care nu mi le-a dezvăluit!

— De trei ani, a continuat Paul, lucrez cu un pacient, o femeie foarte inteligentă, de vreo treizeci de ani, care a început – chiar fără nici o încurajare din partea mea – să aibă amintiri despre un incest cu tatăl ei. Ei bine, am lucrat la asta vreun an și eram convins că, să-ți citez cuvintele, construiserăm o relație autentică. Am ținut-o de mână de-a lungul lunilor de teroare în care au început să-i revină amintirile, am susținut-o când a trecut prin scene îngrozitoare cu familia, după ce a încercat să discute cu tatăl ei despre asta. Acum – poate în conformitate cu campaniile publice din media – a început brusc să-și pună la îndoială toate aceste amintiri timpurii.

— Îți zic, îmi vâjâie capul. N-am idee ce e adevărat și ce e ficțiune. În plus, mai nou mă și critică pentru că sunt atât de credul. Săptămâna trecută a visat că se afla în casa părinților ei, și un camion Goodwill[1] vine și începe să dărâme fundația clădirii. De ce zâmbești?

— Ai trei încercări să ghicești cine e camionul Goodwill.

— Bine. Nu-i nici un mister în asta. Când am rugat-o să-mi spună ce crede că reprezintă acel camion, mi-a zis în glumă că numele visului este: Mâna care ajută lovește din nou. Deci mesajul visului este că, sub pretextul sau din convingere că o ajut, eu subminez tocmai fundația casei și familiei ei.

— Ingrata.

— Da. Iar eu am fost suficient de prost încât să încerc să mă apăr. Când i-am subliniat faptul că analizam amintirile *ei*, mi-a spus că judec simplist, deoarece cred tot ce-mi spune.

— Și știi, a continuat Paul, poate că are dreptate. Poate că suntem prea creduli. Suntem atât de obișnuiți ca pacienții să ne plătească pentru ca noi să le ascultăm adevăratele probleme, încât probabil nu ne imaginăm că există și posibilitatea ca ei să mintă. Am auzit de o cercetare recentă care arată că psihiatrii și agenții FBI nu se pricep câtuși de puțin să-i identifice pe cei care mint. Iar controversa incestului devine și mai bizară... Mă asculți, Ernest?

---

1 O companie non-profit care asigură calificarea profesională a persoanelor cu handicap.

— Continuă. Spuneai că devine din ce în ce mai bizară controversa incestului...

— Așa e. Devine de-a dreptul bizară dacă ții cont de lumea abuzurilor rituale satanice. Luna asta sunt medicul de serviciu la secția de internări a spitalului regional. Șase din cei douăzeci de pacienți de acolo susțin că au fost abuzați ritualic. Nici nu-ți vine să crezi ce se petrece în grupurile de terapie: acești șase pacienți descriu abuzul ritual satanic – inclusiv sacrificii umane și canibalism – cu atâta convingere și vivacitate, încât nimeni nu îndrăznește să-și exprime scepticismul. Asta-i valabil și pentru membrii personalului! Dacă terapeuții ar pune la îndoială relatările astea, ar fi lapidați de pacienți – sunt complet legați de mâini și de picioare. Sincer să fiu, mai mulți membri ai personalului chiar cred poveștile astea. Ce să mai spui de azilurile de nebuni.

Ernest a încuviințat din cap în timp ce întorcea cu îndemânare peștele pe partea cealaltă.

— Aceeași problemă și cu personalitatea multiplă, a continuat Paul. Cunosc terapeuți, chiar foarte buni, care au raportat deja două sute de cazuri, și mai știu alți terapeuți buni, cu o experiență clinică de treizeci de ani, care încă susțin că n-au văzut niciodată vreun asemenea caz.

— Știi ce a spus Hegel, a replicat Ernest: „Bufnița Minervei zboară numai în amurg“. Poate că pur și simplu n-o să desoperim adevărul despre epidemia asta până nu trece și nu putem arunca o privire mai obiectivă asupra ei. Sunt de acord cu ce ai spus tu despre pacienții care au trecut printr-un incest și despre personalitățile multiple. Dar hai să-i lăsăm deocamdată deoparte și să ne ocupăm de cazurile tale obișnuite, de pacienți tratați ambulatoriu. Cred că un bun terapeut recunoaște sinceritatea la pacienți.

— Și la sociopați?

— Nu, nu, nu, știi la ce mă refer – pacientul obișnuit. Când ai tratat vreodată un sociopat – unul care plătește ca să fie tratat și nu e trimis acolo de tribunal? Știi pacienta aia nouă despre care ți-am povestit, cea pe care experimentez tehnica sincerității totale? Ei bine, în a doua ședință a noastră de săptămâna trecută, o vreme n-am putut să o simt... eram atât de departe... de parcă n-am fi fost în aceeași cameră. Iar apoi a început să spună că a fost prima din anul ei la

Facultatea de Drept și pe urmă a izbucnit brusc în plâns și a devenit complet sinceră. Mi-a vorbit despre marile ei regrete... despre faptul că și-a făcut praf și pulbere șansele de a avea o carieră nemaipomenită și că a ales, în schimb, o căsnicie care s-a dovedit în curând a fi nasoală pentru ea. Și, știi, exact același lucru, același acces de sinceritate l-a avut și în prima ședință, când mi-a povestit despre fratele ei și despre un abuz – un posibil abuz – din tinerețe. De fiecare dată mi s-a rupt inima... știi, chiar am găsit un mijloc de comunicare. În așa fel încât acum nu mai e posibilă minciuna. De fapt, imediat după acel moment din ultima ședință, a fost profund sinceră... A vorbit cu o onestitate remarcabilă... despre frustrări sexuale... despre faptul că înnebunește dacă nu și-o trage.

— Păi, văd că voi doi aveți multe în comun.

— Mda, bine. Mă ocup de asta. Paul, mai lasă mugurii ăia de fasole. Te antrenezi serios pentru olimpiada anorexicilor? Uite, gustă și tu din scoicile astea St. Jacques – specialitatea casei. De ce trebuie să muncesc eu mereu pentru doi la cină? Uită-te la peștele ăsta – e superb.

— Nu, mersi. Îmi iau mercurul mestecând termometre.

— Foarte comic. Doamne, ce săptămână! Pacienta mea, Eva, a murit acum două zile. Ți-amintești de Eva – ți-am povestit despre ea –, soția sau mama pe care mi-aș fi dorit s-o am? Cancer ovarian? Profesoară de arta scrisului. O mare doamnă.

— Ea a avut visul ăla cu tatăl care îi spunea: „Nu sta acasă, să mănânci supă de pui ca mine – du-te în Africa".

— A, da. Uitasem asta. Mda, așa era Eva. O să-mi fie dor de ea. Sufăr c-a murit.

— Nu știu cum poți să lucrezi cu bolnavii de cancer. Cum poți suporta, Ernest? Te duci la înmormântarea ei?

— Nu. Aici mă opresc. Trebuie să mă protejez – să am o zonă-tampon. Și am un număr limitat de pacienți pe moarte. Acum tratez o pacientă care face voluntariat în cabinetul de psihiatrie al unei clinici de oncologie și vede *doar* bolnavi de cancer – de dimineața până seara –, și dă-mi voie să-ți spun că femeia asta suferă înfiorător.

— E o profesie cu risc ridicat, Ernest. Ai văzut statisticile cu privire la rata de sinucideri la oncologi? Procentul e la fel de mare ca și la psihiatri! Trebuie să fii masochist să faci asta în permanență.

— Probabil că nu e mereu atât de sumbru, a răspuns Ernest. Te poți alege și cu ceva din asta. Dacă lucrezi cu pacienți pe moarte și urmezi și tu o terapie, atunci intri în legătură cu diferite laturi ale tale, îți revalorizezi prioritățile, trivializezi superficialul – știu că eu, după ședințele de terapie, de obicei mă simt mai bine cu mine și cu viața mea. Femeia asta a făcut cinci ani de terapie încununată de succes, dar după ce a început să lucreze cu pacienți pe moarte, a apărut o mulțime de material nou. De exemplu, visele i-au fost invadate de angoasa de moarte. A avut un vis tare săptămâna trecută, după ce unul dintre pacienții ei favoriți a murit. A visat că era de față la o adunare a comitetului pe care îl conduce. Avea să-mi aducă mie niște dosare și trebuia să treacă printr-o fereastră mare deschisă, care ajungea până la podea. Era furioasă din cauza indiferenței mele față de riscul pe care trebuia să și-l asume. Apoi s-a pornit furtuna, iar eu am preluat conducerea grupului și i-am condus pe toți în sus, pe o scară cu trepte de metal, ca o ieșire de incendiu. Toți au urcat, dar treptele se terminau în gol, la tavan – nu aveai unde te duce –, și toată lumea a trebuit să coboare din nou.

— Cu alte cuvinte, a replicat Paul, doar tu și numai tu ești în stare s-o protejezi sau s-o scapi de boala asta, până la moarte.

— Exact. Dar chestia pe care voiam s-o spun e că în cinci ani de analiză, tema morții ei n-a apărut niciodată.

— Nici la pacienții mei nu apare deloc.

— Trebuie să scormonești tu după ea. Întotdeauna mocnește sub suprafață.

— Dar cu tine cum e, Ernest, după confruntările astea ontologice? Apare material nou – asta înseamnă că te așteaptă și mai multă terapie?

— De asta scriu cartea despre angoasa de moarte. Amintește-ți că Hemingway avea obiceiul să spună că terapeutul lui e Corona.

— Trabucul Corona?

— Mașina de scris. Înainte de a te naște tu. Și, pe lângă ce scriu, *tu* îmi oferi o terapie bună.

— Așa e, și poftim nota de plată pentru astă-seară.

Paul a făcut semn să i se aducă nota și, prin gesturi, a sugerat să-i fie dată lui Ernest. S-a uitat la ceas.

— Trebuie să fii la librărie în douăzeci de minute. Pune-mă repede la curent cu experimentul tău de sinceritate totală față de pacienta aia nouă. Cum e femeia?

— O femeie ciudată. Extrem de inteligentă, competentă și, totuși, ciudat de naivă. O căsnicie nasoală – mi-ar plăcea să o fac la un moment dat să-și dorească să scape din ea. A vrut să divorțeze acum doi ani, dar soțul ei s-a îmbolnăvit de cancer la prostată, și acum se simte prinsă în capcană până la sfârșitul vieții lui. Singura terapie încununată de succes de până acum a fost cu un psihiatru de pe Coasta de Est. Și – fii atent, Paul – a avut o lungă relație sexuală cu tipul ăsta! El a murit acum câțiva ani. Cea mai mare porcărie – ea insistă că a vindecat-o, și e total de partea individului. Asta-i o premieră pentru mine. N-am cunoscut niciodată vreun pacient care să susțină că sexul cu un terapeut l-a ajutat. Dar tu?

— Să-l ajute? Îl ajută pe terapeut să ejaculeze! Dar pe pacient – întotdeauna e o chestie nasoală pentru pacient!

— Cum poți să spui „întotdeauna"? Acum un minut ți-am povestit despre un caz în care a fost de ajutor. Hai să nu lăsăm faptele să stea în calea adevărului științific!

— Bine, Ernest. Mă las corectat. Dă-mi voie să fiu obiectiv. Ia să vedem, să mă gândesc puțin. Îmi aduc aminte de cazul în care ai fost implicat acum câțiva ani în calitate de expert – Seymour Trotter, nu-i așa? Susținea că și-a ajutat pacienta – că doar în felul ăsta terapia ar fi avut succes. Dar tipul ăla era atât de narcisic – un pericol public –, cine l-ar fi putut crede? Acum mai mulți ani am lucrat cu o pacientă care se culcase de câteva ori cu terapeutul ei mai în vârstă, după ce i-a murit soția. Un „futut din milă", l-a numit ea. Pretinde că nici n-a rănit-o, nici n-a ajutat-o – dar că, până la urmă, a fost un lucru mai degrabă pozitiv decât negativ. Bineînțeles, a continuat Paul, au existat mulți terapeuți care s-au combinat cu pacientele lor și apoi s-au căsătorit cu ele. Și pe ei trebuie să-i luăm în considerare. N-am văzut nici un fel de statistici despre asta. Cine știe ce soartă au avut căsniciile astea – poate că au mers mai bine decât ne imaginăm noi! Adevărul e că nu avem date despre asta. Cunoaștem doar cazurile dezastruoase. Cu alte cuvinte, știm doar numărătorul, nu și numitorul.

— Ciudat, a spus Ernest, exact acestea – cuvânt cu cuvânt – au fost și argumentele prezentate de pacienta mea.

— Păi, e evident. Noi cunoaștem episoadele catastrofale, dar nu și numărul total al cazurilor care le includ. Poate că există pe lume și pacienți care au profitat de o asemenea relație, și n-am auzit niciodată de ei! Nu-i greu să ne imaginăm de ce. În primul rând, nu-i genul de chestie despre care să vorbești în public. În al doilea rând, poate că au fost într-adevăr ajutați de asta și nu auzim de ei pentru că nu mai vin la terapie. În al treilea rând, dacă ar fi o experiență benefică, atunci ar încerca să-și protejeze terapeutul-iubit prin tăcere. Deci, Ernest, iată răspunsul la întrebarea ta despre adevărul științific. Acum mi-am plătit tributul față de știință. Dar, pentru mine, problema sexului terapeut-pacient este o chestiune de ordin moral. Sub nici o formă, știința nu-mi poate dovedi că imoralitatea e morală. Cred că sexul cu pacientul tău nu e terapie sau iubire – e exploatare, violare a încrederii. Totuși, nu știu ce să fac cu seria ta formată dintr-o pacientă care spune altceva – nu-i nici un motiv pentru care nu te-ar minți!

Ernest a achitat nota de plată. În timp ce ieșeau din restaurant pentru a face o scurtă plimbare pe jos până la librărie, Paul a întrebat:

— Deci... spune-mi mai multe despre experimentul tău. Cât de mult i te dezvălui?

— Fac noi descoperiri cu propria-mi transparență, dar nu merge cum speram. Nu-i tocmai ce aveam eu în minte.

— De ce nu?

— Păi, îmi doream o dezvăluire mai existențială, mai umană – una care să ducă la „iată că ne confruntăm împreună cu exigențele existenței". Am crezut că o să vorbesc despre sentimentele mele „aici-și-acum" față de ea, față de relația noastră, despre anxietățile mele, preocupările fundamentale pe care le împărtășim. Dar ea nu mă întreabă nimic profund sau semnificativ. Insistă asupra unor lucruri superficiale: căsnicia mea, relațiile mele cu femei.

— Și cum îi răspunzi?

— Mă zbat să găsesc un mod care să mă reprezinte. Încerc să fac diferența între a-i da un răspuns autentic și a-i satisface o curiozitate lascivă.

— Ce vrea de la tine?

— Alinare. E prizonieră într-o situație mizerabilă, dar, în general, e obsedată de frustrările ei sexuale. E disperată după sex. Și a început să mă îmbrățișeze la sfârșitul fiecărei ședințe.

— Să te îmbrățișeze? Iar tu accepți?

— De ce nu? Experimentez o relație totală. În izolarea ta, poate pierzi din vedere faptul că în lumea reală oamenii se ating tot timpul unul pe celălalt. Nu-i o îmbrățișare sexuală. Aș ști dacă ar fi vorba de așa ceva.

— Iar eu te știu pe tine. Ai grijă, Ernest.

— Paul, dă-mi voie să te liniștesc. Îți amintești pasajul din *Amintiri, vise, reflecții* unde Jung spune că terapeutul trebuie să inventeze câte un limbaj pentru fiecare pacient în parte? Cu cât mă gândesc mai mult la cuvintele lui, cu atât mai pline de inspirație mi se par. Cred că e cel mai interesant lucru pe care l-a zis vreodată Jung despre terapie, dar nu a dezvoltat îndeajuns ideea, nu și-a dat seama că importantă nu e inventarea unui nou limbaj sau, mai bine zis, a unei noi terapii pentru fiecare pacient în parte, ci *inventarea* în sine! Cu alte cuvinte, important este procesul în care terapeutul și pacientul lucrează, inventează împreună în sinceritate. Asta-i ceva ce am învățat de la bătrânul Seymour Trotter.

— Un mare profesor, a replicat Paul. Uite unde a ajuns.

Pe o plajă frumoasă din Caraibe, a fost tentat să spună Ernest, dar, în schimb, a zis:

— Nu respinge tot ce-i legat de numele lui. Mai știa și el câte ceva. Dar în privința pacientei ăsteia – ar fi mai ușor să vorbim despre ea dacă-i punem un nume, hai să-i zicem Mary –, în privința lui Mary, eu iau lucrurile foarte în serios. Sunt hotărât să fiu complet sincer cu ea, și până acum rezultatele par destul de interesante. Iar îmbrățișarea e doar un aspect al lucrurilor – nu-i mare scofală. Ea e o femeie căreia îi lipsesc atingerile, iar atingerea e doar un simbol al faptului că-ți pasă de cineva. Crede-mă, îmbrățișarea este un ritual spiritual, nu dorință sexuală.

— Dar, Ernest, te cred. Cred că asta reprezintă *pentru tine* îmbrățișarea. Dar *pentru ea*? Ce înseamnă pentru ea?

— Dă-mi voie să-ți răspund, povestindu-ți o discuție pe care am auzit-o săptămâna trecută despre natura legăturii terapeutice. Oratorul a descris un vis nemaipomenit al uneia dintre pacientele sale aflate spre sfârșitul terapiei. Aceasta a visat că ea și terapeutul se duceau împreună la o conferință, într-un hotel. La un moment dat, terapeutul a sugerat ca ea să-și ia o cameră lângă a lui, așa încât să se poată culca împreună. Ea se duce la recepție și aranjează asta. Apoi, puțin mai târziu, terapeutul se răzgândește și spune că nu-i o idee bună. Iar ea se duce înapoi la recepție să anuleze schimbarea camerei. Dar e prea târziu. Toate lucrurile ei fuseseră mutate. Descoperă că noua cameră e mult mai frumoasă – mai mare, la un etaj superior, are o priveliște mai bună. Iar numerologic, 929, e mai favorabil.

— Bine. Bine. Înțeleg ideea, a spus Paul, în speranța unei relații sexuale, pacienta face niște schimbări pozitive importante – camera mai frumoasă. Când speranța de a face sex se dovedește a fi o simplă iluzie, schimbările sunt ireversibile – nu se mai poate schimba pentru a fi ca înainte, așa cum nu-și mai poate lua înapoi vechea cameră de hotel.

— Exact. Deci ăsta e răspunsul meu. E cheia strategiei mele cu Mary.

S-au plimbat în tăcere preț de câteva minute, iar apoi Paul a spus:

— Când eram student la Medicină, la Harvard, mi-amintesc că Elvin Semrad – un profesor minunat – a zis un lucru foarte asemănător... despre avantajele, ba chiar necesitatea unei tensiuni sexuale în relația cu unii pacienți. Totuși, e o strategie riscantă pentru tine, Ernest. Sper că te înscrii în anumite limite de siguranță. E atrăgătoare?

— Foarte! Nu-i chiar genul meu, dar, fără îndoială, e o femeie care arată bine.

— E posibil să dai o interpretare greșită gesturilor ei? E posibil să se dea la tine? Să vrea un terapeut care s-o iubească la fel ca ultimul?

— Sigur că vrea. Dar am de gând să mă folosesc de chestia asta pentru a face terapia să evolueze. Ai încredere în mine. Iar pentru mine, îmbrățișarea nu-i sexuală. Ci avunculară.

S-au oprit în fața librăriei Tower Bookstore.

— Ei bine, am ajuns, a spus Ernest.

— E devreme. Ernest, dă-mi voie să te mai întreb ceva înainte de a intra. Spune-mi adevărul: Ție îți plac îmbrățișările avunculare ale lui Mary?

Ernest a ezitat.

— Adevărul, Ernest.

— Da, îmi place s-o îmbrățișez. Îmi place mult femeia asta. Se dă cu un parfum incredibil! Dacă nu mi-ar plăcea, n-aș face-o!

— Zău? Ăsta-i un răspuns interesant. Credeam că îmbrățișarea asta avunculară e doar în folosul pacientului.

— Așa e. Dar dacă nu mi-ar plăcea, ea ar simți, și gestul și-ar pierde autenticitatea.

— Vorbești tâmpenii!

— Paul, noi vorbim despre o îmbrățișare scurtă și cordială. Mă descurc.

— Ei bine, ține-ți slițul închis. Altfel, mandatul tău în Comisia de etică medicală o să fie rușinos de scurt. Când e ședința aia a comisiei? Hai să ne vedem la cină.

— De azi în două săptămâni. Am auzit că s-a deschis un nou restaurant cambodgian.

— E rândul meu să aleg. Ai încredere în mine, te așteaptă un adevărat festin – o mare surpriză macrobiotică!

Paisprezece

În seara următoare, Carol l-a sunat pe Ernest acasă, spunând că a intrat în panică și că are nevoie de o ședință de urgență. Ernest a vorbit îndelung cu ea, i-a fixat o oră a doua zi dimineață și s-a oferit să-i prescrie prin telefon un medicament anxiolitic la o farmacie deschisă non-stop.

Pe când ședea în sala de așteptare, Carol răsfoia observațiile ei despre ședința trecută.

Mi-a zis că sunt o femeie atrăgătoare, foarte atrăgătoare... mi-a dat numărul lui de telefon de acasă, m-a rugat să-l sun acolo... a vrut să avem o discuție profundă despre viața mea sexuală... și-a dezvăluit viața lui personală, moartea soției sale, relații sentimentale, lumea celor fără partener... m-a îmbrățișat la sfârșitul ședinței – mai lung decât data trecută... a spus că îi place că am fantezii sexuale cu el, a depășit timpul cu zece minute... ciudat de fâstâcit când mi-a acceptat banii.

Lucrurile progresau bine, se gândea Carol. După ce a introdus o microcasetă în reportofonul ei minuscul, l-a strecurat într-o poșetă poroasă de pai cumpărată special pentru această ocazie. A intrat în cabinetul lui Ernest surescitată la gândul că îi întinsese o cursă, că fiecare cuvânt, fiecare neregulă vor fi înregistrate.

Văzând că înfrigurarea din seara precedentă îi dispăruse, Ernest a încercat să-i înțeleagă atacul de panică. Repede, a devenit evident faptul că el și pacienta aveau opinii diferite. Ernest credea că anxietatea lui Carolyn fusese provocată de ședința precedentă. Ea, pe de altă parte, susținea că explodează de frustrare și tensiune erotică și și-a continuat încercările de a vâna eventualele lui semne de posibilă gratificare sexuală.

Când Ernest a întrebat despre viața sexuală a lui Carol, s-a ales cu mai mult decât s-ar fi așteptat. Ea a descris, cu detalii grafice, multe fantezii masturbatorii în care el juca un rol principal. Fără nici o urmă de reținere, i-a relatat cum s-ar excita când i-ar descheia cămașa, îngenunchind în fața scaunului lui, în birou, deschizându-i fermoarul, strecurându-l în gura ei. Se bucura la gândul că l-ar aduce o dată și încă o dată în pragul orgasmului, și apoi ar lua-o mai încet și ar aștepta până i s-ar înmuia, după care ar lua-o din nou de la capăt. Asta, a spus ea, era de obicei îndeajuns să îi provoce un orgasm în timp ce se masturba. Dacă nu, își continua fantezia trăgându-l pe podea și imaginându-și-l cum îi ridică fusta, dându-i grăbit chiloții într-o parte și pompând cu forță în ea. Ernest asculta cu atenție și încerca să nu se simtă jenat.

— Dar masturbarea, a continuat Carol, nu m-a satisfăcut niciodată cu adevărat. În parte, cred, din cauza rușinii care o însoțește. Cu excepția a două conversații singulare cu Ralph, acum e prima oară când vorbesc despre asta cu cineva, bărbat sau femeie. Problema e că deseori nu culminează cu un orgasm total, ci, în schimb, mă aleg cu multe spasme minore, care mă lasă tot într-o stare de excitație puternică. Încep să mă întreb dacă n-o fi cumva de vină tehnica mea de masturbare. Ai putea să-mi dai câteva instrucțiuni în privința asta?

La auzul întrebării, fața lui Ernest s-a congestionat. Începea să se obișnuiască deja cu felul ei nonșalant de a vorbi despre sex. De fapt, îi admira capacitatea de a vorbi despre obiceiurile ei sexuale – de exemplu, despre modul în care, în trecut, agăța bărbați prin baruri ori de câte ori călătorea sau era furioasă pe soțul ei. Totul părea atât de ușor, atât de natural pentru ea. Se gândea la orele de agonie – și sentimentul de inutilitate – pe care le îndurase la petreceri și în barurile pentru cei care își caută un partener. Își petrecuse un an în

Chicago, în timpul rezidențiatului. *De ce*, se gândea Ernest, *of, de ce n-am dat de Carolyn când pleca la vânătoare prin barurile din Chicago?*

Iar în ce privește întrebarea ei despre tehnica de masturbare, ce știa el despre asta? Teoretic nimic, în afară de faptul că, evident, era necesară stimularea clitoridiană. Oamenii presupun atât de des că psihiatrii știu mai multe decât știu ei de fapt.

— Nu sunt expert în asta, Carolyn.

Unde, se întreba Ernest, și-o închipui ea că aș fi putut învăța despre masturbarea feminină? La Facultatea de Medicină? Poate că următoarea lui carte ar trebui să se numească *Lucruri pe care nu le înveți la Facultatea de Medicină*!

— Singurul lucru care îmi vine acum în minte, Carolyn, e o prelegere pe care am auzit-o recent, a unui terapeut sexolog, despre faptul că e recomandabil să-ți eliberezi clitorisul de orice aderență.

— A, și poți să verifici asta printr-un consult corporal, domnule doctor Lash? N-am nimic împotrivă.

Ernest s-a înroșit din nou.

— Nu, am renunțat la stetoscop, și ultima mea consultație medicală a fost acum șapte ani. Îți sugerez să vorbești despre asta cu ginecologul tău. Unor femei li se pare mai ușor să discute despre asta cu o femeie ginecolog.

— E diferit la bărbați, domnule doctor Lash, adică aveți... și bărbații au o problemă cu orgasmul parțial când se masturbează?

— Nici în asta nu sunt expert, dar cred că bărbații, în general, au o experiență de tip totul-sau-nimic. Ai vorbit despre asta cu Wayne?

— Cu Wayne? Nu, nu discutăm deloc. De-aia îți pun toate întrebările astea. Tu ești alesul. În momentul de față ești principalul bărbat, singurul bărbat din viața mea!

Ernest se simțea pierdut. Hotărârea lui de a fi sincer îl lăsase în derivă. Agresivitatea lui Carolyn îl buimăcea, se pierduse cu firea. A apelat la modelul lui, supervizorul, și a încercat să-și imagineze cum ar fi răspuns Marshal la întrebarea lui Carolyn.

Tehnica adecvată, ar fi zis Marshal, era să obțină mai multe informații: să discute sistematic și la rece despre istoricul ei sexual, incluzând detaliile despre cum se masturba Carolyn și fanteziile care o însoțeau – și cele actuale, și cele trecute.

Da, asta era metoda corectă. Dar Ernest avea o problemă: Carolyn începea să-l excite. Întreaga lui viață de adult, Ernest se simțise neatrăgător pentru femei. Toată viața lui crezuse că trebuie să muncească din greu, să-și folosească intelectul, sensibilitatea și farmecul pentru a compensa înfățișarea insipidă. I se părea extrem de excitant s-o audă pe femeia asta drăguță că descrie cum se masturbează la gândul că-l dezbracă și-l trage pe podea.

Excitarea îi îngrădea libertatea ca terapeut. Dacă ar fi rugat-o pe Carolyn să-i dea mai multe detalii intime ale fanteziilor ei sexuale, motivul lui n-ar fi fost tocmai clar. Ar fi făcut asta în beneficiul ei sau pentru propria-i excitație? S-ar fi simțit ca un voyeur, ca și cum ar fi ejaculat făcând sex verbal. Pe de altă parte, dacă îi evita fanteziile, nu cumva își fraierea pacienta, nelăsând-o să vorbească despre ceea ce o preocupa cel mai mult? Iar evitarea nu i-ar fi sugerat că fanteziile ei sunt prea rușinoase pentru a discuta despre ele?

Și cum rămânea cu hotărârea de a se dezvălui pe sine? N-ar trebui oare să-i împărtășească lui Carolyn exact ce gândea? Dar nu, era convins că asta ar fi o eroare! Mai exista oare vreun principiu al transparenței terapeutului? Poate că terapeuții nu ar trebui să mărturisească lucruri față de care au păreri puternic conflictuale. Cel mai bine ar fi ca ei să-și rezolve aceste probleme în cadrul terapiei personale. Altfel, pacientul e încărcat cu sarcina de a se ocupa el de problemele terapeutului. Și-a notat acest principiu în carnet – merita să și-l aducă aminte.

Ernest a profitat de prima ocazie pentru a schimba subiectul. S-a întors la criza de anxietate a lui Carolyn din noaptea trecută și s-a întrebat dacă nu cumva atacul ar fi putut fi cauzat de teme importante pe care le abordaseră în ședința precedentă. De exemplu, de ce a rămas atât de multă vreme într-o căsnicie amară și lipsită de iubire? Și de ce n-a încercat niciodată să-și îmbunătățească viața conjugală prin terapie de cuplu?

— E greu de explicat cât sunt de deznădăjduită în fața căsniciei mele sau a ideii de căsătorie în general. În căsnicia noastră, de ani întregi nu există nici o scânteie de fericire sau de respect. Iar Wayne este la fel de nihilist ca mine: a făcut mulți, foarte mulți ani de terapie, fără nici un rezultat.

Ernest nu se lăsa chiar atât de ușor deviat de la subiect.

— Carolyn, când mă gândesc la disperarea ta legată de căsnicie, nu mă pot împiedica să nu mă întreb ce rol a jucat aici căsătoria ratată a părinților tăi. Săptămâna trecută, când te-am întrebat despre ei, mi-ai spus că n-ai auzit-o niciodată pe mama ta vorbind despre tatăl tău altfel decât într-o manieră plină de ură și dispreț. Poate că nu ți-a făcut un serviciu când ți-a servit permanent o dietă atât de plină de ură. Poate că n-a fost în interesul tău să ți se bage în cap zi de zi, an de an că nu poți avea încredere ca vreunui bărbat să îi pese și de altceva în afară de propriile-i interese?

Carol voia să revină la discuția sexuală pe care și-o propusese pentru ziua aceea, dar nu s-a putut abține să nu sară în apărarea mamei sale:

— N-a fost o fericire pentru ea să crească doi copii, complet singură, fără nici un ajutor din partea nimănui.

— De ce fără nici un ajutor, Carolyn? Dar familia ei?

— Ce familie? Mama a fost singură. Tatăl mamei mele a șters-o și el când ea era mică – un leneș fără pereche. Și n-a prea ajutat-o nici mama ei – o femeie paranoică, plină de amărăciune.

— Dar rețeaua socială din care făcea parte? Prieteni?

— Nimeni!

— Mama ta a avut vreun tată vitreg? Bunica ta s-a recăsătorit?

— Nu, nici nu s-a pus problema. N-o cunoști pe bunica. Tot timpul îmbrăcată în negru. Până și batiste negre. Niciodată n-am văzut-o zâmbind.

— Dar mama ta? Au existat alți bărbați în viața ei?

— Glumești? N-am văzut niciodată vreun bărbat la noi acasă. Îi ura! Dar am mai vorbit despre toate astea. Asta-i istorie antică. Parcă ziceai că nu despici firu-n patru.

— Interesant, a spus Ernest, ignorând protestele lui Carol, cât de bine seamănă traiectoria vieții mamei tale cu cea a mamei *ei*. De parcă în familie ar exista o moștenire a suferinței care e pasată, asemenea unui cartof fierbinte, de la o generație la alta de femei.

Ernest a surprins privirea nerăbdătoare pe care Carol a aruncat-o spre ceasul de la mâna ei.

— Știu, am epuizat timpul, dar mai vorbește-mi despre asta încă un minut, Carolyn. Știi, e un lucru cu adevărat important. Îți spun și de ce... Pentru că ridică problema alarmantă a moștenirii pe care i-o transmiți fiicei tale! Vezi tu, poate că cel mai bun lucru pe care l-aș putea face în timpul ședințelor de terapie ar fi să te ajut să întrerupi acest ciclu! Vreau să te ajut, Carolyn, și mă dedic acestei cauze. Dar poate că adevăratul beneficiar major al eforturilor noastre împreună o să fie fiica ta!

Carol era complet nepregătită pentru un asemenea comentariu uluitor. În ciuda voinței ei, lacrimile i-au urcat în ochi și au început să se prelingă. Fără nici un cuvânt, a năvălit afară din cabinet, încă plângând și gândindu-se: *Dracu' să-l ia, iar a făcut-o. De ce îl las pe ticălosul ăsta să ajungă până la mine?*

Coborând treptele, încerca să își dea seama care dintre comentariile lui Ernest se refereau la persoana fictivă pe care o crease și care se refereau cu adevărat la ea. Era atât de zdruncinată și atât de cufundată în gânduri, încât aproape că a călcat pe Jess, care ședea pe treapta de jos.

— Bună, Carol. Îți amintești de mine?

— A, bună, Jess. Nu te-am recunoscut. Și-a șters o lacrimă. Nu sunt obișnuită să te văd stând pe loc.

— Îmi place la nebunie să fac jogging, dar mă mai și plimb. Motivul pentru care mă vezi mereu alergând pe aici este că întârzii – o problemă greu de discutat în cadrul terapiei, fiindcă întotdeauna ajung prea târziu ca să mai vorbesc despre ea!

— Astăzi n-ai întârziat?

— Păi, mi-am schimbat ora, acum vin la opt dimineața.

Ora lui Justin, s-a gândit Carol.

— Deci acum n-ai ședință cu Ernest?

— Nu. M-am oprit să te salut. Mă întreb dacă am putea sta cândva de vorbă – poate să facem jogging împreună? Sau să luăm prânzul? Sau amândouă?

— Nu știu nimic despre jogging. Niciodată n-am făcut așa ceva. Carol și-a șters cu o lovitură lacrimile.

— Sunt un bun profesor. Uite o batistă. Văd că ai avut o ședință de genul ăla astăzi. Și pe mine mă mișcă Ernest – e ciudat cum de știe unde zace suferința. Pot să fac ceva pentru tine? Să te iau la o plimbare?

Carol a vrut să-i dea batista înapoi lui Jess, dar a început să plângă din nou în hohote.

— Nu, păstreaz-o. Uite, și eu am ședințe de felul ăsta și aproape întotdeauna simt nevoia să stau un timp singur, să diger lucrurile. Așa că o șterg. Dar aș putea să te sun? Uite cartea mea de vizită.

— Uite-o și pe a mea. Carol a pescuit o carte de vizită din poșetă. Dar vreau ca reținerile mele față de jogging să se consemneze la dosar.

Jess s-a uitat la cartea ei de vizită.

— S-a reținut și s-a notat, doamnă avocat. Cu aceste cuvinte, el a salutat-o scoțându-și șapca de iahting și s-a apucat să alerge pe Sacramento Street. Carol s-a uitat multă vreme după el, la părul lui lung și blond care îi flutura în vânt și la tricoul alb înnodat în jurul gâtului, care se ridica și cădea odată cu mișcările ondulatorii ale umerilor lui puternici.

La etaj, Ernest își nota însemnările în fișa lui Carolyn:

Progresează bine. O ședință de travaliu greu. Dezvăluiri importante despre sex și fanteziile ei masturbatorii. Se intensifică transferul erotic. Trebuie să găsesc o cale de a rezolva problema asta. Am lucrat la relația cu mama, ca model de rol în familie. Defensivă față de orice critică percepută ca referitoare la mamă. Am încheiat ședința cu un comentariu despre tipul de model familial pe care ea o să i-l transmită fiicei ei. A fugit plângând din cabinet. Să mă aștept la alt telefon de urgență? E o greșeală să termin ora cu un asemenea mesaj puternic?

În plus, s-a gândit Ernest în timp ce închidea dosarul, *nu pot s-o las să țâșnească așa afară din cabinet – îmi lipsește îmbrățișarea ei!*

Cincisprezece

După prânzul cu Peter Macondo din săptămâna precedentă, Marshal a vândut imediat acțiuni de nouăzeci de mii de dolari, cu intenția de a-i trimite banii lui Peter de îndată ce primea confirmarea. Dar soția lui a insistat ca, în loc de asta, să discute cu vărul său, Melvin, un avocat specializat în impozite, care lucra la Departamentul de Justiție.

În general, Shirley nu se amesteca în chestiunile financiare ale familiei Streider. De când devenise preocupată de meditație și de ikebana, nu numai că n-o mai interesau bunurile materiale, dar disprețuia din ce în ce mai mult obsesia soțului ei de a le acumula. Ori de câte ori Marshal se desfăta cu frumusețea unui tablou sau a unei sculpturi în sticlă și se lamenta din cauza etichetei cu prețul de cincizeci de mii de dolari, ea reacționa spunând doar: „Frumusețe? De ce n-o vezi aici?" Și îi arăta unul dintre aranjamentele ei florale – un menuet grațios dintr-o creangă învălătucită de stejar și șase flori de camelie Morning Dawn sau silueta elegantă și mlădioasă a unui noduros și mândru bonsai, un pin cu cinci ace.

Deși nu-i păsa de bani, Shirley era profund interesată de un lucru pe care aceștia îl puteau oferi: cea mai bună educație cu putință pentru copiii ei. Marshal fusese atât de expansiv, atât de grandios în descrierea viitorului profit din investiția lui în fabrica de căști pentru bicicletă a lui Peter, încât ea se îngrijorase și, înainte de a fi de acord cu investiția (toate acțiunile erau proprietate comună), a insistat ca Marshal să-l sune pe Melvin.

De ani de zile, Marshal și Melvin aveau un barter informal reciproc avantajos: Marshal îi oferea lui Melvin sfaturi medicale și psihologice, iar Melvin se revanșa cu îndrumări legate de investiții și de impozite. Marshal i-a telefonat vărului său pentru a-l întreba despre proiectul lui Peter Macondo.

— Nu-mi miroase a bine, a spus Melvin. *Orice* investiție care promite o asemenea rată de recuperare e dubioasă. Cinci sute, șapte sute la sută rată de recuperare a investiției – haide, măi, Marshal! Șapte sută la sută! Fii serios. Iar promisiunea de contract pe care mi-ai faxat-o? Știi cât valorează? Zero, Marshal! Absolut nimic!

— De ce nimic, Melvin? O promisiune semnată de un om de afaceri foarte vestit? Tipul ăsta e cunoscut peste tot.

— Dacă-i un om de afaceri atât de măreț, a spus Melvin cu o voce scârțâită, spune-mi, de ce îți dă o bucată de hârtie care nu-ți garantează nimic – o promisiune deșartă? Nu există nici o garanție. Să zicem că se decide să nu plătească. Oricând ar putea să găsească o acoperire – o scuză să nu plătească. Ar trebui să-l dai în judecată – asta te-ar costa multe mii –, iar apoi ai avea doar o altă bucată de hârtie, un ordin judecătoresc, și tot ai fi nevoit să găsești bunuri de-ale lui pe care să le execuți. Asta te-ar costa și mai mulți bani. Promisiunea *nu* elimină riscul, Marshal. Știu despre ce vorbesc. Văd tot timpul chestii din astea.

Marshal a respins comentariile lui Melvin fără să se gândească. În primul rând, Melvin era plătit să fie suspicios. În al doilea rând, Melvin nu gândea niciodată în perspectivă. Era exact ca tatăl lui, unchiul Max, singurul dintre toate rudele venite din Rusia care nu reușise să se îmbogățească în noua țară. Tatăl lui l-a implorat pe Max să se asocieze cu el și să pună pe picioare o băcănie, dar Max i-a luat în râs ideea de a se trezi la patru dimineața pentru a se duce la piață, de a munci șaisprezece ore și de a-și încheia ziua aruncând mere stricate, de culoarea gândacilor de bucătărie, și grepfruturi cu ulcerații verzui. Max nu gândise în perspectivă, alesese siguranța și confortul unei slujbe în serviciul statului, iar Melvin, imbecilul lui fiu tont, cu urechi de gorilă și brațe care-i ajungeau practic până-n pământ, o luase pe urmele sale.

Dar Shirley, care le auzise conversația, n-a respins cu atâta ușurință avertismentele lui Melvin. S-a alarmat. Nouăzeci de mii de dolari ar acoperi toate cheltuielile pentru studiile superioare ale copiilor. Marshal a încercat să-și ascundă iritarea față de amestecul femeii. Pe întreg parcursul căsniciei lor, care dura de nouăsprezece ani, nu manifestase nici cel mai mic interes față de investițiile lui. Iar *acum*, când el era cât pe-aci să profite de o oportunitate economică unică în viață, se găsise să-și bage nasul ei neinformat în asta. Dar Marshal s-a calmat – a înțeles că neliniștea lui Shirley venea din faptul că era ignorantă în materie de finanțe. Ar fi fost altceva dacă l-ar fi cunoscut pe Peter. Însă cooperarea ei era esențială. Pentru a o obține, trebuia să-l împace pe Melvin.

— Bine, Melvin, spune-mi ce să fac. O să-ți respect recomandările.

— Foarte simplu. E nevoie ca o bancă să garanteze plata – adică o promisiune necondiționată și irevocabilă din partea unei bănci importante că o să onoreze contractul *oricând ți-ai cere banii*. Dacă individul are atâtea proprietăți pe cât spui tu, n-ar trebui să aibă nici o problemă în a obține asta. Dacă vrei, îți concep chiar eu un contract inatacabil, de care nici Houdini n-ar putea scăpa.

— Bine, Melvin. Fă-o, a spus Shirley, care se alăturase discuției pe extensia telefonică.

— Hei, stai un minut, Shirley. Marshal începea să se înfurie din cauza acestor obstrucții meschine. Peter mi-a promis o scrisoare de garanție până miercuri. De ce să nu așteptăm să vedem ce trimite? Ți-o faxez, Melvin.

— OK. O să fiu pe aici toată săptămâna. Dar nu trimite banii până nu îți spun eu. A, și încă un lucru: spui că Rolexul a venit într-o cutie de la Shreve's Jewelry Store? Shreve's e un bijutier respectabil. Fă-mi o favoare, Marshal. Ia-ți o pauză de douăzeci de minute, du ceasul la Shreve's și pune-i să-l verifice! Sunt la modă Rolexurile contrafăcute – se vând la colțul străzii peste tot în Manhattan.

— O să se ducă, Melvin, a spus Shirley, și mă duc și eu cu el.

Drumul la Shreve's a liniștit-o pe Shirley. Ceasul era într-adevăr un Rolex – un Rolex de trei mii cinci sute de dolari! Nu numai că fusese cumpărat de acolo, dar vânzătorul își aducea perfect aminte de Peter.

— Un domn bine. Cel mai frumos palton pe care l-am văzut vreodată: cașmir cenușiu la două rânduri, ajungea aproape până în pământ. Era pe punctul de a cumpăra încă un ceas identic pentru tatăl lui, dar apoi s-a răzgândit – a spus că o să zboare weekendul ăla la Zürich și o să cumpere de acolo unul.

Marshal a fost atât de încântat, încât s-a oferit să-i cumpere un cadou lui Shirley. Ea a ales o vază din ceramică desăvârșită, cu două gâturi, perfectă pentru ikebana.

Miercuri, așa cum promisese, a sosit mesajul lui Peter și, spre marea încântare a lui Marshal, respecta întru totul specificațiile lui Melvin – un contract garantat de Crédit Suisse pentru nouăzeci de mii de dolari, plus dobânda preferențială a băncii, plătiți la cerere de către oricare dintre sutele sale de filialele din întreaga lume. Nici măcar Melvin n-a putut să-i găsească vreo hibă și a recunoscut în silă că, într-adevăr, contractul părea să fie inatacabil. Totuși, a repetat Melvin, îl neliniștea gândul la o investiție care promitea o asemenea rată de recuperare.

— Asta înseamnă, a întrebat Marshal, că n-ai vrea să investești și tu alături de mine?

— Îmi oferi o parte? l-a întrebat Melvin.

— Lasă-mă să mă gândesc la asta! Te sun eu. *Ai vrea tu*, își spunea Marshal în timp ce punea receptorul în furcă. *Melvin o să aștepte mult și bine până când o să primească ceva.*

În ziua următoare, banii din vânzarea acțiunilor au intrat în contul lui Marshal, iar acesta i-a trimis nouăzeci de mii de dolari lui Peter, în Zürich. A jucat nemaipomenit de bine baschet la prânz și a mâncat ceva în grabă cu Vince, unul dintre coechipieri, un psiholog care avea cabinetul lângă al lui. Deși Vince îi era confident, Marshal n-a discutat cu el despre investiție. Și nici cu vreun alt coleg de breaslă. Doar Melvin știa. Și totuși, se autoconvingea Marshal, tranzacția era curată ca lacrima. Peter nu îi era pacient, îi fusese pacient pentru scurtă vreme, însă ședințele lor de terapie luaseră sfârșit. Nu se punea problema transferului. Deși știa că nu există nici un conflict profesional de interese, Marshal își zicea în sinea lui că trebuie să-i spună lui Melvin să păstreze cu strictețe secretul.

Mai târziu, în după-amiaza aceea, când s-a întâlnit cu Adriana, logodnica lui Peter, Marshal a avut grijă să mențină limitele relației lor profesionale, evitând orice discuție despre investiția lui alături de Peter. A acceptat cu eleganță felicitările ei pentru seria de prelegeri academice, iar când ea l-a anunțat că a aflat cu o zi în urmă de la Peter că un proiect de lege care îi obliga pe bicicliștii minori să poarte cască fusese înaintat forurilor legislative din Suedia și din Elveția, el doar a încuviințat scurt din cap, și apoi a revenit imediat la problemele ei: investigarea relației cu tatăl ei, un bărbat în esență binevoitor, care însă îi intimida pe toți atât de tare, încât nimeni nu îndrăznea să îl înfrunte. Tatăl Adrianei îl plăcea mult pe Peter – chiar făcea parte din grupul său de investitori –, dar, cu toate acestea, se împotrivea cu îndârjire unei căsătorii care i-ar fi dus nu numai pe fiica lui, dar și pe viitorii nepoți, în străinătate.

Interpretările pe care i le-a oferit Marshal Adrianei, referitoare la relația cu tatăl ei – la faptul că un părinte bun își pregătește copiii pentru individuație, pentru a deveni autonomi, capabili să-și părăsească părinții – s-au dovedit a fi folositoare. Pentru prima oară, Adriana a început să înțeleagă că nu trebuie neapărat să accepte vinovăția pe care i-o indusese tatăl ei. Nu era vina ei că mama sa murise. Nu era vina ei că tatăl său îmbătrânea sau că în viața lui nu existau prea multe persoane apropiate. La sfârșitul ședinței, Adriana a ridicat problema unor întâlniri suplimentare față de cele cinci ore solicitate de Peter.

— De asemenea, ar fi posibil, domnule doctor Streider, a întrebat Adriana în timp ce se ridica în picioare, pregătindu-se să plece, să ne întâlnim împreună cu tatăl meu?

Încă nu se născuse însă pacientul care să-l forțeze pe Marshal Streider să prelungească o ședință terapeutică. Nici măcar cu un minut sau două. Marshal se mândrea cu asta. Dar n-a putut rezista să nu facă o aluzie la darul lui Peter și a schițat un gest către încheietura mâinii, zicând:

— Noul meu ceas, cu o precizie de milisecundă, arată două cincizeci fix. Haideți să ne începem următoarea ședință cu întrebarea dumneavoastră, domnișoară Roberts.

Șaisprezece

Marshal era foarte plin de el pe când se pregătea de întâlnirea cu Shelly. Ce zi minunată, se gândea. Nu se poate mai bine decât atât: în sfârșit, banii i-au fost trimiși lui Peter, o ședință strălucită cu Adriana și un meci de baschet glorios – acel dribling final, culoarul deschizându-se în fața lui ca prin minune; nimeni n-a îndrăznit să-i stea în cale.

Și abia aștepta să-l vadă pe Shelly. Era a patra ședință a lor. Celelalte două ședințe din săptămâna aceea fuseseră extraordinare. Oare alt terapeut ar fi putut să lucreze la fel de bine? Demarase o eficientă și meșteșugită analiză pe porțiuni a relației lui Shelly cu tatăl său și, cu precizia unui chirurg, înlocuise metodic interpretările deșănțate ale lui Seth Pande cu cele corecte.

Shelly a intrat în cabinet și, ca întotdeauna, a mângâiat vasul portocaliu al sculpturii de sticlă, înainte de a se așeza. Apoi, fără nici o muncă de lămurire din partea lui Marshal, a început imediat.

— Vă amintiți de Willy, partenerul meu de poker și de tenis? Am vorbit despre el săptămâna trecută. El e cel care are vreo patruzeci, cincizeci de milioane. Ei bine, m-a invitat la La Costa pentru o săptămână, să-i fiu partener în turneul anual de perechi Pacho Segura, unde se participă pe bază de invitație. M-am gândit să accept, dar... Mă rog, e ceva care nu-mi sună a bine. Nu sunt sigur ce anume.

— Ce idei aveți cu privire la asta?

— Îmi place Willy. Încearcă să fie un bun prieten. Suma pe care o va cheltui cu mine la La Costa nu înseamnă nimic pentru el. E atât de bogat, încât nu există șansa să cheltuiască nici măcar dobânda banilor lui. În plus, primește și el ceva în schimb. I s-a pus pata să intre în clasamentul național de seniori la perechi și dați-mi voie să vă spun că n-o să găsească un partener mai bun decât mine. Dar nu știu. Asta totuși nu explică ce simt.

— Încercați, domnule Merriman. Mi-ar plăcea ca astăzi să vă ocupați de ceva diferit. Concentrați-vă asupra sentimentelor dumneavoastră negative și, de asemenea, concentrați-vă asupra lui Willy, lăsându-vă gândurile să curgă libere. Spuneți tot ce vă trece prin minte. Nu încercați să judecați sau să selectați lucrurile care au sens. Nu încercați să atribuiți vreo semnificație discursului dumneavoastră. Doar gândiți cu voce tare.

— *Gigolo* – ăsta-i primul cuvânt care-mi vine –, sunt un gigolo întreținut, un băiat de companie pentru amuzamentul lui Willy. Și totuși, îmi place de Willy – dacă n-ar fi atât de groaznic de bogat, probabil am fi prieteni apropiați... Ei bine, poate că nu... n-am încredere în mine. Poate că, dacă n-ar fi bogat, mi-aș pierde interesul pentru el.

— Continuați, domnule Merriman, vă descurcați bine. Nu selectați nimic, nu cenzurați. Orice vă vine în minte, lăsați-vă în voia gândurilor și vorbiți-mi despre el. Orice ați gândi sau orice ați vedea, descrieți-mi.

— Munți de bani... monede, facturi... banii se întrevăd la orizont... de câte ori sunt cu Willy, îmi fac planuri... mereu îmi fac planuri... cum m-aș putea folosi de el? Cum aș putea să obțin ceva de la el? Orice vă trece prin cap... vreau ceva: bani, favoruri, prânzuri gourmet, rachete noi de tenis, sfaturi de afaceri. Sunt impresionat de el... de succesul lui... Mă simt mai important când sunt văzut alături de el. Mă simt și mai mic... Mă văd ținând mâna mare a tatălui meu...

— Rămâneți cu imaginea dumneavoastră și a tatălui dumneavoastră. Concentrați-vă asupra ei. Lăsați să se întâmple ceva.

— Văd scena asta, probabil aveam mai puțin de zece ani, pentru că atunci ne-am mutat în cealaltă parte a orașului – Washington, D.C. –, să locuim deasupra magazinului tatălui meu. Tata m-a ținut de mână când m-a dus în Lincoln Park duminică. Zăpadă murdară și mocirlă pe stradă. Îmi amintesc cum pantalonii mei de doc, cenușiu-închis se frecau de mine în timp ce mergeam și scoteau sunetul ăla de fricțiune metalică. Aveam o pungă cu alune, cred, și hrăneam veverițele, le aruncam miezul. Una dintre ele m-a mușcat de deget. O mușcătură urâtă.

— Ce s-a întâmplat atunci?

— M-a durut ca dracu'. Dar nu-mi pot aminti altceva. Nimic.

— Cum v-a mușcat, dacă le aruncați alune?

— Așa e! Bună întrebare. N-are nici o noimă. Poate că am pus mâna jos, și ele au mâncat din palma mea, dar e doar o presupunere, nu-mi aduc aminte.

— Probabil că v-ați speriat.

— Probabil. Nu-mi amintesc.

— Vă amintiți să fi fost tratat pentru asta? Mușcăturile de veveriță pot avea consecințe serioase – turbare.

— Așa e. Turbarea la veverițe era o problemă gravă pe Coasta de Est. Dar nu-mi vine nimic în minte. Poate amintirea vagă că mi-am retras mâna cu o smucitură dureroasă. Dar e ceva forțat.

— Descrieți-mi doar șirul gândurilor conștiente.

— Willy. Cum mă face să mă simt mai mic. Succesul lui face ca eșecurile mele să iasă și mai puternic în evidență. Și știți, adevărul e că atunci când sunt în preajma lui, nu numai că mă simt mai mic, mă și *port* de parcă aș fi mai mic... vorbește despre proiectul lui legat de proprietăți imobiliare și despre faptul că se vând greu... am câteva idei bune legate de cum să le promovez, mă pricep la asta –, dar când îi vorbesc despre ele, inima începe să-mi bubuie și uit jumătate din ce vreau să spun... asta se întâmplă chiar și la tenis... când sunt partenerul lui la dublu... joc la nivelul lui... m-aș putea descurca mai bine... mă abțin, recurg la serviciul meu mai prost... când joc cu oricine altcineva, trimit mingea pe linia din spate a terenului – pot să nimeresc linia albă de nouă ori din zece... nu știu de ce... nu vreau să-l expun... trebuie să mă schimb când jucăm în turneul de perechi. E amuzant, vreau ca el să aibă succes... dar vreau să și rateze... săptămâna trecută mi-a povestit despre o investiție pe termen scurt care a eșuat și... rahat, știți cum m-am simțit? Fericit! Vă vine să credeți? Fericit. M-am simțit ca un rahat... ce prieten bun sunt eu... tipul ăsta a fost întotdeauna bun cu mine...

Marshal a ascultat asocierile lui Shelly jumătate din ședință, înainte de a oferi o interpretare.

— Ce mă frapează, domnule Merriman, sunt sentimentele dumneavoastră profund ambivalente și față de Willy, și față de tatăl dumneavoastră. Cred că relația cu tatăl dumneavoastră este matrița cu ajutorul căreia putem înțelege relația cu Willy.

— *Matriță?*

— Vreau să spun că relația pe care ați avut-o cu tatăl dumneavoastră este cheia, fundația pe care se sprijină relațiile cu alți bărbați „mari" sau plini de succes. În ultimele două ședințe mi-ați povestit îndelung despre cât de mult vă neglija și vă discredita tatăl dumneavoastră. Astăzi, pentru prima oară, mi-ați povestit o amintire caldă, pozitivă despre tatăl dumneavoastră, și totuși, uitați-vă cum se termină episodul – cu o rană teribilă. Și uitați-vă la ce fel de rană e – o mușcătură de deget.

— Nu vă înțeleg.

— E puțin probabil ca asta să fie o amintire reală! În fond, așa cum subliniați și dumneavoastră, cum ar putea să vă muște o vevериță în timp ce îi aruncați alune? Și este oare posibil ca un tată să-și lase fiul să hrănească din mână o rozătoare purtătoare a virusului turbării? Improbabil! Așa că, poate acea rană anume – mușcătura de deget – reprezintă un simbol pentru o altă rană temută.

— Mai spuneți o dată. Unde vreți să ajungeți, doctore?

— Vă amintiți acel episod timpuriu pe care l-ați descris în ultima ședință? Prima amintire din viața dumneavoastră? Ați spus că erați în patul părinților dumneavoastră și că ați înfipt camionul de jucărie din plumb în priza veiozei, că ați suferit un șoc teribil și că jumătate din camion s-a topit.

— Da, asta îmi amintesc. Nemaipomenit de clar.

— Deci haideți să suprapunem aceste amintiri – v-ați pus camionul în priza veiozei mamei dumneavoastră și v-ați ars. Acolo e un pericol. Pericolul să vă apropiați prea mult de mama dumneavoastră – ăsta-i teritoriul tatălui dumneavoastră. Deci cum faceți față pericolului care vine dinspre tatăl dumneavoastră? Poate că încercați să vă apropiați de el, dar degetul dumneavoastră e rănit grav. Și nu-i oare evident faptul că aceste răni – micul dumneavoastră camion și degetul – par simbolice: Ce altceva ar putea reprezenta decât o rană făcută penisului dumneavoastră?

— Spuneați că mama vă iubea la nebunie, a continuat Marshal, observând că întreaga atenție a lui Shelly era îndreptată asupra lui. Vă desfăta cu afecțiunea ei și, în același timp, vă denigra tatăl. Asta pare a fi o poziție periculoasă pentru un copil mic – să fie întărâtat împotriva tatălui său. Așa încât, cum reacționați? Cum faceți față? O posibilitate este să vă identificați cu tatăl dumneavoastră. Și asta ați și făcut, în toate modurile pe care le descrieți: aveți aceleași gusturi – cartofii arși, vă plac jocurile de noroc, sunteți neglijent în privința banilor, aveți anumite sentimente legate de faptul că îi semănați fizic. Altă posibilitate este să intrați în competiție cu el. Ați făcut și asta. Pinacle, box, tenis. De fapt, a fost ușor să-l învingeți, să fiți mai bun decât el, pentru că n-a avut succes. Și totuși, simțiți un mare disconfort când îl surclasați – de parcă ar exista un pericol în asta, un oarecare pericol în a avea succes.

— Care-i mai exact pericolul? Cred, sincer, că bătrânul voia ca eu să am succes.

— Pericolul nu constă în a avea succes, ci în a avea succes *în fața* lui, a-l depăși, a-l înlocui. Poate că în mintea dumneavoastră de copil vă doreați ca el să dispară – e un lucru natural –, așa încât să o puteți avea numai pentru dumneavoastră pe Mama. Dar „a dispărea" în mintea unui copil e echivalent cu „a muri". *Așa că v-ați dorit ca el să moară.* Și acest lucru nu este o caracteristică a dumneavoastră – asta se întâmplă în fiecare familie, pur și simplu așa suntem construiți. Pe fiu îl ofensează limita impusă de tată. Iar pe tată îl ofensează încercările fiului său de a-i lua locul – în familie, în viață. Gândiți-vă la asta – nu-i plăcut să dorești moartea cuiva. Pare periculos. Care-i pericolul? Uitați-vă la camionul dumneavoastră! Uitați-vă la degetul dumneavoastră! *Pericolul rezidă în răzbunarea tatălui.* Ei bine, astea sunt evenimente vechi, sentimente vechi – s-au peterecut cu decenii în urmă. Și totuși, aceste sentimente nu s-au dizolvat. Încă sunt ascunse în dumneavoastră, încă par vii, încă influențează modul în care trăiți. Senzația aceea de pericol din copilul care erați este încă în dumneavoastră – ați uitat de mult motivul, dar gândiți-vă la ce mi-ați spus astăzi: *vă purtați de parcă succesul ar fi un lucru foarte periculos.* Prin urmare, nu vă permiteți să aveți succes sau talent în preajma lui Willy. Nici măcar nu vă dați voie să jucați bine tenis. Deci toate abilitățile, toate talentele dumneavoastră stau încuiate, nefolosite, înăuntrul dumneavoastră.

Shelly n-a răspuns. Aproape nimic din toate astea n-avea nici o noimă pentru el. Și-a închis ochii și a reflectat la cuvintele lui Marshal, căutând cu frenezie vreo frântură care i-ar fi putut fi de folos.

— Mai tare, a spus Marshal, zâmbind. Nu vă pot auzi.

— Nu știu ce să cred. Ați spus prea multe. Presupun că mă întrebam de ce dr. Pande nu mi-a spus lucrurile astea. Explicațiile dumneavoastră par foarte valabile – mult mai la obiect decât porcăriile alea homosexuale legate de tatăl meu. În patru ședințe ați făcut mai mult decât dr. Pande în patruzeci.

Marshal jubila. Se simțea ca un armăsar al interpretărilor. O dată la un an sau doi intra pentru o vreme în „zonă" la baschet: coșul i se părea un imens butoi suspendat acolo sus – coșuri de trei puncte, sărituri cu răsucire, aruncări cu ambele mâini. Pur și simplu nu rata niciodată. Acum era în „zonă“ la el în cabinet – cu Peter, cu Adriana, cu Shelly. Pur și simplu nu rata niciodată. Toate interpretările ajungeau vâjâind – zzzuuummmm – direct în suflet.

Doamne, își dorea ca Ernest Lash să poată vedea și asculta ședința asta. Mai avusese o discuție în contradictoriu cu Ernest în timpul supervizării de ieri. Acum se întâmpla din ce în ce mai des – aproape de fiecare dată. Isuse, câte trebuia să îndure. Toți terapeuții ăștia ca Ernest, amatorii ăștia, pur și simplu nu înțeleg – pur și simplu nu pricep –, nu pricep că sarcina terapeutului este să interpreteze, doar să interpreteze. Ernest nu poate înțelege că interpretarea nu e una dintre multe alte opțiuni, nu-i doar un lucru oarecare pe care-l poate face un terapeut – *doar* asta ar trebui să facă un terapeut. E o insultă adusă înțelepciunii și ordinii naturale ca o persoană ajunsă la nivelul lui să fie nevoită să răspundă la provocarea juvenilă a lui Ernest legată de eficacitatea interpretării, la prostiile lui despre autenticitate și sinceritate, plus tot rahatul ăla transpersonal despre întâlnirea dintre două suflete.

Dintr-odată, norii s-au împrăștiat, iar Marshal a văzut totul clar și a înțeles. Ernest și toți criticii psihanalizei aveau fără îndoială dreptate când susțineau ineficacitatea interpretărilor – a *interpretărilor lor*! Interpretarea la ei era ineficientă pentru că avea un conținut greșit. Și, cu siguranță, se gândea Marshal, excela nu numai în privința conținutului, dar și a modului în care o făcea, având capacitatea de a împacheta interpretarea în limbajul potrivit, cu metafore perfecte pentru fiecare pacient în parte, și era genial pentru că putea să ajungă la orice pacient, indiferent de statutul lui social: de la cel mai sofisticat universitar, laureatul Premiului Nobel pentru fizică, până la cei mai de jos – jucători de cărți și pasionați de tenis –, până la domnul Merriman, care îi ciugulea din palmă. Mai mult decât oricând, acum își dădea seama ce instrument minunat șlefuit pentru interpretări era el.

Marshal s-a gândit la onorariul lui. Desigur, nu era normal ca el să ceară aceeași sumă ca ceilalți terapeuți, când, evident, era cel mai bun. Chiar așa, se gândea Marshal, *cine* mai era ca el? Fără îndoială, dacă ședința asta ar fi fost urmărită de vreun tribunal format din psihanaliști nemuritori aflați în rai – Freud, Ferenczi, Fenichel, Fairbairn, Sullivan, Winnicott –, aceștia s-ar minuna: „*Wunderbar*, uluitor, extraordinar. Puștiul ăsta, Streider, e un nume. Pasează-i mingea și dă-te la o parte. Fără discuție, e cel mai mare terapeut în viață!“

Trecuse multă vreme de când nu se mai simțise atât de bine – poate din anii lui de glorie ca fundaș în echipa liceului. Poate, s-a gândit Marshal, avusese o depresie latentă în toți anii ăștia. Poate că Seth Pande nu i-a analizat în profunzime depresia și declinul fanteziilor lui grandioase. Dumnezeu știe că Seth avea pete negre în ceea ce privește grandoarea. Dar acum, astăzi, Marshal înțelegea mai limpede decât oricând că *grandoarea nu trebuie abandonată*, ăsta-i modul natural al eului de a stăvili limitările, melancolia și disperarea vieții de zi cu zi. E nevoie să găsești o cale prin care să canalizezi grandoarea într-o formă adultă, adaptabilă, realizabilă. De pildă, să încasezi un cec de șase sute de mii de dolari pentru o cască de bicicletă sau să depui jurământul în postul de președinte al Asociației Internaționale de Psihanaliză. Și toate astea o să se întâmple. În curând!

Cuvinte enervante și inoportune l-au smuls pe Marshal din reverie.

— Știți, doctore, a spus Shelly, felul în care ați ajuns la miezul problemei, modul prompt în care m-ați ajutat, mă fac să fiu și mai ofticat din cauza faptului că puțoiul ăla de Seth Pande m-a jecmănit! Aseară am făcut inventarul, calculând cât m-a costat tratamentul lui – cum i-ați spus... „metoda lui riscantă"? Și asta rămâne între noi – nu vreau ca acest detaliu să fie făcut public –, dar pun la socoteală și patruzeci de mii de dolari pierduți la poker. V-am explicat cum încordarea pe care o simt în preajma bărbaților – încordare pe care Pande mi-a provocat-o cu explicațiile lui țicnite – mi-a futut tehnica la poker. Apropo, nu trebuie să mă credeți pe cuvânt în ceea ce privește cei patruzeci de mii – pot dovedi cu ușurință câți au fost în fața oricărui anchetator, în orice tribunal, cu extrasele bancare și cecurile anulate ale contului meu special. Apoi vorbim de slujba și incapacitatea mea de a face față unui interviu, din cauza efectelor unui tratament psihiatric prost – asta înseamnă cel puțin șase luni fără salariu și alte beneficii, încă patruzeci de mii. Deci unde am ajuns? Am ajuns, în mare, la optzeci de miare.

— Da, vă înțeleg sentimentele de amărăciune față de dr. Pande.

— Păi, nu-s numai sentimente. Și nu-i numai amărăciune. Ca să mă exprim în termeni legali, e mai curând o cerere de despăgubire. Cred, iar soția mea și prietenii ei avocați sunt de acord cu mine, că am destule probe să intentez un proces. Nu știu pe cine ar trebui să dau în judecată – bineînțeles, pe dr. Pande, dar în vremurile noastre avocații se iau de cei cu „portofelele mai burdușite". Asta ar putea să însemne Institutul de Psihanaliză.

Când avea mână bună, Shelly se pricepea să blufeze. Și avea cărți bunicele.

Întregul proiect legat de rechemarea pentru reparații gratuite fusese conceput de Marshal. El percutase la idee și spera ca datorită ei să ajungă la președinția institutului. Iar acum, primul pacient rechemat la terapie amenința să dea în judecată Institutul, iar procesul ar fi fost, fără îndoială, foarte mediatizat și jenant. Marshal a încercat să-și păstreze calmul.

— Da, domnule Merriman, vă înțeleg supărarea. Dar oare un judecător sau un juriu ar înțelege-o?

— Eu cred că aș câștiga cât ai bate din palmă. N-o să se ajungă niciodată la proces. Aș fi foarte înclinat să iau în considerare, să iau serios în considerare oferta de a cădea la o înțelegere. Poate dr. Pande și Institutul fac jumi-juma'.

— Eu pot avea doar rolul de terapeut al dumneavoastră și n-am autoritatea de a vorbi în numele institutului sau în numele altcuiva, dar mie mi se pare că va fi *necesar* să se ajungă la proces. În primul rând, îl cunosc pe dr. Pande – e dur. Și încăpățânat. Un adevărat luptător. Credeți-mă, în nici un caz n-ar accepta vreodată acuzația de malpraxis – ar lupta până la moarte, ar angaja cei mai buni avocați ai apărării din țară, ar cheltui fiecare bănuț pe care-l are în lupta asta. Și Institutul la fel. Și ei o să lupte. Nu o să accepte niciodată de bunăvoie o înțelegere, fiindcă asta ar crea un precedent pentru nenumărate procese – ar fi clopotul lor de înmormântare.

Shelly i-a plătit miza lui Marshal și a plusat cu nonșalanță.

— Îmi convine un proces. E și ieftin. În familie. Soția mea e un avocat incredibil pe litigii.

Marshal a plusat din nou, fără să clipească:

— Am asistat la procese care vizau malpraxisul în terapie. Dați-mi voie să spun, pacientul plătește un mare preț afectiv. Toate dezvăluirile alea intime – nu numai despre dumneavoastră, dar și despre alții. Inclusiv despre soția dumneavoastră, care s-ar putea să nu vă poată fi avocat, pentru că ar trebui să depună mărturie în legătură cu suferința dumneavoastră. Mai e și chestiunea sumelor pierdute de dumneavoastră la jocurile de noroc. Dacă acestea ar fi făcute publice, n-ar fi o reclamă prea bună pentru cariera ei juridică. Și, bineînțeles, toți partenerii dumneavoastră de poker ar fi chemați ca martori.

Shelly a replicat sigur pe el:

— Nu-mi sunt doar parteneri de poker, ci și prieteni apropiați. Nici unul, nici măcar unul singur n-ar refuza să depună mărturie.

— Dar dumneavoastră, dacă vă sunt prieteni, i-ați ruga să depună mărturie – să facă publică informația că participă la jocuri de noroc cu miză atât de mare? S-ar putea ca acest lucru să nu le prindă bine în viața lor personală sau profesională. În plus, jocurile de noroc private sunt ilegale în California, nu-i așa? I-ați ruga pe toți să-și pună gâtul în ștreang. Nu spuneați că dintre ei, câțiva sunt avocați?

— Prietenii fac lucruri de genul ăsta unul pentru celălalt.

— Dacă le fac, nu rămân prieteni.

Shelly i-a mai aruncat o privire lui Marshal. *Tipul ăsta are o constituție de latrină din cărămidă*, s-a gândit el, *nici un dram de grăsime – ar putea opri în loc și un tanc.* Și-a luat răgazul de a mai arunca o privire cărților lui. *Rahat*, s-a gândit el, *tipul ăsta știe să joace. O face de parcă ar avea un ful de ași, iar eu o culoare. Mai bine păstrez ceva pentru mâna următoare.* Shelly și-a strâns cărțile.

— Ei bine, o să mă gândesc la asta, doctore. O să discut cu consilierii mei juridici.

Shelly s-a refugiat în tăcere. Marshal, bineînțeles, a așteptat ca el să înceapă să vorbească.

— Doctore, pot să vă întreb ceva?

— Mă puteți întreba orice. Nu vă promit însă că răspund.

— Acum zece minute... discuția noastră despre proces... v-ați ținut destul de tare. Cum asta? Ce s-a întâmplat?

— Domnule Merriman, cred că e mai important să explorăm motivația din spatele întrebării. Ce mă întrebați de fapt? Și în ce fel se poate lega asta de interpretarea mea de mai devreme despre dumneavoastră și tatăl dumneavoastră?

— Nu, doctore, nu la asta mă refer. Am terminat cu asta. Am înțeles. Sincer. Mă simt complet lămurit în legătură cu priza mamei mele, cu tatăl meu, rivalitatea și dorința ca el să moară. Acum vreau să vorbesc despre mâna asta pe care tocmai am jucat-o. Haideți să ne întoarcem și să dăm cărțile pe masă. În felul ăsta, mă puteți ajuta cu adevărat.

— Încă nu mi-ați spus *de ce*.

— Ok. E ușor *de ce*. Analizam cauza acțiunilor mele – cum ați numit-o? *Cheia templului*?

— *Matrița*[1].

— Da. Și pare că am lămurit chestiunea asta imediat. Dar încă mi-au rămas anumite defecte, prostul obicei de a-mi arăta încordarea. Nu sunt aici doar ca să înțeleg anumite lucruri. Am nevoie de ajutor să-mi schimb proastele obiceiuri. Știți că terapia mi-a dăunat – altfel n-ați sta aici, oferindu-mi ședințe gratuite de o sută șaptezeci de dolari. Nu?

— OK. Am început să pricep unde bateți. Acum mai spuneți-mi o dată ce mă întrebați.

— Acum cinci sau zece minute, când discutam despre proces, juriu și pierderi la poker. V-ați fi putut arunca. Dar mi-ați plătit calm miza. Vreau să știu cum m-am dat de gol!

— Nu sunt sigur. Dar cred că a fost laba piciorului.

— Laba piciorului?

— Da, când ați încercat să atacați mai în forță, v-ați tot îndoit laba piciorului, domnule Merriman. Unul dintre cele mai clare semne de anxietate. A, și vocea dumneavoastră – un pic mai ascuțită, cam cu o jumătate de octavă.

— Serios? Hei, asta-i minunat. Știți, mă ajută. *Asta* numesc eu *cu adevărat* ajutor. Încep să-mi fac o idee despre cum ați putea să îndreptați cu adevărat răul făcut.

— Teamă mi-e, domnule Merriman, că ați văzut deja ce pot face. Mi-am epuizat stocul de observații. Sunt convins că vă pot fi de folos făcând doar ce am făcut în ultimele patru ore.

— Doctore, m-ați ajutat cu toate chestiile alea despre tatăl meu și copilărie, am căpătat un nou suflu. E de bine! Dar am un handicap: nu mă pot alătura prietenilor mei la un joc amical de poker. O terapie cu adevărat eficientă ar trebui să rezolve chestia asta. Nu? O terapie bună ar trebui să mă elibereze suficient încât să pot alege cum îmi petrec timpul liber.

— Nu înțeleg. Sunt terapeut, nu vă pot ajuta să jucați poker.

— Doctore, știți ce e ăla un „indiciu"?

— Un indiciu?

---

1 Joc de cuvinte în engleză: *temple key* și *template*.

— Dați-mi voie să vă arăt. Shelly și-a scos portofelul și a extras un teanc de bancnote. O să iau bancnota asta de zece dolari, o s-o mototolesc, o să-mi pun mâinile la spate și o să iau bancnota într-o mână. Shelly a făcut ce-a zis, și apoi și-a întins mâinile în față, cu pumnii strânși. Acum, sarcina dumneavoastră este să ghiciți în ce mână e. Dacă nimeriți, păstrați bancnota. Dacă nu ghiciți, îmi dați zece dolari. O să repet asta de șase ori.

— Intru în joc, domnule Merriman, dar fără să pariem.

— Nu! Credeți-mă, nu merge fără riscuri. Trebuie să existe o miză, altfel nu ține. Vreți să mă ajutați sau nu?

Marshal a consimțit. Se simțea atât de recunoscător pentru faptul că Shelly părea să fi renunțat la ideea unui proces, încât ar fi acceptat să joace 21 pe podea, dacă asta și-ar fi dorit Shelly.

De șase ori și-a întins Shelly mâinile, iar Marshal a ales de șase ori. De trei ori a nimerit și de trei ori n-a ghicit mâna.

— OK, doctore, ați câștigat treizeci de dolari și ați pierdut treizeci. Suntem chit. Așa e normal. Așa ar trebui să fie. Acum, *dumneavoastră* luați bancnota de zece dolari. Țineți-o în mână. Acum e rândul *meu* să ghicesc.

De șase ori a ascuns Marshal bancnota într-una dintre mâini. Shelly n-a nimerit-o pe prima, apoi a ales corect de cinci ori.

— Ați câștigat zece dolari, doctore, iar eu am câștigat cincizeci. Îmi datorați patruzeci. Vreți să vă dau restul?

Marshal și-a băgat mâna în buzunar și a scos un rulou de bancnote prins cu o clamă de argint masiv – clama tatălui său. Cu douăzeci de ani în urmă, tatăl lui suferise o comoție cerebrală. Pe când aștepta ca echipa salvării să apară, după ce telefonase la 911, mama lui scosese banii din buzunarul tatălui său, pusese bancnotele în poșeta ei și îi dăduse fiului clama. „Uite, Marshal, asta-i pentru tine“, spusese ea. „Folosește-o și gândește-te la tatăl tău când o faci.“ Fără să spună nimic, Marshal a tras adânc aer în piept, a desprins două bancnote de douăzeci de dolari – suma cea mai mare pe care o pierduse vreodată la un pariu – și i le-a dat lui Shelly.

— Cum ați făcut asta, domnule Merriman?

— Încheieturile degetelor erau mai albicioase la mâna goală – o strângeați prea tare. Iar nasul vi s-a îndreptat foarte, foarte puțin către mâna cu cei zece dolari. *Ăsta* e un indiciu, doctore. Vreți revanșa?

— O demonstrație bună, domnule Merriman. Nu-i nevoie de revanșă, am înțeles ideea. Încă nu sunt sigur unde vreți să ajungem. Oricum, teamă mi-e că timpul nostru s-a scurs. Ne vedem miercuri. Marshal s-a ridicat în picioare.

— Am o idee, am o idee fantastică despre unde vreau să ajungem. Vreți s-o auziți?

— Vreau foarte mult, domnule Merriman. Marshal s-a uitat încă o dată la ceasul lui de mână și s-a ridicat în picioare. Pe miercuri, la ora patru fix.

Șaptesprezece

Cu zece minute înainte de ședință, Carol a încercat să se pregătească psihic. Fără reportofon astăzi. Reportofonul ascuns în poșeta ei la ultima ședință nu înregistrase nimic inteligibil. Pentru a obține o înregistrare decentă, își dăduse ea seama, va trebui să investească într-un dispozitiv profesional de ascultare – poate ceva ce ar putea cumpăra din magazinul de aparatură pentru spionaj care se deschisese de curând lângă Union Square.

Nu că ar fi existat ceva care să merite a fi înregistrat. Ernest era mai prudent decât se așteptase. Și mai viclean. Și mai răbdător. Își dedica surprinzător de mult timp misiunii de a-i câștiga încrederea și de a o face dependentă de el. Părea să nu se grăbească – probabil era mulțumit că i-o trăgea altei paciente de-a lui. Și ea trebuia să aibă răbdare: mai devreme sau mai târziu, știa că adevăratul Ernest va ieși la iveală, Ernest cel acaparator, lasciv și pofticios pe care îl văzuse în librărie.

Carol s-a hotărât să dea dovadă de mai multă forță. Nu mai putea continua să cedeze nervos, așa cum se întâmplase săptămâna trecută, când Ernest făcuse comentariul acela despre faptul că le transmite copiilor săi furia mamei ei. Observația asta îi răsunase în urechi în ultimele zile și, într-un mod neașteptat, îi afectase foarte mult relația cu copiii. Fiul ei chiar îi spusese că era fericit pentru că ea n-o să mai fie tristă, iar fiica ei îi lăsase pe pernă un desen cu o față zâmbitoare.

Iar apoi, aseară, se petrecuse un lucru extraordinar. Pentru prima oară, după săptămâni întregi, Carol simțise o stare de bine. Se întâmplase când își ținea în brațe copiii și le citea, ca în fiecare noapte, un fragment din *Minunatele peripeții ale lui Nils* – aceeași carte uzată din care, cu zeci de ani în urmă, mama ei îi citise seară de seară. I-au venit în minte amintiri despre ea și Jeb agățându-se de mama lor și înghesuindu-și capetele să vadă pozele. Era ciudat că din când în când, în ultima săptămână, se gândise la Jeb cel interzis și de neiertat. Nu voia să-l vadă, bineînțeles – nu glumise când vorbise despre condamnarea pe viață –, dar își punea întrebări despre el: unde era, ce făcea.

Însă oare, se întreba Carol, *chiar o fi necesar să refuz să-mi dezvălui sentimentele în fața lui Ernest? Poate că lacrimile nu sunt un lucru atât de rău – servesc unui scop: întăresc aparența autenticității. Deși nu e prea necesar – Ernest, bietul tocilar, nu bănuiește absolut nimic. Și totuși, e un joc plin de riscuri: de ce să-i permit să aibă influență asupra mea? Pe de altă parte, de ce să nu mă aleg și cu ceva pozitiv de la el? Plătesc destul. Chiar și el ar trebui să spună ceva folositor uneori. Până și un porc orb mai găsește câte o boabă de porumb din când în când!*

Carol și-a masat picioarele. Deși Jess se ținuse de cuvânt și fusese un antrenor de jogging răbdător și blând, tot o dureau gambele și pulpele. Îi telefonase aseară și se întâlniseră dimineața devreme în fața Muzeului De Young pentru a face jogging prin ceața care se risipea, ocolind lacul și traversând pajiștile din Golden Gate Park. Ea îi urmase sfatul și pășise nu mai rapid decât dacă ar fi făcut o plimbare grăbită, mai degrabă alunecând, târșindu-și picioarele, abia ridicându-și pantofii din iarba înrourată. După cincisprezece minute rămăsese fără suflare și se uitase rugător la Jess, care alerga plin de grație lângă ea.

— Încă vreo câteva minute, i-a promis el. Continuă să mergi repede, găsește-ți ritmul în care poți respira cu ușurință. O să ne oprim la ceainăria japoneză.

Apoi, după douăzeci de minute de jogging, s-a petrecut un lucru minunat. Oboseala i-a dispărut, și Carol a fost copleșită de senzația că are o energie inepuizabilă. A privit înspre Jess, care a încuviințat din cap și a zâmbit extaziat, de parcă i-ar fi pregătit al doilea val de iluminare. A început să alerge mai repede. Zbura, ușoară ca o pană, deasupra ierbii. Își ridica picioarele mai sus, din ce în ce mai sus. Ar fi putut s-o țină așa la nesfârșit. Iar apoi, când au încetinit și s-au oprit în fața ceainăriei, Carol s-a prăbușit dărâmată și a fost recunoscătoare când Jess a susținut-o.

Între timp, Ernest, de cealaltă parte a peretelui, introducea în computer o întâmplare petrecută în timpul unei ședințe terapeutice de grup pe care tocmai o condusese – o completare valoroasă pentru articolul său despre spațiul intermediar dintre terapeut și pacient. Unul dintre membrii grupului venise cu un vis irezistibil:

Noi, toți membrii grupului, ședeam în jurul unei mese lungi, iar terapeutul, la un capăt al ei, ținea în mână o foaie de hârtie. Noi toți ne întindeam, ne strâmbam gâturile, ne aplecam, încercând să vedem biletul, dar el îl ținea ascuns. Pe undeva, noi, cu toții, știam că pe hârtiuța aia era scris răspunsul la întrebarea: Pe care dintre noi îl iubești mai mult?

Întrebarea asta – Pe care dintre noi îl iubești mai mult? –, a scris Ernest, este cu adevărat coșmarul oricărui terapeut de grup. Orice terapeut se teme că într-o bună zi grupul va pretinde să afle de care dintre membrii lui îi pasă cel mai mult. Și tocmai din acest motiv, mulți terapeuți de grup (dar nu numai) nu prea vor să-și dezvăluie sentimentele în fața pacienților lor.

În această ședință, deosebit fusese faptul că Ernest își respectase decizia de a fi transparent și, din pricina asta, avea impresia că gestionase nemaipomenit situația. Mai întâi stimulase grupul către o discuție productivă despre fanteziile fiecărui membru referitoare la cine era copilul favorit al terapeutului. Bineînțeles, asta era o chestie convențională – mulți terapeuți ar fi făcut așa. Dar după aceea, a făcut ceva ce puțini terapeuți ar fi îndrăznit: a vorbit deschis despre sentimentele lui față de toate persoanele din grup. Nu a spus dacă îl iubea sau îl plăcea pe vreunul dintre ei, firește – asemenea răspunsuri generale nu erau niciodată utile –, ci a enumerat care dintre caracteristicile fiecăruia îl făceau să se apropie și care îl îndepărtau. Iar strategia a avut un mare succes: toți cei din grup au hotărât să facă și ei la fel cu ceilalți, astfel încât toată lumea a primit un prețios feedback. Ce plăcere, a reflectat Ernest, să-și conducă trupele din prima linie, și nu din spate.

A închis computerul și și-a răsfoit în grabă însemnările despre ședința anterioară cu Carolyn. Înainte de a se ridica să o invite în cabinet, a mai revăzut și principiile dezvăluirilor de sine ale unui terapeut, pe care le formulase până acum:

1. Dezvăluie-te doar în măsura în care acest lucru îl ajută pe pacient.
2. Dezvăluie-te cu temei. Amintește-ți că te dezvălui pentru binele pacientului, nu al tău.
3. Ai grijă, dacă vrei să-ți păstrezi dreptul de practică, la cum ar suna dezvăluirile tale de sine în urechile altor terapeuți.
4. Dezvăluirile de sine trebuie temporizate. Ține cont de moment: unele dezvăluiri, care sunt utile într-o fază mai avansată a terapiei, pot fi contraproductive la începutul ei.
5. Terapeuții nu ar trebui să împărtășească lucruri față de care au opinii conflictuale. Ar trebui ca mai întâi să le analizeze în cadrul supervizării sau al terapiei personale.

Carol a intrat în cabinetul lui Ernest hotărâtă ca în acea zi să obțină rezultatele dorite. A făcut câțiva pași înăuntru, dar nu s-a așezat. A rămas pur și simplu în picioare, lângă scaunul ei. Ernest a început să se lase în jos, spre scaunul său, i-a aruncat o privire lui Carolyn, care se profila amenințător deasupra lui, s-a oprit în aer, la jumătatea drumului, s-a ridicat din nou în picioare și s-a uitat la ea întrebător.

— Ernest, miercuri am plecat în fugă de aici, atât de emoționată de ce ai spus, încât am uitat ceva: îmbrățișarea mea. Și nu-ți pot spune cât de mult m-a afectat. Cât de mult mi-a lipsit în astea două zile. A fost ca și cum te-aș fi pierdut, ca și cum n-ai mai fi existat. M-am gândit să-ți telefonez, dar vocea ta fără corp nu-mi folosește la nimic. Am nevoie de contact fizic. Poți să-mi faci pe plac acum?

Ernest, nedorind să-și arate plăcerea că primește o îmbrățișare de împăcare, a șovăit o clipă și a zis:

— Dacă îmi promiți că discutăm despre asta. Și a îmbrățișat-o scurt, numai în partea de sus a corpului.

Ernest s-a așezat, cu inima bubuindu-i în piept. Îi plăceau Carolyn și atingerile ei: senzația pufoasă a puloverului de cașmir, umărul ei cald, breteaua subțire a sutienului ei, care-i traversa spatele, senzația sânilor ei fermi lipiți de pieptul lui. Deși îmbrățișarea fusese una inocentă, Ernest s-a întors pe scaunul lui, simțindu-se murdar.

— Ai remarcat că am plecat fără să te îmbrățișez? a întrebat Carol.

— Da, am remarcat.

— Ți-a lipsit?

— Păi, am fost conștient de faptul că observația legată de fiica ta a atins un punct foarte sensibil. Te-a tulburat.

— Mi-ai promis că o să fii sincer cu mine, Ernest. Te rog, fără tertipuri specifice terapeuților. Nu mi-ai răspuns. Ți-a lipsit îmbrățișarea mea? Îți place când te îmbrățișez? Sau nu?

Ernest a înțeles, din tonul vocii ei, că trebuie să-i dea un răspuns imediat. Evident, îmbrățișarea însemna enorm pentru ea – era o confirmare a atractivității ei, dar și a promisiunii lui că îi va fi aproape. Se simțea încolțit. A căutat răspunsul corect, iar apoi, încercând să-i zâmbească fermecător, a spus:

— Când o să vină clipa în care nu-mi va mai plăcea îmbrățișarea unei femei atrăgătoare ca tine – atrăgătoare în toate privințele –, o să chem antreprenorul de pompe funebre.

Carol se simțea încurajată. *„O femeie foarte atrăgătoare – atrăgătoare în toate privințele!" Ca aluziile doctorului Cooke și ale doctorului Zweizung. Acum vânătorul începe să treacă la acțiune. E timpul ca prada să-i întindă cursa.*

Ernest a continuat:

— Povestește-mi mai multe despre atingeri și despre importanța pe care o au pentru tine.

— Nu sunt sigură că mai am ceva de adăugat, a spus ea. Știu că mă gândesc ore întregi la cum te voi atinge pe tine. Uneori imaginile au o puternică încărcătură erotică – uneori sunt înnebunită de dorință, vreau să te simt în mine, să explodezi ca un gheizer și să mă umpli cu înflăcărarea și cu umezeala ta. Iar alteori nu e nimic sexual în atingerea noastră, doar căldură, iubire, îmbrățișare. Săptămâna asta m-am dus aproape în fiecare seară la culcare mai devreme, doar ca să-mi imaginez că sunt cu tine.

Nu, asta nu-i suficient, s-a gândit Carol. *Trebuie să fiu explicită, să înfierbânt lucrurile. Dar e greu să-mi imaginez că fac sex cu scârbosul ăsta. Gras și unsuros – aceeași cravată pătată în fiecare zi, pantofii ăia de seară roși, imitație de Rockport.*

A continuat:

— Scena mea imaginară preferată este cu noi doi stând pe scaunele astea, după care eu vin la tine și mă așez pe podea, iar tu începi să mă mângâi pe păr și pe urmă aluneci lângă mine și mă mângâi peste tot.

Ernest mai avusese și alte paciente cu transfer erotic, dar nici una dintre ele nu și-l exprimase atât de explicit și nu îl tulburase atât de mult. Ședea în tăcere, transpirând, cântărindu-și opțiunile și făcând eforturi uriașe de voință să nu aibă o erecție.

— M-ai rugat să fiu sinceră cu tine, a continuat Carol, să spun ce gândesc.

— Așa este, Carolyn. Iar tu faci exact ceea ce ar trebui să faci. Sinceritatea e principiul de bază în cadrul terapiei. Putem, trebuie să vorbim, să exprimăm *totul*... atâta timp cât fiecare dintre noi rămâne în cadrul bine delimitat al spațiului său fizic.

— Ernest, asta nu ține la mine. Vorbitul și cuvintele nu sunt suficiente. Îmi cunoști experiența cu bărbații. Neîncrederea este atât de profundă. Nu pot da crezare cuvintelor. Înainte de Ralph, m-am dus la mai mulți terapeuți, urmând nu mai mult de una sau două ședințe cu fiecare. Ei au respectat procedurile și litera cărții, au aderat la codul lor profesional, au rămas la o distanță corectă de mine. Și toți m-au dezamăgit. Până la Ralph. Până când am cunoscut un terapeut adevărat – cineva care dorea să fie flexibil, să lucreze la situația în care mă găseam, cu metodele de care aveam nevoie. Mi-a salvat viața.

— În afară de Ralph, nimeni nu te-a ajutat?

— Doar vorbe. Când ieșeam din cabinetele lor, nu luam nimic cu mine. Acum e la fel. Când plec de la tine fără să te ating, cuvintele pur și simplu dispar, tu dispari dacă nu-mi rămâne vreo urmă de-a ta pe piele.

Trebuie să fac în așa fel încât astăzi să se întâmple ceva, se gândea Carol. *Trebuie să pun treaba pe roate. Și apoi s-o duc la bun sfârșit.*

— De fapt, Ernest, a continuat ea, ce-mi doresc astăzi cu adevărat nu e să vorbesc, ci să stau alături de tine pe canapea și să te simt lângă mine.

— Nu m-aș simți în largul meu făcând asta, nu așa te pot ajuta cel mai bine. Avem prea multe de lămurit, prea multe lucruri despre care să discutăm.

Ernest era din ce în ce mai impresionat de profunzimea și intensitatea nevoii lui Carolyn de contact fizic. Nu era, și-a spus în sinea lui, o nevoie din fața căreia să se retragă îngrozit. Era o problemă a unei paciente, care trebuia luată în serios. Era o nevoie ce trebuia înțeleasă și tratată ca oricare alta.

În decursul ultimei săptămâni, Ernest petrecuse mai mult timp în bibliotecă, revăzând textele referitoare la transferul erotic. Îl frapaseră unele avertismente ale lui Freud în privința tratamentului „femeilor cu pasiuni primitive". Se referea la aceste paciente cu termenul de „copii ai naturii", care refuză să accepte spiritualul în detrimentul fizicului și care sunt ahtiați doar după „logica terciului și argumentul găluștelor".

Pesimist în privința tratamentului acestora, Freud susținea că terapeutul are doar două opțiuni, la fel de inacceptabile: să-i ofere și el iubire pacientei sau să devină ținta furiei unei femei jignite. În ambele situații, spunea Freud, trebuie să-ți recunoști eșecul și să renunți la caz.

Fără îndoială, Carol era unul dintre acești „copii ai naturii". Nu exista nici un dubiu în privința asta. Dar oare avea dreptate Freud? Existau doar două alternative posibile, la fel de inacceptabile pentru terapeut? Freud ajunsese la acele concluzii cu aproape o sută de ani în urmă, pe când era vârât până-n gât în autoritarismul vienez. Poate că lucrurile sunt diferite acum. Era posibil ca Freud să nu fi fost în stare să-și imagineze sfârșitul secolului XX – o perioadă în care terapeutul se bucura de o mai mare transparență a gesturilor, iar pacientul și terapeutul puteau dezvolta o relație cu adevărat *autentică.*

Următoarele cuvinte ale lui Carol l-au smuls pe Ernest din reverie.

— N-am putea oare să ne mutăm pe canapea și să stăm de vorbă acolo? E prea rece, prea apăsător să discut cu tine de la distanța asta. Să încercăm pentru câteva minute. Doar stai alături de mine. Promit să nu-ți cer mai mult. Și îți garantez că asta o să mă ajute să vorbesc și să intru în contact cu sferele profunde ale ființei mele. Of, nu clătina din cap. Știu totul despre codul de conduită al APA și despre tehnicile și comportamentele standard. Dar, Ernest, oare nu-i loc și pentru creativitate? Oare un terapeut adevărat nu găsește calea să ajute orice pacient?

Carol cânta la Ernest ca la vioară: alesese cuvintele perfecte: „Asociația Psihiatrilor Americani," „standard," „manuale de tratament," „coduri de conduită profesională," „reguli," „creativitate," „flexibilitate". Parcă ar fi fluturat cuvinte roșii în fața unui taur iconoclastic.

În timp ce asculta, lui Ernest i-au venit în minte vorbele lui Seymour Trotter: *Tehnică aprobată formal? Abandonează orice tehnică. Când vei avea mai multă experiență ca terapeut, vei dori să faci saltul către autenticitate, iar nevoile pacientului – nu standardele profesionale ale APA – vor deveni manualul tău de terapie.* Ciudat cât de mult se gândise în ultima vreme la Seymour. Poate că era pur și simplu liniștitor să cunoască un terapeut care o apucase la un moment dat pe același drum. Pentru moment însă, Ernest uitase că Seymour nu găsise niciodată drumul înapoi.

Oare transferul lui Carolyn îi scăpa de sub control? Seymour spusese că nu poate fi niciodată prea intens. *Cu cât e mai puternic transferul,* zisese el, *cu atât e mai eficientă arma care combate autodistructivitatea pacientului.* Și, fără doar și poate, era autodistructivă! Altfel, de ce ar fi rămas într-o căsnicie ca asta?

— Ernest, a repetat Carol, te rog, stai lângă mine pe canapea. Am nevoie de asta.

Ernest s-a gândit la sfatul lui Jung de a-și trata fiecare pacient într-o manieră cât mai personală cu putință, *de a crea un nou limbaj de terapie pentru fiecare.* S-a gândit la faptul că Seymour ajunsese chiar mai departe și susținuse că terapeutul trebuie să inventeze o nouă tehnică pentru fiecare pacient. Cuvintele astea îi dădeau forță. Și hotărâre. S-a ridicat, s-a dus până la canapea, s-a așezat ușurel într-un capăt al ei și a spus:

— Hai să încercăm.

Carol s-a ridicat în picioare și s-a așezat lângă el, cât mai aproape cu putință, fără a-l atinge, și a început imediat:

— Astăzi este ziua mea. Treizeci și șase. Și ți-am spus că am aceeași zi de naștere cu mama mea?

— La mulți ani, Carolyn. Sper ca următoarele treizeci și șase de zile de naștere să fie din ce în ce mai bune pentru tine.

— Mulțumesc, Ernest. Ești un dulce. Și, cu aceste cuvinte, s-a întins spre el și l-a pupat pe obraz. *Câh,* s-a gândit ea, *loțiune după ras cu miros de suc acidulat de lămâie. Dezgustător.*

Nevoia de apropiere fizică, faptul că ședeau pe canapea și sărutul pe obraz, toate îi aminteau într-un mod ciudat de pacienta lui Seymour Trotter. Dar, bineînțeles, Carolyn era mult mai întreagă decât Belle cea impulsivă. Ernest era conștient de o mâncărime caldă, interioară. Pur și simplu a lăsat-o în pace, s-a delectat cu ea preț de un minut, apoi și-a înghesuit erecția crescândă într-un colț îndepărtat al minții, s-a întors la muncă și a adoptat un ton plin de profesionalism:

— Mai spune-mi o dată când s-a născut și când a murit mama ta, Carolyn.

— S-a născut în 1937 și a murit acum zece ani, la vârsta de patruzeci și opt de ani. Săptămâna asta mă gândeam că am trei sferturi din vârsta pe care o avea când a murit.

— Și ce sentimente îți stârnește asta?

— Tristețe pentru ea. Ce viață neîmplinită a avut. Abandonată de soțul ei la treizeci de ani. Întreaga viață petrecută crescându-și cei doi copii. N-a avut nimic – atât de puține motive de bucurie. Sunt atât de fericită că a apucat să mă vadă absolvind Facultatea de Drept. Și că a murit înainte ca Jeb să fie condamnat la închisoare. Și înainte ca viața mea să se ducă de râpă.

— Aici rămăseserăm ședința trecută, Carolyn. Mă frapează din nou convingerea aceasta că mama ta a fost condamnată să sufere de la treizeci de ani, că n-a avut altă opțiune decât să moară nefericită și încărcată de regrete. De parcă toate femeile care-și pierd soții sunt destinate să aibă aceeași soartă. Așa e? Nu a existat nici o altă soluție posibilă pentru ea? Nu a avut nici o șansă la fericire?

Ăsta-i un rahat tipic masculin, s-a gândit Carol. *Mi-ar plăcea să-l văd cum își construiește o viață mai bună când are doi copii pe cap, fără studii, pentru că și-a întreținut partenerul cât timp el s-a dus la școală, fără nici un ajutor din partea unui soț leneș și întâmpinând dificultăți în obținerea unei slujbe decente.*

— Nu știu, Ernest. Poate că ai dreptate. Astea sunt lucruri noi, la care trebuie să mă gândesc. Dar după aceea nu s-a putut abține să adauge: Deși, mă îngrijorează faptul că bărbații trivializează capcana în care cad majoritatea femeilor.

— Te referi la bărbatul *ăsta*? Aici? Acum?

— Nu, nu mă refeream la asta – e o preconcepție. Știu că tu ești de partea mea, Ernest.

— Am și eu punctele mele slabe, Carolyn, și accept să mi le arăți – ba chiar mai mult, mi-o *doresc*. Dar nu cred că ăsta e unul dintre ele. Am impresia că nu iei în considerare faptul că mama ta este responsabilă de modul cum a ales să trăiască.

Carol și-a mușcat limba și n-a spus nimic.

— Dar hai să vorbim mai mult despre ziua ta de naștere, Carolyn. Știi că de obicei ne sărbătorim ziua de naștere ca și cum ar fi un eveniment fericit, dar eu întotdeauna am crezut că e valabil opusul – că zilele de naștere sunt puncte triste, care marchează faptul că viața trece și că sărbătorirea lor e o încercare de a nega tristețea. E valabil același lucru și pentru tine? Poți vorbi despre gândurile pe care le ai la împlinirea a treizeci și șase de ani? Spui că ai trei sferturi din vârsta mamei tale când a murit. Și tu, ca și ea, ești prinsă în capcana vieții pe care o trăiești acum? Ești cu adevărat condamnată să trăiești într-o căsnicie nefericită?

— *Sunt* prinsă în capcană, Ernest. Ce crezi că ar trebui să fac?

Ernest, pentru a o putea privi mai bine pe Carolyn, își rezemase brațul de spătarul canapelei. Carolyn și-a deschis pe furiș al doilea nasture de la bluză, iar apoi a alunecat mai aproape și și-a sprijinit capul de brațul și de umărul lui. Preț de o clipă, doar numai preț de o clipă, Ernest și-a lăsat mâna pe capul ei și a mângâiat-o pe păr.

Ah, scârbosul începe să se manifeste, se gândea Carol. *Hai să vedem cât de mult o va face astăzi. Sper să rezist și să nu borăsc.* Și-a apăsat și mai mult capul de umărul lui. Ernest i-a simțit greutatea. A inhalat mirosul ei proaspăt de citrice. S-a uitat în jos, la decolteul ei. Iar apoi, brusc, s-a ridicat în picioare.

— Carolyn, știi, cred că-i mai bine să revenim la vechile noastre poziții. Ernest s-a dus înapoi la scaunul lui.

Carol a rămas pe loc. Părea pe punctul de a izbucni în plâns când a întrebat:

— De ce nu stai pe canapea? Pentru că mi-am pus capul pe umărul tău?

— Nu așa simt eu că-ți pot fi de folos. Cred că am nevoie de un spațiu, de o distanță ca să pot lucra cu tine.

Carol s-a mutat fără nici o tragere de inimă pe scaunul ei, și-a scos pantofii și și-a strâns picioarele sub ea.

— Poate că n-ar trebui să spun asta – poate că nu-i corect față de tine –, dar mă întreb dacă ai simți altfel în cazul în care aș fi o femeie cu adevărat atrăgătoare.

— Nu-i asta problema. Ernest a încercat să-și vină în fire. De fapt, lucrurile stau taman pe dos. Motivul pentru care *nu pot* sta fizic aproape de tine este că *îmi pari* atrăgătoare și excitantă. Nu pot să fiu atras erotic de tine și, în același timp, să-ți fiu terapeut.

— Știi, Ernest, mă gândeam. Ți-am spus, nu, că am fost la una dintre prelegerile tale de la librăria Printer's Inc. acum vreo lună?

— Da, mi-ai spus că atunci ai luat hotărârea să vii la mine.

— Ei bine, te-am urmărit înainte de prelegere și nu m-am putut împiedica să observ cum te dădeai la femeia aia atrăgătoare care ședea lângă tine.

Ernest s-a cutremurat. *Rahat! M-a văzut cu Nan Carlin. Asta-i o situație ca naiba de nasoală. În ce mama dracu' m-am băgat?*

Ernest nu avea să mai ia niciodată atât de puțin în serios transparența terapeutului. Nu mai avea rost nici măcar să încerce să se întrebe cum ar reacționa Marshal sau vreun alt mentor de-al său la observația lui Carolyn. Sărise calul atât de mult, era atât de departe de regulile tehnicii tradiționale, atât de departe de practica acceptabilă, încât știa că acum era pe cont propriu – pierdut în jungla unei terapii sălbatice. Singura lui opțiune era să fie în continuare sincer și să-și urmeze instinctele.

— Și... ce sentimente ai față de asta, Carolyn?

— Dar ce sentimente ai *tu*, Ernest?

— Stânjeneală. Ca să fiu sincer, Carolyn, ăsta e cel mai urât coșmar al unui terapeut. E extrem de neplăcut să discut cu tine sau cu oricare alt pacient despre relațiile mele personale cu femeile –, dar sunt hotărât ca noi doi să dezvoltăm o *relație autentică* și o să încerc să fiu la înălțime. Și acum, *tu* ce sentimente ai?

— Ah, tot felul. Invidie. Furie. Indignare. Mă simt ghinionistă.

— Poți să-mi vorbești despre ele? De exemplu, furie sau indignare.

— Totul e atât de arbitrar. Măcar dacă aș fi făcut ca ea – să mă mut pe un scaun de lângă tine. Măcar dacă aș fi avut tupeul, curajul să-ți vorbesc.

— Și... atunci?

— Atunci totul ar fi fost probabil altfel. Spune-mi adevărul, Ernest, ce s-ar fi întâmplat dacă aș fi venit la tine, dacă aș fi încercat să te agăț? Te-ar fi interesat persoana mea?

— Toate întrebările astea condiționale – „dacă" și „ar fi fost" – ce mă întrebi de fapt, Carolyn? Ți-am spus de mai multe ori că te consider o femeie atrăgătoare. Nu mă pot împiedica să mă întreb – vrei să spun încă o dată lucrul ăsta?

— Iar eu mă întreb dacă nu cumva îmi eviți întrebarea în felul acesta, Ernest.

— Dacă aș fi răspuns avansurilor tale? Răspunsul este: E foarte posibil s-o fi făcut. Adică, da. Probabil că aș fi făcut-o.

Tăcere. Ernest se simțea vulnerabil. Ăsta era un discurs atât de diferit de toate cele pe care le avusese cu ceilalți pacienți, încât se gândea serios dacă va mai putea continua s-o trateze pe Carolyn. Fără îndoială că nu numai Freud, dar toți teoreticienii psihanaliști pe care îi citise în săptămâna care trecuse ar fi decretat în unanimitate că o pacientă cu transfer erotic asemenea lui Carolyn nu putea fi tratată – sigur nu de el.

— Deci acum ce simți? a întrebat el.

— Păi, exact la asta mă refeream când am spus că e arbitrar, Ernest. Dacă zarurile ar fi picat puțin altfel, tu și cu mine am fi putut fi acum iubiți, nu terapeut și pacient. Și cred sincer că poți face pentru mine mai multe din postura de iubit decât din cea de terapeut. Nu ți-aș cere prea multe, Ernest, doar să ne întâlnim o dată sau de două ori pe săptămână – să mă ții în brațe și să mă scapi de frustrarea asta sexuală care mă omoară.

— Te ascult, Carolyn, dar eu sunt terapeutul tău, *nu* iubitul tău.

— Dar asta e o chestiune arbitrară. Nimic nu e obligatoriu. Totul poate fi și altfel. Ernest, hai să dăm ceasul înapoi – să ne întoarcem la librărie și să aruncăm încă o dată cu zarul. Fii iubitul meu, mor de frustrare.

În timp ce vorbea, Carolyn a alunecat de pe scaunul ei, s-a strecurat până la Ernest, s-a așezat pe podea lângă el și și-a pus mâna pe genunchiul lui.

Ernest și-a lăsat din nou mâna pe capul lui Carolyn. *Doamne, cât îmi place s-o ating pe femeia asta. Iar dorința ei arzătoare să facă dragoste cu mine – Dumnezeu știe că pot empatiza cu ea. Oare de câte ori am fost copleșit de dorință? Îmi pare rău pentru ea. Și înțeleg ce vrea să spună prin faptul că întâlnirea noastră a fost arbitrară. Și pentru mine e nasol. Mai degrabă aș fi iubitul ei decât terapeutul ei. Mi-ar plăcea la nebunie să mă târăsc de pe scaunul ăsta și s-o dezbrac. Mi-ar plăcea la nebunie să-i mângâi corpul. Și cine știe? Dacă presupunem că aș fi făcut cunoștință cu ea în librărie? Dacă presupunem că am fi devenit iubiți? Poate că are dreptate – poate că i-aș fi oferit mai mult așa decât ca terapeut! Dar n-o să știm niciodată – ăsta e un experiment care nu se poate face.*

— Carolyn... ce mă rogi tu – să dăm ceasul înapoi, să devin iubitul tău... O să fiu sincer cu tine... nu ești singura pe care o tentează asta – și mie mi s-ar părea un lucru minunat. Cred că ne-am putea simți foarte bine împreună. Dar teamă mi-e că ceasul *ăsta*, a spus Ernest, arătând spre ceasul discret din bibliotecă, nu poate fi întors înapoi.

În timp ce vorbea, Ernest a început din nou s-o mângâie pe păr. Ea și-a lăsat și mai mult greutatea trupului pe piciorul lui. Brusc, el și-a retras mâna și a zis:

— Te rog, Carolyn, du-te înapoi pe scaunul tău și dă-mi voie să-ți spun ceva important.

A așteptat până când Carolyn l-a sărutat scurt pe genunchi și s-a așezat. *Lasă-l să-și țină micul discurs de protest, să-și facă jocul. Trebuie să pretindă față de el însuși că rezistă.*

— Hai să facem câțiva pași înapoi, a zis Ernest, și să examinăm ce se întâmplă aici. Dă-mi voie să-ți prezint lucrurile așa cum le văd eu. Tu ești tulburată. Îmi ceri ajutorul ca terapeut. Ne cunoaștem și cădem la o învoială – o învoială în care eu promit să te susțin în eforturile tale. Ca efect al intimității întâlnirilor noastre, tu începi să simți iubire pentru mine. Și teamă mi-e că nici eu nu sunt prea inocent în privința asta: cred că felul în care mă port – te îmbrățișez, te mângâi pe păr – toarnă gaz pe foc. Iar eu îmi fac griji din pricina asta. În orice caz, acum nu pot ca, dintr-odată, să mă răzgândesc, să profit de iubirea ta și să mă bucur de plăcerea pe care mi-o oferi.

— Dar, Ernest, pierzi din vedere un lucru. Eu spun că dacă ai deveni iubitul meu, asta ar fi cea mai bună terapie posibilă pentru mine. Cinci ani, Ralph și cu mine...

— Ralph e Ralph, iar eu sunt eu. Carolyn, nu mai avem timp, și va trebui să continuăm discuția asta ședința următoare. Ernest s-a ridicat în picioare pentru a sugera că ședința ajunsese la final. Dar dă-mi voie să mai fac o ultimă observație. Sper ca în următoarea noastră ședință să începi să explorezi mai multe posibilități de a primi ce *am* eu de oferit, nu să încerci să-mi încalci din nou limitele.

În timp ce își primea îmbrățișarea de rămas-bun de la Ernest, Carol a spus:

— Și un ultim comentariu al meu, Ernest. M-ai sfătuit – cu elocvență – să n-o apuc pe drumul pe care a luat-o mama, să nu-mi neg responsabilitatea alegerilor pe care le fac. Iar aici, astăzi, eu pun în aplicare sfatul tău – încerc să fac lucrurile mai bune pentru mine. Înțeleg de ce – și de cine – am nevoie în viață și încerc să profit de situație. Mi-ai spus să trăiesc în așa fel încât să elimin posibile viitoare regrete – și exact asta încerc să fac.

Ernest n-a izbutit să găsească o replică potrivită.

Optsprezece

Marshal avea o oră liberă și stătea pe balconul lui, admirându-și păduricea de bonsai: nouă arțari frumoși minusculi, cu frunzele stacojii care începeau să-și deschidă învelișul mugurilor. La sfârșitul săptămânii trecute îi mutase în alte ghivece. Împungându-i ușurel cu un bețigaș, curățase țărâna de pe rădăcinile fiecărui copac, și apoi îi pusese într-un vas mare de ceramică albastră, în stil tradițional: două grupuri inegale de șase și respectiv trei copaci, separate de un minuscul bolovan gri-rozaliu importat din Japonia. Marshal a observat că unul dintre copacii din grupul mai mare începea să devieze, și în câteva luni avea să invadeze spațiul vecinului lui. A tăiat o bucată de sârmă de cupru de optsprezece centimetri, a înfășurat-o cu grijă în jurul trunchiului copacului îndărătnic și l-a împins cu gingășie în poziție verticală. O dată la câteva zile el urma să îndoaie sârma puțin câte puțin, și apoi, după cinci sau șase luni, avea să o scoată, înainte ca ea să lase urme pe trunchiul sensibilului arțar. A, s-a gândit el, dacă psihoterapia ar fi la fel de simplă.

În mod normal, ar fi apelat la talentul de grădinar al soției sale pentru a îndrepta poziția arțarului neascultător, dar el și Shirley se certaseră foarte tare în weekend și, de trei zile, nu vorbeau unul cu celălalt. Acest ultim episod era doar un simptom al distanței dintre ei, care creștea de ani de zile.

Totul începuse, credea Marshal, cu mai mulți ani în urmă, când Shirley se înscrisese la primul ei curs de ikebana. Făcuse o pasiune pentru această artă și manifestase un talent deosebit pentru ea. Nu că Marshal ar fi putut să aprecieze asta – el nu știa pe atunci nimic despre ikebana și continua să nu știe nimic –, dar nu putea ignora premiile și panglicile care umpleau o cameră întreagă și pe care le câștigase la concursuri.

Imediat, Shirley și-a organizat întreaga viață în jurul artei ikebana. Cercul ei de prieteni consta exclusiv din colegi împătimiți de ikebana, iar cu Marshal a început să discute din ce în ce mai puțin. Ca lucrurile să fie și mai rele, maestrul ei de ikebana, în vârstă de optzeci de ani, căruia îi era devotată ca o sclavă, a încurajat-o să înceapă ore de meditație budistă Vipassnia, ceea ce i-a ocupat o parte și mai mare din timp.

Cu trei ani în urmă, Marshal își făcuse atât de multe griji din pricina impactului pe care ikebana și Vipassnia (despre care Marshal a decis să rămână, de asemenea, neinformat) îl aveau asupra căsniciei lor, încât a rugat-o pe Shirley să se înscrie la studii postuniversitare, la Facultatea de Psihologie Clinică. Spera că, dacă ar fi lucrat în același domeniu, s-ar fi apropiat mai mult unul de celălalt. Mai spera și că, odată ce Shirley ar fi făcut parte din breasla lui, ar fi reușit să-i aprecieze măiestria profesională. Și atunci n-ar fi trecut multă vreme, și el i-ar fi putut trimite pacienți, iar ideea unui al doilea venit îi surâdea.

Dar lucrurile nu merseseră așa cum își dorise. Shirley s-a înscris la facultate, însă n-a renunțat la celelalte preocupări ale ei. Acum, studiile ei postuniversitare, plus timpul petrecut cu pregătirea și culegerea florilor sau în meditație, la Centrul Zen, nu îi mai lăsau practic nici un strop de timp pentru Marshal. Iar cu trei zile în urmă, îl distrusese când îl anunțase că disertația ei de doctorat, aflată în faza finală, era un studiu al eficacității ocupației ikebana în gestionarea atacurilor de panică.

— Perfect, îi spusese el. E cel mai bun sprijin pe care mi-l puteai da pentru candidatura mea la președinția Institutului de Psihanaliză – o soție excentrică, ce face o terapie excentrică, prin aranjamente florale!

Stăteau foarte puțin de vorbă. Shirley venea acasă doar să doarmă – și dormeau în camere diferite. Viața lor sexuală era inexistentă de luni de zile. Iar acum Shirley intrase în grevă și la bucătărie. În fiecare seară, pe Marshal îl întâmpina pe masă doar câte un nou aranjament floral.

Îngrijirea micului pâlc de arțari îi furniza liniștea de care avea atâta nevoie. Exista ceva profund alinător în acțiunea de a înfășura arțarul în sârma de cupru. Plăcut... Da, bonsaii erau o diversiune plăcută.

Dar nu un mod de viață. Shirley trebuia să exagereze totul, să facă din flori scopul vieții ei. N-avea simțul măsurii. Ba chiar îi propusese să introducă îngrijirea bonsailor în practica lui de terapie pe termen lung. Ce tâmpenie! Marshal a tăiat câteva ramuri de ienupăr care creșteau în jos și a udat toți copacii. Nu trecea printr-o perioadă prea bună. Nu numai că era supărat pe Shirley, mai era dezamăgit și de Ernest, care își încheiase în pripă supervizarea. Plus multe alte chestiuni.

În primul rând, Adriana nu venise la ora programată. Nici nu-i telefonase. Foarte ciudat. Nu-i stătea deloc în fire. Marshal așteptase câteva zile, apoi îi telefonase, îi lăsase în căsuța vocală datele unei programări pentru aceeași oră, săptămâna următoare și îi ceruse să-l anunțe dacă nu erau convenabile pentru ea.

Dar cum rămânea cu onorariul pentru ședința de la care Adriana lipsise? De obicei, Marshal ar fi cerut fără nici o ezitare banii. Dar astea nu erau niște circumstanțe obișnuite, iar Marshal s-a gândit obsesiv la onorariu, zile întregi. Peter îi dăduse o mie de dolari – onorariul pentru cinci ședințe. De ce să nu ia pur și simplu din ei două sute, pentru ședința de la care lipsise? Ar afla oare vreodată Peter despre asta? Dacă ar afla, s-ar simți jignit? Sau ar crede că Marshal nu-i este loial sau e meschin? Sau nerecunoscător pentru generozitatea lui – investiția în fabrica producătoare de căști pentru bicicletă, seria de prelegeri academice, Rolexul?

Pe de altă parte, poate ar fi mai bine să procedeze cu onorariul așa cum ar face cu oricare alt pacient. Peter i-ar respecta consecvența profesională și aderarea la propriile-i standarde. De fapt, nu îl muștruluise Peter de mai multe ori pentru că nu-și evalua corespunzător serviciile?

Până la urmă, Marshal a decis să-i ceară Adrianei bani pentru ședința de la care lipsise. Așa se cuvenea să facă – era sigur de asta. Și atunci, de ce era atât de irascibil? De ce nu putea scăpa de sentimentul sumbru și persistent că în viitor o să regrete această decizie?

Dar accesul lui enervant de ruminație era doar un norișor rătăcit, în comparație cu furtuna care se pregătea să izbucnească din cauza rolului pe care îl jucase în expulzarea din institut a lui Seth Pande. Art Bookert, un pamfletar eminent, preluase anunțul legat de chemarea pentru reparații gratuite din *San Francisco Chronicle* (FACEȚI LOC, FORD, TOYOTA, CHEVROLET. ACUM ȘI PSIHIATRII ÎȘI CHEAMĂ ÎNAPOI PRODUSELE) și scrisese un articol acid, în care prezicea că terapeuții o să-și deschidă în curând cabinete în service-uri auto, unde, în ședințe maraton, o să-și trateze clienții care așteaptă să le fie reparate mașinile. Ca urmare a noului parteneriat, spunea articolul, terapeuții și mecanicii vor oferi o poliță comună de garanție pe cinci ani pentru frâne și controlul impulsurilor, sistemele de contact și încredere în sine, lubrifiere automată și mecanisme de autoungere, direcție și control al stărilor de spirit, tobă de eșapament/sisteme de evacuare și calm gastro-intestinal, integritatea schimbătorului de viteze și potență priapică.

Articolul lui Bookert (HENRY FORD ȘI SIGMUND FREUD SUNT DE ACORD SĂ FUZIONEZE) a apărut și în *The New York Times* și în *International Herald Tribune*. Președintele institutului, John Weldon, asaltat de întrebări, s-a spălat instantaneu pe mâini de toată povestea, trimițându-i toate comentariile lui Marshal, executorul planului de chemare pentru reparații gratuite. Colegi psihanaliști din toată țara, care nu erau deloc amuzați, l-au sunat pe Marshal toată săptămâna. Într-o singură zi, președinții celor patru institute de psihanaliză – New York, Chicago, Philadelphia și Boston – au telefonat pentru a-și exprima îngrijorarea.

Marshal a făcut tot ce-a putut pentru a-i liniști, informându-i că doar un pacient a reacționat la anunț, că el însuși îl trata pe acest pacient în cadrul unei terapii scurte foarte eficiente și că anunțul nu va fi republicat.

Dar n-a mai fost posibil să-l liniștească pe dr. Sunderland, președintele Asociației Internaționale de Psihanaliză, care, foarte enervat, l-a sunat pentru a-i da vestea deranjantă că Shelly Merriman îi dăduse mai multe telefoane agresive, în care susținea că metodele extravagante ale dr. Pande i-au dăunat și că în curând va intenta proces institutului, dacă pretențiile lui la despăgubiri financiare nu-i vor fi satisfăcute imediat.

— Ce dracu' se întâmplă acolo? a întrebat dr. Sunderland. Toată țara râde de noi. Iarăși! Pacienții aduc volume cu *Ascultându-l pe Prozac* la ședințele de analiză. Companiile farmaceutice, neurochimiștii, comportamentaliștii și criticii ca Jeffrey Masson sapă cu picamerul în fundația noastră. Procese din cauza amintirilor recuperate sau induse ne suflă în ceafă. Fir-ar a naibii, nu de asta – NU, repet –, nu de asta are nevoie comunitatea psihanalitică! În numele cui ai publicat anunțul ăla?

Marshal i-a explicat calm cu ce fel de problemă se confrunta institutul și necesitatea acțiunii de chemare pentru reparații gratuite.

— Sunt mâhnit că n-ați fost informat despre aceste evenimente, domnule doctor Sunderland, a adăugat Marshal. Când o să aflați toate detaliile, sunt sigur că o să apreciați logica din spatele acțiunilor noastre. Mai mult, am respectat protocolul cuvenit. A doua zi după vot, am cerut și confirmarea lui Ray Wellington, secretarul Asociației Internaționale.

— Wellington? Tocmai am aflat că își mută cabinetul și clinica în California! Acum încep să înțeleg logica. Logica spanacului și a salatei din sudul Californiei. Tot dezastrul ăsta a fost regizat de la Hollywood.

— San Francisco, domnule doctor Sunderland, se află în nordul Californiei, la șase sute de kilometri nord de Hollywood – cam aceeași distanță ca între Boston și Washington. Noi nu suntem în sudul Californiei. Credeți-mă când spun că la baza acțiunilor noastre se află logica nordică.

— Logica nordică? Rahat! De ce nu te-a informat logica ta nordică asupra faptului că dr. Pande are șaptezeci și patru de ani și e pe moarte din cauza unui cancer pulmonar? Știu că vă dă bătăi de cap, dar cât de mult mai poate trăi? Un an? Doi ani? Tu ești administratorul răzorului de sămânță al psihanalizei: dacă ai mai fi avut puțină răbdare sau puțină stăpânire de sine, natura ți-ar fi plivit grădina de buruieni. Bine, gata cu asta! a continuat dr. Sunderland. Faptul e consumat. Acum mă preocupă viitorul: am de luat rapid o decizie și vreau părerea ta. Shelly Merriman ăsta amenință că ne dă în judecată. Vrea să renunțe în schimbul a șaptezeci de mii de dolari. Avocații noștri cred că o să accepte jumătate din sumă. Bineînțeles, ne e teamă că va crea un precedent. Ce crezi? Cât de serioasă e amenințarea lui? Șaptezeci de mii sau treizeci și cinci de mii de dolari o să-l facă pe domnul Merriman să renunțe? Și să nu mai aibă pretenții? Banii ăștia i-ar cumpăra tăcerea? Cât de discret e domnul Merriman ăsta al tău?

Marshal a răspuns repede, cu vocea lui plină de încredere în sine:

— Sfatul meu este să nu faceți nimic, domnule doctor Sunderland. Lăsați lucrurile în seama mea. Puteți să vă bizuiți pe faptul că o să mă ocup de această chestiune în mod eficient. Amenințarea e nefondată, vă asigur. Omul blufează. Iar în ceea ce privește întrebarea dacă banii i-ar cumpăra discreția, nici o șansă. Nici să nu vă gândiți – are o tendință accentuată spre sociopatie. Trebuie să ne menținem pe poziție.

Abia mai târziu în după-amiaza aceea, în timp ce îl invita pe Shelly în cabinet, Marshal și-a dat seama că făcuse o greșeală strigătoare la cer: pentru prima oară în cariera lui profesională, violase confidențialitatea pacient-terapeut. Intrase în panică atunci când vorbise la telefon cu Sunderland. Cum a putut face acel comentariu despre sociopatie? N-ar fi trebuit să-i spună lui Sunderland nimic despre domnul Merriman.

O luase razna. Dacă ar fi aflat domnul Merriman, ori l-ar fi dat în judecată pentru malpraxis, ori, dacă i s-ar fi povestit despre indecizia Asociației Internaționale, și-ar fi mărit pretențiile la despăgubiri financiare. Situația avea șanse din ce în ce mai mari să devină o mare catastrofă.

Nu exista decât o singură soluție inteligentă, a decis Marshal: să-i dea telefon doctorului Sunderland cât mai curând cu putință și să-și recunoască indiscreția – o scăpare de moment, de înțeles, determinată de un conflict de loialitate: dorința de a le fi de folos și Asociației Internaționale, și pacientului său. Cu siguranță că dr. Sunderland ar înțelege și, din considerație pentru el, n-ar pomeni nimănui de remarcile referitoare la pacientul lui. Bineînțeles, nimic din toate astea nu i-ar fi putut salva reputația în cercurile psihanalitice naționale sau internaționale, dar Marshal nu-și mai permitea să se preocupe de imaginea sau de viitorul său: țelul lui era acum repararea stricăciunilor.

Shelly a intrat în cabinet și a zăbovit lângă sculptura lui Musler mai mult decât de obicei.

— Îmi place globul ăla portocaliu, doctore. Dacă vă bate vreodată gândul să-l vindeți, anunțați-mă. L-aș pipăi și m-aș calma înainte de fiecare joc important. Shelly a plonjat pe scaunul lui. Păi, domnule doctor, mă simt ceva mai bine. Interpretările dumneavoastră m-au ajutat. Fără îndoială, joc mai bine tenis. M-am dezlănțuit ca naiba la al doilea serviciu. Willy și cu mine ne-am antrenat trei, patru ore pe zi și cred că am mari șanse să câștig turneul La Costa de săptămâna viitoare. Deci partea asta e bună. Dar încă mai am de tras cu alte chestii. La asta mai vreau să lucrez.

— Alte chestii? a întrebat Marshal, deși știa prea bine ce alte chestii.

— Știți dumneavoastră. Chestiile la care am lucrat ultima oară. Indiciile. Vreți să mai încercăm o dată? Să vă împrospătez memoria?

Bancnota de zece dolari... Dumneavoastră ghiciți de cinci ori, eu de cinci ori.

— Nu. Nu. Nu-i necesar. Am priceput... V-ați explicat limpede punctul de vedere. Dar ați spus că la sfârșitul ultimei ședințe v-au venit niște idei despre cum să ne continuăm munca.

— Foarte clare. Uitați planul meu. Tot așa cum data trecută v-ați trădat prin diverse indicii, și asta v-a costat patruzeci de dolari, ei bine, sunt convins că și eu le dau partenerilor mei de poker tot felul de indicii. Și de ce fac asta? Din cauza stresului, din cauza „terapiei extravagante" a doctorului Pande – parcă așa v-ați exprimat, nu?

— Ceva de genul ăsta.

— Cred că astea au fost cuvintele dumneavoastră.

— Metode extravagante, cred că așa am zis.

— Bine, „metode extravagante." Același lucru. Din cauza metodelor extravagante ale lui Pande am căpătat obiceiuri nasoale, care-mi trădează emoțiile la poker. Așa cum și dumneavoastră v-ați dat de gol săptămâna trecută, și eu o fac nasol de tot la poker. Sunt convins – mai mult ca sigur că din cauza asta am pierdut ăia patruzeci de mii de dolari într-un joc de societate cu prietenii.

— Mda, continuați, a spus Marshal, devenind precaut.

Deși era foarte hotărât să-și împace pacientul în orice privință, să termine terapia cât mai repede și într-un mod cât mai mulțumitor, începea să simtă un pericol real.

— Și ce legătură are terapia cu asta? l-a întrebat pe Shelly. Sper că nu vă așteptați să joc poker cu dumneavoastră. Nu sunt cartofor și, în mod cert, nu sunt un jucător de poker. Cum ați putea să învățați ceva jucând poker cu mine?

— Stați un pic, doctore. Cine a spus că aș vrea să joc poker cu dumneavoastră? Deși nu neg că mi-a trecut prin cap. Nu, ce vreau în situația de față e să mă priviți în timp ce joc poker în realitate, cu mize mari și tensiunea aferentă, și să vă folosiți talentul de observator pentru a identifica ce fac de-mi trădez cărțile din mână, pierzându-mi astfel banii.

— Vreți să vin la un joc de poker și să vă urmăresc în timp ce jucați? Marshal s-a simțit ușurat. Oricât de bizară i se părea cererea, nu era atât de rău pe cât se așteptase cu câteva minute în urmă. În clipa de față ar onora orice rugăminte care i l-ar lua pe dr. Sunderland de pe cap și l-ar da afară definitiv pe Shelly din cabinetul lui.

— Glumiți? Să veniți la un joc cu băieții? Mamă, asta ar fi ceva – să apar la masa de joc însoțit de terapeut! Shelly și-a tras o palmă peste genunchi și a izbucnit în hohote de râs. A, mamă... minunat... doctore, asta ar fi o chestie de pomină. Dumneavoastră și cu mine – eu, să-mi aduc terapeutul, cu tot cu canapeaua lui, la masa de joc... băieții ar vorbi despre asta tot mileniul viitor.

— Mă bucur că vi se pare atât de amuzant, domnule Merriman. Nu sunt sigur că înțeleg. Poate că ar trebui să-mi explicați: care-i planul dumneavoastră?

— Există o singură soluție. Trebuie să veniți cu mine la un cazino, unde se joacă poker profesionist, și să mă observați în timp ce joc. Nimeni n-o să știe cine suntem. O să mergem incognito.

— Vreți să merg cu dumneavoastră la Las Vegas? Să-mi anulez celelalte programări?

— Uau, doctore. Iar ați început. Astăzi *sunteți* iritabil. E prima oară când vă văd așa. Cine a spus ceva despre Las Vegas sau anularea a ceva sau a cuiva? E simplu. La douăzeci de minute de aici spre sud, chiar lângă autostrada care duce la aeroport, există un local de primă mână unde se joacă poker și care se numește Avocado Joe's.

— Ce vă rog – și asta-i ultima rugăminte a mea – este să-mi acordați o seară din timpul dumneavoastră. Două sau trei ore. Urmăriți tot ce fac la jocul de poker. La sfârșitul fiecărei mâini vă arăt cărțile, să știți exact ce am în mână. Dumneavoastră mă observați: cum mă port când am o mână bună, când blufez, când trag o anumită carte încercând să obțin o chintă sau o culoare, când sunt servit și nu-mi pasă ce cărți sunt întoarse pe masă. Observați totul: mâinile mele, gesturile, expresiile faciale, ochii, cum mă joc cu jetoanele, când mă trag de ureche, când mă scarpin la ouă, când mă scobesc în nas, tușesc, înghit – tot ce fac.

— Și ați spus „ultima rugăminte"? a întrebat Marshal.

— Da! Misiunea dumneavoastră va lua sfârșit. Restul depinde numai de mine – să rețin ceea ce-mi spuneți, să studiez și apoi să mă folosesc de asta pe viitor. Dumneavoastră v-ați terminat treaba după Avocado Joe's. În felul acesta ați face tot ce se poate aștepta din partea unui terapeut.

— Și... ăă... putem face un contract în care să fie stipulată înțelegerea noastră? Rotițele lui Marshal se învârteau. O scrisoare oficială prin care Shelly să-și exprime satisfacția ar putea fi salvarea lui. I-ar trimite-o imediat prin fax lui Sunderland.

— Adică un soi de scrisoare semnată, în care să spun că tratamentul a avut succes?

— Ceva de genul ăsta, ceva foarte informal, doar între dumneavoastră și mine, ceva în care să scrie că v-am tratat cu succes, că nu mai aveți nici un simptom, a zis Marshal.

Shelly a ezitat, și rotițele lui se învârteau.

— Aș putea fi de acord cu asta, doctore, în schimbul unei scrisori de la dumneavoastră, în care să vă exprimați satisfacția față de progresele mele. S-ar putea dovedi folositoare în a obloji câteva răni maritale.

— OK, dați-mi voie să recapitulez, a zis Marshal. Mă duc la Avocado Joe's, stau acolo două ore și vă observ în timp ce jucați. Apoi facem schimb de scrisori și ne-am încheiat socotelile. De acord? Batem palma? Marshal a întins mâna.

— Probabil vreo două ore și jumătate – am nevoie de puțin timp, să vă pregătesc înainte de joc, și de câteva minute după joc, să-mi faceți instructajul.

— Bine. Atunci două ore și jumătate.

Cei doi bărbați și-au strâns mâinile.

— Și acum, a întrebat Marshal, la ce oră ne întâlnim la Avocado Joe's?

— În seara asta? La ora opt? Mâine plec pentru o săptămână la La Costa, cu Willy.

— Nu pot în seara asta. Am un curs de predat.

— Nasol, eram nerăbdător să începem. Nu puteți fenta cursul?

— Nici nu intră în discuție. Am promis.

— OK. Hai să vedem, mă întorc peste o săptămână. Ce spuneți de vineri într-o săptămână – la ora opt, la Avocado Joe's? Ne întâlnim la restaurantul de acolo?

Marshal a încuviințat din cap. După plecarea lui Shelly, s-a prăbușit pe scaun și a simțit cum îl inundă un val de ușurare. Uluitor! Cum de se întâmplase una ca asta? s-a întrebat el. El, unul dintre cei mai buni terapeuți din lume să se simtă ușurat, să aștepte cu recunoștință și nerăbdare o întâlnire cu un pacient la Avocado Joe's?

O ciocănitură în ușă, apoi Shelly a intrat și s-a așezat din nou.

— Am uitat să vă spun ceva, doctore. Regulile nu permit să stați și să observați jocul de poker de la Avocado Joe's. Va trebui să participați alături de mine. Uitați, v-am adus o carte.

Shelly i-a înmânat lui Marshal un volum din *Texas Hold'em – stilul texan*.

— Floare la ureche, doctore, a spus Shelly ca replică la expresia de oroare de pe chipul lui Marshal. Un joc simplu. Două cu fața în jos și cinci cărți la deschidere. În carte este explicat totul. Vă spun tot ce e nevoie să știți săptămâna viitoare, înainte de a juca. Vă retrageți la fiecare mână – pierdeți doar deschiderea. Nu-i cine știe ce.

— Vorbiți serios? Trebuie să joc?

— Știți ce, doctore, vă ajut să vă acoperiți pierderile. Iar dacă aveți o mână tare, rămâneți în joc și mizați și vă puteți păstra câștigul. Citiți mai întâi cartea, și o să vă explic mai multe când ne vedem. E o afacere bună pentru dumneavoastră.

Marshal l-a urmărit pe Shelly cu privirea în timp ce acesta ieșea agale din cabinetul lui, mângâind în treacăt globul portocaliu.

O afacere bună, își zice el. *Domnule Merriman, o afacere bună va fi când o să vă văd pe tine și afacerile tale bune pentru ultima oară.*

Nouăsprezece

Săptămâni întregi, Ernest a asudat oră de oră lângă Carol. Ședințele lor pocneau de tensiune erotică și, deși Ernest se străduia din răsputeri să păstreze limitele, Carol începuse să le încalce. Se întâlneau de două ori pe săptămână, dar, fără știrea lui Carol, ea îi ocupa mult mai mult timp decât cele cincizeci de minute alocate fiecărei ședințe. În zilele când ea avea programare, Ernest se trezea dimineața cu o senzație intensă de anticipare. Și-o imagina pe Carolyn stând lângă el în fața oglinzii și privindu-l în timp ce își freca obrajii cu mai multă vigoare, se bărbierea mai minuțios și se stropea cu loțiune după ras Royall Lyme.

În „zilele Carolyn“ se îmbrăca elegant. Ernest își păstra pentru ea cei mai bine călcați pantaloni, cele mai colorate și mai apretate cămăși și cele mai șic cravate. Cu două săptămâni în urmă, Carolyn încercase să-i dea una dintre cravatele lui Wayne – soțul ei era acum prea bolnav ca să mai iasă din casă, i-a explicat ea, și, întrucât apartamentul lor din San Francisco avea puțin spațiu de depozitare, ea renunța la cea mai mare parte a hainelor lui elegante. Ernest, spre marea iritare a lui Carolyn, a refuzat, bineînțeles, cadoul, deși ea își petrecuse întreaga oră încercând să-l convingă să se răzgândească. Dar a doua zi dimineață, în timp ce se îmbrăca, Ernest și-ar fi dorit cu ardoare să aibă cravata. Era desăvârșită: un model japonez cu flori mici și lucioase, de culoare închisă, aranjate în straturi în jurul unei inflorescențe îndrăznețe, irizate, de un verde ca cel al pădurii, puse în centru. Ernest s-a dus să caute prin magazine o cravată asemănătoare, dar de pomană – cu siguranță era unicat. Uneori se întreba cum ar putea afla de unde o are. Poate, dacă i-o mai oferea o dată, ar putea spune că o cravată la sfârșitul terapiei, peste vreo doi ani, n-ar mai fi un cadou atât de nepotrivit.

Zilele Carolyn erau, de asemenea, și zilele hainelor noi. Astăzi purta o vestă și pantaloni noi, pe care îi cumpărase la reducerile anuale de la Wilkes Bashford. Vesta din in bej-deschis îi venea superb peste cămașa roz, cu nasturi de sus până jos, și cu pantalonii cadrilați maro. Poate, se gândea el, vesta ar fi arătat mai bine fără sacou. O să-și lase sacoul pe spătarul scaunului și o să poarte doar cămașa, vesta și cravata. Ernest s-a studiat în oglindă. Da, așa mai merge – puțin cam îndrăzneț, dar mergea.

Lui Ernest îi plăcea la nebunie s-o observe pe Carolyn: mersul ei grațios când intra în cabinet, felul în care își muta scaunul mai aproape de al lui înainte de a se așeza, fâșâitul sexy al ciorapilor ei cu portjartier când își punea un picior peste celălalt. Îi plăcea la nebunie primul moment în care se uitau unul în ochii celuilalt, înainte de a începe ședința. Și, cel mai mult, îi plăcea cum îl adora, cum își descria fanteziile masturbatorii cu el – fantezii care deveneau din ce în ce mai grafice, din ce în ce mai evocatoare, din ce în ce mai captivante. Ședința nu părea niciodată suficient de lungă, iar când cele cincizeci de minute se scurgeau, Ernest, mergea la fereastră să-i arunce o ultimă privire lui Carolyn, care cobora treptele din fața clădirii. Un lucru surprinzător pe care îl observase după ultimele două ședințe a fost că se schimba în adidași, probabil în sala de așteptare, și alerga pe scara din față, luând-o pe Sacramento Street.

Ce femeie! Doamne, ce ghinion că *nu* se cunoscuseră în librăria aia, în loc să fie terapeut și pacient! Lui Ernest îi plăcea totul la

Carolyn: inteligența ei ageră, pasiunea, focul din privire, mersul săltat și corpul mlădios, ciorapii lucioși cu model și portjartier, dezinvoltura și candoarea ei absolută când discuta despre sex – dorințele ei, masturbarea, câte o noapte petrecută cu vreun bărbat pe care nu-l mai vedea după aceea.

Îi plăcea și vulnerabilitatea ei. Deși în aparență era o persoană dură și impulsivă (probabil un lucru necesar și încurajat în munca ei din sala de judecată), nu se dădea în lături dacă primea o invitație plină de tact, să pătrundă și în zonele dureroase. De pildă, temerea de a-i transmite fiicei sale disprețul ei față de bărbați, faptul că tatăl ei o părăsise când era mică, suferința mamei sale, disperarea și captivitatea într-o căsnicie cu un bărbat pe care îl detesta.

În ciuda atracției sexuale față de Carolyn, Ernest se crampona cu hotărâre de perspectiva terapeutică și se ținea sub continuă urmărire personală. Din câte își dădea el seama, încă făcea o terapie excelentă. Era extrem de motivat s-o ajute, izbutea să se concentreze și, deseori o adusese în pragul unor descoperiri importante. În ultima vreme o confruntase cu toate implicațiile amărăciunii și resentimentelor ei de o viață – și cu neconștientizarea faptului că ceilalți își trăiesc altfel viața.

De câte ori Carolyn devia de la subiectul dezbătut în cadrul terapiei – și asta se întâmpla de fiecare dată, prin întrebări despre viața lui particulară sau rugăminți de a-i oferi mai mult contact fizic –, Ernest rezista cu stoicism și iscusință. Poate cu prea mult stoicism în ultima ședință, când reacționase la cererea lui Carolyn de a sta preț de câteva minute pe canapea cu o doză de terapie existențială de șoc. Trăsese o linie pe o foaie de hârtie, notase la un capăt al liniei ziua ei de naștere, și la celălalt capăt ziua morții. Îi dăduse hârtia și o rugase să pună un X pe linie pentru a indica momentul prezent al vieții ei. Apoi o rugase să mediteze câteva clipe la răspunsul pe care avea să i-l dea.

Ernest folosise procedeul ăsta și cu alți pacienți, dar niciodată nu mai văzuse o reacție atât de puternică. Carolyn a plasat o cruce la trei sferturi din lungimea liniei, s-a uitat fix la ea în tăcere vreo două sau trei minute, și apoi a spus: „O viață atât de scurtă", și a izbucnit în lacrimi. Ernest a rugat-o să-i spună mai multe, dar ea n-a putut decât să clatine din cap și să zică „Nu știu. Nu știu de ce plâng atât de tare".

— Eu cred că știu, Carolyn. Cred că plângi pentru toată viața pe care n-ai trăit-o și care e înăuntrul tău. Sper, ca efect al muncii noastre, să ajutăm la descătușarea unei părți a acestei vieți.

Asta a făcut-o să plângă și mai tare, și încă o dată a plecat din cabinet în grabă. Fără să-l îmbrățișeze.

Pe Ernest îl încânta întotdeauna îmbrățișarea de rămas-bun, care devenise o componentă standard a orei petrecute împreună, dar refuza cu fermitate toate celelalte cereri ale lui Carolyn de a o atinge, în afară de rugămințile ocazionale de-a sta puțin lângă ea, pe canapea. Ernest, invariabil, încheia aceste interludii pe canapea după câteva minute sau chiar mai devreme, dacă ea se apropia prea mult sau dacă el se excita prea tare.

Dar Ernest nu era orb la semnalele de avertisment dinăuntrul lui. Își dădea seama că surescitarea asta legată de zilele Carolyn era de rău augur. Și tot așa era și incursiunea insinuantă a lui Carolyn în lumea fanteziilor lui, și mai ales în cea a fanteziilor lui masturbatorii. Și mai amenințător era faptul că scena fanteziilor lui era chiar cabinetul său. I se părea irezistibil de excitant să și-o imagineze pe Carolyn așezată în fața lui, în aceeași cameră, vorbind despre problemele ei, iar el să-i facă semn cu degetul îndoit să se apropie, s-o pună să stea la el în poală, iar ea să continue să vorbească în timp ce el îi desfăcea nasturii de la bluză, îi dădea jos sutienul, îi dezmierda și îi săruta sânii, îi scotea cu blândețe ciorapii și aluneca încet cu ea pe podea, penetrând-o plin de încântare în timp ce ea continua să-i vorbească din ipostaza de pacient, apoi unduindu-se în mișcări lungi și lente, până la orgasmul înăbușit.

Fanteziile lui îl excitau și, în același timp, îl dezgustau – îi insultau fundamentele vieții puse în serviciul muncii căreia i se dedicase. Înțelegea perfect faptul că excitarea sa sexuală era amplificată de senzația de putere absolută pe care o simțea față de Carolyn, de interdicția pe care i-o impunea contextul clinic. Să încalce tabuurile sexuale era întotdeauna excitant: nu afirmase Freud, cu un secol în urmă, că n-ar fi fost nevoie de tabuuri dacă acțiunile interzise n-ar fi fost atât de ispititoare? Însă faptul că înțelegea rațional sursa excitației lui nu izbutea să micșoreze forța de atracție a fanteziilor.

Ernest știa că are nevoie de ajutor. Mai întâi, a apelat încă o dată la literatura de specialitate pe tema transferului erotic și a găsit mai mult decât se așteptase. Pe de o parte, s-a liniștit când a aflat că, de generații întregi, și alți terapeuți se luptau cu dilema asta. Mulți declaraseră, așa cum și Ernest trăsese singur concluzia, că terapeutul nu trebuie să evite materialul erotic în timpul terapiei ori să-și manifeste dezaprobarea sau să-și învinuiască pacientul, ca nu cumva acesta să fie refulat, și pacientul să simtă că dorințele lui sunt periculoase și dăunătoare. Freud insistase că erau multe de învățat din transferul erotic al pacientelor. Folosindu-se de una dintre metaforele lui desăvârșite, spusese că a nu izbuti să explorezi transferul erotic ar fi analog cu a invoca un spirit din lumea de dincolo și a-l trimite înapoi, fără a-i pune măcar o singură întrebare.

Pe Ernest îl calma să citească despre faptul că marea majoritate a terapeuților care întreținuseră relații sexuale cu pacienții susțineau că le oferă dragoste. „Dar nu confunda asta cu iubirea", scriseseră mulți terapeuți. „Asta nu-i iubire, ci o altă formă de abuz sexual". Se mai calma și atunci când citea că mulți terapeuți inculpați simțiseră, ca și el, că ar fi fost o cruzime să nu-i ofere iubire sexuală unei paciente care avea atâta nevoie și tânjea atât de mult după ea!

Alții sugerau că nici un transfer erotic intens nu ar putea rezista multă vreme, dacă terapeutul nu l-ar consimți în mod inconștient. Un analist faimos sugerase că terapeutul trebuie să se preocupe de viața lui sexuală și să se asigure că „bugetul lui libidinal și narcisic este suficient de generos". Lucrul ăsta i se părea adevărat lui Ernest, care se apucase să-și echilibreze bugetul libidinal reluând legăturile cu Marsha, o veche prietenă cu care avea o relație lipsită de pasiune, dar satisfăcătoare din punct de vedere sexual.

Ideea consimțirii inconștiente îl tulbura pe Ernest. Era posibil ca, în vreo formă ascunsă, să-i transmită gândurile lui lascive lui Carolyn – creându-i confuzie pentru că îi adresa verbal un anumit mesaj, și nonverbal, opusul lui.

Alt psihiatru, pe care Ernest îl respecta în mod special, scrisese că unii terapeuți grandomani recurg uneori la relații sexuale din disperarea că nu sunt capabili să-și vindece pacienta, când convingerea lor că sunt vindecători omnipotenți e frustrată. Asta nu i se potrivea, se gândea Ernest –, dar cunoștea pe cineva care o pățise: Seymour Trotter! Cu cât se gândea mai mult la Seymour – la trufia, la mândria lui că era considerat „ultima șansă a pacientului", la convingerea lui că, dacă își punea în minte, putea să vindece orice pacient –, cu atât îi devenea mai limpede ce se întâmplase între el și Belle.

Ernest a apelat la ajutorul prietenilor lui, mai ales la ajutorul lui Paul. Nici nu se punea problema să discute cu Marshal. Reacția lui era complet predictibilă: mai întâi, critici, apoi indignare față de abaterea de la tehnica tradițională și, în final, ar insista cu îndârjire să pună punct terapiei cu pacienta și să se întoarcă la analiza propriei persoane.

În plus, Marshal ieșise din peisaj. Săptămâna trecută, Ernest fusese nevoit să-și încheie supervizarea din cauza unui șir bizar de evenimente. Cu șase luni în urmă, Ernest acceptase un nou pacient, Jess, care pusese capăt brusc ședințelor de terapie cu un analist din San Francisco la care se dusese timp de doi ani. Când Ernest l-a întrebat în ce context renunțase la terapie, Jess i-a descris o întâmplare ciudată.

Jess, un alergător neobosit, pe când făcea jogging într-o zi, în Golden Gate Park, a văzut că se întâmpla ceva în spatele crengilor unui arțar japonez stacojiu. Când s-a apropiat, a văzut-o pe soția analistului său într-o îmbrățișare pasională cu un călugăr budist îmbrăcat cu o robă de culoarea șofranului.

Ce dilemă. Nu avea nici o îndoială că era soția analistului său: Jess luase lecții de ikebana, iar ea era o maestră vestită în școala Sogetsu, cea mai inovatoare dintre tradițiile ikebana. O văzuse de două ori până atunci, la competiții de aranjamente florale.

Ce să facă Jess? Deși analistul său era un bărbat formal și distant, față de care nu simțea prea multă afecțiune, era totuși competent, politicos și îl ajutase atât de mult, încât lui Jess nu-i prea venea să-l rănească dezvăluindu-i adevărul dureros despre soția lui. Însă, pe de altă parte, cum ar fi putut să-și continue ședințele de analiză ținând pentru el un asemenea secret? Nu a găsit decât o singură soluție: să-și termine analiza sub pretextul că nu mai putea sub nici un chip să-și respecte orele programate.

Jess știa că încă mai are nevoie de terapie și, la recomandarea surorii lui, medic psiholog, a început să lucreze cu Ernest. Jess era descendentul unei vechi și bogate familii din San Francisco. Fiind ținta ambiției manipulative a tatălui său, care se așteptase ca el să preia în cele din urmă afacerile bancare ale familiei, Jess se revoltase pe toate fronturile: fusese exmatriculat din facultate, făcuse surf doi ani, făcuse abuz de alcool și cocaină. După destrămarea dureroasă a unei căsnicii de cinci ani, recăpătase încet-încet controlul asupra propriei vieți. Mai întâi, se supusese unei lungi perioade de spitalizare și unui program de recuperare ambulatorie pentru abuzul de droguri, apoi se specializase în design de grădini, o profesie pe care și-o alesese singur, urmase doi ani de terapie cu Marshal și un regim riguros de alergări și exerciții sportive.

În primele șase luni cu Ernest, Jess îi povestise de ce își întrerupsese terapia, dar refuzase să-i divulge numele fostului terapeut. Sora lui Jess îi spusese o mulțime de povești despre faptul că terapeuților le place la nebunie să se bârfească între ei. Dar, pe măsură ce săptămânile se scurgeau, Jess a căpătat încredere în Ernest și, într-o zi, i-a destăinuit brusc numele fostului său medic: Marshal Streider.

Ernest a fost consternat. Nu Marshal Streider! Nu supervizorul lui, stânca cea indestructibilă a Gibraltarului! Ernest a fost copleșit de aceeași dilemă cu care se confruntase și Jess. Nu putea nici să-i spună adevărul lui Marshal – era împiedicat de confidențialitatea profesională –, nici să-și continue supervizarea cu el, când știa un asemenea secret fierbinte. Dar incidentul nu survenea într-un moment complet inoportun, fiindcă Ernest se străduia să ia hotărârea de a-și încheia supervizarea, iar dezvăluirile lui Jess îi ofereau elanul necesar.

Și astfel, Ernest, foarte agitat, i-a comunicat lui Marshal decizia lui.

— Marshal, de ceva vreme simt că a venit momentul să tai cordonul ombilical. M-ai ajutat foarte mult, iar acum, în final, la vârsta de treizeci și opt de ani, m-am hotărât să plec de acasă și să mă mut singur.

Ernest și-a dat curaj să reziste unei muștruluieli zdravene din partea lui Marshal. Știa cu exactitate ce o să zică supervizorul său: sigur va insista să analizeze motivele unei hotărâri atât de bruște de a-și încheia colaborarea. Fără îndoială că avea să întrebe de ce luase decizia asta tocmai acum. Iar în ce privește dorința lui patetică de a practica psihoterapia pe cont propriu, Marshal i-ar tăia într-o clipită creanga de sub picioare. Ar sugera că asta era încă o dovadă a iconoclasmului său juvenil. Ba poate i-ar spune și că impetuozitatea asta a lui sugera faptul că îi lipseau maturitatea și dorința de autocunoaștere, atât de necesare pentru a fi membru al Institutului de Psihanaliză.

În mod ciudat, Marshal n-a făcut nimic din toate astea. Părând obosit și distrat, i-a răspuns în doi peri:

— Da, poate că a venit vremea. Oricând putem relua colaborarea în viitor. Noroc, Ernest! Cele mai bune urări de bine din partea mea.

Dar pe Ernest nu-l liniștiseră nici cuvintele lui, nici faptul că își încheiase supervizarea. În schimb, fusese uluit. Și, da, dezamăgit. Ar fi preferat să fie dezaprobat, nu tratat cu o asemenea indiferență.

După ce și-a petrecut jumătate de oră citind un lung articol despre comportamentul sexual în relația terapeut-pacient, pe care Paul i-l trimisese prin fax, Ernest a ridicat receptorul.

— Mersi pentru „Romeo din cabinet și doctorii îndrăgostiți"! Doamne sfinte, Paul!

— Ah, văd că ai primit faxul meu.

— Din nefericire, da.

— De ce „din nefericire", Ernest? Așteaptă un minut, dă-mi voie să trec pe telefonul fără fir și să mă așez pe scaunul meu confortabil. Am senzația că asta o să fie o conversație histrionică... OK... Acum, din nou, de ce „din nefericire"?

— Pentru că nu există nici un „Romeo din cabinet". În articolul ăla, autorul desconsideră ceva foarte prețios, despre care nu înțelege nimic. Limbajul trivial poate fi folosit pentru a vulgariza și cele mai delicate sentimente.

— Așa ți se pare ție, fiindcă ești prea implicat pentru a-ți da seama ce se întâmplă. Dar trebuie să înțelegi cum se văd lucrurile din exterior. Ernest, de la ultima noastră discuție mi-am făcut griji din pricina ta. Ascultă ce spui: „avem o relație autentică, îmi iubesc pacienta, are nevoie de atingeri, ești suficient de flexibil încât să-i oferi și apropierea fizică de care are nevoie pentru a coopera în cadrul terapiei". Cred că o cam iei razna! Cred că o s-o încurci rău de tot. Uite, mă cunoști – i-am ridiculizat pe freudienii ortodocși încă de când m-am apucat de profesia asta, nu?

Ernest a mormăit o aprobare.

— Dar, în clipa în care decanul a spus „găsirea obiectului iubirii înseamnă întotdeauna o *regăsire*", avea dreptate. Pacienta aia mișcă ceva în tine, ceva ce vine de altundeva – de demult și de departe.

Nici un răspuns de la Ernest.

— OK, Ernest, uite o ghicitoare pentru tine: Ce femeie, dintre cele pe care le cunoști tu, îți iubește necondiționat fiecare moleculă din corp? Trei încercări!

— Of, nu, Paul. Doar nu ajungi iar la povestea cu mama. N-am negat niciodată faptul că am avut o mamă bună. M-a educat foarte bine în primii doi ani de viață. Am căpătat multă încredere în ceilalți – de aici vine probabil și dorința mea promiscuă să mă dezvălui în cadrul terapiei. Dar n-a știut cum să se poarte când am început să fiu pe picioarele mele. Niciodată, nici măcar în clipa morții, nu m-a putut ierta pentru că am părăsit-o. Deci care-i ideea ta? Că la începutul vieții am fost condiționat aidoma unui pui de rățușcă și că de atunci mi-am căutat o mamă-rață care să-i semene?

Chiar și așa, a continuat Ernest – știa bine ce trebuie să spună, mai avusese conversații similare cu Paul în trecut – recunosc asta, cel puțin parțial! Dar este o ipoteză atât de simplistă – că nu sunt *decât* un om mare în căutarea unei mame care să-l accepte așa cum este. Asta-i o prostie! Sunt așa, toți suntem, dar și mult mai mult decât atât. Greșești, iar aceasta este și greșeala întregului demers psihanalitic, să uite că în prezent există o relație reală, care nu e determinată de trecut, care există în momentul pe care îl trăim; două suflete care se ating, influențate mai mult de viitor decât de trecutul îndepărtat – de încă-nu, de destinul care ne așteaptă. De prietenia dintre noi, de faptul că ne întâlnim pentru a ne confrunta și a îndura vicisitudinile vieții. Și că o relație de forma asta – pură, plină de înțelegere, mutuală, egală – te eliberează și reprezintă forța cea mai puternică pe care o avem pentru a vindeca.

— Pură? Pură? Paul îl cunoștea prea bine pe Ernest pentru a fi intimidat sau influențat de perorațiile lui oratorice. *O relație pură?* Dacă ar fi pură, nu te-aș bate la cap. Femeia asta te înnebunește, Ernest. Pentru numele lui Dumnezeu, recunoaște!

— O îmbrățișare asexuată la sfârșitul ședinței – atâta tot. Pe care o țin sub control. Da, am fantezii. Am recunoscut asta. Dar le țin pe tărâmul imaginației.

— Ei bine, bag mâna-n foc că fanteziile tale și fanteziile ei execută un menuet umed pe tărâmul imaginației. Dar zi-mi adevărul, Ernest, să mă liniștesc. Mai sunt și alte atingeri? Atunci când stai lângă ea pe canapea? Vreun sărut nevinovat?

Gândul de a dezmierda părul frumos al lui Carolyn în timp ce se apleacă înspre el i-a plutit prin minte. Dar știa că Paul nu l-ar fi înțeles, că l-ar fi vulgarizat și pe ăsta.

— Nu, doar atât. Nici un alt contact. Paul, crede-mă, terapia decurge minunat. Mă descurc.

— Dacă aș fi convins, nu te-aș cicăli. E ceva ce nu pot înțelege în legătură cu femeia asta. Să se tot dea la tine ședință de ședință. Chiar și după ce îi vorbești limpede și decis despre limite. Sau asta-i impresia ta. Acum, eu nu pun la îndoială faptul că arăți superb – cine ți-ar rezista văzându-ți curulețul ăla drăguț? Dar se mai întâmplă ceva: sunt convins că tu o încurajezi în mod inconștient... vrei sfatul meu, Ernest? Sfatul meu e să dai bir cu fugiții. Acum! S-o trimiți la o terapeută. Și să renunți și la experimentul tău cu dezvăluirile de sine! Sau să te rezumi la aplicarea lui asupra unor pacienți bărbați – măcar deocamdată!

După ce a închis telefonul, Ernest a început să se plimbe de colo-colo prin cabinet. Întotdeauna îi spunea adevărul lui Paul, iar omisiunea asta îl făcea să se simtă singur. Ca să-și abată gândurile de la asta, s-a apucat de răsfoit corespondența. Pentru a-și reînnoi asigurarea de malpraxis, trebuia să completeze un formular doldora de întrebări referitoare la relațiile lui cu pacienții. Erau întrebări explicite. Își atingea vreodată pacienții? Dacă da, în ce fel? Ambele sexe? Câtă vreme? Ce parte a corpului pacienților atingea? A atins vreodată sânul unei paciente, fesele sau alte părți erogene ale corpului? Ernest a simțit impulsul să sfâșie formularul. Dar n-a îndrăznit. Nimeni nu îndrăznea în vremurile astea pline de litigii să profeseze fără asigurare de malpraxis. A luat din nou formularul și a bifat „da“ la întrebarea „Vă atingeți pacienții?“ La întrebarea „În ce fel?“ a răspuns „Dau mâna cu ei“. La toate celelalte întrebări a bifat „nu.“

Apoi Ernest a deschis dosarul lui Carolyn, să se pregătească pentru următoarea ședință. Gândurile i-au zburat pentru o clipă la discuția cu Paul. *S-o trimită pe Carolyn la o terapeută! Nu s-ar duce. Să renunțe la experiment? De ce? Funcționează, face parte din proces. Să renunțe la sinceritate față de pacienți? Niciodată! Adevăraul m-a băgat în asta, și tot adevărul o să mă scoată!*

Douăzeci

Vineri după-amiază, înainte de a încuia ușa cabinetului, Marshal a mângâiat cu privirea obiectele pe care le iubea. Totul era la locul lui: vitrina lucioasă din lemn de trandafir care conținea paharele de sherry cu piciorul răsucit, sculpturile din sticlă, *Muchia aurită a timpului*. Și totuși, nimic nu reușea să-l binedispună sau să-i micșoreze nodul din gât.

Închizând ușa, s-a oprit și a încercat să-și analizeze neliniștea. Nu era cauzată doar de întâlnirea programată peste trei ore cu Shelly, la Avocado Joe's, deși Dumnezeu știe că asta îl îngrijora destul. Nu, era cu totul altă chestiune: Adriana. Nici la începutul săptămânii nu venise la întâlnire, și nu telefonase s-o anuleze. Marshal era descumpănit. Pur și simplu nu pricepea: o femeie cu educație aleasă și reputație desăvârșită nu se poartă așa. Marshal s-a plătit cu încă două sute de dolari din banii pe care i-i dăduse Peter, de data asta fără prea multe ezitări. I-a telefonat imediat Adrianei și i-a lăsat un mesaj în care o ruga să-l contacteze cât mai curând cu putință.

Poate că făcuse o greșeală strategică acceptând s-o trateze chiar și în cadrul unei terapii de scurtă durată. Poate că ea avea mai multe rezerve față de căsnicie decât recunoscuse în fața lui Peter și poate că îi era jenă să discute despre ele. În fond, el fusese terapeutul lui Peter, fusese plătit de Peter, și acum era partenerul de afaceri al lui Peter. Da, cu cât se gândea mai mult, cu atât se îndoia mai tare că procedase corect. Exact asta, și-a spus în sinea lui, e problema cu încălcarea regulilor – panta alunecoasă, o alunecare o provoacă pe alta.

Trecuseră trei zile de când o sunase pe Adriana, și încă nu primise răspuns. Nu îi stătea în obicei să îi telefoneze de două ori unui pacient, dar Marshal a descuiat ușa, s-a întors în cabinet și i-a format din nou numărul. De data asta i s-a spus că linia fusese deconectată! Compania telefonică nu putea să-i dea mai multe informații.

În timp ce Marshal conducea spre casă, se gândea la două explicații diametral opuse. Ori Adriana și Peter, probabil provocați de tatăl ei, s-au certat îngrozitor, iar ea își dorea să nu mai aibă nimic de-a face cu un terapeut care are o relație cu Peter, ori Adriana se săturase de tatăl ei și, dintr-un impuls, s-a urcat în avion pentru a se duce la Peter, în Zürich – în ultima ședință ea a făcut o aluzie la faptul că i se părea dificil să rămână departe de Peter.

Dar nici una dintre ipotezele astea nu explicau de ce nu îi telefonase. Nu, cu cât se gândea mai mult la asta, cu atât mai convins devenea că era vorba despre ceva de rău augur. Boală? Moarte? Sinucidere? Următorul lui pas era evident: trebuia să-l sune pe Peter în Zürich!

Marshal a aruncat o privire la Rolexul lui, exact până la milisecundă. 6 p.m. Asta însemna 3 a.m. în Zürich. Era nevoit să aştepte până după întâlnirea lui cu Shelly şi să-l sune pe Peter la miezul nopţii – ora 9 a.m. în Elveţia.

În timp ce deschidea uşa garajului pentru a parca, a observat că maşina lui Shirley nu era acolo. Ieşise. Ca de obicei. Acum asta se întâmpla atât de des, încât Marshal nu-i mai ştia programul: dacă muncea până târziu, făcând practică în spital, dacă asista la unul dintre puţinele cursuri de psihologie clinică pe care le mai avea de făcut, dacă preda ikebana, dacă participa la vreo expoziţie de ikebana sau dacă exersa meditaţia la Centrul Zen.

Marshal a deschis uşa frigiderului. Nu era nimic înăuntru. Shirley încă nu se reapucase de gătit. Ca de obicei, lăsase un aranjament floral pentru el pe masa din bucătărie. Sub vază era un bilet în care îi scria că o să se întoarcă înainte de ora zece. Marshal a aruncat o privire scurtă aranjamentului: un model care conţinea trei cale, două albe şi una de culoarea şofranului. Tulpinele lungi şi graţioase ale unei cale albe şi ale celei de culoarea şofranului se împleteau, fiind separate de o masă densă de lăstari roşii de nambia berries care veneau dinspre a treia cală, ce alunecase departe de celelalte şi se apleca periculos de mult peste marginea crăpată a vasului de ceramică de culoarea levănţicii.

De ce îi lăsa ea oare aranjamentele astea florale? Preţ de o clipă, doar preţ de o clipă, lui Marshal i-a dat prin cap că Shirley folosise cale albe şi de culoarea şofranului foarte des în ultima vreme. Dorind parcă să-i trimită un mesaj. Dar şi-a alungat imediat gândul. Timpul irosit cu asemenea aiureli efemere îl exaspera. Existau atât de multe moduri mai bune de a-şi petrece timpul. De pildă, să gătească cina. Sau să coasă câţiva nasturi la cămăşile lui. Sau să-şi termine disertaţia care, deşi excentrică, trebuia să fie gata înainte de a începe să încaseze bani de la clienţi. Shirley se pricepea de minune să pretindă drepturi egale, se gândea Marshal, dar se pricepea de minune şi să piardă vremea şi, atâta timp cât soţul ei era prin preajmă ca să plătească facturile, se mulţumea să amâne pe termen nedefinit momentul în care să intre în lumea adulţilor facturabili.

Ei bine, *el* ştia cum să-şi folosească timpul. Dând la o parte aranjamentul floral, a despăturit ediţia de după-amiază a ziarului *Examiner* și și-a calculat profitul acțiunilor la bursă din acea zi. Apoi, încă tensionat și nervos, s-a decis să facă exerciții la Nautilus, și-a luat geanta cu echipament sportiv și s-a dus la YMCA. Mai târziu, la restaurantul din Avocado Joe's, avea să și mănânce.

Shelly fluiera „Tralala-tralali, tralala-tralali, mama mia, ce frumoasă zi!" pe drumul spre Avocado Joe's. Avusese o săptămână bestială. Jucând tenis excepțional, îl calificase pe Willy în turneul de dublu seniori din California și avea o șansă și la campionatul național. Dar mai erau și altele, multe altele.

Willy, în culmea euforiei, îi făcuse lui Shelly o ofertă care, dintr-o singură lovitură rapidă, îi rezolva toate problemele. Willy și Shelly hotărâseră să mai rămână o zi în sudul Californiei, pentru a prinde cursele din Hollywood Park – Willy avea un cal de doi ani pe nume Omaha, care alerga în cursa specială de juniori din Hollywood. Willy era mort după Omaha și după jocheul care-l călărea: deja pariase o grămadă și îl îndemna și pe Shelly să facă la fel. Willy a pariat primul, pe când Shelly a mai zăbovit în spatele clubului, încercând să găsească un cal performant, pentru un al doilea pariu. Când s-a întors Willy, Shelly a plecat să parieze. Totuși, Willy, după ce a văzut calul în boxă și a admirat coapsele negre, musculoase și zvelte ale lui Omaha, observând, de asemenea, că favoritul cursei transpira abundent – „detoxifiere" –, s-a grăbit să revină în fața ghișeului de pariuri. Tocmai mai pariase încă cinci mii de dolari, când l-a văzut pe Shelly în fața ghișeului de douăzeci de dolari.

— Ce-i, Shelly? Mergem împreună la curse de zece ani, și nu te-am văzut niciodată decât în fața ghișeului de o sută de dolari. Adică eu garantez cu mama mea, cu fiica mea, cu târfa mea pentru calul ăsta, iar tu ești la ghișeul de douăzeci de dolari?

— Păi... a roșit Shelly. Fac economii... știi tu... de dragul armoniei conjugale... strâng puțin cureaua... piața locurilor de muncă e nasoală... bineînțeles, o mulțime de oferte, dar aștept ceva potrivit... știi, banii sunt doar o mică problemă – trebuie să simt că nu mă irosesc. Ca să fiu sincer, Willy, am o problemă cu Norma... furioasă, foarte *furioasă* din cauza jocurilor mele de noroc, mai ales acum, când ea aduce banu' în casă. Am avut o ceartă nasoală săptămâna trecută. Știi, venitul meu a fost tot timpul venitul familiei... banii ei sunt banii *ei*. Știi cum mârâie și se văicăresc gagicile că n-au șanse egale, dar, imediat cum le obțin, nu se mai dau deloc în vânt după răspunderea care decurge din asta.

Willy și-a tras o palmă peste frunte.

— Din cauza *asta* n-ai fost la ultimele două jocuri! Rahat, Shelly, probabil că sunt orb ca curu' de nu m-am prins – uau, stai, stai, au plecat! Uită-te la Omaha! Uită-te la calul ăla meseriaș cum zboară! Numărul cinci, McCaron, cu jacheta și pălăria aia galbenă. O să rămână cu plutonul pe partea dinspre exterior până la stâlpul care marchează trei sferturi din traseu, și apoi o să bage în altă viteză calul ăla! Ei, și acum se pun pe treabă – Omaha arată ce poate, ia avânt. Uite ce viteză are – abia atinge pământul! Ai mai văzut *vreodată* un cal care să se miște așa? Calul din față pare că se mișcă înapoi. E ambalat – îți spun eu, Shelly, poate să mai facă încă o milă.

După cursă – Omaha a făcut optzeci la opt –, când Willy s-a întors de la festivitate la grupul câștigătorilor, el și Shelly s-au dus la barul din club și au comandat Tsingtaos.

— Shelly, de cât timp nu ai serviciu?

— De șase luni.

— Șase luni! Isuse, asta-i groaznic. Uite, aveam de gând ca în curând să stau mai serios de vorbă cu tine, dar pot s-o fac foarte bine și acum. Știi proiectul ăla important pe care îl dețin în Walnut Creek? Ei bine, de vreo doi ani ne-am tot străduit să obținem de la primărie aprobarea pentru a construi toate cele patru sute de apartamente și suntem pe cale de a reuși. Toate sursele mele de acolo – și te asigur că dau o grămadă de bani în mai multe părți – zic că într-o lună obținem aprobarea. Următorul nostru pas e să primim aprobarea locuitorilor – bineînțeles că trebuie să le ofer drept de preemțiune la prețuri mult reduse –, și apoi o să începem construcția.

— Da, și?

— Și... pe scurt: am nevoie de un agent de vânzări. Știu că tu nu te-ai ocupat niciodată de imobiliare, dar mai știu și că ești un agent de vânzări nemaipomenit. Acum câțiva ani, când mi-ai vândut un iaht de un milion de dolari, m-ai îmbrobodit atât de tare, încât am plecat de la expoziție crezând că mi-ai făcut un serviciu. Înveți repede și îmi inspiri ceva ce nimeni altul nu poate copia de la tine: încredere. Încredere totală. Am încredere în tine mie-n sută. Joc poker cu tine de cincisprezece ani – și știi aiureala aia pe care o spunem cu toții că, dacă nu se mai poate circula pe șosele din cauza vreunui cutremur, noi tot o să jucăm poker, prin telefon?

Shelly a încuviințat din cap.

— Păi, știi ce? Nu-i o aiureală! Eu o cred – probabil că suntem singurul grup de pokeriști din lume care am putea face asta. Am încredere oarbă în tine și în toți ceilalți. Deci vino și lucrează pentru mine, Shelly. Rahat, am de gând să te țin pe terenul de tenis atât de multe ore antrenându-ne pentru națională, încât ai fi concediat imediat din orice altă slujbă.

Shelly a fost de acord să lucreze pentru Willy. Pentru același salariu, de șaizeci de mii de dolari, pe care îl primise la ultima slujbă. Plus comisioane. Dar asta nu era totul. Willy voia să protejeze jocul de poker, voia să se asigure că Shelly va continua să joace.

— Știi iahtul ăla de un milion de dolari? M-am distrat bine pe el, dar nu de milioane, nu la fel de bine ca la poker. Nu se compară. Dacă ar trebui să renunț la unul din ele – la iaht sau la poker –, vasul ar dispărea într-o clipită. Vreau ca jocul să continue mereu și mereu, la fel ca până acum. Și îți spun adevărul, nu mi-au plăcut la fel de mult ultimele două jocuri, când tu n-ai fost. Dillon ți-a luat locul – e zgârcit, își strângea atât de tare cărțile în mână, că până și damele plângeau. La nouăzeci la sută din mâini se retrage fără să mizeze măcar o singură dată. O seară plictisitoare. Jocul nu mai are atât de multă viață în el. Dacă pierzi un tip-cheie ca tine, toată chestia se duce de râpă. Așa că spune-mi, Shelly – și jur în fața lui Dumnezeu, asta rămâne doar între noi doi. De ce ai nevoie ca să joci în continuare?

Shelly i-a explicat că suma de patruzeci de mii de dolari îi ajunsese vreme de cincisprezece ani – și încă i-ar mai fi ajuns, dacă nu ar fi avut șirul ăla de cărți îngrozitoare. Willy s-a oferit bucuros să-l finanțeze cu patruzeci de mii – un împrumut pe zece ani, care să se poată prelungi, fără dobândă, și de care Norma să nu știe.

Shelly a ezitat.

— Hai să-i spunem o primă de instalare, a spus Willy.

— Păi... a șovăit Shelly.

Willy a înțeles și a găsit instantaneu un mod mai bun de a-i oferi banii fără a compromite relația dintre ei.

— Uite o sugestie mai bună, Shelly. Hai să tăiem zece mii din salariul tău oficial, salariul de care o să știe Norma, și îți dau un avans de patruzeci de mii – ascuns într-un cont offshore din Bahamas –, iar așa o să fim chit în patru ani. Comisioanele oricum o să fie mai mari decât salariul.

Și astfel și-a obținut Shelly banii pentru jocuri. Și o slujbă. Și o invitație permanentă la poker. Iar acum nici măcar Norma nu mai putea nega avantajele micului joc de societate pe care îl practica. Ce zi, s-a gândit Shelly după discuția lor, pe când stătea la o coadă lungă pentru a-și încasa biletul câștigător de douăzeci de dolari. O zi aproape perfectă. Doar o singură pată: ce bine ar fi fost dacă discuția asta ar fi avut loc săptămâna trecută! Sau ieri. Sau chiar azi-dimineață! *Aș fi stat la coada de o sută de dolari, cu un morman de bilete. Optzeci la opt! Fir-ar a dracu', ce cal!*

Marshal a ajuns devreme la Avocado Joe's, un cazino mare și țipător, luminat de neoane, cu o mașină decapotabilă roșie, Mazda Miata, expusă chiar lângă intrarea principală – un premiu promoțional care urma să fie oferit luna următoare, i-a explicat portarul. După ce s-a afundat zece sau cincisprezece pași într-un nor dens de fum de țigară, a aruncat o privire rapidă în jur, apoi s-a retras imediat și s-a întors la mașină. Era mult prea elegant îmbrăcat, și ultimul lucru pe care voia să-l facă era să atragă atenția asupra lui. Cei mai bine îmbrăcați jucători de la Avocado Joe's purtau jachete sport cu emblema lui San Francisco Forty-niner.

Marshal și-a curățat plămânii, trăgând de câteva ori adânc aer în piept, și apoi și-a mutat mașina într-un colț mai întunecos al parcajului bine luminat. După ce s-a asigurat că nu-l vede nimeni, s-a urcat pe bancheta din spate, și-a scos cravata și cămașa albă, și-a deschis geanta cu echipamentul sportiv și și-a pus bluza de trening. Încă nu era în regulă, cu pantofi negri lustruiți și pantaloni bleumarin: ar fi atras și mai puțin atenția asupra lui dacă s-ar fi schimbat cu totul. Așa că și-a încălțat adidașii de baschet și s-a chinuit să-și tragă pe el pantalonii de trening, ascunzându-și chipul de cele două femei care parcaseră într-un loc din apropiere și care au fluierat privind în interiorul mașinii lui.

Marshal a așteptat până când acestea au plecat, a mai tras o ultimă gură de aer curat în piept și apoi s-a afundat iarăși în Avocado Joe's. Imensul salon principal era împărțit în două săli de joc, una pentru poker occidental, și cealaltă pentru jocuri asiatice. Salonul occidental conținea cincisprezece mese cu pluș verde, de forma unei potcoave, fiecare fiind luminată de câte o lustră care atârna din tavan, imitație de Tiffany. Mesele erau înconjurate de zece scaune pentru jucători și unul în mijloc, pentru dealer. Automate de Coca-Cola umpleau trei colțuri ale salonului, iar al patrulea conținea un mare distribuitor automat de păpuși ieftine și animale din pluș. În schimbul a patru monede de douăzeci și cinci de cenți puteai să-ți cumperi privilegiul de a manevra un clește mare, în încercarea de a apuca unul dintre premii. Din copilărie, de când se plimba pe faleza din Atlantic City, nu mai văzuse așa ceva.

La toate cele cincisprezece mese se juca același lucru: Texas Hold 'Em. Se diferențiau între ele doar prin mărimea mizei permise. Marshal s-a dus la mesele de cinci și zece dolari și, stând în picioare în spatele unuia dintre jucători, a urmărit o rundă. Citise suficient din broșura pe care i-o lăsase Shelly pentru a înțelege regulile de bază ale jocului. Fiecare jucător primea două cărți cu fața în jos. Apoi cinci cărți comune erau împărțite cu fața în sus, primele trei o dată („flopul"), iar celelalte două pe rând („a patra stradă" și „a cincea stradă").

Se puneau în joc o mulțime de bani la mâna asta. Marshal tocmai se apropia de masă ca să vadă mai bine, când Dusty, șeful de sală, un tip șaten, care semăna cu Alan Ladd[1], care fuma țigarete de foi și care n-avea nevoie de lecții pentru a căpăta încredere în sine, a venit rapid spre el, l-a cercetat din cap până-n picioare, concentrându-se în mod special asupra adidașilor de baschet gonflabili.

— Hei, băiețică, i-a spus el lui Marshal, ce faci pe aici? E pauză?

— Mă uit, i-a replicat Marshal, până vine și prietenul meu, iar apoi vrem să jucăm.

— Te uiți? Probabil glumești! Crezi că poți doar să stai aici și să te uiți? Te-ai gândit vreodată la cum se simt jucătorii? Vezi, aici noi ne gândim la sentimente! Cum te cheamă?

— Marshal.

— OK, Marshal, când ești gata să joci, vino la mine și o să-ți trec numele pe lista de așteptare. Toate mesele sunt pline acum.

---

1 Actor american (1913–1964) faimos pentru stilul lui lipsit de emoție de a interpreta rolurile.

Dusty a dat să plece, dar apoi s-a răsucit și a zâmbit:

— Hei, mă bucur să te văd pe aici, șerifule. Nu glumesc. Bine ai venit la Avocado Joe's. Dar, între timp, până intri în joc, dacă vrei să faci ceva, orice... *nu* fă. Întreabă-mă mai întâi pe mine. Dacă vrei să te uiți, du-te acolo în spate, l-a instruit el, indicând spre o sală îndepărtată din spatele unui paravan din sticlă, sau în salonul asiatic – du-te acolo. E multă acțiune și e mișto să te uiți.

În timp ce se îndepărta, Marshal l-a auzit pe Dusty spunându-i unui dealer care tocmai pleca în pauză:

— Vrea să se uite! Îți vine să crezi? Mă mir că nu și-a adus și aparatul de fotografiat!

Rușinat, Marshal s-a dus discret în sala din spate și a trecut în revistă peisajul. În centrul fiecărei mese cu zece jucători ședea dealerul, îmbrăcat în uniforma cazinoului, adică pantaloni închiși la culoare și vestă cu imprimeu floral țipător. La fiecare câteva minute, Marshal îl vedea pe câștigătorul unei runde aruncându-i cu nonșalanță dealerului un jeton, pe care acesta îl lovea vioi de masă înainte de a-l pune în buzunarul interior al vestei. Un obicei, și-a dat seama Marshal, menit a-i semnala managerului că dealerul își punea bacșișul, nu banii cazinoului, în buzunar. Era un obicei străvechi, firește, fiindcă tot ceea ce se întâmpla la fiecare masă era înregistrat pe casetă video, pentru a fi cercetat mai târziu, în caz că apărea vreo neregulă. În mod obișnuit, Marshal nu era un tip sentimental, dar acum îl încânta acest mic semn de respect față de ritualuri în dinamicul și cloncănitorul templu al eficacității materialiste Avocado Joe's.

La fiecare mână de Texas Hold 'Em, prin rotație, trei din cei zece jucători erau obligați să mizeze. Dealerul împărțea potul în trei părți: o parte rămânea pe masă, o parte era depusă în fondul casei – suma pe care o primea pentru găzduirea jocului –, și a treia se vărsa în jackpot, care, conform unui afiș de pe perete, se plătea atunci când cineva avea o mână mai mare decât un ful de ași cu decari. Jackpotul era în jur de zece mii de dolari, dintre care cei mai mulți ajungeau la câștigător și la cel clasat pe locul al doilea, iar o parte se împărțeau între ceilalți jucători de la masă. La fiecare douăzeci de mâini, sau cam așa ceva, dealerul își lua o pauză și era înlocuit de altcineva. Marshal a văzut cum jucătorii cărora le mersese bine în timpul turei unui dealer îi strecurau acestuia câteva jetoane suplimentare când pleca în pauză.

Marshal a tușit și a încercat să dea la o parte fumul de țigară care îi intra în nări. Era o ironie că purta trening la Avocado Joe's, deoarece cazinoul era un altar al bolii. Toată lumea părea bolnavă. Toți cei din jurul lui erau palizi și trași la față. Mulți dintre jucători stăteau acolo de zece sau cincisprezece ore. Toată lumea fuma. Carnea mai multor indivizi obezi se răsfrângea printre stinghiile scaunului. Două chelnerițe anorexice zburau de colo-colo, amândouă făcându-și vânt cu tava goală. Mai mulți jucători aveau ventilatoare electrice minuscule puse în fața lor pentru a alunga fumul. Câțiva dintre ei înfulecau mâncare în timp ce jucau – creveți cu jeleu de homar erau specialitatea de la cină. Stilul de îmbrăcăminte era informal-bizar: un bărbat cu o barbă albă asimetrică purta papuci turcești cu vârfurile îndoite și ascuțite și un fes roșu. Mai erau alții cu cizme greoaie de cowboy și pălării monstruoase. Cineva purta un costum de marinar japonez din 1940. Mulți erau îmbrăcați în ținută de birou. Iar câteva femei în vârstă purtau rochii îngrijite, cu imprimeu floral în stilul anilor '50, încheiate până la bărbie.

Peste tot se vorbea numai despre jocuri de noroc. Nu puteai scăpa de asta. Unii discutau despre loteria de stat din California. Marshal a auzit cum cineva încerca să amuze un mic grup, povestind că o cursă din El Camino fusese câștigată cu nouăzeci la unu de o mârțoagă care a terminat întrecerea în trei picioare. Marshal a văzut cum un bărbat din apropiere îi dădea un teanc de bancnote iubitei lui, spunând:

— Nu uita, indiferent ce fac, indiferent ce ar fi – dacă te implor, te ameninț, te înjur, plâng, orice – spune-mi să mă duc naibii, dă-mi un genunchi în coaie, apelează la karate dacă e nevoie. *Dar nu-mi da înapoi bancnotele astea!* Asta e vacanța noastră în Caraibe. Mai bine fugi de aici și ia un taxi până acasă. Altul țipa la manager să pună la televizor meciul de hochei cu Sharks. Erau vreo douăsprezece televizoare, la fiecare dintre ele câte un meci de baschet, iar în jurul lor, clienți care pariaseră pe anumite scoruri. Toată lumea pariase pe câte ceva.

Rolexul lui Marshal arăta opt fără cinci. Domnul Merriman trebuia să sosească din clipă în clipă, iar Marshal s-a decis să-l aștepte în restaurant, o încăpere mică și plină de fum, dominată de un bar mare, din lemn de stejar. Sticlă imitație de Tiffany peste tot: lustre, scrumiere, dulăpioare, geamuri. Într-un colț al camerei era o masă de biliard, în jurul căreia un grup mare de spectatori care pariaseră urmăreau o partidă captivantă cu 8 bile.

Mâncarea era la fel de nesănătoasă ca și aerul. Nici o salată în meniu. Marshal a studiat de mai multe oferta, căutând felul de mâncare cel mai puțin toxic. Chelnerița anorexică a răspuns doar cu un „Hă?" când Marshal a întrebat-o dacă există posibilitatea să-i gătească legume înăbușite. Și încă un „Hă?" când a întrebat-o ce tip de ulei se folosea în sosul de la creveți și homar. Până la urmă, a comandat friptură de vită la cuptor fără sos și roșii feliate cu lăptucă – prima oară când mânca vită după ani de zile, dar măcar știa ce mănâncă.

— Hei, domnule doctor, ce mai faceți? Hei, Sheila, a spus Shelly, dând buzna înăuntru și pupând-o pe chelneriță, adu-mi ce mănâncă domnul doctor. Știe el ce-i bun. Dar nu uita de sos. S-a întins spre masa vecină și a dat mâna cu un mesean care citea un formular de curse. Jason, am un cal pentru tine! Derby-ul Del Mar peste două săptămâni. Economisește. O să te fac bogat – și pe toți moștenitorii tăi. Vorbim mai târziu, am o treabă cu amicul meu.

Aici este evident în elementul lui, se gândea Marshal.

— Păreți foarte optimist azi, domnule Merriman. A fost bine la turneul de tenis?

— Minunat. Stați la masă cu o parte a echipei de dublu din campionatul Californiei! Dar, da, mă simt bine, domnule doctor, datorită tenisului, datorită prietenilor mei și datorită dumneavoastră.

— Deci, domnule Merriman...

— Șșt, domnule doctor. Fără „domnule Merriman". Nu trebuie să atragem atenția asupra noastră. Trebuie să ne integrăm. Aici „Shelly". „Shelly" și „Marshal", OK?

— OK, Shelly. Să continuăm cu programul din seara asta? Trebuia să mă instruiești cu privire la îndatoririle mele. Sunt nevoit să-ți spun că am pacienți mâine-dimineață devreme, așa că nu pot sta foarte mult. Amintește-ți: două ore și jumătate, cel mult, o sută cincizeci de minute, și apoi plec.

— 'Nțeles. Hai să ne apucăm de treabă.

Marshal încuviința din cap în timp ce dădea la o parte toate bucățile de grăsime din friptura de vită, își făcea un sendviș, punea deasupra felii de roșii și lăptucă veștedă, turna peste el ketchup și mesteca, în vreme ce Shelly îi descria ce se va întâmpla în seara aceea.

— Ai citit broșura pe care ti-am dat-o, despre Texas Hold 'Em?

Marshal a încuviințat cu o nouă mișcare a capului.

— Bine. Atunci, înțelegi destul cât să te descurci. Important e să știi suficient încât să nu atragi atenția asupra ta. Nu vreau să te concentrezi asupra cărților tale și nu vreau să joci: vreau să te uiți la mine. Ei bine, în curând o să se deschidă o masă de douăzeci-patruzeci de dolari. Uite cum stă treaba: se mizează prin rotație – câte trei tipi trebuie să pună bani la fiecare mână. Un tip pune cinci dolari – suma asta se cheamă „fundul" și sunt banii casei: chiria pe masă și pe dealer. Alt tip, „orbul", pune douăzeci de dolari. Tipul de lângă el, „dublu orb", pune zece dolari. *Capisce* până aici?

— Asta înseamnă, a întrebat Marshal, că tipul cu douăzeci de dolari vede primele trei cărți din flop fără să mai pună bani?

— Da. Dacă nu plusează nimeni. Asta înseamnă că ai plătit pentru cele trei cărți și că o să le vezi o dată pe tură. Probabil că o să fie nouă jucători, deci o dată la nouă mâini. La celelalte opt te retragi – *nu deschizi niciodată*. Repet, doctore, *nu cumva* s-o faci. Asta înseamnă că o dată pe tură trebuie să pui miza inițială de trei ori, în total treizeci și cinci de dolari. O tură completă de nouă mâini durează cam douăzeci și cinci de minute. Deci pierzi maximum șaptezeci de dolari pe oră. Dacă nu faci o prostie și încerci să joci o mână.

— Vrei să pleci în două ore? a continuat Shelly în timp ce chelnerița îi aducea friptura de vită care plutea într-un sos gros. Uite ce-ți propun. Hai să jucăm o oră și treizeci sau patruzeci de minute, iar apoi să discutăm o jumătate de oră. M-am hotărât să-ți acopăr toate pierderile – deci uite o sută de dolari. A scos o sută de dolari din portofel.

Marshal a luat bancnota.

— Hai să vedem... o sută... iese la socoteală? A scos un stilou și a scris pe șervețel. Treizeci și cinci de dolari la douăzeci și cinci de minute, și tu vrei să jucăm o oră și patruzeci de minute – o sută de minute. Asta vine o sută patruzeci de dolari. Așa-i?

— Ok, ok. Uite încă patruzeci. Și uite, ia încă două sute – un împrumut pentru seara asta. E recomandabil să cumperi jetoane de trei sute de dolari la început – dă bine, nu atragi atenția asupra ta și nu te bănuiește nimeni că ai fi un băștinaș. Îi încasezi când plecăm.

Shelly a continuat, înfulecându-și friptura de vită și pâinea înmuiată în sos:

— Și acum ascultă-mă cu atenție, doctore: dacă pierzi mai mult de o sută patruzeci de dolari, ești pe cont propriu. Fiindcă *singura* situație în care s-ar putea întâmpla așa ceva ar fi să joci. Și nu te-aș sfătui – tipii ăștia sunt buni. Cei mai mulți joacă de trei sau patru ori pe săptămână – cei mai mulți își câștigă existența făcând asta. *Plus* că, dacă joci, nu poți să mă urmărești pe mine. Și asta-i șmecheria. Bine?

— În cartea ta, a zis Marshal, scrie că există anumite mâini valoroase care trebuie să meargă întotdeauna cu fața în sus: perechi de cărți mari, as și rege de aceeași culoare.

— Rahat, nu. Nu pe timpul meu. După ce plec, doctore, te poți distra de minune. Poți să joci cât vrei.

— De ce pe timpul *tău*? a întrebat Marshal.

— Pentru că plătesc toate mizele tale ca să văd cărțile. Și, pe lângă asta, ne aflăm, oficial, în timpul unei ședințe de terapie – chiar dacă e ultima.

Marshal a încuviințat din cap.

— Păi, asta cam așa e.

— Nu, nu, așteaptă, doctore. Înțeleg ce vrei să spui. Cine să înțeleagă mai bine decât mine cât de greu e să te retragi cu o mână bună? Ar fi o pedeapsă crudă și neobișnuită. Hai să facem un compromis. De fiecare dată când primele două cărți ale tale sunt o pereche de ași, regi sau dame, plătești miza ca să vezi primele trei cărți cu fața în sus. Dacă nu îți intră nimic avantajos – adică dacă nu faci trei bucăți sau două perechi – *atunci* te retragi: nu mai pui nici o miză. Și apoi, bineînțeles, facem jumi-juma' toate câștigurile.

— Jumi-juma'? a întrebat Marshal. E legal ca doi jucători de la aceeași masă să împartă între ei câștigurile? Și facem jumi-juma' și pierderile mele?

— Ok. Bine. Mă simt generos – îți păstrezi câștigul, dar trebuie să promiți că joci doar cu perechi de ași, dame sau regi. Cu orice altceva te retragi. Chiar și cu as și rege de aceeași culoare! Dacă faci altfel, toate pierderile sunt ale tale. De acord?

— De acord.

— Și acum hai să discutăm despre chestia principală – motivul pentru care ești aici. Vreau să mă urmărești în timp ce joc. Am de gând să fac o grămadă de cacealmale în seara asta, așa că uită-te să vezi dacă mă trădez în vreun fel – știi, chestii de genul ălora pe care le-ai văzut la tine la cabinet: mișcări ale picioarelor, lucruri din astea.

Câteva minute mai târziu, Marshal și Shelly și-au auzit numele strigate în difuzor, fiind invitați să participe la jocul de douăzeci-patruzeci. Toată lumea i-a întâmpinat politicos. Shelly l-a salutat pe dealer.

— Ce mai faci, Al? Uite, dă-mi chestii din alea rotunde de cinci sute de dolari și ai grijă de prietenul meu – un începător –, încerc să-l corup și am nevoie de ajutorul tău.

Marshal a cumpărat jetoane de trei sute de dolari – un morman de discuri roșii în valoare de cinci dolari și un altul de discuri albastre cu dungi albe, în valoare de douăzeci de dolari. La a doua mână, Marshal a fost „orbul" – a trebuit să mizeze douăzeci de dolari pe cele două cărți cu fața în jos și să vadă cele trei cărți cu fața în sus de pe masă: trei pici mici. Marshal avea în mână două pici – un doi și un șapte – deci avea culoare din cinci cărți. Iar următoarea carte cu fața în sus, a patra stradă, era de asemenea o pică mică. Năucit de faptul că avea culoare, n-a respectat instrucțiunile lui Shelly și a rămas în joc tot restul mâinii, plătind de două ori miza de patruzeci de dolari. La sfârșit, toți jucătorii și-au arătat cărțile. Marshal și-a întors doiul și șaptele de pică și a spus plin de mândrie: „Culoare". Dar alți trei jucători aveau culori mai mari.

Shelly s-a întins spre el și i-a zis cu cea mai mare blândețe:

— Marshal, patru pici în flop – asta înseamnă că *oricine* poate avea o mână de aceeași culoare. Cele șase pici ale tale nu sunt mai bune decât cinci pici ale altcuiva, iar șaptele tău de pică sigur o să fie mai mic decât vreo altă carte de pică a unui alt jucător. De ce crezi că ceilalți au rămas în joc? Să te întrebi mereu chestia asta. În mod sigur aveau culoare! În ritmul ăsta, prietene, calculez că o să pierzi aproximativ nouă sute de dolari pe oră din banii *tăi* – Shelly a accentuat „tăi" – câștigați trudind din greu.

Auzind aceste comentarii, unul dintre jucătorii care își numărau jetoanele – un negru înalt, ce purta o pălărie din fetru și un Rolex la mână – a spus:

— Băi, eram pe cale să-mi încasez câștigul și s-o șterg... să dorm puțin... dar... hmm, tipul joacă cu o culoare la șapte... cre' că mai rămân un pic pe aici.

Marshal s-a înroșit auzindu-i cuvintele, dar dealerul a spus pe un ton liniștitor:

— Nu-i lăsa să te supere, Marshal. Am o presimțire că o să dai lovitura în curând, iar când o s-o faci, o să fii cel mai tare.

După cum avea să afle Marshal, un dealer bun era un terapeut de grup ratat, și întotdeauna te puteai bizui pe el că o să-i liniștească și o să le ofere sprijin tuturor: o atmosferă plăcută la masă însemna bacșișuri mai mari.

După aceea, Marshal a jucat prudent și s-a retras la fiecare mână. I-au fost adresate câteva glume răutăcioase, dar cordiale pentru că juca astfel, însă Shelly și dealerul i-au luat apărarea și l-au îndemnat să aibă răbdare până se prinde cum merge jocul. Apoi, jumătate de oră mai târziu, avea în mână o pereche de ași, iar cele trei cărți pe față erau un as și o pereche de valeți, dându-i astfel un ful de ași. N-au mers prea mulți jucători la mâna asta, dar Marshal a adunat totuși un pot de două sute cincizeci de dolari. Restul timpului l-a urmărit ca un uliu pe Shelly, notându-și discret câte ceva într-un carnețel. Nimeni nu părea deranjat de faptul că-și lua notițe, cu excepția unei micuțe femei asiatice, aproape complet ascunse în spatele mormanului ei de jetoane câștigate, care s-a ridicat în picioare, s-a întins peste grămada ei de discuri negru cu alb de douăzeci de dolari și i-a spus lui Marshal, arătând spre carnețelul lui:

— Și nu uita, o chintă roială mare e mai bună decât un amărât de ful! He, he, he.

Shelly era pe departe jucătorul care miza cel mai mult de la masă și părea că știe ce face. Și totuși, când avea o mână câștigătoare, puțini îi plăteau mizele. Iar când blufa, chiar dacă era în cea mai bună poziție dintre cei de la masă, unul sau doi jucători cu mâini insignifiante plăteau întotdeauna sec și îl înfrângeau. Când altcineva miza pe o mână servită, Shelly rămânea ca prostul în joc. Deși avea cărți peste medie, mormanul lui de jetoane scădea constant și, la sfârșitul celor nouăzeci de minute, pierduse cei cinci sute de dolari. Nu i-a luat mult timp lui Marshal să-și dea seama de ce.

Shelly s-a ridicat în picioare, i-a aruncat dealerului cele câteva jetoane rămase drept bacșiș și s-a îndreptat spre restaurant. Marshal și-a încasat jetoanele, n-a lăsat nici un bacșiș și l-a urmat pe Shelly.

— Ai descoperit ceva, doctore? Vreun indiciu?

— Păi, Shelly, știi, eu sunt amator, dar mi se pare că singurul mod în care le puteai spune mai multe despre mâna ta ar fi fost să afișezi totul pe o pancartă.

— Hă? Mai zi o dată.

— Știi sistemul ăla de semnalizare cu steaguri pe care îl folosesc vapoarele să comunice între ele?

— A, da. Atât de nasol, zici?

Marshal a încuviințat din cap.

— Ai exemple? Dă-mi amănunte.

— Ei bine, pentru început, îți amintești mâinile foarte bune pe care le-ai avut – eu am numărat șase: patru fuluri, o chintă roială și o culoare?

Shelly a zâmbit melancolic, de parcă și-ar fi amintit de iubirile lui trecute.

— Da, mi le amintesc pe toate. Nu-i așa că au fost minunate?

— Păi, a continuat Marshal, am observat că toată lumea de la masă, când avea mâini bune, comparabile cu ale tale, câștiga mai mult decât tine – mult mai mult decât tine: cel puțin de două sau trei ori cât tine. De fapt, nici măcar n-ar trebui să spun despre mâinile tale că au fost „mâini bune ", ci doar bunicele, pentru că n-ai câștigat vreun pot mare cu nici una dintre ele.

— Adică?

— Adică, atunci când ai o mână bună, vestea se răspândește ca un incendiu în jurul mesei.

— În ce fel mă dau de gol?

— Păi, dă-mi voie să mă uit pe observațiile mele. Mi se pare că atunci când ai cărți mari, le strângi prea tare în mână.

— Le strâng?

— Da, le păzești de parcă ai în mână Fort Knox. Le strângi atât de tare, încât ai îndoi și roțile de la bicicletă. Și încă un lucru, când ai ful, te tot uiți la jetoane înainte să mizezi. Hai să vedem, mai era ceva… Marshal și-a studiat notițele. Mda, uite aici. De fiecare dată când ai o mână tare, nu te mai uiți spre masă, ci în depărtare, de parcă ai încerca să vezi un meci de baschet la televizor – încercând, presupun, să îi faci pe ceilalți să creadă că nu ești prea interesat de joc. Dar dacă blufezi, te uiți atent la fața fiecăruia, de parcă ai încerca să-i faci să-și plece privirea, să-i intimidezi, să-i convingi să nu mai mizeze.

— Glumești, doctore, nu? Fac asta? Nu pot să cred. Știu toate chestiile astea – scrie despre ele în *Cartea indiciilor lui Mike Caro.* Dar nu știam că fac și eu așa ceva. Shelly s-a ridicat în picioare și l-a îmbrățișat viguros pe Marshal. Doctore, asta numesc eu terapie! Terapie beton! Abia aștept să mă întorc la masa de poker – am de gând să-mi corectez comportamentul. O să-i zăpăcesc atât de tare, încât nici n-o să știe ce i-a pocnit.

— Stai! Mai sunt și altele. Vrei să le auzi?

— Bineînțeles. Dar hai să ne mișcăm repede. Vreau să fiu sigur că mai găsesc loc la masă. Dacă mă gândesc mai bine, dă-mi voie să-l rezerv. Shelly s-a dus hotărât până la Dusty, șeful de sală, i-a tras o palmă peste umeri, i-a șoptit ceva și i-a strecurat o bancnotă de zece dolari. S-a întors rapid la Marshal, cu urechile ciulite.

— Continuă, ești în formă.

— Două lucruri. Dacă te uiți la jetoanele tale, poate ca să le numeri rapid, atunci fără îndoială ai o mână bună. Cred că deja am zis asta. Dar n-am spus altceva: când blufezi, nu te uiți niciodată la jetoanele tale. Și pe urmă, ceva mai subtil – sunt mai puțin convins de chestia asta...

— Dă-i drumul. Vreau să aud tot ce ai de zis, doctore! Dă-mi voie să-ți spun, ai gura aurită!

— Păi, mie mi se pare că, atunci când ai o mână bună, îți pui miza pe masă cu multă blândețe. Și foarte aproape de tine – nu-ți întinzi brațul prea departe. Iar când blufezi, faci pe dos – mai agresiv, arunci jetoanele exact în mijlocul mesei. De asemenea, când blufezi, deseori – dar nu tot timpul – pari să te uiți mereu la cărțile din mână, de parcă ai spera că s-au schimbat între timp. Un ultim lucru: rămâi în joc până la sfârșit, când toți ceilalți de la masă par să știe că tipul are o mână servită – deci cred că insiști să-ți joci prea mult cărțile și nu ții cont de cărțile celuilalt. Ei bine, cam asta e. Marshal s-a apucat să rupă foaia cu notițe.

— Nu, nu, doctore. N-o rupe. Dă-mi-o mie. Am de gând s-o înrămez. Nu, nu, o s-o plastifiez și o s-o car cu mine – ca pe un talisman norocos, o piatră de încercare pentru averea familiei Merriman. Ascultă, trebuie să plec – o ocazie unică... Shelly a privit spre masa de poker de la care tocmai plecaseră. Adunarea asta unică de fraieri probabil că n-o să-mi mai iasă în cale altădată. A, da, aproape că uitasem. Uite scrisoarea pe care ți-am promis-o.

I-a înmânat o scrisoare, iar Marshal a parcurs-o dintr-o privire:

În atenția tuturor celor interesați:

Prin prezenta declar că am beneficiat de un tratament deosebit din partea dr. Marshal Streider. Mă consider complet vindecat de toate efectele negative pe care le-a avut asupra mea metoda terapeutică a dr. Pande.

Shelly Merriman

— Cum e?

— Perfect, a spus Marshal. Dacă ai putea să pui și data.

Shelly a pus data pe bilet și apoi, expansiv, a mai adăugat un rând:

Prin prezenta, renunț la orice pretenție de despăgubire din partea Institutului de Psihanaliză Golden Gate.

— Cum ți se pare?

— Și mai bine. Mulțumesc, domnule Merriman. Mâine o să vă trimit prin poștă scrisoarea pe care v-am promis-o.

— Atunci o să fim chit. O mână o spală pe cealaltă. Știi, doctore, tocmai mă gândeam – e doar în fază incipientă, încă n-am nici un plan –ai putea să faci o carieră frumușică din consilierea jucătorilor de poker. Ai fi nemaipomenit de bun. Sau poate mă înșel – vom vedea ce se întâmplă după ce mă întorc la masă. Dar hai să luăm o dată masa împreună. M-aș putea lăsa convins să-ți fiu agent. Uită-te în jur – sute de ratați cu micile lor vise de mărire, înnebuniți să-și îmbunătățească stilul de joc. Iar alte cazinouri sunt și mai mari... Garden City, Club 101... ar plăti oricât. Aș putea să-ți găsesc o mulțime de clienți într-o secundă – sau să umplu o sală cu destul public pentru un grup de lucru – vreo două sute de jucători, o sută de dolari de persoană, douăzeci de mii pe zi – eu aș primi onorarii fixe ca agent, bineînțeles. Gândește-te la asta. Trebuie să plec. Te sun. A dat norocul peste mine.

Și, cu aceste cuvinte, Shelly s-a dus alene până la masa de Hold 'em, fredonând „Tralala-tralali, tralala-tralali, mamma mia, ce frumoasă zi!"

Marshal a ieșit din Avocado Joe's și s-a dus în parcare. Era unsprezece și jumătate. Peste o jumătate de oră avea să-l sune pe Peter.

Douăzeci și unu

Cu o noapte înainte de următoarea ședință cu Carolyn, Ernest a avut un vis intens. S-a ridicat în șezut în pat și l-a notat: *Mă grăbesc să ajung la un aeroport. O văd pe Carolyn într-un grup de pasageri.*

Sunt bucuros că o văd și fug până la ea, încerc s-o îmbrățișez, dar ea își ține geanta între noi, iar îmbrățișarea e nesatisfăcătoare și greoaie.

De dimineață, gândindu-se la vis, și-a amintit ce hotărâre luase după discuția cu Paul: „Adevărul m-a băgat în asta și tot adevărul o să mă scoată". Ernest a decis să facă un lucru pe care nu-l mai făcuse niciodată. O să-i povestească visul pacientei.

La următoarea ședință, Carol a fost intrigată de faptul că Ernest i-a relatat visul cu îmbrățișarea. După ultima întâlnire începuse să se întrebe dacă nu cumva îl judecase greșit. Își pierdea speranța că ar putea să-l ispitească vreodată făcându-l să se compromită. Iar acum, astăzi, el îi povestește vise cu ea. Poate că asta ar putea duce la ceva interesant, s-a gândit Carol. Dar fără convingere: nu mai simțea că deține controlul asupra situației. Ernest era complet imprevizibil pentru un terapeut, aproape în fiecare ședință făcea sau spunea câte un lucru care o surprindea. Și aproape în fiecare ședință îi dezvăluia câte un lucru despre ea însăși pe care nu îl știuse.

— Ei bine, Ernest, e foarte ciudat, pentru că și eu am avut un vis cu tine azi-noapte. Nu numește Jung asta „sincronicitate"?

— Nu chiar. Cred că „sincronicitate" la Jung înseamnă o concordanță a două fenomene legate între ele, unul petrecându-se în lumea subiectivă, iar celălalt în lumea obiectivă, concretă. Îmi aduc aminte că a povestit pe undeva cum, în timp ce analiza visul unui pacient despre un scarabeu egiptean din antichitate, a observat că un gândac viu zbura pe lângă geam, de parcă ar fi încercat să intre în cameră. Niciodată n-am înțeles semnificația acelui concept, a continuat Ernest. Cred că mulți oameni sunt atât de tulburați de contingența fragilă a vieții, încât își găsesc alinarea crezând într-o formă de interconexiune cosmică. Niciodată n-am fost atras de așa ceva. Pe undeva, ideea de aleatoriu sau indiferență a naturii nu m-a tulburat niciodată. De ce ar trebui ca o simplă coincidență să îngrozească? De ce ar trebui să fie considerată altceva decât o simplă coincidență?

Iar în ce privește faptul că ne-am visat reciproc, oare asta-i de mirare? Mie mi se pare, având în vedere legătura strânsă și intimă pe care o avem, că ar fi surprinzător dacă *n-am* pătrunde unul în visele celuilalt. Scuză-mă că vorbesc așa, Carolyn, probabil pare că îți țin o prelegere. Dar idei ca „sincronicitate" răscolesc o mulțime de sentimente în mine: deseori mă simt singur, târându-mi picioarele pe teren neutru, între dogmatismul lui Freud și misticismul lui Jung.

— Nu, nu mă deranjează că vorbești despre lucruri din astea, Ernest. De fapt, îmi place când îmi împărtășești gândurile tale. Dar ai un obicei care face ca lucrul ăsta să pară o prelegere: îmi rostești numele din minut în minut.

— Nu eram deloc conștient de asta.

— Te deranjează că ți-am spus?

— Să mă deranjeze? Sunt încântat. Îmi lasă impresia că începi să mă iei în serios.

Carol s-a întins înspre Ernest și l-a strâns de mână.

A strâns-o și el preț de o secundă și a spus:

— Dar avem de lucru. Hai să ne întoarcem la vis. Poți să-mi spui ce gânduri ai în legătură cu el?

— O, nu! E visul *tău*, Ernest. Ce gânduri ai *tu*?

— Corect. Păi, deseori psihoterapia e simbolizată în vise sub forma unei călătorii. Prin urmare, cred că aeroportul reprezintă terapia. Încerc să fiu aproape de tine, să te îmbrățișez. Dar tu pui ceva între noi: poșeta.

— Deci, Ernest, ce crezi despre poșetă? Mă simt puțin ciudat – ca și cum am fi făcut schimb de roluri.

— N-ai de ce, Carolyn, eu încurajez chestia asta. Nimic nu-i mai important decât să fim sinceri unul cu celălalt. Așa că hai să rămânem la subiectul ăsta. Păi, îmi vine în minte faptul că Freud afirmă de mai multe ori că „poșetă" e un simbol obișnuit pentru organele genitale feminine. După cum am menționat, eu nu sunt un adept al dogmei freudiene – și totuși încerc să nu arunc și bebelușul odată cu apa din copaie. Freud a avut atâtea viziuni corecte, aș fi prost să le ignor. Și odată, acum mai mulți ani, am participat la un experiment în cadrul căruia femeile au fost rugate, sub hipnoză, să viseze că un bărbat pe care îl doresc vine în patul lor. Dar li s-au dat instrucțiuni să nu arate explicit actul sexual din vis. Un număr surprinzător de mare de femei au folosit poșeta ca simbol – adică un bărbat vine la ele și le bagă ceva în poșetă.

— Deci, atunci, Ernest, visul înseamnă...

— Probabil visul înseamnă că tu și cu mine începem terapia, dar că tu interpui sexualitatea între noi într-un mod care ne împiedică să devenim cu adevărat apropiați.

Carol a tăcut câteva clipe, apoi a comentat:

— Mai e și altă posibilitate. O interpretare simplă și directă – că, în străfundurile tale, tu mă dorești fizic, că îmbrățișarea e un echivalent al actului sexual. În fond, nu ai fost tu cel care a inițiat îmbrățișarea în vis?

— Și, a întrebat Ernest, ce zici despre poșetă ca obstacol?

— Dacă, așa cum a zis Freud, uneori un trabuc e doar un trabuc, cum rămâne cu echivalentul feminin – că o poșetă uneori poate fi doar o poșetă... o poșetă care conține bani.

— Da, înțeleg ce spui... spui că te doresc așa cum un bărbat dorește o femeie și că banii ăia – cu alte cuvinte, contractul nostru profesional – ne stau în cale. Și că eu mă simt frustrat de asta.

Carol a încuviințat din cap.

— Da, ce zici de interpretarea *asta*?

— Cu siguranță e mai simplistă, dar n-am nici o îndoială că e ceva adevăr în ea – că dacă nu ne-am fi cunoscut în contextul relației terapeut-pacient, mi-ar fi plăcut să te întâlnesc în alte circumstanțe, non-profesionale – am discutat despre asta în ultima ședință. N-am făcut nici un secret din faptul că te consider o femeie captivantă și atrăgătoare, cu o minte nemaipomenit de ageră și de penetrantă.

Carol a zâmbit larg.

— Începe să-mi placă din ce în ce mai mult visul ăsta.

— Și totuși, a continuat Ernest, visele sunt în general supradeterminate – nu există nici un motiv pentru care să credem că visul nu descrie ambele dorințe ale mele: dorința de a lucra cu tine ca terapeut, fără intruziunea și perturbația indusă de nevoile sexuale, *și* dorința de a te cunoaște ca femeie, fără intruziunea contractului nostru profesional. Asta-i dilema pe care trebuie să mi-o rezolv.

Ernest s-a minunat cât de departe ajunsese cu dezvăluirea adevărului. Iată-l aici – calm și fără nici o jenă –, dezvăluindu-i unei paciente lucruri pe care, cu câteva săptămâni în urmă, niciodată nu și-ar fi imaginat că ar putea să le spună. Și, din câte își dădea seama, se ținea bine în frâu. Nu mai simțea că o seducea pe Carolyn. Era deschis, dar, în același timp, responsabil, și o ajuta ca terapeut.

— Cum rămâne cu banii, Ernest? Uneori văd cum te uiți la ceas și am impresia că nu însemn pentru tine nimic mai mult decât un cec și că fiecare ticăit al ceasului e încă un dolar.

— Banii nu sunt importanți pentru mine, Carolyn. Câștig mai mult decât pot să cheltuiesc și rareori mă gândesc la bani. Dar trebuie să țin seama de timp, Carolyn. Exact ca tine, când ai întâlnire cu un client și trebuie să te ții de un program. Totuși, până acum nu mi-am dorit niciodată să treacă repede timpul când suntem împreună. Nici măcar o dată. Abia aștept să te văd, prețuiesc timpul petrecut împreună și, de cele mai multe ori, îmi pare rău când se termină ședința.

Carol a tăcut din nou. Ce enervant era că se simțea flatată de cuvintele lui Ernest. Ce enervant era că părea să spună adevărul. Ce enervant era că uneori nu i se mai părea respingător.

— Încă un gând pe care l-am avut, Carolyn, a fost legat de conținutul poșetei. Bineînțeles, așa cum sugerezi și tu, banii îți vin imediat în minte. Dar ce altceva ar mai putea să fie acolo și să reprezinte un obstacol în calea apropierii dintre noi?

— Nu sunt sigur că te înțeleg, Ernest.

— Adică, poate că tu nu mă vezi așa cum sunt de fapt din cauza unor idei preconcepute sau prejudecăți care te împiedică. Poate că tu cari după tine un bagaj vechi, care ne blochează relația – răni din relații trecute cu alți bărbați: tatăl tău, fratele tău, soțul tău. Sau poate așteptările dintr-o altă epocă: gândește-te la Ralph Cooke și la cât de des mi-ai zis: „Fii ca Ralph Cooke… fii terapeutul-iubit de care am nevoie". Într-un fel, Carolyn, tu îmi spui: Nu fi *tu*, Ernest, fii altceva, fii altcineva.

Carol nu se putea împiedica să observe cât de aproape de adevăr era Ernest, dar nu tocmai din motivele pe care și le imagina el. Ciudat cât de inteligent devenise în ultima vreme.

— Și visul tău, Carolyn? Nu cred că mai pot scoate ceva din al meu acum.

— Păi, am visat că eram în pat împreună, complet îmbrăcați și cred că eram…

— Carolyn, ai vrea să încerci să-ți descrii visul la timpul prezent – de parcă s-ar întâmpla acum? Deseori asta reînvie emoțiile din vis.

— OK, uite ce-mi amintesc. Tu și cum mine stăteam…

— Tu și cu mine *stăm*, rămâi la timpul prezent, a protestat Ernest.

— OK, tu și cu mine stăm în fund sau întinși pe pat, complet îmbrăcați, în timpul unei ședințe de terapie. Eu vreau să fiu mai iubitoare, dar tu ești tot timpul încordat și te ții la distanță. Apoi, în cameră intră un alt bărbat – un bărbat negru ca smoala, băgăcios, urât și grotesc –, iar eu imediat iau hotărârea de a încerca să-l seduc.

Fac asta foarte ușor și facem sex în fața ta, în același pat. În tot acest timp, mă gândesc că, dacă tu vezi cât de bună sunt când fac sex cu el, o să fii mai interesat de mine, o să te răzgândești și o să faci și tu sex cu mine.

— Sentimentele din vis?

— Frustrată din pricina ta. Repulsie la vederea bărbatului ăstuia – era dezgustător, emana răutate. Nu știam cine e, și totuși știam. Era Duvalier.

— Cine?

— Duvalier. Știi, dictatorul din Haiti.

— Ce legătură ai tu cu Duvalier? Înseamnă ceva pentru tine?

— Ăsta-i un lucru ciudat. Absolut nimic. Nu m-am gândit la numele lui de ani de zile. Sunt uimită că mi-a venit în minte.

— Asociază puțin liber pe tema Duvalier, Carolyn. Să vedem ce apare.

— Nimic. Nu sunt sigură că am văzut vreodată poza tipului. Tiran. Brută. Malefic. Bestie. A, da, cred că am citit de curând un articol despre el, că trăiește în sărăcie, pe undeva prin Franța.

— Dar bătrânul a murit demult.

— Nu, nu, nu bătrânul. Duvalier cel tânăr. Cel căruia i se spune „Doctorul Bebeluș". Sunt sigură că era „Doctorul Bebeluș". N-am idee de unde mi-am dat seama de asta, dar știam că era el. Numele lui mi-a venit în mine de îndată ce a intrat pe ușă. Credeam că tocmai ți-am spus asta.

— Nu, n-ai spus, Carolyn, dar cred că asta e cheia visului.

— Cum?

— Păi, mai întâi vorbește despre visul tău. E mai bine să avem asocierile tale, așa cum am făcut și cu visul meu.

— Hai să vedem. Știu că mă simțeam frustrată. Tu și cu mine eram în pat, dar eu nu ajungeam nicăieri cu tine. Apoi apare bărbatul ăsta primitiv, și fac sex cu el – uf, ciudat că fac asta –, și logica bizară a întâmplărilor din vis a fost că-mi vezi performanța și, cumva, ești cucerit. Asta n-are noimă.

— Spune mai multe, Carolyn.

— Păi, n-are. Adică, dacă aș face sex cu un bărbat grotesc în fața ta – hai să fim sinceri – n-o să-ți cuceresc inima. Mai curând o să fii dezgustat, și nu atras de asta.

— Asta ar fi logic dacă am lua visul ca atare. Dar eu știu cum *ar căpăta* sens. Hai să presupunem că Duvalier nu e Duvalier, ci reprezintă pe altcineva sau altceva.

— Ca de exemplu?

— Gândește-te la numele lui: „Doctorul Bebeluș"! Imaginează-ți că bărbatul ăsta este o latură a mea: bebelușul, cea mai primitivă sau fundamentală latură a mea. Atunci, în vis, tu încerci să te asociezi cu partea asta a mea, în speranța că restul, latura mea matură, o să fie și ea atrasă. Vezi tu, Carolyn, în felul ăsta visul ar avea sens – dacă ai putea seduce o parte, un alter ego al meu, atunci și restul ar putea cu ușurință să o urmeze imediat!

Tăcere din partea lui Carol.

— Ce crezi, Carolyn?

— Inteligent, Ernest, o interpretare foarte inteligentă. Și, în sinea ei, Carol și-a spus: *Mai inteligentă decât crezi!*

— Deci, Carolyn, dă-mi voie să rezum: explicațiile pe care le-am dat ambelor vise – al tău și al meu – ajung la o concluzie similară: că, deși tu vii să mă vezi și declari sus și tare că ai sentimente puternice față de mine, că vrei să mă atingi și să mă îmbrățișezi, totuși nu vrei cu adevărat să fii aproape de mine.

— Și, știi, mesajele astea date de vise sunt similare cu ceea ce simt eu în general față de relația noastră. Acum mai multe săptămâni ți-am spus clar că o să fiu sincer cu tine și că o să-ți răspund deschis la toate întrebările. Totuși, tu niciodată n-ai profitat de această ocazie. Spui că vrei să fiu iubitul tău, și totuși, în afară de întrebările referitoare la viața mea de burlac, n-ai făcut nici o încercare de a mă cunoaște. Am de gând să te tot bat la cap cu chestia asta, Carolyn, pentru că e prea importantă, foarte apropiată de miezul problemei. Am de gând să te tot îndemn să fii sinceră cu mine – și pentru a face asta va trebui să mă cunoști și să ai destulă încredere în mine încât să-ți dai voie să te dezvălui pe deplin în prezența mea. Iar experiența asta va fi preludiul momentului în care vei deveni tu însăți, în cel mai profund sens al cuvântului, cu un alt bărbat, pe care încă nu-l cunoști.

Carol a rămas tăcută și s-a uitat la ceasul ei de mână.

— Știu că nu mai avem timp, Carolyn, dar mai stai un minut sau două. Nu poți să vorbești mai mult despre asta?

— Nu astăzi, Ernest, a spus ea, apoi s-a ridicat și a plecat repede din cabinet.

Douăzeci și doi

Telefonul pe care Marshal i l-a dat lui Peter Macondo la miezul nopții nu i-a adus aproape nici o alinare – a dat peste o înregistrare în trei limbi, în care se spunea că Grupul Financiar Macondo este închis la sfârșit de săptămână și se va redeschide luni dimineață. Nici serviciul de informații din Zürich nu avea numărul de telefon de acasă al lui Peter. Asta, bineînțeles, nu era o surpriză: Peter vorbise deseori despre Mafie și despre necesitatea oamenilor superbogați de a-și apăra intimitatea. Urma să fie un weekend lung. Marshal era nevoit să aștepte și să sune din nou duminică la miezul nopții.

La două noaptea, nereușind să doarmă, Marshal a început să scotocească printre eșantioanele farmaceutice din dulăpiorul lui cu medicamente, căutând un sedativ. Ceva ce nu-i stătea deloc în obicei – deseori tuna și fulgera împotriva pastilelor și insista că un om echilibrat ar trebui să facă față disconfortului psihic doar cu ajutorul introspecției și autoanalizei. Dar în noaptea asta nici o autoanaliză nu era posibilă: era foarte încordat și avea nevoie de ceva să se calmeze. În cele din urmă a găsit niște Chlor-Trimeton, un antihistaminic sedativ, a înghițit două pastile și a dormit prost câteva ore.

Pe măsură ce weekendul se scurgea, sporea și neliniștea lui. Unde era Adriana? Unde era Peter? Îi era imposibil să se concentreze. A aruncat ultimul număr din *Jurnalul American de Psihanaliză* până în celălalt capăt al camerei, nu și-a putut stârni plăcerea de a face toaleta bonsailor, n-a izbutit nici măcar să-și calculeze profitul săptămânal de pe urma acțiunilor de la bursă. A exersat energic o oră la sala de sport, trăgând de fiare, a jucat un meci de baschet la Y, a alergat până la Golden Gate. Dar nimic nu a slăbit încleștarea fricii care îl impresura.

A pretins că își e pacient. *Calmează-te! De ce te agiți așa? Hai să stăm jos și să analizăm ce s-a întâmplat în realitate. Doar un singur lucru: Adriana n-a venit la ședințe. Și? Investiția e în siguranță. Peste două zile... ia să vedem... peste treizeci și trei de ore... o să vorbești la telefon cu Peter. Ai un bilet de la Crédit Suisse care garantează împrumutul. Acțiunile Wells Fargo au scăzut cu aproape doi la sută de când le-ai vândut: lucrul cel mai rău care s-ar putea întâmpla ar fi să încasezi biletul de la bancă și să recumperi acțiunile la un preț mai mic. Da, poate că s-a întâmplat ceva cu Adriana și tu nu te-ai prins. Dar nu ești un clarvăzător. Uneori mai poți scăpa din vedere câte ceva.*

Intervenții terapeutice solide, s-a gândit Marshal. Dar ineficiente, pentru că și le autoadresa. Există limite ale autoanalizei, oare cum o fi făcut-o Freud atâția ani? Marshal știa că trebuie să-și împărtășească grijile cuiva. Dar cui? Nu lui Shirley: vorbeau foarte puțin unul cu altul, iar subiectul investiției lui alături de Peter era unul incendiar. Ea se împotrivise încă de la început. Când Marshal meditase cu voce tare la cum o să cheltuiască profitul de șapte sute de mii de dolari, ea îi răspunsese cu un exasperat „Trăim în două lumi diferite". Acum cuvântul *lăcomie* ieșea de pe buzele lui Shirley din ce în ce mai des. Cu două săptămâni în urmă, chiar sugerase ca Marshal să ceară îndrumarea consilierului ei budist, pentru a se ocupa de lăcomia care îl inunda.

Pe lângă asta, Shirley plănuia ca duminică să urce pe muntele Tamalpais, în căutare de material pentru ikebana. În după-amiaza aceea, pe când se pregătea de plecare, ea a zis că este posibil să-și petreacă noaptea în altă parte: avea nevoie de timp numai pentru ea, un minirefugiu ikebana/meditație. Alarmat la ideea că o să rămână restul weekendului singur, Marshal s-a gândit să-i spună lui Shirley că are nevoie de ea și s-o roage să nu plece. Dar Marshal Streider nu se ruga de nimeni, nu îi stătea în fire. În plus, încordarea lui era atât de palpabilă și atât de contagioasă, încât nu era de mirare că Shirley simțea nevoia să evadeze.

Marshal a aruncat o privire exasperată către aranjamentul pe care i-l lăsase soția lui: o creangă bifurcată de cais, acoperită cu licheni, o ramificație se întindea mult deasupra mesei, paralelă cu ea, iar cealaltă ramificație se înălța pe verticală. La capătul ramurii orizontale era o singură floare de cais. Pe ramura care se ducea înspre tavan erau înfășurate vârtejuri de levănțică și sângele voinicului, care îmbrățișau tandru două cale, una albă și cealaltă de culoarea șofranului. *La naiba*, s-a gândit Marshal, *pentru așa ceva are timp*! De ce face asta? Trei flori... iar o cală albă și alta de culoarea șofranului... Un minut întreg a studiat aranjamentul, a clătinat din cap, și apoi l-a vârât sub masă, ca să nu-l mai vadă.

Cu cine altcineva aș putea să vorbesc? Cu vărul meu, Melvin? În nici un caz! Melvin îmi poate da sfaturi bune uneori, dar acum nu mi-ar folosi la nimic. N-aș putea suporta sarcasmul din vocea lui. Un coleg? Imposibil! N-am încălcat nici o regulă profesională, dar nu sunt sigur că alții – mai ales cei care mă invidiază – vor ajunge la aceeași concluzie. Dacă se duce vorba, pot să-mi iau adio definitiv de la președinția institutului.

Am nevoie de cineva – de un confident. Dacă Seth Pande ar mai fi disponibil! Dar m-am lins pe bot de relația asta. Poate că n-ar fi trebuit să fiu atât de dur cu Seth... Nu, nu, nu, Seth o merita, a fost corect ce-am făcut. A primit exact ce merita.

Unul dintre pacienții lui Marshal, un psihiatru, vorbea deseori despre un grup de sprijin format din zece terapeuți bărbați, care se întâlneau câte două ore, din două în două săptămâni. Nu numai că întâlnirile erau întotdeauna utile, susținea pacientul lui, dar membrii se sunau între ei de câte ori aveau nevoie de ajutor. Bineînțeles, Marshal nu era de acord ca pacientul lui să facă parte dintr-un grup. Dacă ar fi trăit în vremuri mai conservatoare, i-ar fi interzis. Sprijin, susținere, consolare – toate cârjele astea jalnice, nu fac decât să întărească patologia și să încetinească munca adevăratei analize. S-a gândit la cuvintele lui Seth Pande referitoare la lipsa prieteniilor dintre bărbați în societatea contemporană. Da, de asta avea nevoie – de un prieten.

Duminică la miezul nopții – 9 a.m., luni, la Zürich – i-a telefonat lui Peter și a ascultat un supărător mesaj înregistrat: „Ați sunat la Grupul Financiar Macondo. Domnul Macondo este plecat într-o croazieră de nouă zile. Compania va fi închisă în toată această perioadă, dar, dacă este o chestiune urgentă, vă rugăm să lăsați un mesaj. Mesajele vor fi ascultate și se vor depune toate eforturile pentru a-i fi transmise domnului Macondo."

O croazieră? O companie atât de mare să fie închisă timp de nouă zile? Marshal a lăsat un mesaj în care îl ruga pe domnul Macondo să-l sune în legătură cu o chestiune cu adevărat urgentă. Mai târziu, încă treaz, ideea unei croaziere începea să nu i se mai pară atât de lipsită de sens. *Evident că s-a petrecut o ruptură*, s-a gândit el, *ori între Peter și Adriana, ori între Adriana și tatăl ei și, străduindu-se să o repare, Peter a luat decizia impulsivă să plece – să o șteargă cu sau fără Adriana într-o croazieră pe Mediterana. Nimic mai simplu.*

Dar, pe măsură ce zilele treceau și nu primea nici o veste de la Peter, Marshal își făcea din ce în ce mai multe griji cu privire la investiția lui. Avea oricând posibilitatea de a apela la biletul băncii, dar asta însemna renunțarea la orice profit adus de generozitatea lui Peter: ar fi fost o prostie să intre în panică și să sacrifice această oportunitate unică. Pentru ce? Pentru că Adriana nu a venit la o ședință? O tâmpenie!

Miercuri la unsprezece, Marshal avea o oră liberă. Fosta oră de supervizare a lui Ernest nu se ocupase încă. A ieșit la o plimbare pe California Street, a trecut pe lângă Pacific Union Club, unde luase prânzul cu Peter și apoi, un cvartal mai sus, s-a întors brusc din drum și a urcat treptele, a trecut pragul de marmură al ușii, a luat-o pe lângă șirurile de cutii poștale din bronz lustruit și a ajuns sub lumina diafană a rotondei cu cupolă înaltă, din sticlă. Aici, înconjurat din trei părți de canapele din piele și lemn de mahon, stătea Emil, majordomul sclipitor, îmbrăcat în smoching.

Gândul i-a zburat la Avocado Joe's: jachetele echipelor sportive, fumul dens de țigară, individul negru plin de bijuterii, cu pălăria din fetru cenușiu, și Dusty, șeful de sală, care îl dojenise fiindcă urmărea jocul, „pentru că aici ne gândim la sentimente". Și sunetele: zumzetul acțiunii de la Avocado Joe's, clinchetul jetoanelor, pocnetul bilelor de biliard, tachinările, discuțiile despre jocuri de noroc. Sunetele din Pacific Union Club erau mult mai blânde. Argintăria și cristalul răsunau aidoma clopoțeilor în timp ce ospătarii aranjau mesele pentru prânz. Membrii vorbeau încetișor despre cumpărarea acțiunilor la bursă, pantofi italienești din piele bocăneau discret și elegant pe podeaua de stejar lustruit.

Unde se simțea acasă? Dar oare era undeva la el acasă? se întreba Marshal, așa cum mai făcuse de multe ori până atunci. Cărui loc îi aparținea el – Avocado Joe's sau Pacific Union Club? Oare avea să plutească în derivă la nesfârșit, fără nici o ancoră, undeva la mijloc, petrecându-și viața în încercarea de a pleca dintr-un loc și de a ajunge în celălalt? Iar dacă vreun spiriduș sau vreun djinn i-ar fi poruncit: *Acum e momentul să decizi: alege un loc sau altul – căminul tău pentru eternitate*, ce-ar fi făcut? În minte i-au venit gânduri legate de analiza lui cu Seth Pande. N-am analizat niciodată asta. Nici „căminul", nici prietenia și, conform spuselor lui Shirley, nici banii sau lăcomia. Ce naiba *am analizat* în nouă sute de ore?

Deocamdată, Marshal a pretins că se simte ca acasă la Club și s-a dus întins la majordom.

— Emil, ce mai faci? Doctor Streider. Cel cu care am luat prânzul acum câteva săptămâni, domnul Macondo, mi-a povestit despre memoria ta uimitoare, dar poate că nici măcar tu nu-ți amintești de un musafir pe care l-ai întâlnit o singură dată.

— O, ba da, domnule doctor. Îmi amintesc bine de dumneavoastră. Și de domnul Maconta...

— Macondo.

— Da, scuze, *Macondo.* Nu-i atât de uimitoare memoria mea. Dar de fapt îmi amintesc foarte bine de prietenul dumneavoastră. Deși ne-am întâlnit o singură dată, mi-a lăsat o impresie de neșters. Un gentleman rafinat și foarte generos!

— Adică l-ai întâlnit o singură dată *în San Francisco.* Mi-a spus că v-ați cunoscut când erai majordom la clubul lui din Paris.

— Nu, domnule, probabil vă înșelați. Este adevărat că am lucrat la Cercle Union Interalliée din Paris, dar nu l-am întâlnit niciodată acolo pe domnul Macondo.

— Atunci, la Zürich?

— Nu, nicăieri. Sunt foarte sigur că nu l-am cunoscut până de curând. Prima oară l-am văzut când ați luat prânzul aici.

— Atunci, păi... cum adică?... Adică, atunci, cum de te cunoștea atât de bine? ...adică... de unde știa că ai lucrat la clubul din Paris? Cum de a putut lua prânzul aici? Nu, adică, are vreun cont aici? Cum plătește?

— E vreo problemă, domnule?

— Da, și e legată de faptul că ai pretins că-l cunoști atât de bine, că ai pretins că sunteți prieteni atât de vechi.

Emil părea tulburat. A aruncat o privire spre ceasul de la mâna sa, apoi s-a uitat în jur. Rotonda era pustie, clubul tăcut.

— Domnule doctor Streider, am câteva clipe libere înainte de prânz. Vă rog, haideți să stăm jos și să discutăm puțin. Emil a făcut un gest către o cameră de dimensiunea unui dulap, care se afla chiar lângă sala de mese. Înăuntru, Emil l-a invitat pe Marshal să ia loc și i-a cerut permisiunea să-și aprindă o țigară. După ce a suflat cu nesaț fumul, a spus: Pot să vorbesc sincer, domnule? Și neoficial, ca să zic așa?

Marshal a încuviințat din cap.

— Bineînțeles.

— De treizeci de ani lucrez în cluburi exclusiviste. În ultimii cincisprezece, ca majordom. Am fost martor la multe. Nimic nu-mi scapă. Îmi pot da seama, domnule doctor Streider, că nu sunteți familiarizat cu astfel de cluburi. Iertați-mă dacă sunt nepoliticos.

— Nu, deloc, a spus Marshal.

— Un lucru pe care ar trebui să-l știți este că, în cluburile private, cineva încearcă întotdeauna să obțină ceva – o favoare, o invitație, o relație, o investiție, ceva – de la altcineva. Și... hai să spunem... pentru a unge acest proces, cineva trebuie să-i lase o anumită impresie altcuiva. Eu, asemenea tuturor majordomilor, trebuie să-mi joc rolul în acest proces. Am obligația să mă asigur că totul decurge armonios. De aceea, când domnul Macondo a discutat cu mine de dimineață, mai devreme, și m-a întrebat dacă am mai lucrat și la alte cluburi din Europa, evident că i-am răspuns amabil și i-am spus că am lucrat în Paris vreme de zece ani. Iar când el a părut extrem de prietenos în clipa în care m-a salutat în prezența dumneavoastră, ce era să fac? Să mă întorc spre dumneavoastră, oaspetele lui, și să spun „Nu l-am mai văzut niciodată pe omul ăsta?"

— Bineînțeles că nu, Emil. Îți înțeleg foarte bine punctul de vedere. N-am vrut să te critic. Doar că am fost mirat de faptul că nu-l cunoșteai.

— Dar, domnule doctor Streider, ați pomenit de o problemă. Nu de una gravă, sper. Mi-ar plăcea să știu dacă e așa. Clubului i-ar plăcea să știe.

— Nu, nu. O chestiune minoră. Doar că i-am pierdut adresa și aș dori să iau legătura cu el.

Emil a ezitat. Evident, nu credea că era vorba de o chestiune minoră, dar cum Marshal nu i-a mai dat nici o informație, s-a ridicat în picioare.

— Vă rog, așteptați-mă în salon. O să fac tot ce pot să obțin informații pentru dumneavoastră.

Marshal s-a așezat, supărat din cauza proprie-i stângăcii. Nu prea avea șanse, dar poate că Emil îl va ajuta.

Majordomul s-a întors peste câteva clipe și i-a dat lui Marshal o foaie de hârtie pe care erau trecute aceeași adresă și același număr de telefon pe care le avea și el.

— Din câte am aflat de la recepție, domnului Macondo i s-a acordat temporar calitatea de membru al clubului nostru, pentru că este membru al Baur au Lac Club din Zürich. Dacă doriți, le putem trimite un fax prin care să le cerem mai multe informații.

— Te rog. Și, dacă ești amabil, te rog trimite-mi și mie răspunsul prin fax. Uite cartea mea de vizită.

Marshal s-a răsucit pe călcâie, dar Emil l-a oprit și a adăugat în șoaptă:

— Ați întrebat despre modul de plată. Vă zic asta între patru ochi, domnule doctor. Domnul Macondo a plătit cu bani gheață și a fost foarte generos. Mi-a dat două bancnote de o sută de dolari, mi-a spus să plătesc prânzul, să las ospătarului un bacșiș generos și să păstrez restul pentru mine. În asemenea chestiuni, mă pot bizui pe memoria mea uimitoare.

— Mulțumesc, Emil, mi-ai fost de mare ajutor. Fără nici un chef, Marshal a scos o bancnotă de douăzeci de dolari din teancul prins cu clamă și a pus-o în mâna pudrată cu talc a lui Emil. A vrut din nou să plece, dar brusc și-a amintit de ceva.

— Emil, ți-aș mai putea cere un ultim serviciu? Data trecută am cunoscut un prieten de-al domnului Macondo, un gentleman înalt, îmbrăcat cam excentric – cu o cămașă portocalie, un sacou în carouri roșii, cred. Am uitat cum îl cheamă, dar tatăl lui a fost pe vremuri primarul orașului San Francisco.

— Nu poate fi decât domnul Roscoe Richardson. L-am văzut mai devreme pe aici. E ori în bibliotecă, ori în camera pentru jocuri. O sugestie, domnule doctor: nu vorbiți cu el dacă joacă table. O să se înfurie. E cam pasionat de jocuri. Vă urez mult noroc și o să mă ocup personal de faxul dumneavoastră. Puteți conta pe mine. Emil și-a aplecat capul și a așteptat.

— Încă o dată, îți mulțumesc, Emil. Și, încă o dată, Marshal n-a avut de ales și a trebuit să scoată încă douăzeci de dolari.

Când a intrat în camera pentru jocuri, cu lambriuri din lemn de stejar, Roscoe Richardson tocmai pleca de la masa de table pentru a se duce în bibliotecă, să-și citească ziarul înainte de prânz.

— A, domnule Richardson, poate vă amintiți de mine: dr. Streider. Ne-am cunoscut acum câteva săptămâni, când am luat prânzul aici cu o cunoștință de-a dumneavoastră, Peter Macondo.

— A, da, doctorul Streider. Îmi amintesc. Seria de prelegeri academice. Felicitări. O minunată onoare. Minunat. Luați prânzul cu mine astăzi?

— Vai, nu. Am agenda plină de pacienți în după-amiaza asta. Dar v-aș ruga să-mi faceți o favoare. Încerc să dau de domnul Macondo și mă întrebam dacă știți pe unde se află.

— Doamne sfinte, nu. Nu l-am mai văzut niciodată până în ziua aia. Un tip încântător, și totuși, o chestie ciudată, i-am trimis niște materiale despre firma mea nou înființată, dar FedEx mi le-a returnat pentru că nu le-a putut preda destinatarului. Spunea că mă cunoaște?

— Așa aveam impresia, dar acum nu mai sunt atât de sigur. Spunea că tatăl dumneavoastră și tatăl lui, un profesor de economie, jucau golf împreună.

— Păi, cine știe? E foarte posibil. Tatăl meu a jucat cu toți bărbații vestiți din occident. Și... – aici și-a schimonosit fața cu maxilare mari și i-a făcut cu ochiul – și cu mai multe femei. Ei bine, unsprezece și jumătate. Ar trebui să sosească *Financial Times*. Toată lumea se bate pe el, așa că mă duc în bibliotecă. Noroc, domnule doctor.

Deși conversația cu Roscoe Richardson nu i-a adus nici o alinare, i-a dat câteva idei despre ce să facă. De îndată ce a ajuns la cabinet, Marshal a deschis dosarul Macondo și a scos faxul care-l informa despre Seria de prelegeri academice sponsorizate Marshal Streider. Care era numele acelui rector de la Universitatea din Mexico? Iată-l – Raoul Gomez. Peste câteva clipe, vorbea la telefon cu domnul Gomez – primul lucru care îi mergea bine de zile întregi. Deși spaniola lui Marshal șchiopăta, a izbutit să înțeleagă că domnul Gomez nega faptul că ar fi auzit vreodată de vreun Peter Macondo și, cu atât mai mult, că ar fi primit o bursă generoasă de la el pentru a finanța o serie de prelegeri Streider. În plus, în ce-l privește pe tatăl lui Peter Macondo, nu exista nici un Macondo în vreo facultate cu profil economic și, de altfel, nicăieri în universitate.

Marshal s-a prăbușit pe scaun. Suferise prea multe lovituri, și acum se lăsase pe spate, încercând să-și limpezească gândurile. După doar câteva momente, temperamentul lui de om eficient a preluat comanda: a luat un pix și a conceput o listă cu ce avea de făcut. Primul lucru era să contramandeze ședințele pacienților din acea după-amiază. Marshal a dat telefoane și a lăsat mesaje la patru pacienți, anulându-le ședințele. Bineînțeles că nu le-a dezvăluit motivul pentru care făcea asta.

Marshal era convins că cel mai bine ar fi fost să tacă și să exploreze fanteziile pacienților despre motivul pentru care le-a anulat programările. Iar banii! Patru ore de o sută șaptezeci și cinci de dolari. Șapte sute de dolari pierduți – bani pe care n-avea cum să-i recupereze niciodată.

Marshal s-a întrebat dacă faptul că renunța la ședințele din această după-amiază nu reprezenta cumva un punct de cotitură în viața lui. I-a trecut prin cap gândul că aceasta era o decizie crucială. Niciodată, de când profesa, nu anulase o ședință. De fapt, niciodată nu chiulise de la nimic – vreun antrenament la fotbal, o zi de școală. Albumul lui era plin de premii pentru prezență încă din școala elementară. Nu că nu s-ar fi îmbolnăvit sau rănit niciodată. Se îmbolnăvea ca toată lumea. Dar era suficient de tare încât să ducă boala pe picioare. Însă nu poți să ții o ședință de psihanaliză într-o stare de panică.

Următorul lucru: să-l sune pe Melvin. Marshal știa ce o să-i spună, iar vărul său nu i-a înșelat așteptările:

— E vremea să te duci la bancă – du-te imediat cu biletul ăla la Crédit Suisse. Roagă-i să transfere un depozit de nouăzeci de mii de dolari în contul tău bancar. Și fii recunoscător, Marshal, pupă-mi tălpile, că am insistat să ceri biletul ăsta. Îmi rămâi dator. Și amintește-ți – Dumnezeule, n-ar trebui să-ți zic eu asta, Marshal – tratezi sonați. Nu face investiții împreună cu ei!

O oră mai târziu, Marshal, cu garanția bancară în mână, mergea pe Sutter Street, spre Crédit Suisse. Pe drum, era sfâșiat de visele pierdute: bogăție, mărirea colecției lui de obiecte de artă, timpul liber pentru a da expresie în scris minții sale fertile, dar mai mult decât orice, suferea după cheia care-i oferea acces la lumea oamenilor sus-puși, lumea cluburilor private, a cutiilor poștale din bronz și a bonomiei bogătașilor.

Și Peter? Făcea el parte din lumea asta? Altfel nu putea să profite de ea financiar, cu siguranță, sau, dacă o făcea, asta era o problemă a lui și a băncii. Dar, se gândea Marshal, dacă Peter nu avea nici o motivație financiară, care erau motivele pentru care îi făcea asta? Să ridiculizeze psihanaliza? Oare era în cârdășie cu Seth Pande? Sau cu Shelly Merriman? Sau chiar cu întreaga aripă opozantă din Institutul de Psihanaliză? Oare asta putea să fie o farsă? Pură sociopatie și malițiozitate? Dar, oricare ar fi jocul, oricare ar fi motivul, de ce nu l-am descoperit mai devreme? Am fost un dobitoc de rahat. Un dobitoc lacom și de rahat!

Crédit Suisse era o sucursală care nu lucra cu publicul, ci doar cu persoane juridice, și se afla la etajul cinci al unei clădiri de birouri de pe Sutter Street. Funcționarul bancar care l-a întâmpinat pe Marshal a studiat biletul și l-a asigurat că sucursala era autorizată să se ocupe de el. S-a scuzat, spunând că directorul, care era într-o întrevedere cu un alt client, se va ocupa personal de el. În plus, o să dureze puțin până trimit prin fax biletul la Zürich.

Zece minute mai târziu, directorul, un bărbat zvelt și sobru, cu o față lungă și o mustață ca a lui David Niven, l-a invitat pe Marshal în biroul său. După ce a studiat și a copiat numerele de pe permisul de conducere al lui Marshal și de pe extrasele de cont, a examinat scrisoarea de garanție bancară, și apoi s-a ridicat să o fotocopieze. Când s-a întors, Marshal a întrebat:

— Cum o să-mi primesc banii? Avocatul meu m-a informat...

— Scuzați-mă, domnule Streider, îmi puteți da numele și adresa avocatului dumneavoastră?

Marshal i-a dat informațiile despre vărul lui, Melvin, și a continuat:

— Avocatul meu mi-a recomandat să cer un depozit trimis direct în contul meu de la Wells Fargo.

Preț de câteva clipe, directorul a rămas tăcut, studiind scrisoarea.

— E vreo problemă? a întrebat Marshal. Nu mi se garantează prin ea plata la cerere?

— Aceasta este într-adevăr o scrisoare de la Crédit Suisse, care garantează plata la cerere. După cum vedeți aici – și i-a arătat semnătura –, a fost emisă de sucursala noastră din Zürich și semnată de Winfred Forster, unul dintre vicepreședinți. Iar eu îl cunosc bine pe Winfred Forster – foarte bine, zău așa: am petrecut împreună trei ani la sucursala noastră din Toronto – și da, domnule doctor Streider, e o problemă: asta nu este semnătura lui! Mai mult, de la Zürich ni s-a confirmat prin fax: nu seamănă deloc. Teamă mi-e că am datoria neplăcută de a vă informa că această scrisoare este un fals!

Douăzeci și trei

După ce a plecat din cabinetul lui Ernest, Carol s-a schimbat în costumul de jogging în toaleta de la primul etaj și s-a dus cu mașina până în port. A parcat lângă Green's, un restaurant vegetarian la modă, condus cu eficiență de Centrul Zen din San Francisco. De lângă portul înțesat de iahturi pornea o alee care se întindea pe trei kilometri de-a lungul golfului și ajungea până în Fort Point, sub Golden Gate. Era traseul favorit pentru alergări al lui Jess, și de curând devenise și al ei.

Traseul începea de la clădirile vechiului Fort Mason, care găzduiau mici galerii, o librărie doldora de cărți, un muzeu de artă, un teatru și un atelier de actorie. Trecea pe lângă pontoanele pentru bărci și continua de-a lungul golfului, unde pescăruși neobrăzați îi provocau pe cei care alergau să-i calce. O lua pe lângă pajiștea pe care se înălțau zmee, nu dintre cele simple, triunghiulare sau pătrățoase pe care le lansaseră în copilărie ea și fratele ei, Jeb, ci modele de avangardă, în formă de Superman sau de picioare de femeie, ori triunghiuri lucioase, sofisticate din punct de vedere tehnologic, care fluierau când coteau brusc sau își schimbau direcția, ori plonjau direct în jos, frânând instantaneu pentru a face piruete delicate cu cozile lor. Urma o mică plajă, unde câțiva oameni care făceau băi de soare stăteau în jurul unei sculpturi suprarealiste din nisip ce reprezenta o sirenă, apoi, de-a lungul apei, o alee lungă, unde windsurferii în costume impermeabile își pregăteau ambarcațiunile de agrement. Urma un mal stâncos, cu o duzină de sculpturi în piatră – mormane de pietre perfect alese și puse într-un echilibru precar de către un artist necunoscut, care înfățișau pagode birmaneze fantastice. Apoi un dig lung, plin de pescari asiatici serioși și răbdători, dintre care nici măcar unul, din câte știa Carol, nu prinsese niciodată nimic. Și ultima parte, până sub Golden Gate, unde îi putea urmări cu privirea pe surferii sexy, cu părul lung, care pluteau în apa rece, așteptând să călărească valurile înalte și întunecate.

Acum alerga aproape în fiecare zi împreună cu Jess, uneori pe aleile din Golden Gate Park sau pe plajă, la sud de Cliff House, dar faleza era traseul lor obișnuit. Deseori se vedea și seara cu Jess. În general, când se întorcea acasă de la serviciu, îl găsea acolo preparând cina și stând la taclale cu gemenii, care erau din ce în ce mai atașați de el. În pofida faptului că îi plăcea Jess, Carol își făcea griji. Părea prea bun. Ce avea să se întâmple când o să se apropie și mai mult de ea, atât de mult încât să-și dea seama cum era ea de fapt? Profunzimile ei, gândurile ei ascunse nu erau prea frumoase. Oare o să se retragă?

Nu avea încredere în ușurința cu care se insinuase atât de adânc în căminul ei – și felul în care devenise atât de important în ochii copiilor. Oare avea libertatea de a decide oricând că Jess nu era bărbatul potrivit pentru ea? Sau se va gândi întotdeauna la ce-i mai bine pentru copiii ei?

În rarele ocazii când slujba lui Jess îl împiedica să alerge împreună cu ea, Carol fugea o oră de una singură. Era uimită cât de mult ajunsese să-i placă joggingul: poate că era senzația aceea de euforie care îi rămânea în trup tot restul zilei sau fericirea deplină care o invada în clipa în care depășea extenuarea inițială. Sau poate că pur și simplu ajunsese să-l placă atât de mult pe Jess, încât îi împărtășea hobby-urile.

Când alerga singură nu era la fel de frumos ca atunci când alerga împreună cu Jess, dar tot se alegea cu ceva: cu timp de reflecție. La început ascultase muzică în căști – country, Vivaldi, flaut japonez, Beatles –, dar în ultima vreme își lăsase walkmanul în mașină, pentru a putea medita.

Ideea de a-și dedica un timp de reflecție era revoluționară pentru Carol. Cea mai mare parte a vieții ei făcuse exact pe dos, își umpluse orice fărâmă de timp liber cu activități care să-i distragă atenția. Ce se întâmplă acum? se întreba ea, în timp ce fugea pe alee, zburătăcind porumbeii la fiecare pas. O diferență consta în noua deschidere afectivă pe care o simțea. În trecut, peisajul interior fusese monoton și sterp, constrâns de gama săracă și negativă de sentimente: furie, resentimente, regrete. Majoritatea față de Justin, iar restul, față de toți ceilalți oameni care apăreau zi de zi în viața ei. Cu excepția propriilor copii, aproape niciodată nu gândise ceva bun despre cineva. Aici respecta tradiția familiei: era fiica mamei ei și nepoata bunicii ei! Ernest o făcuse conștientă de lucrul ăsta.

Dacă îl urâse atât de tare pe Justin, atunci *de ce*, pentru numele lui Dumnezeu, se încuiase pe dinăuntru în acea căsnicie și aruncase mai apoi cheia? La fel de bine ar fi putut s-o azvârle în valurile care se rostogoleau în Oceanul Pacific, aflat acum la numai câțiva metri de ea, în timp ce se apropia de digul pescarilor.

Știa că făcuse o greșeală oribilă și își dăduse seama de asta imediat după căsătorie. Așa cum Ernest – naiba să-l ia! – o obligase să recunoască, și ea, ca toată lumea, avusese mai multe alternative: ar fi putut să renunțe la căsătorie sau să încerce s-o schimbe. Ea alesese,

alesese în mod deliberat – așa i se părea acum – să nu facă nici una, nici alta. În schimb, se bălăcise în greșeala aceea nenorocită.

Își amintea cum Norma și Heather insistaseră în seara aia, după ce Justin ieșise pe furiș din viața ei, asupra faptului că el îi făcuse un serviciu. Aveau dreptate. Cât privește furia ei fiindcă el, și nu ea, avusese inițiativa? O prostie! În marele ghem al vieții – expresia prețioasă a lui Ernest – ce mai conta cine părăsea pe cine? Amândurora le era mai bine despărțiți. Se simțea mai bine decât se simțise în ultimii zece ani. Iar Justin îi făcea o impresie mai bună străduindu-se din răsputeri, în stilul lui jalnic și bleg, să fie un tată bun. Ba chiar fusese de acord cu o săptămână în urmă, fără să-i ceară nici o explicație, să stea cu gemenii când ea și Jess au plecat în weekend la Mendocino.

Ce ironie, se gândea ea, că inocentul de Ernest se chinuie atât de tare acum să facă ceva în privința căsniciei ei fictive cu Wayne – cât de neobosit era în îndemnurile lui ca ea să ia taurul de coarne și să facă ceva în privința asta – ori să schimbe ceva în căsnicie, ori să-i pună capăt. Ce fază: dacă ar ști că face cu ea exact același lucru pe care îl făcuse și cu Justin, că acum este de partea *ei*, plănuiește strategii împreună cu *ea* în sala de consiliu de război, dându-i *ei* aceleași sfaturi pe care i le dăduse lui Justin!

Carol gâfâia când a ajuns la Golden Gate. A alergat până la capătul aleii, a atins bariera cea mai îndepărtată de sub pod și, fără să se oprească, s-a întors spre Fort Mason. Briza, ca de obicei, bătea dinspre Oceanul Pacific, iar acum, cu vântul în spate, zbura fără nici un efort înapoi pe lângă surferi, pescari, pagodele birmaneze, zmeul Superman și pescărușii neobrăzați.

După ce și-a luat prânzul format dintr-un măr crocant Red Delicious în mașină, Carol s-a întors la firma de avocatură Jarndyce, Kaplan and Tuttle, unde a făcut un duș și s-a pregătit pentru întâlnirea cu un nou client, care îi fusese trimis de Julius Jarndyce, asociatul senior. Domnul Jarndyce, ocupat să facă lobby în Washington, o rugase să aibă o deosebită grijă de acest client, un vechi prieten, dr. Marshal Streider.

Carol și-a văzut clientul, care se plimba de colo-colo, evident extrem de agitat, în sala de așteptare. Când l-a invitat în birou, Marshal a intrat grăbit, s-a așezat pe marginea scaunului și a spus:

— Vă mulțumesc că m-ați primit astăzi, doamnă Astrid. Domnul Jarndyce, pe care îl cunosc de mulți ani, mi-a oferit o programare abia săptămâna viitoare, dar este o chestiune prea urgentă pentru a suporta amânare. Ca să intru direct în miezul problemei: ieri am aflat că am fost escrocat de nouăzeci de mii de dolari. Mă puteți ajuta? Ce soluții îmi stau la dispoziție?

— Înțeleg pe deplin nerăbdarea dumneavoastră și faptul că vă simțiți îngrozitor pentru că ați fost escrocat, domnule doctor Streider. Haideți s-o luăm de la început. Mai întâi, povestiți-mi ce credeți că ar trebui să știu despre dumneavoastră, și apoi haideți să recapitulăm în cel mai mic detaliu ce anume s-a întâmplat.

— Cu mare plăcere, dar mai întâi aș putea să mă lămuresc în privința cadrului contractului nostru?

— Cadru, domnule doctor Streider?

— Scuze, e un termen psihanalitic, adică aș vrea să mă lămuresc, înainte să începem, în privința mai multor lucruri. Cât de disponibilă sunteți? Onorariul? Și confidențialitatea. Confidențialitatea e foarte importantă pentru mine.

Cu o zi în urmă, imediat după ce aflase despre acel fals, Marshal intrase în panică și formase numărul lui Melvin. În timp ce asculta telefonul sunând, luase brusc decizia că n-avea chef de Melvin. Își dorea un avocat mai înțelegător și cu mai multă influență. A pus receptorul în furcă și l-a sunat imediat pe domnul Jarndyce, un fost pacient, unul dintre cei mai iluștri avocați din San Francisco.

Mai târziu, pe la vreo trei noaptea, Marshal și-a dat seama că era extrem de important să păstreze secret întregul incident. Investise împreună cu un ex-pacient – mulți l-ar fi criticat pentru asta. Episodul în sine era nasol, dar se simțea ca un idiot pentru că fusese tras în piept în felul ăsta. Una peste alta, cu cât aflau mai puțini despre asta, cu atât mai bine. De fapt, nu ar fi trebuit să-l sune deloc pe Jarndyce – și asta era o eroare de judecată, deși terapia lui se încheiase cu mulți ani în urmă. Prin urmare, dezamăgirea provocată de faptul că domnul Jarndyce nu fusese disponibil se preschimbase acum în ușurare.

— Sunt disponibilă în această problemă atâta timp cât veți avea nevoie de mine, domnule doctor Streider. Nu mi-am făcut planuri de vacanță, dacă la asta vă referiți. Onorariul meu este de două sute cincizeci pe oră, iar confidențialitatea este totală, la fel ca în profesia dumneavoastră, sau poate chiar și mai strictă.

— Mi-ar plăcea ca și domnul Jarndyce să gândească la fel. Vreau ca totul să rămână numai și numai între noi doi.

— De acord. Vă puteți bizui pe asta, domnule doctor Streider. Și acum, să începem.

Marshal, încă aplecat pe marginea scaunului, s-a apucat să-i spună lui Carol întreaga poveste. N-a sărit peste nici un amănunt, în afară de problemele pe care și le făcea din cauza eticii profesionale. După treizeci de minute a terminat și s-a lăsat pe spătarul scaunului, extenuat și ușurat. Nu i-a scăpat faptul că i se părea o mare consolare să-i împărtășească totul lui Carol și că deja se simțea atașat de ea.

— Domnule doctor Streider, apreciez sinceritatea dumneavoastră. Știu că nu v-a fost ușor să dezvăluiți asemenea detalii dureroase. Înainte de a continua, dați-mi voie să vă întreb ceva: am observat convingerea cu care ați spus de mai multe ori că asta a fost o investiție, și *nu* un cadou, și că domnul Macondo este un *fost pacient*. Aveți vreo îndoială în privința conduitei dumneavoastră – adică referitor la etica profesională?

— *Eu?* Acțiunile mele sunt ireproșabile. Dar aveți dreptate când ridicați această problemă. Poate fi discutabilă pentru alții. În cadrul profesiei mele, am fost foarte vehement în privința păstrării standardelor profesionale și a conduitei etice – am fost membru în comitetul de etică medicală al statului și președintele forului psihanalitic de etică profesională – și, în consecință, mă aflu într-o poziție delicată. Conduita mea nu numai că trebuie să *fie* ireproșabilă, dar trebuie să și *pară* ireproșabilă.

Marshal transpira abundent, așa că și-a scos o batistă pentru a se șterge pe frunte.

— Vă rog să înțelegeți... și e o realitate, nu paranoia... am rivali și dușmani, indivizi care ard de nerăbdare să interpreteze greșit unele acțiuni ale mele, care ar fi încântați să mă vadă prăbușindu-mă.

— Deci, a spus Carol, ridicându-și privirea de pe caietul pe care făcea însemnări, dați-mi voie să vă mai întreb o dată, este adevărat că dumneavoastră personal nu aveți absolut nici o îndoială legată de violarea limitelor financiare dintre terapeut și pacient în acest caz?

Marshal a încetat să se mai șteargă pe frunte și s-a uitat surprins la avocatul lui. Evident, era bine informată asupra acestei chestiuni.

— Păi, e de la sine-nțeles, privind retrospectiv, mi-aș dori să nu mă fi purtat așa. Mi-aș dori să fi fost pedant, așa cum sunt de obicei în asemenea chestiuni. Mi-aș dori să-i fi zis că nu investesc *niciodată* împreună cu pacienți *sau* ex-pacienți. Acum, pentru prima oară, îmi dau seama că regulile de genul ăsta îl protejează nu numai pe pacient, ci și pe terapeut.

— Rivalii sau dușmanii ăștia... reprezintă... adică, cât de mult trebuie să ținem seama de ei?

— Nu știu prea bine ce vreți să spuneți cu asta... Păi, da... Am rivali serioși. Și, așa cum v-am sugerat, sunt foarte neliniștit... Nu, dați-mi voie să rectific... sunt *disperat*... ca această chestiune să rămână confidențială... din cauza meseriei mele, din cauza relațiilor mele profesionale. Deci, răspunsul e da. Vreau ca toată afacerea asta nasoală să rămână secretă. Dar de ce insistați tocmai în privința acestui aspect?

— Pentru că, a răspuns Carol, nevoia dumneavoastră de discreție influențează în mod direct strategiile de care ne putem folosi – cu cât dorința dumneavoastră de discreție e mai mare, cu atât mai puțin agresivi putem fi noi. Imediat o să vă explic mai multe. Dar mai există un motiv pentru care vă întreb despre asta – unul pur teoretic, pentru că faptul e consumat, dar v-ar putea interesa. Nu vreau să fiu impertinentă, domnule doctor Streider, vorbindu-vă *dumneavoastră* despre chestiuni ce țin de psihologie, dar dați-mi voie să vă spun câte ceva despre modul uzual de lucru al unui escroc profesionist. Își face un scop din a-și convinge victima să se implice într-o combinație în care crede că *și* el este implicat într-un fel oarecum necinstit. Prin urmare, victima devine – cum să spun? – aproape un complice și ajunge să aibă o atitudine diferită, abandonându-și capacitatea de a discerne binele de rău și prudența uzuală. Mai mult, întrucât victima se simte măcar puțin parte a unei conspirații, se abține să apeleze la opinia unor consultanți financiari de încredere, cărora le-ar cere de obicei ajutorul. Și, din același motiv, după fraudă, victima se abține să apeleze la măsuri juridice drastice.

— Victima nu are nici o problemă în această privință, a zis Marshal. Am de gând să-l prind pe ticălosul ăla și să-l pun la zid. Indiferent de consecințe.

— Nu și dacă ținem cont de ce mi-ați spus adineauri, domnule doctor Streider. Ați zis că discreția e o prioritate. De pildă, puneți-vă următoarea întrebare: Ați vrea ca acest caz să fie făcut public?

Marshal tăcea, cu capul aplecat.

— Îmi cer scuze, domnule doctor Streider, dar trebuie să vă atrag atenția asupra acestei chestiuni. Nu-mi doresc să vă descurajez în nici un fel. Știu că nu de asta aveți acum nevoie. Dar haideți să continuăm. Trebuie să examinăm îndeaproape fiecare detaliu. Mie mi se pare, din câte mi-ați spus, că Peter Macondo e un profesionist – a mai făcut asta până acum și e foarte puțin probabil să fi lăsat urme. Mai întâi, spuneți-mi ce investigații ați făcut dumneavoastră personal. Îmi puteți enumera persoanele despre care a vorbit?

Marshal i-a relatat conversațiile pe care le avusese cu Emil, cu Roscoe Richardson și cu rectorul Universității din Mexico. I-a povestit despre faptul că-i fusese imposibil să-i contacteze pe Adriana și pe Peter. I-a arătat faxul pe care îl primise în aceeași dimineață de la Pacific Union Club – o copie a faxului de la Baur au Lac Club din Zürich, în care se afirma că nu au nici un membru cu numele Peter Macondo. Au verificat dacă faxul avea antetul lor și dacă fusese trimis de pe aparatul din bibliotecă, dar au subliniat că orice membru, orice oaspete sau chiar fost oaspete, ba chiar orice client al hotelului care se învecina cu clubul ar fi putut foarte ușor să intre, să ia hârtie și să folosească faxul.

— E posibil, a întrebat Marshal în timp ce Carol citea, să găsim în acel fax sau în faxul Universității din Mexico probe care să-l învinuiască?

— Sau *așa-zisul* fax de la Universitatea din Mexico! i-a răspuns Carol. Probabil și l-a trimis lui însuși.

— Atunci, poate reușim să localizăm aparatul de la care a fost trimis. Sau să căutăm amprente? Sau să discutăm cu vânzătorul din magazinul de bijuterii – cel care i-a vândut Rolexul meu? Sau în arhivele companiilor aviatice care au zboruri spre Europa? Sau la serviciul de control al pașapoartelor?

— Asta dacă într-adevăr s-a dus în Europa. Dumneavoastră nu știți decât ce v-a spus el, domnule doctor Streider – ce a vrut el să știți. Gândiți-vă la asta: *nu există nici o sursă independentă de informații.* Și a plătit totul cu bani gheață. Nu, nu există nici o îndoială, omul dumneavoastră e un adevărat profesionist. În mod normal, trebuie să anunțăm FBI-ul – fără îndoială că banca a făcut-o deja: sunt obligați să raporteze fraudele internaționale. Aici este numărul la care puteți să sunați. Pur și simplu cereți să vorbiți cu agentul de serviciu. Aș putea să vă ajut în această chestiune, dar vi s-ar adăuga la onorariu.

— Majoritatea întrebărilor pe care mi le puneți, a continuat Carol, țin de o anchetă polițienească, nu de una juridică, și cel mai bine ar fi să vă răspundă la ele un detectiv particular. Vă pot recomanda unul bun, dacă doriți, dar sfatul meu este să fiți prudent: nu investiți prea mulți bani și energie în ceea ce probabil va fi o urmărire fără rezultat. Am văzut prea multe cazuri din astea. Infractorii de genul ăsta sunt rareori prinși. Iar dacă se întâmplă așa, rareori mai au vreun ban.

— Până la urmă, ce se întâmplă cu ei?

— În esență, sunt autodistructivi. Mai devreme sau mai târziu, domnul Macondo al dumneavoastră o să se sinucidă – o să-și asume un risc prea mare, poate o să încerce să escrocheze persoana nepotrivită și o să se trezească mort în portbagajul unei mașini.

— Poate că deja începe să se sinucidă. Vă dați seama ce risc și-a asumat aici, ce victimă și-a ales – un psihanalist. Recunosc că la mine a ținut, dar și-a ales un observator extrem de bine calificat al comportamentului uman – cineva care foarte probabil i-ar fi putut mirosi înșelăciunea.

— Nu, domnule doctor Streider, nu sunt de acord. Am mare experiență și cred că e exact pe dos. Nu-mi permit să vorbesc despre sursele mele, dar am dovezi că psihiatrii sunt printre cei mai creduli oameni. Vreau să zic, în fond, sunt obișnuiți ca pacienții să le spună adevărul – oamenii îi *plătesc* să le asculte poveștile. Cred că psihiatrii sunt ușor de escrocat – probabil că nu sunteți prima lui victimă de genul ăsta. Cine știe? Escrocarea terapeuților poate să fie chiar ocupația lui curentă.

— Asta îmi sugerează că ar putea fi prins. Da, doamnă Astrid, *vreau* numele detectivului dumneavoastră particular. Am fost fundaș într-o echipă de fotbal american. Știu cum să plec în urmărire și știu cum să plachez. Sunt atât de preocupat de asta, atât de încordat – parcă îmi sar ochii din orbite –, încât nu pot s-o las baltă. Nu mă pot gândi la altceva, nu pot să mă văd cu pacienții, nu pot dormi. Am doar două dorințe în minte: unu, să-l sfâșii în bucăți și, doi, să-mi recuperez cei nouăzeci de mii de dolari. Sunt devastat de pierderea unei asemenea sume de bani.

— Bine, haideți să vorbim despre asta. Domnule doctor Streider, descrieți-mi, dacă puteți, situația dumneavoastră financiară: venit, datorii, investiții, economii – totul.

Marshal i-a explicat în amănunțime care era situația lui financiară, iar Carol și-a notat totul rapid, pe mai multe coli de hârtie galbenă, cu linii dictando.

Când a terminat, Marshal a arătat spre însemnările lui Carol și a spus:

— Deci vă dați seama, doamnă Astrid, că nu sunt bogat. Și vă dați seama ce înseamnă pentru mine faptul că am pierdut nouăzeci de mii de dolari. E devastator – cel mai rău lucru pe care l-am pățit până acum. Când mă gândesc la câte luni de zile am muncit pentru asta, trezindu-mă la șase dimineața să mai strecor un pacient în programul meu, mi-am urmărit acțiunile la bursă și am făcut tranzacții cu ele, telefoanele zilnice date brokerului și consultantului financiar și... și... adică... nu știu cum mi-aș putea reveni din așa ceva. Asta o să ne afecteze pe mine și familia mea pe termen lung.

Carol și-a studiat însemnările, le-a pus jos și, pe un ton liniștitor, a spus:

— Dați-mi voie să vă prezint perspectivele dumneavoastră de viitor. În primul rând, încercați să înțelegeți că *nu* ați pierdut nouăzeci de mii de dolari. Cu copia biletului falsificat de garanție bancară, contabilul dumneavoastră va considera că ați suferit o pierdere de capital și o va deconta din creșterea considerabilă de capital pe care ați avut-o în ultimul an și din cele pe care probabil le veți avea în viitor. Mai mult, trei mii de dolari pe an pot fi decontați din venitul *regulat* în următorii zece ani. Deci, dintr-o singură mișcare, v-am redus substanțial pierderile – până la mai puțin de cincizeci de mii de dolari. În al doilea rând, ultimul lucru pe care mai am timp să vi-l spun astăzi – am alt client care mă așteaptă – este că, analizând situația dumneavoastră financiară pe baza informațiilor pe care mi le-ați furnizat, nu văd nimic devastator. V-ați întreținut bine familia – v-ați întreținut excelent familia – și ați fost un investitor plin de succes. Adevărul e că această pierdere n-o să vă schimbe viața deloc din punct de vedere material!

— Nu înțelegeți – educația fiului meu, operele mele de artă...

— Data viitoare, domnule doctor Streider. Acum trebuie să ne oprim.

— Când data viitoare? Aveți timp mâine? Nu știu cum o să rezist în următoarele câteva zile.

— Da, mâine la ora trei? E bine?

— Fac tot posibilul. Anulez orice altceva. Dacă m-ați cunoaște mai bine, doamnă doctor Astrid...

— *Doamnă* Astrid, dar mulțumesc pentru că m-ați promovat.

— Doamnă Astrid… dar aveam de gând să spun că, dacă m-ați cunoaște, ați considera situația ca fiind într-adevăr foarte gravă pentru mine de vreme ce îmi anulez ședințele cu pacienții. Ieri a fost prima oară când am făcut asta în ultimii douăzeci de ani.

— O să fiu disponibilă pentru dumneavoastră cât mai mult timp cu putință. Însă ne dorim și să reducem cât mai mult cheltuielile. Mă simt stânjenită că trebuie să-i spun așa ceva unui psihiatru, dar cel mai bun lucru pentru dumneavoatră acum e să vă destăinuiți unui confident – unui prieten, unui terapeut. Sunteți blocat în fața unei perspective care vă sporește panica și aveți nevoie și de alte puncte de vedere. De ce nu vorbiți cu soția dumneavoastră?

— Soția mea trăiește în altă lume – o lume guvernată de ikebana.

— Unde? Ike… ce? Scuze – nu înțeleg.

— Ikebana – știți, aranjamente florale japoneze – e dependentă de ele și de colegii ei de meditație budistă. O văd foarte rar.

— Aha… înțeleg… ce? A, da, ikebana… da, am auzit despre asta… aranjament floral japonez. Înțeleg. Și ea e dusă… spuneți că e în lumea aia? Nu stă prea mult pe acasă? Păi, asta sigur e îngrozitor pentru dumneavoastră. Groaznic. Și sunteți singur… și acum aveți nevoie de ea. Groaznic.

Marshal a fost uimit, dar și emoționat de reacția lui Carol, atipică pentru un avocat. El și Carol au rămas tăcuți preț de câteva clipe, până când Marshal s-a simțit nevoit să spună:

— Și spuneați că acum aveți alt client?

Tăcere.

— Doamnă Astrid, spuneați…

— Scuze, domnule doctor Streider, a zis Carol ridicându-se în picioare, gândurile mi-au luat-o razna pentru o clipă. Dar ne vedem mâine. Țineți-vă tare. Sunt alături de dumneavoastră.

Douăzeci și patru

După plecarea lui Marshal, Carol a rămas consternată mai multă vreme. Ikebana! Aranjamente florale japoneze! Nu încăpea nici o îndoială – clientul ei, dr. Streider, era fostul terapeut al lui Jess. Jess îi vorbise din când în când despre fostul lui terapeut – folosind mereu doar cuvinte de laudă, accentuându-i mereu bunul-simț, devoțiunea, bunăvoința. La început, Jess evitase întrebările lui Carol despre motivul pentru care începuse terapia cu Ernest, dar, pe măsură ce relația lor devenea din ce în ce mai profundă, el s-a apucat să-i povestească despre acea zi din luna aprilie când, intrând adânc în desișul crengilor de arțar roșu, a dat peste imaginea șocantă a soției terapeutului lui într-o îmbrățișare strânsă cu un călugăr budist în robă de culoarea șofranului.

Dar Jess își propusese să respecte intimitatea fostului său terapeut și nu îi dezvăluise numele. Însă nu exista nici un dubiu, se gândea Carol: *sigur* era Marshal Streider. Câți terapeuți au o nevastă budistă și expertă în ikebana?

Carol abia aștepta să-l vadă pe Jess la cină. Nu putea să-și amintească ultima oară când fusese atât de nerăbdătoare să-i împărtășească o veste unui prieten. Își închipuia expresia neîncrezătoare a lui Jess, gura lui rotundă și moale spunând „Nu! Nu pot să cred asta! Ce nasol – nouăzeci de mii de dolari! Și, crede-mă, tipul muncește din greu pentru banii ăștia. Iar dintre toți oamenii din lume, tocmai la tine a venit!“ Și l-a imaginat ascultându-i fiecare cuvințel. O să explice în detaliu fiecare amănunt, pentru a lungi povestirea fascinantă cât mai mult cu putință.

Dar a revenit cu picioarele pe pământ când și-a dat seama că nu-i putea povesti nimic lui Jess. *Nu pot să-i spun nimic despre Marshal Streider*, s-a gândit ea. *Nu pot nici măcar să-i destăinui că ne-am cunoscut. Am jurat să păstrez secretul profesional.*

Și totuși ardea de dorința să-i spună. Poate, într-o bună zi, o să găsească o soluție. Dar deocamdată trebuia să se mulțumească cu orice alinare amărâtă ar fi putut să scoată din fiertura apoasă de ovăz a respectării codului de conduită profesională. Și, de asemenea, să se mulțumească cu faptul că se poartă așa cum și-ar dori Jess – oferindu-i ajutor profesional fostului său terapeut. Nu era un lucru ușor. Carol nu cunoscuse niciodată un terapeut care să-i placă. Iar de acest terapeut, dr. Streider, îi plăcea și mai puțin: se văicărea prea mult, se lua prea în serios și recurgea la analogii macho puerile din fotbalul american. Și, în ciuda faptului că deocamdată se simțea umilit pentru că fusese escrocat, putea să-i sesizeze aroganța latentă. Nu era greu să înțeleagă de ce avea dușmani.

Cu toate acestea, Jess primise mult de la dr. Streider și, în consecință, Carol, ca un cadou pentru Jess, își promisese în sinea ei că se va strădui să-l ajute pe clientul său cu tot ce era în stare. Îi plăcea să-i dea cadouri lui Jess, dar un cadou ascuns – să fie bunul samaritean în secret, adică Jess nici măcar să nu afle de faptele ei bune –, ăsta avea să fie un lucru dificil.

Secretele fuseseră dintotdeauna un punct forte al ei. Carol era maestră în manipulare și intrigi în lumea ei populată de litigii. Nici unui avocat pledant nu-i plăcea să-i fie adversar în sala de tribunal. Căpătase reputația că era ingenios și periculos de alunecoasă. Dintotdeauna i se păruse ușor să fie vicleană și nu făcea prea multe diferențe între viața ei profesională și cea personală. Dar în ultimele câteva săptămâni se săturase să mai fie vicleană. I se părea înviorător să fie sinceră cu Jess. De fiecare dată când îl vedea, încerca să-și asume un alt risc. După doar câteva săptămâni, îi destăinuise mai multe lucruri decât oricărui alt bărbat. În afară, bineînțeles, de unul singur: Ernest!

Nu vorbeau prea mult despre Ernest. Carol îi sugerase că viața le-ar fi mai puțin complicată dacă nici unul dintre ei nu i-ar vorbi despre terapia lui personală celuilalt, și nici despre relația lor lui Ernest. La început, i-ar fi plăcut să-l întoarcă pe Jess împotriva lui Ernest, dar a renunțat repede la planul ăsta – fără îndoială că Jess beneficia foarte mult de pe urma terapiei și îl plăcea enorm pe Ernest. Firește, Carol nu i-a dezvăluit nimic din felul perfid în care se purta cu terapeutul și minciunile sentimentale pe care i le servea acestuia. Ernest e un psiholog extraordinar, a exclamat Jess într-o zi, după o ședință deosebit de bună. E atât de sincer și de uman. Jess a continuat cu descrierea ședinței din ziua aceea. Ernest a nimerit-o la fix astăzi cu ceva important. Mi-a zis că ori de câte ori ne apropiem unul de altul, ori de câte ori ajungem la o mai mare intimitate între noi, eu invariabil iau distanță, ori făcând câte o glumă homofobă, ori lansându-mă în divagații intelectuale. Și are dreptate, Carol, eu tot timpul fac asta cu bărbații, mai ales cu tatăl meu. Dar îți spun ce e uluitor la el – a continuat prin a-mi spune că *și lui* i se pare inconfortabilă intimitatea între bărbați și că a intrat în cârdășie cu mine, lăsându-se distras de glumele mele sau alăturându-mi-se într-o conversație intelectuală. Ei, și nu-i asta o formă deosebită de onestitate din partea unui terapeut, a zis Jess, mai ales după ce am lucrat vreme de atâția ani cu medici distanți și rigizi? Și mai surprinzător e modul în care poate să-și mențină nivelul ăsta de intensitate afectivă, ședință după ședință.

Carol a fost uluită să audă cât de mult se dezvăluie Ernest în fața lui Jess și, într-un fel ciudat, aproape dezamăgită să afle că nu doar cu ea se purta așa. Într-un mod bizar, se simțea trasă pe sfoară. Totuși, Ernest nu făcuse niciodată vreo aluzie la faptul că o trata pe ea altfel decât pe ceilalți pacienți ai săi. Începea să devină din ce în ce mai convinsă că probabil se înșelase în privința lui și că intensitatea lui afectivă, până la urmă, nu era un preludiu al seducției.

De fapt, întregul ei proiect bizantin cu Ernest se făcea praf și pulbere. Mai devreme sau mai târziu, Jess *obligatoriu* avea să vorbească despre ea în cadrul ședințelor de terapie, și atunci Ernest o să afle adevărul. Iar scopul ei de a-l discredita, de a-l lăsa fără serviciu și de a-i distruge relația cu Justin nu prea mai avea nici un sens. Justin își pierduse treptat importanța, iar Ralph Cooke și Zweizung își reluaseră locurile în trecutul îndepărtat. Orice rău făcut lui Ernest n-ar avea ca efect decât suferința lui Jess și, până la urmă, a ei înseși. Carol se lăsase condusă de furie și de dorința de răzbunare de atâta vreme, încât acum, fără ele, se simțea pierdută. Ori de câte ori își cântărea motivele – și făcea asta din ce în ce mai des –, se simțea confuză când se gândea la ce făcea și de ce o făcea.

Cu toate astea, ea continua, de parcă ar fi fost pe pilot automat, să fie seducătoare și să-l ademenească pe Ernest. Cu două ședințe în urmă, în timpul îmbrățișării de la plecare, îl trăsese spre ea, lipindu-se de trupul lui. Ernest a înghețat instantaneu și a spus pe un ton tăios:

— Carolyn, e clar că încă mai vrei să-ți fiu iubit, așa cum ți-a fost Ralph. Dar acum a venit vremea să renunți. Nici la Paștele cailor nu o să am o relație sexuală cu tine. Și nici cu vreo altă pacientă de-a mea!

Ernest și-a regretat imediat răspunsul mânios și, la următoarea ședință, s-a referit la el.

— Îmi pare rău că am fost atât de sever ședința trecută, Carolyn. Nu-mi pierd atât de des stăpânirea de sine, dar e ceva atât de ciudat și decis în perseverența ta. Și atât de autodistructiv, din câte mi se pare mie. Cred că putem lucra bine împreună, sunt convins că am multe să-ți ofer – dar nu înțeleg de ce continui să sabotezi munca noastră.

Răspunsul lui Carol, rugămințile ei stăruitoare pe motiv că are nevoie de mai mult de la el, aluziile la Ralph Cooke, toate i se păruseră până și ei lipsite de substanță, iar Ernest s-a grăbit să-i răspundă:

— Știu că pare repetitiv, dar, câtă vreme încerci să-mi încalci limitele, trebuie să vorbim despre asta mereu și mereu. În primul rând, sunt convins că, dacă aș deveni iubitul tău, asta ți-ar dăuna pe termen lung – înțeleg că tu crezi altceva și am încercat prin toate metodele pe care le știu să te fac să te răzgândești. Nu poți să crezi că ar putea să-mi pese cu adevărat de tine. Așa încât astăzi, am de gând să încerc altceva. Am de gând să vorbesc despre relația noastră din punctul meu egoist de vedere, din perspectiva a ceea ce e bun pentru mine.

În esență, am de gând să evit să acționez într-un mod care ar putea să-mi provoace suferință mai târziu. *Știu* care va fi efectul asupra mea al oricărei relații sexuale: voi avea o părere proastă despre mine mulți ani de-acum încolo, probabil până la sfârșitul zilelor mele. Și n-am de gând să îmi fac singur una ca asta. Nici măcar nu pomenesc de riscurile legale. Aș putea să-mi pierd dreptul de a profesa. Am muncit mult să ajung unde am ajuns, îmi place la nebunie ce fac și nu vreau să-mi pun în pericol cariera. Iar în ceea ce te privește a venit momentul să analizezi motivul pentru care mă rogi să fac asta.

— Greșești. Nu există nici un risc legal, a răspuns Carol, pentru că nici o procedură legală nu poate fi pusă în aplicare dacă nu se depune o reclamație, iar eu n-o să fac niciodată, absolut niciodată așa ceva. Vreau să fii iubitul meu. N-aș putea să-ți fac niciodată vreun rău.

— Știu că tu simți asta. *Acum.* Dar sunt sute de reclamații pe an, și în toate cazurile – fără excepție – pacientul a simțit odată ce simți tu în momentul de față. Așa că dă-mi voie să-ți declar cu multă sinceritate și mult egoism: eu acționez conform intereselor mele!

Nici un răspuns de la Carol.

— Păi, cam asta e, Carolyn, ți-am spus-o pe șleau. Nu pot să vorbesc mai clar decât atât. Ai de luat o decizie. Du-te acasă. Gândește-te profund la ceea ce ți-am zis. Crede-mă când îți mărturisesc că niciodată n-o să am o relație intimă, sexuală cu tine – vorbesc foarte serios –, și apoi hotărăște-te dacă mai vrei să mă vezi.

S-au despărțit într-o atmosferă mai sumbră. Fără nici o îmbrățișare. Iar de data asta, Ernest n-a mai regretat.

Carol s-a așezat în sala de așteptare pentru a-și pune adidașii. Și-a deschis poșeta și a citit câteva însemnări:

Mă îndeamnă să-i spun „Ernest“, să-i telefonez acasă, spune că sunt atrăgătoare din toate punctele de vedere, se așază lângă mine pe canapea, mă invită să-i pun întrebări despre viața lui personală, mă mângâie pe păr, spune că dacă ne-am fi cunoscut în alte împrejurări ar fi vrut să-mi fie iubit...

S-a gândit la Jess, care o aștepta în fața restaurantului Green's. *La naiba.* A rupt notițele și a luat-o la fugă.

Douăzeci și cinci

Vizita lui Marshal la Bat Thomas, detectivul particular pe care i-l recomandase Carol, a început promițător. Arăta așa cum te-ai aștepta să arate un detectiv: față asimetrică, haine șifonate, dinți strâmbi, adidași, puțin cam gras și într-o formă fizică proastă – probabil efectul prea multor pahare cu alcool și al pândelor sedentare. Avea o atitudine directă și dură, o minte sclipitoare și disciplinată. În biroul lui, aflat la capătul unui urcuș pieptiș de patru etaje din Fillmore, înghesuit între o piață de produse alimentare proaspete și o brutărie, echipamentele necesare erau toate la locul lor: canapea diformă și uzată din piele verde, podea din lemn nelăcuit și un birou din lemn zgâriat, cu o cutie de chibrituri mototolită sub un picior, pentru a-l împiedica să se clatine.

Lui Marshal i-a făcut plăcere să urce în fugă treptele – fusese prea agitat ca să mai joace baschet sau să facă jogging în ultimele zile și îi lipseau exercițiile fizice. La început, i-a plăcut să discute cu detectivul direct și dur.

Bat Thomas era complet de acord cu Carol. După ce l-a auzit pe Marshal descriind întregul incident – inclusiv suferința lui din cauza faptului că fusese atât de prost, că pierduse atât de mult și groaza să nu se afle –, a comentat:

— Avocatul tău are dreptate, rareori greșește, și lucrez cu ea de ani de zile. Tipul e profesionist. Îți spun eu ce parte îmi place: fragmentul ăla despre chirurgul din Boston și faptul că te-a rugat să-l ajuți să-și analizeze vinovăția... hei, hei, o tehnică beton! De asemenea, să-ți cumpere tăcerea cu Rolexul ăla de trei mii cinci sute de dolari – o chestie drăguță, foarte drăguță! Un amator ți-ar fi dat un ceas fals. Și să discute cu tine la Pacific Union Club – tare! Ți-a întins momeala. Rapid. Tu te-ai trădat. Un tip brici. Norocul tău că n-a luat mai mult. Dar hai să vedem ce putem obține despre el. Ai cumva și alte nume pe care le-a menționat? Cum a ajuns la tine?

— A spus că un prieten de-al Adrianei m-a recomandat, a răspuns Marshal. N-a dat nici un nume.

— Ai numărul lui de telefon și pe cel al logodnicei lui? O să încep cu astea. Și cu numărul din Zürich. Trebuie să dea un act de identitate pentru a-și instala linia telefonică, așa că dă-mi voie să mă ocup astăzi de lucrul ăsta. Dar nu-ți face speranțe – probabil e un fals. Cu ce merge? I-ai văzut mașina?

— Nu știu cum ajungea la mine la cabinet. O mașină închiriată? Taxi? Când am plecat de la P.U. Club, a mers pe jos la hotel – doar două cvartale. Ce zici, poți afla de unde a trimis faxul de la Universitatea din Mexico?

— Faxurile nu duc nicăieri, dar dă-mi-l și o să arunc o privire – fără îndoială că a făcut un logo pe computerul lui și și l-a trimis prin fax lui însuși sau a pus-o pe prietena lui să-l trimită. O să le iau numele și o să văd dacă găsesc ceva pe computerul NCIC – adică National Crime Information Center. Am pe cineva care, pentru un mic onorariu, poate să intre în computer și să caute numele. Merită să încercăm, dar nu-ți face iluzii – omul tău a folosit o identitate falsă. Probabil face asta de trei sau patru ori pe an – poate doar cu terapeuți. N-am auzit până acum de acest M.O., dar o să verific. Sau poate că se dă la tipi mai bogați – de exemplu, chirurgi –, dar chiar și cu plevușcă de genul tău, tot scoate patru sau cinci sute de mii pe an. Nu-i rău, dacă te gândești că nu-s impozabili! Tipul e bun, o să ajungă departe! Am nevoie de un avans de cinci sute pentru început.

Marshal a scris un cec și i-a cerut chitanță.

— OK, doctore, ne-am înțeles. Am de gând să mă apuc imediat de treabă. Vino înapoi în după-amiaza asta, pe la vreo cinci sau șase, și o să vedem ce avem.

În aceeași după-amiază, Marshal s-a întors și a aflat că lucrurile merseseră prost. Adriana instalase linia telefonică folosind un permis de conducere și un card de credit furate din Arkansas. Peter plătise totul cu bani gheață la Fairmont Hotel și utilizase un card fals American Express drept garanție. Faxurile erau toate locale. Linia din Zürich fusese înființată cu același card AMEX.

— Nici un fir, a zis Bat. Nema! Tipul e rafinat, foarte rafinat – merită tot respectul.

— Înțeleg ideea. Îți place cum lucrează individul. Mă bucur că voi doi vă înțelegeți atât de bine, a spus Marshal. Dar amintește-ți că *eu* sunt clientul tău și vreau să i-o trag.

— Vrei să-l prinzi? Mai e un singur lucru de făcut – am prieteni în Departamentul de fraude. Dă-mi voie să mă duc la ei, să iau prânzul cu amicul meu, Lou Lombardi – îmi e dator. Putem afla dacă au mai existat escrocherii similare, alți psihoterapeuți sau medici care au pățit același lucru – pacientul bogat, recunoscător și vindecat, insistența de a-l răsplăti pe chirurgul care face minuni, Rolexul, prelegerile academice, investițiile de peste ocean și vinovăția că în trecut a furnizat informații nu tocmai bune altor doctori. Textele astea sunt prea tari să putem presupune că nu le-a mai folosit până acum.

— Fă-i-o ticălosului în orice fel poți.

— Există un impediment: trebuie să mergi cu mine și să depui o reclamație la Departamentul de fraude din San Francisco. Dar trebuie să folosești numele tău, și asta nu se poate ascunde de presă – e imposibil – trebuie să fii pregătit – știi tot rahatul ăla din ziare – un titlu din ziare de genul *PORTOFELUL UNUI PSIHIATRU GOLIT DE UN EX-PACIENT!*

Marshal, ținându-și capul în mâini, a gemut.

— Asta-i mai nasol ca escrocheria – o să mă distrugă! Să scrie în ziare că am acceptat un Rolex de la un fost pacient? Cum am putut fi atât de prost? Cum am putut?

— Sunt banii tăi, și decizia îți aparține. Dar nu te pot ajuta dacă mă legi de mâini și de picioare.

— Porcăria aia de Rolex m-a costat nouăzeci de mii de dolari! O tâmpenie, o tâmpenie, o tâmpenie!

— Fii mai blând cu tine însuți, doctore. Nu există nici o garanție că Departamentul de fraude va reuși să dea de el... sunt mari șanse să fi plecat din țară. Uite, relaxează-te, dă-mi voie să-ți povestesc ceva. Bat și-a aprins o țigară, aruncând chibritul pe jos.

— Acum doi ani am zburat la New York pentru o chestiune legată de afaceri și să-mi văd fiica, fiindcă tocmai se născuse primul meu nepot. O zi frumoasă de toamnă, vreme răcoroasă, merg pe Broadway, pe lângă Thirty sau Forty, gândindu-mă că poate ar fi trebuit să aduc un cadou – copiii m-au considerat mereu zgârcit. Și mă văd pe un monitor TV de pe stradă – un terchea-berchea care zbiera că vinde o cameră video Sony cu o sută cincizeci de dolari. Eu folosesc mereu din astea în meseria mea – costă în jur de șase sute. Îl fac să scadă la șaptezeci și cinci, el trimite un puști după ea și, peste cinci minute, un Buick vechi oprește lângă trotuar, cu vreo douăsprezece camere video în cutii originale Sony pe bancheta din spate. Se uitau tot timpul în jur, spunându-mi rahatul obișnuit cum că au căzut dintr-un camion. Evident furate. Dar de căcănar lacom ce sunt, am cumpărat-o și așa. Le dau cei șaptezeci și cinci de dolari, ei se cară, iar eu duc cutia la hotel. Apoi devin paranoic. Eram anchetatorul principal într-o megafraudă bancară și trebuia să rămân curat. Credeam că am fost urmărit. Ajung la hotel și sunt și mai convins că mi s-a înscenat chestia. Mi-era teamă să las camera video furată în cameră. O încui într-o valiză și o depozitez la recepția hotelului. A doua zi iau valiza, o duc la fiica mea acasă, tai cutia nou-nouță Sony și ce găsesc? O mare cărămidă! Deci, doctore, nu mai fi atât de dur cu tine. Li se întâmplă și profesioniștilor – chiar și celor mai buni dintre noi. Nu poți să-ți trăiești după aia viața uitându-te mereu peste umăr, mereu închipuindu-ți că prietenii o să ți-o tragă. Uneori poți pur și simplu să ai ghinionul de a te afla pe traseul unui șofer beat. Scuze, doctore. Dar e ora șapte – am un job în seara asta. Îți trimit factura mai încolo, dar cele cinci sute cred că ajung.

Marshal și-a ridicat privirea. Acum înțelegea pentru prima oară cu adevărat că într-adevăr i se furaseră nouăzeci de mii de dolari.

— Deci? Asta e? Asta primesc în schimbul celor cinci sute de dolari ai mei? Povestioara ta ciudată despre cărămida și camera video?

— Vezi tu, te-au ciordit mai curat ca curu'unui șobolan, vii aici fără nici o informație, fără nici o pistă, gol-pușcă... îmi ceri ajutorul – îți dau timpul meu și al personalului meu contra a cinci sute de dolari. Și te-am avertizat. Dar nu poți să mă legi de mâini și de picioare – nu mă lași să-mi fac jobul –, și apoi să mă înjuri că nu te alegi cu nimic în schimbul banilor. Știu că ești ofticat. Cine n-ar fi? Dar ori îmi dai voie să pun totul la bătaie ca să dau de el, ori o lași baltă.

Marshal a rămas tăcut.

— Vrei sfatul meu? Aparatul de taxat e oprit – nu-ți iau nici un ban pentru asta: *ia-ți adio de la banii tăi.* Consider-o o lecție dură a vieții.

— Păi, Bat, a spus Marshal uitându-se peste umăr în timp ce ieșea din birou. Nu renunț eu atât de ușor. Bulangiu' și-a ales greșit omul.

— Doctore, a strigat detectivul în urma lui pe scară, dacă te gândești să faci pe răzbunătorul singuratic – las-o baltă! Tipul ăsta e mai deștept ca tine! Mult mai deștept!

— Du-te-n pizda mă-tii, a bolborosit Marshal în timp ce ieșea pe ușă, pe Fillmore.

Marshal a făcut o plimbare lungă până acasă, analizându-și cu grijă opțiunile. Mai târziu în acea seară a trecut cu hotărâre la fapte. Mai întâi a sunat la Pac Bell și a aranjat să i se instaleze o nouă linie telefonică acasă, cu număr și robot pentru mesaje, totul secret. Apoi a trimis prin fax un anunț care urma să apară în următorul număr al jurnalului Asociației Psihiatrilor Americani, *Psychiatric News*, care le era trimis în fiecare săptămână tuturor psihiatrilor din țară:

> *ATENȚIE: Tratați vreun pacient prin terapie de scurtă durată (caucazian, bogat, atrăgător, patruzeci de ani, zvelt) pentru probleme cu copiii și logodnica lui, vizând împărțire de proprietăți imobiliare și contract prenupțial, care oferă minunate oportunități de afaceri, cadouri, prelegeri academice sponsorizate? Puteți fi în mare pericol. Sunați la 415-555-1751. Absolut confidențial.*

Douăzeci și șase

Mai ales nopțile erau dificile pentru Marshal. Acum nu mai putea să adoarmă decât cu ajutorul unor sedative puternice. În timpul zilei, nimic nu putea să-i întrerupă retrăirea permanentă a fiecărui minut petrecut în compania lui Peter Macondo. Uneori își cernea fărâmele memoriei în căutarea unor noi indicii, alteori își derula în minte fantezii de răzbunare, în care îl încolțea pe Peter în pădure și îl bătea până își pierdea cunoștința, uneori stătea doar treaz și se stigmatiza pentru prostia lui, imaginându-și-i pe Peter și pe Adriana făcându-i voioși cu mâna în timp ce treceau vâjâind pe lângă el într-un Porsche nou, de nouăzeci de mii de dolari.

Nici zilele nu erau mai ușoare. Mahmureala provocată de sedative, în ciuda espresso-urilor duble, îl ținea până la prânz și doar cu mari eforturi putea să facă față ședințelor cu pacienții. Mereu își imagina că-și abandonează rolul și acaparează timpul cuvenit analizanților. „Nu te mai văicări“, își dorea el să spună. Sau „Ți-a luat o oră să adormi – *asta* zici tu că e insomnie? Am fost treaz jumătate din noapte, ce mama dracu'?“ Ori „Deci, după zece ani, ai văzut-o pe Mildred la băcănie și încă o dată ai avut senzația aia magică, acel mic fior de dorință, acel mic junghi de frică! Mare lucru! Dă-mi voie mie să-ți spun ce e suferința“.

Cu toate acestea, Marshal rezista, mândrindu-se pe cât posibil cu faptul că majoritatea terapeuților, de mult ar fi dat bir cu fugiții și și-ar fi luat concediu medical într-o asemenea situație. Te obișnuiești până la urmă cu suferința, și-a spus în sinea lui. Prin urmare, oră de oră, zi de zi, își reținea durerea și o suporta cu dârzenie.

Doar două lucruri îl ajutau să reziste. În primul rând, dorința de răzbunare. Își verifica robotul telefonic de mai multe ori pe zi, în speranța de a găsi un răspuns la anunțul din *Psychiatric News*, încercând să descopere o pistă care l-ar fi dus la Peter. În al doilea rând, vizitele pe care i le făcea avocatului său și care îl linișteau. Cu o oră sau două înainte de fiecare întâlnire cu Carol, Marshal nu se mai putea gândi aproape la nimic altceva. Repeta ce avea de gând să spună, își imagina conversațiile. Uneori, când se gândea la Carol, ochii i se umpleau de lacrimi de recunoștință. De fiecare dată când pleca din biroul ei, greutatea de pe umeri i se părea mai ușoară. Nu-și analiza semnificația sentimentelor profunde pentru ea – nu-l prea interesa lucrul ăsta. Curând, întâlnirile săptămânale nu i-au mai fost de ajuns, voia să o vadă de două sau trei ori pe săptămână, ba chiar zilnic.

Pretențiile lui Marshal o solicitau intens pe Carol. A epuizat repede tot ce avea să-i ofere ca avocat și habar n-avea cum să se descurce cu suferința lui. Până la urmă, a decis că și-ar respecta promisiunea de bun samaritean cel mai bine dacă l-ar îndemna să consulte un terapeut. Dar Marshal nici nu voia să audă de așa ceva.

— Nu pot să mă duc la un terapeut din același motiv pentru care nu pot să apelez la presă pentru soluționarea acestei afacerei. Am prea mulți dușmani.

— Credeți că un terapeut nu poate respecta principiul confidențialității?

— Nu, nu se pune problema confidențialității, e mai mult o chestiune de imagine, i-a răspuns Marshal. Trebuie să te gândești că persoana care m-ar putea ajuta ar trebui să aibă neapărat formare în psihanaliză.

— Adică, l-a întrerupt Carol, nu vă poate ajuta decât un psihanalist, și nu alt gen de terapeut?

— Doamnă... mă întreb, v-ar deranja dacă ne-am spune pe nume? Doamna Astrid și domnul Streider sună atât de rigid și de formal, având în vedere natura intimă a discuțiilor noastre.

Carol a aprobat, clătinând din cap, dar și-a amintit comentariul lui Jess că singurul lucru care îi displăcuse la terapeutul lui era formalitatea: fornăise dezaprobator la sugestia lui Jess de a se tutui și a insistat ca el să i se adreseze cu „domnule doctor".

— Carol... da, așa-i mai bine... spune-mi adevărul – mă vezi pe mine consultând vreun terapeut excentric? Vreun expert în vieți anterioare sau pe cineva care desenează diagrame cu părinte, copil și adult pe o tablă portabilă ori vreun terapeut cognitivist tinerel și cretin care, să încerce să remedieze modul meu eronat de a gândi?

— OK, să presupunem pentru o secundă ca adevărat faptul că doar un psihanalist te poate ajuta. Acum explică-mi: de ce-i asta o problemă pentru tine?

— Păi, îi cunosc pe toți și nu cred că există vreunul care poate adopta atitudinea neutră necesară față de mine. Sunt prea plin de succes, prea ambițios. Toată lumea știe că sunt pe cale să devin președintele Institutului de Psihanaliză Golden Gate și că mi-am pus în gând să ajung chiar mai sus.

— Deci, atunci e o chestiune de invidie și de rivalitate?

— Bineînțeles. Cum ar putea vreun analist să-și mențină neutralitatea profesională față de mine? Orice analist ar jubila pe ascuns, gândindu-se la ghinionul meu. Probabil și eu aș face la fel în locul lor. Oricui îi place să vadă cum se prăbușește o autoritate. Și s-ar duce vorba că fac terapie – într-o lună, toată lumea din oraș ar afla despre asta.

— Cum?

— N-ai cum să ascunzi așa ceva. Aproape toate cabinetele noastre sunt în aceeași zonă a orașului. M-ar putea vedea cineva în sala de așteptare.

— Și? E o rușine să faci terapie? Am auzit lume vorbind cu admirație despre terapeuți care încă mai doresc să se analizeze.

— Printre colegii mei, având în vedere vârsta și statutul meu, ar fi perceput ca un semn de slăbiciune – m-ar afecta în mod negativ. Și nu uita că am criticat puternic conduita neetică a terapeuților: ba chiar am organizat sancționarea și excluderea din Institut – o excludere binemeritată, aș putea adăuga – a propriului meu supervizor. Ai citit prin ziare despre catastrofa cu Seth Pande?

— Rechemarea pentru reparații psihiatrice? Da, bineînțeles! a exclamat Carol. Cine ar fi putut rata scandalul? Tu ai fost ăla?

— Am fost unul dintre personajele principale. Poate cel mai important. Și, fie vorba-ntre noi, am salvat curul institutului – o poveste lungă și confidențială, nu pot să vorbesc despre ea –, dar chestia e următoarea: cum aș mai putea discuta vreodată în public despre conduita neetică a unui terapeut, când în audiență s-ar putea afla cineva care știe că am acceptat un Rolex de la un pacient? Aș fi obligat să tac – și să renunț la funcția de președinte – pentru totdeauna.

Carol știa că în explicația lui Marshal exista o eroare gravă, dar nu putea găsi motivul pentru care să o pună la îndoială. Poate că neîncrederea lui în terapeuți era asemănătoare cu a ei. A încercat o altă abordare.

— Marshal, să ne întoarcem la afirmația ta că *doar* un terapeut cu formare analitică te-ar putea ajuta. Dar cum rămâne cu noi doi? Uită-te la mine – sunt o persoană fără nici o calificare! Cum se face că tu crezi că te ajut?

— Nu știu *cum* – știu doar că așa *e*. Și în momentul de față nu am energia să-mi dau seama de ce. Poate că nu trebuie decât să stai aici în cameră cu mine – atâta tot. Pur și simplu să mă lași pe mine să fac munca.

— Și totuși, a spus Carol, clătinând din cap, nu mă simt în largul meu făcând asta. Nu-i etic. Ba poate fi chiar neetic. Cheltuiești bani să te vezi cu cineva care nu are nici o calificare în domeniul de care ai tu nevoie. Și e o sumă frumușică – în fond, eu cer mai mult decât un psihoterapeut.

— Nu m-am prea gândit la asta. Cum ar putea fi neetic? Clientul tău o cere, fiindcă i se pare că-l ajută. Semnez și o declarație în sensul ăsta. Și nu-i scump, dacă ținem seama de impozite. Cheltuielile medicale moderate nu sunt deductibile la nivelul meu de venit, dar cele juridice, da. Carol, tu ești sută la sută deductibilă! Practic, ești mai ieftină decât un terapeut, dar nu-i asta motivul pentru care mă văd cu tine! Adevăratul motiv este că ești singura persoană care mă poate ajuta.

Și, în felul ăsta, Carol s-a înduplecat să-și continue întrevederile cu Marshal. Nu avea nici o dificultate în a-i descoperi problemele – una câte una, le punea în cuvinte pentru el. Asemenea multor avocați excelenți, Carol era mândră de oratoria ei fără cusur, iar în curând însemnările ei meticuloase pe foi de hârtie de mărime standard conțineau o listă validă de probleme. De ce îi era imposibil lui Marshal să apeleze la altcineva pentru a cere ajutor? De ce atâția dușmani? Și de unde atâta aroganță, atâtea critici la adresa altor terapeuți și a altor forme de terapie? Critica pe toată lumea, nu cruța pe nimeni, nici pe soția lui, nici pe Bat Thomas, nici pe Emil, nici pe Seth Pande, nici pe colegii, nici pe elevii lui.

Carol nu s-a putut abține să strecoare o întrebare despre Ernest Lash. Sub pretextul că unul dintre prietenii ei se gândea să înceapă tratamentul cu el, l-a rugat să-și dea cu părerea.

— Păi – și nu uita că e confidențial, Carol – nu e primul pe care ți l-aș recomanda. Ernest e un tânăr sclipitor și serios, cu o excelentă experiență în cercetarea farmaceutică. În domeniul ăsta e printre cei mai buni. Fără îndoială. Dar ca terapeut... păi... hai să spunem doar că încă e în evoluție, încă nediferențiat. Principala lui problemă este că practic nu are nici o calificare analitică, în afară de o scurtă supervizare cu mine. Și nici nu cred că e încă suficient de matur să înceapă o formare serioasă în psihanaliză: e prea indisciplinat, prea lipsit de respect, prea iconoclastic. Ba chiar mai rău, se grozăvește cu nesubordonarea la reguli, încearcă s-o justifice, calificând-o drept „inovație“ sau „tehnică experimentală“.

Nesubordonare la reguli! Lipsit de respect! Iconoclastic! Ca efect al acestor acuzații, acțiunile lui Ernest au crescut mai multe trepte în ochii ei.

Următorul punct pe lista lui Carol, după neîncredere și aroganță, venea rușinea lui Marshal. O rușine adâncă. Poate că aroganța și rușinea mergeau mână-n mână, se gândea ea. Poate, dacă Marshal n-ar fi fost atât de critic față de alții, ar fi fost mai indulgent cu el însuși. Sau lucrurile stăteau pe dos? Dacă ar fi fost mai indulgent cu el însuși, oare i-ar fi putut ierta mai ușor pe ceilalți? Amuzant, dacă se gândea mai bine la asta, exact același lucru i-l spusese și Ernest.

De fapt, în multe privințe se recunoștea pe ea în Marshal. De exemplu, furia lui – emoțiile intense, tenacitatea, obsesia lui pentru răzbunare – îi amintea de întâlnirea pe care o avusese cu Heather și cu Norma în noaptea aia îngrozitoare, după ce o părăsise Justin. Oare chiar avusese de gând să angajeze un ucigaș plătit să-l bată cu un levier? Oare chiar distrusese fișierele de pe computerul lui Justin, hainele, suvenirurile din tinerețe? Nimic din toate astea nu mai părea real acum. Se întâmplase cu o mie de ani în urmă. Chipul lui Justin i se ștergea din memorie.

Cum de se schimbase atât de mult? se întreba ea. Pentru că îl cunoscuse întâmplător pe Jess, probabil. Sau poate doar pentru că scăpase din căsnicia aia sufocantă? Iar apoi, în minte i-a venit Ernest... poate că, în pofida tuturor așteptărilor ei, reușise să-i strecoare câte ceva în timpul ședințelor lor?

A încercat să discute rațional cu Marshal despre inutilitatea furiei lui și i-a subliniat caracterul autoagresiv. Dar fără rezultat. Uneori își dorea să-i insufle o parte din nou dobândita ei moderație. Alteori își pierdea răbdarea și voia să-l zgâlțâie, să-l facă mai rațional. „Dă-o-ncolo!" ar fi vrut să strige. „Nu-ți dai seama cât te costă furia și mândria ta idioată? Totul! Liniștea, somnul, munca, prietenii, căsnicia! Pur și simplu dă-o-ncolo!" Dar nici una dintre metodele astea nu l-ar fi ajutat. Își amintea mult prea limpede îndârjirea cu care își dorise să se răzbune doar cu câteva săptămâni în urmă și putea să empatizeze foarte ușor cu furia lui Marshal. Dar nu știa cum să-l ajute să se elibereze de ea.

Unele dintre celelalte puncte de pe listă – de pildă, preocuparea lui Marshal pentru bani și statut – îi erau străine. Nu se lovise niciodată de ele. Cu toate astea, aprecia importanța pe care o aveau ele pentru Marshal: în fond, tocmai lăcomia și ambiția lui îl băgaseră în mocirla asta.

Iar soția lui? Carol a așteptat răbdătoare oră de oră ca el să vorbească despre ea. Dar n-a zis decât că Shirley a plecat pentru trei săptămâni la un refugiu Vipassnia din Tassajara. Și nici nu i-a răspuns la întrebările despre căsnicia lui, i-a zis doar că interesele lor nu mai coincideau și că o luaseră pe drumuri diferite.

Deseori, în timp ce făcea jogging, studia cazurile altor clienți sau stătea întinsă în pat, Carol se gândea la Marshal. Atât de multe întrebări. Atât de puține răspunsuri. Marshal simțea neliniștea ei și o asigura că fie și numai faptul că îl ajuta să pună în cuvinte și să discute despre problemele lui fundamentale era suficient să-i aline puțin suferința. Dar Carol știa că asta nu era îndeajuns. Ea avea nevoie de ajutor, avea nevoie de un consilier. Dar cine? Și apoi, într-o zi, și-a dat seama. Știa exact la cine să apeleze.

Douăzeci și șapte

În sala de așteptare a lui Ernest, Carol s-a hotărât să-și dedice întreaga ședință de terapie pentru a obține sfaturi referitoare la cum să-l ajute pe Marshal. Și-a făcut o listă cu probleme și se gândea cum ar fi fost cel mai bine să i le prezinte lui Ernest. Știa că trebuie să fie prudentă: remarcile lui Marshal sugerau clar că el și Ernest se cunoșteau și că ea trebuia să-i ascundă foarte bine identitatea. Asta n-o speria pe Carol. *Au contraire*, se descurca cu ușurință și bucurie prin hățișurile intrigilor.

Dar Ernest avea o altă ordine de zi. De îndată ce a intrat pe ușă, *el* a deschis ședința.

— Știi, Carolyn, simt că ultima întâlnire a rămas neterminată. Am sfârșit-o în mijlocul unei discuții importante.

— Ce vrei să spui?

— Mi s-a părut că eram în toiul unei examinări mai minuțioase a relației noaste, iar tu ai devenit agitată. Practic, ai zbughit-o de aici la sfârșitul orei. Poți să vorbești despre ce sentimente ai avut în drum spre casă?

Ernest, la fel ca majoritatea terapeuților, aproape întotdeauna aștepta ca pacientul să înceapă ședința. Dacă încălca vreodată regula și aborda el un subiect, asta se întâmpla invariabil doar în scopul de a explora vreun aspect nerezolvat din ședința trecută. Demult, învățase de la Marshal că ședințele consecutive care aveau mai mare legătură unele cu celelalte, făceau ca terapia să devină mai puternică.

— Agitată? Nu. Carol a clătinat din cap. Nu cred. Nu-mi amintesc prea multe din ședința trecută. Și, în afară de asta, Ernest, azi e o altă zi, iar eu vreau să vorbesc despre altceva. Am nevoie de niște sfaturi legate de un client cu care mă văd.

— Un minut, Carolyn, mai întâi dă-mi voie să vorbesc despre asta câteva clipe. Sunt anumite lucruri care mi se par importante și pe care vreau să le spun.

A cui terapie e asta până la urmă? a murmurat Carol în sinea ei. Dar a încuviințat cu amabilitate din cap și a așteptat ca Ernest să continue.

— Îți amintești, Carolyn, cum în prima ședință ți-am spus că nimic nu-i mai important într-o terapie decât ca noi doi să avem o relație sinceră? În ce mă privește, ți-am dat cuvântul meu de onoare că o să fiu sincer cu tine. Și totuși adevărul e că nu m-am ținut de cuvânt. E vremea să clarific lucrurile și o să încep cu ceea ce simt eu despre erotism... a existat din belșug în relația noastră, și asta m-a tulburat.

— Cum adică? Carol era îngrijorată. Din tonul lui Ernest reieșea clar că asta nu avea să fie o ședință obișnuită.

— Păi, uită-te la ce s-a întâmplat. De la prima ședință și până acum ne-am dedicat o mulțime de timp discuțiilor despre atracția sexuală pe care o simți față de mine. Am devenit centrul fanteziilor tale sexuale. De nenumărate ori m-ai rugat să-i iau locul lui Ralph în postura de iubit-terapeut. Și apoi, mai sunt îmbrățișările de la sfârșitul ședințelor, încercările de a mă săruta și timpul petrecut pe canapea, unde vrei să stai aproape de mine.

— Da, da, știu toate astea. Dar ai folosit cuvântul *tulburat.*

— Da, în mod cert tulburat – și din mai multe motive. În primul rând, pentru că era excitant sexual.

— Erai tulburat pentru că mă excitam?

— Nu, pentru că *eu* mă excitam. Tu ai fost foarte provocatoare, Carolyn, și pentru că numele jocului nostru, mai ales astăzi, este sinceritate, îți spun sincer că a fost tulburător de excitant pentru mine. Ți-am mai zis și altădată că te consider o femeie foarte atrăgătoare. E foarte dificil pentru mine, ca bărbat, să nu mă las afectat de farmecul tău. Ai pătruns și tu în fanteziile *mele.* Mă gândesc la clipa în care o să te văd cu multe ore înainte ca tu să intri pe ușă, ba chiar mă gândesc la ce haine să port în zilele când ne întâlnim. Trebuie să recunosc asta. Ei, și, evident, lucrurile nu mai pot continua așa. Vezi tu, în loc să te ajut să-ți rezolvi... – cum să spun – sentimentele astea intense și nerealiste față de mine, cred că le-am alimentat și eu, le-am încurajat. Mi-a plăcut să te îmbrățișez, să-ți ating părul, să mă așez lângă tine pe canapea. Și cred că tu știi că mi-a plăcut. Clatini din cap a „nu“, Carolyn, dar eu cred că ți-am ațâțat sentimentele față de mine. Tot timpul am spus „Nu, nu, nu“, dar, cu o voce mai scăzută, însă perceptibilă, am mai zis și „Da, da, da“. Iar asta n-a fost bine din punct de vedere terapeutic pentru tine.

— N-am auzit „Da, da, da“, Ernest.

— Poate că nu conștient. Dar eu simt lucrurile astea, sunt sigur că le-ai simțit și tu la un anumit nivel și ai fost încurajată de ele. Doi oameni aflați într-o relație intimă – sau o relație care *încearcă* să fie intimă – își comunică mereu totul unul altuia, dacă nu explicit, atunci la un nivel nonverbal sau inconștient.

— Nu sunt sigură că te cred, Ernest.

— Sunt convins că am dreptate. O să revenim la asta. Dar vreau să auzi esența cuvintelor mele: sentimentele tale erotice față de mine nu sunt bune pentru terapie și eu, cu vanitatea mea și atracția mea sexuală pentru tine, trebuie să-mi asum responsabilitatea că am încurajat aceste sentimente. Nu am fost un bun terapeut pentru tine.

— Nu, nu, a spus Carol, clătinând energic din cap. Nu ești vinovat pentru nimic...

— Nu, Carolyn, lasă-mă să termin... Am mai multe să-ți spun... Înainte să te cunosc, am luat la rece decizia că o să mă dezvălui total în fața primului pacient nou care vine la mine. Eu cred, încă mai cred că principalul defect al terapiei tradiționale este faptul că relația dintre pacient și terapeut nu e una autentică. Lucrul ăsta mă afectează atât de mult, încât am fost nevoit s-o rup cu analistul supervizor pe care îl admiram enorm. Tocmai din acest motiv, de curând am luat hotărârea să nu încep o formare oficială în psihanaliză.

— Nu sunt sigură că înțeleg ce implicații are asta asupra ședințelor noastre terapeutice.

— Păi, înseamnă că tehnica mea de tratament cu tine a fost una experimentală. Poate, ca să mă scuz, ar trebui să spun că e un termen prea dur, pentru că în ultimii câțiva ani, am încercat să fiu mai puțin formal și mai uman cu toți pacienții mei. Dar cu tine există un paradox bizar: m-am dedicat unui experiment în care mi-am propus să fiu complet sincer, și totuși nu ți-am spus niciodată nimic despre acest experiment. Acum, când evaluez punctul în care am ajuns, nu cred că metoda a folosit la ceva. Nu am izbutit să creez tipul de relație sinceră și autentică de care știu că e nevoie pentru o evoluție reală.

— Nu cred că ai vreo vină că metoda ta a dat greș.

— Nu știu sigur *ce* a funcționat greșit. Dar a fost *ceva*. Simt un imens hău între noi. Simt din partea ta o mare suspiciune și neîncredere, care, brusc, alternează cu expresii de afecțiune și iubire. Și sunt în permanență nedumerit, pentru că în cea mai mare parte a timpului nu simt căldură, și nici măcar simpatie din partea ta. Desigur, nu-ți spun lucruri pe care nu le știi.

Carol, cu capul aplecat, a rămas tăcută.

— Deci sunt din ce în ce mai îngrijorat: n-am făcut ce ar fi trebuit cu tine. În cazul ăsta, sinceritatea probabil că *nu* a fost cea mai bună tactică. Ar fi fost mai bine dacă te-ai fi dus la un terapeut tradiționalist, cineva care ar fi cultivat o relație mai formală între terapeut și pacient, cineva care ar fi păstrat niște limite mai clare între relațiile profesionale și cele personale. Deeeci, Carolyn, cred că asta voiam să-ți zic. Îmi răspunzi?

Carol a început să vorbească de două ori, dar nu și-a găsit cuvintele. Până la urmă, a zis:

— Sunt bulversată. Nu pot să spun nimic, nu știu ce să zic.

— Păi, pot să bănuiesc ce gândești. Ținând seama de ce ți-am spus, mă aștept să crezi că ți-ar fi mai bine cu alt terapeut – că e timpul să punem capăt acestui experiment. Și cred că ai mare dreptate. Îți susțin decizia și m-aș bucura să-ți recomand pe altcineva. Poate chiar te gândești că ți-am luat bani aiurea pe o metodă experimentală. Dacă-i așa, hai să vorbim despre asta. Poate s-ar cuveni să-ți returnez întreaga sumă.

Sfârșitul experimentului – sună destul de tentant, s-a gândit Carol. *Și e modul perfect de a ieși din toată farsa asta nasoală. Da, e momentul să renunț, e momentul să pun capăt minciunii. Să li-l las pe Ernest lui Jess și lui Justin. Poate ai dreptate, Ernest. Poate e timpul să punem punct terapiei.*

Asta ar fi trebuit să spună. Dar, în loc de asta, s-a trezit că spune complet altceva.

— Nu. Greșești în toate privințele. Nu, Ernest, nu metoda ta de terapie e de vină. Nu-mi place ideea că o vei schimba din cauza mea... asta mă supără... mă supără foarte tare. Cu siguranță că nu-i suficient un singur pacient pentru a trage o asemenea concluzie. Cine știe? Poate că e prea devreme. Poate că e metoda perfectă pentru mine.

Mai dă-mi timp. Îmi place sinceritatea ta. Sinceritatea ta nu mi-a făcut nici un rău. Poate chiar mult bine. Iar în privința returnării onorariului, nici nu se pune problema – și, întâmplător, ca avocat, te sfătuiesc să nu mai faci asemenea afirmații în viitor. Devii vulnerabil la procese. Adevărul? a continuat Carol. Vrei adevărul? Adevărul e că m-ai ajutat. Mai mult decât îți imaginezi. Și nu, cu cât mă gândesc mai mult la asta, cu atât mai puțin îmi doresc să nu mai vin la tine. Sau să mă duc la altcineva. Poate că am trecut de perioada nasoală. Poate, inconștient, te-am testat. Cred că așa am făcut. Te-am testat cu vârf și îndesat.

— Și ce rezultate am avut?

— Cred că le-ai trecut. Nu, mai mult decât atât... ai ieșit primul din clasă.

— Ce fel de test a fost?

— Păi... nu sunt sigură că știu... lasă-mă să mă gândesc la asta. Ei bine, știu câteva lucruri, dar am putea vorbi altădată despre asta? Astăzi *trebuie* neapărat să vorbesc ceva cu tine.

— OK, dar suntem în regulă, tu și cu mine?

— Din ce în ce mai în regulă.

— Hai să continuăm cu ce ți-ai propus tu. Ziceai că e vorba despre un client.

Carol i-a descris situația lui Marshal, destăinuindu-i că era terapeut, dar ascunzându-i cu grijă identitatea și amintindu-i lui Ernest că trebuia să păstreze confidențialitatea, așa încât să nu-i pună întrebări.

Ernest nu a fost cooperant. Nu-i plăcea să transforme ora de terapie a lui Carolyn într-o consultație, și a ridicat o serie de obiecții. Era în rezistență și nu mai voia să lucreze, nu se folosea cum trebuie de timpul și de banii ei, clientul său ar fi trebuit să se ducă la terapeut, nu la un avocat.

Carol le-a combătut cu dibăcie pe toate. Banii nu erau o problemă – nu pierdea nimic. Îi lua clientului mai mulți bani decât îi lua ei Ernest. Iar în ce privește ideea ca omul să se ducă la un terapeut – ei bine, *el pur și simplu nu vrea*, și nu poate să dea mai multe explicații din cauza confidențialității. Iar ea nu-și evita problemele – și-ar dori să se vadă cu Ernest din nou, pentru a recupera ora. Și, întrucât problemele clientului le reflectau pe ale ei, ea lucra indirect și la acestea, când le dezbătea pe ale lui. Cel mai puternic argument al ei a fost că, acționând într-o manieră pur altruistă față de clientul său, respecta sfatul lui Ernest de a sparge cercul vicios de egoism și paranoia care îi fusese transmis de mama și de bunica ei.

— M-ai convins, Carolyn. Ești o femeie formidabilă. Dacă o fi să am vreodată nevoie să pledeze cineva pentru mine într-un proces, pe tine o să te vreau ca avocat. Povestește-mi despre tine și clientul tău.

Ernest era un consilier experimentat și a ascultat cu atenție, în timp ce Carol descria problemele cu care se confrunta în privința lui Marshal: furie, aroganță, singurătate, obsesie pentru bani și statut social, lipsă de interes pentru orice altceva în viață, inclusiv pentru căsnicia lui.

— Mă frapează, a spus Ernest, că și-a pierdut obiectivitatea. E atât de prins în vâltoarea acestor evenimente și sentimente, încât s-a identificat total cu ele. Trebuie să găsim o cale de a-l ajuta să se detașeze puțin. Trebuie să-l ajutăm să se vadă de la distanță, chiar dintr-o perspectivă cosmică. Exact același lucru am încercat să-l fac și cu tine, Carolyn, ori de câte ori te-am rugat să te gândești la ceva din lungul ghem al evenimentelor vieții tale. Clientul tău *a devenit una cu* aceste probleme – și-a pierdut senzația de continuitate a eului care trăiește aceste evenimente, ce constituie doar o mică frântură a existenței sale. Iar ceea ce înrăutățește lucrurile e presupunerea lui că nefericirea actuală o să fie permanentă – tot timpul la fel. Bineînțeles, asta e o caracteristică a depresiei – combinația de tristețe și pesimism.

— Și cum am putea interveni?

— Păi, sunt mai multe posibilități. De exemplu, din ce mi-ai povestit, e clar că succesul și eficiența sunt componente centrale ale identității lui. Probabil că acum se simte complet neajutorat și e îngrozit de ce i se întâmplă. În realitate, a pierdut din vedere faptul că are mai multe opțiuni și că acestea îi dau puterea de a se schimba. Trebuie ajutat să înțeleagă că situația grea în care se găsește nu este efectul unui destin predeterminat, ci rezultatul propriilor sale alegeri – de pildă, faptul că a ales să venereze banii. Dacă acceptă că el a fost cel care a creat situația asta, atunci poate fi făcut să înțeleagă că are puterea de a ieși din ea: alegerile lui l-au băgat în asta, tot alegerile lui o să-l scoată. Sau, a continuat Ernest, probabil că scapă din vedere evoluția firească a suferinței lui actuale – că acum există, că a avut un început și că va avea un sfârșit. Poate chiar poți trece în revistă momente din trecut, când a simțit la fel de multă furie și suferință, și apoi să-l ajuți să-și amintească felul în care acestea s-au domolit – la fel cum o să se domolească și suferința de acum, și să conștientizeze că la un moment dat aceasta va rămâne doar o amintire ștearsă.

— Bine, bine, Ernest. Minunat. Carol își lua frenetic notițe. Ce altceva?

— Păi, spui că e terapeut. Atunci mai există anumite pârghii. Când tratez terapeuți, deseori descopăr că mă pot folosi de cunoștințele lor profesionale pentru a-i ajuta. E o metodă bună pentru a-i face să se detașeze, să se privească pe ei înșiși de la o distanță mai mare.

— Cum faci asta?

— O metodă simplă e să-l rogi să-și imagineze că un pacient cu aceleași probleme intră la el în cabinet. Ce i-ar spune pacientului? Întreabă-l: „Ce ai crede despre pacientul ăsta? Cum l-ai putea ajuta?"

Ernest a așteptat până când Carol a întors pagina, continuând să-și ia notițe.

— Fii pregătită ca el să se enerveze. De obicei, când terapeuții au o mare suferință, sunt la fel ca restul oamenilor: vor să fie îngrijiți, nu obligați să-și fie propriul terapeut. Dar fii perseverentă... e o metodă eficientă, e o tehnică bună. În meseria mea e ceea ce s-ar numi „dragoste dură".

Dragostea dură nu e punctul meu forte, a continuat Ernest. Fostul meu supervizor obișnuia să-mi spună că eu, în general, optez pentru gratificarea imediată, dată de iubirea pacienților mei, și nu pentru gratificarea mai însemnată, dată de faptul că-i observ cum se vindecă. Cred – nu, *știu* – că avea dreptate. I-am rămas dator pentru asta.

— Și aroganța? a întrebat Carol, ridicându-și privirea de pe notițele ei. Clientul meu e atât de arogant, de grandoman și de competitiv, încât nu are nici un prieten.

— De obicei, metoda cea mai bună e „pe dos": grandoarea lui ascunde probabil o imagine de sine plină de îndoieli, de rușine și de autodesconsiderare. Oamenii aroganți, care cer prea mult de la ei înșiși, cred că trebuie să aibă succese mai mari decât se așteaptă lumea de la ei, pentru a se simți mulțumiți cât de cât. Așa că, în locul tău, n-aș vrea să profit de grandomania sau de iubirea lui de sine. În schimb, concentrează-te pe disprețul lui față de propria-i persoană...

— Șșt. Carol a ridicat o mână, făcându-i semn să vorbească mai rar, pentru ca ea să-și poată lua notițe. După ce a terminat, el a întrebat:

— Ce altceva?

— Preocuparea lui față de bani, a spus Carol, și față de statutul de persoană sus-pusă. Plus izolarea și obtuzitatea lui. Parcă soția și familia lui n-ar juca nici un rol în viața sa.

— Păi, știi, nimănui nu-i place să fie escrocat, dar pe mine mă frapează reacția disproporționată a clientului tău: atâta panică, atâta groază... de parcă în joc ar fi chiar propria-i viață, de parcă fără bani el n-ar mai fi nimic. Aș fi înclinat să mă întreb care sunt originile acestui mit personal – și, întâmplător, eu, în mod deliberat și repetat, spun despre asta că e un „mit." Când a creat el mitul ăsta? Vocea cui l-a îndrumat? Mi-ar plăcea să aflu mai multe despre atitudinea părinților lui față de bani. E important pentru că, din ce îmi spui tu, venerația lui pentru statut e aceea care i-a venit de hac – pare că un escroc deștept s-a prins de chestia asta și s-a folosit de ea pentru a-l prinde în capcană. E un paradox, a continuat Ernest. Clientul tău – am fost cât pe-aci să spun *pacient* – consideră că escrocheria l-a ruinat, și totuși, dacă ești în stare să-i dai sfaturi corecte, escrocheria asta poate fi salvarea lui. Ar putea fi cel mai bun lucru care i s-a întâmplat vreodată!

— Dar cum să fac asta?

— Eu l-aș ruga să privească foarte adânc înăuntrul său și să-și dea seama dacă esența lui, miezul lui, crede că scopul existenței sale este să strângă bani. Uneori îi rog pe pacienții de genul ăsta să se proiecteze în viitor – până în clipa morții, să se vizualizeze la propria lor înmormântare –, chiar să-și imagineze propriul mormânt și să compună un epitaf. Ce ar simți clientul tău dacă pe piatra lui funerară ar fi gravată o descriere a preocupării lui pentru bani? În felul ăsta i-ar plăcea lui să-și rezume viața?

— Un exercițiu înfricoșător, a spus Carol. Îmi amintește de exercițiul ăla cu linia vieții, pe care m-ai rugat odată să-l fac. Poate că ar trebui să-l fac și pe ăsta... dar nu astăzi... n-am terminat cu întrebările despre clientul meu. Spune-mi, Ernest, ce zici de indiferența lui față de nevastă-sa? Întâmplător, am auzit că este posibil ca ea să aibă un amant.

— Aceeași strategie. L-aș întreba ce i-ar spune *el* unui pacient care este atât de indiferent față de persoana cea mai apropiată lui. Roagă-l să-și imagineze viața fără ea. Și ce s-a întâmplat cu latura sexuală? Unde a dispărut? Unde s-a evaporat? Și nu-i ciudat cum de pare mult mai dornic să-și înțeleagă pacienții, nu pe soția lui? Spui că și el e terapeut, dar că ridiculizează calificarea și tehnicile folosite de ea? Păi, eu l-aș confrunta fățiș cu asta cât de dur aș putea. Pe ce se bazează ridiculizarea? Sunt convins că nu pe dovezi solide.

— Hai să vedem, ce mai e? În ce privește faptul că nu-i apt de muncă – dacă situația nu se îmbunătățește, poate că o pauză de o lună sau două le-ar face bine și lui, și pacienților. Probabil că cel mai bun mod de a-și petrece această vacanță ar fi să se ducă undeva cu soția lui. Sau poate că ar trebui să consulte un consilier de cuplu și să încerce câteva exerciții de ascultare. Cred că unul dintre cele mai bune lucruri care s-ar putea întâmpla ar fi dacă el i-ar permite, chiar și cu metodele pe care le disprețuiește, să-l ajute.

— O ultimă întrebare...

— Nu acum, Carolyn, nu mai avem timp... iar eu mi-am epuizat ideile. Dar hai să mai zăbovim doar un minut, să examinăm ședința de azi. Spune-mi cum te simți, având în vedere discuția noastră de astăzi? Ce simți față de relația noastră? Iar azi vreau să aud tot adevărul. Eu am fost sincer cu tine. Fii și tu sinceră cu mine.

— Știu că ai fost. Și mi-ar plăcea să fiu și eu sinceră... dar nu știu cum să spun... mă simt spășită... sau poate „privilegiată" e termenul potrivit. Și simt că cineva are grijă de mine. Și că mi se acordă încredere. Iar sinceritatea ta mă împiedică să ascund de tine...

— Ce să ascunzi?

— Uită-te la ceas. Am depășit timpul. Data viitoare! Carol s-a ridicat să plece.

La ușă a fost un moment jenant. Trebuia să inventeze un alt mod de a-și lua rămas-bun unul de la celălalt.

— Ne vedem joi, a spus Ernest și a întins mâna pentru a i-o strânge, într-un gest formal, pe a ei.

— Nu sunt pregătită pentru asta, a zis Carol. Deprinderile proaste dispar greu. Mai ales renunțarea bruscă la droguri. Hai s-o tăiem mai lent. Ce zici de o îmbrățișare părintească?

— Te mulțumești cu una avunculară?

— Cum adică „avunculară"?

Douăzeci și opt

Fusese o zi grea la cabinet. Marshal își târa picioarele spre casă, pierdut în reverie. Se văzuse cu nouă pacienți în ziua aceea. Nouă ori o sută șaptezeci și cinci de dolari. O mie cinci sute șaptezeci și cinci. Cât mai avea până să recupereze cei nouăzeci de mii de dolari? Cinci sute de ședințe. Șaizeci de zile pline la cabinet. Peste douăsprezece săptămâni de muncă. Douăsprezece săptămâni de tras la jug, muncind pentru împuțitul ăla de Peter Macondo! Fără să mai pună la socoteală cheltuielile curente: chiria cabinetului, taxele profesionale, asigurarea de malpraxis, autorizația de liberă practică. Fără a mai pomeni de onorariile irosite pentru ședințele contramandate în primele două săptămâni de după escrocherie. Nici cele cinci sute pe care le-a stors de la el detectivul. Fără a mai ține seama nici de faptul că Wells Fargo își revenise săptămâna trecută și crescuse cu patru puncte de când vânduse acțiunile! Sau de onorariul avocatului! *Carol îi merită*, se gândea Marshal, *deși nu înțelege faptul că un bărbat nu poate trece atât de ușor peste așa ceva. Am de gând să-l spânzur pe ticălosul ăla, chiar dacă ăsta va fi ultimul lucru pe care-l fac!*

Marshal a intrat tropăind în casă și, ca de obicei, și-a lăsat servieta în pragul ușii și a fugit la nou-instalata lui linie telefonică, pentru a-și verifica mesajele. *Voilà!* Ce semeni, aia culegi! Primise un mesaj pe robotul telefonic.

— Alo, am văzut anunțul tău pe monitorul APA – de fapt, nu anunțul, avertismentul tău. Sunt psihiatru în New York City și mi-ar plăcea să obțin mai multe informații despre pacientul pe care îl descrii. Pare a fi una dintre persoanele pe care le tratez. Te rog, sună-mă acasă, la 212-555-7082, în seara asta. La orice oră.

Marshal a format numărul și a auzit un „Alo“ la celălalt capăt al firului, un „Alo“ care, Doamne ajută, avea să-l conducă direct la Peter.

— Da, a răspuns Marshal, am primit mesajul tău. Spui că tratezi pe cineva care seamănă cu persoana pe care am descris-o în anunț. Îmi poți spune mai multe despre ea?

— Un minut, te rog, a zis interlocutorul. Stai puțin. Cine ești? Înainte de a-ți spune ceva, trebuie să știu cine ești.

— Sunt psihiatru și psihanalist în San Francisco. Dar tu?

— Sunt psihiatru și practic în Manhattan. Am nevoie de mai multe informații despre anunțul tău. Ai folosit cuvântul *pericol.*

— Și vorbesc *serios*. Bărbatul ăsta e un escroc și, dacă îl tratezi, ești în pericol. Seamănă cu pacientul tău?

— Nu am libertatea – cunoști regulile profesionale de confidențialitate – să discut cu un străin despre pacientul meu.

— Ai încredere în mine, las-o baltă cu regulile – asta e o situație de criză, a zis Marshal.

— Aș prefera ca mai întâi să-mi spui tot ce poți despre pacientul ăsta.

— Asta nu-i o problemă, a zis Marshal. În jur de patruzeci de ani, arătos, mustață, folosește numele Peter Macondo...

— *Peter Macondo*! l-a întrerupt vocea din telefon. Ăsta e numele pacientului *meu*!

— Incredibil! Marshal s-a prăbușit pe scaun consternat. Folosește același nume! La *asta* nu m-aș fi așteptat. Același nume? Păi, tipul ăsta, Macondo, a urmat cu mine o terapie de scurtă durată, opt ședințe. Chestiuni tipice ale celor superbogați: probleme de împărțire a averii cu cei doi copii și cu fosta soție, toată lumea vrea ceva de la el, din cale-afară de generos, o soție alcoolică. Ai același scenariu? a întrebat Marshal.

— Mda, mi-a spus și mie că a trimis-o la Betty Ford Centre, a spus Marshal. Iar apoi l-am primit împreună cu logodnica lui... Așa e, o femeie înaltă și elegantă. Pe nume Adriana... Și ea a folosit același nume? Da, așa e, să lucreze la un contract prenupțial... sună identic. Știi restul... o terapie încununată de succes, a vrut să mă răsplătească, s-a plâns de onorariul meu mic, o serie de prelegeri academice sponsorizate la Universitatea din Mexico...

— A, Buenos Aires? Păi, îmi pare bine să aud că încă mai improvizează. Ți-a vorbit despre noua lui investiție? Fabrica de căști pentru bicicletă?

— Așa e – o șansă unică – ești protejat sută la sută de orice eșec. Fără îndoială că ți-a zis și de marea dilemă morală, nu? Cum i-a dat un pont financiar greșit chirurgului care i-a salvat viața tatălui său? Cum s-a autoflagelat pentru asta? Nu a putut depăși vinovăția provocată de faptul că a făcut rău unui om care l-a ajutat. Cum ar mai putea permite să se întâmple iar așa ceva?

— Așa e... chirurg cardiolog... și-a petrecut și cu mine o oră întreagă analizând problema. Un detectiv cu care m-am văzut, o adevărată pacoste... s-a entuziasmat la greu auzind asta – a spus că e o manevră inspirată.

— Deci până unde ai ajuns? I-ai dat deja un cec pentru investiție?

— Săptămâna viitoare prânzul la Jockey Club? – chiar înainte să plece la Zürich? Sună cunoscut. Păi, la țanc mi-ai văzut anunțul. Restul poveștii o să fie scurt și amar. Mi-a trimis un ceas Rolex, pe care bineînțeles că am refuzat să-l accept, și bănuiesc că o să facă la fel și cu tine. Apoi o să te roage s-o tratezi pe Adriana și o să îți plătească generos în avans ședințele ei. Probabil că o să te vezi cu ea o dată sau de două ori. Iar apoi – poc – o să dispară. Amândoi o să se evapore de pe fața planetei.

— Nouăzeci de mii. Și crede-mă că nu-mi pot permite una ca asta. Dar tu? Cât plănuiai să investești?

— Da, doar patruzeci de mii? Știu ce vrei să spui despre soția ta – și eu am avut aceeași problemă cu a mea. Vrea să ascundă monede de aur sub saltea. În cazul ăsta a avut dreptate – pentru prima oară. Dar sunt surprins că nu ți-a cerut mai mult.

— A, s-a oferit să te împrumute cu încă patruzeci de mii, fără dobândă, până faci tu rost de bani în următoarele săptămâni? Drăguță fază.

— Nici nu știu cum îți pot mulțumi pentru avertisment, a replicat interlocutorul. Exact la fix. Îți rămân dator.

— Da, exact la fix, așa e. Cu mare plăcere. Mă bucur că am putut să ajut un coleg de breaslă. Cât îmi doresc să fi făcut cineva așa ceva și pentru mine.

— Hei, hei, nu închide. Nu pot să-ți spun cât de bucuros sunt că te-am salvat de la o escrocherie. Dar nu de asta... sau nu numai de asta... am pus anunțul. Ticălosul e periculos. Trebuie oprit. După o vreme o să se ducă la alt psihiatru. Trebuie să-l băgăm la închisoare.

— APA? Păi, sunt de acord: ar fi o soluție să-i implicăm pe avocații APA. Dar n-avem timp. Tipul ăsta iese la suprafață pentru puțin timp și apoi dispare. Am pus un detectiv particular să se ocupe de asta și, dă-mi voie să-ți spun, când Peter Macondo dispare, nu lasă nici o urmă. N-ai cum să dai de el. Ai vreo informație, vreun indiciu care să ne sugereze adevărata lui identitate? O adresă permanentă? I-ai văzut vreodată pașaportul? Cărțile de credit? Contul bancar?

— Mda, totul cu bani gheață? Așa a făcut și cu mine. Dar plăcuțele cu numărul de înmatriculare?

— Minunat – dacă poți face rost de numărul de înmatriculare –, minunat. Deci așa v-ați cunoscut? A închiriat o casă pe strada pe care locuiești, în Long Island, și te-a plimbat cu noul lui Jaguar? Știu cine a plătit pentru acel Jaguar. Dar da, da, fă rost cum poți de numărul ăla. Sau de numele agenției care i l-a vândut, dacă încă mai e pe mașină. Nu văd nici un motiv pentru care să nu-l putem prinde.

— Sunt total de acord. Ar trebui să te duci la un detectiv particular – sau poate la un avocat de drept penal. Toți cei pe care i-am consultat s-au dat peste cap să mă convingă că tipul e profesionist. Avem nevoie de ajutor specializat...

— Da, mai bine îl pui pe detectiv să adune informații, n-o face tu. Dacă Macondo te vede dând târcoale casei sau mașinii lui, o s-o șteargă.

— Onorarii? Detectivul meu mi-a luat cinci sute pe zi – avocatul, două sute cincizeci pe oră. În New York o să te stoarcă și mai tare de bani.

— Nu înțeleg, a spus Marshal. De ce să plătesc *eu* onorariile?

— Nici eu n-am nimic de câștigat. Suntem în aceeași oală – toată lumea mi-a garantat că n-o să-mi recuperez niciodată banii, că atunci când Macondo o să fie prins, n-o să aibă nici un sfanț, doar o listă lungă de un kilometru de reclamații împotriva lui. Crede-mă – motivele mele sunt identice cu ale tale: să se facă dreptate și să-i protejăm pe ceilalți colegi de breaslă... Răzbunare? Păi, da, și normal că vreau – o să-ți rămân dator. Bine, bine, ce zici de asta? Hai să facem jumi-juma' toate cheltuielile. Nu uita, sunt deductibile.

După o mică tocmeală, Marshal a zis:

— Șaizeci – patruzeci? Îmi convine și așa. Deci, ne-am înțeles? Următorul pas e să te duci la un detectiv. Roagă-l pe avocatul tău să-ți recomande pe cineva. Apoi lasă-l pe detectiv să conceapă un plan să-l prindem. Deși, am o sugestie: Macondo o să se ofere să-ți dea un bilet de garanție de care vrei tu – roagă-l să-ți dea un bilet de garanție bancară, o să scoată unul cu semnătură falsă. Și atunci îl putem acuza de fraudă bancară – e o infracțiune mai serioasă. Asta poate implica și FBI-ul... Nu, n-am făcut asta. Nu la FBI. Nu la poliție. O să fiu sincer cu tine. Mi-a fost prea teamă de o publicitate negativă, să nu fiu acuzat că am încălcat limitele – pentru că am investit împreună cu un pacient sau un ex-pacient. O greșeală – ar fi trebuit să pun totul la bătaie ca să-l prind. Dar știi, tu nu ești în același impas ca mine. Tu încă n-ai făcut nici o investiție, iar când o s-o faci, o să fie pentru a-l prinde pe Macondo.

— Nu ești sigur dacă vrei să te implici? Marshal a început să se plimbe de colo-colo în timp ce vorbea. Și-a dat seama că ar putea să piardă cu ușurință ocazia asta prețioasă și și-a ales cu grijă cuvintele.

— Cum adică? *Ești* implicat! Cum o să te simți când o să auzi că alți psihiatrii, poate amici de-ai tăi, au luat țeapă, știind că l-ai fi putut opri? Și cum o să se simtă *ei* când o să afle că tu ai fost o victimă de-a lui și că n-ai spus nimic? Oare nu le vorbim noi pacienților despre asta? Despre consecințele acțiunii – sau lipsei de acțiune?

— Cum adică „o să te mai gândești"? N-avem timp. Te rog, domnule doctor… știi, nu-ți cunosc numele.

— E adevărat, nici tu nu-l știi pe al meu. Suntem în aceeași situație nasoală – amândurora ne e teamă de publicitate. Trebuie să avem încredere unul în celălalt. Numele meu este Marshal Streider – sunt analist formator și practic în San Francisco – studii în psihiatrie la Rochester, Institutul de Psihanaliză Golden Gate. Așa e – când John Romano a fost președinte la Rochester. Tu?

— Arthur Randal – îmi sună cunoscut – la St. Elizabeth's în Washington? Nu, nu cunosc pe nimeni acolo. Deci, în principal, tu practici psihofarmacologie?

— Păi, și eu am început să fac terapie de scurtă durată și de cuplu… Dar, te rog, doctore Randal, hai să revenim la discuția noastră – n-avem timp să te mai gândești la asta –, vrei să cooperezi?

— Glumești? Bineînțeles, o să vin cu avionul la New York. N-aș rata așa ceva. Nu pot sta o săptămână întreagă – am agenda plină. Dar pe ultima sută de metri o să fiu acolo. Sună-mă după ce te întâlnești cu detectivul – vreau să aflu tot ce se întâmplă. Suni de acasă? Unde te pot găsi cel mai ușor?

Marshal și-a notat mai multe numere – acasă, cabinet și cel de weekend, din Long Island.

— Da, o să te sun cam pe la ora asta acasă. E aproape imposibil să dai de mine la cabinet. Ai pauză la și jumate? Eu, de obicei, am la fără zece – n-o să putem vorbi niciodată în timpul zilei.

A închis telefonul simțind un amestec de ușurare, euforie și triumf. Peter în spatele gratiilor. Peter cu capul aplecat. Adriana descurajată, în haine cenușii de prizonier. Noul Jaguar, cu un preț bun de vânzare, parcat în garajul lui. În sfârșit, răzbunare! Nimeni nu i-o trage lui Marshal Streider.

Apoi a întins mâna după catalogul APA și l-a deschis la poza lui Arthur Randal – trăsături frumoase, păr blond pieptănat lins pe spate, fără cărare, vârsta patruzeci și doi de ani, studii la Rutgers și St. Elizabeth's, cercetare în doze de litiu și tulburare bipolară, doi copii. Numărul de la cabinet era corect. Mulțumesc Domnului pentru dr. Randal.

Ce zgârciob, totuși, s-a gândit Marshal. *Dacă cineva mi-ar economisi patruzeci de mii de dolari, nu m-aș tocmi cu el pentru onorariul detectivului. Totuși, avea dreptate, de ce să scoată bani din buzunar? El n-a fost afectat. Peter și-a plătit ședințele. De ce să investească bani pentru a prinde pe cineva care nu i-a greșit cu nimic?*

Gândurile i-au zburat la Peter. De ce să folosească același nume pentru a comite altă escrocherie? Poate că Macondo a început să se autodistrugă. Toată lumea știe că, mai devreme sau mai târziu, sociopații se sinucid. Sau pur și simplu s-o fi gândit că tântălăul ăsta de Streider era atât de prost, încât nu merită efortul să-și schimbe numele? Păi, om vedea noi!

Băgat în priză de Marshal, Arthur s-a mișcat rapid. Până în seara următoare, deja consultase un detectiv, care, spre deosebire de Bat Thomas, a reușit să-i ajute. I-a recomandat să-l pună pe Macondo sub urmărire non-stop (la șaptezeci și cinci de dolari pe oră). O să obțină numerele de înmatriculare și o să le verifice. Dacă circumstanțele i-o permiteau, poate o să caute în mașina lui Macondo amprente și alte urme pe baza cărora să-l identifice.

Era imposibil, îi spusese detectivul lui Arthur Randal, să-l aresteze pe Macondo înainte de a comite vreo infracțiune în New York. Așa încât l-a sfătuit să urmeze un plan cu ajutorul căruia să-l prindă, având grijă să înregistreze toate conversațiile, ca apoi să contacteze imediat Departamentul de fraude al poliției din New York.

În următoarea seară, Marshal a aflat că se făcuseră noi progrese. Arthur contactase Departamentul de fraude din Midtown Manhattan și fusese trimis la un detectiv pe nume Darnel Collins, care, fiindcă anchetase un caz similar, și-a exprimat interesul pentru Peter Macondo. L-a rugat pe Arthur să poarte un dispozitiv de înregistrare și să meargă la întâlnirea cu Peter, așa cum plănuiseră, la prânz, la Jockey Club, să-i dea cecul și să primească, în schimb, scrisoarea de garanție bancară falsificată. Departamentul de fraude, după ce o să urmărească și o să filmeze tranzacția, o să vină la fața locului și o să-l aresteze.

Dar NYPD avea nevoie de un motiv întemeiat pentru a iniția o operațiune atât de importantă. Marshal trebuia să coopereze. Trebuia să zboare la New York, să completeze o plângere oficială împotriva lui Peter la Departamentul de fraude și să-l identifice personal. Marshal s-a cutremurat la gândul că totul o să ajungă în presă, dar, aflându-se atât de aproape de pradă, și-a reconsiderat poziția. E adevărat, numele lui ar fi putut apărea în câteva ziare de scandal mai puțin cunoscute din New York, dar câte șanse existau ca știrea să ajungă în San Francisco?

Ceasul Rolex? Ce Rolex? Marshal a rostit cu voce tare, de parcă ar fi fost o repetiție. Ah, ceasul pe care Macondo l-a trimis la sfârșitul terapiei? Ceasul pe care am refuzat să-l primesc și i l-am returnat Adrianei? În timp ce vorbea, Marshal și-a scos ceasul de la mână și l-a ascuns în sertarul comodei. Cine l-ar putea contrazice? L-ar fi crezut cineva pe Macondo? Doar soția lui și Melvin știau despre Rolex. Shirley sigur își ținea gura. Iar Marshal cunoștea atât de multe dintre secretele ipohondre bizare ale lui Melvin, încât nu-și făcea griji nici în privința asta.

Marshal și Arthur vorbeau câte douăzeci de minute în fiecare seară. Ce ușurare pentru Marshal să aibă în sfârșit un adevărat om de încredere și un colaborator, poate chiar un prieten. Ba mai mult, Arthur i-l trimisese lui Marshal pe unul dintre pacienții lui, un inginer software de la IBM, care urma să fie transferat în Bay Area, în San Francisco.

Singura lor divergență era în privința sumei care trebuia să-i fie încredințată lui Peter pentru investiție. Arthur și Peter aranjaseră să ia prânzul peste patru zile. Peter fusese de acord să conceapă un bilet de garanție bancară, iar Arthur trebuia să aducă un cec de patruzeci de mii de dolari. Dar Arthur voia ca Marshal să pună la bătaie toți cei patruzeci de mii de dolari. Fiindcă își cumpărase de curând casa de vară, Arthur nu avea bani disponibili. Singura lui rezervă erau cei ai soției, pe care îi moștenise de la mama ei, moartă iarna trecută. Iar soția lui făcea parte dintr-o familie de vază din societatea newyorkeză, veche de peste două sute de ani, era foarte preocupată de imaginea în societate și făcea mari presiuni asupra lui Arthur să n-aibă nimic de-a face cu încurcătura asta sordidă.

Marshal, jignit de nedreptatea situației, a avut o lungă rundă de negocieri cu Arthur, pe parcursul căreia și-a pierdut orice respect pentru lașul său coleg. În cele din urmă, decât să riște ca Arthur să cedeze în fața soției lui și să se retragă de tot, Marshal a fost iar de acord să împartă șaizeci-patruzeci. Arthur trebuia să arate un singur cec, provenit de la o bancă din New York. Marshal a fost de acord să depună în contul lui Arthur douăzeci și patru de mii de dolari în ziua de dinaintea întâlnirii cu Peter – ori îi aducea el la New York, ori îi trimitea prin poștă. Arthur, cu chiu cu vai, a fost de acord să pună el ceilalți șaisprezece mii.

În seara următoare, Marshal s-a întors acasă și a găsit pe robotul telefonic un mesaj de la detectivul Darnel Collins, angajat al Departamentului de fraude din Midtown Manhattan, New York City. Marshal a fost expediat fără menajamente când a sunat înapoi. Polițistul enervat de la telefon i-a zis să sune a doua zi de dimineață: ofițerul Collins nu era la serviciu, iar cazul lui Marshal nu părea o urgență.

Primul pacient al lui Marshal din dimineața următoare era programat la ora șapte. Și-a pus ceasul să sune la cinci și, când s-a trezit, a telefonat iar la New York. Polițistul de la celălalt capăt al firului a zis: „Îi trimit un mesaj pe pager. O zi bună". Și a trântit receptorul în furcă. Zece minute mai târziu, telefonul a sunat.

— Domnul Marshal Streider?

— *Doctor* Streider.

— Mă rog, scuze. DOCTOR Streider. Sunt detectivul Collins, Departamentul de fraude din New York. Am aici *alt* doctor – dr. Arthur Randal –, spune că ați avut un episod nasol cu cineva de care suntem interesați – folosește uneori numele de Peter Macondo.

— Un episod foarte nasol. Mi-a furat nouăzeci de mii de dolari.

— Nu sunteți singurul. Mai sunt și alții iritați de amicul nostru Macondo. Dați-mi mai multe detalii. Totul. Înregistrez – bine?

Lui Marshal i-a luat cincisprezece minute să descrie tot ce s-a întâmplat cu Peter Macondo.

— Mamă, mamă, vreți să spuneți că pur și simplu i-ați dat nouăzeci de mii de dolari?

— Nu poți să judeci limpede ce s-a întâmplat, dacă nu înțelegi natura și complexitatea contextului psihoterapeutic.

— Zău? Păi, știm cu toții că nu sunt doctor. Dar vă zic un singur lucru: *eu* niciodată n-am dat bani în felul ăsta. Și nouăzeci de mii sunt o grămadă de bani.

— V-am zis, aveam o scrisoare de garanție. I-am pasat-o avocatului meu. Așa se fac afacerile. O scrisoare care obligă banca să plătească suma la cerere.

— O scrisoare pe care ați reușit s-o verificați la două săptămâni după dispariția lui.

— Auziți, domnule detectiv, ce-i asta? Mă acuzați de ceva? Credeți că mă încântă chestia asta?

— OK, amice, stai calm și o să fim cu toții OK. Iată ce o să facem ca dumneavoastră să fiți OK. O să-l arestăm pe tipul ăsta în timp ce ia masa de prânz – își plescăie cicoarea – miercurea următoare, cam pe la douăsprezece jumătate, unu. Dar, ca să țină treaba, e nevoie să veniți la New York să-l identificați în intervalul de douăsprezece ore de la arestare – cu alte cuvinte, miercuri, înainte de miezul nopții. Ne-am înțeles?

— N-aș putea lipsi de la așa ceva pentru nimic în lume.

— OK, o mulțime de oameni se bizuie pe dumneavoastră. Încă ceva – mai aveți scrisoarea falsificată și chitanța care să certifice încasarea cecului?

— Da. Vreți să le aduc cu mine?

— Da, aduceți originalele când veniți, dar aș vrea să văd imediat copiile. Mi le puteți trimite astăzi prin fax? Doi-unu-doi-cinci-cinci-cinci-trei-patru-opt-nouă – treceți pe ele numele meu, detectiv Darnel Collins. Încă ceva. Sunt sigur că nu-i nevoie să vă spun – dar *în nici un caz* să nu apăreți la restaurant. Dacă sunteți văzut, tipul o să se evapore și toată lumea o să fie foarte nefericită. Așteptați-mă la secția de pe strada 54 – e între străzile 8 și 9 sau aranjați cu amicul dumneavoastră să vă întâlniți după ce-am pus laba pe Macondo și veniți împreună cu el. Să-mi spuneți și mie cum vreți să faceți. Mai aveți vreo întrebare?

— Încă una. E o chestie sigură? O să fie un cec adevărat cel pe care i-l dă dr. Randal, și cei mai mulți bani sunt ai mei.

— Ai *dumneavoastră*? Credeam că sunt banii *lui*.

— I-am împărțit șaizeci-patruzeci. Eu pun douăzeci și patru de mii de dolari.

— Dacă-i o chestie sigură? Avem doi oameni care-și iau prânzul la masa vecină și alți trei care urmăresc și filmează orice mișcare. Destul de sigură. Dar *eu* n-aș face-o.

— De ce?

— Întotdeauna poate apărea ceva – un cutremur, un incendiu, toți cei trei ofițeri să facă infarct și să cadă secerați – nu știu, se mai întâmplă și chestii nasoale. Totuși, eu n-aș face-o. Dar io nu-s doctor.

Viața a devenit din nou interesantă pentru Marshal. Din nou jogging. Din nou baschet. Și-a anulat programările la Carol deoarece era prea laș să recunoască faptul că îl urmărise pe Peter. Ea se dedicase întru totul unei tactici opuse: insista să-l convingă să-și accepte pierderea și să își depășească furia. Era o lecție bună, se gândea Marshal, pe tema pericolului de a da sfaturi în terapie: dacă pacienții nu respectă recomandarea, nu se mai întorc.

În fiecare seară, vorbea cu Arthur Randal. Pe măsură ce întâlnirea cu Peter se apropia, Arthur devenea din ce în ce mai nervos.

— Marshal, soția mea e convinsă că o s-o încasez în afacerea asta. Că o să ajungă în ziare. Pacienții mei o să citească despre ea. Gândește-te la reputația mea. Ori o să fiu ridiculizat, ori acuzat că am investit împreună cu un pacient.

— Dar tocmai ăsta-i șpilul: tu *nu* investești împreună cu un pacient. Tu acționezi în complicitate cu poliția, pentru a prinde un criminal. Lucrul ăsta o să-ți *îmbunătățească* reputația.

— Nu asta se va scrie în presă. Gândește-te puțin. Știi cât de înnebuniți sunt după scandaluri – mai ales cu psihiatrii. Cred din ce în ce mai tare că n-am nevoie de așa ceva. Afacerea cu cabinetul îmi merge bine, am tot ce mi-am dorit vreodată.

— Arthur, dacă nu citeai anunțul meu, hoțul ăsta te-ar fi ușurat de patruzeci de mii. Iar dacă nu-l oprim, o să continue – victimă după victimă.

— N-ai nevoie de mine, prinde-l *tu*, eu o să-i confirm identitatea. Depun cerere pentru un post la Universitatea Columbia... chiar și cea mai mică aluzie la un scandal...

— Uite, Arthur, am o idee: asigură-te că ești acoperit – scrie o scrisoare detaliată despre situația asta și planurile tale și adresează-o Societății Psihiatrilor din New York – fă-o *acum*, înainte de arestarea lui Macondo. Dacă e necesar, poți să dai o copie a scrisorii către presă, iar alta Universității Columbia. Așa ești acoperit pe toate părțile.

— N-am cum să scriu scrisoarea aia, Marshal, fără a pomeni de tine – de anunțul tău, de combinația ta cu Macondo. Cum ți se pare asta? Nici tu n-aveai chef să ți se facă public numele.

Marshal a pălit la ideea de a fi într-un pericol și mai mare să fie expus publicității, dar știa că n-are de ales. În orice caz, nu prea mai conta – faptul că discuția lui cu detectivul Collins fusese înregistrată făcea oricum publică întreaga lui combinație cu Peter.

— Dacă nu se poate altfel, Arthur, fă-o. N-am nimic de ascuns. Toți cei din breasla noastră n-o să simtă decât recunoștință pentru noi.

Apoi mai era faptul că trebuia să poarte un microfon, așa încât poliția să înregistreze finalizarea contractului cu Macondo. Pe măsură ce zilele se scurgeau, Arthur devenea din ce în ce mai tulburat.

— Marshal, sigur există și alte metode. Chestia asta nu-i atât de simplă – mă pun într-un mare pericol. Macondo e prea deștept și prea experimentat să înghită așa ceva. Ai vorbit și tu cu detectivul Collins? Fii sincer – crezi că e la fel de inteligent ca Macondo? Dacă Macondo o să descopere microfonul în timpul discuției cu mine?

— Cum?

— O să-l dibuie el cumva. Îl cunoști, întotdeauna e cu zece pași în față.

— Nu și de data asta. Poliția e la masa vecină, Arthur. Și nu uita grandomania de sociopat, senzația lui de invulnerabilitate.

— Sociopații sunt și imprevizibili. Poți să fii sigur că Peter n-o s-o ia razna și n-o să scoată un pistol?

— Arthur, nu așa operează el... nu e stilul lui. Ești în siguranță. Amintește-ți, ești într-un restaurant în vogă, înconjurat de polițiști vigilenți. Poți să faci asta. Trebuie s-o faci.

Marshal avea premoniția îngrozitoare că Arthur va renunța în ultimul moment și, în fiecare dintre convorbirile zilnice, apela la toată forța lui retorică pentru a-l încuraja pe timidul său complice. I-a împărtășit temerile sale detectivului Collins, care i s-a alăturat în încercarea de a-l calma pe Arthur.

Dar, spre meritul lui, Arthur a trecut peste slăbiciunea sa și a început să aștepte întâlnirea cu Macondo cu dârzenie, chiar cu nepăsare. Marshal a transferat partea lui de bani marți dimineață, a vorbit seara cu Arthur pentru a verifica dacă îi primise și a luat un avion spre New York.

Avionul a întârziat două ore, și era trei după-amiază când a ajuns la secția de pe strada 54, unde urma să se întâlnească cu Arthur și cu detectivul Collins. Funcționarul l-a informat că detectivul discuta cu cineva și l-a condus până la un scaun jerpelit de piele din hol. Marshal nu mai fusese niciodată într-o secție de poliție, și a urmărit cu mare interes șirul constant de suspecți trași la față care coborau și urcau scara, însoțiți de polițiști iritați. Dar era cam amețit – fusese atât de agitat, încât nu putuse dormi în avion –, și a adormit repede.

Treizeci de minute mai târziu, funcționarul l-a trezit zgâlțâindu-l ușurel de umăr și l-a îndrumat spre o cameră de la etajul al doilea, unde detectivul Collins, un negru solid, scria ceva la birou. *Ce tip imens*, s-a gândit Marshal, *gabarit de fundaș. Exact cum mi-l imaginam.*

Dar nimic altceva nu era așa cum își imaginase el. Când Marshal s-a prezentat, a fost izbit de formalismul ciudat al detectivului. I-a luat o secundă odioasă pentru a-și da seama că detectivul n-avea nici cea mai vagă idee cine era. Da, el era detectivul Darnel Collins. Nu, nu vorbise cu Marshal la telefon. Nu, nu auzise niciodată de dr. Arthur Randal sau de Peter Macondo. Nu auzise nici despre vreo arestare la Jockey Club. Nu auzise niciodată de Jockey Club. Da, *bineînțeles*, era extrem de sigur că nu-l arestase pe Peter Macondo în timp ce plescăia cicoare. Cicoare? Ce-i aia?

Explozia din mintea lui Marshal a fost asurzitoare, chiar mai stridentă decât bomba detonată de descoperirea din urmă cu câteva săptămâni că garanția bancară fusese falsificată. L-a apucat amețeala și s-a prăbușit în scaunul pus la dispoziție de detectiv.

— Ușurel, domnule. Ușurel. Stați cu capul în jos. Poate vă ajută. Detectivul Collins s-a ridicat în picioare și s-a întors cu un pahar cu apă. Spuneți-mi ce s-a întâmplat. Dar am o bănuială că știu deja.

Marshal, stupefiat, i-a relatat întreaga poveste. Peter, bancnote de o sută de dolari, Adriana, Clubul P.U., căști de bicicletă, anunțul din revista de psihiatrie, telefonul lui Arthur Randal, cum împărțise banii șaizeci-patruzeci, detectivul particular, Jaguarul, înscenarea cu microfonul și cei douăzeci și patru de mii de dolari, Departamentul de fraude – totul – toată catastrofa.

Detectivul Collins clătina din cap auzind cuvintele lui Marshal.

— Doamne, ce chestie deșteaptă, știu. Hei, nu arătați prea bine. Ați vrea să vă întindeți?

Marshal a clătinat din cap, cuprinzându-și fruntea în palme, iar detectivul a întrebat:

— Sunteți în stare să vorbiți?

— La toaletă, repede.

Detectivul Collins l-a condus la toaleta bărbaților și a așteptat în birou. Marshal a vomitat în closet, și-a clătit gura, s-a spălat pe față și s-a pieptănat. S-a îndreptat încet spre biroul detectivului Collins.

— Vă e mai bine?

Marshal a încuviințat din cap.

— Acum pot vorbi.

— Ascultați-mă un minut. Dați-mi voie să vă explic ce vi s-a întâmplat, a spus detectivul Collins. Asta e o lovitură în doi timpi. E faimoasă. Am auzit multe despre ea, dar n-am investigat niciodată una. Am învățat despre asta la cursurile despre fraude. Trebuie să ai talent, nu glumă, ca să-ți iasă. Cel care operează trebuie să găsească o anumită victimă: deșteaptă, trufașă... iar apoi ce face? *Lovește de două ori...* Prima oară profită de lăcomia ei... a doua oară profită de dorința de răzbunare. Un mare talent. Ei bine, n-am mai văzut așa ceva până acum. Ai nevoie de nervi tari, pentru că multe chestii pot merge prost. Să luăm un exemplu – dacă ați fi avut măcar o bănuială și ați fi căutat în cartea de telefon din Manhattan numărul real al secției de poliție, totul s-ar fi terminat. Mamă, ce tupeu. Experți de mâna-ntâi.

— Nici o șansă, nu? a șoptit Marshal.

— Dă-mi numerele alea de telefon, o să le verific. O să încerc să fac tot ce pot. Dar adevărul? Vreți să știți adevărul?... Nici o șansă.

— Dar adevăratul dr. Randal?

— Probabil e în vacanță, în străinătate. Macondo o fi intrat pe robotul lui telefonic. Nu-i greu.

— Dar puteți să-i puneți sub urmărire pe ceilalți implicați? a întrebat Marshal.

— Care alții? Nu mai e nimeni. Probabil că prietena lui a jucat rolul centralistei de la poliție. Iar el i-a interpretat pe toți ceilalți. Tipii ăștia sunt actori. Cei mai buni fac toate vocile singuri. Iar tipul ăsta e bun. Și a dispărut de mult. Garantat.

Marshal s-a împleticit pe scări în jos, sprijinindu-se de brațul detectivului Collins, a refuzat să fie condus la aeroport într-o mașină de poliție, a luat un taxi de pe Eight Avenue, s-a dus la aeroport, a luat următorul avion spre San Francisco, a condus mașina până acasă într-o stare de șoc, și-a anulat toate întâlnirile cu pacienții din următoarea săptămână și s-a vârât în pat.

Douăzeci și nouă

— Bani, bani, bani. Nu putem vorbi și despre altceva, Carol? Dă-mi voie să-ți spun o poveste despre tatăl meu, care va răspunde o dată pentru totdeauna la toate întrebările despre mine și bani. S-a întâmplat pe vremea când eram bebeluș, dar am auzit-o toată viața – face parte din folclorul familiei. Marshal și-a descheiat încet bluza de trening, și-a scos-o, a respins mâna întinsă a lui Carol, care se oferea s-o agațe în cuier și s-a prăbușit grămadă pe podea, lângă scaunul lui.

— Avea o mică băcănie, de doi metri pe doi, la intersecția străzilor Fifth și R, în Washington. Noi locuiam deasupra magazinului. Într-o zi, un client a intrat și a cerut o pereche de mănuși de lucru. Tatăl meu a arătat spre ușa din spate, spunându-i că trebuie să le ia dintr-o cameră de acolo și că asta o să-i ia câteva minute. Ei bine, nu era nici o cameră în spate. Ușa dădea într-o alee. Tatăl meu a fugit pe alee până în piața care se afla la două cvartale distanță, a cumpărat o pereche de mănuși cu doisprezece cenți și i le-a vândut clientului cu cincisprezece cenți.

Marshal a scos o batistă, și-a suflat energic nasul și și-a șters nestânjenit lacrimile de pe obraji. De la întoarcerea din New York, abandonase toate încercările de a-și ascunde vulnerabilitatea și plângea aproape la fiecare ședință. Carol ședea tăcută, respectând lacrimile lui Marshal și încercând să-și aducă aminte când a văzut ultima oară un bărbat plângând. Jeb, fratele ei, refuza să plângă, deși era adesea abuzat de toată lumea: tată, mamă, bătăușii școlii – uneori doar pentru a fi văzut plângând.

Marshal și-a îngropat fața în batistă. Carol s-a întins spre el și l-a strâns de mână.

— Lacrimile sunt pentru tatăl tău? Mai e în viață?

— Nu, a murit tânăr, înmormântat pentru eternitate în băcănia aia. Prea multă alergătură. Prea multe tranzacții de trei cenți. De câte ori mă gândesc la ce înseamnă să câștigi bani, la a pierde bani sau la a face cheltuieli extravagante, îmi vine în minte imaginea tatălui meu îmbrăcat cu șorțul lui alb pătat cu sânge de pui, zbughind-o pe aleea aia murdară, cu vântul bătându-i în față, cu părul negru fluturând, gâfâind, ținând sus, triumfător, asemenea unei torțe olimpice, o pereche de mănuși de lucru de doisprezece cenți.

— Și tu, Marshal, tu ce loc ocupi în imaginea asta?

— Imaginea asta e leagănul pasiunilor mele. Poate că a fost incidentul critic definitoriu al vieții mele.

— A influențat viitoarea ta atitudine față de bani? a întrebat Carol. Cu alte cuvinte, câștigă destui bani, și oasele tatălui tău vor înceta să mai zornăie pe alee.

Marshal a rămas stupefiat. Și-a ridicat privirea spre avocatul său, cuprins brusc de respect. Rochia ei mov, făcută la comandă, care îi punea în valoare tenul strălucitor, îl făcea să se simtă cam prost pentru că nu se bărbierise și purta un trening murdar.

— Comentariul tău... mă sufocă. Trebuie să mă gândesc la oase care zornăie.

Apoi o lungă tăcere. Carol i-a dat un imbold.

— Unde ți-au zburat gândurile?

— La ușa aia din spate. Povestea cu mănușile nu se referă doar la bani, ci și la uși din dos.

— Ușa din dos a magazinului tatălui tău?

— Mda. Și la pretextul că ea dădea într-un depozit mare, nu în alee – asta e metafora întregii mele vieți. Pretind că am alte camere. Și totuși, în străfundul sufletului meu, știu că n-am nici un depozit, nici o marfă ascunsă. Intru și ies prin alei și uși din dos.

— Ah, Pacific Union Club, a zis Carol.

— Exact. Îți poți imagina ce a însemnat pentru mine ca în sfârșit, în sfârșit să intru pe ușa din față? Macondo a folosit o momeală irezistibilă, momeala sus-pușilor. De dimineața până seara tratez pacienți bogați. Suntem apropiați, trăim momente de intimitate, le sunt indispensabil. Totuși, eu îmi știu locul. Știu că dacă n-ar fi fost profesia mea, dacă i-aș fi întâlnit într-un alt context, nici nu s-ar fi uitat la mine. Sunt ca preotul parohiei, provenind dintr-o familie săracă, care sfârșește prin a asculta confesiunile clasei de sus. Dar P.U. Club – *ăsta* a fost simbolul împlinirii mele. Am ieșit din băcănia de pe Fifth și R, am urcat treptele din marmură, am bătut cu ciocanul mare din bronz, am trecut prin ușa deschisă în camerele îmbrăcate în catifea roșie. Am tânjit după asta toată viața.

— Și înăuntru te aștepta Macondo – un bărbat mai corupt decât toți cei care au intrat vreodată în magazinul tatălui tău.

Marshal a încuviințat din cap.

— Adevărul e că îmi aduc aminte de clienții tatălui meu cu multă afecțiune. Îți amintești că ți-am povestit despre un pacient care m-a manipulat acum câteva săptămâni, obligându-mă să mă duc cu el la Avocado Joe's? Nu mai fusesem niciodată într-un loc ca ăla... atât de rău famat. Și totuși, vrei să știi adevărul? Mi-a plăcut acolo. Nu mă scuz – m-am simțit mai confortabil decât la P.U. Club. M-am simțit ca acasă. A fost ca atunci când stăteam cu clienții tatălui meu în magazinul de pe Fifth și R. Dar detest faptul că-mi place. Nu mă încântă să mă cobor la nivelul ăla – e tulburător faptul că suntem atât de profund influențați de evenimentele timpurii ale vieții noastre. Sunt capabil de lucruri mai bune. Toată viața mi-am zis: „Îmi șterg praful din băcănie de pe tălpi. O să fiu mai presus de toate astea".

— Bunicul meu s-a născut în Neapole, a spus Carol. Nu-mi amintesc prea multe despre el, doar faptul că m-a învățat să joc șah și, de fiecare dată când când terminam partida și puneam piesele la loc, spunea același lucru – și acum îi pot auzi vocea blândă: „Vezi tu, Carol, șahul e ca viața: când jocul se termină, toate piesele – pionii, regii și reginele –, toate se duc înapoi, în aceeași cutie". Și pentru tine e o lecție la care merită să meditezi, Marshal: *pionii, regii și reginele, toți se duc înapoi, în aceeași cutie, la sfârșitul jocului.* Ne vedem mâine. La aceeași oră.

De când se întorsese de la New York, Marshal se întâlnise în fiecare zi cu Carol. De două ori îl vizitase acasă, apoi el începuse să se târască până la biroul ei, iar acum, o săptămână mai târziu, începea să iasă din apatia depresivă și făcea efortul de a înțelege ce rol a jucat el însuși în ceea ce i se întâmplase. Asociații ei au remarcat regularitatea întâlnirilor cu Marshal și i-au pus multe întrebări legate de caz. Dar Carol răspundea întotdeauna:

— Un caz complex. Nu pot spune mai mult – probleme delicate de confidențialitate.

În tot acest răstimp, Carol continua să primească îndrumări de la Ernest. Observațiile și sfaturile ei aveau succes: aproape toate sugestiile funcționau nemaipomenit.

Într-o zi, când Marshal părea blocat, se hotărâse să încerce exercițiul cu monumentul funerar.

— Marshal, o parte atât de mare a vieții tale a fost centrată pe obținerea succesului material, a câștigului financiar, care poate procura o mulțime de alte beneficii – statutul tău, colecția ta de artă –, încât banii par să te definească și să dea sens vieții tale de până acum. Ți-ai dori ca asta să fie emblema cu care intri în eternitate, să-ți rezume întreaga viață? Spune-mi, te-ai gândit vreodată ce ți-ar plăcea să fie gravat pe mormântul tău? Atributele astea ar fi – ascensiunea, acumularea, banii?

Marshal a clipit când o picătură de transpirație i s-a rostogolit într-un ochi.

— Asta-i o întrebare dură, Carol.

— Nu ar trebui să pun întrebări dure? Fă-mi pe plac – ocupă-te două minute de asta. Spune orice îți vine-n minte.

— Primul lucru care-mi vine-n minte e ce a spus detectivul din New York despre mine – că am fost trufaș, orbit de lăcomie și de dorința de răzbunare.

— *Asta* vrei să scrie pe mormânt?

— Asta *nu* vreau să scrie pe mormântul meu. Ar fi un coșmar. Dar poate că merit caracterizarea asta – poate că întreaga mea viață a avut drept țintă acest epitaf.

— Nu vrei monumentul ăsta funerar? Atunci, a zis Carol, uitându-se la ceas, e clar ce trebuie să faci în viitor: trebuie să-ți schimbi modul de viață. Astăzi nu mai avem timp, Marshal.

Marshal a încuviințat din cap și și-a luat jacheta de pe podea, a îmbrăcat-o încet și s-a pregătit de plecare.

— Brusc, mi s-a făcut frig... tremur... întrebarea ta cu monumentul funerar. E o întrebare șocantă – devastatoare. Trebuie să ai grijă cu artileria grea de genul ăsta, Carol. Știi de cine-mi aduci aminte? Îți amintești de terapeutul ăla despre care m-ai întrebat odată? Ernest Lash, cel pe care l-am supervizat. Ăsta e genul de lucru pe care probabil că l-ar întreba el. Întotdeauna îi interziceam să pună asemenea întrebări. El spune despre ele că sunt parte a unei terapii existențiale de șoc.

Carol aproape se ridicase deja în picioare, dar curiozitatea a făcut-o să se răzgândească.

— Deci crezi că e o metodă nasoală? L-ai cam criticat pe Lash.

— Nu, n-am spus că pentru mine e o metodă nasoală. Din contră, e o metodă excelentă. O bună alarmă de deșteptare. Iar în ce-l privește pe Ernest Lash – n-ar fi trebuit să fiu atât de dur cu el. Aș vrea să-mi retrag o parte din cuvintele pe care i le-am zis.

— De ce ai fost atât de dur?

— Aroganța mea. Exact despre ce am discutat toată săptămâna asta. Am fost intolerant față de el: eram atât de convins că doar eu am dreptate. N-am fost un bun supervizor. Și n-am învățat nimic de la el. Nu învăț nimic de la nimeni.

— Deci, care-i adevărul despre Ernest Lash?

— Ernest e băiat bun. Nu, mai mult decât atât. Adevărul e că-i un *bun* terapeut. Aveam obiceiul să fac mișto de el spunându-i că simte nevoia să mănânce atât de mult pentru că dă prea mult de la el pacienților – se implică prea mult, se lasă secat de ei. Dar dacă aș fi nevoit să mă duc la un terapeut, aș alege unul care greșește mai degrabă fiindcă dă prea mult de la el. Dacă nu ies în curând din mocirlă și voi fi nevoit să trimit la altcineva o parte din pacienții pe care îi am, mă gândesc să-i trimit pe câțiva la Ernest.

Marshal s-a ridicat să plece.

— Am depășit timpul. Mersi că ai stat mai mult cu mine astăzi, Carol.

Ședință după ședință se scurgea, iar Carol ezita să aducă vorba despre căsnicia lui Marshal. Poate pentru că și viața ei conjugală era stearpă. Până la urmă, într-o zi, răspunzând la una dintre afirmațiile repetate ale lui Marshal că ea era singura persoană din lume cu care putea vorbi sincer, și-a luat inima-n dinți și l-a întrebat de ce nu putea discuta cu soția lui. Din spusele lui Marshal reieșea clar că nu-i zisese lui Shirley nimic despre escrocheria de la New York. Nici despre cât de tulburat era. Nici că avea nevoie de ajutor.

Motivul pentru care nu vorbise cu Shirley, a zis Marshal, era că nu voia să-i întrerupă vacanța de o lună de meditație la Tassajara. Carol știa că aceasta era o raționalizare: acțiunile lui Marshal erau motivate mai puțin de grijă, ci, mai degrabă, de indiferență și rușine. Marshal își dădea seama că rareori se gândea la Shirley, că era prea preocupat de stările lui interne și că el și soția lui trăiau acum în lumi diferite. Îndemnată de recomandarea lui Ernest, Carol a insistat.

— Marshal, spune-mi, ce se întâmplă dacă unul dintre pacienții *tăi* refuză în mod repetat, cu atâta degajare, să discute despre relația cu soția lui, care durează de douăzeci și patru de ani? Cum ai reacționa *tu*?

Așa cum prevăzuse Ernest, Marshal i-a pus tălpi.

— Biroul tău e unicul loc unde nu *trebuie* să fiu terapeut. Fii consecventă. Ieri îmi spuneai că nu las pe nimeni să aibă grijă de mine, iar acum încerci să mă faci să fiu terapeut *chiar și aici*.

— Dar, Marshal, n-ar fi o prostie din partea noastră să nu profităm de toate resursele pe care le ai la dispoziție, inclusiv cunoștințele tale bogate și talentul tău de terapeut?

— Te plătesc să-mi dai un ajutor specializat. Nu mă interesează autoanaliza.

— Spui că sunt o expertă și totuși îmi respingi recomandarea de a te folosi de propriile-ți cunoștințe.

— Sofisme.

Încă o dată, Carol a folosit cuvintele lui Ernest.

— Dar nu-i oare un adevăr faptul că nu te interesează doar să fii îngrijit? Scopul tău *adevărat* nu e oare să devii autonom? Să înveți să ai singur grijă de tine? Să-ți fii singur mamă și tată?

Marshal a clătinat din cap, minunându-se de forța lui Carol. Nu avea de ales și trebuia să-și adreseze întrebările decisive pentru propria-i vindecare.

— Bine, bine. Principala întrebare e ce s-a întâmplat cu iubirea mea pentru Shirley. În fond, am fost buni prieteni și iubiți încă din clasa a zecea. Deci, când și cum s-au stricat lucrurile?

Marshal a încercat să-și răspundă singur la întrebare.

— Lucrurile au început să se strice acum câțiva ani. Cam pe vremea când copiii noștri au devenit adolescenți, Shirley a început să fie tot mai agitată. Un fenomen des întâlnit. Vorbea tot timpul despre faptul că se simțea neîmplinită, despre faptul că eram atât de preocupat de munca mea. M-am gândit că soluția ideală ar fi ca și ea să devină terapeut și să lucreze alături de mine. Dar planul s-a întors împotriva mea. În facultate, a început să critice psihanaliza. A ales tehnicile de terapie pe care eu le dezaprobam vehement: tehnicile alternative excentrice, orientate pe spiritualitate, mai ales cele fundamentate pe meditațiile orientale. Sunt sigur că a făcut asta intenționat.

— Continuă, l-a îndemnat Carol. Identifică alte întrebări importante pe care ar trebui să ți le pun.

Marshal a scuipat în silă încă vreo câteva:

— De ce Shirley nu face nici un efort să audă de la mine lucruri despre tratamentul psihanalitic? De ce mă sfidează intenționat? Tassajara e doar la trei ore distanță – presupun că m-aș putea duce până acolo, să-i spun ce simt și s-o rog să-mi vorbească despre motivul pentru care a ales școala asta de terapie.

— Chiar și așa, nu la asta mă refeream. Astea sunt întrebări pentru *ea*, a zis Carol. Ce întrebări ai pentru tine?

Marshal a încuviințat din cap, parcă vrând să-i sugereze lui Carol că metoda ei era bună.

— De ce am discutat atât de puțin cu ea despre lucrurile care o interesează? De ce m-am străduit atât de puțin – chiar deloc – să o înțeleg?

— Cu alte cuvinte, a întrebat Carol, de ce ești mult mai dispus să-ți înțelegi pacienții decât soția?

Marshal a încuviințat iarăși din cap.

— Ai putea să spui și asta.

— Aș putea? a întrebat Carol.

— Poți să spui și asta, a consimțit fără entuziasm Marshal.

— Alte întrebări pe care i le-ai pune unui pacient aflat în situația ta?

— I-aș adresa pacientului câteva întrebări despre sexualitate. L-aș întreba ce s-a întâmplat cu latura lui sexuală. Și cu cea a soției lui. L-aș întreba dacă vrea ca starea asta nesatisfăcătoare să dureze la nesfârșit. Dacă nu, de ce nu a apelat la terapia de cuplu? Vrea cumva să divorțeze? Sau e vorba doar de mândrie și aroganță – își așteaptă soția să vină la el în genunchi?

— Te descurci bine, Marshal. Să săpăm și după niște răspunsuri?

Răspunsurile au venit de-a valma. Sentimentele pe care le avea față de Shirley erau asemănătoare cu cele pe care le avea față de Ernest, a spus el. Amândoi îl răniseră pentru că îi respinseseră ideologia profesională. Da, nu exista nici o îndoială că se simțea rănit și neiubit. Și nu exista nici o îndoială că aștepta să fie consolat, aștepta scuze serioase și recompense de vreun fel sau altul.

De îndată ce a rostit aceste cuvinte, Marshal a clătinat din cap și a adăugat:

— Asta îmi spune sufletul și vanitatea rănită. Intelectul meu spune cu totul altceva.

— Ce spune?

— Spune că n-ar trebui să consider înclinația către gândire autonomă a unui învățăcel un atac personal. Shirley trebuie să fie liberă să-și dezvolte propriile-i interese. La fel și Ernest.

— Și nu trebuie să se supună controlului tău? a întrebat Carol.

— Și asta. Mi-aduc aminte cum analistul meu spunea că îmi trăiesc viața de parcă aș juca un meci de fotbal american. O îmbrânceală neîncetată, blocaje, înaintare, impunerea voinței mele asupra adversarului. Probabil că asta a crezut Shirley despre mine. Și totuși, n-a făcut doar să respingă psihanaliza. Și ăsta a fost un lucru rău, dar m-aș fi descurcat. N-am putut suporta că a ales cea mai excentrică formă de terapie, cea mai cretină și idioată tehnică de terapie din Marin County. Evident că și-a bătut joc de mine intenționat și pe față.

— Deci, pentru că alege o altă tehnică, tu presupui că-și bate joc de tine. Și, în consecință, și tu îți bați joc de ea.

— Fac mişto de ea nu ca să mă răzbun, ci pe bună dreptate. Îţi poţi imagina cum ar fi să tratezi pacienţii cu ajutorul aranjamentelor florale? E greu să exagerezi absurditatea ideii. Fii sinceră cu mine, Carol – e sau nu ridicolă?

— Nu cred că pot să-ţi ofer ce vrei, Marshal. Nu ştiu multe despre asta, dar prietenul meu e un admirator al ikebanei. Studiază ikebana de ani de zile şi mi-a spus că a profitat în multe feluri de ocupaţia asta.

— Cum adică *a profitat*?

— A spus că a făcut o grămadă de şedinţe de terapie de-a lungul anilor, inclusiv psihanaliză, despre care spune că l-a ajutat, dar susţine că a câştigat la fel de mult şi de pe urma ikebanei.

— Şi totuşi, nu spui *în ce fel* l-a ajutat.

— Mi-a spus că în ikebana te poţi refugia scăpând de anxietate – un refugiu al liniştii. Disciplina îl ajută să se simtă mai sigur pe el, îi dă un sentiment de armonie şi echilibru. Stai să-mi amintesc... ce mi-a mai zis? A, da – că ikebana îl inspiră să-şi exprime creativitatea şi sensibilitatea estetică. O respingi atât de uşor, Marshal. Aminteşte-ţi, ikebana e o ocupaţie venerabilă, veche de mai multe secole, practicată de zeci de mii de oameni. Ştii câte ceva despre asta?

— Despre terapia ikebana? Doamne sfinte!

— Am auzit despre terapie prin poezie, terapie prin muzică, terapie prin dans, terapie prin artă, terapie prin meditaţie, terapie prin masaj. Tu singur ai recunoscut că simplul fapt de a te fi ocupat de bonsai săptămâna trecută te-a salvat de la nebunie. Nu-i oare posibil ca terapia prin ikebana să fie eficientă pentru anumiţi pacienţi? a întrebat Carol.

— Cred că asta vrea să descopere Shirley în disertaţia ei.

— Ce rezultate a obţinut?

Marshal a clătinat din cap şi n-a spus nimic.

— Adică n-ai întrebat-o niciodată? a întrebat Carol.

Marshal a încuviinţat aproape imperceptibil din cap. Şi-a scos ochelarii şi s-a uitat în altă parte, aşa cum făcea de câte ori se simţea ruşinat.

— Deci tu crezi că Shirley îşi bate joc de tine, iar ea se crede...? Carol i-a făcut semn lui Marshal să continue.

Tăcere.

— Ea se crede...? A întrebat iarăşi Carol, făcându-şi mâna pâlnie în dreptul urechii.

— Desconsiderată. Neacceptată, a răspuns Marshal în *sotto voce*.

O lungă tăcere. Într-un final, Marshal a spus:

— Bine, Carol, recunosc asta. Ai dreptate. Am să-i spun multe lucruri. Deci, unde să mă duc atunci când plec de aici?

— Am sentimentul că știi răspunsul la întrebarea asta. O întrebare nu e întrebare, de vreme ce cunoști răspunsul. Mie mi se pare că e clar ce ai de făcut.

— Clar? Clar? Poate pentru tine. Cum adică? Spune-mi. Am nevoie de ajutorul tău.

Carol a rămas tăcută.

— Spune-mi ce să fac, a repetat Marshal.

— Ce i-ai spune *tu* unui pacient care pretinde că nu știe ce să facă?

— La naiba, Carol, nu te mai purta ca un analist și spune-mi ce să fac.

— Ce reacție ai avea tu la o *asemenea* declarație?

— Fir-ar a dracu', a zis Marshal, ținându-și capul în mâini și legănându-se înainte și înapoi. Am creat un monstru blestemat. Păcat. Păcat. Carol, ai auzit vreodată de milă?

Carol s-a ținut tare, exact așa cum o sfătuise Ernest.

— Iarăși ești în rezistență. Timpul e prețios. Haide, Marshal, ce i-ai spune unui pacient?

— Aș face ce fac întotdeauna: i-aș interpreta comportamentul. I-aș spune că își dorește atât de mult să se supună, tânjește atât de tare după o autoritate, încât refuză să țină seama de propria-i înțelepciune.

— Deci *știi* ce să faci?

Marshal a încuviințat cu resemnare din cap.

— Și când s-o faci?

Încă o încuviințare din cap.

Carol s-a uitat la ceasul ei de mână și s-a ridicat în picioare.

— E fix două cincizeci, Marshal. Timpul nostru s-a terminat. Am lucrat bine astăzi. Sună-mă când te întorci de la Tassajara.

La două noaptea, în casa lui Len din Tiburon, Shelly fredona „Tralala-tralali, tralala-tralali, mamma mia, ce frumoasă zi!" în timp ce aduna încă un pot. Nu numai că avusese mâini bune – primise toată seara culori, fuluri și minime perfecte – dar, schimbând cu șiretenie toate indiciile pe care le identificase Marshal, îi zăpăcise pe ceilalți jucători și strânsese poturi uriașe.

— În ruptul capului n-aș fi crezut că Shelly are ful, a mormăit Willy. Aș fi pariat o mie de dolari că n-are.

— *Chiar* ai pariat o mie de dolari că n-are, i-a amintit Len. Uită-te la mormanul de jetoane – o să dărâme masa. Hei, Shelly, unde ești? Mai ești acolo? Abia te văd în spatele mormanelor ălora.

Willy a spus, băgându-și mâna în buzunar după portofel:

— La ultimele două mâini m-ai fraierit cu cacealmale, la mâna asta m-ai secat de bani. Ce naiba se întâmplă, Shelly? Iei lecții sau ceva de genul ăsta?

Shelly a îmbrățișat mormanul de jetoane, l-a tras mai aproape de el, a ridicat privirea și a rânjit:

— Da, da, lecții – te-ai prins. Uite cum stă treaba: psihoterapeutul meu, un psihanalist de bună-credință, îmi vinde niște ponturi. În fiecare săptămână își transportă canapeaua la Avocado Joe's.

— Deci, a spus Carol, azi-noapte, în vis, tu și cu mine ședeam pe marginea patului, iar apoi ne-am scos șosetele murdare și pantofii și ne-am așezat față în față, iar labele picioarelor ni se atingeau.

— Simți tonul visului? a întrebat Ernest.

— Pozitiv. Amuzant. Dar puțin înfricoșător.

— Tu și cu mine stăm, iar labele picioarelor ni se ating. Ce spune visul? Lasă-ți mintea liberă. Gândește-te la tine și la mine stând împreună. Gândește-te la terapie.

— Când mă gândesc la terapie, mă gândesc la clientul meu. E plecat din oraș.

— Și... a îndemnat-o Ernest.

— Păi, m-am ascuns în spatele clientului meu. Acum a venit momentul să ies de acolo, să încep să mă ocup de mine.

— Și... pur și simplu lasă-ți gândurile să zboare liber, Carolyn.

— E ca și cum tocmai încep... sfaturi bune... știi, mi-ai dat sfaturi bune pentru clientul meu... al naibii de bune... și văzând cât de invidioasă m-am simțit... m-a făcut și pe mine să tânjesc după ceva bun pentru mine... am nevoie de asta... am nevoie să încep să vorbesc cu tine despre Jess, cu care m-am văzut mult în ultima vreme – apar probleme pe măsură ce mă apropii de el... mi-e greu să am încredere că mi se poate întâmpla ceva bun... am început să am încredere în tine... ai trecut toate testele... dar e și înfricoșător – nu prea știu de ce... ba da, știu... nu prea pot spune de ce. Încă.

— Poate că visul o spune în locul tău, Carolyn. Uită-te la ce facem noi doi în vis.

— Nu pricep – ne atingem tălpile goale. Și?

— Uită-te cum stăm – talpă în talpă. Cred că visul exprimă o dorință să stăm suflet lângă suflet[1]. Nu cu tălpile atingându-ni-se, ci cu sufletele.

— Of, drăguț. *Suflet,* nu talpă. Ernest, tu ai putea fi foarte deștept, dacă ți-aș acorda o șansă. Cu sufletele atingându-ni-se, da, asta pare în regulă. Da, asta spune visul. *E* vremea să începem. Un nou început. Regula capitală acum e sinceritatea, nu?

Ernest a încuviințat din cap.

— Nimic nu-i mai important decât să fim sinceri unul cu celălat.

— Și orice aș spune aici e acceptabil, nu? *Orice* e acceptabil, atâta vreme cât sunt sinceră.

— Bineînțeles.

— Atunci, am să-ți destăinui ceva, a zis Carol.

Ernest a încuviințat din cap pentru a o liniști.

— Ești gata, Ernest?

Ernest a încuviințat încă o dată din cap.

— Ești sigur, Ernest?

Ernest a zâmbit cu subînțeles. Și puțin cam plin de el – dintotdeauna bănuise că pacienta lui, Carolyn, ascunsese de el unele laturi ale ființei ei. Și-a luat blocnotesul, s-a cuibărit confortabil în scaunul lui și a spus:

— Mereu sunt gata să aud adevărul.

1 Joc de cuvinte: *sole* înseamnă talpă, iar *soul* suflet.

La prețul de vânzare se adaugă 2%,
reprezentând valoarea timbrului literar.